btb

Aus Freude am Lesen

Das Ende der Apartheid ist besiegelt. Seit über einem Jahrzehnt. Die früheren Waffenschmuggler Mace Bishop und Pylon Buso wollen ihr Leben ruhig angehen. Ein entspanntes Kapstadt-Dasein, danach sehnen sie sich. Ihr Sicherheitsservice für wohlhabende Touristen, die Schönheits-OPs mit anschließender Safari buchen, floriert. Denn wer nach Südafrika kommt, der hat Angst. Doch Mace schuldet einem alten Bekannten noch einen Gefallen. Und plötzlich ist ihm Sheemina February auf den Fersen, Anwältin einer islamistischen Antidrogen-Gruppe. Sie beobachtet Mace. Schickt seiner Frau Oumou Blumen. Stiehlt den heißgeliebten Teddy seiner Tochter. Kennen sie sich von früher? Maces Vergangenheit ist düster, bewegt, zwielichtig. Und Rache wird am besten heiß serviert …

Cool, böse, abgebrüht – der furiose Auftakt einer rasanten Thrillerserie aus Südafrika.

Mike Nicol lebt in seiner Geburtsstadt Kapstadt und unterrichtet an der dortigen Universität. Er ist der preisgekrönte Autor international gefeierter Romane, Gedichtbände und Sachbücher, zuletzt einer autorisierten Biografie über Nelson Mandela, mit einem Vorwort von Kofi Annan. Seine Rache-Trilogie – *payback, killer country, black heart* – wird parallel in Südafrika und England veröffentlicht. Nicol verbrachte ein Jahr als Stipendiat des Berliner Künstlerprogramms in Deutschland, 2002 hatte er eine Gastprofessur als *Poet in Residence* an der Universität Essen inne.

Mike Nicol

payback

Thriller

Aus dem südafrikanischen Englisch
von Mechthild Barth

btb

Die südafrikanische Originalausgabe erschien 2009 unter dem Titel »payback« bei Umuzi/Random House Struik, Kapstadt.

MIX
Papier aus verantwortungsvollen Quellen
FSC® C083411
FSC
www.fsc.org

Verlagsgruppe Random House FSC-DEU-0100
Das für dieses Buch verwendete
FSC®-zertifizierte Papier *Pamo House*
liefert Arctic Paper Mochenwangen GmbH.

1. Auflage
Deutsche Erstveröffentlichung Dezember 2011

Umschlaggestaltung: semper smile, München
Umschlagmotiv: Theo Allofs/Corbis
Satz: Uhl + Massopust, Aalen
Druck und Einband: CPI – Clausen & Bosse, Leck
UB · Herstellung: BB
Printed in Germany
ISBN 978-3-442-74283-7

www.btb-verlag.de

STÜRZEN

»… in dieser Stadt aus Bomben und Schmerz …«

– namenloses Opfer

Prolog

Sie saßen zwei Stunden da und warteten. Drei Männer in einem alten weißen Toyota blickten auf die regennasse Straße hinaus. Keiner, der sie bemerkte. Keiner, der sich draußen in diesem dunklen Vorort über der Stadt herumtrieb. In einigen der Häuser brannte in den oberen Stockwerken Licht. Die Häuser hinter Mauern. Unten konnte man die hohen Gebäude der Stadt zwischen den Bäumen erkennen.

»Das ist so was von Scheiße«, sagte der Mann auf der Rückbank – Mikey. Er hatte eine Neun-Millimeter in der Hand, spannte den Schlitten an, ließ ihn wieder los. Spannte ihn wieder an.

»Ist völlig egal, was du denkst.« Abdul Abdul drehte sich grinsend zu ihm um. »Du hast keine Ausdauer, *Bru.*« Er trommelte mit den Fingern auf dem Lenkrad. »Geduld, Mann.«

Mikey gab ein Grunzen von sich. Er blickte zu dem Berg hinauf, der sich düster über ihnen erhob. Bedrohlich wie der Himmel. Trotz der Regenböen hatte er sein Fenster geöffnet; die Kälte, die seine Füße taub werden ließ, drang bis in sein Knochenmark vor. Er hatte das Fenster auf, weil Abdul und Val eine Zigarette nach der anderen pafften.

»Es ist scheißkalt«, sagte er und legte die Pistole beiseite, um sich in die Hände zu blasen.

»Dann mach das Fenster zu.«

»Dann hört mit dem Rauchen auf.«

»Kannste vergessen«, sagte Abdul.

Zwischen den Zigaretten holte er einen Joint heraus. Mikey zog daran.

»Einen Spliff raucht er, aber keine Zigaretten«, meinte Abdul zu Val. »So 'n Idiot. Mikey *Moegoe.*«

Mikey hörte als Erster, wie sich ein Wagen näherte. Sagte: »Scheiße, Mann, pass auf. Er sieht sonst die Glimmstängel.« Der Wagen, ein Alfa Spider, fuhr an ihnen vorbei und bog dreißig Meter weiter in eine Einfahrt mit einem offenstehenden Tor ein.

»Das ist er«, meinte Mikey. »Mace Bishop.«

Abdul drehte Abdullah Ibrahims *Mannenberg* leiser, das als Endlosschleife lief.

»Und jetzt?«, fragte Mikey.

»Warten wir«, meinte Abdul.

»Nur warten?«

»Nur warten.«

»Vielleicht kommt er nicht mehr raus.«

»Der kommt.«

Mikey lehnte sich zurück, seufzte. »Wie lange, Mann? Wie lange müssen wir warten?«

»So lange es dauert.« Abdul stellte den Song wieder lauter.

»Es reicht«, sagte Mikey. »Wir hören uns das jetzt seit zwei Stunden an. Drei, seit wir los sind, wenn man's genau nimmt.«

»Na und?«, erwiderte Mikey. »Ist 'n guter Song. Kapstadts Erkennungsmelodie.«

Mikey sog ein letztes Mal an dem Joint. Trat die Kippe mit dem Schuh aus. Spielte wieder mit seiner Pistole. Verschluss anspannen. Verschluss loslassen.

Sie lauschten *Mannenberg* eine weitere Dreiviertelstunde, ehe Mace Bishop mit seinem Alfa wieder aus der Einfahrt herausgeschossen kam.

»Los geht's«, sagte Mikey und lehnte sich vor.

»Noch nicht«, meinte Abdul.

Sie warteten weitere fünf Minuten. Alles ruhig. Mickey blieb die ganze Zeit über nach vorn gebeugt sitzen.

Abdul ließ den Motor an. »Du stopfst der Frau die Pille in den Hals, Mickey. Das ist deine Aufgabe.«

»Danach kann ich sie dann poppen.«

»Dachte, du stehst mehr auf Kids«, sagte Val.

»Kids. Erwachsene. Jedenfalls kriegt die heute noch einen mit der Rute verpasst.«

»*Ag sies*, Mann!« Val öffnete die Wagentür. Spuckte auf den Kiesboden.

»Vergiss nicht«, meinte Abdul. »Wir sind wegen des Mädchens hier.« Er drehte sich zu Mickey um und gab ihm einen Klaps auf die Wange. »Keinen Scheiß. Verstanden? Keine Rute. Was wir wollen, ist das Mädchen.« Er fuhr die Einfahrt rückwärts hoch.

Die Männer zogen ihre Sturmhauben über. Mikey hatte seine Pistole in der Hand, Val und Abdul schoben sich ihre Waffen in den Gürtel. Abdul machte einen auf Amerikanisch, indem er den Lauf zwischen seine Hinterbacken schob. Sie betrachteten das viktorianische Haus. Keine Gitter vor den Fenstern. Hätte man genauso gut gleich die Tür offenstehen lassen können.

»Die Fenster«, sagte Abdul.

Mickey schlug eine Scheibe kaputt, und sie stiegen ein. Drinnen stank es nach feuchtem Ton und Terpentin. Ehe Mikey den Mund aufmachen konnte, legte Abdul eine Hand darüber. Sie lauschten. Irgendwo lief ein Fernseher. Val zeigte nach oben. Abdul nickte.

Sie traten auf einen Gang hinaus. Gegenüber lag eine Treppe. Wieder zeigte Val nach oben.

Abdul zückte seine Pistole. Er ging als Erster die Treppe hinauf, hielt sich nahe am Geländer. Zwischendurch knarzten einige der Stufen. Jedes Mal blieb er abrupt stehen. Lauschte. Nichts. Nur der Fernseher – Schießereien und Sirenengeheul von einer Polizeiserie. Er wartete oben auf Mikey und Val.

Sie kamen getrennt, Mikey der Einzige, der so leise wie eine Katze war.

Er grinste Abdul und Val an. Formte unhörbar die Worte »Gut, was?« mit den Lippen.

Abdul schnitt eine Grimasse und wies mit der Waffe auf die dritte Tür des Flurs. Sie war angelehnt. Er gab ihm ein Zeichen. »Die Frau«, flüsterte er. »Stopf ihr einfach die Pille rein.«

»Relax, Mann«, sagte Mikey. »Bleib cool.« Er stieß die Tür auf und trat ins Zimmer. »Hallo, meine Süßen.«

Mutter und Tochter lagen auf dem Bett. Die Frau mit geschlossenen Augen, das Mädchen unter der Decke sah fern. Die Frau machte die Augen auf und sprang im gleichen Moment auch schon vom Bett. Mikey musste ihr einen Schlag mit dem Pistolenknauf verpassen. Sie sackte in sich zusammen, und er stürzte sich auf sie. Konnte dabei ein wenig ihre Brüste begrapschen.

Das Mädchen schrie.

Abdul packte die Kleine und zog sie unter der Bettdecke hervor. Ihr Pyjamaoberteil wurde dabei nach oben geschoben.

»Still, Christa«, sagte Abdul und hielt sie so fest, dass ihr einen Moment lang die Luft wegblieb. »*Bru*«, er wandte sich an Val, »zünd mir 'ne Zigarette an.«

Val tat es. Mikey hob die Frau hoch, die Pistole an ihren Nacken gepresst. Blut tropfte aus der Wunde auf ihrer Stirn, wo er sie mit dem Knauf getroffen hatte.

»Oumou«, sagte Abdul. »Mein Freund hier hat eine Pille, die du jetzt brav nimmst.« Er steckte sich die Zigarette zwischen die Lippen und sog daran. Blies den Rauch seitlich aus dem Mund. »Wenn du dich weigerst …« Er schob den Pyjamaärmel des Mädchens hoch, so dass die weiche Haut darunter entblößt wurde. »… dann drück ich die hier aus.« Strich mit der heißen Asche über Christas Arm.

1

1998

Mace Bishop mit einer Sonnenbrille auf der Nase sagte: »Es gibt Leute, denen biete ich meine Dienste *gerne* an, Ducky. Und es gibt andere, denen ich noch was schulde.« Er stand wegen fünf RPGs, zwei Dutzend chinesischer AKs und eines Sortiments von Pistolen, Granaten und Munition in Ducky Hartnells Schuld. Eine Schuld, die Ducky fünfzehn Jahre lang geflissentlich vergessen hatte.

Vor fünfzehn Jahren war Duckys Sohn Matthew zehn gewesen. Als Ducky ihn wieder an seine Schuld erinnerte, wusste Mace, dass Matthew nun als stotternder Idiot einen Nachtclub leitete, den sein Vater aufgebaut hatte.

»Ich will's dir lieber zurückzahlen«, erklärte Mace, während er mit Ducky im Café Paradiso oben in Kloof beim Frühstück saß, inmitten junger Anzugträger, Männer und Frauen, Typ aufstrebende Führungskräfte.

»Klar willst du das«, erwiderte Ducky und schob sich eine Gabel voll Ei mit Speck in den Mund. »Aber ich brauch keine Rückzahlung. Ich brauch jemanden wie dich. Einen skrupellosen kalten Knochen. Als Babysitter.«

»Das kann ich für dich arrangieren, wenn du willst. Nur ich selber mach so was nicht. Oder Pylon.«

Ducky wischte sich etwas Ei vom Kinn. »Wie geht's dem schwarzen Wichser eigentlich?«

»Dem?«, meinte Mace. »Verliebt.«

»Konnte seinen Schwanz noch nie drin behalten.«

Mace trank seinen Espresso in einem Schluck aus. »Verliebt, Ducky. Das ist nicht das Gleiche.«

»Heißt das, er poppt sie gar nicht?«

Mace zuckte mit den Achseln. Ducky Donald Hartnell war schon immer ein vulgäres Schwein gewesen.

»Hab gehört, dass ihr da eine hübsche Sache am Laufen habt, du und Pylon. Muskeln für die Reichen und Berühmten.«

»Läuft ganz gut.«

»*Complete Security.* Was für ein beschissener Name ist das denn? Für zwei Waffenschmuggler.«

»Die Zeiten ändern sich.«

»Kann man wohl sagen.« Ducky Donald zerschnitt seinen Schinkenspeck. »Hör zu, Mace. Es geht um einen Gefallen, okay? Der Junge hat bereits Muskeln, *Centurion Armed Response.* Er zahlt Schutzgeld …«

»Wem?«

»Den Americans. Das ist ihre Ecke der Stadt.«

Mace beobachtete, wie Ducky eine Gabel voll Schinkenspeck, Pilzen und frittierten Bananenstücken in den Mund schob. Schloss ihn nur halb, um weiterreden zu können.

»Ich hab Matt gesagt, er soll's endlich kapieren mit der Aufteilung der Stadt. Man bezahlt den, den man bezahlen muss, wenn man im Geschäft bleiben will. Das Finanzamt verlangt seinen Anteil, die Gangs kriegen ihr Schutzgeld, und die Nutten und Penner brauchen auch eine kleine Gehaltszulage. Na und? Wir werden in diesem Land schwer zur Kasse gebeten. Dafür haben wir Meer und Sonne. Zahl das Nötige, zahl nicht zu viel, hab ich ihm gesagt.«

Er kaute einen Moment lang.

»Zugegeben, das hat er gemacht. Ich war stolz auf ihn. Das packt er, hab ich gedacht. Und dann fangen die Fundamentalisten an, Bars in die Luft zu jagen, sogar dieses Steakhaus, *Planet Hollywood.* Ich hab ihn gewarnt: Matt, die kommen auch zu dir. Reg dich ab, Dad, sagt er, die können mich mal. So 'ne Haltung zeigt mir, dass er zu viel White Stuff nimmt, Mace. Du weißt, was ich meine?«

Mace nickte. Matthew Hartnells protzige kleine Rave-Höhle stand in dem Ruf, ein Ort zu sein, wo man alles bekam. Zu einem stolzen Preis. Aber alles.

»Ich will dich ja nicht beunruhigen«, meinte Mace, »aber dein Sohn wäre auf einem Minenfeld vermutlich weniger gefährdet.«

»Weiß ich doch, *China.* Mir geht's darum, die Mutter des Jungen in Hampshire bei Laune zu halten. Ihr zu versichern, dass alles in unserem wunderbaren neuen Land in bester Ordnung ist, wo wir ja so lange und so hart gekämpft haben. Das Land, das sie den Einheimischen großmütig zurückgegeben hat, als sie ins Land ihrer Vorväter heimgekehrt ist. Wie auch immer ... Jedenfalls will sie garantiert nicht hören, dass ihr geliebter Sohnemann hier in die Luft gejagt wird. Oder auch nur ein paar Finger verliert wie sein alter Herr.«

»Wär tragisch.«

Ducky blickte von seinem Teller hoch, von dem er gerade mit einem letzten Stück Toastrinde Eierreste und Brown Sauce auftunkte. Mace behielt sein Pokerface so lange bei, bis sich Ducky wieder seinem Fraß zuwandte. »Deine Aufgabe ist es, sicherzustellen, dass das auch nicht passiert. Tu mir den Gefallen, okay? Damit ich den Leuten sagen kann, dass sich Mace Bishop an seine Versprechen hält.«

Mace verstand die Drohung, ließ sie aber fürs Erste unbeantwortet. Leichter gesagt als getan. Er nahm die leere Espressotasse in die Hand, stellte sie wieder hin. Blickte aus dem Fenster auf die Hochhäuser unter ihnen und das Meer dahinter. Brauner Dunst trübte die Aussicht. An den meisten Herbsttagen verschwand die Stadt in dieser Brühe, nur der Berg ragte in ein strahlendes Blau hinein.

»Dein Sohn ist Drogendealer«, sagte er. »Das stellt gewisse Schwierigkeiten dar.«

»Klar, weiß ich«, erwiderte Ducky. »Ich arbeite ja auch dran.«

»Außerdem kann ich die Leute verstehen, die versuchen, Drogenbosse und Gangster auszuschalten.«

»Tun wir das nicht alle. In der Zwischenzeit brauch ich aber den Schutz meines alten Kumpels Mace Bishop.« Ducky wischte sich mit einer Serviette den Mund ab, während er Mace mit zusammengekniffenen Augen betrachtete. »Vielleicht sollte ich noch zwei andere Dinge erwähnen, die deine Entscheidung erleichtern könnten.«

»Nämlich?«

Ducky legte eine wirkungsvolle Pause ein. »Die Cayman-Konten. Oder das, was in Techipa passiert ist.«

Mace zuckte mit keiner Wimper, als sich Ducky zu ihm lehnte. »Ich weiß über beides Bescheid, *China*. Kannst mir glauben – ich will deine Geheimnisse bei Gott nicht verraten.«

Mace dachte: Woher um Himmels willen?

Ducky Donald sagte: »Also, wie sieht's aus? Der Junge trifft sich in ein paar Stunden mit diesen Typen. Frau namens Sheemina February.« Ducky grinste.

2

Matthew Hartnell hatte ein Büro in einem tristen Gebäude auf der Harrington Street, einen Block vom Castle of Good Hope entfernt. Ein Viertel der Stadt, in dem nie viel passierte, weder tagsüber noch nachts. Nur einen Sprung von einer der wichtigsten Sehenswürdigkeiten Kapstadts entfernt, verliefen sich selten Touristen hierher, diese Vogelscheuchen mit Kameras vor den Bäuchen. Stattdessen wankten Obdachlose und Kartonsammler durch die Straße, während Angolaner den Parkplatz bewachten. Maces kleiner roter Alfa Spider rief einige Aufregung hervor. Er ließ das Dach nach hinten geklappt, eine CD-Tasche im Handschuhfach, die Becker-Radioanlage eine funkelnde Einladung für jeden mit einem Schraubenzieher.

Ein Parkplatzwächter kam lächelnd auf ihn zugeschlendert.

»Hi, Cuito«, sagte Mace. »Den Arbeitsplatz gewechselt?« Das letzte Mal, als er den Angolaner gesehen hatte, war dieser noch Parkplatzwächter eines Einkaufszentrums in einem grünen Vorort gewesen. Hatte Mace den Gefallen getan, einen reichen Klienten im Auge zu behalten.

Cuito schenkte ihm ein breites, weiß strahlendes Grinsen. »Manchmal gefällt den ansässigen Xhosa unsere Arbeit nicht, Mr. Mace. Sie machen uns Probleme. Dann ist es das Beste, woandershin zu gehen.«

»Tut mir leid.«

Cuito zeigte auf den Spider. »Der ist hier sicher.« Nahm den angebotenen Zehner entgegen.

»Obrigado«, sagte Mace.

Die Eingangshalle von Harrington Street Nummer 23 war kalt und düster und stank nach Urin. Den Lift hatte man mit Brettern vernagelt, den Treppen alles Linoleum entrissen, das sie je bedeckt hatte. Mace stieg zu Matthew Hartnells Geschäftsräumen im ersten Stock hinauf. Sie lagen am Ende eines Korridors, in dem jede der Türen mehrfach gesichert war. Früher einmal hatte es hier vermutlich Milchglasscheiben gegeben, und die Leute hatten ihre Namen in dekorativen Schnörkelschriften eingravieren lassen. Obromowitz & Söhne, Juweliere. Jackman & Jackman, Schiffsausrüster. Jetzt hatte man keine Ahnung mehr, was hinter den geschlossenen Türen vor sich ging. Oder auch warum der Nachtclubbesitzer Matt diesen Ort für eine gute Adresse hielt. Mace klopfte. Matthew machte die Tür auf.

»Yo, der Wa-Waffenhändler«, begrüßte er ihn.

Mace schob sich an ihm vorbei ins Zimmer. »Komm mir nicht auf die Tour, Matt, okay? Ich tu deinem Dad einen Gefallen. Und kein Gras, bevor du jemanden treffen sollst.«

Ließ Matthew schmollen. »Ich br-br-brauche Sie nicht. Ich hab mei-meine ei-eigenen Jungs. Um mich k-k-kümmert man sich besser als um den Präsidenten. Ich k-kann das selbst erledigen.«

Mace dachte: Ich, ich, ich, Scheiße. Er musterte den dürren jungen Kerl mit seiner Beanie, den Baggy Pants und einer Bomberjacke, die mal trendy gewesen war, als Neil Young noch *Heart of Gold* gesungen hatte.

»Matt«, sagte er. »Matt, wir sprechen hier von ›People Against Gangsters and Drugs‹. Du hast die Bilder gesehen. Die sind ernsthaft bewaffnet. Wie viele Bomben waren das? Wie viele Tote? Fünfzehn? Zwanzig? Ich weiß es nicht. Aber das sind die Leute, die dir gleich einen Besuch abstatten.«

Matthew klopfte mit dem Handy gegen seine Vorderzähne. »Ich ka-kann das allein.«

Mace warf einen Blick aus dem Fenster. Das nächste Gebäude war nur eine Armlänge entfernt. Er musterte flüchtig die vier Plastikgartenstühle, den heruntergekommenen Schreibtisch und den grau-grünen Aktenschrank, die als Büroeinrichtung dienten. Zog einen Stuhl neben den Tisch und setzte sich.

»Klar kannst du das. Wie lange müssen wir warten?«

Matthew ließ sich hinter dem Schreibtisch nieder.

»Da s-sind sie«, sagte er. Auf der Betontreppe war der Widerhall von hochhackigen Schuhen zu hören.

Sie traten ein: zuerst eine Frau, dann ein dicker Mann, schließlich ein Schlägertyp, der so viel trainiert hatte, dass Hals und Kopf eine Einheit bildeten. Die Frau wirkte ausgesprochen gepflegt: seidener Hosenanzug, Fingernägel wie perfekte Blutstropfen an der rechten Hand, die linke in einem schwarzen Handschuh, pflaumenfarbener Lippenstift. Augen eisig blau, ein Seidenschal über den Haaren, der für Mace eine bloße Äußerlichkeit war. In der behandschuhten Hand hatte sie einen Lederaktenkoffer, Anwaltsstil.

Sie hieß Sheemina February, war Seniorpartnerin in der Firma Fortune, Dadoo & Moosa, Anwälte der Anti-Drogen-Bürgerwehr. Soweit Mace wusste, hatte sie Matthew angerufen und ein Treffen vorgeschlagen, das sicherlich auch in seinem Interesse sei, wie sie meinte.

Der Fette war ein Markennamentyp, alles an ihm sah nach Labels aus. Goldene Armbanduhr. Goldene Manschettenknöpfe. Offenes Hemd unter einem Lederjackett. Sehr kurze Haare, so dass sein Schädel nur noch mit einem schwarzen Flaum bedeckt war. Seine Wangen von Akne gezeichnet, seine Vorderzähne spitz zugefeilt. Mace erkannte das Gesicht: Abdul Abdul, wegen zweifachen Mordes angeklagt, gegen Kaution frei. Seine Spezialität Kugeln in den Hinterkopf.

Der Muskelprotz trug falsche Schlangenlederschuhe und einen schwarzen Anzug. Mace beobachtete, wie er sich neben der Tür positionierte, so wie es die Typen immer in den Filmen machten. Das Seltsame an ihm war nur, dass er weiß war.

»Matthew?«, fragte die Frau und sah Mace stirnrunzelnd an, als ob sie ihn erkennen würde, ehe ihr Blick von ihm zu Matthew wanderte.

»Mr. Matthew Hartnell für Sie«, sagte Mace.

Sie wandte sich ihm abrupt wieder zu. »Und Sie sind?« In ihrem Gesicht eine gewisse Aggressivität.

»Egal. Bin einfach dabei.«

»Er ist mein Be-berater«, sagte Matthew.

»Ein Rechtsanwalt?«

»So was Ähnliches.«

Sie streckte Matthew ihre Hand entgegen. Nachdem er sie geschüttelt hatte, reichte sie diese auch Mace. »Mr. Berater …«

Er ignorierte den Sarkasmus und nahm die ausgestreckte Hand: kalt, fest. »Wer ist der?«, fragte er und wies auf den weißen Muskelprotz.

»Ein Freund«, sagte Abdul. »Mikey. Sag brav Hallo, Mikey.«

»Hi«, sagte Mikey, die Stimme tonlos, nasal.

Sheemina February und Abdul setzten sich auf die zwei Stühle, die vor Matthews Schreibtisch standen. Sie legten ihre Handys vor sich auf den Tisch, wo sich bereits das von Mace und das von Matthew befanden. Sheemina February stellte ihren Aktenkoffer auf den Boden, blickte dann Matthew an und sagte: »In Ihrem Club werden Drogen verkauft, und das gefällt uns nicht.«

Matthew schüttelte den Kopf. »N-n-nein, das kann n-n-nicht sein. So wa-was passiert da nicht. Ga-ga-garantiert nicht.«

Sheemina February zuckte mit den Schultern. »Vielleicht glauben Sie das, aber das stimmt nicht.«

»Ich l-l-lasse keine Drogen zu«, sagte Matthew. »Nicht mal Gr-gr-gras.«

Mace wunderte sich, wie der Junge so unverfroren lügen konnte. Offenbar doch etwas von dem alten Herrn geerbt.

Abdul Abdul lachte. Sheemina February beugte sich nach unten und holte einen durchsichtigen Plastikbeutel voller Sticks und Haschbröckchen aus ihrem Aktenkoffer, den sie auf den Schreibtisch warf. Lässig. Cool.

»Ganja«, sagte Abdul und lachte erneut, rau und hässlich. »Bestes Cannabis«, fügte er hinzu. »Verdammt erstklassiges Gras.«

Mace zog seine Augenbrauen hoch, ließ den Beutel jedoch liegen.

»Wurde einem unserer Leute gestern Abend in Ihrem Club verkauft«, sagte Sheemina February.

»Da-da-das behaupten Sie«, entgegnete Matthew.

»Stimmt.« Sheemina February klopfte mit dem Finger auf

den Beutel. »Aber wir haben keinen Grund, Sie anzulügen.« Sie sahen sich an. Matthew wandte als Erster den Blick ab. »Sie behaupten also, dass Sie dieses Zeug nicht zulassen. Dann sind wir ja einer Meinung, Matthew. Wir sind also beide gegen Drogen und Gangster.«

»Wem zahlt ihr Schutzgeld?«, mischte sich Abdul Abdul ein und zählte einige Namen auf: »Den Twenty-eights? Den Americans? Den Pretty Boys?«

»K-K-Keinem«, erwiderte Matthew.

Abdul ließ die schlechte Imitation eines Lachens hören. »Den Americans«, sagte er. »Lass den Scheiß, ich weiß sowieso Bescheid.«

»Es geht nicht nur um das Gras«, meinte Sheemina February. »Sie verkaufen auch harte Sachen.«

»Un-un-unmöglich«, erklärte Matthew.

Sheemina February holte einen weiteren Beutel aus ihrem Aktenkoffer und legte auch diesen auf den Tisch. »Heroin«, sagte sie.

»Könnte genauso gut Talkumpuder sein«, meinte Mace. »Das wissen wir nicht.«

»Probier's.« Abdul schob Matthew den Beutel zu. »Nimm etwas, mein Freund, das ist doch deine Szene.«

»Glauben Sie mir«, sagte Sheemina February und legte ihre Hand auf das Päckchen.

»Wenn Sie das alles haben«, meinte Mace, »warum gehen Sie dann nicht zur Polizei?«

Abdul Abdul schnaubte verächtlich. Sheemina February lächelte einen Moment lang und wandte sich wieder Matthew zu.

»Das hier bringt unsere Kinder um.« Sie hielt den Beutel mit Heroin hoch.

»Sie haben die Beweise? Rufen Sie die Bullen«, sagte Mace. »Der Mann hat Ihnen doch schon erklärt, dass er keine Ahnung hat.«

Abdul Abdul warf Mace einen gereizten Blick zu und winkte dann ab.

Das flüchtige Lächeln zeigte sich erneut auf Sheemina Februarys plaumenfarbenen Lippen. »Mr. Berater, die Polizei würde den Club Ihres Mandanten sofort schließen lassen.« Sie sah ihn direkt an. »Wollen Sie das?«

»Nein«, mischte sich Matthew ein. »Nein. Es muss ei-eine Mö-Möglichkeit geben, dass wir uns ei-einigen.«

»Gut, das denke ich auch. Es ist im Grunde ganz einfach, Matthew. Die Drogen müssen aufhören.«

Ein »Oder« brauchte nicht ausgesprochen zu werden. Sie legte den Beutel wieder auf den Tisch. »Also, wir können Ihnen folgendermaßen helfen.«

»Sie we-werden mir nicht helfen«, entgegnete Matthew. »W-wir ei-einigen uns so, dass Sie si-si-sich verpissen.«

Eine Stille, eine plötzliche Stille, die so lange andauerte, dass Mace das ferne Rauschen der Stadt wahrnahm. Er ließ seinen Blick von einem Gesicht zum anderen wandern: Sheemina February amüsiert, Matthew auf seine Hände starrend, Abdul mit einem nervösen Zucken unter seinem rechten Auge.

Abdul Abdul gab als Erster klein bei. Er griff nach seinem Handy und fuchtelte damit vor Matthews Nase herum. »Wir haben's dir klar und deutlich gesagt!«, rief er. »Wir haben dir klar und deutlich gesagt, dass das aufhören muss!«

Sheemina February legte ihre Hand auf Abduls Arm. Er schüttelte sie ab. Sagte: »Du hältst das Ganze wohl für ein Spiel, was, Freundchen? Du findest es witzig, all diese Drogen zu haben, oder? Du willst Ecstasy? Ich kann dir so viel Ecstasy ins Maul stopfen, dass du einen Höllentrip hast. Du bist nur ein Haufen Scheiße. Du bist ein kleiner Haufen Scheiße, mein Freund.«

Matthew stand auf. Der Muskelprotz verließ sofort seine Stellung neben der Tür und trat näher an seinen Boss heran, wobei er seine Jacke zur Seite schob, um eine Achtunddreißiger zu enthüllen, die in seinem Gürtel steckte.

»W-w-was wollt ihr ma-machen?«, gab Matthew zurück. »Eine Rohr-Rohrbombe in mei-meinem Club zünden? Lauter un-un-unschuldige Menschen tö-tö-töten, wie ihr das in diesen Lo-Lokalen gemacht habt? Einem Kid die Fü-Füße wegknallen, um mich zu wa-wa-warnen? Wer ist hier der Hau-Haufen Scheiße?«

»Pass auf, Freundchen.« Abdul Abdul war inzwischen auch aufgestanden. Speichel sammelte sich in einem seiner Mundwinkel.

Sheemina February sagte leise: »Still.« Sagte es lauter, ohne jedoch zu brüllen und den Blick von Mace abzuwenden. »Still, seid beide still.« Mace ließ sie gewähren. Er mischte sich nicht ein, sondern hielt so lange ihrem Blick stand, bis sie schließlich wegsah. Überlegte, ob sie sich schon einmal irgendwo begegnet waren. Was hatte es mit dieser Frau auf sich? Ihr Gesicht kam ihm irgendwie bekannt vor. Aber warum? Von wann? Aus jener Zeit, als es noch jede Nacht eine andere Frau gegeben hatte? Eine nach der nächsten, so wie die endlose Kette der Drinks?

Matthew, der Drogendealer, und Abdul Abdul, der Auftragskiller, blieben still.

»Setzen Sie sich, Matthew«, sagte sie. »Setzen Sie sich, und hören Sie mir genau zu.« Er gehorchte – ebenso wie Abdul. »Hier ist mein Vorschlag. Sie trennen sich von Ihren bisherigen Sicherheitsleuten. Sowohl von Centurion als auch von den Americans. Sie schließen für eine Woche. Sie sind nett zu Abdul, und dann helfen wir Ihnen wieder auf die Beine. Nichts Wesentliches wird sich ändern, es wird bloß etwas anders organisiert.«

Matthew würgte. Er wirkte wutentbrannt und brachte nur mühsam den ersten Teil eines Wortes hervor. »Ve-ve-ve«, stotterte er.

Sheemina February wartete. »Sie wollten sagen?«

»Ve-ve-ve.«

Sie wandte sich an Mace. »Vielleicht sollten Sie ihn beraten, Mr. Berater.«

Mace setzte sich aufrecht hin und kippte dann den Plastikstuhl nach hinten. Die Sache mit Sheemina February, so vermutete er, waren ihre ruhigen blauen Augen in dem olivfarbenen Gesicht. Augen aus einem nordischen Eisland. Ungerührte Augen. Die Art von Augen, an die man sich erinnerte. Augen, die sich über alles lustig machten. Wie ihr Lächeln. Das Violett ihres Lippenstifts vor den weißen Zähnen. War sicher leicht, davon eingelullt zu werden und zu glauben, dass aus ihr die Stimme der Vernunft sprach.

»Und?«

Er ließ den Stuhl wieder nach vorn kippen. »Wie viel Prozent kriegen Sie?«

Sie zeigte die Spitzen ihrer Zähne. »Wenn ich bitten darf, Mr. Berater. Matthew bezahlt für unsere Dienste. Nichts anderes, als was er bisher getan hat, nur sind wir günstiger. Und wir stellen sicher, dass er sauber bleibt. Ein Riesenvorteil.« Sie bedachte Mace mit einem strahlenden Lächeln, ehe sie sich wieder an Matthew wandte. »Also, Matthew, was meinen Sie?«

Matthew sagte: »Ve-ve-verdammt.«

»Überlegen Sie.« Sheemina February erhob sich. »Beraten Sie sich mit Ihrem Berater.« Sie legte eine Visitenkarte auf den Schreibtisch. »Lassen Sie mich heute Nachmittag wissen, wie Sie sich entschieden haben. Vor Ende der Geschäftszeiten.« Ein Lächeln. »Wenn Sie nicht anrufen, nehme ich an, dass Sie unser Angebot ablehnen. Ihre Entscheidung. Das ist ein freies Land.«

Sie ließ ihren Aktenkoffer zuklappen und nahm ihr Handy an sich. Der Muskelprotz beugte sich vor und fegte die Beutel mit den Drogen in die Tasche.

»Denkt darüber nach, meine Lieben«, sagte Abdul Abdul und biss sich mit seinen spitzen Reißzähnen in die Unterlippe. »Wir machen uns echt Sorgen um euch.«

»Bye-bye«, verabschiedete sich Sheemina February. Das Muskelpaket schob sich an ihr vorbei, um die Tür zu öffnen. Er trat als Erster in den Korridor hinaus, sie folgte. Abdul schüttelte sein Handgelenk, um das goldene Armband seiner Uhr klimpern zu lassen. Er zeigte mit dem Handy auf Matthew und hob es an die Lippen – tat so, als würde er Rauch von einem Gewehrlauf blasen. Dann war er verschwunden. Die Tür blieb offen. Mace lauschte dem Widerhall von Sheemina Februarys Absätzen – zuerst im Korridor, schließlich die Treppe hinunter. Er stand auf, schob den Plastikstuhl an seinen Platz zurück und ging zur Tür. Auf dem Weg nach draußen hielt er noch einmal inne. »Ich hab mit Donald vereinbart, dich zwei Wochen lang zu beschützen. Lass mich wissen, was du tun willst.«

»Wa-was denken Sie?«, entgegnete Matthew. Er hatte seine Stimme wiedergefunden, auch wenn sie noch etwas zittrig klang. »Denken Sie, dass ich den Laden ei-ei-einfach dichtmache, wie sie da-das will? Die kann mich mal. Ve-verdammt, Mann, die kann mich mal!«

Mace zuckte mit den Achseln. »Du bist ein Drogendealer, Matthew. Du hast einen Club, in dem man leichter an Coke kommt als an Cola. Und außerdem machst du mir gerade mein Leben schwer.«

»Dann ve-verpissen Sie sich.«

»Würd ich gern, aber leider hab ich diese Verpflichtung.«

»Nicht mir gegenüber.«

Mace schüttelte den Kopf. »Das ist eine Ehrensache, Matthew. Etwas, was du nicht verstehen würdest.«

Matthew holte einen Joint aus den Tiefen seiner Jeanstasche und entzündete ihn mit einem Bic, ehe er einen langen

Zug tat. Nachdem er den Rauch ausgeatmet hatte, hustete er. Meinte: »Ich-ich-ich will Sie nicht, *China.* Ich we-werd schon beschützt. Von erfahrenen Leuten. El-el-elektronische Ü-Ü-Überwachung. Metalldetektoren. Die-die-die werfen keine Bo-Bombe auf mich.«

»Träum weiter.« Maces Handy klingelte. Pylons Name auf dem Display. Während er abhob, sprach er noch mit Matthew. »Noch was. Wenn ich nichts von dir höre, treffen wir uns um Viertel nach vier in deinem Club.«

»Und?«, meinte Pylon an seinem Ohr. »Haben wir einen neuen Kunden?«

»Ein Gratisgeschenk.«

Pylon stöhnte. »Was willst du damit sagen?«

Mace erzählte ihm alles. Ließ auch den pflaumenfarbenen Lippenstift nicht aus, wobei er das Beste bis zum Schluss aufhob: Cayman und Techipa.

Von Pylon eine lange Pause. Dann: »Herr im Himmel.« Dann: »Glaubst du, er weiß Bescheid, oder hat der nur ins Blaue geraten?«

»Bei Cayman wär's möglich. Diese Banker behaupten zwar, sie seien verschwiegen wie ein Grab, aber hier und da sickert doch was durch. Wenn man sich dafür interessiert.«

»Wir haben keine Hinweise gegeben. Kein Luxusleben. Geschäft so lala.«

Mace meinte: »Wenn er's verrät, sind wir geliefert. Und zwar gewaltig.«

Pylon erwiderte: »Was ich nicht versteh, ist Techipa. Waren doch alle tot.«

»Irgendjemand offenbar nicht.«

»Er hat mit den Waffen angefangen? Einen Gefallen, den wir ihm noch schulden und so?«

»Ja.«

»Ich hatte die Waffen ganz vergessen.«

»War auch vor langer Zeit in einem anderen Land. Wenn er's nicht gewesen wäre, hätt's ein anderer gemacht. Wir hätten sie letztlich immer gekriegt.«

Nur war es letztlich eben Ducky Donald gewesen, der sie vor dem gerettet hatte, was für sie möglicherweise DAS ENDE mit durchschnittenen Kehlen bedeutet hätte. Mace erinnerte sich daran, dass der Araber nicht sehr glücklich gewesen war, als seine Lieferanten auf einmal einen Engpass vermelden mussten. Ganz gleich, wen die beiden Partner auch kontaktierten – es gab zu jenem Zeitpunkt in jener Ecke der Sahelzone nichts, was ihren aufgebrachten Käufer beschwichtigt hätte. Bis ein verzweifelter Anruf bei Ducky Donald das Erforderliche hervorzauberte, aus einem geheimen Waffenlager in einem Grubenschacht in Johannesburg. Mace fragte nie nach, woher die RPGs stammten. Nur so viel: Er vermutete, dass Ducky Donald auch mit der südafrikanischen Armee handelte. Für ihn war Geschäft immer Geschäft. Für Mace und Pylon war Geschäft damals Revolution. Was nach einer Weile etwas kurios anmutete. Und jetzt regelrecht idealistisch, dachte Mace.

»Wir könnten ablehnen«, meinte Pylon. »Ihn zwingen, seinen Bluff zuzugeben.«

Mace tat den letzten Schritt durch das nach Urin stinkende Foyer. »Könnten wir. Nur dass Ducky das nicht tut. Bluffen. Er würde es rumerzählen, und das wär's dann. Ciao, Kapstadt.«

»Na toll.«

»Genau. So weit zu alten Kampfgefährten. Was ich mir dachte: Besser zwei Wochen lang die Kröte schlucken und danach zu einer runden Vereinbarung kommen.«

»Das klappt, glaubst du?«

»Wird ein Eiertanz. Den wir früher doch so gut draufhatten. Das übliche Pylon-und-Mace-Programm eben.«

Daressalam 1984: ein Haus an der Küste, nördlich der Stadt. Altes Strandhaus im Kolonialstil. Fenster mit Fensterläden, an drei Seiten eine überdachte Veranda mit Glastüren zu den Schlafzimmern. Ein kurzer Weg von der Veranda über die Dünen zum Strand bis ins Meer hinein – lauwarm und salzig.

Sie verbrachten einen Monat dort, warteten, spielten Backgammon. Warteten auf den Käufer, dass er seine Ware abholte. Niemand kam, tagein, tagaus. Manchmal segelte eine Dhau am Horizont vorbei. Das Licht gleißend grell. Zum Essen nur Fisch und Kokosnuss. Im Haus Antipersonenminen, eine Auswahl an Gewehren, kanadische Sterling-MPs, weitere Maschinenpistolen von MAT und Madsen, einige chinesische Neunundsiebziger. Schwitzen in der Hitze. Genügend Waffen, um einen afrikanischen Diktator zu entthronen. Alles ordentlich in den Zimmern verstaut, wo früher einmal die Kolonialherren ausgelassen ihr weißes Unheil angerichtet hatten.

Mace und Pylon saßen in der Klemme. Sie hatten nichts mehr flüssig, da ihr Mittelsmann bar bezahlt werden wollte. Wenn der Deal schieflief, konnten sie das Zeug auch anderswo losschlagen – mit der Zeit. Und das mit der Zeit war das Problem. Jeder Tag erhöhte das Risiko, dass irgendwelche Gangster die Ware ohne Bezahlung an sich brachten. Sie schwitzten. Nachts dann der Eiertanz. Bis der Deal über die Bühne war und sie die Bezahlung in drei Koffern davontrugen. Wer es aussitzt, der sitzt es aus. Das erste Mal, dass sie eine fette Provision kassierten.

Freetown 1986. Auf der Start- und Landebahn wurden die Waffen von einer Hercules in drei UNO-Laster geladen, um zu einem Warlord in den Hügeln gebracht zu werden. Bis ein besseres Angebot auftauchte. Kam vielmehr mit quietschenden Reifen in Gestalt eines Landrovers aus einem Zuckerrohrfeld geschossen: drei Soldaten, einer am Steuer, zwei auf der Rückbank, bewaffnet mit brasilianischen Urus. Und ein Mann in einem Smoking auf dem Beifahrersitz. Smoking legte sein Angebot in bar – US-Dollar – auf die Kühlerhaube des Landrovers. Mace zählte nach. Meinte zu Pylon: »Überlassen wir sie ihm.« Zum Glück würden sie ja *tout de suite* mit der Hercules davonfliegen. Pylon war unsicher. Sie plauderten. Pylon meinte, der Warlord sei jemand, den sie schon früher beliefert hätten. Einer, der ihnen wieder Ware abnehmen würde, wenn er am Leben blieb. Mace entgegnete, dass sie mit einem Anruf bei ihrer neuen Waffenlieferantin Isabella in zwei, maximal drei Tagen alles noch mal verkaufen könnten. Beide behielten währenddessen Smoking im Auge, der abseits stand und geduldig in die Ferne starrte, während sie abwägten. Entschieden sich schließlich fürs Bare. Smoking brauste davon, die Laster folgten. Hatte kein einziges Mal während der ganzen Transaktion gelächelt.

In der Luft gab Mace dem Warlord durch, dass die Lieferung geraubt worden sei. Würden in zwei Tagen mit neuer Ware wiederkommen. Innerhalb von zwei Tagen war der Mann tot. Mace und Pylon veranstalteten einen weiteren Eiertanz, leiteten die neue Lieferung, von Isabella auf die Beine gestellt, nach Sierra Leone. Das übliche Mace-und-Pylon-Programm. Ein üppiger Batzen landete auf dem Cayman-Konto.

»Wisst ihr, Jungs«, hatte Isabelle gesagt, »ohne mich wärt ihr jetzt tot. Oder Schlimmeres.« Mace gab es nur ungern zu, aber das entsprach der Wahrheit – trotz geschicktem Eiertanz.

»Immer flexibel bleiben«, sagte er jetzt zu Pylon. »Vor allem wenn es um Ducky Donald geht. Ganz cool. Denk nicht zu sehr darüber nach, was er in der Hand hat.«

»Wir könnten das Konto woanders eröffnen.«

»Könnten wir. Für den Moment ist es aber das Beste, nach seiner Pfeife zu tanzen.«

Pylon stimmte zu. Wollte wissen: »Kommst du heute eigentlich noch ins Büro?«, während Mace über die Harrington Street zum Parkplatz hinüberlief. Cuito schlenderte bereits auf ihn zu, grinste von einem Ohr zum anderen.

»Muss erst Oumou abholen, damit wir uns ein Haus ansehen. Dann noch Christa von der Schule. Vielleicht am Nachmittag. Falls nicht – um Viertel nach vier im Club Catastrophe. Könnte übrigens ein passender Ort für dich sein, Treasure zum Abtanzen einzuladen.«

»Steht sicher ganz oben auf Treasures Liste.«

»Puppen lieben diesen Beat.«

»Wir reden hier von einer Mama mit ihrer Tochter, im selben Alter wie die deinen.«

»Trotzdem 'ne Puppe.«

»Treasure war noch nie 'ne Puppe.«

Sie legten auf. Cuito grinste Mace an, während er die Schlüssel des Alfas aus der Tasche seiner Jacke fischte.

»Die Leute, die Sie hier besucht haben – sind das die Muslime gewesen?«, fragte er.

Mace schob seine Sonnenbrille nach unten, um den Angolaner über den Rand hinweg anzusehen.

»Waren schon gestern hier. Rumgefahren. Der Fette ist die Treppe rauf.«

Mace warf den Schlüsselbund von einer Hand in die andere. »Wieso glaubst du, dass ich das wissen will?«

Cuito lachte. »Ich hab Augen im Kopf.«

»Kennst du auch den dürren Kerl, der da oben ein Büro hat?«

Cuito nickte.

»Hör zu. Wenn du die Typen wiedersiehst, rufst du mich an.«

»Für wie viel?«, fragte er.

»Wird sich lohnen.« Mace holte sein Portemonnaie heraus.

»Auch im Club?«

Mace lachte. »Cuito, du weißt offenbar einiges.«

»Vieles, Mr. Mace, vieles«, erwiderte er. Seine Finger legten sich um einen weiteren Zehner.

3

Mikey, auf dem Beifahrersitz des weißen Toyotas, sagte: »In den Gelben Seiten gibt's einen Verein namens DAWG, wo man Katzen kriegen kann. In Hout Bay.«

Der Schwarze hinter dem Lenkrad meinte: »DAWG hat Katzen?«

Mikey hielt den Finger auf der Anzeige. »Warum nicht? Das ist ein Pseudonym, Val. Wie PAGAD.«

»Ein Akronym.«

»Hä?«

»Es ist ein Akronym. DAWG steht für etwas. Ein Akronym. Pseudonym ist was anderes. Wie Madonna.«

»Madonna mit den spitzen Titten?«

»Das macht die nicht mehr.«

»Nein? Schade.« Er warf erneut einen Blick auf die Anzeige. »Da steht, dass die auch Zwinger haben. Leute bringen ihre Haustiere da hin, wenn sie sie loswerden wollen. So wie die SPCA.«

»Klingt gut, solange sie wirklich Katzen haben. Du hast gehört, was Abdul gesagt hat. Müssen Katzen sein. Und zwar kleine Kätzchen.«

Val fuhr die Ausfahrt Richtung Constantia ab. Die Verkehrsschilder wiesen nach Hout Bay über den Nek, eine Fahrt, die er gern an einem Sonntagnachmittag mit einer neuen Tussi an seiner Seite unternahm. Eine Fahrt um die Halbinsel – auf der einen Seite das Meer, auf der anderen die Berge. 1A-Eindruck. Noch für jedes Täubchen romantisch. Unter den Eichen entlang. Den Berg hinauf, wo all diese schicken Herrenhäuser links und rechts von der kurvenreichen Straße zur Hout Bay hinabblickten. Das Einzige, was nach Vals Ansicht den guten Eindruck ruinierte, war diese Siedlung mit Illegalen – Imizamo irgendwas, ein Zungenbrecher –, gleich dort oben auf dem Berg, eine überschwappende Sickergrube menschlichen Abfalls. Bei jedem Regen wurden Fäkalien von hier den Hügel hinabgespült. Man konnte die Weißen im Tal verstehen, wenn sie sich da aufregten.

Mikey sagte: »Hout Bay ist im Arsch. Unter den Illegalen geht's voll ab. Hab gehört, dass eine schwarze Familie aus Jo'burg hierhergekommen ist, um am Argus-Rennen teilzunehmen. Die buchen dieses teure Gästehaus mit voller Security, Patrouille, Elektrozaun, allem Drum und Dran. Steht der schwarze Daddy nachts auf, weil er mal muss, und dann ist da plötzlich ein anderer schwarzer Daddy im Flur, der eine Einkaufsliste aus dem Barackenland mit dabeihat, und der knallt ihn einfach ab. Peng! Neun-Millimeter, mitten in die Brust.«

»Nicht gut für die Stadt, so was.«

»Da hast du recht, *Bru*.«

Val sah die Hinweisschilder für das Tierheim. Fuhr über die Brücke, bog in eine Seitenstraße ab. Wieder hinunter ins Tal, am Fluss entlang, fort vom Meer. Hier wurden die Grundstücke größer, und die Straßen waren nicht mehr geteert. Auf einem Schild über dem Eingangstor stand: DOMESTIC ANIMAL WELFARE GROUP. Er parkte den Wagen am Straßenrand. Sie liefen einen Pfad entlang zu einem Gebäude im Ranchstil, das unter Blauen Eukalyptusbäumen stand. Alles lag im Schatten. Das Haus hätte dringend einen neuen Anstrich gebraucht, eine Glasscheibe in der Tür war gesprungen. Ein Zettel an der Klingel wies den Besucher darauf hin, dass man läuten müsse.

Das taten sie. Und noch einmal. Zwei weitere Male folgten, ehe eine Frau mit einem Papagei auf der Schulter öffnete. Einige Welpen tollten kläffend um ihre Beine. Mikey fiel auf, dass die Frau Schaffellhausschuhe trug, die so aussahen, als wären sie bereits von mehreren Hunden heftig zerkaut worden.

Beide sagten »Guten Tag, Ma'am«. Schenkten ihr ein strahlendes Lächeln.

Wen die Frau vor sich sah, waren zwei gepflegte, sympathische junge Männer in Baumwollhosen und Polohemden mit V-Ausschnitten, in denen ihre Sonnenbrillen steckten. Sie nahm auch einen Hauch von Aftershave wahr.

Val sagte: »Wir sind von Mitchell's Plain Baptist Congregation, Ma'am. Ich bin Val, das ist Mikey, und wir organisieren gerade eine Party für ein Waisenhaus, das von unserer Kirche geführt wird.«

Mikey streckte ihr einen Brief mit einem gedruckten Briefkopf entgegen. »Hier ist unsere Adresse mit der Registrierungsnummer unseres Wohltätigkeitsverbands, Ma'am. Wenn Sie unseren Pastor anrufen möchten, wird er Ihnen unseren Auftrag gern bestätigen.«

Sie warf kaum einen Blick auf das Blatt Papier. »Was wollen Sie?«

»Gott segne Sie«, sagte Mikey.

Val sagte: »Wir hoffen, dass Sie zwölf Kätzchen für uns haben, die ein neues glückliches Zuhause suchen. Wir möchten unseren Waisen ein paar Haustiere überantworten, um die sie sich kümmern können. Natürlich unter unserer ständigen Aufsicht.«

»Im Namen des Herrn, des Allmächtigen«, fügte Mikey hinzu, »wollen wir unseren jungen Zöglingen die Möglichkeit geben, ein vernachlässigtes Tierchen ins Herz schließen und ihm ein echtes Zuhause bieten zu dürfen.«

»Ach«, meinte die Frau. Der kleine Papagei auf ihrer Schulter pickte an ihren Haaren, und sie schüttelte den Kopf, um ihn davon abzubringen.

»Wir müssten Sie allerdings bitten, dass Sie die Kätzchen unserer Kirche schenken, Ma'am, denn die Statuten unserer Kirche verlangen, dass wir unsere finanziellen Mittel ganz und gar dem Waisenhaus zugutekommen lassen.«

»Tatsächlich?«, fragte die Frau und blickte von einem zum

anderen, ehe ihre Augen an Vals Gesicht hängenblieben. »Na schön. Ich habe ein paar junge Katzen, die ich Ihnen geben kann. Sie müssen mir aber versprechen, sich wirklich um sie zu kümmern.«

»So wahr uns Gott helfe«, erwiderte Mikey.

»Wir sind Christenmenschen, Ma'am«, meinte Val.

Sie folgten der Frau durch das düstere Haus, das nach Katzenurin roch, bis sie zu den Käfigen im hinteren Hof gelangten. Dort gab es reihenweise traurig wirkende Hunde, Katzen, die zusammengerollt in der Sonne schliefen, sowie Kätzchen in einem Holzverschlag, der bestialisch stank.

»Sie sind aus zwei Würfen«, sagte die Frau. »Ich musste sie mit der Hand aufziehen, weil es ihre Mütter nicht tun.« Sie starrte die Männer an. »Sie wissen, wie man junge Katzen füttert?« Die beiden schüttelten den Kopf. Sie zeigte ihnen, was sie tun mussten, und erklärte, wie viel Futter jede der Katzen brauchte.

»Kein Problem«, meinte Val. »Die Kinder sind sicher begeistert, wenn sie das übernehmen dürfen.«

Die Frau holte zwei Kartons und setzte jeweils die gleiche Anzahl an Kätzchen hinein.

»Gott möge es Ihnen vergelten«, sagte Mikey und nahm eine der Schachteln entgegen.

Die Frau warf ihm einen Blick zu, als könnte sie nicht ganz glauben, was sie gerade gehört hatte. Dann zeigte sie den beiden einen Weg, der um das Haus herumführte, um so zu ihrem Wagen zurückzukehren.

Die Männer stellten die Kartons mit den Kätzchen in den Kofferraum, und Val fuhr an der Küstenstraße unter dem Twelve Apostles Mountain vorbei. Er schaltete das Radio ein, wo gerade irgendein R-&-B-Song gespielt wurde. Trotzdem konnte man das leise Wimmern der Kätzchen hören.

»Ich hasse Katzen«, sagte Mikey. »Hunde auch.«

»Und was ist mit ihrem Vogel?«, fragte Val. »Der hat ständig auf ihren Pulli geschissen. Echt – manche Leute!«

»Total krank.« Mikeys Hand klingelte: Abdul Abdul.

»Ich hab Sheemina auf der anderen Leitung«, sagte Abdul. »Ich will ihr eine hübsche Geschichte erzählen können.«

»Wir fahren gerade durch Camps Bay«, erwiderte Mikey. »Lauter scharfe Babes am Strand. Mamis mit ihren Babys unter Palmen.«

»Lass den Scheiß«, entgegnete Abdul. »Wenn du Reiseleiter werden willst, können wir das gern arrangieren. Kriegst auch spezielle Konditionen für Querschnittsgelähmte.«

Mikey tat so, als würde er das Handy aus dem Fenster schleudern. Sagte: »Gib uns eine halbe Stunde, dann sind wir so weit. Mikeys Tapeziertrupp im Einsatz.«

Er hörte, wie Abdul seufzte: »Du kannst mich mal. Ich ruf den Tierschutz an.«

Mikey legte auf. »Was ist mit dem los?«

Val zuckte mit den Achseln und stellte sich vor, wie angenehm das Leben in einer Wohnung in Clifton wäre, mit dem Blick aufs Meer und auf die Berge. Eine Wohnung, wie sie Sheemina February hatte. Mitten unter den reichen Säcken.

4

Oumou bedachte das Haus mit einem einzigen Blick und sagte: »Nein.«

Fuhr in Französisch fort. Was er sich dabei gedacht habe? Hatte er denn ganz und gar den Verstand verloren? Wechselte wieder ins Englische, damit Mace sie auf keinen Fall missverstand. »Das ist eine Ruine. Wir werden in keinem kaputten Haus wohnen. Wir haben eine Tochter.« Sie gestikulierte in Richtung des überwucherten Gartens. »Da gibt es bestimmt schreckliche Insekten. Ein kleines Mädchen kann in keinem Garten mit schrecklichen Insekten spielen. Nein, nein, nein. Das Haus kommt nicht in Frage. Wir müssen ein neues bauen.«

»Ruhig! Immer mit der Ruhe, meine Beste. Reißen Sie Ihrem Mann nicht gleich den Kopf ab!«

Oumou wandte den Blick von Mace zu Dave Cruikshank, dem Makler.

»Meine Liebe«, sagte er und zündete sich eine Zigarette an. »Das hier ist Wonderland. Beatrix Potter – Sie wissen schon.« Er blies Rauch aus seinem Mundwinkel. »Holen Sie einfach einen Gärtner, der wird das hier in kürzester Zeit im Griff haben. Die Kleine wird glauben, dass jemand gezaubert hat.«

»Es ist eine Ruine«, erwiderte Oumou.

»Dann reißen Sie sie eben ab, meine Gute.« Dave schnippte Asche in die wilde Vegetation. »Was ich Ihnen und Mace hier zeige, ist ein Schnäppchen. Diese Sorte Immobilie kommt normalerweise gar nicht erst auf den Markt. Diese Sorte Immobilie ist so selten wie Regen in der Wüste.« Er entblößte seine Zähne. »Wenn Sie ein neues Haus bauen wollen, meine Liebe, dann tun Sie das. Bringen Sie Ihren Mace dazu, mit seinen Kumpeln in der Baubranche zu reden, und in sechs Monaten öffnen Sie die Tür zu einem funkelnden Foyer aus Travertinmarmor.« Er grinste erneut; seine oberen Zähne standen nicht ganz gerade. Legte eine Hand auf Oumous Arm. Sie schüttelte ihn ab. »Betrachten Sie nicht nur die Oberfläche, meine Schöne. Schauen Sie sich auch das Potential an, das hier drinsteckt.« Dave schob den Schlüssel ins Schloss der Haustür. »Und jetzt treten Sie etwas zurück. Das ist kein angenehmer Geruch.«

Bevor er mit Immobilien angefangen hatte, war Dave im Autogeschäft gewesen. Er hatte Mace den Spider verkauft – ein guter Deal und ein kluger Kauf. Nach einer Generalüberholung des Motors ein fantastischer Wagen. Wie Dave erklärte: »Das ist die Spitzenklasse der Siebziger-Alfas, Mace. Das Mindeste, was du tun kannst, ist eine Generalüberholung.«

Mace fand, dass es nun an der Zeit war, auch ihren Lebensstandard generalzusanieren. Aus der sicherheitsumzäunten Reihenhaussiedlung im Vorort in die Stadt ziehen. Wenn man in Kapstadt lebte, dann musste man in der City Bowl leben. Die Vororte auf der Halbinsel waren zu sehr *House & Garden*, die Küste befand sich auf beiden Seiten außerhalb seiner Preisklasse – sowohl in Richtung Atlantik als auch in False Bay. Er wollte das Leben der Stadt genießen: die Sirenen, die Lichter, das Rufen des Muezzins, die dichten Nebelschwaden. Er wollte im Schatten des Berges wohnen, sein Herz schlagen spüren. Was er an der Stadt besonders mochte, war dieser große Klotz mittendrin. Wohin man auch blickte, der Berg ragte immer ins Sichtfeld. Er hatte erfahren, dass Dave nun mit Immobilien handelte. Also rief er ihn an. Der sagte: »Witziger Zufall, dass du gerade anrufst. Wir haben soeben ein Haus reingekriegt, das musst du dir anschauen, Mace.«

Oumou erklärte: »Nein. Dave ist nicht sauber. Wenn er was verkauft, dann ist da irgendwas faul dran.«

Mace meinte: »Schauen wir doch erst mal, was er zu bieten hat.«

Oumou entgegnete: »Ich weiß, was du tun wirst. Du wirst dieses Haus kaufen. Weil es ein Schnäppchen ist.«

Sie hingegen wollte nur Beton, Glas und Chrom. Diese Frau aus der Wüste, die ihr bisheriges Leben fast ausschließlich in einer Lehmhütte verbracht hatte, wollte Beton, Glas und Chrom. Mace kapierte es nicht.

Ehe Dave die Tür öffnete, erklärte er noch einmal: »Wie ich schon sagte, meine Liebe: Sie können es jederzeit abreißen.

Aber warum sollten Sie das tun, wenn Sie hier doch bereits Wände und Böden haben? Verstehen Sie, was ich damit sagen will?«

»Wir ziehen in die Stadt, um eine bessere Aussicht zu haben«, meinte Oumou.

Sie drehten sich zu dem Fenster, das auf die Stadt hinausschauen sollte. Vor dem Fenster befand sich eine Hecke, die derart dicht zugewuchert war, dass in ihr nicht einmal Vögel nisteten.

»Dann lassen Sie all das Kraut eben stutzen, meine Gute«, schlug Dave vor. »Und Sie kriegen den tollsten Ausblick, den Sie sich vorstellen können.«

Er öffnete die Tür. Das Haus verströmte einen Geruch von Moder, Staub, Fäulnis und Tod.

»Das ist zugegebenermaßen nicht so angenehm«, meinte Dave. Er holte zwei Taschenlampen heraus, von denen er eine Oumou reichte. »Wie ich schon sagte: Was wir hier haben, sind Träume, meine Schöne. Vergessen Sie die Gegenwart. Sehen Sie die Zukunft.«

Oumou reichte Mace die Lampe weiter, damit sie das Tuch, das sie sich um die Haare gebunden hatte, noch einmal wickeln konnte. Mace beobachtete sie und bemerkte dabei einen Fleck Ton hinter ihrem rechten Ohr, wo sie eine lose Strähne zurückgestrichen hatte. Auch ihre Latzhose war tonverschmiert. Ihre Segeltuchschuhe waren ebenfalls so fleckig und verklebt, als wäre sie durch Lehm gewatet.

»Heute ist mein Töpferkurs«, hatte sie erklärt, als Mace ihr von dem Hausbesichtigungstermin erzählte.

Dave hatte gesagt: »Das muss schnell gehen, mein Freund. Ich versuch die anderen noch hinzuhalten.«

»In einer Dreiviertelstunde«, hatte Mace zu Oumou gemeint. »Ich hol dich ab.«

»Was wir hier haben«, erklärte jetzt Dave, »ist der typische

Fall einer Nachlassimmobilie. Der Besitzer ist vor zwanzig Jahren ins Heim gezogen. Letzte Woche gestorben. Der einzige Sohn in Kanada, und der will das Haus nur loswerden. Um es mal anzudeuten: Dem ist jeder Preis recht.«

»Und deine Kommission?«

»Orientiert sich am gewünschten Preis, der allerdings Verhandlungssache ist. Wenn du weniger zahlst, schuldest du mir was.«

Mace hörte, wie Dave an seinen Zähnen saugte. »Einverstanden?«

Mace warf einen Blick über Oumous Schulter in den Gestank und die Düsterkeit des Hauses. Zerfetzte Tapeten, alte Zeitungen, überall Fäkalien, auch von Menschen.

»Passen Sie auf die Dielenbretter auf, meine Liebe«, warnte Dave. »Einige sind etwas brüchig.«

Sie folgten ihm ins Haus – Mace zuerst, Oumou hinterher, ihre Hand an seinem Gürtel. Dave öffnete eine Tür, die ins Wohnzimmer führte. Lichtstrahlen fielen durch die Löcher und Risse in den Wellblechblenden vor den Fenstern.

»Denkt euch Sonne«, sagte er. »Denkt euch große Sofas, dicke Teppiche und noch mal Sonne, Sonne, Sonne. Im ganzen Zimmer Sonne. Eure Kleine liegt da vor dem knisternden Feuer und macht ihre Hausaufgaben.« Dave strich mit der Hand über die Kacheln des Kamins. Unter der Rußschicht zeigte sich ein mattes Grün. »Die sind original, mein Guter. Viktorianisch. Das ist es, was ihr hier kauft: Geschichte. Echtes altes Kapstadt. Elegantes Ambiente. Was meinen Sie, meine Liebe? Können Sie es sich jetzt besser vorstellen? Wie das alles schon bald ausschauen könnte?«

Mace ließ den Strahl seiner Taschenlampe über die Wände wandern. Rußgeschwärzt, die Fußleisten angekokelt. In allen Räumen die gleichen Brandflecken, überall Schmutz und Dreck. Flaschen, zerbrochenes Glas, leere Dosen, Fäkalien, zu Staub vertrocknete Essensreste, Spinnweben, die über ihre Gesichter strichen. Oumou hinter ihm musste niesen und begann auf Französisch zu fluchen.

Dave sagte: »Wenn ich selbst etwas kaufen wollte, würde ich mir das hier auf keinen Fall entgehen lassen.«

»Wo liegt dann das Problem?«, wollte Oumou wissen.

Dave klopfte auf seine Hosentasche. »Ich hab nichts flüssig, meine Liebe. Dave Cruikshank ist leider blank.«

Er führte sie zum Eingangsbereich zurück. Eine Treppe verschwand in der Dunkelheit des ersten Stocks.

»Etwas wacklig«, sagte er und trat gegen die unterste Stufe. »Ihr müsst mir eben glauben: großartiger Ausblick von da oben.« Er lehnte sich vor, um eine Tür unter der Treppe aufzustoßen. »Aber jetzt schaut euch das an. Hier unten habt ihr noch den Originalkeller mit einem gestampften, unbefestigten Boden. Der Historiker, den wir an der Uni kontaktierten, meinte, er habe wahrscheinlich zu einem früheren Haus gehört. Er nimmt an, dass hier an diesem Teil des Bergs mal ein Farmhaus oder so was Ähnliches gestanden haben könnte. Wie klingt das? Ist das nicht Wahnsinn? Wenn du den wieder herrichtet, kannst du deine Cape-Rotweine da unten lagern und Wein-Connaisseur werden.«

»Willst du ihn uns nicht zeigen?«

Oumous Handy klingelte, und sie eilte in das warme Sonnenlicht hinaus, um abzuheben.

»Momentan ist es das Beste, wenn du mir einfach vertraust.« Dave machte wieder die Tür zu. »Sind vor allem Spinnen da unten. Der Historiker meinte, er würde da nicht hinunterwollen, ehe nicht alles ausgeräuchert sei. Offensichtlich nicht der Typ Mann, der gern in Pyramiden herumklettert. Bin ich allerdings auch nicht. Und? Was denkst du? Gefällt es dir?«

Mace nickte. Lauschte mit halbem Ohr Oumou.

Dave klopfte sich den Staub von den Händen. »Deine Frau spricht ursprünglich Französisch, nicht wahr? Schaut wie dieses Model aus. Diese Glatzkopftussi. Iman.«

»Sie stammt aus Mali. Ort namens Malitia. Eine dieser Lehmstädte.«

»Hab mich immer gefragt, was passiert, wenn's da mal regnet. Diese Orte müssen doch einfach weggewaschen werden, oder?«

»Meistens tut's das nicht. Regnen, mein ich.«

»Echt? Kein einziger Tropfen?«

Oumou kam wieder zu ihnen zurück. Sie streckte Mace ihr Handy entgegen. »Da ist eine Frau dran, die dich sprechen will.«

Mace nahm das Handy entgegen und meldete sich, aber die Verbindung war abgebrochen. Die Rückrufnummer war ihm nicht bekannt.

Hinter ihm fragte Dave: »Was denken Sie, meine Gute? Können Sie sich und Ihre Kleine hier vorstellen? Wie Ihr Mann den Rasen mäht?«

Noch ehe sie antworten konnte, fragte Mace, der das dumpfe Gefühl hatte, dass die Anruferin Sheemina February gewesen war: »Hat die Frau ihren Namen genannt?«

Oumou schüttelte den Kopf.

»Sie kannte aber deinen Namen?«

»*Oui.*«

»Hat sie irgendwas gesagt?«

»Nein. Sie hat nur gesagt: Mrs. Bishop, kann ich Ihren Mann sprechen?«

Dave sperrte die Haustür ab und trat dann vertraulich nahe an die beiden heran. »Kinder, ich will euch nicht unter Druck setzen, ganz und gar nicht. Die Sache ist nur die: Ihr steht ganz oben auf der Liste, aber die anderen holen auf. Jetzt ist eine schnelle Entscheidung gefragt. In vierundzwanzig Stunden hat dieses Haus einen neuen Besitzer. Wenn dieser Jemand ihr seid, würde mich das freuen.«

Maces Handy klingelte: Matthew Hartnell. »Sie-Sie-Sie müssen he-he-herkommen«, sagte der Junge. »In-in-in den Club. Jetzt.«

5

Im Auto meinte Mace, während er auf die Molteno Road hinunterzeigte: »Schau dir das an. Willst du denn diesen Anblick nicht jeden Tag haben?«

Die City von Kapstadt breitete sich unter ihnen aus, klar und strahlend. Der braune Dunst hatte sich gelichtet, die Sonne grell auf den Gebäuden. Auf der anderen Seite der Bucht sah man an der Westküste eine weiße Sichel von einem Strand. In der Ferne wirkte sie zum Greifen nahe, so dass man sogar fast das Atomkraftwerk dahinter erkennen konnte.

Mace war begeistert. »Oh, Mann.«

Oumou legte die Hand auf seinen Arm. »*Oui*, das ist schön. Aber nicht das Haus. Im Haus herrscht eine schlechte Atmosphäre.«

»Ach, komm schon.« Mace wurde langsamer, um an der roten Ampel neben dem Molteno Reservoir anzuhalten. »Es ist ein altes Haus. Lass uns einfach ein paar Leute holen, die alles neu streichen und herrichten. Wie Dave gesagt hat: Es geht darum, was aus diesem Haus werden kann, und nicht darum, was es jetzt ist.«

Oumou zog lächelnd ihre Hand fort.

Mace, das wusste sie, konnte eigensinnig und fordernd sein. Manchmal widerstand sie ihm und manchmal nicht. Diesmal wollte sie abwarten. Während des Wartens würde sich viel tun.

Vielleicht würden sie in dieses Haus ziehen, vielleicht auch nicht. Sie lächelte weiter vor sich hin und dachte daran, wie sie sich ihm ganz zu Anfang standhaft widersetzt hatte, eigentlich gegen ihren Willen.

»Du bist zu uns gekommen, um Geschäfte zu machen. Du bist nach Malitia gekommen, um Waffen zu verkaufen. Du wirst auch wieder gehen«, hatte sie ihm erklärt. »Monatelang bist du weg. Dann kehrst du mit dieser Frau zurück – Isabella. Ich dachte, sie ist deine Ehefrau.«

»Isabella ist eine Geschäftskollegin. Eine Amerikanerin. Sie kann uns Waffen besorgen. Es geht ums Geschäft.«

»Du schläfst mit ihr. Das nennst du Geschäft?«

Mace hatte »Das ist vorbei« gesagt und nach ihrer Hand gefasst. Hatte sie zu sich gezogen.

Sie hatte über seine Unverfrorenheit gelacht und ihn weggestoßen.

In Paris waren die Männer auch so gewesen. Sie lernten sie kennen, redeten mit ihr, glaubten, sie könnten sie rumkriegen. Sie lehnte ab. Drei Jahre verbrachte sie damit, die Männer abzuwehren, auf die eine oder andere Weise. Vier- oder fünfmal musste sie ein Messer zu Hilfe nehmen, um sich klarer auszudrücken. Der Keramiker, für den sie arbeitete, fragte sie: »Warum machst du Töpfe, wenn so viele reiche Männer mit dir schlafen wollen?«

»Weil ich nicht mit ihnen schlafen will – und mit Ihnen auch nicht«, sagte sie.

Er starrte sie lüstern an. Immer wieder versuchte er, ihren Hintern und ihre Brüste anzufassen, bis sie ihm das Messer zwischen die Beine hielt und erklärte, sie würde ihm die Eier abschneiden, wenn er nicht aufhörte.

Als ihre Zeit bei ihm vorbei war, kehrte sie in die Wüste zurück, nach Malitia, um dort Gefäße aus dem Ton der Umgebung zu fertigen.

Der Töpfer sagte: »Bleib in Frankreich, dort verdienst du viel mehr Geld. Wir können eine Ausstellung für dich organisieren.«

Oumou bedankte sich. Vielleicht ein andermal.

Der erste Mann, den sie nach ihrer Rückkehr kennenlernte, war Mace Bishop. Er saß mit ihrem Bruder in einem Café, in dem sich nachmittags die Männer trafen, Hookahs rauchten und Kaffee tranken. Domino spielten. Er sah sie so an, wie das die französischen Männer getan hatten, sagte aber nichts. Am selben Abend kam er zu ihnen zum Essen. Er und der andere Mann, Pylon, scherzten mit ihrem Bruder.

Mace bewunderte ihre Gefäße. Sein Französisch war schlecht, und sie schlug ihm vor, sich auf Englisch zu unterhalten.

»Sie können Englisch?«, fragte er überrascht.

»Wie Französisch ist auch Englisch die Sprache der Waffen«, antwortete sie. »Als ich ein kleines Mädchen war, kam ein Mann hierher, so wie Sie. Ein Engländer. Wenn er nichts anderes zu tun hatte, brachte er mir Englisch bei.«

»Dann wird er wohl nicht sehr viel zu tun gehabt haben.«

Sie lachte. Während er sie anlächelte, fragte sie: »Warum müssen Sie hier Ihre Waffen verkaufen?«

Das Lächeln verschwand nicht. »Wegen des Geldes.«

Oumou warf einen Klumpen Ton auf die Drehscheibe, die ihr der französische Keramiker überlassen hatte. »Damit sich die Menschen gegenseitig umbringen. Damit sie Frauen und Kinder umbringen. Sogar Babys.«

»So ist das eben«, sagte er. »Auf der ganzen Welt.«

»Sie sind ein herzloser Mann.«

Daraufhin erzählte er ihr von seinem Land und dem Krieg dort und der Notwendigkeit, das zu finanzieren, was er den Kampf nannte. Er erzählte ihr nichts von Cayman. Nichts von seinem kleinen Schatz.

»Und das macht es richtig, Waffen zu verkaufen?«, fragte sie.

»Ich verkaufe denjenigen Waffen, die kämpfen müssen. So wie wir.«

»Kids.«

»In meinem Land haben sie die Zügel in die Hand genommen. Sie haben die Zukunft noch vor sich.«

»Leere Worte«, sagte sie und wandte sich ihrem Ton zu. Sie strich ihn glatt, machte ihn rund und begann schließlich eine Form zu bilden, die lang und elegant wie ihr Hals war. Sie brachte die Drehscheibe zum Kreisen und erlaubte dem Mann, der Waffen verkaufte, ihr zuzuschauen, während sie etwas Schönes erschuf.

Eine Weile widerstand sie ihm und seiner freundlichen Aufmerksamkeit, mit der er sie neckte. Er berührte sie nie, sondern brachte sie zum Lachen. Bei Sonnenuntergang liefen sie durch die staubigen Straßen, durch die Kasbah, wo Männer ihre Waren wegräumten, liefen die Stufen zur Stadtmauer hinauf, die einmal die Stadt umgeben hatte, blickten in das Wadi hinab, wo Jungen Fußball im Sand zwischen den Palmen spielten. Hinter ihnen riefen die Imame in ihren Moscheen die Gläubigen zum Gebet. Mace sagte: »Ich will mit dir schlafen.«

Die Worte überraschten sie. Sie erstarrte, wich zurück. »Sie kommen hierher nach Malitia, um Ihre Geschäfte zu erledigen. Sie bleiben einige Wochen hier, dann gehen Sie wieder. Wollen Sie mich jetzt als Ihre Sexgespielin?«

Mace kam auf sie zu. »Das habe ich nicht gesagt.«

»Halt.« Sie legte eine Hand auf seine Brust. Starrte ihn an. »Wenn Sie mit dem Waffenhandel aufhören.«

Er lachte. »Was?«

»Sie müssen mit den Waffen aufhören.«

Er sah sie lange an, ohne dass sie den Blick senkte. Im Wadi beendeten die Kinder ihr Spiel, da es dunkler wurde. Ihre Stimmen durchdrangen die Stille. »Okay.« Er wandte sich von ihr ab. »Ich werde darüber nachdenken.«

Zwei Tage später brachte Mace den Leichnam ihres Bruders aus der Wüste nach Hause. Sie weinte nicht, ihre Trauer war leise. Er sagte, er wüsste von den Männern, die sie vergewaltigt hätten, als sie noch ein Mädchen war. Die sie vergewaltigt, ihr ein Messer in den Bauch gerammt und sie dann liegen gelassen hatten, weil sie glaubten, sie sei tot. Ihr Bruder habe ihm in den langen Stunden, die er brauchte, um zu sterben, alles erzählt. Mace erklärte, dass er den Tod ihres Bruders nicht ungesühnt lassen könne. In jener Nacht widerstand sie ihm nicht.

Aber sie blieb hartnäckig. Du musst mit den Waffen aufhören. Du musst mit den Waffen aufhören.

Als sie ihm sagte, dass sie schwanger sei, versprach er, mit dem Waffenhandel aufzuhören.

»Versprichst du das?«

»Ja«, erwiderte er.

Sie glaubte ihm.

6

Matthew und Ducky Donald standen auf dem Bürgersteig, als Mace und Oumou neben ihnen anhielten. Beide rauchten. Ducky Donalds leichtes Kippen nach rechts der einzige Hinweis darauf, dass er ein gutes und ein schlechtes Bein hatte. Niemand sonst in der kleinen Seitenstraße. Nachts galt dieser Teil der Stadt als trendy, tagsüber passierte hier nicht viel. In einer kleinen Autowerkstatt nebenan wurden ein paar Wagen repariert. Ein Schrotthändler brachte gerade seltsam aussehende Teile in seinen Hinterhof, die von der Stadt ausrangiert worden waren. Kaum Durchgangsverkehr. Der Mechaniker und der Schrotthändler achteten nicht auf sie. Mace parkte hinter Ducky Donalds SUV.

»Wird nicht lange dauern«, sagte er zu Oumou.

»Kann ich vielleicht das Auto haben?«

»Zehn Minuten. Ich brauche nur zehn Minuten.«

Sie erklärte ihm auf Französisch, dass er sie an ihre Grenzen bringe.

Ducky Donald lehnte sich über den offenen Spider und grinste Oumou an. »Hi, Darling! Bist du diejenige, die Mace in der Wüste so viel Kohle gebracht hat? Kann gut verstehen, warum er mit dir ins Geschäft kam.« Er zwinkerte Mace zu. »Solltest sie nicht verstecken, Mann.«

Mace ignorierte seine Anzüglichkeiten. »Warum hast du mich hergerufen?«

»Kleine Kunstpräsentation«, meinte Ducky. »Wird selbst dein mitleidloses Herz rühren. Komm rein.« Er trat die Zigarette aus, zündete sich die nächste an. »Echt Gothic, würd ich sagen. Meinst du nicht auch, Mattie-Boy? Geradezu beispielhaft, der Stil.« Matthew runzelte finster die Stirn und wich einen Schritt zur Seite, damit ihm sein Vater kein zweites Mal auf den Rücken schlagen konnte. »Bring dein Eheweib auch mit, Mace. Nichts hier, was sie nicht schon gesehen hat, wenn man bedenkt, was die Araber alles so treiben.« Er öffnete die Tür zum Club, und die beiden Männer folgten ihm in den dunklen Raum.

Maces Augen brauchten einen Moment, um sich an das düstere Licht zu gewöhnen. Noch ehe sie es taten, konnte er ein Miauen hören. Ein schwaches Miauen. Nahm auch den leichten Geruch von alter Katzenstreu wahr. Als er besser sehen konnte, entdeckte er die jungen Kätzchen, die an ihrem Nackenfell an die Wand genagelt worden waren. Die meisten waren bereits tot, einige zuckten noch.

»Großartige Ausstellung – findest du nicht?«, meinte Ducky Donald und blies eine Rauchwolke über ihre Köpfe hinweg in die Luft. »Soll Mattie vielleicht das Licht anmachen? Das Stroboskop ist echt wirkungsvoll.«

Das Stroboskop wurde eingeschaltet und wanderte mit seinem pulsierenden Strahl über Bilder von Totenschädeln, Grabsteinen, zerfallenen Kirchen. Fledermäuse, die vor einer Mondsichel flogen.

»Vielleicht kannst du mir erklären, was passiert ist«, sagte Mace zu Matthew.

Matthew fuhr sich mit der Zunge über seine ausgetrockneten Lippen. »Vor e-e-etwa einer halben Stu-Stunde krieg ich einen Anruf.«

»Handy? Festnetz?«

»Au-auf meinem Handy.« Er schnorrte sich eine Zigarette von seinem Vater. »Keine Nu-Nu-Nummer. Dieser Typ mei-meint, sie hätten mei-meinen Club etwas um-umdekoriert. Dann le-legt er auf. Ich da-dachte sofort: Das war PA-PAGAD. Und da-dann, dass sie al-alles zu-zu-zusammengeschlagen haben. Ich also hierher. Die Tür steht o-offen …«

»Hast du die Polizei gerufen?«

Matthew warf ihm einen genervten Blick zu. »Was i-ist das nur mit I-I-Ihnen und den Bullen?«

»Unbefugtes Eindringen. Einbruch. Tierquälerei. Und Centurion?«

Matthew lief rot an. »A-A-Alarm wurde nicht ausgelöst. Ve-Vertrag ist ausgelaufen.«

»Wir brauchen hier Schutz, Mace«, sagte Ducky. »Diese Leute scheißen auf die Verfassung. Wollen wir das, wofür wir so bitter gekämpft haben, von einem Kilo Semtex in die Luft jagen lassen?«

»Du willst, dass ich euch beschütze? Ruft die Polizei. Das ist sicherer.«

»Mei-mein Gott«, fuhr Matthew Mace an. »Ka-Kapieren Sie denn nicht? Das ist nichts fü-für die Bullen. Dahinter steckt Shee-Shee-Sheemina February. Die Bullen krie-kriechen der doch in den A-Arsch. Sie haben selbst Abdul Abdul ge-gesehen. Zwei-zweimal wegen Mordes verurteilt, und er läu-läuft immer noch frei rum. Das ha-hat er dieser Sheemina zu ve-ve-verdanken. Was helfen uns al-also die Bullen? Hä? Kö-Kö-Können Sie mir das sa-sagen?«

Ein Schatten fiel von der Eingangstür in den Raum. Oumou betrat den Club. Mace hörte, wie sie den Atem anhielt, »*Merde*!« sagte und wieder verschwand.

»Das ist echt ein Hingucker, den du dir da geholt hast«, sagte Ducky. »Du bist wirklich ein ausgefuchster Bursche, Mace Bishop.«

»Wollt ihr wissen, was ich denke?« Mace wanderte von einem Kätzchen zum nächsten. Sie waren alle sorgfältig festgenagelt. Einigen war während des Hämmerns der Schädel zertrümmert worden. Fünf der zwölf lebten noch. »Schließt den Laden. Das ist der beste Schutz, den ich euch bieten kann.«

»Geht nicht«, erwiderte Ducky. »Das hier ist ein Geschäft, Mace. Wenn Mattie schließt, brechen alle Einnahmen weg.«

»Wenn die hier eine Rohrbombe hochgehen lassen, brechen nicht nur die weg.«

»Um das zu verhindern, haben wir ja dich.«

Oumou kam mit einer Zange zurück, die sie sich in der Autowerkstatt geliehen hatte.

»Wenn du die Nägel rausreißen willst, brauchst du besseres Licht«, meinte Ducky Donald. »Schalt die Lichter voll an, Mattie, damit das Mädel sehen kann, was es tut.« Er kam näher. »Soll ich helfen?«

Oumou achtete nicht auf ihn. Trat vor das erste, noch lebende Kätzchen, schloss die Zange über dem Nagelkopf und riss mit einem Ächzen daran. Der Nagel löste sich aus der Wand, das Kätzchen kreischte leise und fiel zu Boden. Ducky Donald wurde mit einem Schwall französischer Worte überschüttet, weil er es nicht aufgefangen hatte. Bloß dumm, dachte Mace, dass er nichts davon verstanden hat.

»Willst du mich aufklären?«, fragte Ducky Donald, als ihm Mace eine Schachtel reichte, in dem die Kätzchen vermutlich hergebracht worden waren.

»Kurzversion: Du bist ein Arschloch.«

Matthew kicherte. Oumou befreite ein weiteres Tier und reichte es Ducky mit einer Miene, die ihm zeigte, dass Arschloch noch eine freundliche Übersetzung gewesen war. Sie löste nach und nach alle fünf lebenden Katzen. Sagte: »Das Ding können Sie Ihrem Nachbarn zurückgeben.« Und tauschte die Zange gegen die Schachtel aus. Mace folgte ihr nach draußen.

Ducky Donald rief: »Du lässt uns doch noch nicht im Stich, Mace?«

»Bis um halb fünf. In der Zwischenzeit solltet ihr euch ernsthaft überlegen, ob es nicht vielleicht doch besser wäre zu schließen.«

7

Der Tierarzt rettete drei. Während er Fell abschnippelte, die Wunden reinigte und Spritzen vorbereitete, wollte er wissen, was passiert war. Mace erzählte ihm, wie er und Oumou die Kätzchen an eine Mauer genagelt im schlechten Teil von Woodstock gefunden hätten, vermutlich so eine Art Bandeninitiation. Verstehe, sagte der Arzt, hab auch schon mal solche Geschichten gehört. Gekreuzigte Hunde. Aufgespießte Katzen. Sogar Kühe mit abgeschnittenen Eutern. Einmal sind ein Dutzend Hühner bei lebendigem Leib gerupft worden. Da muss man sich doch fragen, welche Drogen diese Gangster bevorzugen.

»Bringen Sie die in ein Tierheim?«, wollte er schließlich wissen. »Ich könnte mir vorstellen, dass sie jemand zu sich nach Hause nimmt, wenn sie die nächsten Tage überleben.«

»Wir nehmen sie«, sagte Oumou.

Der Tierarzt warf ihr einen mitfühlenden Blick zu. »Sie haben bereits genug getan. Sie müssen sich nicht verantwortlich fühlen.« Sein Blick wanderte wie zur Bestätigung zu Mace hinüber.

Mace widersprach nicht. Sich mit Oumou über solche Themen zu streiten, brachte nichts.

Als sie mit dem Auto die steilen Straßen hinauffuhren, erklärte sie ihm, sie halte es sowieso für eine gute Idee, Christa ein Haustier zu schenken. Das hätten sie besser schon vor Jahren getan. Das Mädchen sei jetzt sechs. Es solle ein Tier haben, um das es sich kümmern könne. »Du verstehst doch, was ich meine – *no*?«

Mace bog von der Kloof Street in die Union ab und hielt dann vor Christas Kindergarten.

»Sie werden es nicht überleben. Jedenfalls nicht alle. Wie wird sie damit fertig, wenn sie sterben?«

»Damit setzen wir uns auseinander, falls es tatsächlich so weit kommt.«

»Das wird es.«

»Vielleicht.« Sie warf ihm einen Blick zu, tausend Jahre alt. »Aber vielleicht auch nicht.«

Der Kindergarten lag hinter einer hohen Mauer. Am Sicherheitstor hing ein Schild: »Eltern tragen dafür die Verantwortung, dass sie ihre Kinder am Morgen ausschließlich zugelassenen Erzieherinnen übergeben.«

Oumou stieg aus dem Wagen, erreichte in zwei Schritten das Tor und drückte auf die Gegensprechanlage. Er hörte, wie sie ihren Namen nannte. Das Tor ging mit einem Klicken auf, und sie trat ein. Hinter der Mauer war der Lärm spielender Kinder zu hören. Mace öffnete den Kofferraum, um die Kätzchen zu streicheln.

Christa kam aus dem Tor gerannt. Sie blieb abrupt stehen, als sie die Kätzchen sah, die sich in der Schachtel aneinanderschmiegten.

Sie trug ein rotes T-Shirt, eine schwarze Trainingshose und Nikes. Ihre Haare waren wild, dunkel. Sie fingen im Sonnenlicht Feuer und schimmerten beinahe kastanienbraun. Ihre Augen hätten auch die ihrer Mutter sein können, wie Mace fand – mysteriöse Weiher, in denen sich schon so lange Geheimnisse angesammelt hatten, dass sie keine Überraschung mehr widerspiegelten. Sie hatte dieselbe Haut wie ihre Mutter, sowohl was die Beschaffenheit als auch was die Farbe betraf – ein Braun, golden wie die Crema eines Espressos. Wenn er nach Spuren seiner eigenen Gene in ihrem Mienenspiel, ihren Bewegungen oder dem Neigen ihres Kopfes suchte, konnte er keine entdecken. Andere Dinge schon: ihre Sturheit, ihr Temperament, ihre leichte Reizbarkeit. Allerdings zeichnete all dies auch ihre Mutter aus. Wenn er Christa so betrachtete, hatte er manchmal den Eindruck, Oumou habe sie allein gezeugt. Sie war das einzige Kind, das sie haben konnten, und das verlieh ihr besondere Rechte.

Mace nahm ihre Hand und zog sie näher an den Kofferraum. An der Schachtel war Blut zu sehen. Das Kätzchen mit der blutenden Wunde starrte zu ihnen nach oben, öffnete das Maul, um zu miauen, brachte aber keinen Ton heraus. Christa streckte die Hand aus, um es zu berühren. Bohrte einen Finger in sein Fell.

»Vorsichtig, *ma puce*«, sagte Oumou. »Sie sind verletzt.«

»Warum?«, fragte Christa.

»Jemand hat ihnen weh getan«, sagte Mace.

Das Kätzchen öffnete sein Maul, rot wie eine offene Wunde. Stumm.

Den ganzen Weg die Halbinsel entlang nach Hause sprach Christa kein Wort.

8

»Ich lass euch nur schnell raus«, erklärte Mace, während sie auf den Sicherheitsbeamten warteten, der das Tor zurückschob, um sie hereinzulassen. Seit drei Tagen funktionierte die Elektronik nicht. Der Mann ließ sich Zeit, lächelte sie an und winkte Christa zu, als ob er keine Eile kennen würde. Mace biss die Zähne zusammen, zwang sich aber dazu, nichts zu sagen.

»Trinkst du keinen Kaffee mehr mit uns?«, fragte Oumou.

Mace schüttelte den Kopf. »Hab ein Treffen.«

»Mit diesem Mann und seinem Jungen?«

»Ja.«

»Es ist nicht deine Aufgabe, sie zu beschützen.«

»Es geht um einen Gefallen. Ich schulde Ducky Donald noch was.«

Oumou erwiderte nichts und sah ihn auch nicht an, als sie durch das Tor fuhren. Lavender Mews: hübsche weiße Doppelhäuser, BMWs, SUVs, Kombis entlang des Bürgersteigs, Spielzeuge in den Vorgärten, leuchtend bunte Blumenrabatten. Eine Straße identischer Stadthäuser, das ihre in der Mitte der Reihe. Eine Schachtel zwischen Schachteln, wie Mace fand. Schmuck und sauber und hygienisch. Nur dass ihr Haus keine Blumenrabatte hatte und der Rasen mal wieder gemäht werden musste. Details, die Mace nicht wahrnahm. Es war die Art von Haus, in dem keiner von ihnen wohnen wollte.

»Ich mag das alte Haus nicht«, sagte Oumou und stieg aus. »Ich hab ein schlechtes Gefühl dabei.«

»Lass uns später darüber reden«, meinte Mace und ließ mit einem Klicken den Kofferraumdeckel hochgehen, um die Schachtel mit den Kätzchen herauszuholen. »Denk nach, und stell dir nur vor, was man alles damit machen könnte.«

»Ich muss nicht darüber nachdenken.«

Fünf Minuten später dachte Mace darüber nach. Und wie er Oumou von dem Haus überzeugen konnte. Sie wollte umziehen, er wollte umziehen, endlich raus aus dem Vorort. Das war ihre Gelegenheit. Nur dass sie das nicht einsah. Sie wollte ein Haus aus Beton, Glas und Chrom.

Er schob den Gedanken beiseite. Was ihn den ganzen Nachhauseweg wesentlich mehr beschäftigt hatte, war der Anruf auf Oumous Handy gewesen. Er verließ die hübschen kleinen Vorortstraßen und bog in die Main Road Richtung Blue-Route-Highway ab. Die Bergkette diesig vor blauem Hintergrund. Es musste Sheemina February gewesen sein. Warum, wusste er nicht. Er hatte nur das Gefühl, dass sie so tickte. Irgendwie musste sie seinen Namen herausgefunden haben.

Die Abfahrt führte ihn auf eine dreispurige Autobahn. Mace fuhr schneller als erlaubt und blendete auf, wenn man ihm nicht rasch genug auswich. Sie musste jemanden beim Handyprovider kennen, der ihr die Nummer gegeben hatte. Nicht nur seine Nummer, sondern die seiner Frau. Kein Grund anzunehmen, dass Sheemina February nicht die richtigen Kontakte hatte. Wenn für ihn ein Anruf genügte, um zu erfahren, wer Oumou auf diese Weise belästigt hatte, dann konnten für sie zwei Anrufe genügen, um Oumou ans Telefon zu bekommen.

Auf dem Wynberg Hill wählte Mace Matthews Nummer. Dieser meldete sich mit einer Stimme, als hätte er gerade eine Reihe toter Kätzchen von der Wand gelöst.

»Hast du mit Sheemina February Kontakt gehabt, seitdem wir uns getroffen haben?«, fragte Mace.

»Shee-Sheemina?« Matthews Stimme erhob sich schrill über den Silben. Überrascht.

»Ich will nur Ja oder Nein wissen.«

»N-nein.«

Ducky Donald rief im Hintergrund: »Wann trudelst du hier

ein, Mace? Du stehst bei mir immer noch in der Kreide. Das weißt du.«

Er richtete Matthew aus, seinem Vater für die Erinnerung zu danken. Er würde gleich da sein. Aber der Verkehr den Edinburgh Drive hinunter durch die Schlangenkurven von Claremont und Newlands Forest kam nur zäh voran. Während er dahinkroch, wählte er die Handynummer, von der aus Oumou angerufen worden war. Er erfuhr, dass sie einer Frau gehörte, deren Handy man eine Woche zuvor gestohlen hatte.

»Direkt von meinem Schreibtisch im Büro«, erklärte sie. »Man darf wirklich nichts aus den Augen lassen. Nirgendwo.« Sie lachte. »Die Versicherung hat gezahlt, und ich hab ein besseres gekriegt. So funktioniert das heutzutage.«

»Klingt wie eine Win-Win-Situation.« Sie mussten beide lachen. Das ließ Sheemina February allerdings noch einmal in einem anderen Licht erscheinen. Falls sie es war. Musste es gewesen sein.

Am Hospital Bend begann der Verkehr wieder flüssiger voranzukommen. Mace arbeitete sich mit dem Spider über vier Spuren hinweg, raste oben auf dem Berg in die Kurve – die Stadt unter ihm, die Berge grau im Hintergrund. Das war die Stadt, in der er wohnen wollte. Vergiss die Vororte, die Townships, die Wellblechhütten. Sheemina February, sagte er laut, deine Nummer krieg ich. Verlass dich drauf.

Als Mace den Spider vor dem Club parkte, war die Autowerkstatt geschlossen. Ebenso der Schrotthändler. Das einzige Lebenszeichen weit und breit war ein Schwarzer, der es sich mit Fish & Chips in einem Türeingang bequem gemacht hatte. Er beobachtete, wie Mace auf ihn zukam.

»Arbeiten Sie für Cuito?«

Der Mann grinste. »Ich heiße Dr. Roberto und bin aus Luanda. Zu Ihren Diensten. Ich werde die ganze Nacht hier sein.« Er wischte sich die Hand an seiner Hose ab und streckte sie dann Mace entgegen. Dieser schüttelte sie.

»Mediziner oder ein anderer Doktor?«

»Allgemeinarzt.« Dr. Roberto schob sich ein Stück Kartoffel in den Mund. »Entschuldigen Sie, aber ich hab großen Hunger.« Der Kartoffel folgte ein Bissen von dem Fisch. Während er noch schluckte, meinte er: »Ich habe in Kuba studiert. Aber ich bin nicht da. Es gibt mich gar nicht.«

»So wie Cuito.«

Die beiden Männer lachten. »So wie Cuito. Sehr traurig, das alles.«

Mace zog einen Fünfziger heraus und reichte ihn dem Mann. »Ich bin noch nie in Luanda gewesen. Den Fotos nach zu urteilen, die ich gesehen hab, war es mal eine schöne Stadt.«

Dr. Roberto seufzte. »Für mich ist sie immer zerstört gewesen. Man ganzes Leben lang herrscht dort schon Krieg.« Er widmete sich wieder den Fish & Chips.

»Sie lassen es mich wissen, wenn es was gibt, das ich wissen sollte.« Mace wandte sich dem Club zu. »Jederzeit. Die ganze Nacht durch.«

»Ich hab Ihre Telefonnummer, Mr. Mace. Cuito hat mir erklärt, was Sie wollen.«

Pylon, Ducky Donald und Matthew standen im *Club Catastrophe* in der Nähe der Tanzfläche und tranken Bier aus Flaschen. Bis auf ein paar Blutspritzer an der Wand kein Hinweis mehr auf die Kätzchen. Pylon hob grüßend die Hand. Ducky Donald grinste, als Mace das Blut bemerkte.

»Matties Idee«, sagte er. »In memoriam.«

»Ihr macht heute Abend also auf?« Mace nahm das Bier entgegen, das Matthew für ihn geöffnet hatte.

»Warum nicht? Wer soll uns daran hindern?«

Mace warf Pylon einen Blick zu. »Vielleicht kannst du es ihm erklären. Aber schön langsam.«

Pylon trat einen Schritt zurück, um seine Ellbogen auf der Bartheke abzustützen. »Hab ich schon. Hat nichts daran geändert, wie sich die Welt dreht.«

Ducky Donald legte einen Arm um die Schultern seines Sohnes. »Lasst es einfach gut sein, Jungs. So sind die Zeiten nun mal. Die Raver wollen raven. Die kann man nicht enttäuschen. Wir machen auf. Noch hat es sowieso keine Bombendrohung gegeben.«

Mace trank einen Schluck Bier. Der bittere Geschmack in seinem Mund ließ das Bier nach Eisen schmecken. »Okay. Wenn ihr fest entschlossen seid, bleibt uns wohl keine andere Wahl.«

»So ist es, mein Bruder.«

Mace schüttelte den Kopf. »Du hast unrecht, Ducky. Es ist völlig falsch, das einfach durchdrücken zu wollen.« Er und Pylon machten sich auf, um die Örtlichkeiten genauer unter die Lupe zu nehmen.

»Nicht gerade das, was ich von dem alten Draufgänger Mace Bishop sonst so gewohnt bin«, rief ihnen Ducky Donald hinterher.

Als sie außer Hörweite waren, meinte Pylon: »Wir haben nicht genügend Leute für einen solchen Auftrag. Sprengt unseren Rahmen.«

Mace antwortete nicht.

»Das hier alles abzusichern, wird uns wahnsinnig viel kosten.«

»Hast du einen anderen Vorschlag?«

Pylon schnitt eine Grimasse. »Wenn ich gewusst hätte, dass es so kommt, hätte ich Ducky Donald damals gesagt, er kann sich seine AKs sonst wohin stecken.«

Hinter der Tanzfläche entdeckten sie einen Chill-out-Room und Toiletten mit Oberlichtfenstern, die in den Hinterhof hinausblickten. Die Gitterstäbe, die gegen Einbrecher angebracht waren, würden keinen daran hindern, hier eine Rohrbombe hineinzuwerfen. Würden auch niemanden daran hindern, einzusteigen, der das wirklich wollte. Ebenso wenig würde das die Hintertür tun, die zu einem Raum führte, in dem Matthew seine Getränke lagerte. Mochte vielleicht ein Sicherheitsgitter haben, aber jedes Brecheisen würde dieses Problem in weniger als dreißig Sekunden lösen, wie Mace vermutete.

Da die Wände im Club schwarz getüncht waren, würde zudem jedes Päckchen, das liegenblieb, im Schatten verschwinden. Überall gab es dunkle Ecken. Wenn es jemandem gelang, ein vier oder fünf Pfund schweres Paket an den Türstehern vorbeizuschmuggeln, die einen abtasteten, dann konnte dieser Jemand das Paket auch einfach in einer Ecke ablegen und sich verdrücken. Niemand würde es bis zum großem Knall bemerken.

Oberhalb des Clubs befanden sich leere Büroräume und darüber ein Dachboden. Die Böden dazwischen waren Holzdielen, von denen einige so laut knarzten, als ob es keine gute Idee wäre, auf ihnen stehen zu bleiben. In einer Besenkammer entdeckte Pylon eine Falltür. Wenn man sie aufmachte, konnte man sehen, dass sich Ducky Donalds Haare oben deutlich lichteten. Pylon schob die Falltür wieder an ihren Platz zurück und klopfte sich den Staub von den Händen.

»Vielen Dank, Ducky. Hätte ich damals die Wahl gehabt zwischen dem hier und dem arabischen Waffenschmuggler, hätte ich den Araber genommen.«

Mace sah zu Dr. Roberto hinunter, der inzwischen seine Fish & Chips aufgegessen hatte und sich nun die Hände an einem dampfenden Becher wärmte. Irgendwie hatte er offenbar die Fragen der Nahrungsaufnahme im Griff.

Pylon trat neben seinen Partner. »Meinst du, wir sollten alles absuchen? Vielleicht haben sie ja schon eine Bombe mitgebracht, als sie die Katzen an die Wand nagelten.«

»Um auf der sicheren Seite zu sein, sollten wir das auf jeden Fall tun. Allerdings bezweifle ich, dass sie das gemacht haben.«

»Kennst du den Typen da unten?«

»Ja, ein Arzt. Schaut sich für uns um.«

»Er arbeitet für uns?«

»Er und dieser Parkplatzwächter Cuito.«

Pylon fuhr sich so heftig mit einer Hand über das Gesicht, dass Mace das Kratzen des Barts hören konnte. »Hättest du mich nicht zuerst fragen sollen?«

»Hätte ich«, stimmte er zu und schlenderte zur Treppe. »Betrachte die beiden einfach als Gelegenheitsarbeiter. Für Gelegenheitsarbeiter braucht man unserem Vertrag nach keine Genehmigung des Partners.«

»Mace.«

So wie Pylon seinen Namen aussprach, sollte das Mace zum Stehen bringen. Tat es auch. Pylon trat zu ihm. »So läuft das nicht. So haben wir das noch nie gemacht. Kein Grund, das jetzt zu ändern.« Sie starrten sich an, zwanzig Jahre gemeinsame Geschichte in ihren Blicken. »Wenn du mich gefragt hättest, hätte ich gesagt: ›Klar, mach's.‹ Aber jetzt überleg ich mir, was hier abgeht. Jetzt denk ich mir: He – Mace hat mir nie gesagt, wo er während dieser zwei Tage in New York verschwunden war. He – Mace ist vor drei Wochen nach Johannesburg geflogen und hat mir nie einen Grund dafür genannt. He – am Samstagnachmittag hat er sein Handy nicht beantwortet, und Oumou hatte auch keine Ahnung, wo er steckt. All diese Dinge passen nicht zu meinem Bild von Mace. Meiner Vorstellung nach bleibt er immer nüchtern. Effizient. Scheint manchmal ohne Gefühle zu sein. Meistens sogar. Aber er hintergeht mich nicht. Verstehst du, was ich meine? Als Nächstes haben wir dann zwei Aliens auf der Gehaltsliste.«

»Nur gegen Zahlung bei Lieferung.«

»Ich mein das nicht lustig. Es geht hier um was anderes. Darum, was hier los ist. Was hier im Hintergrund abläuft. Weshalb ruft Oumou mich an und fragt, ob mir irgendwas an Mace aufgefallen sei? Wie was? Wie dass er wütend ist. Genauer gesagt, dass er nicht mehr mit seiner Tochter spielt. Wahrscheinlich auch nicht mit seiner Frau, vermute ich mal. Ohne dass mir das gesagt wurde, natürlich. Ist nur so 'ne Vermutung.«

Er brach ab. Mace ließ eine Weile schweigend verstreichen. Schließlich sagte er: »Es ist nichts.«

»Das glaub ich nicht. Ich glaube, da ist was. Wenn du mich fragst, dann geht es um eine Frau.«

Mace schnaubte. »Da liegst du total falsch. Aber so was von total.«

»Glaub ich nicht. Ich würd sagen, dass du Isabella in New York getroffen hast.«

»Du kannst glauben, was du willst. Ich sag dir, du irrst dich.«

Pylon starrte ihn weiterhin an. Ein Muskel zuckte unterhalb seiner Unterlippe, wie immer, wenn Pylon verärgert war. »Also gut. Okay, *Bru.*« Er schnalzte mit den Fingern. »Jetzt ist vielleicht nicht der richtige Zeitpunkt. Aber wir müssen reden. Ich muss wissen, was abgeht.«

Unten im Erdgeschoss öffneten Vater und Sohn gerade ihr drittes Bier. Pylon und Mace lehnten dankend ab.

»Habt ihr inzwischen rausgefunden, wie ihr Mattie beschützen könnt?« Ducky Donald führte die Flasche an seine Lippen und nahm einen großen Schluck.

»Es geht nicht darum, jemanden zu beschützen«, erwiderte Pylon. »Es geht darum, ob wir den Kerl mit der Bombe entdecken, ehe sie losgeht.«

»Das reicht nicht«, sagte Ducky Donald. »Ihr seid die Teufelskerle, und das ist nicht teufelsmäßig.«

»Bei der kurzen Vorwarnzeit können nur Pylon und ich hier sein. Das ist das Beste, was wir anzubieten haben«, meinte Mace. »Wir möchten dir für diese Chance danken, Donald.«

Ducky Donald lächelte über den Seitenhieb. »Halte ich euch von Wichtigerem ab?«

»Wir haben eine Firma, um die wir uns kümmern müssen.«

»Euch um alte Ladies kümmern, die auf Schönheits-Safari gehen! Tolle Firma, Mace. Ist doch nur ein Absahnen von den Reichen. Wo liegt da die Spannung? Wo ist der Thrill? Guten Morgen, Mrs. Vanderbilt. Wie verheilt das Facelifting? Sind wir heute bereit, uns die Nashörner anzusehen?« Er ahmte die beiden nach, wie sie sich unterwürfig ihren Facelift-Klienten anpriesen. Zugegebenermaßen, dachte Mace, nicht immer erfreulich, aber trotzdem ein gutes Geschäft. Man begleitete die Leute, wenn sie aus New York oder Los Angeles oder sonst woher kamen, hielt ihnen das Händchen, wenn sie ihre OP hinter sich gebracht hatten und warten mussten, bis alles so weit abgeheilt war, dass sie auf Großwild-Safari gehen konnten, während die Narben verschwanden.

»Was ist das bloß mit euch?« Ducky trat zu Pylon, umfasste seinen Bizeps und drückte. Pylon, nicht gerade der Kleinste, legte seine Hand auf die von Ducky Donald und zerrte sie weg. Ducky wich einen Schritt zurück. »Gibt es euch einen Kick, die Obdachlosen zu verscheuchen? Keine Sorge, Sandra, wir kümmern uns um alles. Halten die Paparazzi in Schach.« Er wandte sich von Pylon zu Mace. »Das ist keine Firma. Das ist ein Geschäft mit der Paranoia. Neurotiker noch etwas panischer machen. Leicht verdientes Geld, Jungs.« Er trank einen weiteren Schluck Bier. »Was wir euch hier bieten, ist was Reales. Die Art von Aufgabe, die euch früher gekickt hat.«

Angst. Gewalt. Blut. Und Tod.

Eine altvertraute Melodie, die Mace nicht noch einmal hören wollte. Er wanderte durch den Raum und fragte sich, ob

Matthews Türsteher gut darin waren, die Leute nach Waffen abzutasten. »Ganz genau, Ducky. Zu unserem Geschäft gehört kein Sicherheitsdienst für Diskotheken.«

»Jetzt schon.« Auf Duckys Gesicht zeigte sich dieses selbstzufriedene Grinsen, das Mace früher auf die Palme gebracht hatte. Tat es immer noch. »Also überlegt euch eine Strategie.«

Mace wollte ihm gerade erklären, dass die Strategie im Abwarten bestand, als Matthews Handy klingelte. Der formte mit seinen Lippen die Worte She-Sheemina February, ehe er den Apparat an sein Ohr hielt.

»Ich ha-ha-hatte nicht vor, Sie an-anzurufen«, sagte er und lauschte.

»Ich se-sehe keinen Gru-Grund, Sie zu treffen.«

Er lauschte wieder.

»Das ist ei-ein frei-freies Land«, meinte er schließlich. »Wie Sie er-er-erklärt haben.« Legte auf. »Sie-Sie ist draußen. Und ko-ko-kommt rein.«

»Das sollte sie nicht tun«, sagte Ducky. »Das hier ist Privateigentum.«

Matthew antwortete nicht.

Sheemina February war diesmal allein. Ohne Aktenkoffer, ohne Schal. Eine wirklich auffallende Frau mit einer starken Ausstrahlung, wie Mace fand. Verlangte ziemlich viel Mut, hier einfach reinzuschneien. Sie ignorierte die Männer und ließ den Blick über die schwarzen Wände und die Gothic-Malerei wandern. Falls sie die Blutspuren bemerkte, ließ sie es sich jedenfalls nicht anmerken.

Sagte: »Lächerlich, Matthew. Wirklich kindisch, muss ich sagen.«

»Sind Sie eine Kennerin der Materie?«, fragte Ducky Donald und stellte sich mitten in den Strahl des Stroboskops.

Sie reagierte nicht auf seine Stichelei. Sagte zu Matthew: »Wie haben Sie sich entschieden?«

Er stützte sich mit einer Hand an der Wand ab, lässig. »Hab ich doch scho-schon gesagt.«

»Ihr letztes Wort?« Als Matthew nicht antwortete, wandte sich Sheemina February an Mace. »Mr. Ratgeber, diesen Ratschlag haben Sie ihm also erteilt?«

»Sie kennen meinen Namen«, erwiderte Mace. »Benutzen Sie ihn auch.«

Sie blickte ihn unverwandt an. »Ich kenne mehr als nur Ihren Namen.« Langsam wandte sie sich den Bildern an der Wand zu. Sie hielt inne, als sie Mace ganz den Rücken zugedreht hatte. »Ich kenne Sie. Ich kenne auch Christa. Entzückendes Kind, Mr. Bishop. So freundlich. Hat überhaupt keine Scheu vor Fremden.«

Mace sah einen Moment lang rot. Dann wurde alles schwarz. Pylon legte ihm eine Hand auf den Unterarm. »Nicht.« Er flüsterte es, aber sie hörte es trotzdem.

»Nicht.« Sie drehte sich wieder zu ihnen. Ihre blauen Augen waren ausdruckslos. »Die Kampfgefährten Mace und Pylon. Die Männer aus Eis. Beinharte Killer für die einen. Volkshelden für die anderen. Veteranen des Befreiungskampfes, Waffenschmuggler für die glorreiche Guerilla unserer Bewegung. Heutzutage Escort Service für VIPs. Das hier ist nicht eure Szene, Jungs. Haltet euch lieber an die Runzelhälse. So gefährdet ihr auch nicht eure Pensionsansprüche.«

»Wenn Sie ihr nahe kommen … Wenn Sie meiner Frau nahe kommen …« Mace schüttelte Pylons Hand ab.

»Ich komme überhaupt niemandem nahe, Mr. Bishop. Ich bin hier, weil ich ›People Against Drugs‹ vertrete. Wenn Sie wollen, kann ich Ihnen gern einmal anständige Leute zeigen, deren Kinder zu Prostituierten, Gangstern und Kriminellen wurden. Kinder wie Ihre Christa. Und was hat die Polizei getan, um diesen Menschen zu helfen? Nichts. Weil irgendwo in der Beschaffungskette ein Polizist ist. Was tun die Politiker?

Auch nichts. Weil die Drogenbarone Schulen bauen lassen. So wie ich das sehe, bauen sie in Wirklichkeit Marktplätze. Hier drin, das ist auch ein Marktplatz.«

Mace trat einen Schritt auf sie zu. Sie wich nicht zurück. »Woher kennen Sie meinen Namen? Woher haben Sie die Handynummer meiner Frau?«

»Ich habe Sie wiedererkannt, Mr. Bishop. Ganz einfach. Es gab einmal eine Zeit, als wir auf derselben Seite standen. Derselben Partei angehörten, wenn man das so sagen kann.«

»Das beantwortet nicht meine Frage.«

»Ach, kommen Sie. Benutzen Sie Ihre Fantasie.« Sie warf einen Blick auf ihre Armbanduhr. »Wir sind jetzt an der Macht. Wahrscheinlich haben wir teilweise sogar die gleichen Kontakte.« Sie ging an ihm vorbei auf den Ausgang zu. »Meine Herren«, sagte sie und hielt die Hand hoch, die in einem Handschuh steckte. »Sehr bedauerlich, dass Sie eine so harte Linie vertreten. Ich hatte gehofft, wir könnten zusammenarbeiten.«

»Harte Linie!« Ducky Donald verschluckte sich beinahe an seinem Bier. Aber Sheemina February war bereits gegangen.

»Scheiße«, sagte Pylon. »Ich erinnere mich an sie. Sie hatte zehn Jahre wegen Verrats bekommen. In den späten Achtzigern. Ist an der Folter beinahe draufgegangen, hab ich gehört.«

»Schade, dass sie es überlebt hat.« Ducky Donald eilte durch den Raum, um die Tür ins Schloss zu schmettern. »Die bedeutet Ärger. Echten Ärger.«

»Wollt ihr immer noch aufmachen?«, fragte Mace.

»Um Punkt zehn gehen die Türen hier auf«, sagte Ducky. »Was meinst du, Mattie?«

Matthew nickte, wirkte allerdings nicht gerade wie der glücklichste Clubbesitzer der Stadt.

9

Draußen wurde es dämmrig, aber es blieb warm. Ein Wind blies von den Bergen herab.

Pylon fragte: »Was war das mit dieser February-Frau und Oumou?«

Mace zuckte mit den Achseln. »Einschüchterung. Wer weiß. Vielleicht glaubt sie, dass ich die Hartnells irgendwie beeinflussen könnte.« Er hielt inne. »Du meinst also, sie war im Gefängnis?«

»Soweit ich mich erinnere, wollten sie und zwei ihrer Schwestern eine Autobombe zünden, die den Präsidenten auf dem Weg ins Parlament töten sollte. Irgend so was. Wurde jedenfalls groß in den Zeitungen berichtet. Vor allem wegen ihrer hübschen Gesichter. Und dann zehn Jahre für das Bombenkomplott. Als die Politischen begnadigt wurden, kam auch sie frei. War wahrscheinlich höchstens drei Jahre im Bau.«

Mace wippte an der Bordsteinkante vor und zurück. Ihn störte etwas, das er nicht ganz zu greifen vermochte. »Da ist mehr«, sagte er. »Ich weiß nur nicht, was. Sie kommt mir persönlich bekannt vor.«

»Sie ist unheimlich.«

»Kann man wohl sagen. Sie und die Leute, die hinter ihr stehen. Die Irren. Eines ist jedenfalls sicher: Sheemina February wird nicht selbst aktiv werden. Solche Sachen hat sie früher gemacht.« Mace seufzte. »Früher war alles so einfach, was? Wir und die anderen. Jetzt sind wir die anderen. Manchmal sogar schlimmer.«

»Ach, komm schon.«

»Stimmt doch. Schau dir nur den Scheiß an, den Ducky Donald da durchziehen will.«

»Hat er noch was gesagt?«

»Muss er nicht.«

Pylon schnalzte mit der Zunge und starrte ans Ende der Straße. Sagte: »Zeit zu reden. Über dich.«

Das Letzte, was Mace jetzt wollte. »Nein.« Er schüttelte den Kopf. »Morgen.«

Pylon sah ihn misstrauisch an.

»Morgen. Okay?«

»Ich meine das ernst, Mace.« Pylon ließ das automatische Schloss des Mercedes aufschnappen – eines der Autos für ihre Luxusklienten. »Und was ist damit?« Wies mit dem Daumen auf den Club. »Werden sie den in die Luft jagen?«

»Wahrscheinlich. Wahrscheinlich heute Nacht, nehme ich an.«

Pylon stieg ein. »Das ist so beschissen.« Er ließ das Seitenfenster herunter. »Noch was zu dieser Sheemina February. Im Gefängnis hat sie angeblich eine Haarbürste so scharf geschliffen, dass sie sie einer Wärterin in den Bauch rammen konnte.«

»Gefährliche Lady.«

»Wir sollten es mit der Polizei versuchen. Captain Gonsalves, vielleicht ist der interessiert.«

»Bezweifle ich. Wie der Mann schon sagte: Es gibt keine Bombendrohung. Was soll man sich also Sorgen machen? Gonsalves wird mich zum Teufel jagen.«

»Versuch es trotzdem.«

»Versuch du es.«

»Er ist weiß. Das gehört zu deinem Bereich.«

Sie vereinbarten, sich um zweiundzwanzig Uhr wieder zu treffen.

Dreimal die Woche – montags, mittwochs und donnerstags – schwamm Mace mit zwei anderen Männern im Schwimmbad des Point Health Centre. Tyrone, vermutete er, war im normalen Leben Anzugträger, vermutlich im Management. Allan bevorzugte Chinohosen und Polohemden. Ihn schätzte er als Marketingtypen ein. Sie redeten wenig, begrüßten einander nur und gaben vielleicht einige Kommentare hinsichtlich des Wetters, der aktuellen Nachrichten oder des Sports ab. Ihre Regel lautete: Schwimmen beginnt um halb sieben. Fünf Minuten Spielraum, falls sich einer verspätet. Länger warteten sie nicht.

Tyrone und Allan waren jünger als Mace, Tyrone der stärkere Schwimmer, Allan mehr in der Iron-Man-Liga. Sie gingen das Ganze immer gleich an. In der ersten halben Stunde legte Mace das Tempo vor – aus Rücksicht auf die zehn, fünfzehn Jahre, die er mehr auf dem Buckel hatte. Dann übernahm Allan für eine Viertelstunde, während Tyrone sie durch den letzten Teil peitschte und so antrieb, bis Maces Arme vor Schmerzen zu brüllen schienen und er sich fragte, ob seine Lungen groß genug für die Luft waren, die er benötigte. Schließlich keuchte er nur noch und klammerte sich an den Beckenrand, kaum mehr in der Lage, überhaupt die Stufen hinaufzukommen. Das war nicht normal. Aber andererseits, dachte er, ist sowieso nichts normal.

Seine Stunden im Wasser bedeuteten eine Auszeit. Er war ein Reptil, fixiert auf das Blau vor sich und die schwarze Linie am Boden. Ein Krokodil. Keine Vergangenheit, keine Zukunft, keine Gedanken. Nur die Bewegung seiner Arme und Beine, das Wenden seines Kopfes, um Luft zu holen. Die Effizienz seines Körpers, wie er geschmeidig durchs Wasser schoss, lautlos, blasenschlagend, ganz und gar mit dem Vorankommen beschäftigt. Mace der Zuverlässige, dachte er in diesen Momenten. Der die Dinge anpackt.

Nach dem Schwimmen zogen sich die Männer mehr oder weniger schweigend an. Verloren vielleicht ein, zwei Bemerkungen darüber, dass sie besser in der Zeit hätten liegen können. Keinerlei Andeutung, dass Mace sie langsamer machte. Auf dem Weg nach draußen blieb er an der Bar stehen, um einen Fruchtsaft zu trinken. Tyrone und Allan sahen nach draußen, ob es regnete.

Es war dunkel, als Mace den Sportclub verließ. Der Spider stand am Rand des Parkplatzes in der Nähe einer Hecke. Keine Laterne, überhaupt keine Beleuchtung im Außenbereich. Einige Autos standen noch auf dem Parkplatz, aber nirgendwo eine Menschenseele. Er bahnte sich seinen Weg an den Wagen vorbei, während er an Sheemina February und die Bombe dachte, die sie ihre Handlanger sicher zünden lassen würde. Dachte daran, dass sie ihn wiedererkannt hatte. Und dass er sie auch hätte wiedererkennen müssen.

Die Kids, eine Bande Jungs, umzingelten ihn so plötzlich, als wären sie aus einer anderen Dimension herbeigebeamt worden. Zischten, flüsterten, zerrten an seiner Sporttasche und seinen Klamotten – brutal, nach Alkohol, Crystal Meth und Kleber stinkend. Er hatte sie nicht gespürt, nicht gesehen, nicht gehört. Sie hatten ihn eiskalt erwischt. Im Kofferraum des Spider lag eine Fünfundvierziger. Aber eine Fünfundvierziger im Kofferraum nützt genauso viel wie ein Gebet, dachte Mace und versuchte, die Lage einzuschätzen.

Die Bande bestand aus fünfzehn oder noch mehr Kerlen, die zwischen den Autos herumschlichen, immer auf der Jagd. Einer sprang ihm auf den Rücken, kleinere Jungs attackierten ihn von der Seite, zwei größere Rattengesichter schnitten ihm den Weg ab. Standen da, grinsten.

Er ließ die Tasche fallen, um sie abzulenken, und die Kids stürzten sich darauf wie Schakale, die Knochen aus einem Kadaver reißen. Er hatte seine Haus- und Autoschlüssel in der linken Hand und schob die Metallschafte so zwischen seine Finger, dass sie aus seiner geballten Faust herausschauten. Ehe die Jungs seinen Arm festhalten konnten, rammte er seinen Handrücken in die Wange eines der Rattengesichter. Wandte sich dann dem Jungen hinter ihm zu, schlug ihn zu Boden, stellte seinen Stiefel auf dessen Kopf. Es war der einzige Vorteil, den er sich zunutze machen konnte, ehe sie sich auf ihn stürzten. Trotzdem gelang es ihm noch, zwei weitere Male mit seiner Faust zuzustechen. Den Schreien nach zu urteilen hatte er die Haut durchbohrt.

Die Jungs krallten nach seinen Augen, versuchten ihn zu Boden zu reißen. Er schmeckte Blut, spürte die Klebrigkeit auf seinen Händen. Sein Blut, ihr Blut. Ihr Blut voller HIV, die meisten von ihnen Stricher für die Sorte Freier, die es härter wollten. Die Vorstellung, dass sich ihr Blut mit dem seinen vermischen könnte, verlieh ihm neue Kräfte, um diejenigen abzuschütteln und gegen ein Auto zu schleudern, die sich an seine Brust klammerten. Die hinter ihm ließen ebenfalls von ihm ab. Das andere Rattengesicht tänzelte hin und her, wollte ihn mit einem Messer angreifen. Er kam von unten, um Mace in die Eingeweide zu treffen. Verdammt schnell für einen Schnüffler. Trotzdem gelang es Mace, seinen Arm beiseitezuschlagen. Die Messerklinge streifte über Maces Gürtelschnalle, glitt nach oben durch sein Hemd, traf auf Haut. Er spürte ihre Hitze. Der Junge sprang beiseite und dann wieder auf ihn zu, um das Messer ganz reinzurammen. Wieder parierte Mace, die Klinge hinterließ einen Schnitt in seinem Arm.

Vom Sportclub waren Rufe zu hören. Ein Schuss. Rattengesicht zögerte einen Moment lang, doch die Bande zerstreute sich bereits in alle Winde. Er stürzte davon.

Ein Mann kam auf Mace zugeeilt. »Alles in Ordnung?«

Mace blickte auf das Blut, das von seinen Fingern tropfte.

»Das Beste wäre, diese Typen weit aufs Meer rauszufahren«, meinte sein Retter. »Und dann dort ins Wasser zu werfen.«

10

Mace säuberte sich im Sportclub. Der Schnitt an seinem Bauch brauchte nur etwas Salbe und ein größeres Pflaster. Der Stich im Unterarm war tiefer eingedrungen. Er müsse genäht werden, meinte der Erste-Hilfe-Typ. Auf jeden Fall eine Tetanusspritze. Was eine HIV-Ansteckung betraf, so glaubte er nicht, dass da ein großes Risiko bestünde.

»Glück gehabt«, sagte er. Er habe schon öfters miterlebt, wie die Leiche beide Hände voll damit zu tun gehabt hatte, ihre Eingeweide davor zu bewahren, in den Schmutz der Straße zu fallen, während ihr alle Wertgegenstände abgenommen wurden.

»Die Leiche?«, fragte Mace.

Der Erste-Hilfe-Typ bedachte ihn mit einem finsteren Blick. »So nennen diese Kids ihre Opfer. Noch bevor das Messer seine Arbeit getan hat.«

Auf dem Nachhauseweg dachte Mace immer wieder: die Leiche. Wandelnder Leichnam. Todgeweihter. Kadaver. Vor allem quälte es ihn, wie er einfach mitten in die Gefahr gelaufen war. Er hatte die Angreifer nicht mal bemerkt, bis es zu spät gewesen war. In seiner Branche hatte diese Art von Nachlässigkeit etwas Erschreckendes. Früher hätte das gereicht, um getötet zu werden. Auch heutzutage reichte es. Solche Dinge passierten, wenn man in Gedanken woanders war.

Während er auf dem Eastern Boulevard in Richtung Stadtrand fuhr, wählte er Captain Gonsalves' Nummer. Das Telefon klingelte fünf Mal, ehe der Captain abhob. »Was?«

Mace erklärte es ihm. Jedes Mal wenn er eine Pause machte, konnte er den Captain kauen hören.

»Und?«, fragte Gonsalves schließlich, als Mace zu Ende erzählt hatte.

»Und wollen Sie vorher oder nachher dazustoßen?«, entgegnete Mace.

Gonsalves lachte. »Das ist aber ein ziemlicher Abstieg, was, Mr. Bishop?« Das Kauen wurde lauter. »Das letzte Mal, als ich von Ihnen hörte, waren Sie im Sicherheitsgewerbe. VIP-Personenschutz, hab ich doch richtig verstanden? Diese Facelift-Ladies sind Ihre Spezialität, oder? Sie und Ihr Kumpel Buso spielen die Handlanger für Promis und Reiche. Wissen Sie was, Mr. Bishop? Bleiben Sie dabei. Die Clubszene ist voller Abschaum. Sie haben recht in Ihrer Annahme: Heute Nacht werden Sie in die Luft fliegen.«

»Was Sie nicht weiter interessiert?«

»Sie sind doch schon ein großer Junge, Mr. Bishop. Sie wissen, wie so was läuft.« Kau, kau. Gonsalves lachte ein weiteres Mal, und die Verbindung brach ab.

Mace raste die Hospital Bend in der Überholspur entlang und dann hoch Richtung Mill, hielt sich immer eng an die Mittelleitplanke. Manchmal traf er Gonsalves irgendwo, wie sich das bei einem Job in der Sicherheitsbranche nicht vermeiden ließ. Einige Leute sagten, er sei ein guter Polizist, der während der dunklen Jahre seine Nase ausschließlich in wirkliche Verbrechen gesteckt hatte. Inzwischen starrte der Mann seiner bevorstehenden Pensionierung ins Gesicht. Vermutlich keine erfreuliche Aussicht. Noch etwa fünf Jahre, nahm Mace an, und dann könnte er so weit sein, an ihre Tür zu klopfen und darum zu betteln, für sie babysitten zu dürfen.

Am Eingang zu ihrem Wohnkomplex rollte der Nachtportier das Tor zurück. Ein neuer Mann, der mit größerer Geschwindigkeit arbeitete als der andere Wächter. Mace parkte hinter Oumous Kombi. Noch ehe er den Motor abgestellt hatte, rannte Christa bereits zu ihm heraus. Eines der Kätzchen war gestorben. Sie hatte sie Cat1, Cat2 und Cat3 getauft. Cat1 war tot.

»Cat3 stirbt wahrscheinlich auch«, erklärte sie und nickte, ihr Mund entschlossen.

Sie wirkte nicht weinerlich, sondern schien mehr daran interessiert zu sein, wo sie Catı vergraben wollten.

Hinten im Garten, schlug Mace vor. Oder jedenfalls an dem Ort, den sie den Garten nannten: ein Rasenquadrat, umrahmt von leeren Blumenbeeten, in denen nur Unkraut wucherte. Manchmal ließ Oumou einen Mann kommen, der das Gras mähte, aber länger als eine Woche dauerte der ordentliche Anblick nie. Gelegentlich gab es Briefe von der Grundstücksverwaltung, die sich über die Vernachlässigung beschwerte und vorschlug, zumindest ein paar Strauchmargariten zu pflanzen.

»Stell doch eine Kerze auf das Grab«, meinte Oumou.

»Und Blumen?«

»Wir können auch Blumen kaufen, *ma puce*.«

Mace durchsuchte die Besteckschublade nach einem alten Löffel, den er als Schaufel benutzen wollte, und entdeckte einen voller Rostflecke.

»Willst du graben?« Christa nickte. Sie gingen in den Garten hinaus, um ein flaches Grab auszuheben. Während sie ein Loch in den Boden kratzte, brachte Oumou eine Kerze, und Mace holte das tote Kätzchen.

»Ich mach das, Papa«, sagte Christa, nahm das leblose Tier und legte es vorsichtig in das Loch.

»Jetzt musst du es mit Erde zudecken.«

Sie schüttelte den Kopf und klammerte sich plötzlich an ihre Mutter. Mace wollte gerade eine Handvoll Erde auf den kleinen Kadaver werfen, als Christa ihn zurückhielt. Er ging in die Hocke, um mit ihr auf Augenhöhe zu sein.

»Was ist los?«

In ihren Augen standen Tränen, und sie packte Oumous Hand.

Oumou sagte: »Willst du das Kätzchen zuerst mit einer Decke schützen, *chérie*?« Christa nickte.

Sie wickelten das Tier in ein Küchentuch und legten es

dann wieder in das Loch zurück. Diesmal ließ Christa ihren Vater die Erde darüberschieben und einen kleinen Hügel bauen. Ihre Mutter entzündete die Kerze und steckte sie an der Stelle in den Boden, wo sich der Kopf des Kätzchens befinden musste. Eine Weile standen sie Hand in Hand da, sahen zu, wie die Flamme flackerte und hinter ihnen auf der Mauer die Schatten tanzten.

Beim Abendessen sagte Christa: »Papa, kommen Katzen in den Himmel?«

Oumou streckte die Hand aus und streichelte ihrer Tochter über den Kopf, die Augen auf Mace gerichtet.

»Wenn Katzen sterben, dann sterben sie genauso wie wir«, sagte er.

Christa sah ihn an. »Wir kommen in den Himmel.«

Mace schüttelte den Kopf. »Wir sterben, mein Schatz. Das ist alles. Danach passiert nichts mehr.«

Verwirrt wandte sie sich an ihre Mutter. »*Oui, ma puce*«, sagte Oumou leise.

Christas Unterlippe begann zu zittern. Die Tränen kamen, groß und langsam.

Mace ging, als Christa eingeschlafen war. An der Tür zur Garage hielt ihn Oumou auf.

»Warum tust du das?«, fragte sie. »Das sind keine guten Männer.«

»Ich weiß. Aber ich schulde ihm noch was. Das habe ich dir doch schon gesagt.«

»Für etwas aus der Vergangenheit. Das ist Blödsinn, Mace.« Sie nahm seine rechte Hand und brachte ihn dazu, sich ihr zuzuwenden. Er zuckte zusammen, als sie sich umarmten, und sie wich einen Schritt zurück. Ihre Arme sanken herab. Schließlich fragte sie: »Warum verlässt du mich?«

Sein Arm schmerzte, aber er fand es unsinnig, ihr jetzt von

dem Überfall zu erzählen. Stattdessen nahm er ihre Hand. »Das tue ich nicht. Du irrst dich.« Es war der Widerhall jener Antwort, die er auch Pylon gegeben hatte.

»Warum bist du dann so merkwürdig? So kalt?«

»Morgen«, sagte er. »Wir sprechen morgen.«

Ihr Gesichtsausdruck legte sich bleiern auf ihn. Eine tiefe Verzweiflung. Eine tiefe Einsamkeit. Er fuhr rasch davon, ehe es der Schmerz unmöglich machte.

11

Sheemina February, in der Rechten ein Glas Wein, stand barfuß vor dem Panoramafenster und blickte in die Dunkelheit hinaus. Kaum etwas zu erkennen. Schwarzer Himmel, schwarzes Meer. Sie lächelte ihrem Spiegelbild zu. Die Frau in der Hose und der locker herabhängenden Bluse erwiderte ihr Lächeln.

Dass sich während eines einzigen Tages so viel verändern konnte.

Sie hob das Glas an ihre Lippen und trank, hinterließ einen pflaumenfarbenen Abdruck auf dem Glasrand.

Wiedererkennen, aber nicht erkannt werden. Gesehen werden, aber doch im Verborgenen bleiben. Der Gedanke, dass Mace Bishop ihr Leben kaum wahrgenommen hatte, machte sie wütend.

Unten brach sich eine Welle an den Felsen der Küste. Sie blickte hinunter, sah ein blaues Nachleuchten, das sich durch den weißen Schaum wie ein Blitz zog.

Einige Stunden zuvor hatte dort noch bei Sonnenuntergang eine Yacht vor Anker gelegen. Hübsche Menschen an Deck, die Frauen oben ohne. Sie hatte ihnen eine Weile zugesehen. Ihrer Verspieltheit. Ein blonder junger Mann, der die Brüste seiner Freundin mit Seegras bedeckte. Der Blonde muskulös. Breite Schultern, die Figur eines Schwimmers mit kräftigen Oberschenkeln. Erinnerte sie an Mace Bishop.

Was sollte sie mit Mace Bishop tun?

Abwarten.

Abwarten war der Trick. Die Situation hinziehen, die Spielfiguren auf dem Brett geschickt setzen.

Er war attraktiv. Umso besser. Unverschämt. Wie er da gesessen hatte, hinter dem Schreibtisch – cool und selbstbewusst. Wie er ihr Dekolleté ausgecheckt hatte. War ein wenig zur Seite gerückt, um einen Blick auf ihre Brüste zu werfen, als sie sich nach vorn gebeugt hatte. Es war ihm egal gewesen, ob sie es bemerkte. Ein Mann, zufrieden mit sich und der Welt. Zufrieden mit seiner Frau, seiner Tochter, seinem scharfen roten Sportflitzer.

»Genießen Sie es, Mr. Bishop«, sagte Sheemina February laut.

Sie wandte sich vom Fenster ab und der Akte auf ihrem Esstisch zu. Wie schnell man die Vita eines Menschen erstellen konnte, alles innerhalb eines Nachmittags: den Namen des kleinen Mädchens, die Adresse des Kindergartens, den Namen der Frau, die Wohnadresse, die Nummernschilder der Autos, die Festnetznummern, die Handynummern, seine letzte Steuererklärung, einen Kontoauszug, die Firmenadresse. Ein Foto der Frau. Ein weiteres des Kindes. Zwei von dem Mann selbst: eines, wie er aus dem Schwimmbecken stieg, sich an seinen Armen hochziehend, während das Wasser an ihm herablief. Das andere von vorn in einer schwarzen Speedo-Badehose. Sie betrachtete sein Gesicht – die markante Linie des Kinns, die breiten Wangenknochen. Die dunklen Augenbrauen. Die Nasenflügel, die sich leicht blähten. Ein Gesicht, von dem sie nicht angenommen hatte, es eines Tages wiederzusehen.

Ihr Handy klingelte, und sie legte die Fotos auf den Stapel

Dokumente. Hob ab, um mit Abdul Abdul zu sprechen. Ehe er etwas sagen konnte, erklärte sie: »Ich hatte Ihnen gesagt, dass Sie mich nicht anrufen sollen. Ich bin Ihre Rechtsberaterin, nicht Ihre Spielgefährtin …« Und beendete die Verbindung. Mit zwei Schritten erreichte sie die marmorne Arbeitsplatte der Küche und goss sich mehr Wein nach.

»Cheers, Mr. Bishop.« Sie hob ihr Glas und prostete ins Zimmer: ein großer offener Raum; weiße Sofas, die aufs Meer hinausblickten, weiß getünchter Tisch, ebensolche Stühle, weiße Flokatiteppiche auf dem Eschenholzboden. Eine Symphonie in Weiß. Weiße große Kerzen überall, die einzige andere Lichtquelle die Schreibtischlampe. Spiegelte sich alles in den Panoramafenstern wider.

Sheemina February schaltete die Lampe aus und lächelte zufrieden über die Ordnung in ihrem Reich.

Sie aß am Esstisch mit dem Blick auf das schwarze Meer. Piazolla in der Stereoanlage. Gegen die Weinflasche gelehnt das Foto von Mace Bishop in seiner Badehose. Sexy. Sie spießte die Penne auf die Gabel und tauchte sie in die rote Pestosauce.

Später ging sie mit dem restlichen Wein auf den Balkon hinaus, stellte sich an das Chromgeländer. Das Metall fühlte sich kalt unter ihren Armen an. Feuchtigkeit lag in der Luft. Sie trank ihren Wein aus, ließ das Glas mit dem langen Stiel zwischen den Fingern ihrer linken Hand hin und her baumeln. Den Handschuh hatte sie ausgezogen. Dann ließ sie das Glas los. Zweimal blitzte es auf, ehe es verschwand. Es ging hier zu weit hinunter, als dass sie hätte hören können, wie es zerschellte.

12

Bereits um zehn herrschte im Nachtclubviertel Trubel. Junge Leute standen trinkend um ihre Autos, die Türen offen. Aus den Stereoanlagen donnerten Rap und Funk. Mace entdeckte einige Straßen entfernt einen Parkplatz für Oumous Opel-Kombi, lud seine Ruger und schob sie sich in die Jackentasche. In dieser Straße war es noch ruhig. Einige Autos parkten weiter oben, eine Gruppe von Straßenkids unter dem Eingang eines Ladens. Er blieb einen Moment lang sitzen und beobachtete sie. Das konnte die Bande sein, die ihn angegriffen hatte. Auch diese Gruppe war auf Kleber und Crystal Meth – oder was auch immer. Die Jungs schmiegten sich aneinander, zugedeckt von Plastikplanen und Kartons. Selbst das Zuknallen seiner Tür ließ keinen von ihnen den Kopf heben.

Assurance Street bei Nacht war eine einzige große Party. Laut, donnernd, Tanzende auf der Straße. Die Luft süß vor Gras. Ecstacy-Dealer gingen ungeniert ihren Geschäften nach. Matthew hatte an den Mauern zu beiden Seiten des Clubeingangs Boxen angebracht, aus denen Technomusik dröhnte. Ein Bildschirm über der Tür zeigte das ständige Explodieren von Atomtestraketen. Wenn tatsächlich eine Bombe losgehen sollte, würde die Wirkung verheerend sein – im Club wie auch außerhalb des Clubs. Überall wäre der Kollateralschaden katastrophal. Zuerst das Chaos der Explosion, dann die Panik und die Schwierigkeit, mit den Ambulanzen durchzukommen.

Mace sah sich nach Dr. Roberto um. Dieser hatte ihn bereits bemerkt und bahnte sich einen Weg durch die Menge.

»Mr. Mace«, rief er. »Die Leute, die Sie suchen, sind bereits hier.« Er zeigte zur Straßenecke. »Ein Weißer und ein Schwarzer. Sitzen in einem Toyota.«

»Sind Sie sicher?«

»Cuito ist sich sicher.«

»Ist er da?«

»War einige Zeit hier, ist jetzt aber schlafen gegangen. Er meinte, ich solle Ihnen ausrichten, dass der Weiße der von heute Vormittag sei. Den anderen Mann hat er noch nie gesehen.«

Mace bemerkte, dass ihm Pylon vom Clubeingang aus zuwinkte. »Behalten Sie die beiden im Auge, Dr. Roberto«, sagte er und wandte sich zum Gehen. »Sobald sie sich in Bewegung setzen, lassen Sie es mich wissen. Selbst wenn sie nur austreten.«

Hinter sich hörte er Dr. Roberto: »Vielleicht braucht man mich heute Nacht noch als Arzt?« Mace ließ die Frage unbeantwortet.

Pylon klopfte auf seine Armbanduhr. »Wir hatten zehn gesagt. Ich versäume wegen dieser Sache ein wichtiges Fußballspiel: Bushbucks gegen die Kaizer Chiefs.«

Mace zuckte ungerührt mit den Schultern und schob sich an ihm vorbei durch die Tür. »Zwanzig nach zehn ist nicht so schlimm. Du hättest das Spiel aufnehmen können.«

»Mach ich auch«, sagte Pylon.

Im Inneren des Clubs traten zwei Türsteher mit Metalldetektoren auf ihn zu, um ihn abzusuchen.

Ducky Donald ganz in Weiß – weißes offenstehendes Hemd, um seine Brusthaare zu zeigen, weiße Hose, weiße Schuhe und Socken –, eine schwarze Tussi in Schwarz am Arm. Er trat dazwischen. »Lasst gut sein, Jungs. Das sind besondere Gäste.« Der Typ, der gerade mit seinem piependen Detektor über Maces Ruger fuhr, grinste. »Bullen?«

»Was auch immer«, erwiderte Pylon.

»Wisst ihr«, meinte Ducky, »ich spür's im Urin, dass sie nichts machen wird. Und wisst ihr auch, warum?«

Pylon rollte mit den Augen und rief nach Matthew. »Können wir hier mal Licht haben?« Im Club war es so dunkel wie in einer Gothic-Grotte.

Matthew schaltete die Lichter an. Zum ersten Mal sah Mace die DJs in einer Kabine oberhalb der Augenhöhe. Sie starrten zu ihnen herab. Beide mit geschorenen Köpfen. Dürr. Androgyn. Etwas im Gesicht des einen schien weicher zu sein. War vermutlich eine Frau.

»Wollt ihr wissen, warum?«

Der männliche DJ gab ein Zeichen, das für Mace nicht verständlich war. Er winkte zurück. Der DJ hielt daraufhin eine Schallplatte in die Höhe.

»Wir fangen jetzt an«, sagte er ins Mikrofon.

»Noch nicht«, erwiderte Ducky, fuchtelte in Richtung des DJs und fasste nach Maces Jackenärmel. »Noch nicht, Kumpel. Gib uns fünf Minuten, okay?«

Ducky Donalds Griff jagte eine Schmerzwelle durch Maces Arm. Er schnitt eine Grimasse, um nicht aufzubrüllen. Sagte: »Dann raus damit, Ducky. Wie lautet deine Theorie?«

Trotz des Alkohols, den er bereits intus hatte, bemerkte Ducky Donald den Sarkasmus in Maces Stimme. Er zögerte, lehnte sich aber trotzdem vor. »Weil diese Frau nie im Leben so viele Tote haben will, wie es hier gäbe, wenn eine Bombe losginge. Weißt du, was ich meine? Mit ein oder zwei und ein paar Amputationen – damit kommt die klar. Aber sobald es mehr Tote gibt, könnte sie ihre PR vergessen.« Triumph schmierte ein Lächeln über sein Gesicht. »Falls sie hier eine Bombe zündet, hat sie sofort zwanzig Tote.«

»Weshalb wir uns jetzt noch mal umsehen.« Mace ging auf Matthew zu. »Die Türsteher wissen, wonach sie suchen müssen?« Er nickte. »Erklär ihnen noch mal, dass sie niemanden reinlassen dürfen, selbst wenn ihre Detektoren wegen einer Zahnfüllung rülpsen.«

Matthew stotterte: »K-klar, ve-ve-ve …«

»Verdammt«, beendete Mace das Wort für ihn.

Er und Pylon drehten eine weitere Runde durch den Club,

um sich mit einer Taschenlampe umzuschauen. Alles wirkte noch so, wie sie es zurückgelassen hatten.

»Hätten uns Hunde holen sollen«, meinte Pylon. »Man kann nie ganz sicher sein, wenn man sich nur umsieht.« Sie standen an einem Fenster in den leeren Büroräumen im ersten Stock. Unter ihnen tobte die Party. »Die scheinen nicht mal zu warten, bis der Club aufmacht.«

Mace zeigte auf den Toyota mit Sheemina Februarys Leuten. Der Schwarze saß im Wagen und redete in sein Handy. Der Weiße lehnte an der Kühlerhaube, rauchte. »Mr. White erkenne ich von heute Vormittag. Durchaus möglich, dass sie bloß alles im Auge behalten wollen. Ich kann mir kaum vorstellen, dass sie gerade die beiden schickt, um den Bombenjob zu erledigen.«

Pylon lehnte seinen Unterarm an die Fensterscheibe. »Wir sollen also einfach hier rumhängen und abwarten, bis der Scheiß passiert? Oder wollen wir ihnen einheizen?«

»Das bringt nichts.«

»Hast du 'nen Plan, was wir sonst machen können?«

»Ruhe bewahren.«

Pylon lachte missmutig. »Und Gonsalves? Hast du mit dem geredet?«

»Hab ich.«

»Und?«

»Er gab mir den gleichen Rat wie Sheemina February. Bleibt bei den Safaris.«

»Großartig. Wirklich großartig.« Pylon richtete sich auf und ließ die Gelenke in seinen Fingern knacksen. »Apropos February. Ich hab noch mehr rausgefunden. Sie hat angeblich ein Stasi-Training hinter sich, was auch erklären würde, warum sie die Wärterin mit einer geschärften Haarbürste angegriffen hat. Ein Jahr bevor man sie erwischt hat, fing sie als Rechtsanwaltsgehilfin bei einem Großunternehmen hier in der Stadt an. Soweit ich weiß, ist sie nicht auf den Kopf gefallen. Spezialgebiet: Vertragsrecht.«

»Und jetzt arbeitet sie für PAGAD.«

»Irgendjemand muss es machen. Nützliche gemeinsame Interessen, meinst du nicht?«

Mace lachte. »Bomben?«

»Denke schon.«

»Hatte sie damals schon den Handschuh?«

»Geburtsfehler. Heißt es jedenfalls.« Pylon wandte sich wieder dem Fenster zu und ließ den Blick über die Straße wandern. »Es gibt keine Autos im Halteverbot, die irgendwie verdächtig wirken. Solche Typen mögen doch normalerweise Autobomben.«

»Diesmal nicht. Diesmal werden sie den Club in die Luft jagen. Um ihn zum Schließen zu bringen. Eine Autobombe würde nicht das Gebäude zerstören.«

»Und wenn sie groß genug wäre?«

»Groß genug ist nicht mehr ihre Kragenweite.«

Pylon warf seinem Partner einen skeptischen Blick zu. »Was sollen wir machen?«

»Mattie-Boy davor bewahren, was abzukriegen. Wie Ducky das will.«

»Und alle anderen können zur Hölle fahren?«

»Wenn wir ihn retten, retten wir alle anderen auch.«

Die Leute auf der Straße schoben sich auf den Clubeingang zu. Von unten war ein lautes Dröhnen zu hören, die Raveparty hatte begonnen. Pylon zeigte auf die PAGAD-Typen an der Straßenecke. Inzwischen waren beide ausgestiegen, hatten aber offenbar nicht vor, sich ebenfalls in Bewegung zu setzen. »Wir sollten lieber nach unten«, sagte er. »Uns um die Gäste kümmern.«

Pylon übernahm es, sich im Club umzusehen. Mace positionierte sich am Eingang. Die Türsteher machten ihre Arbeit gut. Alle wurden genau kontrolliert. Wenn sich die Frauen beschwerten, dass es keine weiblichen Kontrolleure gab, erklärte Mace ihnen, dass sie ja draußen bleiben könnten, falls das ein Problem sei. Schlugen die Detektoren auf das Metall in ihren BHs an, befahl er den Frauen, ihre Unterwäsche loszuwerden. Sie murrten, gehorchten aber trotzdem. Die echt Wütenden kamen mit nackten Titten in den Club zurück und ließen ihre BHs demonstrativ an einer Fingerspitze baumeln.

Einige bezeichneten Mace als Perversling. Andere nannten ihn ein Arschloch.

Matthew trat zu ihm. »Wa-wa-was ist da-das?« Hielt ein rotes Spitzenteil in die Höhe, hinter ihm eine wütende Frau.

Mace meinte, es sehe wie ein C-Körbchen aus. Jämmerlich wie er war, packte Matthew Mace an der Jacke, riss ihn zu sich heran und brüllte: »Da-da-das geht nicht! Hö-hören Sie so-sofort damit auf! Au-aufhören. So-so-sofort!« Wieder schmerzte Maces Arm unangenehm.

»Lass mich los.« Mace sprach leise. Matthew war weder auf Kokain noch hatte er zu viel getrunken. Er rückte nahe an Maces Gesicht heran. In den Ecken seines Mundes sammelte sich weißer Speichel. Weil er nicht losließ, rammte ihm Mace sein Knie in die Eier. Er hielt ihn fest, als Matthew drohte, zu Boden zu sacken. Die Türsteher machten Anstalten, einzugreifen.

»Ganz ruhig, Jungs«, warnte Pylon die Männer und trat zu seinem Partner, um ihm Schützenhilfe zu leisten. »Achtet lieber auf die Gäste.«

Matthew würgte und stöhnte.

»Hör zu, *Boykie*«, flüsterte ihm Mace ins Ohr. »Hör genau zu. Lass uns hier unsere Arbeit machen. Okay?« Keine Antwort. Mace riss ihn hoch. »Okay?«

Er ächzte, als seine Nerven erneut in Mitleidenschaft gezogen wurden.

»Wenn's dir nicht gefällt, dann ist das dein Problem. Verstanden?« Mace schüttelte ihn.

»Ve-verstanden.« Matthew stieß ihn von sich. »Ve-verstanden, Mann! Schei-Scheiße …« Wankte durch die Menge davon.

»Widerliches kleines Arschloch«, sagte Pylon.

»Wenn ich der wär, würde ich mich dringend von Ducky Donald befreien.« Die Schmerzen in Maces Arm ließen nach.

»Ist was?«, fragte Pylon.

»Nein, nichts«, erwiderte Mace. »Der hat nur meinen Ellbogen getroffen.«

Sie sahen sich um. Auf dem Tanzboden tobte die Menge. Körper in Ekstase. Ein weißer Nebel stieg zwischen den Beinen der Tänzer auf. Das Stroboskop ließ die Szene abgehackt und verzerrt erscheinen, als ob man Marionetten dabei zusehen würde, wie diese von unsichtbaren Fäden hin und her gerissen wurden. Zweihundert Raver, obwohl es nur die Hälfte hätte sein sollen. Ständig kamen mehr hinzu. Der einzige Ausgang eine offenstehende Tür. Jemand bräuchte bloß eine Stinkbombe hineinzuwerfen, und die Leute würden sich gegenseitig niedertrampeln, um an die frische Luft zu kommen.

Pylon sprach Maces Gedanken laut aus, brüllte über den Beat hinweg: »Der hatte nie vor, heute weniger reinzulassen!«

»Offenbar nicht.« Mace wies auf die hinteren Räume. »Sollten uns besser da umsehen.«

Im Chill-out-Room schniefte ein Typ eine Kokainspur auf der Armlehne eines Sessels weg. Zwei andere Kerle hockten auf einer Couch und sahen den Bildern in ihren Köpfen zu. Pylon stellte sicher, dass die Fenster so fest verschlossen waren, wie sie das sollten. Der Coke-Mann schüttelte wild den Kopf. Gab ein Brüllen von sich.

Pylon sagte: »Bleib zuversichtlich, Mann.«

Der Kerl brüllte erneut.

Matthews Lagerraum war ebenfalls sicher – das Sicherheitsgitter zugesperrt, die Türriegel vorgeschoben. Auch die Oberlichte in den Männertoiletten machten einen guten Eindruck. Die Tür zum Frauenklo war geschlossen. Mace klopfte. Eine Stimme sagte: »Kann man nicht mal in Ruhe …« Konnte weiblich oder männlich sein. Die beiden warteten.

Mace meinte: »Wollen wir wetten?«

»Zehn, dass es 'ne Lesbe ist.«

Zwei Minuten später wurde die Tür geöffnet.

»Abend, Ladies«, sagte Pylon.

»Kannst mich mal, Eiersack«, erwiderte die Butch-Lesbe, die in Ruhe gelassen werden wollte. Sie geleitete ihre Freundin an den Männern vorbei. Das Mädchen wirkte sprachlos und lächelte dümmlich vor sich hin.

Pylon grinste Mace an. »Zehn für eine Lesbe. Also zwanzig für zwei.« Er betrat die Toilette. Mit einer Person auf dem Klo und dem Waschbecken hatte man kaum mehr Platz, sich umzudrehen. Mace hörte, wie Pylon stöhnte. »Das Fenster ist offen.«

Was bedeutete, dass jemand einen Schraubenzieher mitgebracht haben musste, um es aufzubekommen. Und dass dieser Jemand zwei Schrauben herausgedreht hatte. Was wiederum bedeutete, dass es ihm nicht bloß um frische Luft gegangen war. Und dass er es geschafft hatte, einen Schraubenzieher in den Club zu schmuggeln.

Mace sprach all das laut aus.

»Heute Abend ist der nicht reingekommen«, entgegnete Pylon und trat wieder in den Gang hinaus. »Jemand muss gewusst haben, wie man das Fenster öffnet. Meine Theorie: Man hat sich bereits vorher Zugang verschafft. Der Schraubenzieher kam zusammen mit den Katzen. Kann überall versteckt gewesen sein. Zum Beispiel im Wasserkasten.«

»Ich hab die Wasserkästen kontrolliert.«

Pylon runzelte die Stirn. »Das Problem ist jetzt, was wir machen. Wenn wir den Leuten sagen, sie sollen schön ordentlich das Gebäude verlassen, trampeln die sich zu Tode.«

»Zweierlei«, meine Mace, dem es auf einmal wieder schmerzhaft durch den Arm schoss. »Erkundige dich zuerst bei den Türstehern, ob jemand schon gegangen ist.« Während sie neben dem Eingang gestanden hatten, war der Strom nur in eine Richtung verlaufen: in den Club. Jetzt war es Viertel nach elf. Welcher Raver wollte vor dem frühen Morgen zurück nach Hause? »Ich red währenddessen mit denen da draußen.«

»Und was ist mit unseren Klienten?« Pylon sprach das Wort mit einem gewissen Widerwillen aus.

»Am besten erregen wir fürs Erste kein Aufsehen. Muss doch nicht unbedingt gleich eine Bombe sein.«

»Na ja …«

Mace wählte Dr. Robertos Nummer auf seinem Handy. »In solchen Situationen könnt ich echt eine Zigarette vertragen.«

»Ich auch, Bruder.«

»Warum haben wir dann aufgehört?«

»Wegen unserer Gesundheit.« Pylon ging auf die Tänzer zu. »Wenn das Ding in den nächsten zehn Minuten losgeht, müssen wir uns um unsere Gesundheit keine Gedanken mehr machen.«

Mace hörte, dass Dr. Roberto am anderen Ende der Leitung abgenommen hatte. Er sprach aber nicht laut genug, um ihn zu verstehen. »Treffen uns am Eingang!«, brüllte Mace ins Telefon. »Jetzt!«

Er verließ den Club durch den Lagerraum. Sperrte die Tür hinter sich zu, allerdings nicht das Sicherheitsgitter. Falls eine Bombe explodierte, musste es schnell gehen, um ins Innere des Clubs zu gelangen. Die Gasse stank nach abgestandenem Abwasser. Links endete sie in einer undurchdringlichen Dunkelheit, rechts waren Menschen, Lärm, Autos zu sehen. Die Gasse war fast leer – abgesehen von einigen Mülltonnen und einem Obdachlosen, der es sich zwischen den Tonnen bequem gemacht hatte. Mit einem sanften Stoß seiner Stiefelspitze weckte Mace den Mann, der sich nur widerstrebend bewegte.

»*Jou ma se poes*«, schimpfte er und schwankte dann die Gasse hinunter in Richtung Dunkelheit, eine Decke über Kopf und Schultern wie ein Mönch.

Deine Mutter kann mich auch mal, dachte Mace. Wenn dir das Haus auf den Kopf fallen würde, wärst du sicher auch nicht begeistert.

Er blieb stehen, ehe er Assurance Street betrat, um zu sehen, was inzwischen passiert war. Der Toyota hatte sich nicht von der Stelle bewegt, und die beiden Männer saßen wieder im Wagen. Auf der Straße vor dem Club war es nicht ruhiger geworden. Autos standen noch immer Stoßstange an Stoßstange neben dem Bürgersteig, überall tanzten Leute, tranken aus Flaschen, rauchten Gras. Aus den Lautsprechern drang die Musik der beiden DJs, während man auf dem Bildschirm mitverfolgen konnte, wie drinnen im Club getanzt wurde. Dr. Roberto wartete am Eingang.

»Gehen wir ein Stück«, schlug Mace vor und setzte sich in Richtung Autowerkstatt in Bewegung. Falls ihn Sheemina Februarys Handlanger entdeckt hatten, so mussten sie deshalb noch lange nichts von dem Wachmann wissen, den er postiert hatte. Außer Sichtweite wollte Mace wissen: »Ist jemand wieder weggegangen, Doc?«

»Nur zwei Mädchen«, erwiderte Dr. Roberto.

»Weiß? Schwarz?«

»Wir würden sie Mulattinnen nennen.«

»Wann?«

»Vielleicht vor zwanzig oder dreißig Minuten.«

»Wann genau? Vor zwanzig oder vor dreißig Minuten?«

Dr. Roberto warf einen Blick auf die Uhr seines Handys.

»Vor zwanzig. Ich würde sogar sagen, genau vor zwanzig Minuten.«

Maces Handy klingelte. Pylon.

»Zwei Frauen in ihren Zwanzigern«, sagte er. »Anscheinend waren sie schon mal hier vor einigen Tagen. Die Türsteher haben ihnen einen Stempel gegeben, damit sie wieder reinkönnen. Die kichernde Sorte. Offenbar auf Ecstasy. Sagen jedenfalls die, die's wissen müssen.«

»Stimmt mit dem überein, was ich erfahren habe«, erklärte Mace.

»Noch eins«, fügte Pylon hinzu. »Ducky Donald hat sich offenbar verdrückt.«

»Nicht dass ich wüsste.«

»Auch nicht dass Mattie oder die Türsteher was wüssten. Ist aber trotzdem verschwunden.«

Mace bat ihn, dranzubleiben. Fragte Dr. Roberto: »Haben Sie einen Mann in Weiß mit einer schwarzen Freundin am Arm gesehen, der den Club verlassen hat?«

Dr. Roberto schüttelte den Kopf.

Zu Pylon sagte Mace: »Ist jedenfalls nicht durch den Vordereingang.«

»Das heißt?«

»Dass er es wahrscheinlich gerade unter 'nem Tisch treibt.«

Pylon schnaubte. »Müssen wir uns darum kümmern?«

»Was meinst du?«

»Mein Plan wäre: keine Erklärung. Die Türsteher verjagen die Leute vorne, während ich mich um hinten kümmere. So werden wir schon mal die Hälfte los, ehe es zur Panik kommt. Und wenn es tatsächlich passiert, können wir es vielleicht unter Kontrolle halten. Ich würd sagen, wir brauchen eine Viertelstunde, um alles im Griff zu haben.«

»Bring Matthew als Ersten raus«, meinte Mace. »Zur Hintergasse.«

Sie legten auf. Zu Dr. Roberto sagte er: »Die Möglichkeit besteht, dass drinnen eine Bombe ist.« Er überlegte. »Wir haben vor, die Leute rauszulotsen. Lassen Sie keinesfalls die Typen im Toyota aus den Augen. Sobald sie fahren, sagen Sie mir Bescheid.«

Laute Stimmen am Clubeingang. Besucher stolperten und taumelten auf die Straße hinaus. Wütend, verwirrt, desorientiert. Jemand rief: »Eine Bombe!« Ein anderer begann einfach zu schreien. Die DJs legten ein anderes Gejaule auf. Der Bildschirm zeigte die Tänzer, aber nicht, was sich am Rand der Tanzfläche abspielte.

Maces Gedanken richteten sich auf das Auslösegerät: Zeitzünder oder Handy? Bisher hatten die Medien stets von Zeitzündern berichtet. Hieß allerdings nicht, dass es auch diesmal der Fall sein musste. Wenn es überhaupt ein Diesmal gab.

Mace wusste aus langjähriger Erfahrung, dass man manchmal nicht nur die Waffe zücken, sondern auch zeigen musste, dass man im Notfall abdrücken würde.

Ehe er wieder zum Eingang zurückeilte, sagte er zu Dr. Roberto: »Lassen Sie das mit dem Toyota. Ich kümmere mich selbst darum.«

Die Sache mit diesen Muskeltypen war die: Sie verriegelten nie ihre Autos. Ihre Körpergröße verlieh ihnen Immunität, oder zumindest nahmen sie das an.

Mace lief in einem weiten Bogen um die Menge vor dem Club und tauchte hinter den beiden Kerlen wieder auf, die noch immer gemütlich auf den Vordersitzen ihres Toyota saßen. Auf dem Bildschirm konnte man nun die Bemühungen von Pylon und den Türstehern sehen, die Tanzfläche zu räumen. Die hintere Tür des Toyotas ging auf, als er den Griff herunterdrückte. Er glitt hinein und rammte dem Weißen seine Neun-Millimeter gegen den rasierten Schädel.

»Jungs«, sagte er, »glaubt bloß nicht, dass ich nicht abdrücke. Hände aufs Lenkrad, Fahrer. Wie läuft's denn so, Mikey.«

Sie sahen sich nicht um. Der Schwarze saß hinter dem Lenkrad und klammerte sich mit fleischigen Pranken daran. Eine Reihe von Goldringen funkelte im Licht der Straßenlaternen.

»Brav.« Mace machte es sich auf der Rückbank bequem. »Wer ist dein Freund hier, Mikey?«

»Verpiss dich«, erwiderte Mikey.

Mace schnalzte missbilligend mit der Zunge. Lud die Automatik durch.

»Val«, sagte der Schwarze. »Ich bin Val.«

»Also, Mikey und Val. Jetzt kommt meine Frage: Haben wir eine Bombe im Club?«

Mikey sagte: »Würdest du wohl gern wissen.«

Val sagte: »Welchen Unterschied macht das noch?«

Mace erwiderte: »Ja, würd ich, und gute Frage.« Schlug einfach mal so mit dem Waffengriff gegen Mikeys Schädel, der daraufhin zu bluten begann. Mikey heulte auf, versuchte nach hinten zu fassen. Mace packte ihn am Arm und riss diesen nach unten. Mikey jodelte. Schmerzen schossen durch Maces Wunde. Val schien bereit einzugreifen. »Lass das!«, brüllte Mace und hackte erneut gegen den Glatzkopf. Er fing sofort wieder zu bluten an. Dann kehrte Ruhe ein.

»Also noch einmal: Ist da eine Bombe?«

»Leck mich«, sagten beide unisono.

Mace ließ den Sicherungshebel schnalzen. Fragte so allgemein: »Schon mal von einer Kugel getroffen worden?«

Bekam als Antwort: »Leck mich.«

»Na gut.«

Er schoss Mikey durch den Autositz in die Schulter. Als die Kugel auf der anderen Seite austrat, verschmierte ein roter Sprühregen die Frontscheibe, während sich die Kugel in das Armaturenbrett bohrte. Mikey schrie. Val klammerte sich weiterhin an das Lenkrad, so dass Mace seine Hände im Auge behalten konnte. Draußen herrschte ein solcher Höllenlärm, dass niemand den Zwischenfall bemerkte.

»Du willst es also wissen«, meinte Val. »Ich sag's dir: Da ist eine Bombe.«

»Zeitzünder oder Handy?«

»Zeitzünder.«

»Für wie viel Uhr?«

Er wandte den Kopf, so dass Mace sein Profil und das verächtliche Grinsen sehen konnte. »Jetzt oder gleich«, sagte er.

13

Das Gebäude ging in die Luft, noch ehe Mace zehn Schritte zurücklegen konnte. Noch ehe er Pylon an die Strippe bekam.

In den ersten Millisekunden drückte eine Schockwelle ein beschichtetes schwarzes Fenster nach draußen und riss die Leute zu Boden, die auf dem Bürgersteig davor standen. Machte auch diejenigen platt, die sich gerade mit den Türstehern stritten.

Es folgte der Lärm, die Explosion an sich – ein Geräusch, das Maces Puls noch jedes Mal höher schlagen ließ, ganz gleich, wie oft er es schon gehört hatte. Daraufhin das Herabstürzen von Trümmern, dann einen Moment lang Stille. Danach Schreie. Kleine Feuer flackerten, wo leicht entzündliche Materialen in Flammen aufgingen. Schließlich der scharfe Geruch explosiver Chemikalien und ein Hauch von Verbranntem.

In der darauf folgenden Panik schaffte es Mace, eine Telefonverbindung zu Pylon herzustellen; er sah, wie Dr. Roberto in den Club rannte; er hörte, wie der Toyota mit kreischenden

Reifen davonraste; eine Frau wankte auf ihn zu, ihr Gesicht geschmolzen, ihre Haare in Flammen. Später würde er sich daran erinnern, wie er Menschen aus dem Staub und dem Rauch getragen hatte. Er würde sich daran erinnern, wie er jemand sterbend liegen ließ, um einem anderen zu helfen, der nicht sterben würde. Er würde sich daran erinnern, wie die in der Ferne heulenden Sirenen näher kamen. Da war Blut, da waren Knochen, da waren Gliedmaßen, da war rohes Fleisch. Einige waren vor Schock erstarrt, andere weinten, wieder andere konnten nicht aufhören zu schreien.

Schließlich gab es eine zweite Explosion.

14

Danach, viele Stunden danach, stand Mace gemeinsam mit Pylon, Matthew und Ducky Donald, der plötzlich wieder aufgetaucht war, auf der Assurance Street. Er und Pylon waren erschöpft, schwarz vor Ruß, verwundet, gequetscht, blutverspritzt. Keiner der beiden Hartnells hatte einen Kratzer abgekriegt.

Die Feuerwehrleute hatten einen Wasserstrahl auf das rauchende Gebäude gerichtet. Die Krankenwagen waren wieder abgefahren, die Sanitäter verbanden noch die Letzten, die Glück gehabt hatten. Diejenigen, die Dr. Roberto danken wollten, wären nie darauf gekommen, ihn für einen Parkplatzwächter zu halten.

Polizeiautos hatten die Straße auf beiden Seiten abgesperrt. Notlichter leuchteten in der Dunkelheit. Die meisten Wagen waren entfernt worden – bis auf zwei, die nahe dem Clubeingang von herabfallenden Gebäudeteilen zertrümmert worden waren. Club Catastrophe hatte kein Dach mehr. Kein Innenleben. Absperrbänder riegelten den Tatort ab.

Die erste Explosion hatte vier Menschen in den Tod gerissen: drei Frauen und einen Mann. Die zweite brachte den ersten Stock zum Einstürzen und verursachte ein Großfeuer. Zufälligerweise hatten die Sanitäter bis dahin alle aus dem Gebäude gebracht. Mace vermutete einen Handyauslöser hinter der zweiten Explosion, behielt diese Vermutung aber für sich. Vermutete ebenfalls, dass jemand in der Nähe den richtigen Moment abgepasst hatte.

Ducky Donald sagte: »Ich lag also falsch.«

»Sieht ganz so aus«, meinte Mace. Er bemerkte, dass Ducky jetzt nicht mehr seine weißen Klamotten, sondern einen schmutzigen Trainingsanzug trug. Sein Turteltäubchen war nirgendwo zu sehen. »Wo warst du?«

»Bin nach Hause«, erwiderte Ducky. »Das hier ist schließlich Matties Sache. Man will ja nicht, dass sich der Alte zu sehr einmischt.«

»Hattest dich nicht verabschiedet«, stellte Pylon fest.

Ducky Donald zündete sich eine Zigarette am Ende des Glimmstängels an, den er gerade zu Ende geraucht hatte. »Wusste nicht, dass euch das so viel bedeutet.«

»Du hättest auf uns hören sollen«, sagte Mace. »Dann wären diese Kids jetzt nicht tot.«

»Ich wollte Personenschutz«, entgegnete Ducky, »keine Ratschläge. Wenn ich einen Ratschlag brauche, geh ich zum Anwalt.«

Mace und Pylon machten sich nicht die Mühe, darauf etwas zu erwidern. Captain Gonsalves erschien mit dem Brandmeister. Beide trugen Schutzanzüge. Der Captain hielt einen schwarzen Müllsack in der Hand.

Pylon meinte: »Die Versicherung wird nicht glücklich sein.«

»Das ist deren Problem«, entgegnete Ducky. »Wir bauen wieder auf, sobald die Bullen fertig sind.«

»Du meinst wohl, ihr sammelt die letzten Leichenteile ein und fahrt den Schutt weg.«

Matthew drehte sich wütend zu Mace um. Sagte »Verdammt!«, ohne zu stottern. Ducky Donald blies einen Rauchkringel in die Luft. »Nicht sehr nett, Mace. Unangebracht. Selbst für einen Mistkerl wie dich.«

Das brachte Mace dazu, ihn am Kragen zu packen und an sich zu reißen. »Vier Tote, Ducky! Ein paar mehr kommen vielleicht dazu. Einige haben ihre Beine verloren. Andere ihre Arme. Wir reden hier von Kids. Um die zwanzig. Leute, die schreiend mitten in der Nacht aufwachen werden und alles noch mal erleben. Die Angst haben werden, auf die Straße zu gehen. Die Angst haben werden, in einem Bistro einen Kaffee zu trinken. Die vielleicht ihre Arbeit verlieren und das restliche Leben mit unerträglichen Schmerzen verbringen werden. Und das alles nur, weil du und Mattie-Boy PAGAD zeigen wolltet, wer hier das Sagen hat. Glaubst du, denen bedeutet das was? Denen ist das scheißegal. Für die seid ihr diejenigen, die auf den Auslöser gedrückt haben.«

Pylon zerrte seinen Partner von Ducky Donald weg. Dieser brüllte: »Und was ist mit deinen Opfern, du selbstgerechtes Arschloch? Nicht nur in Südafrika. Auf dem ganzen verdammten Kontinent. Wie wär's, wenn du die mal zusammenrechnest? Tausende? Zehntausende? Hunderttausende? Du Scheißhaufen.«

Captain Gonsalves trat zu ihnen. »Mr. Bishop«, sagte er. »Ich muss mich bei Ihnen entschuldigen.« Er reichte dem Brandmeister den schwarzen Müllsack und spuckte gelben Schleim auf den Bürgersteig. »Hätten Sie eine Zigarette?«, fragte er Matthew. Dieser klopfte gegen den Boden seines Päckchens und streckte es ihm entgegen. »Danke.« Gonsalves zog vorsichtig eine der Zigaretten heraus und begann das Papier abzumachen, um den Tabak in seiner Handmulde aufzufangen.

Ein untersetzter Mann, der durch den Schutzanzug noch

untersetzter wirkte. Grauer Schnurrbart, der dringend mal gestutzt werden musste. Wild wuchernde Augenbrauen.

»Ich hab aufgehört«, sagte er und schnipste das Zigarettenpapier in den Rinnstein. »Hab früher fünfzig am Tag geraucht. Jetzt kau ich nur noch.« Sein Blick wanderte von Matthew zu Ducky Donald. »Sind das die Besitzer?«

Mace nickte.

»Hässlich, das Ganze«, sagte er. »Zwei Bomben. Neue Vorgehensweise für PAGAD.« Er schob sich ein zusammengerolltes Stückchen Tabak in den Mund und kaute schnell und fest. »Ausgezeichnet.« Dann nickte er den Hartnells zu. »Scheint so, als wären die nicht so begeistert von Ihnen – PAGAD. Macht es allerdings für Ihre Versicherung leichter.«

»Schon«, meinte Ducky Donald.

»Das Gebäude ist ziemlich ramponiert.«

»Wir sind gut versichert, Captain«, erwiderte Ducky Donald.

»Dachte ich mir. Heutzutage ist das jeder.«

»Typisch für unsere Zeit.«

Gonsalves kaute eine Weile nachdenklich auf seinem Tabak herum. »Stimmt. Nicht gerade meine Lieblinge. Diese Versicherungsheinis, mein ich.« Er trat einen Schritt auf Ducky Donald zu. »Ich hatte mich schon auf meine Pensionierung gefreut, und jetzt erfahr ich von so einem Heini, dass ich mit meiner Rente keineswegs in der Sonne dösen, den Hund Gassi führen oder es mir abends mit einem schottischen Whisky gemütlich machen kann. Nicht mal mit einem amerikanischen. Die erklären mir, dass ich mich besser auf Schichten als Nachtwächter einstellen sollte. Ich hab vielleicht noch neun Jahre Zeit, ehe ich in diesen Marmorfoyers herumhocken muss. Keine erfreulichen Aussichten: bald hören zu müssen, wie die ganze Nacht über die Lifte hoch- und runterfahren.«

Ducky Donald trat einen Schritt zurück, um den schlechten Atem des Captains nicht länger ins Gesicht geblasen zu bekommen.

»Noch was.« Gonsalves lehnte sich vor. »Vor zwei Monaten kam dieser Versicherungsheini zu mir. Behauptet, er hätte da ein tolles Produkt für jemanden in meiner Situation. Ein Produkt. Keine Versicherung mehr. Ein Produkt. Wie 'n Shampoo. Na ja, lange Rede, kurzer Sinn: Er will dafür erst eine medizinische Untersuchung. Ich geh zum Arzt. Der meint, ich würde zu viel rauchen. Ich bin bei den AA, einundzwanzig Jahre lang hat kein Alkohol mehr meine Lippen berührt. Was ihnen gut gefallen hat. Machen Sie so weiter, Captain, sagen die, aber das Rauchen, das ist zu viel. Wenn Sie dieses Produkt wollen, dann müssen Sie mit dem Rauchen aufhören. Ich stell also das Rauchen ein. Wunderbar, Captain, nur weiter so, sagen sie. Mein Versicherungsheini meint: Hier ist Ihr Produkt. Das heißt im Klartext: Hier ist Ihre Rechnung. Monatliche Zahlungen, die die Hälfte meines Nettogehalts schlucken. Sie machen wohl Witze, sag ich zu ihm. Wie soll ich das schaffen? Ich muss schließlich auch noch essen. Meine Frau muss essen. Das kann ich mir nicht leisten. Das ist wegen Ihres Alters, sagt er. Deshalb ist das so hoch. Ich sag zu ihm: Da muss es doch noch eine andere Möglichkeit geben. Ein anderes Produkt. Er erklärt mir, ein anderes gibt es nicht. Er sagt, meine einzige Möglichkeit, nicht in den Marmorfoyers zu enden, wäre die, diese Raten zu zahlen. Also fang ich an, die Raten zu zahlen. Aber das ist schwer, Mr. Hartnell. Ich denke an nichts anderes mehr als an diese Versicherungsprämie. Sie können mir folgen?«

Ducky Donald gab keinerlei Zeichen von sich, dass er das konnte. Er blies nur den Rauch seiner Zigarette dem Captain ins Gesicht.

Captain Gonsalves sagte: »Ich will Ihnen was zeigen.« Nahm dem Brandmeister den Müllsack wieder ab. »Schauen Sie sich das an.« Er öffnete den Sack und hob ihn hoch. Matthew machte Anstalten, ebenfalls hineinzusehen.

»Mann!« Ducky Donald wankte einige Schritte zurück. »Verdammte Scheiße.«

Matthew sagte: »Ve-ve-ve …«

»Wahrscheinlich eine junge Frau«, erklärte Gonsalves. »Bei so einem schlanken Unterarm wie dem. Die Armbanduhr ist auch ein Hinweis – ein Mann hätte was Schwereres gewählt. Müssen allerdings noch ihre Hand finden.« Er machte den Müllsack wieder zu und gab ihn dem Brandmeister zurück. »Die hatte wahrscheinlich keine Lebensversicherung. Wer hat das schon in dem Alter?«

Captain Gonsalves nickte jedem der Männer zu. Sagte zu Matthew: »Wie wär's mit morgen?« Er warf einen Blick auf seine Armbanduhr. »Das heißt, wie wär's mit heute Vormittag um zehn? Da schauen Sie bei mir vorbei und erzählen mir alles über PAGAD.«

»Wir werden da sein«, erklärte Ducky Donald.

Gonsalves schob die Tabakkugel in seinem Mund herum. »Wer von Ihnen leitet den Club?«

Ducky Donald zeigte auf Matthew. »Er.«

»Dann sollten Sie mit der Versicherung sprechen, Mr. Hartnell. Oder Sie können auch ausschlafen. Ist ganz Ihre Entscheidung. Der Mann, den ich später sehen will, ist der junge Mister hier.«

Der Captain ließ sie stehen. Ducky Donald hielt den Mund, bis er außer Hörweite war.

»Was ist das für einer? Was zum Teufel sollte das alles?«

»Ablenkungsmanöver«, meinte Pylon.

»Ve-ve-ve-verdammt«, sagte Matthew.

15

»Was sollte das?«, fragte Pylon. »Was wollte der gute Captain damit bezwecken?«

»Keine Ahnung.«

Mace stellte zwei Kaffees auf den Glastisch und schob mehrere Stapel Safari-Broschüren und großformatige Bücher über das wilde Afrika beiseite. Seine Pistole lag neben einer Metalldose mit Reinigungsutensilien. Pylon hatte es sich auf einer der beiden Ledercouchen bequem gemacht. Kuduleder. Seine Finger fuhren über die Risse und Narben der Tierhaut, die aus dem Thornveld stammte.

Mace sagte: »Wie in alten Zeiten.«

Pylon blickte zu ihm hinüber. »Blut und Eingeweide sind aber nicht mehr so mein Ding.«

»Glaubst du meines?«

»Etwa nicht?«

Mace überlegte. »Es stört mich nicht weiter.«

»Das meine ich. Nicht nur geraten wir tiefer in die Scheiße, sondern wir bleiben da auch noch stecken. Das macht mir Sorgen. Ich muss immer wieder an die Gewalt denken, für die wir damals verantwortlich waren, und ich denke mir: Das war unser normales Leben, und wir haben es so hingenommen.«

»Und?«

»Und – vielleicht sollten wir doch mal zum Psychomann.«

»Quatsch. Wozu? Wir haben schon Schlimmeres als das heute Nacht erlebt, und da war es auch kein Problem.«

»Nein.« Pylon schwang die Beine von der Couch. »Schau dich an, Mace. Schau uns an. Wir fühlen nichts. Etwas fehlt uns.«

»Glaubst du?«

»Ja, das glaube ich. Ich schau dich an, und ich glaube es. Manchmal erschreckt es mich, wie cool du bist. Macht mir echt Angst. Wegen uns beiden.«

Mace setzte sich Pylon gegenüber auf die andere Couch und begann, seine Waffe zu zerlegen.

»Vielleicht hast du recht. Aber schau dir auch an, was da draußen los ist. Wie sollen wir das sonst schaffen? Leute beschützen. Da draußen gibt's Typen wie Ducky Donald, die ihre eigenen Bomben zünden.«

»Unsinn.«

»Denk doch mal nach. Die zweite Bombe war eine Ducky-Donald-Spezialanfertigung.«

Mace nippte an seinem Kaffee. Die französische Röstung hatte seiner Meinung nach noch nie besser geschmeckt als heute.

Pylon lehnte sich fassungslos zurück. »Willst du damit sagen, dass Ducky Donald die Nummer zwei mit einem Handy ausgelöst hat?« Er starrte in die schwarze Flüssigkeit in seinem Becher. »Die Spurensicherung wird das rauskriegen.«

»Wenn die überhaupt so weit kommt. Bei den vielen Explosionen haben die Jungs doch gar nicht genügend Kapazitäten frei.«

Pylon trank einen brühend heißen Schluck Kaffee. Wischte sich mit dem Handrücken den Mund ab. »Oder Ducky hat mit PAGAD einen Deal gemacht.«

»Es hätte schon seltsamere Partnerschaften gegeben.« Mace schnupperte an der Pistole: der süßliche Geruch von Kordit im Lauf. Eine Erinnerung tauchte in ihm auf, die noch gar nicht so viele Jahre zurücklag. Nichts Beunruhigendes. Er suchte in dem Behälter nach einem Streifen Seidenwerg, den er dann durch den Lauf zog.

Pylon beobachtete jede seiner Bewegungen. »Hat fast was beruhigend Häusliches, was?«

»Ich musste sie vorher benutzen«, meinte Mace. »Hab einem der Handlanger in die Schulter geschossen.«

Pylon setzte sich erneut auf. »Genau das meine ich. Du

schießt einem Kerl in die Schulter und tust so, als wär das nichts Besonderes.«

»Ist es ja auch nicht.«

»Genau deshalb solltest du zu einem Therapeuten.«

»Kommt nicht in Frage. Wozu?«

»Gütiger Himmel.« Pylon rollte mit den Augen und trank noch einen Schluck Kaffee.

Mace sagte: »Ich wette, Ducky hat das allein durchgezogen. Muss deren Bombe nachgebaut haben. Wahrscheinlich hat er die Details von seinen Bullenfreunden gekriegt, über ein paar Bierchen. Der einzige Unterschied war das Handy. Wenn sich die Spurensicherung das jemals genauer anschaut, wird sie allerdings vermutlich nur annehmen, dass PAGAD cleverer geworden ist.«

Draußen auf dem Dunkley Square heulte ein Motor auf. Reifen quietschten. Zwei Gänge wurde heruntergeschaltet, dann kreischten Bremsen auf. Noch einmal quietschten die Reifen, ehe wieder Stille einkehrte. Mace und Pylon sahen einander mit hochgezogenen Augenbrauen an.

Ihr Büro lag direkt am Platz und gehörte zu einer Reihe viktorianischer Häuser, in der kleine Anwaltskanzleien, Architekturbüros, Grafikdesigner sowie »Complete Security« diskret ihre Dienste anboten. Sie mochten das Gefühl, von Juristen und Kreativen umgeben zu sein, die ihren Geschäften nachgingen. Auf der anderen Seite des Platzes gab es in ›Maria's Restaurant‹ gutes griechisches Essen. Die Coffeeshops hatten guten Kaffee. Maces und Pylons Kunden gefiel es hier. Sie wurden zum mittäglichen Kanonenschuss in den Company's Garden geführt und sahen dort zu, wie bei dem Knall die Tauben aufflogen. Alle zeigten sich beeindruckt. Sie betrachteten die Kunstgalerien, die Synagoge, die Kupferkuppel der Sternwarte, die Berge im Hintergrund und seufzten: »Oh, Mr. Bishop, das ist ja umwerfend. Atemberaubend. Was für eine romantische Stadt.« Sie ließen sich Fett aus ihren Oberschenkeln saugen, Falten aus ihren Gesichtern bügeln, diverse Gewebe anheben – Männer wie Frauen. Sie räkelten sich am Swimmingpool und sahen Löwen zu, wie diese an Wasserlöchern tranken. Für das, was »Complete Security« bot, war Dunkley Square die beste Location in der Stadt.

Pylon stand auf. »Der Typ, den du angeschossen hast – muss der ins Krankenhaus?«

»Sicher. Jemand muss das Loch wohl stopfen.«

»Und dieser Jemand ist gesetzlich dazu verpflichtet, alle Schusswunden zu melden.«

»In einer perfekten Welt schon.« Mace setzte seine Waffe wieder zusammen. »Höchstwahrscheinlich wird es auf einen Entführungsversuch hinauslaufen, falls es überhaupt zu einem Bericht kommt. Passiert doch ständig.«

Er schob das Magazin in den Griff und legte die Pistole zurück auf den Tisch. Mit dieser Waffe hatte er bisher auf drei Menschen geschossen. Ein Todesfall. War nicht anders gegangen.

Pylon trank seinen Kaffee aus und ging in die Küche, um sich noch einen zu machen. Er rief zu Mace hinüber: »Willst du mir von Isabella erzählen?«

»Da gibt's nichts zu erzählen«, erwiderte Mace. »Ich hab sie nicht wiedergesehen.«

Nicht seit Paris 1991. Hotel Meurice. Wo sich die Nazis während ihrer Besatzungszeit eingerichtet hatten. Mace hatte damals zwei Absichten verfolgt. Eine bestand darin, die Schulden, die er bei Isabella hatte, zu begleichen, indem er sie immer wieder in das Luxusrestaurant des Hotels einlud. Die beiden hatten es zudem wild in der Suite getrieben. Isabella behauptete, Luxushotels seien extra für Sex errichtet worden. Testete ihre Theorie am späten Nachmittag bäuchlings auf den Laken liegend, als ein Bediensteter vom Zimmerservice einen Servierwagen mit einem Eiskübel, einer Flasche Moët und zwei Kristallflöten hereinrollte. Der Kellner zuckte beim Anblick der nackten Isabella nicht einmal mit der Wimper. Er kam nur seiner Arbeit nach, indem er mit einer schwungvollen Geste den Champagner öffnete und die Gläser halbvoll schenkte, so dass der Schaum nach oben schoss.

»À votre santé, madame, monsieur.«

»Siehst du, was ich meine?«, sagte Isabella, nachdem sich die Tür wieder geschlossen hatte. »Typisch französisch. Völlig ungerührt.«

»Auf gute Zeiten«, erwiderte Mace. Das Kristall klirrte, als sie miteinander anstießen. Unglaubliche Tage, auch wenn es die letzten waren, die er mit ihr verbrachte.

»Ich hab sie nicht wiedergesehen«, wiederholte Mace.

Pylon schien nicht überzeugt zu sein. »Dann erzähl mir, was los ist.«

Mace trank einen Schluck Kaffee. Sagte: »Ich habe Prostatakrebs.«

Pylon antwortete nicht. Er nahm den Kaffee vom Herd und brachte die Kanne ins Zimmer, um Mace einen weiteren Kaffee anzubieten.

»Warum hast du nichts gesagt?«

»Das ist kein Todesurteil.« Mace hielt ihm seinen Becher hin. Pylon schenkte ein. »Hatte es nur nicht mit zweiundvierzig erwartet.«

»Wirst du behandelt?«

»Natürlich.«

»Und wie ist die Prognose?«

»Man hat ihn früh entdeckt. Es gibt keine Komplikationen, und es muss nicht operiert werden. Bis Weihnachten werd ich's hinter mir haben.«

»*Bru*«, sagte Pylon. »*Bru, Bru, Bru.*«

»Ist schon in Ordnung«, meinte Mace. »Ich gewöhn mich

allmählich daran. Lustigerweise hat mir Ducky Donald geholfen. Durch ihn komme ich auf andere Gedanken.«

»Und der Ellbogen, gegen den angeblich Matthew gestoßen ist, der aber mehr wie ein Messerschnitt blutet?«

»Ein Raubüberfall. Eine Bande von Straßenjungs auf dem Point-Parkplatz.«

Einen Herzschlag lang Pause. Dann begann Pylon zu lachen. Sein typisches ansteckendes Lachen, das tief aus dem Bauch herauskam. Mace konnte nicht anders. Er stimmte ein.

Oumou war wach, als Mace nach Hause kam. Sie saß aufrecht im Bett, nachdenklich, erwartungsvoll. Halb fünf, jedenfalls laut dem Radiowecker auf dem Nachttisch. Er hatte sie angerufen und ihr von den Bomben, dem blutigen Chaos und den Toten erzählt. Ihre Augen sagten alles, was er wissen musste.

Mace beugte sich vor. Ihre Lippen trafen sich, und die ihren pressten sich hart auf die seinen. Er erwiderte den Druck, spürte, wie ihre Zunge zwischen seine Zähne glitt, während sie ihren Arm um seinen Nacken legte, um ihn an sich zu ziehen. Er ließ es zu, obwohl die Stichwunde wieder zu schmerzen begann. Oumou merkte, wie er zusammenzuckte, und löste sich von seinem Mund.

»Hast du dich verletzt?«

»Nur ein Kratzer.« Seine Lippen drückten sich erneut auf die ihren. Wieder löste sie sich von ihm.

»Lass mich sehen.«

»Das ist nichts«, sagte er und schmiegte sich an sie.

»Das ist nicht nichts«, erwiderte sie. »Oh, Mace.«

Die Besorgnis in ihrer Stimme war Balsam für seine Seele. »Sag das noch mal«, murmelte er und vergrub sein Gesicht an ihrem langen schönen Hals.

»Nein. Hör auf.« Sie sprang aus dem Bett, beugte sich über

seinen Arm, um ihn zu untersuchen. Ihre Brüste wie reife Früchte. »Du brauchst einen Arzt.«

Er zog ihren nackten Körper zu sich herab, glitt unter sie.

»*Non. Non.*« Sie fluchte französisch. »Lass mich los.« Wieder sprang sie auf, eilte ins Badezimmer. »Zuerst müssen wir die Wunde reinigen.«

»Morgen«, sagte er und begann sich auszuziehen. Er war entschlossen, das weiterzuführen, was sie begonnen hatten. Sein Arm pochte schmerzhaft, während er die Gürtelschnalle löste. Als Oumou zurückkam, war er nackt. Sie trug einen weißen Bademantel. Atemberaubend auf ihrer ebenholzschwarzen Haut.

Sanft wickelte sie den Verband auf. Etwas Blut war ausgetreten und getrocknet. Die Wunde nässte noch immer, und der Mullstoff war ins offene Fleisch gepresst.

»*Merde*«, flüsterte sie. »Was ist das?«

Er erzählte es ihr. Während sie seinen Arm mit einem Antiseptikum desinfizierte und ihn dann neu mit Mullbinden versorgte, die sie zuletzt in der Wüste verwendet hatten, berichtete er ihr, wie ihn diese Straßenkinder völlig unerwartet erwischt hatten.

»Gerade mich!«, sagte er. »Von allen Leuten gerade mich.«

»*Oui.* Jetzt erzähl mir von der anderen Sache. Der Sache, die dich so belastet.«

Mace sah sie an. »Was meinst du?«

»Ist es Isabella?«

Er schüttelte den Kopf – nein. Rückte dann mit seinem Prostatakrebs heraus.

»Du hättest mir das sofort sagen müssen«, erklärte sie. In ihren Augen spiegelte sich Verletztheit wider.

»Ich konnte nicht.« Er fasste sie an der Hand und zog sie neben sich aufs Bett. »So etwas hätte mir nicht passieren dürfen.«

16

1999

Ein spätes Ostern, die Tage kühl und kürzer. Mace stand im Schlafzimmer und blickte auf die Stadt hinunter. Im Hintergrund die Bucht. Er stellte das Handy in seine Ladestation zurück, um es weiter aufzuladen.

Unten im Garten Christa mit Cat2. Sie legte Blüten, die von der ordentlich geschnittenen Hecke stammten, auf das Grab von Cat3, die überlebt hatte, bis sie in das neu renovierte Haus gezogen waren. Als sich Blasensteine gebildet hatten, war sie ganz plötzlich gestorben. Passiere manchmal bei Männchen, meinte der Tierarzt. Habe er auch schon gehört, erwiderte Mace.

Seine eigene Wasserleistung funktionierte wieder reibungslos. Blutproben negativ. Der Fingertest des Arztes ließ ihn grunzen. »Es ist alles in Ordnung, *Meneer.* Kommen Sie einfach regelmäßig zur Kontrolle.«

Als er wieder von der Pritsche aufgestanden war, zog Mace seine Jeans hoch. »Tollen Job haben Sie.«

Der Arzt zog seine Gummihandschuhe aus und wusch sich die Hände am Waschbecken. »Ach, man muss sich nur alle Öffnungen freihalten.« Reichte ihm eine Rechnung, die er auf dem Weg nach draußen bezahlen sollte. Mit dem, was er für den Doc und die Prostatapillen ausgab, hätte Mace seiner Meinung nach einen Befreiungskrieg in Sierra Leone finanzieren können.

Das Wichtigste jedoch war, dass er wieder ganz gesund zu sein schien und ein viktorianisches Juwel in der City Bowl sein Eigen nennen durfte.

»Mein Sohn«, sagte Dave Cruikshank, als Mace die Papiere unterzeichnete, »ich dachte schon, deine Frau hätte deine Eier fest in der Hand. Gut gemacht.«

Und nach den Umbauten erklärte er: »Ich hab es gleich gesagt. Du hast einen Traum gebaut. Hab ich dir gesagt. Mein Sohn, da hast du wirklich etwas ganz Besonderes. Das hier ist Bestlage auf dem Markt.«

»Steht nicht zum Verkauf«, erwiderte Mace.

Er renovierte das Haus von Grund auf. Putzte es nicht nur heraus, sondern baute es um. Alte Welt trifft auf Edelstahl und Glas. Das Haus wurde nach ihrem Einzug in *Home & Garden* porträtiert. Der Keller bekam sogar ein Extrafoto und einen Kommentar des Geschichtsdozenten, der glaubte, er sei auf das siebzehnte Jahrhundert zurückzuführen.

Als Mace Oumou erzählte, dass er den Verkaufsvertrag unter Dach und Fach gebracht habe, sagte sie: »Das ist wegen des Krebses. Ich verstehe. Aber ich warne dich: Ich werde dort nicht leben.«

Nachdem er sie endlich überredet hatte, sich die Umbauten zumindest einmal anzusehen, kam sie zunächst äußerst unwillig mit. Sah sich die Veränderungen wortlos an und meinte schließlich: »Du hältst dich wohl für einen besonders schlauen Mann, was?«

Er grinste.

»Ich geb auf«, sagte sie. »Das wird ein wunderschönes Haus. Wir können hierbleiben.«

Mace zeigte Christa ihr Zimmer, das ein eigenes Bad hatte. »Oh, cool«, erklärte sie. »Papa, kann ich auch meinen eigenen Fernseher haben?«

Er versprach ihr stattdessen, ihr den Rest der Welt zu Füßen zu legen.

Sie zogen im Januar ein. Übergaben Pylon und Treasure die Schlüssel und den Mietvertrag zu ihrem bisherigen Vorortidyll.

»Ich will das nicht«, sagte Pylon. »Das ist kleiner als das, was wir jetzt haben. Das ist scheiße. Wir geben vier Zimmer mit jeweils eigenem Bad, eine High-Tech-Küche, eine Eingangshalle und Marmorfliesen auf – und wofür? Bloß für eine bessere Adresse?«

»Na und?«, meinte Treasure und stampfte mit den Füßen auf, um den Township-Staub von ihren Schuhen zu schütteln. »Keine Scheiße in den Straßen. Keine toten Hunden im Rinnstein. Keine *Shebeens*, die die ganze Nacht offen haben. Kein Rinderschlachten im Hinterhof. Keine ständige Angst, dass meine Tochter entführt werden könnte. Keine Township. Ich hab nichts dagegen.«

Ihre Tochter Pumla: »Kann ich meinen eigenen Fernseher haben?«

Maces Renovierungsarbeiten waren nicht die einzigen in jenen Monaten. Ducky Donald und Matthew bekamen ihr Geld von der Versicherung und ließen Club Catastrophe wieder neu aus der Asche entsteigen. Es sollte, der Einladung nach zu urteilen, die Mace erhielt, in genau zehn Tagen so weit sein. Über eine Sache war er jedenfalls erleichtert: Er stand nicht mehr in Ducky Donalds Schuld.

Trotzdem rief ihn dieser an. Sheemina February hatte ein weiteres Treffen mit Matthew vereinbart. Könne Mace dabei sein?

Mace sagte: »Ich hab in den Nachrichten gesehen, dass einige ihrer Klienten inzwischen im Gefängnis sitzen. Worum geht's bei dem Treffen?«

»Um das Gleiche.«

»Dann wendet euch an die Zeitungen. Macht auf euch aufmerksam. Die Leute sind auf eurer Seite.«

»So leicht ist das nicht, *China.* Was soll ich denen denn sagen? Dass wir von einer PAGAD-Anwältin bedroht werden?«

»Klingt doch gut.«

»Ich möchte zuerst hören, was sie von uns will.«

Mace schwieg. Er sagte so lange nichts, bis Ducky meinte: »Bitte – okay?«

»Wir sind quitt«, erwiderte Mace. »Soweit es mich betrifft. Ich hab dir gegenüber keine Verpflichtungen mehr. Und du vergisst Cayman und Techipa.«

»Klar. Verstanden. Schon vergessen.« Ducky räusperte sich. »Da gibt es allerdings noch was.«

»Nicht interessiert.«

Mace hörte, wie Ducky einen Schluck zu sich nahm. Er genoss offenbar die Situation. »Die Sache ist die: Es gibt noch was, das ich nicht verstehe. Die Tussi meinte, sie will Mattie und seinen Berater sehen. Mattie erklärt ihr, dass er keinen Berater hat. Sie sagt: Mr. Bishop. Er sagt: längst passé. Und sie erklärt daraufhin, dass du ihr noch was schuldest.«

»Interessanter Blickwinkel.«

»Keinen, den ich verstehe, Mace.« Ducky nahm einen weiteren Schluck. »Außerdem sagt sie, dass Mattie, falls er dich nicht dabeihat, der einzige querschnittsgelähmte Clubbesitzer der Stadt sein würde. Ich erklär also Mattie, dass wir nichts mehr in der Hand haben, dass deine Schulden voll abgeglichen sind. Das Einzige, was ich tun kann, ist, dir das Ganze erzählen und sehen, was du dazu meinst.«

Mace war Sheemina February noch ein paar Mal nach der PAGAD-Bombe begegnet. Jedes Mal hatte er sich stark zusammenreißen müssen, um ihr nicht ins Gesicht zu springen. Allein die Opfer. Einmal hatten sie sich im Foyer des Cape Grace Hotels gesehen, ein anderes Mal bei einem abendlichen Konzert auf einem Weingut. Schließlich vor etwa einem Monat an der Tankstelle an der Orange Street, wo er gewöhnlich tankte. Mace war gerade damit beschäftigt gewesen, den Quittungszettel zu unterschreiben, als sie an einer Tanksäule neben ihm anhielt. Stahlblaues BMW-Coupé mit einem den Herbst begrüßenden heruntergeklappten Dach. Es war eine kleine

Stadt, die Leute bewegten sich in kleinen Kreisen. Jemanden zu treffen, den man kannte, war nichts Besonderes. Falls sie allerdings etwas über das Loch in der Schulter ihres Handlangers hätte sagen wollen, hätte sie ihn jederzeit anrufen können. Aber nein, sie behielt alle Karten in der Hand. Bisher.

Die Stimme in seinem Ohr fragte: »Und? Was sagst du?«

»Weiß nicht. Kann nicht sehen, was das bringen soll.«

»Außer der Gesundheit meines Jungen.«

»Das natürlich schon.«

»Und dann gibt es da noch mein Gedächtnis.«

»In die Richtung würd ich gar nicht erst schauen.«

»Nur ein Scherz, *Boykie.* Es wird nicht länger als eine halbe Stunde deiner Zeit in Anspruch nehmen. Macht deinen Tag auch etwas spannender.«

Mace blickte zu Christa in den Garten hinunter. Ihre Aufmerksamkeit war nun wieder auf ihre Spielsachen gerichtet. Er hätte Nein sagen sollen. Stattdessen sagte er: »Also gut. Dafür schuldest du mir was.« Dachte, vielleicht würde er so zumindest ein paar seiner Ansichten loswerden.

Pylon fragte ihn in den Wochen nach der Bombe immer wieder, ob er nicht vorhabe, mit Gonsalves über seine Theorie bezüglich der Hartnells zu sprechen. Mace war mit Wichtigerem beschäftigt – zum einen wollte er seine Prostata wieder auf die richtige Größe zurückbekommen, zum anderen baute er gerade ein Haus um. Außerdem befürchtete er noch immer, dass Ducky das mit Cayman und Techipa an die große Glocke hängen könnte.

Gonsalves meldete sich jedoch von selbst, um ihm mitzuteilen, dass Ducky Donald Hartnell erstaunlich einflussreiche Freunde habe. Gleich zu Anfang erwähnte der Captain den Namen Mo Siq. Fragte Mace, ob er diesen Mann kenne. Mace sagte, das täte er.

Captain Gonsalves erklärte: »Eines Abends klingelt das Telefon. Meine Frau hebt ab, meint, es ist ein Mr. Siq, der mit mir sprechen will. Ich steh also aus meinem warmen Sessel neben dem Gasofen auf, geh in den Gang raus, wo wir keine Heizung haben und es kälter als ein Hexenarsch ist. Meine Frau sagt immer, dass wir uns endlich ein schnurloses Telefon anschaffen sollten, aber solche Dinger kosten fünfhundert Mäuse, Mr. Bishop. Ich sag also, solange wir unsere Rentenraten abbezahlen, gibt es kein schnurloses Telefon. Allerdings hab ich noch mal drüber nachgedacht, während ich in dem eiskalten Gang stand und Mr. Siq zuhören musste. Und der hatte Folgendes zu sagen: Alles, was ich tun kann, um den Bericht über die Detonation im Club Catastrophe anzukurbeln – genau das Wort hat er benutzt – um also den Bericht anzukurbeln, wäre willkommen. Schließlich wär es doch eine klare Sache. Eine PAGAD-Bombe. Ich zögere. Klare Sache. Ich weiß nicht, ob es bei Bomben so was wie 'ne klare Sache gibt. Ich seufze also tief. Er erklärt mir daraufhin, dass Mr. Hartnell sehr viel Geld in den Wiederaufbau des Clubs gesteckt hat, sich nun aber ein wenig exponiert fühlt – auch dieses Wort hat er benutzt –, weil die Versicherung auf den Polizeibericht warten würde, ehe sie mit dem Geld rausrücken will. Mr. Siq meinte, er hat nicht vor, mir einen Anreiz geben zu wollen – wieder seine Worte –, da das schlichtweg Bestechung wäre, aber dass er meinen Namen in sein kleines Büchlein notiert hat. Als Gedächtnisstütze. So oder so.«

»So oder so was?«, fragte Mace.

Gonsalves kaute einen Moment lang in die Sprechmuschel seines Telefons. »Ich denke, Sie wissen, was das bedeutet, Mr. Bishop«, sagte er.

Mace erwiderte: »Ja.«

»Am nächsten Tag«, fuhr der Captain fort, »hab ich rausgefunden, dass Mr. Siq allgemein unter seinem Vornamen Mo bekannt ist und große graue Schiffe und schnelle graue Jets im Auftrag meines Arbeitgebers kauft. Meines höchsten Arbeitgebers, meine ich. Den sie allgemein *Makulu baas* nennen. Auch bekannt als *El Presidente.* Ich hab also erfahren, dass ich mich lieber nicht mit Mr. Mo Siq anlegen sollte.«

»Das sollten Sie tatsächlich nicht«, meinte Mace, der allerdings wusste, dass Mo nicht mehr der Mann war, der er einmal gewesen war und der bis Sonnenaufgang Palmenwein am Strand von Lagos getrunken hatte. Mr. Mo Siq trug nun Armani-Anzüge, Rolex-Uhren und Bally-Schuhe. Mace hatte keine Probleme mit Bally-Schuhen.

»Was ich sagen will«, sagte Captain Gonsalves, »ist Folgendes: Ich bin Ihnen für den Tipp dankbar, auch wenn wir nicht darauf reagiert haben, wie wir das hätten tun sollen. Ich hab Matthew Hartnells Bericht darüber, wie er – er und Sie – sich mit einer Person namens Sheemina February getroffen haben, die uns als PAGAD-Anwältin bekannt ist, sowie mit einem gewissen Abdul Abdul, den wir zu unserem Vergnügen eine Weile bewirten durften, ehe er auf Kaution freikam. Ms. February vertritt Abdul Abdul, aber das ist ihre einzige uns bekannte Verbindung zu einem verdächtigen Personenkreis. Andererseits ist sie Anwältin. Meiner Erfahrung nach bewegen sich diese Leute immer unter Menschen, die meine Frau gerne Abschaum nennt.«

Er hustete laut. Als sein Anfall nachließ, erklärte er Mace, er wäre für jegliche weitere Informationen äußerst dankbar.

Unten im Garten setzte Christa Cupcake, ihren Teddybär, den unglaublichen Hulk, Belinda, eine Barbiepuppe, und Spiderwoman in einem Kreis zusammen. Sie stellte vor jeden der vier eine Tasse und eine Untertasse und goss braune Flüssigkeit aus einer von Oumous Ausschusskannen hinein. Stolz trat sie einen Schritt zurück, um ihre Teeparty zu bewundern. Mace traf eine Entscheidung.

Im Raum direkt unter ihrem Schlafzimmer lag Oumous Atelier. Sie saß gerade vor der Töpferscheibe, an der sie ihre hohen, eleganten Gefäße anfertigte. Er ging zu ihr hinunter und küsste sie auf den Hals unterhalb ihrer Ohrringe aus Silber und Bernstein, die sie ständig trug. Um diese Ohrringe beneidete Christa sie immens. Die Kleine ließ keine Gelegenheit verstreichen, um Mace mitzuteilen, dass sie es kaum erwarten könne, auch Löcher gestochen zu bekommen.

»Ich bin höchstens eine Stunde weg«, sagte er. »Ein unerwartetes Treffen.«

Oumou warf ihm einen schrägen Blick zu. »Das soll dein Urlaub sein, *no*?«

»Eigentlich schon.«

»Sei nicht zu lange fort«, sagte sie.

Draußen wollte Christa wissen: »Papa, kann ich mitkommen?«

Mace drehte sie mehrmals im Kreis. Wie auf einem Karussell. Bis ihm schwindlig wurde. »Das nächste Mal, C. Heute geht es um Geschäftliches.«

»Bitte, bitte, bitte, bitte«, bettelte sie. Ihr war ebenfalls ein wenig schwindlig. Als er den Kopf schüttelte, änderte sie ihre Taktik. »Kann Cupcake mitkommen?«

Cupcake begleitete Mace immer wieder auf Geschäftsreisen, um wichtige Kunden abzuholen. Er war bereits in Madrid, Mailand, München, Hamburg, Kopenhagen, London, New York, Los Angeles, Miami, Lusaka, im Chobe-Nationalpark und bei den Victoriafällen gewesen. Auch in zahlreichen Städten und auf Safari-Lodges im Inland. Noch nie zuvor hatte Mace ihn jedoch auf den Beifahrersitz seines Spider schnallen und mit ihm bei heruntergeklapptem Dach durch die Stadt fahren müssen.

Als er auf den Parkplatz der Harrington Street einbog, reichte ihm ein mürrischer Schwarzer ein schmales Stück

Papier. Darauf stand ein Name, den Mace nicht entziffern konnte.

»Wo ist der Angolaner?«, fragte er. »Wo ist Cuito?«

Der Parkplatzwächter zuckte mit den Achseln und starrte ihn finster an.

Mace sah sich um. Nur Einheimische. Er vermutete, dass Cuito, falls er nicht schon tot war, knapp davorstand. Dachte an Dr. Roberto. Die Ortsansässigen hassten Ausländer, erst recht diejenigen mit Unternehmungsgeist.

Er zeigte auf seinen Passagier. »Der Bär heißt Cupcake«, sagte er. »Er kommt wieder mit mir nach Hause. Ebenso wie alles andere in diesem Wagen.«

Der Xhosa bemerkte nicht einmal, dass man mit ihm redete.

17

Matthew wartete in seinem Loch von einem Büro, rauchend, spielte ein Spiel auf seinem Handy. Er hatte sich ein smarteres Aussehen zugelegt: Lederjacke, schwarzes T-Shirt, klassisch geschnittene Jeans, High-Tech-Schuhe ohne Socken. Die Haare stachelig hochgegelt. Das Büro war unverändert, benutzt und doch nicht benutzt. Auch der Korridor hatte unverändert gewirkt. Jeder Raum war noch immer mit einer Sicherheitstür versehen. Benutzt und doch nicht benutzt.

Im Büro stank es nach Zigaretten. Asche und zwei ausgedrückte Kippen auf einem Unterteller auf dem Schreibtisch. Mace öffnete das Fenster. Es machte keinen Unterschied.

Matthew hielt den Blick auf sein Spiel gerichtet. »Der Ma-Ma-Macho mit seiner Knarre?«, meinte er.

Mace hatte eine kurzläufige Achtunddreißiger Smith & Wesson in der Tasche seiner Baumwollhose. Ein lose herabhängendes Hemd und eine Jeansjacke hatten sie eigentlich verbergen sollen. Er setzte sich auf den gleichen Platz wie zuvor. »Geh mir nicht auf die Nerven, Mattie-Boy. Keine gute Idee.«

Matthew schnipste etwas Asche auf den Unterteller. »Ne-Nennen Sie mich ni-nicht Ma-Mattie-Boy.«

Mace überlegte. »Wie wär's dann, wenn du erst mal erwachsen wirst?«

Matthew legte sein Handy auf den Tisch, wobei er Mace immer noch nicht ansah. »Und wa-wa-was ist mit euch al-alten Ärschen? Ihr be-be-benehmt euch so, als hä-hättet ihr Pisse aus den Ti-Titten eurer Mütter gesaugt. Ma-mach dich locker, A-Alter.« Er wollte wieder nach seinem Handy greifen, aber Mace lehnte sich nach vorn und hielt ihn davon ab.

»Eine Sache, auf die du wirklich aufpassen solltest, Ma-Matthew«, sagte er und drückte fester zu, »ist deine Sprache.« Er presste so hart auf Matthews Daumenwurzel, dass dieser aufjaulte. »Du spielst jetzt bei den Großen mit, Ma-Matthew. Du hast bereits Tote auf dem Gewissen. Du brauchst Hilfe. Momentan bin ich diese Hilfe, obwohl ich das nicht sein will. Ich würde dich lieber Sheemina February überlassen. Aber dein Daddy hat an meine Vernunft appelliert. Ab heute schuldest du mir was. Kapiert?«

Diesmal hatten sie nicht gehört, wie Sheemina February die Treppe genommen und den Korridor entlanggelaufen war. Diesmal kam sie allein, und sie kam auf weichen, leisen Sohlen. Als sie aufblickten, stand sie unter der Tür.

»Jungs interessieren mich nicht, Mr. Berater«, sagte sie. »Ich bevorzuge Männer.« Sie trat ein und setzte sich Matthew gegenüber, wobei sie sich aber in Richtung Mace lehnte. Schlug die Beine übereinander, so dass ein leises Reiben ihrer Seidenstrümpfe zu vernehmen war. Keine Aktentasche. Ein Tuch über den Schultern. Sie ließ Mace keinen Moment lang aus den Augen und ignorierte Matthew. Klopfte mit den Fingern ihrer behandschuhten Hand auf die Tischplatte und sagte zum Clubbesitzer: »Könnten Sie mit dem Rauchen aufhören?«

Matthew zerdrückte das, was noch von seiner Zigarette übrig war.

Sie lächelte in seine Richtung. »Danke.«

Ihre nordischen Augen wandten sich gleich wieder Mace zu. Er hielt ihrem Blick stand. Das Lächeln blieb, ein Aufblitzen weißer Zähne hinter ihrem schimmernden pflaumenfarbenen Lippenstift.

»Mr. Berater, es freut mich, dass Sie gekommen sind. Es freut mich, dass Matthews Vater an Ihre Vernunft appellieren konnte, obwohl Sie eigentlich nicht hier sein wollen. Obwohl Sie mich nie mehr wiedersehen möchten.«

Mace gab ein tonloses Lachen von sich. »Ich wünschte, das wäre so leicht. Aber unsere Wege scheinen sich ständig zu kreuzen.«

»Es ist eine kleine Stadt.« Sie strich die Falten ihres Rocks mit der rechten Hand glatt. »Deshalb leben wir auch hier, nicht wahr? Dieses vereinende Gefühl, Kapstädter zu sein.«

»Was wollen Sie, Miss February?«

Sie hielt ihre linke behandschuhte Hand hoch. »Ich könnte einen Ehering tragen, tue es aber nicht. Gut geraten, Mr. Berater. Früher war ich allerdings einmal verheiratet. Sie kennen meinen Ex sogar.«

»Ach?«

»Erkundigen Sie sich. Sie werden zweifelsohne amüsiert sein. Sie werden dabei erfahren, dass ich versucht haben soll, ihn umzubringen. Wahrscheinlich wird man Ihnen allerdings nicht erzählen, dass auch er versucht hat, mich umzubringen.«

»Ich bin fasziniert.«

»Das werden Sie sein.«

Matthew spielte mit seiner Zigarettenschachtel, darauf brennend, sich eine neue anzustecken. Immer wieder ließ er sein Bic schnalzen. In einer Stimme, die eine Oktave zu hoch klang, sagte er: »Wie-wie er schon gefragt hat: Wa-was wollen Sie?«

»Lassen Sie das.« Sheemina February zeigte mit einem rotlackierten Fingernagel auf sein Feuerzeug. »Wie Ihr Berater bereits bemerkt hat, sollten Sie nicht vergessen, dass Sie jetzt bei den Großen spielen. Dementsprechend müssen Sie die Nerven bewahren. Und zwar sofort.« Wieder klopfte sie leicht auf die Tischplatte. »Sie wollen Ihren neuen Club eröffnen. Unsere Bedingungen lauten genauso wie zuvor. Wenn Sie kein Drogendealer sind, Matthew, werden Sie diese problemlos akzeptieren.«

»O-Oder Sie ja-jagen uns wieder in die Lu-Luft?«

»Darauf werde ich nicht antworten, Matthew.« Sie wandte sich an Mace. »Mr. Berater, Sie müssen ihm offenbar das physikalische Gesetz der Reibung und des Widerstands erklären.« Sie verschränkte die Finger in ihrem Schoß. »Darum geht es mir bei diesem Treffen. Um diese physikalischen Gesetze.«

Mace erwiderte: »Sie haben es selbst gehört. Er will mit PAGAD nichts zu tun haben. Was steht als Nächstes auf der Agenda?«

»Patt. Zurück zu den Gesetzen der Physik. Was passiert, wenn eine unaufhaltsame Kraft auf ein unbewegliches Objekt trifft?« Sie warf Matthew einen Blick zu. »Der Physikunterricht liegt bei Ihnen doch noch nicht so lange zurück.«

Matthew antwortete nicht.

Sheemina February seufzte. »Druck baut sich auf.«

Sie saßen da und starrten einander an: sie Mace, Mace sie, Matthew seine Zigarettenschachtel. Mace konnte in ihren blauen Augen nicht erkennen, wohin das Ganze führen sollte. Ihre Miene änderte sich kaum merklich: Sie entspannte sich. Die kleinen Falten in ihren Augenwinkeln hatten sich geglättet. Er wartete. Eine Situation zu durchbrechen, die ins Stocken gekommen war, wäre unklug gewesen.

Matthew wusste das nicht. »Wa-Was ist das mit I-Ihnen?«, fragte er. »Wa-Warum haben Sie es au-auf mich ab-ab-abgesehen?«

Sheemina February gönnte ihm nicht einmal einen Blick. Lächelte Mace an. »Sie sind ein Drogendealer, Matthew. Das weiß jeder.«

»Das ist doch Ka-Kacke«, erwiderte Matthew. »Was ist mit den a-a-anderen Clubs?«

Sie wandte ihm den Kopf zu. »Da sind wir dran. Wir arbeiten uns alphabetisch vor.«

Matthew spielte seine »Ve-ve-verdammt!«-Nummer ab. »Sie-Sie dro-dro-drohen mir.«

»Ich gebe Ihnen einen Ratschlag, Matthew. Nur einen Ratschlag.«

Mace stand auf. »Dann wissen wir jetzt, woran wir sind.«

»Das hoffe ich«, sagte Sheemina February. Matthew tat es Mace nach und erhob sich ebenfalls. »Mr. Bishop«, fuhr sie fort, ohne sich von der Stelle zu rühren. »Wollen Sie denn nicht wissen, wie es dem Kollegen meines Klienten geht? Dem Mann, den Sie angeschossen haben?«

»Nein.« Er schritt zur Tür, um diese aufzuhalten. »Genauso wenig wie Sie sich um die Kids Gedanken machen, die Sie umgebracht haben. Oder um diejenigen, denen jetzt Arme und Beine fehlen.«

Sheemina February ging auf seine Bemerkung nicht ein. »Ob Sie es wissen wollen oder nicht«, erwiderte sie, »er ist schon wieder täglich zum Training im Fitnessstudio. Unglaublich, wie schnell sich manche Leute fangen. Ein guter Mann, meint mein Klient. Auch ein netter Mensch, heißt es. Erstaunlich, dass Sie ihm bisher nicht irgendwo begegnet sind.« Sie erhob sich. »Soweit ich weiß, trainiert er im Point.«

»Miss February«, sagte Mace, als sie zur Tür ging. »Was sollte das alles?«

»Ich wollte nur die Grundregeln festhalten.« Sie zwinkerte ihm zu, strich sich über die Haare und legte für einen kurzen Moment eine Hand auf seinen Arm. Dann wandte sie sich zum Gehen. »So lernen wir uns allmählich immer besser kennen. Bis bald mal wieder, Mr. Bishop.« Im Korridor blieb sie stehen. »Ach, ehe ich es vergesse: Abdul lässt Sie herzlich grüßen.«

Und was soll das alles, dachte Mace. Ein Zwinkern. Eine Berührung. Wie für einen Flirt. Wozu, verdammt? Als wäre sie mit ihren doppeldeutigen Anspielungen auf Beutefang.

Mace wartete fünf Minuten, in denen er Matthew beobachtete. Dieser rauchte eine Zigarette und zündete sich dann eine zweite an. »Denk dran, dass du mir jetzt was schuldest«, sagte er, als er das Büro verließ. Matthew rief ihm hinterher: »Wa-Warum hat sie es auf mi-mich ab-ab-abgesehen?«

Er hielt inne und drehte sich um. »Kapier's endlich, Matthew. Du bist ein widerlicher Drogendealer, ganz gleich, wie du es auch drehst und wendest. Und das gefällt ihr eben nicht.«

»Es geht nicht u-um mich«, erwiderte Matthew. »Es geht u-um Sie.« Er lachte. »Sie ist scha-scharf auf Sie. Das spür ich.«

Mace schüttelte den Kopf und ließ Matthew hinter seinem leeren Schreibtisch mit seinem leeren Aktenschrank und seinen Plastikstühlen zurück. »Wirf was ein, Mattie-Boy!«, rief er ihm zu. »Dann geht's dir besser.«

Draußen stand der Xhosa am Parkplatzeingang an der Harrington Street und lachte mit zwei anderen Männern, die orangefarbene Parkplatzwächter-Lätze trugen. Mace gab ihm seine Karte zurück, als er an ihm vorüberging, wohl wissend, dass er ihm zum Spider folgen würde, da er ein Trinkgeld erwartete. Cupcake saß angeschnallt auf dem Beifahrersitz und wartete.

Ehe er die Fahrertür öffnen konnte, klingelte sein Handy. Keine Nummer im Display. Normalerweise beantwortete er solche Anrufe nicht. Diesmal schon. Sheemina February – was nicht überraschend war.

Sie sagte: »Ich habe ganz vergessen zu erwähnen, wie sehr es mich freut, dass Sie Ihr Prostataproblem in den Griff bekommen haben, Mr. Bishop.« Schon hatte sie aufgelegt.

Der Parkplatzwächter stand direkt vor der hinteren Stoßstange des Spider und beobachtete ihn.

»Lass mir hier etwas Raum zum Atmen. Kapiert, Kumpel?«

Der Mann trat drei Schritte zurück, seine Miene unverändert. Sagte: »Ich heiße Oupa K, Boss.«

Mace nickte ihm zu und rief dann auf dem Handy seinen Arzt an. Er wusste, dass dieser abheben würde, wenn er sah, wer ihn zu erreichen versuchte.

»Ich habe gerade einen Patienten bei mir«, sagte er. »Was gibt's?«

»Und wie geht's Ihnen?«, entgegnete Mace.

Er hörte, wie der Arzt seufzte. »Mace, sagen Sie mir, was Sie wollen.«

»Nur schnell: Ist bei Ihnen in letzter Zeit eingebrochen worden? In Ihre Praxis, meine ich?«

»Nein.«

»Haben Sie eine Patientin namens Sheemina February?«

»Nein, auch nicht. Das sind seltsame Fragen, die Sie mir da stellen, Mace.«

»Vergessen Sie's. Bitte richten Sie Ihrem Patienten aus, dass es mir leidtut, gestört zu haben.« Er legte auf.

Der Xhosa trat näher, als Mace in seinen Wagen stieg.

»Wie heißen Sie noch mal?«

»Oupa K«, antwortete er.

Mace drückte ihm eine Zwei-Rand-Münze in die Hand. Hatte nicht die geringste Lust, ihm fünf zu überlassen.

18

Sheemina February öffnete die Türen zum Balkon, um den Ozean besser riechen zu können. Sie hielt inne, holte tief Luft und lauschte dem heiseren Krächzen der Möwen und dem Klatschen der kleinen Wellen, die gegen die Felsen schlugen. Dieser Ort war tagsüber herrlich. Und doch sah sie ihn nur selten.

Sie kehrte in ihre Wohnung zurück, wobei sie auf dem Weg zum Kühlschrank, um ein Mineralwasser herauszuholen, ihr Tuch über die Armlehne der Couch drapierte. Ihr Handy klingelte, aber sie ließ ihre Voicemail drangehen.

Dann setzte sie sich auf die Couch, die auf den Horizont hinausblickte, schlüpfte aus ihren Schuhen und schlug ihre Beine ein, um es sich bequem zu machen. Auf der Glasplatte des Couchtisches vor ihr lag ihr Aktenkoffer. Darin mehr Fotos von Mace Bishop und eine Aufnahme seiner Stimme.

Sie holte den Rekorder heraus und spulte bis zu dem Moment zurück, wo er sagte: »Miss February, was sollte das alles?«

Dachte an seine gerunzelte Stirn, die Intensität seiner Augen, die sie herausfordernd angeblickt hatten. Dann wie ihr Zwinkern ihn dazu gebracht hatte, den Kopf zur Seite zu neigen. Er hatte seinen Arm nicht bewegt, als sie für einen kurzen Moment ganz leicht ihre Hand daraufgelegt und die Festigkeit der Muskeln unter der Jeansjacke gespürt hatte.

Sie holte die Fotos heraus. Auf allen war er allein am Pool zu sehen. Auf den meisten trug er seine Speedo. Stand nass da, seine Muskeln vom Training angeschwollen, sein Bauch in Sixpack-Form.

Vier Mal hatte er sie nicht bemerkt. Er hatte nicht auf die Gestalt in dem Bademantel geachtet, die gelesen und ein Handtuch neben sich auf der Liege zusammengeknüllt gehabt hatte. Hatte sich nicht vorstellen können, dass sie wegen ihm dort war.

Einmal war sie sogar mit ihm geschwommen. Sie hatte unter Wasser sein leicht wirkendes Kraulen beobachtet, die stetige Bewegung seiner Beine, die kaum das Wasser aufwühlten. Eine halbe Poollänge hatte sie Zug um Zug mit ihm mitgehalten, ehe es für sie zu anstrengend wurde.

Aber das war jetzt vorbei. Sie hatte die Fotos und seine Stimme.

Sheemina February blickte zum Horizont hinaus. Lang und blau. Erhob sich von der Couch und betrat den Balkon. Auf den Felsen unter ihr konnte sie einige Glasscherben erkennen.

19

Sheemina February musste eine Durchsuchung der Praxis seines Arztes in Auftrag gegeben haben. Musste so sein, entschied Mace. Keine große Sache. Diese Art von Service konnte man in den Gelben Seiten bestellen. Kerl geht rein, holt das Nötige, schleicht wieder raus, keiner merkt was. Die Frage war nur: Warum? Warum diese Psychospielchen? Mace wusste keine Antwort darauf. Seine und Sheemina Februarys Wege kreuzten sich in der kommenden Woche nicht mehr. Jedenfalls nicht so, dass er es bemerkt hätte.

In der Zwischenzeit sammelte Pylon mehr Informationen über die Frau. Stellte sich heraus, dass sie mit ihrem alten Waffenkumpel, dem Aufsteiger Mo Siq, verheiratet gewesen war. Und zwar Anfang der neunziger Jahre, für insgesamt sechs Monate.

»Im ersten Rausch des neuen Staates«, so sah Pylon das. »Alte Kriegsgefährten, die zur Feier der Stunde in den Hafen der Ehe einlaufen. Irgendwie rührend.«

»Nur dass es nicht lange gehalten hat.«

»Stimmt. Aber Mo hat sich schon immer gern nach Neuem umgeschaut.«

Sie standen neben dem großen Mercedes am Eingang der Ankunftshalle von Cape Town International. Über Lautsprecher verkündete die Airport Company, dass der Flug aus Atlanta gelandet sei. In der Maschine saßen ihre neuen Klienten. Er wollte Thunfische fangen. Sie hatte einen Termin für eine Busen-OP. Sie wollten keine offensichtlichen Muskelprotze, aber sie wollten Personenschutz.

»Keine unangenehmen Zwischenfälle, Mr. Bishop«, sagte der Mann am Telefon. »Wir werden einige Tage in Ihrer schönen Stadt verbringen und wollen nur gute Erinnerungen mitnehmen. Ein bisschen Shopping, ein paar Sehenswürdigkeiten, vielleicht etwas Zeit am Strand. Wir wollen Ihr bestes Essen probieren, einige Abendshows besuchen, ein paar Clubs. Sie bieten doch diese Art von Service, nicht wahr?«

Mace erklärte ihm, dass sie das taten. Erklärte ihm auch, dass Herbst war und sie den Strand vielleicht besser ausließen. Der Mann lachte.

Pylon zog den Reißverschluss seiner Jacke zu. Jeder, der die beiden so sah, hätte sie für Sicherheitspersonal gehalten. Die schwarzen Schuhe, die schwarzen Baumwollhosen, die weißen Golfhemden, die kurzen Jacken, die Sonnenbrillen. Genau darum ging es. Eine Möglichkeit, zu signalisieren: keine unangenehmen Zwischenfälle.

»Mo lässt kein gutes Haar an ihr. Nennt sie ein Miststück. Ein Miststück erster Güte, um genau zu sein.«

»Wie geht's Mo?«

»Immer wichtig-wichtig.«

»War er nett?«

»Du kennst Mo. Hi, Pylon, was gibt's, du hast drei Minuten, ich warte auf den Minister. Ich erklär ihm, dass wir Probleme mit einer Frau namens Sheemina February haben. Er daraufhin: Hat sie euch erzählt, dass ich versucht hab, sie umzubringen? Ich sage, ja, so was haben wir gehört. Er meint: Ich bin eines Nachts aufgewacht, als die Schlampe versucht hat, mir den Hals aufzuschlitzen. Mit einem riesigen Küchenmesser. Danach hat sie mich wegen tätlichen Angriffs angezeigt. Die ist voll gestört. Die Sorte Mädchen, die Fliegen die Flügel ausreißen. Ein Rat: Wenn ihr das Problem loswerden wollt, erschießt sie.«

»Ganz der gute alte Mo.«

»Kann man so sagen.« Pylon verriegelte den Mercedes. Sie gingen auf die Traube Menschen zu, die bereits in der Flughafenhalle wartete. »Ich hab noch was rausgefunden. Ihre Familie ist christlich. Keiner ist je muslimisch gewesen. Und keiner hatte auch nur die blasseste Ahnung, dass Sheemina konvertiert sein soll. Als sie Mo heiratete, war das nur standesamtlich.«

»Was hat es dann mit PAGAD auf sich?«

»Keine Ahnung. Sie reißt eben gerne Fliegen die Flügel aus.«

Die Passagiere der ersten Klasse strömten langsam heraus. Sie entdeckten ihre Klienten: Ende dreißig, sie Max Mara, er Lacoste. Schwer zu sagen, warum sie eine Brust-OP brauchte. Sehen auf den ersten Blick perfekt aus, dachte Mace.

»Außerdem hat Mo einige Wochen lang ernsthaft Angst gehabt, sie würde ihn umbringen. Hat ihn richtiggehend gestalkt. Er hat sie immer wieder bemerkt. Sie tauchte plötzlich da auf, wo er auch war. In Restaurants. Cafés. Scheinbar zufällige Treffen, nur dass es dafür zu viele waren. So komisches Zeug.«

Mace und Pylon traten vor, um von ihren Klienten wahrgenommen zu werden. Konnten die Erleichterung auf ihren Gesichtern erkennen.

»Das hab ich von einem der Jungs erfahren, die ihn bewacht haben. Er meinte, Mo hätte totale Panik geschoben, dass sie in sein Haus eindringt.«

»Die Reaktion passt nicht gerade zu Mo.«

»Normalerweise nicht.«

Die Männer begrüßten ihre Klienten und nahmen ihnen das Gepäck ab. Am Auto meinten die beiden, dass der Frühling in New York kühler sei als der Herbst in Kapstadt. »Ich sehe hier nur blauen Himmel und Sonne«, stellte er fest, und sie fragte: »Wo ist das Kap der Guten Hoffnung?«

Mace zeigte auf die Halbinselkette. »Auf der anderen Seite der Berge, wo ein Schmetterling gerade mit den Flügeln schlägt.«

Sie brachten das Paar ins Mount Nelson Hotel und besprachen, wie die kommenden fünf Tage aussehen sollten. Als das geklärt war, vereinbarten Mace und Pylon untereinander, sich um zweiundzwanzig Uhr bei der großen Wiedereröffnungsparty des Club Catastrophe zu treffen. Pylon machte sich auf den Weg, um ein paar Stunden mit seiner Familie zu verbringen, und Mace fuhr zum Swimmingpool des Point. Als er auf dem Parkplatz hielt, piepste sein Handy: Ducky Donald. Er hatte sich seit dem Treffen mit Sheemina February täglich gemeldet.

»Sie hat schon wieder angerufen«, sagte Ducky. »Die alte Kuh.«

Mace schaltete den Motor aus, wartete. Auf Signal Hill leuchtete das Gras gelbbraun im Licht der untergehenden Sonne.

»Meinte, ihre Klienten würden gern wissen, ob wir heute Abend eröffnen. Ihre Klienten, gütiger Himmel! Bombenleger. Killer. Das ist Abschaum, wen sie da Klienten nennt.«

»Irgendwas wie eine direkte Drohung?« Mace hörte das Klirren von Eiswürfeln. »Prost.«

»Kommst du auf einen Drink vorbei, Mace?«

»Ich wollte gerade schwimmen gehen, Ducky.« Er stieg aus dem Auto, holte seine Sporttasche aus dem Kofferraum.

»Was ist das nur mit diesem Schwimmen? Du hast dich früher doch auch nicht für solches Gesundheitszeug interessiert. Und du hast zu jedem Drink Ja gesagt.«

»Passiert immer noch manchmal, wenn ich in Laune bin.«

Zwei Frauen kamen aus dem Sportstudio und warfen Mace einen musternden Blick zu. Er fing die Tür auf, ehe sie ins Schloss fiel, und betrat eine Welt aus Schweiß und Bumm-Bumm-Mucke.

»Oh Mann«, sagte Ducky Donald in seinem Ohr. »Klingt höllisch.«

Mace nickte einigen Trainern und bekannten Gesichtern zu, während er sich einen Weg zu den Umkleidekabinen bahnte. Seine Schwimmkollegen Tyrone und Allan trugen bereits ihre Badehosen und warteten.

»Ich muss jetzt, Ducky. Bis später.«

»Warte!«, brüllte Ducky Donald. »Mace! Mace, ich hab irre viel Geld investiert. Ich brauch keine weitere Explosion.«

»Hat sie gedroht?«

»Sie ist eine gottverfluchte Anwältin, verdammt noch mal!«

»Dann ruf die Bullen an. Red mit Gonsalves. Du hast Freunde in den obersten Etagen. Red mit Mo.«

Ducky Donald verschluckte sich fast an seinem Drink. »Danke, Mace. Danke für diesen Ratschlag.«

Mace legte auf. Tyrone und Allan sahen ihn fragend an. »Mann mit 'nem Problem, das er mit mir teilen will.« Mace schnitt eine Grimasse. »Was dabei für mich rausspringen soll – keine Ahnung.«

Sie sprangen ins Wasser. Der Rhythmus und die Geschwindigkeit der Bewegungen ließen Mace die Welt und Ducky Donald einen Moment lang vergessen. Es gab hier keinen Grund zum Nachdenken. Man folgte nur der schwarzen Linie auf den Fliesen, wendete mit einer Rolle unter Wasser, stieß sich an der Beckenwand ab, richtete sich wieder gerade aus, und während der linke Arm nach oben kam, holte man Luft. In diesem Moment bemerkte er, dass Tyrone seinen Bewegungen Zug um Zug folgte. Zu seiner Rechten tat Allan vermutlich das Gleiche. Diese Kerle wussten nichts von seinen Prostataproblemen, und falls seine Leistungsfähigkeit während der Monate, in denen er die Pillen genommen hatte, nachgelassen haben mochte, hatten sie jedenfalls kein Wort darüber verloren. Jetzt jedoch war er wieder fit und zog mit, selbst wenn Tyrone das letzte Drittel noch einmal so richtig loslegte. Als sie fertig waren, hielten sie sich alle drei die Seiten und rangen um Atem.

»Wahnsinn. Der reinste Killer«, keuchte Allan. »Muss weniger Kuchen essen.«

Mace spürte, wie das Mousse au chocolat vom vorherigen Abend von seinen Hüften wich.

Sie duschten, zogen sich an und bestellten drei Energy-Drinks an der Bar. Auf dem Fernsehbildschirm lief die Wiederholung eines Tri-Nations-Rugbyspiels. Eines von denen, das die Boks in den Sand gesetzt hatten. Ein deprimierender Anblick.

»Genug, dass man nur noch nach Hause will«, sagte Tyrone und leerte sein Glas.

Die drei Männer gingen auf einen Parkplatz hinaus, der genauso im Dunklen dalag wie an jenem Abend, als die Straßenkids Mace umringt hatten. Seitdem hatte es keine solchen Zwischenfälle mehr gegeben, was jegliche Bereitschaft des Sportstudios, eine bessere Beleuchtung zu installieren, wieder zunichtegemacht hatte.

Mace brauchte allerdings gar kein Licht, um die Rose zu bemerken, die unter seinen Scheibenwischer geklemmt war – die Blüte noch eine Knospe. Er zog sie heraus und rief Allan über den Parkplatz hinweg zu: »Hat dir auch jemand eine Rose ans Auto gesteckt?«

Allan warf seinen Kofferraum zu. »Nein, ich hatte nicht so viel Glück.«

Mace stellte Tyrone die gleiche Frage. Bekam wieder ein Nein zu hören.

Die Knospe hatte die Farbe einer dunklen Pflaume. Die Visitenkarte, die an der Blume befestigt war, stammte von International Flowers.

Als Mace zu Hause eintraf, hatte Christa den Inhalt der Schmuckschatulle ihrer Mutter auf dem Wohnzimmerboden verteilt. Zum einen eine wahre Schatztruhe. Zum anderen ein ständiger Streitpunkt zwischen Vater und Tochter.

Die Schmuckstücke waren aus Silber und fast allesamt feine Filigranarbeiten. Armreifen. Amulette. Halsketten. Ohrringe. Silberne Korallen-Choker. Anhänger. Schnüre aus Glas- und Bernsteinperlen. Arbeiten der Tuareg, der Maghrebiner, der Berber. Für Oumou besaßen diese Stücke talismanartige Kräfte, sie waren nicht einfach nur hübsch. Sie spiegelten ihre Vergangenheit wider.

Etwas aus dieser Vergangenheit zog auch Christa magisch an. Zur Geburt hatte sie die übliche Perlenkette erhalten. Mit zwei Jahren einen Silberarmreif. Im Alter von achtzehn, dem Alter, in dem sie zur Frau werden würde, sollte sie einen weiteren mit einem Mondmuster geschenkt bekommen, dem Symbol des Lebens.

»Papa«, sagte sie, als sich Mace zu ihr herabbeugte und ihr einen Kuss gab, »kann ich Ohrlöcher haben?«

Eine Frage, die immer wieder auftauchte und jedes Mal dieselbe Antwort erhielt. »Kein Problem, wenn du achtzehn bist.«

»Bitte.«

Sie hielt ein Paar Ohrringe in die Höhe, an denen jeweils vier rote Perlen an zarten Silberkettchen baumelten. In der Mitte der Ohrringe befanden sich stilisierte Tauben, die Überbringer von guten Nachrichten. Sie waren wunderschön. Oumou hatte sie ihr bereits vor einiger Zeit versprochen.

»Nein. Du bist noch zu jung.«

Plötzlich weinte sie fast. »*Maman* war nicht zu jung.«

Mace warf einen Blick in Oumous Richtung. Sie hatte eine Hand gehoben, um ihrer Tochter über die Haare zu streichen. Für sie war das keine große Sache. Es war etwas Kulturelles. Wo sie herkam, stach man den Kindern Ohrlöcher, ehe sie reden konnten.

Mace sah das anders.

»Wo deine *Maman* herstammt, ist das auch okay.«

Christa schluchzte. »Pumla hat welche.«

»Es ist auch für Pumla okay.«

Christa sah ihren Vater mit Tränen in den Augen an. »Warum?«

»Es ist okay für Leute wie Pumla und Treasure.«

Was für sie keinen Sinn ergab.

»Bitte, Papa.«

Die Tränen liefen ihr über die Wangen.

»Es reicht.« Mace ging vor ihr in die Hocke. »Ich hab es dir bereits erklärt: wenn du älter bist.«

Sie schniefte. »Warum, Papa?«

»Weil ich es sage.«

Oumou erklärte: »Sie ist auch meine Tochter, *non*?«

Mace hielt warnend einen Finger in die Höhe. »Wir hatten das alles besprochen. Meine Regeln. Du warst damit einverstanden. Meine Regeln.«

»*Bof*! Die sind bescheuert.«

Oumou starrte ihn finster an. Zu Christa sagte sie: »Geh in dein Zimmer, *ma puce*.« Sie standen beide da und lauschten ihrer Tochter, als diese laut weinend nach oben rannte.

»Du bist dumm, Mace. Dumm. Du weißt nicht, was das Richtige ist. Du verbietest ihr kleine Dinge. Du denkst nicht daran, dass es mich vielleicht freuen würde, wenn sie diese Ohrringe trägt.«

»Sie bekommt keine Ohrlöcher gestochen.«

Oumou sagte leise: »Ich werde es für sie machen.«

»Nein.« Mace packte sie am Arm.

»Doch. *Si, si, si.* Doch.«

»Vergiss es.«

Sie hielt ihn mit der freien Hand am Handgelenk fest, stieß ihn von sich.

»*Non*. Du vergisst es, Mace. Es ist meine Tradition. Und es ist, was ich will.« Sie ging an ihm vorbei zur Tür. »Sie ist ein kleines Mädchen. Wenn sie Albträume hat, dann bist du der große Daddy, der sie beschützt. Aber wenn sie etwas will, was mich glücklich macht, sagst du Nein. Warum? Was ist das in Mace Bishop …«, sie bohrte ihren Finger in seine Brust, »… im Herzen von Mace Bishop, das ihm verbietet, so etwas Kleines für seine Tochter zu tun? Kannst du mir das sagen? Warum musst du so hart sein?«

Mace setzte eine undurchdringliche Miene auf.

»Nein.« Oumou seufzte. »Es gibt also keine Antwort, nein?«

Sie öffnete die Tür.

»Manchmal musst du auch an uns als Familie denken. Es gibt deine Art. Es gibt meine Art. Christa müssen wir einen Teil von beiden geben. Das ist nicht zu viel verlangt.«

Mace hörte nicht auf, sie undurchdringlich anzustarren und seine Hände an seine Seiten zu pressen.

»Vielleicht brauchst du eine Therapie.« Oumou schüttelte den Kopf und ging nach oben, um ihre Tochter zu trösten.

Mace setzte sich zu einem einsamen Abendessen in die Küche. Aß mechanisch, schaufelte, kaute das Essen, ohne es zu genießen oder zu schmecken. Der Zorn trocken in seinem Mund. Oumous Frage, was in seinem Herzen vor sich ging, nagte an ihm. Dass er seine Tochter enttäuscht hatte? Wegen Ohrringen? Dass er Oumou enttäuscht hatte? Wegen Ohrringen? Dass er nicht groß genug für sie beide war? Er gab ihnen sein Bestes, und was bekam er dafür? Irgendeinen Mist darüber, dass er versagt hatte. Nicht genug Aufmerksamkeit zeige. Kleinkariert sei.

»Zum Teufel damit«, sagte er laut und schob den Stuhl zurück, als er aufstand. »Ich gehöre auch dazu.«

Er warf den Rest seines Essens in den Müll und stürmte dann aus dem Haus – auf dem Weg zur Wiedereröffnung von Club Catastrophe. Er wusste, dass er nach oben hätte gehen sollen, um sich zu verabschieden. Er konnte sich genau vorstellen, wie sich Mutter und Tochter auf dem Bett zusammengerollt hatten. Er hätte nicht einfach wütend und aufgebracht weggehen dürfen. Aber er tat es, weil er es war.

20

Mikey und Val nahmen die Pistolen entgegen, die ihnen Abdul Abdul reichte: zwei Neun-Millimeter, jeweils mit acht Patronen.

»Ich dachte, er würde nicht da sein«, meinte Val.

»Wär mir ein Vergnügen, wenn er da wäre«, sagte Mikey.

»Er wird nicht da sein, Val«, erwiderte Abdul, »aber man muss die Frau im Auge behalten. Hab gehört, dass sie zu der Sorte gehört, die leicht erregbar ist.«

»Echt?«, fragte Mikey grinsend und schob sich die Waffe in den Gürtel.

»Mikey«, sagte Abdul. »Strapazier nicht meine Nerven. Ich will keinen Scheiß. Kein Scheiß, hörst du? Fuchtel so wild damit rum, wie du willst, aber keinen Scheiß.« Er reichte ihm ein Fläschchen mit Tabletten. »Bring sie dazu, eine von denen zu schlucken. Wär schon mal 'ne gute Sache.«

»Und wie?«, fragte Mikey.

Abdul Abdul klopfte ihm mit den Knöcheln seiner rechten Hand auf den Kopf. »Manchmal glaub ich, du hast nur Pferdemist im Gehirn, mein Freund.« Mikey duckte sich. »Woher soll ich wissen, wie? Du machst ihr den Mund auf, legst die Tablette auf ihre Zunge, schließt ihren Mund wieder und wartest, bis sie schluckt. Zum Beispiel?«

»Dann spuckt sie die Tablette aus.«

»Dann musst du es eben noch mal machen. Ist das ein Problem?«

Mikey zuckte mit den Acheln. »Sie wird sich weh tun.«

»Und?«

»Du hast gesagt: keinen Scheiß.«

»Ich hab gesagt: keinen Scheiß mit den Waffen. Stell dich von mir aus auf sie drauf. Mir egal. Nur kein Scheiß mit den Waffen.«

»Mich auf sie legen, wär besser«, meinte Mikey. Er kratzte sich am Schritt.

Abdul Abdul sah ihn an und zeigte ihm seine spitzen Zähne. »Hör auf mit dem Mist, *Bru*. Mach einfach nur deinen Job. Okay?«

»Ich hab sie gesehen«, sagte Mikey. »Wenn du sie siehst, willst du sie garantiert auch poppen. Der Kerl schuldet mir sowieso noch was.«

Abdul schnipste mit seinem Feuerzeug, um sich einen Joint anzuzünden. Er inhalierte dreimal tief, atmete langsam aus und reichte ihn dann Val. Dieser sog ebenfalls daran, so dass der Rauch tief in seine Lungen eindrang. Er wiederholte das Ganze, ehe er den Spliff an Mikey weitergab. Mikey klopfte die Asche in einen Seeohren-Aschenbecher. Sog.

»Wie wär's dann mit 'nem Button, um in Stimmung zu kommen«, fragte er.

Abdul nahm den Joint entgegen. »Du hättest ein Schwarzer

werden sollen. So 'n kranker Weißer wie du. Denk doch mal einen Moment lang an was anderes als an *Poes* und Drogen.«

Mikey kicherte. Winkte mit den Fingern, um den Spliff wiederzubekommen. »Gibt's denn noch was anderes?«

Sie rauchten den Joint zu Ende, und Abdul drückte die Kippe in der Muschel aus. »Also«, sagte er, »du gehst rein, du setzt die Frau außer Gefecht, du packst dir die Kleine. Du kommst wieder raus, und wir zischen ab.«

Sie nahmen den weißen Toyota. Abdul fuhr, Val saß neben ihm, Mikey lümmelte sich auf der Rückbank. *Mannenberg* dröhnte durch die Lautsprecher von einem Tape, auf dem sich nur dieses Lied befand. Immer und immer wieder. Abdul spielte die zweite Klavierstimme auf dem Lenkrad mit.

Der Regen fiel in schweren Tropfen auf die dunklen Straßen von Athlone. Alle hatten es sich in ihren kleinen Häusern gemütlich gemacht und schauten fern. Abdul fuhr langsam von einer Stoppstraße zur nächsten aus dem Vorort heraus. Als sie an einem kleinen Eckladen vorbeikamen, erklärte Mikey, er bräuchte eine Cola. Abdul hielt an und ließ den Motor laufen, während Mikey die Dosen holte. Einige weiße Jugendliche hingen vor dem Laden herum und rauchten. Musterten die beiden Männer im Wagen. Einer sagte zu Mikey, er hätte Buttons zu verkaufen. Mikey meinte, ja klar, aus Rattengift.

»*Nee, Bru,* das ist gutes Zeug«, sagte der Junge, lachte aber seltsam.

»Verdammte Pretty Boys«, sagte Abdul, sobald Mikey wieder im Auto war. »Die sind als Nächstes dran. Mann! Die ganzen Drogen, die die verkaufen.«

Mikey reichte ihm und Val jeweils eine Dose und tastete dann unter der Sitzbank nach einer halben Flasche Jack Daniel's, die er dort versteckt hatte. Abdul roch den Whiskey sofort.

»Lass diesen Dreck«, sagte er und beobachtete Mikey im Rückspiegel.

Mikey achtete nicht auf ihn, sondern trank ungerührt einige Schlucke.

»Ich sag's noch mal«, wiederholte Abdul. »Lass diesen Dreck.«

»Mach mich nicht an«, erwiderte Mikey. »Das ist nicht meine Religion.«

»Wenn du für PAGAD arbeitest, trinkst du keinen Alkohol.«

Mikey führte die Flasche ein zweites Mal an den Mund. »Aber Gras rauchen, was?«

»Wirf die raus!«, sagte Abdul, seine Stimme schrill über dem Motorenlärm.

Sie hatten inzwischen Athlone verlassen und waren bei den Kühltürmen auf die Autobahn abgebogen. Abdul erhöhte die Geschwindigkeit, fuhr hundertzwanzig, wechselte nach rechts auf die Überholspur. Ein BMW musste sie umrunden. Der Fahrer hupte lange und wütend.

»Los! Wirf sie weg!« Brüllte.

»Sei nicht bescheuert!«, schrie Mikey zurück. »Das ist eine verdammte Autobahn, verfickt noch mal!«

»Sofort. Wirf sie raus!« Abdul war nahe an der Leitplanke. Autos, wohin man blickte: neben ihnen, vor ihnen – Licht und Sprühwasser und Regen, der so stark gegen die Windschutzscheibe prasselte, dass die Scheibenwischer kaum mehr nachkamen. Über die Black-River-Brücke breiteten sich Autos aus, als würde es sich um eine Wagenkolonne handeln. Abdul gab Gas und rückte so nahe wie möglich an seinen Vordermann heran. Blendete auf. Val saß starr da, eine Hand klammerte sich an die Armlehne.

»He!«, rief Mikey. »Pass gefälligst auf, wie du fährst!«

Das Auto vor ihnen machte keine Anstalten, sich aus der Spur zu bewegen.

»Wirf sie raus. Jetzt. Sofort. Mach schon.« Abdul, der sich mit beiden Händen ans Lenkrad klammerte, raste seinem Vordermann in die Hospital Bend hinterher, wobei er so schnell herunterschaltete, dass der Motor aufheulte. »Jetzt! Jetzt!« Der Toyota verlor auf der schrägen Fahrbahn an Geschwindigkeit. Auto fuhren empört hupend an ihnen vorbei. Abdul riss den Wagen über vier Spuren auf den Seitenstreifen und hielt mit quietschenden Reifen an.

Er drehte sich nach hinten, um nach Mikey zu schlagen. Brüllte: »Ich will sie zerbrechen hören, Pissnelke. Jetzt!«

Mikey kurbelte das Fenster herunter, warf die halb leere Flasche nach draußen auf den Grasstreifen. War sich nicht sicher, ob sie kaputtging oder nicht.

Abdul Abdul machte seine Dose Cola auf und trank gierig und heftig atmend. Wischte sich mit dem Handrücken über den Mund, als er fertig war. »Leg dich nicht mit mir an, *Whitey*. Würd dir nicht bekommen.«

»Okay«, sagte Mikey. »Okay. Erledigen wir jetzt unseren Job.«

Sie fuhren weiter die De Waal Road entlang, während noch immer *Mannenberg* spielte. Die Lichter der Stadt im Becken unter ihnen wurden manchmal vom Regen vernebelt. Keiner sprach ein Wort. Abdul war zu angespannt, um wieder im Rhythmus des Songs mitzutrommeln.

Er brauchte zwei Anläufe, bis er die Straße in dem steil abschüssigen Vorort fand. Sie fuhren sie mehrmals rauf und runter, ehe sie das Haus entdeckten. Dann parkte er dreißig Meter vom Tor entfernt.

»Und jetzt?«, fragte Mikey.

»Warten wir«, sagte Abdul und drehte die Lautstärke an der Stereoanlage leiser.

»Wird uns keiner sehen?«

»Siehst du jemanden?«, entgegnete Abdul. Die drei blickten

auf die dunkle, triefend nasse Straße hinaus. Die Häuser hinter hohen Mauern, die Bäume verdeckten die erleuchteten Fenster. Die Gebäude der Stadt unter ihnen kaum sichtbar. »Da ist niemand auf der Straße. Nicht mal, um mit dem Hund rauszugehen.«

Sie rauchten einige Zigaretten. Nur Mikey nicht. Abdul meinte, er solle die Klappe halten und sich nicht ständig beschweren. Sie rauchten einen Joint. An dem zog Mikey gern. Beinahe zwei Stunden lang warteten sie, hingen in einem Loop von *Mannenberg*. Sahen, wie Mace Bishop durch das Tor fuhr, sahen, wie er später mit seinem Alfa Spider wieder abbrauste.

21

Was Mace zuerst auffiel, war die Ruhe, die diesmal in Assurance Street herrschte. Es war wesentlich weniger los als bei der letzten Party des Club Catastrophe. Keine Lautsprecher auf die Straße hinaus. Kein Bildschirm mit Videodisplay. Weniger Autos. Keine verdächtigen Toyotas mit Muskelprotzen. Eine kurze Schlange von ausschließlich geladenen Gästen vor dem Eingang. Keine Tänzer auf dem Bürgersteig. Auch kein Dr. Roberto.

Die Gasse hinter dem Club frei von Mülltonnen, Obdachlosen oder zwielichtigen Gestalten. Die Fenster, die auf die Gasse hinausgingen, waren im Knaststil gesichert – Eisenstangen im Betonfensterrahmen. Der einzige Geruch, den er wahrnahm: die feuchte fischige Luft der Stadt. Das einzige Geräusch, das er hörte: seine Absätze auf dem Asphalt, als er auf die beleuchtete Straße zurückkehrte.

An der Haupttür begrüßten Ducky Donald und Matthew die Gäste.

»Lust, mit 'ner Celebrity zu tanzen? Lust, mit 'nem Politiker abzuhängen?«, brüllte Ducky und versuchte Mace eine Champagnerflöte in die Hand zu drücken.

»Ich will nicht tanzen«, meinte dieser, näherte sich dem Detektor und trat durch das magische Tor, das daraufhin zu blinken begann.

Die Türsteher reagierten diskret. Einer flüsterte ihm zu: »Entschuldigen Sie, Sir.«

»Er ist ein Cowboy«, erklärte Ducky dem Mann. »Braucht überall sein Zubehör.« Zog Mace ungeschickt an sich, um ihn zu umarmen, wobei er den Schampus verschüttete. Betrunken. Bekifft. Wahrscheinlich beides, dachte Mace. Nirgendwo war seine schwarze Tussi zu sehen.

»Dein Kumpel ist auch schon da. Power Pylon.«

Mace entdeckte Pylon hinter Ducky, wie er die Szene beobachtete.

»Was denkst du, Mace?« Ducky Donald zeigte mit einer ausladenden Geste auf die Gäste. »In dieser Stadt findest du nichts, was gerade hipper ist. Wenn Miss Calendar Girl hier eine Bombe hochgehen lässt, dann hat sie so viele Richter und Prominente am Hals, dass sie nicht mehr zum Luftholen kommt.« Er schlürfte an seinem Glas, das er am Stiel mit dem Daumen und dem Zeigefinger seiner rechten Hand festhielt. Mace vermutete, dass er entweder etwas nach Sheemina Februarys Anruf organisiert haben musste oder bereits zu weggetreten war, um sich zu erinnern. »Willst du ’nen Richter kennenlernen?«

»Später. Wenn wir hier unseren Spaß haben wollen, sollten wir uns erst mal umschauen.«

»Hab extra Sicherheitspersonal engagiert«, meinte Ducky. »Jetzt dreht sich alles um die Party.«

DJ Shrapnel, das umgetaufte Duo vom letzten Mal, begann mit einem Countdown. Die Raver stimmten mit ein: »Zehn, neun …«

Ducky Donald brüllte Mace ins Ohr: »Entspann dich, Kumpel!«

Noch ehe er etwas erwidern konnte, riefen die DJs: »Seid ihr bereit?« Bekamen sofort die richtige Antwort. »Go, go, go!« Einhundertachtundvierzig Beats pro Minute begannen im Club widerzuhallen.

Mace packte Pylon am Arm und bahnte sich einen Weg durch die spaßbereite Menge zum Chill-out-Room und den dahinterliegenden Toiletten. Was den Grundriss betraf, unterschied sich das neue Gebäude nicht wesentlich vom alten. Ein bequemerer Zugang von der Bar zum Lagerraum. Sonst war alles unverändert. Oben sah es anders aus. Zwei Chefbüros im ersten Stock, zweifelsohne für Ducky und Matthew. Außer einer weißen viersitzigen Ledercouch und einer Topfpflanze mit großen Blättern in dem einen Raum gab es allerdings keine weiteren Möbel oder Gegenstände. Teure Beleuchtungskörper mit Dimmerschaltern an den Wänden. Vom größeren Büro aus führte ein Badezimmer in schwarzem Schiefer ab: Whirlpool, Dusche hinter einer Glastür, blaue Deckenfluter, eingelassen in die Fliesen.

Ausgesprochen schickimicki.

Zurück im Büro setzten sich Mace und Pylon jeweils an ein Ende der Couch und lauschten einer Weile dem Sound von DJ Shrapnel, der von unten durch den Boden drang.

Mace sagte: »Hättest du früher je gedacht, dass wir für so was gekämpft und unser Leben riskiert haben? Damit heute solche Kids Ecstasy einwerfen und die ganze Nacht durchtanzen können?«

»War für 'ne Revolution.«

»War für Gier und Habsucht. Für Rolex-Uhren. Für 'ne Bananenrepublik. Für Mercedes SUVs.«

»Ist das Gleiche.«

»Wie was?«

»Wie 'ne Revolution. Bei einer Revolution macht immer einer ein Geschäft, und ein anderer verbrennt das Geld dann. Das war damals schon so. Und das ist noch immer so.«

»Verdammte Politiker.«

»Vergiss nicht, dass wir auch abgesahnt haben. Haben unser Stück vom Kuchen gekriegt.«

»Als Lohn. Als uns zustehende Provision. Gefahrenzulage. Denn nach all dem, was wir gemacht haben, wer hat sich da noch um Pylon und Mace geschert? Keiner. Was die wollten, waren Waffen. Geld. Viva unser Kampf! Viva! Die können mich mal.«

»Genau das haben wir denen ja auch gezeigt. Viva Cayman! Viva!«

Beide lachten und machten es sich auf der Couch bequem. Die Musik drang in Wellen durch den Boden zu ihnen nach oben.

Mace überlegte. »Das einzige Problem ist, wie wir es wieder dort wegkriegen. Es liegt da nutzlos rum, und wir können nicht ran.«

»Geduld«, sagt Pylon. »Wenn es so weit ist, werden wir es abheben. Schmuggeln es unter dem Radar durch – keine Fragen von der Bank, keine Steuerfuzzis, die uns dumm kommen. Wir müssen nur den richtigen Moment abwarten.«

»Könnte ewig dauern«, meinte Mace.

»Wird es aber nicht.« Pylon stand auf. Er musterte die Topfpflanze und fragte dann Mace, wie viel er eigentlich für Pflanzen ausgab.

Mace meinte, er habe keine Ahnung. Nicht viel.

Pylon sagte: »Vor einigen Tagen komm ich nach Hause, und Treasure hat Pflanzen gekauft. Sie meint, wir müssten den Garten anlegen. Ich sag ihr, reine Geldverschwendung. Pflanzen wachsen. Die kauft man nicht. Sie will wissen, ob ich schon mal was von Gärtnereien gehört hab. Außerdem hat sie säckeweise Kompost, der in die Erde geharkt werden muss, erklärt sie mir. Jetzt bin ich der Gartenmann. Den ganzen Krieg über hab ich dafür gekämpft, kein Gartenmann zu sein. In der Township war es ihr egal, dass wir keinen Garten haben. Jetzt brauchen wir plötzlich einen.« Pylon ließ seine angespannten Schultern kreisen. »Ich erklär ihr, dass ihr auch nie einen Garten hattet.«

»Jetzt haben wir einen. Und einen Rasen, der gemäht werden muss. Wir benutzen an den Rändern sogar ein Unkrautvernichtungsmittel.«

»Was ich inzwischen auch weiß.«

Von unten war Kreischen und Gelächter zu hören, das sogar den stampfenden Rhythmus der Musik übertönte. Die Party kam allmählich in Schwung.

»Als Erstes sollte ich das Beet in der Nähe der Küchentür umgraben. Die Kleine hilft mir, und was findet sie dabei? Das Skelett einer Katze. Noch nicht richtig verwest, sondern mit Fell dran und ekelhaft stinkend.«

»Catı.«

Pylon hielt inne. »Catı?«

»Wir haben sie da begraben. Eines der Kätzchen, die an die Wand des Clubs genagelt worden sind. Die andere ist in unserem jetzigen Garten begraben.«

»Die Bourgeoisie begräbt ihre Katzen also in ihren Gärten?«

»Wahrscheinlich auch kleine Hunde. Das ist Tradition.«

»Aber ein Schaf darf ich für meine Ahnen nicht auf der Terrasse schlachten.«

»Treasure will das?«

»Treasure hat keine Ahnen.«

»Im Gegensatz zu dir?«

Die Musik änderte ihren Rhythmus. Wurde hektischer. Die Menge schien es zu lieben.

»Bis wir in dieses Reihenhaus zogen, hatte ich auch keine.

Jetzt hör ich, wie sie mich rufen.« Pylon lehnte sich vor und klopfte Mace aufs Knie. »Außerdem ist es teuer. Wenn man bedenkt, was wir vorher hatten. Ein großes Haus, eine Doppelgarage – und wir haben trotzdem weniger Geld ausgegeben. Und jetzt? Wenn ich unten rülpse, brüllt mir Treasure von oben zu, dass ich mich entschuldigen soll. Außerdem wohnen wir nur zur Miete. Früher hat mir das Haus gehört, in dem wir wohnten. Wo soll da der Vorteil liegen?«

»Dann kauf dir eins«, meinte Mace. »Schau dich auf dem Markt um, und steig ein.«

»Kaufen? Für das, was ein Haus in einem der Vororte kostet, könnte ich in der Township fünf kriegen.«

Mace schüttelte den Kopf. »Du bist echt knickrig, Pylon, weißt du das eigentlich? Nimm das Geld aus der Bank, und investier es in Immobilien. Dein Geld in verschiedenen Bereichen anlegen. Darum geht es.«

»Was? Ich soll eine Doppelhaushälfte kaufen?«

»Wenn du geizig sein willst – klar, dann kauf dir 'ne Doppelhaushälfte.«

»Ich soll was anderes kaufen?«

»Gib dein Geld aus. Kauf dir was Passendes.«

»Und als Mr. Protz auftreten? In die City Bowl ziehen?«

»Warum nicht?«

»Weil das viel Zaster bedeutet, Mr. Bishop. Viel Zaster. Mehr Zaster, als ich habe.«

»Mach keine Witze. Ich hab genügend, also hast du auch genügend.«

»Nicht genügend, um ohne Kredit von der Bank auszukommen.«

»Dafür sind Banken da.«

»Um dein Geld zu nehmen. Klar. Ich kenn das. Wenn du fertig abbezahlt hast, hättest du das Haus dreimal kaufen können.«

Mace lachte. »So kommt man an die Sachen …« Er suchte in seiner Tasche nach seinem vibrierenden Handy. Eine SMS: »Schlechter Rat, Mr. Berater.«

Er reichte Pylon das Handy. »Eine Nachricht von Miss February.«

Pylon las sie und sah nach, welche Sendedetails es gab. »Sicher? Ist das ihre Handynummer?«

»Für den Moment.«

»Heißt das, es gibt noch eine Bombe?«

»Es heißt, es gefällt ihr nicht, dass der Club wieder aufgemacht hat.«

»Und warum schickt sie so was an dich?«

Das Handy klingelte. Pylon warf einen Blick auf das Display. »Das ist Oumou.«

Mace nahm das Telefon und hob ab. Konnte hören, wie sie atemlos keuchte, als ob sie rennen würde. Hörte sie um Luft ringen. »Die Männer … Sie haben Christa.«

22

Mace spürte, wie ihm das Blut in den Adern gefror. Dachte: Ich habe den Alarm nicht eingestellt. Oumou und Christa haben geschlafen. Er hätte das Alarmsystem aktivieren sollen. Selbst wenn eine von ihnen aufgewacht und den Alarm versehentlich ausgelöst hätte, wäre das nicht weiter schlimm gewesen. Wenn die Sicherheitsleute angerufen hätten, wäre Oumou ans Telefon gegangen und hätte erklärt: Sorry, Fehlalarm. So was passierte immer wieder.

Hätte er das System aktiviert, wären die Securityleute fähig gewesen, die Männer noch während des Einbruchs zu erwischen. Die Sirenen hätten im ganzen Haus schrill geläutet. Der Fernalarm hätte die Leute in der Zentrale mobilisiert, und sie hätten angerufen. Selbst wenn Oumou eine Pistole an den Kopf gehalten bekommen hatte, hätten die Männer sie abheben lassen. Sie hätte gesagt: Kein Problem, hier spricht Oumou Bishop. Aber sie hätte ein falsches Passwort genannt. Drei Minuten später hätten die Sicherheitskräfte das Haus gestürmt. Schlimmstes Szenario: eine Geiselnahme.

Bei einer Geiselnahme bestand eine gute Aussicht, sie durch geschicktes Verhandeln zu beenden. Mace wusste das. Er wusste auch, dass hingegen bei Entführungen die Polizeistatistiken nicht vielversprechend waren.

Eine Entführung. Weil er vergessen hatte, den Alarm einzuschalten.

Weil er vergessen hatte, den Alarm einzuschalten.

Während er quer durch die Stadt raste, rote Ampeln überfuhr, über Stoppschilder schoss und einen Schwanz von wütend hupenden Autofahrern hinter sich ließ, hallten diese Worte in seinem Kopf wider.

Er rannte ins Haus, dicht gefolgt von Pylon. Oumou saß am Küchentisch und starrte in die Nacht vor dem Fenster. Sie hatte sich tief in sich zurückgezogen. Als sie einander umarmten, konnte er die Anspannung ihrer Muskeln spüren. Wie es sie schüttelte, als sie verkrampfte.

»Erzähl«, sagte er.

»Sie sind durchs Atelier reingekommen«, erwiderte sie.

»Wann?«

Sie löste sich aus seiner Umarmung, setzte sich auf denselben Stuhl wie zuvor und blickte wieder in die Dunkelheit hinaus. Über ihrer Augenbraue war ein blauer Fleck zu sehen, in dessen Mitte ein Schnitt war, der geblutet hatte. Blutspuren bedeckten ihre Schläfen. »Sie waren im Schlafzimmer. Drei Männer mit solchen Mützen überm Gesicht.«

»Sturmhauben?« Mace setzte sich auf den Stuhl ihr gegenüber. »Wie lange, nachdem ich weg war?«

»Nur wenige Minuten. Christa hat ferngesehen, während ich neben ihr gelegen habe.«

Oumou beschuldigte ihn nicht. Sie sagte nicht: Wenn du nicht so stur gewesen wärst. Wenn es mit Christa keinen Krach wegen der Ohrringe gegeben hätte. Wenn du auf sie gehört hättest. Dann hätten wir uns nicht gestritten. Sie sagte nichts von all dem. Er nahm nicht einmal an, dass sie so etwas überhaupt dachte. Aber er selbst tat es. Er wusste, dass er ohne diesen Streit nicht vergessen hätte, den Alarm einzuschalten.

Pylon hatte sich neben sie gehockt. »Kannst du sie beschreiben? Ihre Größe? Schwarze? Weiße?«

Sie schüttelte den Kopf. »*Non*. Der eine hat mir den Schlag viel zu schnell verpasst.«

Er sah Mace an. »Sie müssen gewartet haben, bis du weg warst. So muss es gewesen sein.«

»Und die Zeit seitdem? Das ist doch schon vor drei Stunden gewesen.«

»*Oui*. Sie haben mich dazu gezwungen, eine Pille zu schlucken. Sonst wollten sie Christa mit einer Zigarette verbrennen.« Oumou senkte den Kopf, damit Mace ihre Tränen nicht sehen konnte.

Sein Handy klingelte. Eine SMS: »Wenn Sie Ihr Kind wiedersehen wollen, muss der Club schließen.«

Oumou streckte die Hand nach dem Telefon aus. »Geht es um Christa?«

Pylon fragte: »Dieselbe Nummer wie vorher?«

»Dieselbe Nummer.«

Oumou fasste nach Maces Arm. Ihre Augen waren starr auf ihn gerichtet. Feucht, flehend. »Du musst ihnen sagen, dass sie schließen müssen. Sofort.«

Mace wählte Ducky Donalds Nummer. Zu Pylon sagte er: »Kennen wir jemanden, der rückverfolgen kann, von wo aus die SMS geschickt wurde?«

Pylon nickte kurz und begann sofort, seinen Kontaktmann anzurufen.

Ducky meldete sich am anderen Ende der Leitung. »Mace, wo steckst du, *Boykie*?«

Mace erklärte ihm, dass er den Club auf der Stelle schließen müsse. Erklärte ihm auch, warum. Sagte, er schulde ihm einen Gefallen.

Ducky Donald fragte: »Solltest du nicht mit den Bullen reden?«

»Du schuldest mir was«, erwiderte Mace. »Ich will diese Schuld jetzt beglichen bekommen.«

»Mit allem gebührenden Respekt, Mace. Aber so viel schulde ich dir nicht.«

»Es geht um mein Kind.«

»Das weiß ich.«

»Dann mach es.«

»Sonst jederzeit, Mace – *Boykie*. Jederzeit. Aber ich kann nicht. Ich hab hier eine Privatgesellschaft. Nur geladene Gäste.«

»Zum letzten Mal«, sagte Mace, ohne laut zu werden. Er sprach so ruhig wie möglich. »Ich bitte dich beim Leben meiner Tochter, deine Party jetzt abzubrechen.«

Ducky Donald hielt nicht einmal eine Sekunde lang inne, um zu überlegen. »Keine Chance, Mace. So was kann man weder Richtern noch Politikern verklickern.«

Mace legte auf, ehe er sich weitere Ausreden anhören musste. Beantwortete die SMS. Behauptete, dass der Club zumachen würde.

Oumou fragte: »Sie ist fort – *no*?«

»Nein.« Das Wort brach förmlich aus ihm heraus. »Nein. Wir holen sie zurück.« Er stand da und hielt sich an der Küchenspüle fest, während er auf sein eigenes Gesicht starrte, das sich im Fenster widerspiegelte. Ein Gesicht mit schwachen

Linien über den Wangen, die eines Tages tiefe Furchen sein würden. Ein Gesicht mit einem schmalen Mund. Mit Augen, die im schwärzlichen Spiegelbild Löchern glichen.

Er konnte auch Oumou im Fenster sehen, wie sie am Tisch saß und ihn beobachtete; Pylon hinter ihr, der sich an die Küchentheke lehnte. Stille legte sich auf sie. Das einzige Geräusch war das Surren und Pochen des Kühlschranks. Einige Minuten lang bewegte sich keiner. Bis sein Handy eine SMS meldete: »Tanzen noch.«

Pylon sagte: »Ruf die Nummer an. Red mit ihnen. Das gibt meinem Mann mehr Zeit.«

»Nicht nötig«, erwiderte Mace. »Wer es auch ist – er oder sie befindet sich im Club.«

Ducky Donald breitete die Arme aus – weit, mitfühlend. »Mace, was kann ich zu dir und deiner entzückenden Frau in einer solch schrecklichen Situation nur sagen?«

Pylon unterbrach ihn. »Lass es sein, Ducky.«

Sie standen draußen vor dem Eingang, dem einzigen Ort, an dem man reden konnte, ohne brüllen zu müssen.

»Ich will nur, dass die DJs für dreißig Sekunden die Musik anhalten, Ducky«, sagte Mace. »Das ist alles.«

Ducky war dicht, seine Pupillen stecknadelgroß. Er starrte Mace stirnrunzelnd an. Mace blinzelte so lange nicht, bis er wieder wegsah. »Dreißig Sekunden?«

»Ja. Das ist alles.«

»Danach schulde ich dir nichts mehr?«

»Dann sind wir quitt.«

Ducky eilte so stürmisch in den Club, dass er beinahe einen der Türsteher umrannte. Mace folgte ihm, Oumou und Pylon dicht auf den Fersen. Er sah, wie Ducky Matthew anbrüllte. Matthew blickte zu ihnen hinüber und schüttelte den Kopf. Sein Gesichtsausdruck wirkte so angewidert, als hätte er gerade Urin getrunken. Ducky stieß ihn beiseite. Sprang in die DJ-Box, wo ein überraschter DJ Shrapnel zurückwich, als Ducky die Musik anhielt. Die Tänzer brauchten ein paar Sekunden, um zu begreifen, dass man sie alleingelassen hatte.

Ducky erklärte in das allmählich lauter werdende, verärgerte Stimmengewirr hinein: »Freunde, nur dreißig Sekunden. Dann geht's weiter.«

Mace hatte bereits die Nummer gewählt. Trotz der gereizten Stimmen um ihn herum konnte er das Klingeln eines Handys hören. Sah, wie dessen Tastatur auf der Bartheke grün aufleuchtete. Pylon erreichte es zuerst.

»Gehört das jemandem?«, rief er und hielt es hoch, ohne eine Antwort zu erwarten.

»Musik! Musik!«, brüllten die Leute.

DJ Shrapnel gehorchte, während Ducky Donald seine Gäste zum Ausgang begleitete. »Darf ich dir was raten, Mace?«, fragte er, wartete jedoch nicht auf eine Antwort. »Wie schon gesagt: Ruf die Bullen. Diesen Kerl – Gonsalves.«

Mace bohrte einen Finger in Ducky Donalds Brust. »Morgen will ich deine Gästeliste sehen, Ducky.«

Zu Hause saß Mace viele Stunden lang in Christas Zimmer und starrte auf das leere Bett. Cat2 schmiegte sich warm in seinen Schoß, Cupcake lag auf dem Kopfkissen. Er saß starr da, der Magen angespannt, die Brust zusammengekrampft. Das Wort »entführt« wiederholte sich ununterbrochen in seinem Kopf: *entführt, entführt, entführt.* Wie der Schlag einer großen Hand, mit der ein Kind immer wieder eine Ohrfeige bekommt. Bei jedem Schlag kämpfte er darum, Christas Gesicht vor sich zu sehen. Wehrte sich gegen das Bild, wie sie sich in eine Ecke kauerte, verletzt, panisch. Er wollte schreien, hielt den Schrei jedoch in seinen Lungen zurück. Er wollte handeln, blieb jedoch sitzen. Vor Sonnenaufgang legte er sich auf ihr Bett, die Augen auf ein Mobile aus bunten Vögeln gerichtet, das von der Decke baumelte. Es blieb regungslos. Er vermochte nicht einzuschlafen. Verfluchte Ducky Donald.

23

Die Männer standen um die Matratze und blickten auf Christa, die von Medikamenten betäubt dort lag. Sie trug nur ein Pyjamaoberteil und eine Unterhose, noch dieselben Sachen aus ihrem Bett. Ihre Beine waren nackt und angewinkelt wie bei einem Embryo. Sie ließen einen Joint kreisen. Jeder von ihnen sog zwei Mal daran, behielt den Rauch einen Moment lang in den Lungen und blies ihn dann langsam wieder aus.

Mikey warf die Kippe schließlich auf den Boden. Trat sie aus. »Und jetzt?«

»Warten wir.« Abdul Abdul holte eine Polaroidkamera aus seiner Sporttasche.

»Hübsches Kind, was?«, meinte Mikey.

»Willst du etwa dein Ding in sie reinstecken?«, fragte Abdul.

»Warum nicht? Dann geht wenigstens die Zeit schneller rum.«

Abdul Abdul richtete die Kamera auf ihn. Mikey hielt seine Hand vor das Objektiv. »Ich kenn ein paar Leute, die würden viel Geld für sie zahlen. Argentinier. So was machen die ständig. Vor allem schwarze Kinder. Oder Mischlinge. So wie sie. Ist anscheinend deren Vorliebe.«

»Perverse. Ihr alle.« Abdul beugte sich über die Kleine und richtete die Kamera auf sie.

»Mann«, meinte Mikey, »das Ding ist aber alt. Wusste gar nicht, dass man die noch kaufen kann.«

»Kann man auch nicht mehr«, erwiderte Abdul. »Das Ding ist eben einfach alt.«

»Und der Film? Woher hast du den?«

»Hab so meine Kontakte.«

»Echt bildhübsch«, sagte Mikey, als Abdul auf den Auslöser drückte und die Kamera zu surren begann. »Mit den Lippen wird die mal so richtig saugen können. Ich kenn da einen Surfer, der mag es mit Kindern. Hat mir mal Bilder gezeigt, auf denen Kinder Sachen gemacht haben – das würdest du nicht glauben. Mein Freund meint, wenn dir ein Kind einen bläst – egal ob Junge oder Mädchen –, dann sind's die Zähne, die's voll bringen.«

Abdul zog die Folie von dem Polaroidfoto und wedelte damit hin und her, damit die Entwicklerflüssigkeit ihre Arbeit tat. »Mikey, der kranke Weiße. Steht auf Kinderpornos. Voll krank. Widerlich. Hast du das gewusst, Val? Unser pädophiler Freund. Vielleicht sollten wir ihm den Schwanz abschneiden.«

Val breitete eine Decke über das Mädchen.

»Verdirbst ihm den ganzen Spaß.« Abdul Abdul lachte und streckte Mikey die langsam sichtbar werdende Aufnahme entgegen. »Für dich. Damit du dir einen runterholen kannst.«

Val fand eine weitere Decke, die er ebenfalls über das Mädchen breitete.

Abdul warf das Bild in Mikeys Richtung. »Ernsthaft. Nimm es. Gibt unseren Freunden noch mehr Antrieb. Los, hol's dir, Mikey.«

Mikey hob das Foto vom Boden auf und hielt es ins Licht. Das kleine Mädchen schien tief zu schlafen, friedlich, mit zerzausten Haaren. Er blickte auf die Kleine herab. Niedlich. Wirklich niedlich.

»Was passiert mit ihr?«, fragte Val.

Abdul zuckte mit den Achseln. »Keine Ahnung. Hängt davon ab, was sich so tut.« Er warf Mikey einen anzüglichen Blick zu. »Was, Mikey?«

24

Halb neun Uhr morgens. Christa befand sich seit zwölf Stunden in den Händen der Kidnapper.

Mace und Oumou standen im Vorraum der Kanzlei Fortune, Dadoo & Moosa. Mace bemerkte die alten Möbel, die seit langem hier zu stehen schienen, und die gerahmten Urkunden an den Wänden. Ein Teppichboden, der dringend ersetzt werden musste. Die Anwälte wollten wahrscheinlich andeuten, dass sie einen nicht über den Tisch zu ziehen gedachten. Die Dame am Empfang lächelte ihnen entgegen. Eine Freundlichkeit, die keiner von ihnen erwiderte.

Mace erklärte, dass sie Sheemina February sprechen wollten.

»Haben Sie einen Termin?« Noch immer lächelnd und mit den Wimpern klimpernd. Die Lider blassgrün geschminkt.

»Hören Sie«, sagte Mace und beugte sich über die Theke. »Holen Sie sie einfach.«

»Bitte«, fügte Oumou hinzu. »Es ist wirklich sehr dringend.«

Die Rezeptionistin drückte auf einen Knopf ihrer Sprechanlage, und eine Männerstimme meldete sich. »Hier sind zwei Besucher. Für Sheemina«, sagte sie. Der Mann erklärte ihr, dass er kommen würde.

»Bitte setzen Sie sich«, sagte sie zu den beiden. Ein winziger Kristall in ihrem linken Nasenflügel funkelte im Licht der Schreibtischlampe.

»So lange wird es nicht dauern«, erwiderte Mace.

Oumou setzte sich dennoch. Der Schmerz um Christa nahm sie mehr in Mitleidenschaft als alle bisherigen furchtbaren Erlebnisse ihres Lebens. Sie warteten. Mace gab ihnen fünf Minuten und stürmte dann auf die Tür zu, von der er annahm, dass sie zu den Kanzleiräumen führte.

»Entschuldigen Sie mal!«, rief die Empfangsdame hinter ihm her.

Er achtete nicht darauf, sondern riss die Tür auf. Ein Mann mit einer Fliege fragte: »Was suchen Sie hier?«

»Sie haben sie gehört«, erwiderte Mace. »Ich will Sheemina February sprechen.«

»Und Sie sind?«

»Verdammt, Mann, holen Sie Miss February!«

»Ich bin Reginald Fortune«, sagte Mr. Fliege. »Vielleicht könnten Sie mir Ihren Namen verraten.«

Mace tat es.

Der Mann nickte. Führte ihn in den Vorraum zurück. »Es tut mir leid, aber Ms. February ist augenblicklich nicht in der Stadt.«

»Wo ist sie? Seit wann?«

»Das geht Sie nicht das Geringste an.«

»Verdammt, das tut es sehr wohl.« Mace hieb seine Faust gegen die Wand. Der Trockenbau kam durch den Schlag ins Wanken. »Dann holen Sie sie ans Telefon.«

Oumou trat nun ebenfalls zu Fortune. »Bitte. Helfen Sie uns, mit ihr zu sprechen.«

»Es tut mir leid, das ist unmöglich. Ms. February ist augenblicklich in London. Wenn Sie einen Termin vereinbaren, bin ich mir sicher, dass sie Zeit für Sie finden wird, sobald sie in zwei Tagen wieder hier ist.«

»*Non*. Das ist zu spät.« Oumou setzte sich. Tränen liefen ihr über die Wangen.

»Es tut mir leid«, erwiderte Fortune. »Ich kann Ihnen nicht weiterhelfen.« Er nickte den beiden kurz zu und wandte sich zum Gehen.

»Einen Moment, Kumpel«, erklärte Mace und packte ihn am Ärmel. »Ich habe sie gestern getroffen. Da hat sie nichts davon gesagt, dass sie wegfahren will.«

Fortune befreite sich aus seinem Griff. »Ohne Sie genauer zu kennen, dürfte sie Ihnen wohl keine Rechenschaft schuldig sein. Wo sie sich aufhält, ist allein ihre Angelegenheit.«

»PAGAD ist auch ihre Angelegenheit.«

Fortune legte eine Hand auf die Türklinke. »Sie vertritt einige Mitglieder dieser Organisation. Das stimmt.«

»Sie hat meine Klienten zweimal bedroht, weil sie einen Nachtclub betreiben.«

»Das kann ich mir kaum vorstellen.«

»Sie nennen mich einen Lügner?«

Fliege hielt inne. »Mr. Bishop, Sheemina February ist Anwältin, keine Aktivistin.«

»Mein Kind wurde entführt!«, brüllte Mace. »Aus unserem Haus geraubt. An demselben Abend, an dem meine Klienten ihren Nachtclub wiedereröffneten. Acht Stunden, nachdem Sheemina February sie gewarnt hatte, es nicht zu tun. In meiner Gegenwart. Wo ist meine Tochter? Wohin hat sie meine Tochter gebracht?«

Reginald Fortune antwortete nicht.

Mace packte ihn. Krallte sich mit beiden Händen in seinem Hemd fest, wodurch die Fliege aufging und zu Boden fiel. »Wo ist sie, Sie Arschloch? Wo ist meine Tochter?« Er sprach jedes Wort einzeln aus. Die Erregung war schlagartig aus seiner Stimme verschwunden, er klang jetzt nur noch kalt und konzentriert. »Sagen Sie es.« Er riss den Mann einige Zentimeter hoch. »Wo ist sie?«

»Mace, lass ihn los«, flehte Oumou. Sie streckte eine Hand nach ihm aus, während sie sich mit der anderen die Tränen von den Wangen wischte. Mace ließ den Anwalt los, und Fortune beugte sich herab, um die Fliege aufzuheben und sie wieder an seinem Hals zu befestigen.

»Soll ich die Polizei rufen, Mr. Fortune?«, fragte die Rezeptionistin.

Er schüttelte den Kopf. »Nein, das wird nicht nötig sein. Mr. und Mrs. Bishop wollten gerade gehen.« Er öffnete die Tür, die zu seinem Büro führte. »Wenn Ihre Tochter entführt wurde, sollten Sie besser mit der Polizei sprechen, als meine Kollegin beschuldigen, Mr. Bishop. Ich werde Ihren tätlichen Angriff für diesmal auf sich beruhen lassen.«

»Bitte«, sagte Oumou. »Wo ist unsere Tochter?«

»Mrs. Bishop«, erwiderte Fortune. »Ich weiß es nicht. Wir sind eine Anwaltskanzlei, keine Gangsterorganisation.« Mit diesen Worten schloss er die Tür hinter sich.

Mace schlug mit der Faust dagegen und riss an der Klinke. Sie ließ sich nicht öffnen.

Wieder versuchte Oumou ihn zu beruhigen. »Komm. Sie ist nicht hier.«

»Arschloch«, sagte Mace leise. Dann brüllte er: »Arschloch!«

»Möchten Sie einen Termin vereinbaren, um Ms. February zu sprechen?«, fragte die Rezeptionistin.

Mace sagte: »Wenn Ihre Ms. February anruft, richten Sie ihr aus, dass sie mich kontaktieren soll.« Er knallte seine Visitenkarte auf die Theke. »Sofort.«

Im Auto fragte Oumou: »Glaubst du, sie ist wirklich in London?«

Mace fuhr mit dem Spider aus der Parklücke auf die Queen Victoria Street. Ein Parkplatzwächter hielt einige Anwälte auf dem Weg in ihre Kanzleien auf, damit er problemlos durchfahren konnte.

»Schon möglich. Sie kann überall sein. Ich weiß jedenfalls, dass sie letzte Nacht nicht zu Hause war. Pylon und ich haben bei ihr vorbeigeschaut.«

»Hat sie Christa?«

»Das nehme ich nicht an. Aber ich vermute stark, dass sie weiß, wo sie ist. Deshalb flog sie vielleicht auch nach London.«

Oumou erwiderte nichts. Starrte vor sich hin. Sie fuhren schweigend die Orange Street hinauf, vorbei an Molteno in den stillen Vorort. Bogen in die Woodburn ein, dann entlang Glen Steps, bis sie zum Tor ihres Grundstücks kamen, das sich langsam öffnete. Mace fuhr hinein und parkte vor der Garage. Oumou rührte sich nicht.

»Ist es wegen des Clubs?«

Mace sah zum Berg hinauf, der wolkenverhangen war. Der Himmel zog sich weiter zu. Es wurde bereits windiger.

»Ich denke, schon.«

»Dann bringen sie Christa nicht fort? Verkaufen sie nicht in die Sklaverei?«

Er legte eine Hand auf Oumous, die zusammengeballt in ihrem Schoß lag. »Sie ist noch in der Stadt. Wir werden sie finden.«

Oumou richtete ihre braunen Augen auf ihn. Sagte nichts.

Neun Uhr fünfzig. Im Büro ging Mace die Gästeliste durch, die ihm Ducky Donald zugemailt hatte. Hundertfünfzig eindrucksvolle Namen. Es war nicht anzunehmen, dass das Handy einem von ihnen gehörte. Er konnte circa dreißig Gäste gleich als unverdächtig streichen. Bei den verbleibenden würde selbst ein Team aus zehn Mann, das sich vierundzwanzig Stunden lang ans Telefon klemmte oder sich die Füße plattlief, vermutlich nicht in der Lage sein, innerhalb von zwei Wochen eine Verbindung zu Sheemina February oder PAGAD herzustellen. Trotzdem … Was sollte er anderes tun, als auf gut Glück einige der aufgelisteten Nummern anzurufen? Er begann mit dem ersten Namen.

Standen Sie jemals in Kontakt mit der Anwältin Sheemina February?

Nein.

Die fünf, mit denen er sprach, erkannten jedoch sofort ihren Namen. Erklärten ihm, dass sie PAGAD sei.

Zehn Uhr zwanzig. Ihre neuen New Yorker Klienten riefen an. Wie es mit einem Shopping-Ausflug an die Waterfront wäre? Mace erklärte ihnen, dass sie ein Kollege abholen würde.

Mr. New York gefiel das ganz und gar nicht. »Nennen Sie so etwas einen guten Service?«

»Es hat leider einen unvorhersehbaren Notfall gegeben«, erklärte Mace.

Der New Yorker Klient erklärte, dass er keine weiteren unvorhersehbaren Notfälle wünsche, wenn seine Frau unter dem Messer lag.

Mace versicherte ihm, es werde keine geben. Widmete sich wieder der Liste.

Zwölf Uhr. Mit dem Ertönen der Mittagskanone rief Pylon an.

»Jetzt hör dir das an«, sagte er. »Business-Class-Passagierin Sheemina February saß gestern Abend tatsächlich im Flug nach London. Übermorgen soll sie zurück sein. Wie praktisch, oder?«

»Das kann kein Zufall sein.«

»Und jetzt?«

»Keine Ahnung.« Mace dachte an Christa. Quälend und schmerzhaft. Seine Tochter allein und verängstigt. Umgeben von fremden Männern. Eine unerträgliche Vorstellung. Er stöhnte laut auf.

»Was ist los?«, wollte Pylon wissen. »Alles in Ordnung?«

»Ja«, erwiderte Mace und dachte: nein. Dieser riesige furchtbare Schmerz in meiner Brust zerreißt mich.

»Geh schwimmen«, schlug Pylon vor. »Ich komme zurück und mach mit der Liste weiter.«

»Würde nichts helfen.«

Pylon wollte gerade auflegen, als Mace meinte: »Verdammt! Dieser Muskelprotz! Sie sagte, er würde im Point trainieren. Mitch. Mick. Mikey. Irgend so was.«

»Wovon redest du?«

»Fahr sofort ins Sportstudio. Wir treffen uns dort. Jetzt.«

Viertel vor eins. Der Manager im Point erklärte: »Da kann ich nichts machen. Die Namensliste ist vertraulich. Ich kann Sie nicht hineinschauen lassen.«

Mace und Pylon saßen in seinem Büro und sahen dem jungen Mann dabei zu, wie er mit einem Federgriff seinen Unterarm aufpumpte. Seine Brustmuskeln zeichneten sich deutlich unter dem eng anliegenden T-Shirt ab. Er kam ihnen vor wie eine lebende Werbetafel für Gesundheit und Vitalität.

»Okay«, sagte Pylon. »Es gibt noch eine andere Möglichkeit. Wir liefern Ihnen eine Beschreibung, einen Vornamen, und Sie sagen: ›Oh ja, klar, ich kenne diesen Bla de Bla. Der trainiert hier ständig und wohnt in Bla.‹«

Der Manager sah sie zweifelnd an. »Mann, was machen Sie denn so beruflich?«

»Sie wissen schon«, sagte Mace. »Sie kennen mich. Ich schwimme hier dreimal die Woche. Wenn ich aus Ihrem Büro trete, begrüßen mich mindestens zehn Leute.«

»Klar hab ich Sie schon gesehen. Ich meine, in welcher Branche arbeiten Sie?«

»Personenschutz«, erwiderte Pylon. »Celebrities. Filmstars. Geschäftsleute. Persönlichkeiten, die im Rampenlicht stehen und so.«

»Und was hat es mit dem Typen auf sich, den Sie suchen?«

Pylon lehnte sich vor und legte beide Hände auf den Schreibtisch des Mannes. »Tony«, sagte er. Kannte den Namen von dem Mitarbeiterplan, der an einer Pinnwand im Sportclub befestigt war. »Tony, das wollen Sie gar nicht wissen. Ich kann Ihnen nur so viel verraten: Unser Klient, ein wichtiger Mann in der Geschäftswelt, hat vor, diesen Kerl zu verklagen. Weil er seine Tochter verfolgt. Hier in Ihrem Sportstudio. Woanders auch. In einer solchen Situation versuchen wir es erst mal auf die sanfte Tour, indem wir mit beiden Parteien reden und uns darum bemühen, sie davon abzuhalten, gegeneinander zu prozessieren.«

»Indem Sie ihn zum Beispiel zusammenschlagen, oder wie soll ich das verstehen?«

»Ich habe von Reden gesprochen, Tony. Reden.« Pylon lehnte sich zurück. Er und Mace beobachteten, wie der Manager wieder begann, den Federgriff zusammenzudrücken.

»Sie sollten vielleicht noch etwas in Betracht ziehen«, meinte Mace. »Und zwar die Publicity. Vor allem wenn herauskommt, dass man rechtzeitig hätte einschreiten können. Dass dieser Kerl – Mikey – das Mädchen hier belästigt hat, wo sie eigentlich hätte in Sicherheit sein müssen.«

»Mikey?«, sagte Tony. »Mikey Rheeder? Das kann nicht sein.«

»Muskulöser Typ«, erklärte Pylon und drückte seine Brust heraus. »Wie Sie. Surfertyp. Braun gebrannt, kurze blonde Haare. Militärhaarschnitt.«

»Klar«, erwiderte der Manager. »Das ist Mikey Rheeder. So was würde der nie machen.«

»Sie kennen ihn?«

»Ich trainiere manchmal mit ihm. Kennen wäre zu viel gesagt. Ich kenne ihn nur vom Training. Mehr so vom Sehen. Sie wissen schon.«

Viertel nach zwei. Mace und Pylon saßen in ihrem großen Mercedes vor einem Apartmentblock in Sea Point und aßen Pizza mit Salami und Oliven. Sie hatten an dem Schild mit Mikey Rheeders Namen geklingelt, aber keine Antwort erhalten. Mace hatte von einer öffentlichen Telefonzelle auf der Main Road die Handynummer angerufen, die ihm der Manager gegeben hatte, und Mikey hatte geantwortet. Zumindest glaubte

Mace, dass es Mikey war, soweit er sich an seine Stimme erinnern konnte: nasal und zu hoch für seine Körpergröße. Mace hatte nichts gesagt. Mikey hatte gefragt: »Wer ist da?« Dann: »Falsche Nummer, Kumpel. Verpiss dich.« Lachend hatte er noch hinzugefügt: »Hey, Arschloch, deine Finger sind wohl zu fett für die Tastatur.« Die Verbindung war abgebrochen, und Mace hatte den Hörer wieder auf die Gabel gelegt. Dann wartete er, ob Mikey zurückrufen würde. Als das Telefon klingelte, hob er ab. Mikey fragte: »Wer ist da? Hör auf, mich zu nerven, Arschloch.« Diesmal unterbrach Mace die Verbindung.

»Er hat meine Tochter«, sagte Mace und spielte mit seiner Pizza. »Das ist die große Scheiße. Er sitzt da mit Christa. Wo sie auch immer sein mag.«

Der Wind blies die Straßenschlucht hinauf, brachte Regentropfen mit sich und den Wagen ins Wanken.

Pylon blickte zu dem Gebäude vor ihnen. »Man fragt sich, wie sich Mikey Rheeder so was leisten kann. Eine Wohnung in Sea Point. Zwar nicht mit Meerblick, aber in diesen Blöcken hocken doch vor allem reiche *Larneys*. Anwälte, Gynäkologen, Chemiker. Wie hat es ein gewöhnlicher Handlanger geschafft, sich unter dieses Volk zu mischen? Das fragt man sich doch, oder?«

Mace fragte sich das weniger. Er dachte an Christa in Mikey Rheeders Gewalt, auch wenn er diesen Gedanken lieber nicht zu Ende denken wollte, um sich nicht die Angst in Christas Gesicht ausmalen zu müssen.

Vier Minuten nach sechs. Pylon erklärte, er verstehe nicht, warum sie nichts mehr von den Entführern gehört hatten. Warum gab es keine Forderung? Keine, den Club zu schließen. Keine, dass Matthew aufhören sollte, mit Drogen zu handeln. Nicht einmal eine Lösegeldforderung.

»Hab mich das auch schon gefragt«, sagte Mace.

»Je länger sie das durchziehen, desto mehr kommst du ins Schwitzen. Das ist vermutlich ihre Taktik. Was meinst du?«

»Nehme ich auch an.«

Maces Handy klingelte. Die beiden Männer zuckten bei dem schrillen Ton zusammen. Keine Nummer auf dem Display.

Mace sagte: »Vielleicht sind sie das.« Er hob ab und presste das Telefon an sein Ohr.

»Mr. Bishop, hier spricht Sheemina February. Ich habe gehört, dass Sie bei mir in der Kanzlei waren.«

In Maces Adern breitete sich eine eisige Kälte aus. Er richtete den Blick auf den Eingang zu dem Apartmentblock. Fragte: »Wo ist meine Tochter?«, wobei er sich bemühte, seine Stimme so ruhig wie möglich klingen zu lassen – so als würde er sich nach nichts Wichtigem erkundigen.

Pylon hinter dem Steuer sah ihn an. Berührte ihn an der Schulter, formte mit dem Mund den Namen Sheemina February. Mace nickte zweimal.

»Was ist mit Ihrer Tochter?«, entgegnete Sheemina February. »Es tut mir leid, aber ich weiß nicht, wovon Sie sprechen.«

»Meine Tochter – ich spreche von meiner Tochter«, erklärte Mace. Noch immer keine Erregung in der Stimme. Keine Emotion. »Sie können das Spielchen sein lassen. Ich weiß, dass Sie Bescheid wissen.«

»Das tue ich nicht.«

»Lügnerin.«

Eine Pause. Einen Moment lang glaubte Mace, sie habe aufgehängt.

»Ich rufe aus dem Ausland an«, sagte sie. »Ich muss mich nicht von Ihnen beschimpfen lassen.«

»Wo ist meine Tochter? Wohin haben Ihre Gangster sie gebracht?«

»Ich habe keine Gangster, Mr. Bishop. Ich weiß nichts von Ihrer Tochter.«

»Gott!« Mace atmete explosionsartig aus. »Und das soll ich Ihnen glauben? Meine Tochter wird entführt. Zufälligerweise genau an dem Abend, an dem Sie nach London fliegen. Für mich sieht das sehr danach aus, als hätten Sie das vorher alles eingefädelt.«

»Mr. Bishop, Sie sind offenbar ziemlich durcheinander. Es tut mir wirklich leid, was mit Ihrer Tochter passiert ist.«

»Ich habe eine Beschreibung«, schwindelte Mace. »Von einem Mann namens Mikey Rheeder. Ein Mann, den ich in Ihrer Gesellschaft gesehen habe. Ein Mann, von dem Sie mir erzählt haben. Wie gut er sich von einer Schussverletzung erholt hat. Einer Ihrer Handlanger.«

»Ich weiß, wen Sie meinen.«

»Natürlich wissen Sie das. Ich will meine Tochter wiederhaben.«

»Mr. Bishop, ich bin in London. Sie müssen sich mit der Polizei in Verbindung setzen.«

»Ich will, dass Sie einen Anruf machen und diesem Abdul Abdul und diesem Mikey Rheeder sagen, sie sollen meine Tochter zurückbringen.«

»Sie denken wirklich, dass ich das kann? Mr. Bishop, Sie überschätzen meinen Einfluss. Ich bin bloß eine Anwältin, sonst nichts.«

Mace hielt noch immer den Blick auf den Eingang gerichtet. Ein älteres Paar kam aus der Tür. Die beiden knöpften ihre Regenmäntel zu, um sich gegen das Nieseln zu schützen. Die Frau hatte ein Tuch über den Haaren.

»Ich weiß, was Sie tun können«, erwiderte Mace. »Sie wissen, wo meine Tochter ist. Sagen Sie es mir.«

Pause. Er konnte im Hintergrund Geräusche hören. Dann sagte sie: »Manche Dinge sind nicht so, wie sie scheinen, Mr. Bishop.«

Die Verbindung wurde abgebrochen. Mace brüllte: »Du

Schlampe! Du widerwärtige, verdammte Schlampe!« Er schlug auf das Armaturenbrett ein, immer und immer wieder. Das ältere Paar drückte sich an dem Mercedes vorbei und starrte auf die beiden Männer im Inneren des Wagens. Einer von ihnen brüllend und auf das Armaturenbrett einschlagend.

Viertel nach sieben. Oumou rief Mace an, ihre Stimme ein Flüstern. Soweit Mace verstand, hatte ein Mann vorne an der Straße geklingelt und über die Gegensprechanlage erklärt, er sei Kurier für Ajax Deliveries und hätte für Mr. und Mrs. Bishop ein Päckchen abzugeben. Absender ein gewisser François Barber. Oumou hatte erklärt, dass sie kein Päckchen erwarte. Dass sie auch niemanden mit dem Namen Barber kenne. Der Kurier sagte, bitte, Lady, hier ist die Auftragsnummer, schlagen Sie Ajax im Telefonbuch nach, ich kann hier nicht die ganze Nacht herumstehen. Oumou tat es ihm zuliebe. Alles koscher. Sie ließ den Mann herein, und er übergab ihr das Päckchen.

Dann versagte ihr die Stimme.

»Was, Oumou? Was?«, brüllte Mace.

»Es sind Christas Haare«, hörte er sie flüstern.

Er erklärte, er würde in fünf Minuten bei ihr sein.

Ließ Pylon im Mercedes zurück, nahm den Spider, raste über rote Ampeln nach Glengariff, entlang High Level, nach dem Steinbruch durch die Seitenstraßen von Bokaap, die Wale hinunter in die Buitengracht bis zur Orange und dann steil hinauf zum Haus in Glen Steps. Raste durchs Tor, stürmte ins Haus und rief Oumous Namen, von der Haustür bis zur Küche, wo er sie schließlich entdeckte. Auf dem Tisch lag ein Umschlag – ein luftgepolsterter Standardumschlag, wie man ihn überall kaufen konnte. Daneben ein großer Haufen von Christas Haaren, dunkel und weich. Mace hob eine Handvoll hoch und hielt sie unter die Nase. Er konnte seine Tochter deutlich riechen.

Wieder wollte er sich nicht vorstellen, wo sie gewesen war,

als man ihr den Kopf scherte, wie man sie gehalten hatte. Doch er sah es trotzdem vor sich: einen kahlen Raum, seine Tochter auf einem Hocker in der Mitte, zitternd. Mikey Rheeder mit einer Hand an ihrem Nacken, den anderen auf ihrer Schulter. Abdul Abdul hielt den elektrischen Haarschneider, dessen Kabel zu einer Steckdose in der Wand führte. Er grinste – ein spitzzahniges Grinsen. Hinter ihm eine Frau in einem langen Mantel. Die Arme verschränkt. Sheemina February. Es war egal, wo sie sich gerade aufhalten mochte: Sie war da. Das einzige Geräusch das Surren der Schermaschine.

Ein Zettel war den Haaren beigelegt: »Bringen Sie Ihren Freund dazu, den Club zu schließen.«

Mace rief bei Ajax an, um herauszufinden, wer das Päckchen eingeliefert hatte. Der Angestellte erinnerte sich an den Absender, einen sympathischen Mann in einem Anzug, der bar bezahlt hatte. Ein Schwarzer. Seine einzige Bedingung war gewesen, dass die Lieferung sofort überbracht werden sollte. Sie schafften es innerhalb von fünfundvierzig Minuten. Nicht schlecht, wie der Angestellte fand, vor allem wenn man bedachte, dass das Päckchen in ihrer nördlichen Niederlassung aufgegeben worden war, mindestens zwanzig Kilometer außerhalb der Stadt.

Mace vermutete, dass sie Christa dort festhielten – irgendwo in einem der nördlichen Vororte, in einem dieser Häuser im Ranchstil, mit Doppelgarage und hinter hohen Mauern, wo niemand es bemerken würde, wenn etwas Seltsames vor sich ging. Das zu vermuten, machte das Ganze nicht leichter.

Er blieb bei Oumou. Die beiden saßen sich am Küchentisch gegenüber, Christas Haare zwischen ihnen.

Zwanzig vor acht. Eine SMS. »Sie enttäuschen mich schon wieder, Mr. Bishop. Was muss Ihre Tochter denn als Nächstes opfern?«

Eine neue Handynummer.

Mace behielt die Nachricht der SMS für sich. Erklärte Oumou, es ginge um einen Klienten.

Zehn nach acht. Pylon rief an. »Ich sitze hier mit Mikey in seiner Wohnung«, erklärte er. »Hübsches Apartment. Sehr gemütlich. Er will uns jetzt verraten, wo Christa ist, aber er möchte es lieber ihrem Vater direkt sagen. Stimmt doch, Mikey, oder?«

Mace hörte, wie Mikey antwortete. »Verpiss dich, Arschloch.«

Pylon: »Ich kann gut verstehen, warum du ihm in die Schulter geschossen hast, Mace. Er hat diese Wirkung auf Leute.«

»Ich bin gleich da«, sagte Mace und steckte sein Handy in die Tasche. Fasste über den Tisch nach Oumous Hand und schob seine Finger zwischen die ihren. »Wir haben jemanden, der vielleicht weiß, wo Christa ist. Mit etwas Überredungskunst sollte es nicht mehr lange dauern.« Er drückte ihre Finger und ließ sie los.

»Ich komme mit«, erklärte Oumou. »Es geht um unsere Tochter.«

Mace schüttelte den Kopf. »Nein. Du musst hierbleiben, falls jemand anruft. Manchmal müssen sie mit uns reden. Ihre Forderungen stellen, Geld verlangen – was es auch ist, was sie von uns wollen. Sie wollen jedenfalls hören, dass wir verzweifelt sind. Dass wir Angst haben, was sie Christa antun könnten. Sie haben ihre Haare geschickt, also wollen sie wissen, wie sehr sie uns damit verletzen. Wenn sie anrufen, musst du ihnen das vermitteln.«

Oumous Blick richtete sich unverwandt auf ihn.

»Ich weiß«, fuhr Mace fort. »Ich weiß, was du denkst. Du willst dabei sein, wenn er es sagt. Er soll dir verraten, wo sie ist. Du musst es hören – ich weiß. Aber es geht nicht. Du musst hierbleiben.«

»Sie werden nicht anrufen«, erwiderte sie.

»Das wissen wir nicht. Ich vermute, sie werden anrufen – und zwar innerhalb der nächsten Stunden, falls uns Mikey nicht zuerst verrät, wo sie ist.«

»Was wirst du tun?«

Mace zuckte mit den Achseln. »Weiß nicht. Ehrlich. Pylon und ich hatten früher in den Lagern eine Taktik, die wir öfter angewandt haben. Vor allem in Membesh. Wenn dort Leute auftauchten, bei denen wir uns fragten, ob sie es ernst meinten oder vielleicht doch Spione waren. Wenn man munkelte, dass sie Spione waren, redeten wir mit ihnen, und gewöhnlich erzählten sie uns dann alles. Recht schnell sogar.«

Oumou sagte: »Ich habe auch meine Taktik.«

»Ich weiß, ich habe sie erlebt«, meinte Mace. »Aber diesmal musst du hierbleiben.« Er stand auf. Fasste nach einer Handvoll Haare seiner Tochter. »Ich nehme etwas davon mit.«

Oumou streckte die Hand nach ihm aus – nach seiner Faust, die Christas Haare festhielt. »Tu ihm weh«, sagte sie.

»Oh, keine Sorge, das werde ich«, erwiderte er und sah die Wüste in ihren Augen.

»Ich wurde gebeten, dir weh zu tun«, waren die ersten Worte, die er fünfzehn, sechzehn Minuten später an Mikey Rheeder richtete – nachdem ihn Pylon ins Haus gelassen hatte, er mit dem Lift in den fünften Stock gefahren und den Korridor entlang bis zu Nummer 510 gelaufen war, dort geklopft hatte und schließlich eingetreten war. Mikey Rheeder saß auf einem geschnitzten Eichenstuhl mit einer kerzengeraden Rückenlehne. Einer von sechs, die um einen weiß gekalkten Eichentisch standen. Seine Arme waren an die Armlehnen des Stuhls gefesselt. Den linken Arm hatte er unter dem wachsamen Auge von Pylons Pistolenlauf selbst festgezurrt, ehe sich Pylon um den rechten gekümmert hatte.

»Hübscher Esstisch«, meinte Mace.

»Gehörte schon zur Einrichtung«, erwiderte Pylon. »Sagt nichts über Mikeys Geschmack.« Er zeigte auf die offene Einbauküche. »Die ist auch hübsch. Gut ausgestattet. Ernsthafte Messer für ernsthafte Köche. Hat alles, was man für ein Drei-Gänge-Menü braucht. Treasure würde bei diesem Anblick sofort zu Boardmans rasen, um zumindest eine bessere Kategorie Besteck zu bekommen.«

Mace holte die Handvoll Haare aus seiner Jackentasche. Legte sie auf den Tisch. Dunkel auf der weißen Oberfläche. Er sah, wie Mikey einen kurzen Blick darauf warf und dann rasch wegschaute.

»Kennst du das?«, fragte er.

»Verpisst euch«, antwortete Mikey.

»Diese Haltung würde ich an deiner Stelle noch mal überdenken«, meinte Pylon. »Unter diesen Umständen. Das Beste für dich wäre, wenn du uns höflich behandelst. Du verstehst, was ich sagen will?«

»Irgendwie hab ich das Gefühl, du hast die Haare schon mal gesehen«, fuhr Mace fort und setzte sich ihm gegenüber an den Tisch. »Ich hab auch das Gefühl, dass du dabei geholfen hast, als man meiner Tochter heute Nachmittag den Kopf geschoren hat. Und dein Freund, der Schwarze, hat die Haare dann zu Ajax gebracht, um sie mit dem Kurier bei uns abliefern zu lassen.« Er schob das Büschel in die Mitte des Tischs. »Überraschend, wie weich ihre Haare sind. Aber das weißt du ja, weil du sie in den Umschlag gestopft hast. Wenn sie mich gebeten hat, sie zu bürsten, haben sie sich anders angefühlt. Beinahe flüssig. Wenn ich an ihnen rieche, kann ich meine Tochter riechen. Unglaublich. Dass wir uns gegenseitig unterscheiden können, nur weil wir an unseren Haaren riechen.«

Mikey sagte: »Fick dich.«

Mace und Pylon erwiderten nichts. Sie starrten ihn an, bis

Mikey meinte: »Hört zu, ihr habt den Falschen. Ich hab damit nichts zu tun. Ich bin nur der Bodyguard. Mit den sonstigen Dingen hab ich nichts zu tun. Ich bin Weißer. Seht ihr das nicht? Weiß ist keine Farbe, der sie trauen.«

»Da haben wir andere Informationen«, erklärte Pylon. »Wir glauben dir nicht. Vor allem nicht, was die Entführung von Maces Tochter betrifft.«

»Ich sag die Wahrheit.«

»Ach, Mikey, das sagt sich so leicht. Aber erst mal musst du uns auch davon überzeugen.« Pylon legte eine Hand auf seine Schulter. »Wir möchten, dass du näher an den Tisch heranrückst, damit du die Hände auf die Platte legen kannst. Ich werde dir helfen, damit der Stuhl nicht aus Versehen umkippt. Wir wollen schließlich nicht, dass du dir weh tust.«

Mikey hatte nicht vor, dieser Aufforderung nachzukommen. Mace seufzte, stand auf und ging um den Tisch herum zu Mikeys Stuhl. Er und Pylon schoben den Mann an den Tisch heran und platzierten seine Hände so, wie sie es wollten.

»Hört zu«, sagte Mikey, »ich bin nicht der, den ihr sucht.«

»Bist du Rechts- oder Linkshänder?«, fragte Pylon. »Wir müssen das wissen, denn sonst hast du danach keine Möglichkeit, mit uns zu kommunizieren, und das willst du garantiert.«

»Rechtshänder«, erwiderte Mikey. »Aber wozu ist das wichtig?«

»Wir möchten, dass du uns aufschreibst, wo wir Christa finden«, erklärte Mace. »Ganz einfach. Du schreibst die Adresse auf, und wir schauen nach, ob sie stimmt. Wenn du vernünftig bist, können wir das Ganze innerhalb … sagen wir mal … innerhalb einer Stunde, höchstens eineinhalb hinter uns bringen.«

Mikey meinte: »Ich kann euch keine Adresse geben. Ich kenne sie nicht. Ich hab nichts damit zu tun.«

»Aber du weißt, was passiert ist?«

»Ich hab davon gehört. Das sag ich ganz ehrlich.«

»Das ist gut, Mikey«, erwiderte Mace. »Ehrlichsein ist schon mal ein guter Anfang.«

Pylon entdeckte in einer Schreibtischschublade Notizpapier und ein paar Kugelschreiber, die er vor Mikey hinlegte. Dann ging er zur Küche hinüber, wo er ein Schneidebrett und einen Fleischklopfer holte, mit dem man Steaks weichklopfte. Einer jener altmodischen aus Holz, schwer und makellos. Vermutlich unbenutzt. Pylon schlug damit gegen seine eigene Handfläche. Sagte: »*Eina*! Die Spitzen sind noch scharf.« Er legte das Brett und den Klopfer neben Mikeys linke Hand, so dass er beides nicht erreichen konnte.

»Bevor wir dich bitten, uns die Adresse zu geben«, sagte er, »werden wir dich etwas fester binden. Du weißt schon: deine Fußknöchel an die Stuhlbeine und so. Es könnte nämlich passieren, dass dich der Schmerz dazu bringt, dich etwas stärker zu bewegen. Aber wir möchten, dass du aufrecht sitzen bleibst und nicht die Konzentration verlierst.«

Er beugte sich mit der Panzerbandrolle in der Hand nach unten. Mikey schlug heftig mit den Beinen aus, so dass Pylon kopfschüttelnd wieder aufstand. »Mikey, Mikey, Mikey. Lass das doch.«

Mace zog die Ruger aus seinem Gürtel und ließ eine Patrone ins Schloss gleiten. »Ich hab schon die Erfahrung gemacht, dass das bei ihm recht gut funktioniert«, sagte er über Mikeys Kopf hinweg zu Pylon. »Aber er schreit ziemlich laut, also wäre vielleicht ein Knebel eine gute Idee.«

»Nein, wartet!«, meldete sich Mikey zu Wort. »Verdammt, wartet! Ich kann euch nicht helfen. Versteht ihr nicht? Hört mir zu. Hört zu. Ich hab nichts damit zu tun. Ihr habt den falschen Mann. Ich nütze euch nichts. Ich hab keine Ahnung. Es stimmt! He! Ich kann euch Vals Adresse geben. Wenn ihr wollt, kann ich euch die geben. Redet mit ihm. Er hat damit zu tun. Und wie. Total. Mit Abdul. Ihr wisst schon, die leiten das Ganze.«

»Schreib das auch auf, Mikey«, erwiderte Mace. »Wir wollen schließlich die Nachbarn nicht unnötig stören.«

Er legte die Ruger auf den Tisch, packte Mikey am Kopf und drückte beide Daumen in Mikeys Wangen, bis dieser den Mund öffnete. Pylon stopfte einen Schwamm hinein, den er in der Küchenspüle gefunden hatte, und wickelte Klebeband um Mikeys Schädel, um den Schwamm festzuhalten. Als er fertig war, vermochte Mikey seinen Kiefer nicht mehr zu bewegen.

Sie mussten seine Fußknöchel zu zweit an den Stuhlbeinen befestigen, da sich der Kerl äußerst unkooperativ zeigte. Als sie es geschafft hatten, stand Mace auf und klopfte sich langsam den Staub das Teppichbodens von den Knien seiner Jeans.

»Hast ziemlich Hummeln im Hintern, was, Mikey?«, sagte er. »Vielleicht nicht ganz die richtige Zeit dafür.« Er schob den Notizblock unter Mikeys rechte Hand und steckte den Kugelschreiber zwischen seine Finger. Mikey schleuderte ihn beiseite. »Das würde ich an deiner Stelle lassen«, meinte Mace. »Ich würde allmählich einsehen, dass ich besser mitmache. Wir möchten sehen, ob du schreiben kannst. Ist für dein Wohlergehen besser.«

Er nahm wieder den Kugelschreiber und steckte ihn erneut zwischen Mikeys Finger. Diesmal kritzelte Mikey »Fickt euch« auf den Block.

Pylon lachte. Mace lächelte traurig.

»Hier also die Frage: Wo finden wir meine Tochter Christa?«

Mikey wiederholte seine Antwort.

»Gut«, meinte Mace. »Und jetzt gehen wir das Ganze etwas anders an.« Er holte eine Münze aus seiner Hosentasche. Warf Pylon einen Blick zu. »Drei Versuche?«

Pylon zuckte mit den Achseln. »Wie du willst.«

Mace setzte auf Kopf und gewann. Beim zweiten Mal setzte Pylon auf Kopf und verlor. Mikey starrte sie mit einem panischen Ausdruck in den Augen an.

Mace schob das Schneidebrett unter Mikeys linke Hand. Mikeys Hand ballte sich zu einer harten Faust. Er hielt sie immer wieder hoch, so dass sie nicht flach auf dem Brett zu liegen kam.

»Das wird nichts nützen«, sagte Mace. Er hob den Fleischklopfer und schlug mit voller Wucht auf Mikeys Knöchel. Die Finger des Mannes spreizten sich. Mace verpasste daraufhin Mikeys Zeigefinger drei schnelle Hiebe, wobei schon beim zweiten die Knochensplitter weiß durch die breiig blutige Masse schimmerten.

Mikey schrie und rüttelte an seinem Stuhl. Er rollte den Kopf nach hinten, und einen Moment lang sah es so aus, als könnte er seine Arme von den Fesseln befreien. Dann fiel sein Kopf nach vorn.

»Das hat gewöhnlich gereicht«, meinte Pylon.

Mace holte eine Karaffe mit Wasser aus der Küche und schüttete es über Mikeys Kopf, was den großen Kerl wieder zu Bewusstsein brachte.

»Du musst uns nur die Antwort geben«, sagte Mace. »Wenn die stimmt, fahren wir dich zum Krankenhaus. Der Finger sieht übel aus.«

Mikey machte eine Bewegung mit dem Kopf, die sowohl Mace als auch Pylon als ein Nein verstanden.

»Scheint ein Held zu sein, unser Mikey«, meinte Pylon. Er hielt Mikeys gespreizte Finger auf das Brett und ließ diesmal den Fleischklopfer auf den kleinen Finger niedersausen. Der Schlag riss die Haut auf und verschob den Nagel. Mikey ruckte auf dem Stuhl hin und her, bis Mace beide Hände auf seine Schultern legte, um ihn ruhigzustellen. Als er wieder still dasaß, plättete Pylon den kleinen Finger erneut vier- oder fünfmal hintereinander. Mikey wurde beim dritten Schlag ohnmächtig.

Mace brachte ihn mit einer weiteren Karaffe Wasser erneut zu Bewusstsein und stellte ihm wieder die gleiche Frage. »Tu dir was Gutes«, sagte er. »Schreib es auf.«

Mikey atmete rasselnd durch die Nase, als würde er nicht genug Luft bekommen. Den Geräuschen nach zu urteilen, die er von sich gab, fragte sich Mace, ob er den Küchenschwamm heruntergeschluckt hatte. Der Kerl begann nun tatsächlich etwas auf den Notizblock zu kritzeln, was aber nicht zu entziffern war.

»Wir schneiden jetzt deinen Knebel auf«, erklärte Mace. »Dann kannst du es uns sagen.«

Pylon hielt Mikeys Hand weiterhin auf das Brett gepresst, während Mace aus dem schicken Messerblock das Knochenmesser zog, damit unter das Panzerband fuhr und es aufschnitt. Mikey rang keuchend um Atem. Schluchzte vor Schmerzen. Aber er schaffte es, die Adresse zu nennen.

»Älter und weiser geworden«, meinte Pylon und legte den Fleischklopfer beiseite.

»Mikey ist unser Held, unser Mann«, sagte Mace. »Gut gemacht, Mikey.« Dann ließen sie ihn die Adresse noch einmal wiederholen, wobei sie sich zu seinem Mund herunterbeugten, um die kaum gehauchten Worte auch tatsächlich zu verstehen. Mace richtete sich auf. »Da sieht man mal, wie man sich irren kann. Ich hatte vermutet, es wäre irgendwo in einem der nördlichen Vororte. Das Paardeneiland-Fabrikgelände wäre mir nicht eingefallen.«

25

»Tolle Wahl«, meinte Pylon, während der Regen gegen die Scheibe spritzte und der Wind sogar den großen Mercedes zum Schwanken brachte. In Section Street, einer einsam daliegenden Straße, kam das Auto nur noch kriechend voran. In den meisten Fabriken und Lagerhäusern war es dunkel. Nur einige Showroom-Auslagen waren hell erleuchtet.

»Fahr weiter«, meinte Mace. Auf seinen Knien lag ein ausgebreiteter Stadtplan. An der Calcutta zeigte er nach rechts. Die Gebäude wurden spärlicher, es gab immer mehr leere Grundstücke. In der Bermuda bat er Pylon, allmählich langsamer zu werden.

Nach rechts führte eine Einbahnstraße, die am Salt River Canal endete. Dort stand ein einstöckiges Gebäude, das zu beiden Seiten von leeren Grundstücken eingegrenzt war. Dahinter der Kanal. Es musste endlich die Adresse sein, die sie suchten.

Bevor sie einbogen, fuhr Pylon seitlich heran und schaltete die Lichter aus.

»Wie ist unser Plan?«

»Keine Ahnung. Wir brechen die Tür auf und holen uns Christa.«

Pylon machte die Scheibenwischer aus, und die Straße verschwamm vor ihren Augen. »Es wird einen Wachmann geben.«

»Sicher.«

Der Regen trommelte aufs Auto, während sie darauf warteten, dass der Wind etwas abflaute. Pylon wies mit dem Kopf nach hinten. »Und er?«

Sie hatten Mikey zusammengeschnürt und geknebelt in den Kofferraum gehievt.

Mace holte seine Ruger heraus, prüfte das Magazin und schob noch ein paar Patronen nach. »Könnte Komplikationen geben. Am besten geht er von hier aus zu Fuß. Je nachdem, wie sich die Dinge entwickeln.«

Pylon sagte: »Okay.«

Mace holte aus dem Handschuhfach zwei weitere volle Magazine. Steckte eines ein und gab Pylon das andere.

»Gewehre wären besser gewesen«, meinte Pylon. »Zum Beispiel ein abgesägtes Kaliber zwölf.«

Die Tür zu dem Gebäude war aus Holz, geschützt durch ein Scherengitter, das in den Beton eingelassen war.

»Und so was nennt sich sicher«, murmelte Pylon.

Er drückte das Gitter mit einem Montiereisen auf. Wendete dieselbe Methode mehr oder weniger auch für die Holztür an, nur dass es dadurch lauter wurde. Hinter der Tür befand sich ein kleines Büro, auf dessen gegenüberliegender Seite eine weitere Tür zu sehen war.

Sie hielten inne, lauschten. Nichts außer dem Regen, der auf das Wellblechdach prasselte.

Mace öffnete die Tür. Vor ihnen lag ein Raum, der früher einmal eine Werkstatt gewesen sein musste. Ein gespenstisches Licht fiel durch die Fenster zur Straße. Es reichte aus, um die Werkzeugregale an der Wand über einer Werkbank zu sehen, die Umrisse von Schraubenschlüsseln, Schraubenziehern, Bohrern. Vor einer Rolltür war ein kleiner Lieferwagen geparkt, an dessen Seite ›International Flowers‹ stand. Auf dem Boden Flecken von Motorenöl. Vor Mace war eine Metalltreppe, die nach oben führte.

Wieder hielten sie inne. Das Prasseln des Regens. Das Rauschen des Windes auf dem Dach. Mace bedeutete Pylon, dass er nach oben gehen würde. Verschwand dann im Dunkel der Werkstatt.

Auf jeder Stufe blieb er stehen. Das Metall knirschte unter seinem Gewicht. Oben am Ende der Treppe eine Tür. Er öffnete sie. Licht ging an.

Abdul Abdul saß auf einem Stuhl und hielt Christa eng an seine Brust gedrückt. Der Revolver steckte in ihrem Mund. Christa zuckte heftig zusammen, als sie ihren Vater sah. Abdul hielt sie noch fester und schob den Lauf der Waffe tiefer in ihren Schlund.

»Langsam, mein Freund«, sagte er. »Ganz langsam und vorsichtig.«

Mace richtete die Pistole auf ihn. »Lass sie los.«

Die Luft roch nach Zimt und etwas Süßerem: Haschisch. Der Rest eines Joints lag ausgedrückt auf einer Untertasse.

»Nimm die Waffe aus ihrem Mund. Am besten richtest du sie auf mich.«

»Am besten hältst du die Klappe«, entgegnete Abdul.

Mace trat einen Schritt in den Raum, trat zur Seite zu einer Reihe von Stockbetten – weg von der Stelle, wo die beiden an einem Tisch saßen. Auf dem Tisch eine Mikrowelle und ein Wasserkocher. Schmutzige Teller in einem rostigen Spülbecken.

Er richtete seine Waffe auf Abduls Stirn. »Lass sie gehen.«

Abdul schnaubte verächtlich. »Gott ist groß.«

Mace kam einen Schritt näher.

»Nein, mein Freund. Das würde ich sein lassen.« Er riss an Christa, und sie stöhnte auf.

Mace blieb stehen.

»Zurück. Und zwar sofort, mein Freund. Zurück, los.« Seine Stimme wurde schriller.

Mace gehorchte.

Abdul grinste ihn mit seinen spitzen Zähnen an. »Leg die Waffe auf das obere Bett. Sei ein braver Junge, und leg sie genau in die Ecke.«

Mace rührte sich nicht von der Stelle.

Abdul starrte ihn an und wartete. Er grinste noch immer.

»Es ist deine Tochter«, sagte er und entsicherte die Waffe.

»Okay, okay.« Mace legte die Waffe auf eines der oberen Stockbetten. »Lass sie los. Du kannst gehen. Ich kann dich nicht aufhalten.«

»Natürlich nicht. Aber du sagst mir nicht, was ich zu tun habe.« Er zog die Waffe aus Christas Mund und wies in eine Ecke des Raums. »Leg dich hin. Auf den Bauch.«

»Papa!« Christa schrie, ehe er ihren Schrei ersticken konnte.

Mace hielt inne. »Es wird alles gut, C. Jetzt wird alles gut, Liebling. Er lässt dich gehen.«

»Auf deinen verdammten Bauch!«, brüllte Abdul. »Los! Los!«

Christa wimmerte. Mace konnte Schorf auf ihrem Schädel sehen, wo sie die Schermaschine geschnitten hatte. Frisches Blut lief aus einem Schnitt. Abdul drückte ihr Gesicht gegen seinen Oberkörper, die Pistole war jetzt auf ihren kahlen Kopf gerichtet.

»Leg dich auf den Boden.«

Mace ging in die Ecke. Kniete sich hin. Das Linoleum klebte an seinen Handflächen.

»Flach auf den Boden«, brüllte Abdul. »Hör auf, rumzumachen.«

Er war wütend. An seinem Hals pulsierte eine Schlagader. Er stand auf und zerrte Christa mit sich, während er Mace in den Rücken trat.

»Arschloch.«

Mace ging zu Boden. Schmerz durchschoss ihn, doch er stützte sich mit seinen Armen ab und trat nach hinten aus. Abdul verlor das Gleichgewicht. Er taumelte gegen die Wand, und Christa brüllte.

Mace hörte einen Schuss.

Hörte, wie sie aufschrie.

Sprang hoch, als sie gegen ihn fiel.

Abdul schoss noch einmal.

26

Kurz nach Sonnenaufgang war der Sturm vorüber. Der Himmel zeigte sich als schmale blaue Linie über den Berggipfeln. Mace stand zwischen den Regenpfützen auf dem Parkplatz des Krankenhauses und wärmte sich die Hände an einem Styroporbecher mit heißem Kaffee. Er hatte Angst, dass Christa es nicht schaffen würde.

Eine Möglichkeit, die undenkbar war.

Er ging über den Parkplatz bis zum Zaun. Auf der anderen Seite der Straße durchsuchten Ibisse und Hagedasche mit ihren Schnäbeln ein aufgeweichtes Feld nach Fröschen. Er beobachtete die Vögel, ihr schnelles Picken. Der kleine Tod. Wenn Christa starb, würde er auch Oumou verlieren. Er würde es nicht ertragen, mit ihren Augen zu leben, braun und traurig. Anklagend. Und warum? Weil er nicht mit diesen Fanatikern gerechnet hatte. Mit ihrem Wahnsinn. Hatte nie angenommen, dass sich seine Familie in Gefahr befand. Oder dass Abdul Abdul kein Problem damit haben würde, ein Kind zu entführen.

Er schloss die Augen. Sah, wie sich der Schmerz in Christas Gesicht ausbreitete. Sah Oumous tränenlose Qualen. Und dachte an Techipa. Urplötzlich hatte er sie wieder vor sich: die Mienen der drei MK-Guerillas. Verzerrt, heulend, blutig.

Mace öffnete die Augen und blickte zum Constantiaberg hinüber, der sich im regenfeuchten Sonnenlicht klar vor ihm erhob. Er schüttelte den Kopf, um die Erinnerung zu verscheuchen.

Aber die Männer waren noch da, lagen im Busch, im Sand, der Sand in ihren Wunden. Blut auf dem Boden.

Er und Pylon waren von einem zum nächsten gegangen. Von einem angsterfüllten jungen Mann zum nächsten. Die Männer flehten sie um Hilfe an. Alle drei.

Eine halbe Stunde zuvor hatten sie den Männern Waffen

verkauft. AKs, russische und chinesische. Einige Makarovs, einige Handgranaten. Zwanzig Landminen. Sie hatten Bezahlung bei Lieferung vereinbart. Mace und Pylon kamen in ihrem Bedford, der MK-Kommandeur zahlte in Dollar. Zehn Männer seiner Einheit machten Ärger in den Bergen: Überfälle, verminten die Pfade, schalteten einige der Buren-Panzer aus. Von Angst keine Spur, nur Gelächter.

Mace und Pylon waren noch keine drei Kilometer entfernt gewesen, als sie einen Schusswechsel hörten. Sie kehrten zurück, um nur noch drei Männer lebend vorzufinden, niedergeschossen und nicht mehr fähig, sich von der Stelle zu rühren. In der Ferne acht tote Buren-Soldaten. Eine hoffnungslose Situation. Keine Medikamente. Eine Tagesreise bis zur nächsten Stadt. Sie warfen dreimal eine Münze, wobei Mace zweimal verlor.

Pylon meinte, die Männer seien in wenigen Stunden sowieso tot. Warum sollten sie leiden. Mace sagte nichts. Erschoss zwei der Männer, hörte den Widerhall von Pylons Schuss hinter sich.

Danach sammelten sie die Waffen ein. Und fuhren sie nach Lusaka, um sie dort an andere Kader zu verkaufen, die über die Grenze wollten.

Während all der Jahre hatte Mace nicht mehr an die Gesichter der beiden Männer gedacht. Hatte sie in tiefen Verliesen verborgen, die er niemals aufmachte. Wenn Ducky Donald Hartnell nicht gewesen wäre, hätte er sie auch nie mehr geöffnet – da war er sich sicher. Oder wenn seine Tochter nicht angeschossen worden wäre.

Er schüttete den Satz des Kaffees ins Gebüsch. Zerknüllte den Styroporbecher in der Faust.

Ein Mann hinter ihm hustete. »Äh, Mr. Bishop?«

»Was?« Mace wirbelte herum. »Verdammt!« Sah sich Captain Gonsalves gegenüber.

»Alles in Ordnung?« Der Polizist blickte ihn aufmerksam an. »Sie sehen scheiße aus.«

Mace wischte sich mit der Hand übers Gesicht. Holte tief Luft. »Was gibt's?«

Der Polizist starrte ihn noch immer an, während er langsam eine Kugel Tabak in seiner Linken hin und her rollte. »Das war ein ziemlicher Sturm letzte Nacht, was?«

Mace nickte.

Gonsalves schob die Kugel in den Mund und kaute nachdenklich. »Hören Sie. Sagen Sie mir, wenn es jetzt unpassend ist. Aber ich hätte einige Fragen, die ich Ihnen gerne stellen würde.«

»Meine Tochter liegt auf der Intensivstation.«

»Ich weiß. Das tut mir echt leid.« Er kaute heftiger auf der Kugel. »Wir könnten es auch später bei mir auf der Dienststelle erledigen, falls Ihnen das lieber ist. Aber jetzt wäre besser. Abdul Abdul war kein Unbekannter, um es mal so zu sagen.«

Mace warf den zerknüllten Becher in einen Abfalleimer. »Was ist mit Pylon?«

Der Captain zuckte mit den Acheln. »War nicht zu vermeiden. Sollte kein Problem sein. Schließlich hatte Abdul eine riesige Fünfundvierziger in der Hand. Muss in Notwehr passiert sein. Soweit ich erfahren habe, soll es allerdings bald ein Gesetz geben, dem zufolge jeder angeklagt wird, der jemanden in Notwehr getötet hat. Aber dafür lassen wir uns noch ein paar Jahre Zeit. Jetzt nehmen wir nur ein Protokoll auf. Verstehen Sie, was ich meine? Für die Autopsie.«

Mace seufzte und blickte zu den rötlichen Wolken hinauf. Seeleute bekamen beim Anblick der Morgenröte angeblich oft Panik.

»Dauert bloß zehn Minuten.« Gonsalves spuckte eine Tabakfaser aus, die sich aus der Kugel gelöst hatte. Ehe Mace antworten konnte, erklärte er ihm, wie er das Ganze sah. »Das war eine Folge des Bombenanschlags im Catastrophe, soweit ich das verstehe. Nicht wahr?«

»Ja«, erwiderte Mace. »War es.« Er schilderte ihm kurz, wie Christa entführt worden und wie er zufällig Abdul Abdul auf die Spur gekommen war.

»Zufällig?«

»Durch einen gemeinsamen Bekannten.«

Gonsalves wirkte misstrauisch. »Ach? Innerhalb von vierundzwanzig Stunden?«

»Mehr oder weniger.«

»Das nenn ich Zufall.« Er saugte an der Tabakkugel. »Normalerweise brauchen wir Tage, wenn nicht Wochen.«

»Wir hatten Glück.« Mace massierte sich die Nasenwurzel. Plötzlich war er todmüde. »Noch was?«

Der Captain nickte. »Vielleicht. Zum Beispiel hätte ich gerne gewusst, warum Sie uns nicht informiert haben.«

»Mir wurde gesagt, ich soll die Polizei nicht ins Spiel bringen.«

»Das sagen die immer. Die Leute glauben, sie würden das schon alleine schaffen, und lassen sich Zeit, bis sie zu uns kommen. Aber das führt nur zu Schwierigkeiten.« Er klappte sein Notizbuch zu. »Das war schon mal recht hilfreich …« Streckte die Hand aus. Mace schüttelte sie. »Wenn ich beten würde, dann jetzt für Ihre Tochter. Wenn ich daran glauben würde, dann würde ich jetzt sagen: Vertrauen Sie auf Gott.«

Als sich Mace zum Gehen wandte, meinte Gonsalves noch: »Diese Anwältin Sheemina February – hat die irgendwas damit zu tun?«

Mace drehte sich um. »Nicht so, dass man es ihr anlasten könnte. Sie hat in meiner Gegenwart den Hartnells mit legalen Konsequenzen gedroht. Das war alles.«

Gonsalves sagte: »Sie war Abduls Anwältin.«

»Dann hat sie jetzt einen Klienten weniger.«

Der Captain schloss die Tür seines alten Toyota Cressida auf. »Ich erwarte ihren Anruf. Wenn sie davon erfährt, wird sie sich sicher auf uns stürzen.« Er spuckte den Tabak in seine offene Hand und schnipste ihn unter die Büsche, die den Parkplatz umrahmten. Der Motor des Cressida stotterte einige Male, ehe er ansprang.

Während Mace dem Auto des Polizisten hinterhersah, dachte er: Tepicha. Er hatte in die Gesichter der Männer geblickt und dort Angst und Hoffnung zugleich gesehen. War dann schnell von einem zum anderen gegangen. Verdammt, wieso musste er jetzt daran denken?

Er kehrte ins Krankenhaus zurück und stieg die Treppe zur Intensivstation hinauf. Oben im ersten Stock klingelte sein Handy: Sheemina February.

»Bin gerade gelandet«, sagte sie. »Wie ich gehört habe, wurde Ihre Tochter schwer verletzt.«

Mace trat in eine Ecke, weg von einer Gruppe von Leuten, die mit leerem Blick in Schockstarre auf Stühlen hockten. Er sprach leise und beherrscht: »Dann wissen Sie sicher auch, dass Ihr Freund Abdul Abdul tot ist.«

»Mein Klient, Mr. Bishop. Ich vertrete … habe ihn vertreten.«

Mace schnaubte verächtlich. »Natürlich. Ganz die neutrale Anwältin. Nun, ich sehe das anders.«

»Und wie sehen Sie es?«

»Ich sehe es so, dass Sie irgendwo Ihre Finger mit im Spiel haben. Ich weiß noch nicht, wo. Aber irgendwo auf jeden Fall.«

Sheemina February lachte. »Sehr schmeichelhaft, Mr. Bishop. Dass Sie annehmen, ich hätte eine solche Macht über Männer wie Abdul Abdul.«

»Verschwinden Sie aus meinem Leben«, sagte Mace. »Aus meinem Leben und aus dem Leben meiner Familie.« Damit legte er auf. Dachte: Lass es gut sein, dreh dich um und geh – etwas, was er früher nicht getan hätte. Früher wäre er die Sache mit Sheemina February anders angegangen. Aber das war früher und in einem anderen Leben gewesen. Jetzt musste er es dabei bewenden lassen. Sie war zu bekannt. Hatte zu viele Verbindungen. Wenn man sie anfasste, verbrannte man sich die Finger. Das wollte Mace nicht. Dafür stand zu viel auf dem Spiel. Er hatte beinahe Christa verloren und wollte nicht einmal daran denken, wie es wäre, Oumou zu verlieren. Er schob das Handy in seine Jackentasche und machte sich auf die Suche nach seiner Frau.

Oumou saß auf einem Stuhl, einen Becher Tee neben sich, der schon lange kalt geworden war. Die Ärzte sind bei Christa, flüsterte sie. Mace setzte sich neben sie, hielt ihre Hand. Bis es diese Frau für ihn gegeben hatte, hatte er nie den Schmerz eines anderen Menschen kennengelernt. Bis es Christa gegeben hatte, war Angst etwas Unbekanntes für ihn gewesen. Die Angst, dass ein Leben verlorengehen könnte. Die Angst, ohne diese Menschen zu sein.

Sie saßen eine Stunde lang da und beobachteten mit ausdruckslosen Mienen den Tross von Ärzten und Krankenschwestern, der sich in die Station begab und wieder herausquoll. Schließlich trat ein junger Arzt zu ihnen, der so angezogen war, als würde er gleich eine Runde Golf spielen gehen. Stellte sich als der Chirurg vor, der Christa operiert hatte.

Er setzte sich ihnen gegenüber. »Ihre Tochter befindet sich in einem stabilen Zustand. Wir müssen sie noch einige Tage auf der Intensivstation behalten, um sie beobachten zu können. Die Kugel hat ihre Eingeweide durchschlagen, aber das ist nicht das Problem. Das Problem ist, dass sie dabei auch ihr Rückgrat gestreift hat. Dadurch wurden einige Nerven abgetrennt. Momentan, Mr. und Mrs. Bishop, ist Ihre Tochter von der Taille ab gelähmt.«

Mace spürte, wie Oumou erstarrte.

»In einigen Tagen werden wir noch einmal etwas ausprobieren, und vielleicht schaffen wir es, ein paar Dinge zu korrigieren. Ich kann nicht prophezeien, dass Ihre Tochter eines Tages wieder gehen wird. Ich kann nur sagen, dass wir unser Bestes tun werden.« Er stand auf. »Es tut mir leid, Ihnen solche Nachrichten überbringen zu müssen.«

Es ist irgendwie seltsam, dachte Mace, wie die Dinge manchmal laufen. Gerade wenn man glaubte, sein Leben in den Griff zu bekommen, ging alles schief.

DER DEAL

»… in dieser Stadt trifft sich die Welt zum Feiern und zu illegalen Deals …«

– *anonymer Geschäftsmann*

1

»Ludovico«, stellte er sich der Dame am Empfang vor. »Für mich wurde ein Zimmer reserviert.« Er sprach Englisch und nicht Spanisch, obwohl sein Spanisch nicht schlecht war. Keine Frage, sondern eine Feststellung. Die Rezeptionistin tippte eine Version seines Namens in ihre Tastatur.

»Das buchstabiert man L-U-D-O-V-I-C-O«, sagte er. »Ludovico.«

Die Frau versuchte es erneut.

»Ah, si.« Sie strahlte ihn an, so wie sie es auch bereits getan hatte, als er an den Empfang herangetreten war. Gleichmäßige Zähne. Volle Lippen. »Wir haben ein Zimmer über der Plaza für Sie reserviert. Dort ist es heller.«

»Klingt gut«, erwiderte er.

Sie schaute auf ihren Bildschirm. »Sie wollen zwei Tage bleiben, Mr. Ludovico? Ich wünsche Ihnen einen angenehmen Aufenthalt.«

»Okay«, sagte er.

Sie schrieb seinen Namen und die Zimmernummer auf eine kleine Hülle, in der ein Smartkey steckte und die sie ihm reichte.

»Einen schönen Tag noch«, sagte sie und lächelte ihn erneut an. Ihr Lippenstift schimmerte.

»Klar«, entgegnete er, reichte die Hülle einem Pagen und erwiderte ihr Lächeln.

Als er sich zum Gehen wandte, rief sie: »Oh! *Momento*! Mr. Ludovico, entschuldigen Sie! Da sind Geschenke für Sie.« Sie beugte sich zu einem Schränkchen unter der Rezeptionstheke hinunter und tauchte mit einem schuhschachtelgroßen Päckchen wieder auf, das in marineblaues Papier gewickelt und mit einer Schleife versehen war. Dann mit einer ebenfalls verpackten zylinderförmigen Schachtel, in der sich dem Aussehen nach nur eine Weinflasche befinden konnte.

»Danke«, sagte er und streckte die Hände nach den Päckchen aus.

»Gerne.«

Zum ersten Mal bemerkte er ihre Augen. Zufriedene Augen, die ebenfalls lächelten. Erinnerten ihn daran, dass er dringend mal wieder in ein Ballett gehen sollte.

»Gibt es gerade irgendeine Ballettaufführung?«, fragte er.

»Ein Ballett? *Si*, durchaus möglich«, antwortete sie. »Ich werde es für Sie herausfinden. In fünf Minuten wissen Sie Bescheid.«

»Danke«, sagte Ludo.

Riccardo Ludovico – von Freunden und Feinden meist Ludo genannt – füllte die Badewanne mit einigen Zentimetern kaltem Wasser, setzte sich an den Rand, schlüpfte aus seinen Schuhen, zog die Socken aus und schwang die Füße in die Wanne. Er seufzte laut und erleichtert auf. Zehn Minuten lang saß er regungslos da und starrte auf die Seifenschale, in der zwei runde Seifen in cremefarbenem Papier lagen. Rauchte eine Zigarette, schnippte die Asche ins Wasser, drückte die Kippe an den Seifen aus.

»Übernachte im Carrera«, hatte Francisco gesagt. »Tu dir was Gutes. Das ist ein wichtiger Job.«

Doch er war Economy-Class geflogen. Das Flugzeug war voll, seine Knie hatten gegen die Rückenlehne vor ihm gedrückt. Neben ihm eine Frau mit einem solchen Bauchumfang, dass sie aus dem Sitz gequollen war und ihn zur Seite gedrängt hatte. Zehn Stunden Qual, ohne Chance auf eine Zigarette.

»Vielleicht könntest du ein teureres Ticket buchen, und ich übernachte dafür in einem billigeren Hotel«, hatte er Francisco vorgeschlagen.

»Hä?«, hatte Franciscos Antwort gelautet. »Wegen zehn läppischen Stunden?«

»Zwanzig«, sagte Ludo. »Zehn hin, zehn zurück.«

»Du übernachtest im Carrera«, entgegnete Francisco. »Schönes Hotel. Als wär man in England. Blumenvorhänge. Ledersessel. Drucke mit Jagdszenen. Die Art von Ausstattung, weißt du. Dort übernachtest du, Ludo. Ich will dich verwöhnen.«

Ludo hatte nichts mehr erwidert. Aber Francisco hatte trotzdem keine Ruhe gegeben.

»Bestlage. In der Nähe von allem. Okay, man muss mit etwas Smog rechnen, das schon. Aber dafür wohnt man auch mitten in Geschichte. Direkt hinter dem Palast, wo sie den Präsidenten erschossen haben. Wie hieß der doch gleich? Aus der Luft, weißt du.«

»Ehrlich?«, fragte Ludo.

»Klar«, erwiderte Francisco. »Da gibt es alles. Restaurants. Wellness. Außenpool. Das älteste Hotel in Santiago, Ludo. Geht alles auf meine Rechnung. Bleib ein paar Tage. Nimm dir frei.«

Franciscos typischer Stil: Ich organisiere alles, du erledigst den Job.

»Blödsinn«, sagte Ludo. Er hatte sich inzwischen im Wasser hingestellt und redete mit seinem Spiegelbild, das er in dem körpergroßen Spiegel am Ende des Badezimmers sehen konnte. »Anreise. Job. Abreise. So machen wir das. So haben wir das immer gemacht.«

Es war nicht mal nötig, auszupacken. Für zwei Nächte lohnte sich das nicht.

Das Telefon klingelte. Die Frau an der Rezeption teilte

ihm mit, dass es *Schwanensee* gab. *Schwanensee.* Für ihn das Schlimmste. Und wenn schon. Er ließ sie eine Karte für denselben Abend buchen.

Wieder klingelte das Telefon. Francisco begann mit der Standardfrage: »Hattest du einen guten Flug?«

»Ja«, sagte Ludo.

»Hast du die Päckchen?«

»Ja«, erwiderte Ludo und starrte auf die Pakete, die er auf das Bett gelegt hatte.

»Alles in Ordnung?«

»Ich weiß nicht«, sagte Ludo.

»Was heißt, du weißt nicht?«

»Ich hab sie noch nicht geöffnet«, sagte Ludo.

»Heiliger Antonius.« Franciscos Stimme stieg um eine Oktave. »Warum nicht?«

»Ich bin gerade erst eingetroffen«, erklärte Ludo. »Ich hab ein paar Dinge zu erledigen. Auspacken. Vielleicht schwimmen gehen. Mittagessen.« Ludo lächelte sich im Schrankspiegel zu. Das Telefon zwischen Schulter und linkes Ohr geklemmt. »Ist der Wein gut?«

»Der beste, den es gibt. Genieß ihn.« Die Verbindung brach ab.

Ludo schnitt seinem Spiegelbild eine Grimasse. Er musste sich dringend rasieren. Noch dringender musste er allerdings etwas trinken.

An der Poolbar setzte er sich an einen Tisch unter einem Sonnenschirm. Nur wenige Leute waren auf der Terrasse. Niemand da, der Haut zeigte und jünger als er war. Er holte sein silbernes Zigarettenetui heraus, klappte es auf und klopfte mit einer Camel ein paarmal dagegen.

»Señor?« Ein Feuerzeug entzündete sich vor seiner Nase. Ludo blickte in das ausdruckslose Gesicht eines Kellners. Flüchtiges Lächeln, nichts Einschmeichelndes.

»Gracias«, sagte er und beugte sich über die Flamme. Fragte sich, ob er sein Spanisch ausprobieren sollte, entschied sich aber dagegen. »Haben Sie Cocktails?«, fragte er auf Englisch.

»Si, señor.«

»Und welche?«

»Kann ich vorschlagen Typisches?«

»Ja.«

»Is ein Pisco-Sour.«

»Und?«

»Señor?«

»Woraus ist er?«

»Is Pisco. Wie Aperitif und Zitrone und sehr kalt.«

»Aha«, sagte Ludo.

»In einem Hochglas.«

»Klingt gut.«

»Für Señor?«

»Von mir aus«, sagte Ludo.

Der Kellner nickte. Ludo blies eine Rauchwolke nach oben Richtung Sonnenschirm. Mit jedem Zug ging es ihm besser. Er ließ den Rauch in seiner Lunge und wartete einen Herzschlag lang, ehe er ihn wieder ausatmete.

»Señor.« Der Kellner stellte den Cocktail auf den Tisch. Ein hohes Glas, wie er gesagt hatte, der Rand mit einer Zuckerkruste versehen, das Glas geeist und undurchsichtig. »Salud!«

Als der Kellner stehenblieb, wurde Ludo klar, dass er den Cocktail probieren sollte. Er hatte einen Geschmack, der ihm sofort zusagte.

»Is gut?«, fragte der Kellner.

»Ja«, sagte Ludo. »Bringen Sie mir noch einen.«

Nachdem er den zweiten Pisco-Sour zur Hälfte getrunken hatte, fiel Ludo ein, dass er weder seinen Pass, sein Flugticket noch das Bündel Dollars im Zimmersafe eingeschlossen hatte. Auch sein Handy nicht. Er hatte sie wie ein Volltrottel auf dem

Nachttisch liegen lassen. Die Pakete ungeöffnet auf dem Bett. Diese Art von Hotel hatte garantiert einen Angestellten, der sofort hineinging, sobald der Gast ausgeflogen war. Er trank den Rest des Cocktails in einem Zug leer.

Als Erstes bemerkte er, dass man das Zimmer aufgeräumt hatte – die Tagesdecke geglättet, den Wein und das Päckchen auf den kleinen Schreibtisch platziert, das Portemonnaie auf das Nachttischchen. Nichts fehlte. Auch sein Nokia war noch da. Ebenso sein Discman und seine blauen CDs. Wirklich ein großartiges Hotel. Er atmete erleichtert auf, setzte sich an den kleinen Sekretär und öffnete das Päckchen, indem er das Papier einfach aufriss.

Bei der Pistole in der Schachtel handelte es sich um eine Neun-Millimeter Heckler & Koch mit einem Schalldämpfer und fünf Schuss im Magazin. Nicht das, worum er gebeten hatte, aber ausreichend – vom Gewicht und der Handhabung leicht und angenehm. Und eine Gartenschere. Brandneu.

Er sperrte das Päckchen, sein Portemonnaie und das Handy in den Zimmertresor.

Am Abend setzte sich Ludo ins Ballett. Zuckte bei den ersten Takten zusammen und dachte dann: Willst du das hier hassen, oder wieso bist du da? Er ließ sich also mitreißen und fand die Schwäne sogar fast anmutig. Vermutete, dass er bisher zu hart geurteilt hatte. Es steckte eine gewisse Schönheit darin, wenn man das Ganze ohne Vorurteile betrachtete. Oder er verstand zum ersten Mal überhaupt das Romantische daran. Und wenn schon. Er genoss die Aufführung und kaufte zur Erinnerung ein Programmheft. Etwas, das er Isabella zeigen konnte. Isabella, die immer drohte, eines Tages ihre Abneigung gegen Ballett zu überwinden. Die jedes Mal einen Pas de Cheval andeutete und sich dabei gleichzeitig verneigte, wenn er von Karten fürs Ballett sprach. *Schwanensee* in Santiago würde sie beeindrucken. Hatte auch ihn beeindruckt. Aufgewühlt. Zurück im Carrera prostete er Tschaikowsky mit Pisco-Sour zu.

Nach ein Uhr betrat Ludo die Wohnung des Künstlers. Er trug seine Arbeitsklamotten: Kapuzenjacke, sauberes Shirt, Jeans, Nikes. Katzengestank schlug ihm entgegen – ein Geruch, der durch das warme Wetter noch durchdringender wirkte. Er fand das Schlafzimmer. Die Fensterläden waren geschlossen, so dass der Raum im Dunklen lag. Doch es fiel noch genügend Licht herein, um Señor Ramon Moraga Salazar am anderen Ende des Bettes ausmachen zu können, auf dem Rücken liegend und schnarchend. Die Frau lag von ihm abgewandt auf ihrer linken Seite. Ihre einzige Decke ein Leintuch. Perfekt.

Ludo holte die Heckler & Koch aus einer Innentasche seiner Bomberjacke und schoss Señor Salazar aus zehn Zentimetern Entfernung direkt ins Herz. Hübsche Waffe – wenig Rückstoß, und der Schalldämpfer verringerte das Mündungsfeuer. Die Patronenhülse fiel leise klirrend zu Boden. Der Mann zuckte durch den Schuss zusammen, als hätte er einen Albtraum. Die Frau wachte auf. Schrie. Ludo schlug ihr mit dem Pistolengriff seitlich gegen den Kopf. Ende des Geschreis. Die Patronenhülse beunruhigte ihn nicht. Würde den Bullen was zu tun geben. Er steckte die Pistole in seine Innentasche zurück, nahm die Gartenschere und eine wiederverschließbare Plastiktüte aus seiner hinteren Jeanstasche. Señor Salazars Hand hing baumelnd über den Bettrand. Ludo schnitt den Zeigefinger ab – ein Knacken, das irgendwo zwischen dem Abreißen eines Hummerbeins und dem Beschneiden von Rosen anzusiedeln war. Er ließ das Souvenir in die Tüte fallen und wischte die Scherenklingen am Laken ab. Auf dem Weg aus der Wohnung warf er die Pistole und die Gartenschere in den Mülleimer. Noch mehr Arbeit für die Bullen.

Sechs Stunden später checkte Ludo aus dem Hotel aus. Die Rezeptionistin mit den vollen Lippen sagte: »Aber Sie haben noch für eine weitere Nacht gebucht.«

»Das stimmt«, erwiderte Ludo. »Die brauche ich aber nicht mehr.«

Dann reichte er ihr einen gefütterten Umschlag und bat sie, ihn per Luftpost für ihn abzuschicken.

»Nach New York?«, fragte sie, als sie einen Blick auf die Adresse geworfen hatte.

»Ja«, sagte Ludo.

»Von hier?«

»Ja«, antwortete Ludo und lächelte.

Sie runzelte die Stirn. »Der wird einige Tage unterwegs sein, Mr. Ludovico.«

»Dachte ich mir.«

Sie zögerte ihn zu fragen, warum er den Brief nicht selbst aufgab, wenn er wieder in New York war. Also kam er ihr entgegen.

»Es ist ein Geschenk«, erklärte er. »Mein Freund bekommt gerne Geschenke mit ausländischen Briefmarken.«

2

Mace und Oumou saßen Elizabeth Tlali an ihrem Schreibtisch gegenüber. Persönlicher Kundenberater war der Titel, der unter ihrem Namen stand. Mace und Oumou hatten sich für diesen Termin bei der Bank angemessen gekleidet: Mace in einem Anzug mit oben aufgeknöpftem blauen Hemd, Oumou in einem langen schwarzen Kleid und einer Kette aus Silberkugeln und Bernstein um den Hals. Elizabeth Tlali erklärte ihnen, dass die Bank eine Hypothekenforderung geltend machen müsse. So wie es momentan aussehe, hätten sie seit drei

Monaten keine Rückzahlung erhalten. »Mr. Bishop, Mrs. Bishop«, sagte sie, »Sie müssen uns verstehen.«

Mace erwiderte: »Das Haus wurde erst vor einem Jahr fertig. Wir brauchen mehr Zeit.«

Oumou fragte: »Was bedeutet das: eine Hypothekenforderung geltend machen?«

Mace konnte durch das Fenster hinter der Kundenberaterin die Longmarket Street sehen, wo Passanten vom Rathaus zur Grand Parade eilten. In der Ferne sah er Touristenbusse, die vor dem Castle of Good Hope hielten. Er und Oumou waren mit dem Kombi in die Stadt gefahren, da er seinen Spider nie auf der Grand Parade geparkt hätte – nicht einmal mit zugeklapptem Dach. Zu viele *Skollies* in der Gegend, die nur darauf warteten, den Stoff aufzuschlitzen.

»Im Grunde«, hörte er Elizabeth Tlali antworten, »bedeutet es, dass wir Ihr Haus verkaufen werden, um das Geld wiederzubekommen, das Sie uns schulden.«

»Aber das Haus«, warf Mace ein, »ist bereits mehr wert als die Summe, die Sie uns geliehen haben. Das bedeutet, Sie würden unser Geld verschleudern.«

Ehe sie weggefahren waren, hatte er am Pool gestanden und zum Haus hinübergeschaut. Oumous Traum: viel Glas, Betonpfeiler, gerade und elegante Linien. Einige hohe Steinkiefern dahinter und dann ein freier Blick auf Devil's Peak. Wenn er nach rechts blickte, sah er sich dem imposanten Table Mountain gegenüber – ein besserer Blick, wie er zugeben musste, als von dem viktorianischen Haus aus. Oumou und Christa hatten dort nach der Entführung nicht mehr bleiben wollen.

Er hatte sich überlegt, ob er etwas Cayman-Geld überweisen sollte. Diese Summe, die nur herumlag und an die er nicht herankam. Wie dumm wäre es, das Haus zu verlieren, bloß weil er Angst hatte, wegen einiger Hunderttausend der Geldwäsche bezichtigt zu werden! Vielleicht würde es so weit kommen. Der Brief der Bank in seiner Hand hatte in seinem üblichen Legalisch fast etwas Bedrohliches.

Zum Teufel mit euch, hatte er gedacht. Das ist unser Haus.

»Wir sehen das nicht so«, entgegnete Elizabeth Tlali. Elizabeth Tlali, die ein schwarzes Nadelstreifenkostüm trug. Keine Ringe, keinen Schmuck. Ihre Armbanduhr war teuer, wie Mace bemerkte – der Schriftzug Raymond Weil diskret auf dem Zifferblatt.

»Dieses Haus ist für unsere Tochter«, sagte Oumou. »Sie kann nicht laufen. Alles wurde so gebaut, dass sie mit ihrem Rollstuhl überallhin kann.«

»Ich weiß«, erwiderte Elizabeth Tlali. »Ich kenne Ihre Situation.«

»Dann«, meinte Mace, »wissen Sie auch, dass uns Ihre Bank den Kredit gerne gegeben hat, sogar einen höheren, als wir wollten, damit wir dieses Haus bauen können.«

Elizabeth Tlali nickte. »Das weiß ich. Wir bemühen uns stets, unseren Kunden so behilflich wie möglich zu sein, Mr. Bishop.«

»Dann geben Sie uns noch etwas Zeit. Verlängern Sie den Pfandbrief – auf dreißig oder fünfunddreißig Jahre. Mein Gott, Ihr Geld ist doch sicher! Das Haus dient als Sicherheit. Geben Sie uns die Chance, den Kredit zurückzuzahlen.«

»Wir wohnen dort seit fast zwei Jahren«, sagte Oumou. »Und wir haben unsere Raten außer in den letzten drei Monaten immer bezahlt.«

Elizabeth Tlali meinte, ja, das sei hier so vermerkt. Deshalb habe man ihnen auch die drei Monate Zeit gegeben. Sie redete weiter über die Bank und ihre Verantwortung ihren Kunden gegenüber. Mace dachte: Blablabla. Sie konnten es also ohne ihre Einwilligung verkaufen, es zur Auktion freigeben und brauchten sich nicht mal die Mühe zu machen, das ganze Geld zurückzubekommen. Und ihn dann weiterhin für die Summe belangen, die noch fehlte. Auch wenn er auf dem Markt vermutlich einige Hunderttausend mehr erhalten würde. Wenn man Dave Cruikshank glaubte. Was Mace tat. Dave hatte ihm deutlich erklärt: »Warte ab, mein Sohn, der Markt fängt gerade erst an zu boomen. Wir reden hier von zwanzig Prozent plus Steuern in den kommenden Jahren. Kapstadt kommt. Auch international wird es immer interessanter.«

»Im Grunde sagen Sie«, meinte Mace zu Elizabeth Tlali, »dass es Ihnen völlig egal ist, ob Sie uns auf die Straße setzen oder nicht. Noch schlimmer: Ihnen ist es auch egal, ob Sie uns finanziell total ruinieren und ohne Rücklagen zurücklassen. Unsere Tochter ist gelähmt. Sie haben meine Frau gehört: Wir haben dieses Haus extra so gebaut, dass wir ihr Leben einfacher gestalten können. Aber gut, auch das ist Ihnen egal. Aus Ihrer Sicht geht es nur um das Geld, das Sie zurückwollen. Moral oder etwas Ähnliches ist Ihnen anscheinend fremd, Mrs. Tlali.«

»Ms.«, sagte sie.

Mace starrte sie an und fragte sich, wer diese Bankangestellten so ausbildete, dass sie in der Lage waren, ihre Kunden derart zu verunsichern und zu irritieren.

Oumou meinte: »Wir möchten Sie um weitere drei Monate bitten. Bitte. Wenn wir noch drei Monate bekommen, können wir die Rückzahlungen auf jeden Fall leisten.«

Elizabeth Tlali blätterte in den Papieren auf ihrem Schreibtisch. »Ich habe hier Ihre Kontoauszüge, Mrs. Bishop. Die zeigen mir eindeutig, dass Sie und Mr. Bishop sich Ihr Haus nicht leisten können.«

»In zwei Monaten habe ich eine Ausstellung«, erklärte Oumou. »Das ganze Geld, das ich damit verdiene, wird ins Haus gesteckt.«

Elizabeth Tlali lächelte. »Ich wünsche Ihnen allen erdenklichen Erfolg, Mrs. Bishop. Aber darauf können wir uns nicht verlassen.«

»Ihnen liegt außerdem mein neu konzipierter Businessplan vor«, sagte Mace. »Da können Sie das große Potential erkennen, das in meinem Geschäft steckt. Das sind keine Fantasiezahlen. Alles wurde ausgesprochen konservativ berechnet. Von professionellen Bilanzbuchhaltern.«

»Natürlich. Aber es ist nur ein Plan. Was Sie da vorschlagen, muss nicht so funktionieren, wie Sie sich das denken.«

»Das alles war gut genug für Sie, als Sie uns das Geld geliehen haben. Dabei war der damalige Plan nicht so gut wie dieser neue, aber das war Ihnen egal. Damals meinten Sie: Hier ist das Geld, Mr. Bishop. Wir stehen voll und ganz hinter Ihnen.«

Elizabeth Tlali holte einen Block aus einer ihrer Schubladen. Das Logo der Bank oben als Kopf. Sie schrieb das aktuelle Datum darauf. Sah Oumou und Mace an, sagte: »Also schön. Ich bin bereit, Folgendes zu machen. Die Bank hat ihre Regeln, und da Sie nicht bezahlt haben, wurden diese Regeln gebrochen. Das verstehen Sie doch – nicht wahr?«

Mace dachte: na großartig. Jetzt kommt das Mir-sind-die-Hände-gebunden-tut-mir-leid-dass-ich-Ihnen-nicht-weiterhelfen-kann-Gerede.

»Aber es liegt in meinem Ermessen, eine erste Zuwiderhandlung noch einmal durchgehen zu lassen.«

Mace gefiel das Wort »Zuwiderhandlung« zwar nicht, aber er schwieg, da Elizabeth Tlali offenbar endlich die richtige Richtung eingeschlagen hatte.

»Mein Vorschlag wäre also folgender«, fuhr sie fort. »Sie zahlen eine der ausgefallenen Raten innerhalb der … na, sagen wir innerhalb der nächsten zehn Tage. Um Ihren guten Willen zu dokumentieren. Damit ich da oben etwas vorzuweisen habe. Dann kann ich Ihnen noch einmal drei Monate Zeit geben. Bis dahin müssen Sie alle Raten bezahlt haben, sonst wird man mich dazu zwingen, Ihr Haus zu verkaufen.« Sie schrieb etwas auf den Block. »Entscheidung bis Ende Januar 2002 vertagt«, konnte Mace lesen.

»Einverstanden«, erwiderte er und stand auf.

Elizabeth Tlali schloss die Akte und legte sie in einen Gitterkorb, in dem bereits andere Mappen lagen. Sie erhob sich ebenfalls und streckte Oumou die Hand entgegen. »Ich wünsche Ihnen alles Gute für Ihre Ausstellung. Was machen Sie genau? Malerei?«

»Töpfern«, erwiderte Oumou.

Die Frau ließ ihre Hand nicht los. »Kennen Sie Clementina van der Walts Arbeiten?«

Oumou nickte.

»Machen Sie etwas Ähnliches? Auch so farbenfroh?«

»Nein«, sagte Oumou. »Anders und ohne solche bunten Farben. Ich verwende eher Wüstenfarben, und meine Formen sind schlanker.«

»Faszinierend«, meinte Elizabeth Tlali. »Sie müssen mir eine Einladung schicken.«

Zu Mace sagte sie, als sie auch seine Hand schüttelte: »Wir möchten unseren Kunden behilflich sein, Mr. Bishop. Sie in allem unterstützen, was sie planen.«

»Ich werde daran denken«, sagte er.

Draußen in der Adderley Street führte Mace Oumou einen Block hinunter zu den Blumenhändlern, deren Verkaufsstände kühl und feucht im Schatten der großen Gebäude standen. »Wir brauchen Blumen«, erklärte er. »Um zu feiern.«

Oumou gab sich überrascht. »Mace Bishop kauft Blumen?«

»Komm schon«, sagte er und legte einen Arm um ihre Schultern. »Wir haben einen Aufschub bekommen. Jetzt ist wieder alles möglich. Die Bank könnte unsere Akte verlieren. Wir könnten im Lotto gewinnen.«

»Vielleicht sollten wir lieber versuchen, etwas Geld zu sparen.«

»Und wie? Indem wir auf norwegischen Lachs verzichten? Auf Schokolade? Nicht mit mir.« Mace überschwänglich vor Erleichterung.

Die Blumenhändlerinnen sahen sie kommen und riefen ihnen ihre Preise und Angebote entgegen, hielten Mace Rosen unter die Nase. Er schüttelte den Kopf. »Keine Rosen. Andere Blumen, aber keine Rosen.« Die Frauen lachten. »*Ag*, Mister Gentleman, Rosen für die Liebe. Sie haben eine schöne Frau, Sie müssen auf die Dichter hören.« Zwei der Frauen beharrten auf den Rosen und streckten ihnen Sträuße in Zeitungspapier hin. »Da drüben«, rief Oumou und zeigte auf Eimer voller Nelken. Die Frauen eilten zu ihren Blumen. »*Oui*, das ist es, was wir wollen.« Sie wählte zwei Sträuße Nelken und einen aus bunten Maßliebchen. Mace zahlte. Die Frau lächelte ihn an, während sie in einer Börse nach Wechselgeld kramte. Das Zahnfleisch ihrer Vorderzähne war leuchtend pink. »Blüten zum Behüten«, sagte sie.

Mace lachte. Nahm Oumous Arm, als sie eine Gasse hinunter zur Parliament Street gingen. Jeder von ihnen hatte Blumen in der Hand. Mace fragte: »Hast du ihre Uhr gesehen? Die von der Frau in der Bank?«

»Sie war teuer«, sagte Oumou.

»Raymond Weil. Ich habe Klienten, die so was tragen.«

Sie liefen am Postamt vorbei und betraten die Parade. Mace war froh, aus dem Schatten in die Sonne zu kommen. Selbst im November war es ihm im Schatten zu kalt.

Sie blieben neben ihrem Auto stehen. Mace machte hinten auf, und beide legten die Blumen auf die Rückbank, als würde es sich um schlafende Kinder handeln. Ehe er die Tür wieder zuschlug, meinte er: »Wir könnten wahrscheinlich mehr Geld auftreiben. Wenn wir wollten.«

Oumou sagte: »Das ist nicht das Problem, Mace. Das Problem ist die erste Zahlung.«

3

»Fantastisch! Ich komm jeden Morgen hier rein, schau aus dem Fenster und denke: fantastisch! In all den Jahren sind mir die Twin Towers nie aufgefallen, aber jetzt, wo sie plötzlich weg sind, schaue ich raus und weiß, dass sie nicht mehr da sind.«

Francisco wandte sich um und blickte ins Zimmer.

»Was meinst du, Paulo?«

Paulo schlürfte an seinem Kaffee. »Ich find es merkwürdig.«

»Merkwürdig? Das ist nicht merkwürdig, das ist schrecklich. Was ich sagen will: Wem sind die Towers überhaupt aufgefallen, bevor sie weg waren?«

»Ja, schon verstanden.«

»Als würde man sie nur sehen, nachdem sie nicht mehr da sind.«

»Wie gesagt: merkwürdig.«

»Zwei riesige Gebäude! Und man sieht sie nicht. Die Terroristen zerstören sie, und man denkt: Mann, das sieht so traurig aus. Aber wenn man mich fragt, ob ich die Towers je bemerkt habe, kann ich nur sagen: nein, nie.«

Francisco zog an seinen Hemdmanschetten, so dass sie etwa zwei Zentimeter aus den Jackenärmeln hervorschauten. Wie er das am liebsten mochte. Oben offenes Hemd, Goldkette mit Kruzifix, das gerade noch sichtbar in seinen Brusthaaren ruhte. Lässig. Entspannt. Er warf einen Blick auf den Kerl, der seinen Kaffee trank. Sein Schwager. Ein echter Arsch. Warum sich Isabella nicht von ihm scheiden ließ, um ihn aus ihrer beider Leben verschwinden zu lassen, war ihm unbegreiflich. Also nein: warf ihn aus dem gemeinsamen Haus, hielt aber weiter an ihm fest. Vermutlich steckte mehr als nur ihre übliche Gehässigkeit dahinter. Francisco zuckte mit den Achseln und betrachtete seine Fingernägel. Die Haut war zurückgeschoben, so dass man die Halbmonde sah. Die Sache bei Salazars Zeigefinger war die gewesen, dass man ebenfalls den Halbmond erkennen konnte. Das war Francisco sofort aufgefallen, als er die wiederverschließbare Tüte betrachtet hatte. Ehe er den Finger in die Flasche zu den anderen gab. Kam nicht oft vor, dass man bei Männern im mittleren Alter den Halbmond sehen konnte. Ein Zeichen besonderer Pflege, fand Francisco.

»Paulo«, sagte Francisco, um diesen dazu zu bringen, neben ihn ans Fenster zu treten. Er kräuselte die Nase, als er den Geruch des Aftershaves wahrnahm. »Siehst du das?« Er zeigte auf Ground Zero. »Das ist wie beim Zahnarzt. Man bekommt zwei Zähne nebeneinander ausgeschlagen und hat dann eine riesige Lücke. Diese Zähne hatte man nie als einzelne betrachtet. Immer nur als Teil aller Zähne. Wenn man sie vor dem Spiegel putzt, sieht man sie im Grunde gar nicht.«

»Meinst du?«

»Ja. Erst wenn sie weg sind, wird einem klar, dass sie da gewesen sind.«

»Verstehe.«

»Was ich damit sagen will: Manchmal achten wir nicht auf die Dinge, bis es sie nicht mehr gibt.«

Francisco ging um seinen Schreibtisch, setzte sich und lehnte sich zurück. Paulo stand wie ein Schuljunge da, der von seinem Lehrer angestarrt wird.

»Wir müssen nur etwas über Zähne wissen, dann können wir es wieder richten.« Francisco zeigte auf einen Stuhl. »Setz dich.«

Paulo nahm ihm gegenüber Platz.

»Also?«, meinte Francisco und hielt dann inne. Sagte kein Wort mehr. Die Stille zog sich hin.

Paulo schluckte trocken. »Ich brauch etwa fünfzig Riesen.«

Francisco verschränkte die Hände hinter dem Kopf. »Hast du schon Isabella gefragt?«

»Ob das eine gute Idee wär?«

»Keine Ahnung. Wenn du kein Geld mehr hast, ist sie dein Mann. Auch deine Frau.«

Francisco lachte. Paulo zwang sich zu einem schwachen Grinsen, das sich nur mühsam über seinem Gesicht ausbreitete.

»Wofür brauchst du es?«

»Verpflichtungen.«

»Spielschulden? Oder das weiße Teufelszeug?«

Paulo nickte. Wollte nicht mal in die Nähe dieser Begriffe gebracht werden.

»Was denn nun?«

Er schnitt eine Grimasse, was Francisco als »beides« verstand.

»Was hatte ich dir gesagt, Paulo?« Francisco löste seine Finger und legte seine Hände auf den Tisch. Olivfarbene Hände. Hände wie Isabellas. Die Nägel gepflegt. »Ich hatte dir gesagt, du musst dich um diese Sachen kümmern. Wenn du eine Firma leiten und Teil der Familie sein willst, wendest du dich an die Familie. Wenn du investieren musst, wendest du dich an die Familie. An Isabella. An mich. An wen auch immer. Bei wem du dich am wohlsten fühlst. Du nennst die Summe, und wenn wir können, helfen wir dir. Wo wir es nicht können, ist bei Spielschulden. Das ist kein Geschäft. Das läuft nur über dein Konto. Genauso mit Kokain. Das ist reine Unterhaltung. Auch nur für dein Konto bestimmt.«

Paulo sackte in sich zusammen und richtete den Blick auf den Teppichboden: grau mit einem Muster aus hellgrauen kleinen Quadraten. Dazwischen Orange, um das Ganze aufzumuntern. Standardbüroausstattung. Das Telefon surrte. Francisco hob ab, meinte: »Paulo, ich muss weiterarbeiten. Ruf dich an.« Er beugte sich vor, um ihm die Hand zu schütteln, während er in den Hörer sagte: »Ja, sie können reinkommen.«

Als Paulo aufstand, betraten Isabella und Ludovico das Büro. Isabella trug eines dieser Folklore-Zigeuner-Outfits mit Quasten und Glöckchen. Ein Hauch von Chanel No. 5.

»Na, sieh mal an.« Isabella fröhlich und gut gelaunt. »Ein Familientreffen. Warum hast du mir nichts gesagt, mein Herzblatt? Wir hätten uns 'n Taxi teilen können.«

»Hast du ihm etwa nachgegeben?«, wollte Isabella wissen, sobald die Tür hinter Paulo ins Schloss gefallen war.

»Würde ich so was machen?«, gab Francisco zurück.

»Ich hab ihm gesagt ...«

»Klar hast du das. Dann lass dich endlich von ihm scheiden.«

Isabella lachte. »Gegen meinen Glauben.« Sie ließ sich auf dem Stuhl nieder, den ihr Mann vorgewärmt hatte. Ihr von ihr getrennt lebender Mann. »Ich will das so, bis ich so weit bin.«

»Er und diese Schlampe? Wie heißt sie noch mal? Victoria?«

»Vittoria.«

»Ja, die.«

»Ist mir gar nicht unrecht so.«

»Na ja, jedem das Seine.« Francisco seufzte. »Du siehst jedenfalls hinreißend aus.«

»Das Ihre«, sagte sie und neigte den Kopf zur Seite. Die Bewegung ließ das Haar noch mehr schimmern. Strahlende Augen. »Jeder das Ihre.«

Erinnerten Francisco an einen Tiger, diese Augen. Er lächelte Ludo an, der rechts neben Isabella saß. Beschloss damit zu beginnen, wie traurig es sei, dass Señor Ramon Moraga Salazar tot war. Er kippte mit seinem Stuhl so weit zurück, bis die Leute, die auf dem Bild hinter seinem Kopf einen Pfad entlangtänzelten, fast auf seine Haare zu treten schienen.

»Señor Ramon Moraga Salazar ist tot.«

Ludo schnipste einen Fussel von seiner Hose.

»Wer war das?«, fragte Isabella.

»Ein Geschäftspartner in Santiago«, erwiderte Francisco. »Der sich faul entwickelte. Dem Ludo daraufhin eine übergebraten hat. Und was passiert? Wir bekommen eine Mail, dass die Waren doch schon verschickt worden seien.«

Ludo zuckte mit den Achseln. »Hätte er eben früher machen sollen.«

»Zweifellos.«

Francisco stützte die Ellbogen auf den Schreibtisch, formte mit seinen Unterarmen eine Brücke und stützte sein Kinn auf die Hände. »Folgendes ist passiert, Isabella«, sagte er. »Wir bezahlten Señor Salazar für eine große Schiffsladung, via Kolumbien. Bezahlung vor Lieferung. Wir kannten ihn, sollte also kein Problem sein. Nur diesmal gibt es bereits Unstimmigkeiten während der Anfangsphase. Als er nicht liefert, sind wir noch verständnisvoll. Wir lassen ihm Zeit, das in Ordnung zu bringen. Viel Zeit. Trotzdem kommt er mit Ausreden daher. Wir sagen zu ihm: Hören Sie, Señor Salazar, so machen wir normalerweise keine Geschäfte. Es tut ihm leid. So mache auch er normalerweise keine Geschäfte. Meint, seine Leute würden ihm Probleme bereiten. Das habe aber nichts mit uns zu tun. Wir sagen, er soll mit seinen Leuten reden und das klären. Er verschwindet und taucht nicht mehr auf. Wir rufen an. Wir mailen. Wir faxen. Wir benutzen sogar die Post. Er redet nicht mit uns. Also schicken wir Ludovico.«

Isabella wandte sich an Ludo. »Bist du in Santiago im Ballett gewesen?«

»Klar. In *Schwanensee*. Willst du das Programm sehen?«

»Ich dachte, du magst *Schwanensee* nicht.«

»Hab ich auch nicht. Vielleicht mag ich es immer noch nicht. Aber die Aufführung war gut.«

Sie schüttelte den Kopf und drehte sich wieder zu ihrem Bruder. »Und die Ladung ist wo?«

»Auf einem Schiff nach Afrika.«

»Gut.« Isabella befeuchtete ihre Lippen. Lippen in der Farbe geeisten Mokkas. »Wo genau in Afrika?«

»Ist doch egal, wo in Afrika, Bella.« Francisco zog die Augenbrauen hoch. »Überall herrscht Katastrophe. Das sind keine Kriegsgüter. Das sind Gute-Zeiten-Güter. Aber Afrika ist kein Kontinent, wo die Leute eine gute Zeit haben.«

»Wohin geht die Ladung also? Nach Lagos?«

»Lagos? Du meine Güte, nein. Wenn sie nach Lagos ginge, würden wir nicht mal darüber reden.«

»Also wohin?«

»Nach Kapstadt. Nach ganz unten.«

»Glaubst du, dass du dort keine Geschäfte machen kannst?«

»Keine Ahnung. Ich habe im *Rough Guide* nachgeschaut, und die behaupten, es wär eine Schwulenstadt. Um Weihnachten gibt es da eine Gay-Parade.«

»Wusste gar nicht, dass du Probleme mit Schwulen hast.«

Francisco schlenkerte sein Handgelenk. »Hab ich auch nicht, Bella. Nur sind das afrikanische Homosexuelle. Und es ist der Afrika-Teil, mit dem ich Probleme habe. Außerdem …« Er zog eine Schublade auf und holte ein *Wall Street Journal* heraus, die Seite mit den Wechselkursen war aufgeschlagen. »Hier heißt es, dass der Kurs bei fast zehn Rand steht. Schlimmer noch: Vor nicht mal zwei Tagen waren es nur sieben Rand zu einem Dollar. Die Börsenheinis meinen, nächste Woche könnten es schon elf sein. Was selbst einem Debilen zeigt, dass man nicht in Rand investieren sollte. Selbst wenn wir die Schiffsladung an die afrikanischen Schwulen verkaufen, werden sie uns im Grunde nur Peanuts geben.«

»Hm«, meinte Isabella.

»Großes Hm«, sagte Francisco.

Isabella klopfte mit den Fingern auf den Tisch. Dunkler malvenfarbener Nagellack. Die Männer lauschten dem Klacken, gewöhnlich der Auftakt zu einer Lösung.

»Okay«, sagte Isabella. »Erstes Problem: Von wie viel reden wir?«

»Um die zehn Kilo«, erwiderte Francisco.

Isabella lächelte. »Paulo. Paulo ist gut für so was. Wir schicken ihn. Zweites Problem: Wir müssen die Waren vor Ort ausliefern. Also schick auch Ludo, damit alles glattläuft. Drittes Problem: Wo soll verkauft werden? Vielleicht in den dortigen Clubs. Wie wäre es, wenn Paulo das übernimmt? Und an den Stränden. Jetzt ist bei denen doch Sommer, oder? Wir reden hier von einem internationalen Urlaubsland. Die Welt ist jetzt dort, um zu feiern. Afrotrash. Eurotrash. Britischer Pöbel, der nur Sonne, Sand und Speed will. Paulo ist für so was genau der Richtige.«

Francisco hielt eine Hand hoch. »Vertraust du Paulo in der Sache?«

»Warum nicht?« Wieder huschte ein Lächeln über ihre Lippen. »Er gehört zur Familie. Außerdem ist er gut darin, jemandem Honig ums Maul zu schmieren.«

»Einverstanden.« Francisco zog an seinem Ohrläppchen. »Viertes Problem: Wie verwandelt man diesen Rand – oder wie auch immer er heißt – in harte Währung?«

Isabella zwinkerte ihm zu. Sie kannte jemanden in Kapstadt mit den Gefühlsregungen eines Haifischs. Hatte ihn früher mal recht gut gekannt. Sagte: »Gib mir eine Minute.« Sie stellte einen Laptop auf Franciscos Tisch. Googelte den Namen Mace Bishop, fand die Complete-Security-Website samt E-Mail-Adresse in einer Liste von anglikanischen Missionsstationen. Schickte ihm eine Mail mit der Betreffzeile ›Alte Zeiten und neue Knete‹. An die Nachricht hängte sie ein Foto.

4

Paulo hatte kaum Global Enterprise verlassen, als sein Handy klingelte. Vittoria. Aus Mailand.

Der Grund für ihren Aufenthalt in Mailand: Im Frühjahr hatte er sie gefragt: »Ria, Zuckerstange, wie ist deine Fruchtbarkeit?«

»Willst du Babys?«

Er drückte ihre Hand. »Ich hab einen viel besseren Vorschlag.«

Sie ließ ihre Fruchtbarkeit testen. Die Ergebnisse waren positiv. Er wollte eine Kopie des Testresultats.

»Wozu?«, fragte sie.

»Um das Gespräch ins Rollen zu bringen«, erwiderte er.

»Du willst mit dem Körper deiner Geliebten schachern?« Halb scherzend, halb entsetzt. »Du machst Witze, oder?«

»Sind zweihundert Riesen ein guter Witz?«

»Klingt so.«

»Neun, zehn Monate höchstens. Eigentlich keine Arbeit.« Paulo triumphal. Er sah sie so an, als würde er sich seines Sieges bereits sicher sein.

Vittoria nannte das Kind beim Namen. »Also, um dich richtig zu verstehen: Du willst, dass ich das Kind eines anderen Mannes austrage?«

»Kurz und knapp – ja. Für 200 000 Dollar.«

»Findest du nicht, dass wir zuerst darüber hätten reden sollen?«

»Über die Summe?«

»Du weißt, was ich meine.«

»Wir haben geredet.«

»Über Fruchtbarkeit ganz allgemein zu reden, ist nicht das Gleiche.«

Paulo stand von der Couch auf und ging zum Fenster hinüber. Ihre Wohnung lag im zweiten Stock eines Brooklyner Gebäudes aus braunen Ziegeln. Die Straße unten war um diese Zeit leer. Es war bereits nach Mitternacht.

»Vittoria, wann wurde dir jemals eine solche Summe geboten? Wenn ich die Rechnungen nicht übernehmen würde, könntest du hier gar nicht leben!« Eine ausladende Geste durch das Zimmer – ein teures Zimmer, jene Sorte Zimmer, die für sie alleine unerschwinglich wäre. »Ich will damit sagen: Das ist kein schlechter Preis.«

»Und dein Anteil?«

Er gab sich verletzt. »Wir sind ein Paar. Ich nehme keinen Anteil …« Drehte sich zu ihr um. Sie saß auf dem anderen Sofa. Er beugte sich zu ihr herab, legte die Hände auf ihre Schultern, sein Gesicht ganz nahe an dem ihren. »Was meinst du?«

Sie stieß ihn von sich. Er richtete sich auf und starrte sie an.

»Ich höre. Nenn mir die Bedingungen. Auch das Kleingedruckte.«

Paulo setzte sich neben sie auf die Couch. Legte einen Arm auf die Rückenlehne, wobei er Vittoria fast berührte.

»Im Grunde«, sagte er, »geht es um eine Wohnung in Mailand. Für die neun Monate. Im Monte-Napoleone-Viertel. Echt schick. Kann man nicht meckern. Nur die beste Ausstattung. Dazu gibt's einen Alfa. Angestellte. Zwei Flüge nach Hause. Businessklasse.«

»Und dafür muss ich was?«

»Sein Kind austragen.«

»Es geht darum, wie, Paulo.«

»Durch künstliche Befruchtung.«

»Darf er mich auch ficken?«

Paulo richtete den Blick auf den Teppich.

»Der Typ ist schwul, Ria. Der will dich garantiert nicht ficken.«

»Vielleicht doch.«

»Für den unwahrscheinlichen Fall beschränkt der Vertrag so etwas auf die Tage deines Eisprungs. Jedes Mal maximal drei Tage.«

»Jedes Mal!«

»Klar.«

»Maximal!«

»Du weißt, was ich meine.«

Vittoria fasste nach der Weinflasche, die auf einem Beistelltischchen hinter der Couch stand. Sie füllte ihr Glas wieder auf.

»Er darf mich also drei Tage im Monat ficken?«

»Er ist schwul.«

»Wie oft?«

»Was meinst du mit ›wie oft‹?«

»Wie oft am Tag?«

»Gütiger Himmel. Einmal.«

»Steht das im Vertrag?«

»Klar.«

»Ich bin keine Hure.«

Die beiden starrten sich an.

»Also – wer ist er?«

»Camillo Medardo.«

»Medardo! Der Mode-Medardo! Der muss doch schon siebzig sein!«

»Fünfundsechzig. Sieht wie sechzig aus.«

»Na toll!«

»Hör zu, Ria. Ich hab das alles für dich unter Dach und Fach gebracht. Der Mann hatte zwei Herzinfarkte. Falls er abkratzt, ehe der Vertrag ausläuft, bekommst du die volle Bezahlung.«

»Und das Kind?«

»Das Kind wird von seinem Lebenspartner großgezogen. Einem Typ namens Dieter.«

Vittoria dachte an andere Dinge, wie zum Beispiel Camillo Medardos Spermienqualität.

»Was passiert, wenn ich nicht schwanger werde?«

Paulo zuckte mit den Achseln. »Immer im Bereich des Möglichen. Er bekommt sechs Eisprünge. Wenn es nicht klappt, ist der Vertrag hinfällig, und du gehst mit 60 000 Dollar nach Hause.«

»60 000? Ist das alles?«

»Das Höchste, was ich rausschlagen konnte. Ist doch ziemlich wahrscheinlich, dass du gleich beim ersten Mal erfolgreich bist.«

»Bah!« Vittoria konzentrierte sich auf ihren Wein. »60 000 Dollar. Ich glaub's nicht.«

»Noch was. Du musst ihn heiraten, wenn er dir wirklich einen Braten ins Rohr schiebt. Das schreibt das italienische Gesetz so vor. Auch damit das mit der Lebensversicherung funktioniert.«

»Und danach?«

»Die Scheidung läuft an, sobald der Vertrag zwischen euch zu einem Ende gekommen ist. Keine Kosten für dich.«

Das war im Sommer gewesen. Seitdem hatte sich die Sache weiterentwickelt. Deutlich weiter. Deshalb rief Vittoria ihn auch an.

»Hi, Ria, Baby«, sagte Paulo und drückte auf den Liftknopf, um nach unten zu fahren.

»Ich will, dass du dieses Arschloch umbringst«, erklärte sie ohne Umschweife. »Diese Arschlöcher.«

»He, redet man so mit seinem Liebsten?«

»Dein Vertrag ist durch und durch scheiße«, erwiderte sie. »Die wollten einfach eine Nutte.«

Beim ersten Mal hatten Camillo und Dieter sie selbst in die Klinik gefahren. In ihrem Saab. Champagner, Pralinen und Blumen ließen sie drei Tage lang dort in der Privatabteilung verweilen – drei Tage, in denen alle auf das Wunder der Befruchtung hofften. Während dieser Zeit musste Vittoria allerdings meist auf dem Rücken liegen, damit das Zeug nicht aus ihr heraustropfte. Damals fand sie noch, dass Paulos Idee tatsächlich nicht übel gewesen war, und die beiden Schwulen, die ein solches Theater um sie machten, erschienen ihr eigentlich recht sympathisch.

Dann setzte ihre nächste Periode ein, und alle waren enttäuscht. Dieter schmollte einige Stunden lang. Camillo biss sich auf die Lippe. Versuchte sogar, sie zu trösten. Hallo! Obwohl es seine beschissen schlechte Spermienanzahl gewesen war! Camillo meinte: »Vielleicht müssen wir dich das nächste Mal noch mehr verwöhnen, Süße. Der Arzt soll diesmal zu dir nach Hause kommen.«

Er organisiert das Ganze beim nächsten Mal. Sie teilt ihm mit, dass ihre Tage aufgehört haben, und eine Woche später ist ihre Wohnung von Blumen überflutet. Sie bleibt im Bett. Camillo erzählt ihr von den Mitgliedern der verschiedenen Königshäuser, die er schon eingekleidet hat. Dieter schaut mit Tee vorbei. Ständig fragen sie nach ihrer Temperatur. Beide sind anwesend, als der Arzt kommt, auf jeder Seite einer, halten ihre Hand und schauen zu, was der Arzt macht. Sie fühlt sich nicht wohl. Vor allem als es am nächsten Tag und am übernächsten wieder so läuft. Aber sie sind lieb. Kümmern und sorgen sich um sie wie Kindermädchen.

Trotzdem bekommt sie ihre Periode. Dieter hat diesmal einen längeren Schmollanfall. Sie hört, wie er mit Camillo auf Deutsch spricht, und versteht genug, um zu wissen, dass er den Fruchtbarkeitstest anzweifelt. Meint, man hätte Camillo übers Ohr gehauen. Camillo ist weniger schnell in seinem Urteil. Er spricht mit ihr nicht darüber. Redet stattdessen von seiner Enttäuschung, als ob es ihre Schuld wäre. Als ob sie aktiv versuchen würde, diese verdammte Schwangerschaft zu verhindern.

Beim nächsten Mal, sagt er, würden sie die moderne Wissenschaft mal vergessen. Sie würden es wie Daddy und Mommy tun. Er hält sich an die Vertragsregelung: einmal am Tag, drei Tage hintereinander. Es ist widerlich.

Auch einen Monat später hat sich nichts getan. Außer dass sie Vittoria über Weihnachten mit nach Kapstadt nehmen wollen. Weil sie auf irgendeine Schwulenparty eingeladen sind.

Zu Paulo im fernen New York sagte sie: »Ich werde nicht als Sexspielzeug in dieses Kapstadt fliegen. Ich muss auch mal Zeit für mich haben, Paulo. Ich will dich sehen.«

»Was ist denn los?«, fragte er sie in seinem Du-benimmst-dich-wie-eine-Primadonna-Tonfall. »Wo liegt denn dieses Kapstadt?«

»Im Scheißafrika. Wenn es einen Ort gibt, der noch langweiliger als Mailand ist, dann Afrika.«

»Beruhige dich, Zuckerstange. Beruhige dich erst mal.«

»Weißt du, was hier passiert? Dein Schwuler, der keine Frauen anfasst, hat auf einmal festgestellt, dass es vielleicht doch nicht so schlecht ist, wie er immer dachte.« Ein Zischen und Fauchen war zu hören, das auch an der schlechten transatlantischen Verbindung liegen konnte. »Besteigt mich dreimal täglich!«

»He, Wahnsinn, dieser alter Kerl!«

Vittoria fragte sich, ob sie das Ganze vielleicht anders angehen musste, um mit ihrem Lover vernünftig weiterreden zu können.

»Du hörst nicht zu«, meinte sie. »Wir reden hier von Bisexualität. Vom anderen Ufer und dann wieder zurück. Die wollen mich als Sexspielzeug mit in den Urlaub nehmen.«

»So was passiert«, erwiderte Paulo mit ernster Stimme. »Wie soll ich sagen? So ist der Deal.«

»Der Deal war nicht Ria-die-Nutte. Ich bring ihn um. Ihn und seinen Freund. Das sind Perverse.«

Schweigen. Ein langes Schweigen. Vittoria zog es in die

Länge. Und je länger sie schwieg, desto klarer machte sie Paulo, dass sie es ernst meinte. Sie ließ etwas Kokain auf den Frisiertisch rieseln.

»Halt durch, Zuckerstange«, sagte er. »Es wird schon werden.«

»Ich will dich sehen«, erwiderte sie. »Ich sterbe hier. Ich langweile mich zu Tode, Paulo. Zu Tode.«

Wieder Schweigen, das sie diesmal jedoch von sich aus brach. »Es ist echt schwer. Ich halte das nicht durch. Wenn du nicht herkommst und wir uns sehen, dann garantiere ich für nichts.«

Paulo sagte: »Denk an den Zaster.«

»Der Zaster reicht nicht, Paulo.«

»Okay, okay, Baby. Es ist beinahe geschafft.«

»Toll. Weißt du was?«

»Was?«

»Es wird einfach kein Kind geben. Wenn Medardo Griesbrei in seinen Eiern hätte, würde es besser funktionieren. Ich bringe die um. Widerliche Tunten.«

»Beruhige dich.«

»Und diese Isabella. Ich hol dich aus ihren Klauen, so wie die mit dir spielt. Das sind Machtkämpfe, sonst nichts. Die bringe ich auch um.« Der Gedanke an all die Toten erschien ihr ausgesprochen angenehm.

5

Mace saß an einem warmen Novembernachmittag in seinem Büro und starrte auf das Foto, das seinen ganzen Bildschirm ausfüllte. Dachte: und jetzt? Gleichzeitig musste er über das Bild lächeln.

Das Foto zeigte ihn und Isabella in langen, zugeknöpften

Mänteln, aneinandergeklammert mitten in einem Schneetreiben. Hinter ihnen ein Kanal, auf dem Kanal ein Patrouillenboot, auf dem Boot ein Uniformierter, der sie mit einem Fernglas beobachtete. Die einzigen grauen Farben auf dem Bild, die nicht grau schienen, waren das Schwarz ihrer Mäntel und Isabellas rote Stiefel, leuchtend im Schnee. Beide lachten in die Kamera.

West-Berlin im Januar 1989, erinnerte sich Mace. Nachdem er von einem Treffen mit einigen Kameraden zurückgekehrt war, die ungefähr zehntausend Kilometer entfernt auf der anderen Seite des Limpopo innerhalb von fünf Tagen AKs und Munition brauchten. AKs und Munition, die Mace noch nicht aufgetrieben hatte. Kein Problem, hatte er den Kameraden erklärt. War durch Checkpoint Charlie in die westliche Welt zurückgekommen und hatte Isabella im Café Adler gefragt, nachdem er fünf Anrufe von deren Münzsprecher getätigt hatte: »Wie soll ich das machen? Pylon ist im Kongo, und keiner hat was auf Vorrat. Ich stecke mit einem Fuß schon tief in der Scheiße.«

»Vielleicht kann ich helfen«, hatte sie gemeint. »Mal wieder.«

Dann war es an ihr gewesen, sich ans Münztelefon zu klemmen. Allerdings bedurfte es bei ihr nur eines einzigen Anrufs. Sie kehrte zu ihrem Tisch am Fenster zurück und erklärte: »Alles geregelt.«

»Was?«

»Alles, was du willst. In Francistown. Wie du es über den Fluss bekommst, ist deine Sache.«

»Auch Munition?«

»Alles.«

»Ich frag lieber nicht nach«, meinte er.

»Würd ich an deiner Stelle auch nicht«, sagte sie. »Denk einfach an das Geld.«

Deshalb hatten sie auf dem Bild auch so ausgelassen gelacht. Nun – nicht nur deshalb, wie Mace sich erinnerte. Der andere Grund war das Kempinski oder vielmehr ihre Suite gewesen, mit der Isabella wieder ihre Vorliebe für teure Hotels ausgelebt hatte.

»Das nächste Mal geht es ins Meurice«, hatte sie verkündet.

Die Suite im Kempinski war voller alter Möbel und Antiquitäten, im Badezimmer gab es eine Doppelmarmorwanne und goldene Armaturen, eine Dusche mit verstellbarem Kopf. Man konnte sie auf Massage einstellen, so dass das Wasser wie ein Nadelregen auf einen herunterprasselte.

Sie war einige Stunden vor ihm eingetroffen. Saß auf dem Bett in einen weichen Bademantel gehüllt und lackierte sich gerade die Zehennägel grün, als er hereinkam – kalt und hundemüde nach einer Reise in vier verschiedenen Flugzeugen aus Mogadischu. Sie hatte aufgeblickt, der Mantel nur lose gebunden und halb offen. Seine Augen waren von ihrem Gesicht zu ihren zum Teil entblößten Brüsten gewandert. Isabella war aufgestanden und auf ihn zugekommen – langgliedrig, umrahmt vom Bademantel, der Gürtel um ihren weichen Bauch spielend.

Soweit sich Mace erinnerte, vergingen zwei Tage, ehe er die Kampfgefährten traf.

»Vielleicht solltest du zuerst einmal die Dusche ausprobieren«, hatte sie gesagt. »Die hat eine unglaubliche Wirkung, das musst du erlebt haben.«

Nun sah er sie wieder vor sich, als er das Foto auf seinem Bildschirm betrachtete: ihre Hände weiß auf den schwarzen Marmorfliesen der Dusche, ihre Haare nass in ihrem Nacken, Seifenschaum auf der Linie ihres Rückens, ihre Brüste fast wie flüssig in seinen Händen.

Verdammt, dachte er und wandte seine Aufmerksamkeit wieder dem Bild zu. Was soll das?

Deshalb lachten sie. Weil sie gerade ins Kempinski zurückwollten, um noch einmal so zu duschen, ehe sie am nächsten Morgen in getrennte Richtungen abfliegen würden. Das vorletzte Mal, dass sie ihre luxuriöse Affäre ausgelebt hatten. Einige Monate später war er nach Malitia gekommen und hatte die unwiderstehliche Oumou kennengelernt.

»Hi Mace«, schrieb Isabella jetzt in ihrer Mail, »habe gehört, dass Security für euch da drüben das Ding geworden ist. Aber ›Complete Security‹? Wen willst du verschaukeln? Wie auch immer – darum geht es nicht. Es geht vielmehr um etwas, worin du gut bist. Deinem Bankkonto würde das auch gefallen. Wie findest du das Foto in Erinnerung an alte Zeiten? Wann bist du das nächste Mal in New York, damit wir reden können? Seit unserem letzten Treffen ist eine Menge Wasser den Fluss und so. – Isabella.«

Gefährlich, dachte Mace. Gefährliche Isabella. *Wann bist du das nächste Mal in New York*… Er wollte in einer Woche in New York sein, um den Babysitter einer Bankerin zu spielen, die Urlaub auf dem Cape zu machen gedachte.

Als er Isabella im Meurice mitgeteilt hatte, dass es zwischen ihnen aus sei, dass er sich ganz und gar für Oumou entschieden habe, hatte sie eine Makarov an seinen Kopf gehalten und gefragt, ob es einen triftigen Grund gäbe, nicht abzudrücken. Höchst melodramatisch. Höchst Isabella. Dann hatte sie gelacht und die Pistole weggelegt, ihre Bluse und ihre Caprihose ausgezogen und gesagt: »Du bist ein Arschloch, Mace Bishop. Zwei Tage lang vögelst du mit mir, und dann rückst du damit raus?« Danach hatten sie zum letzten Mal Sex gehabt. Nichts Liebevolles dabei: nur rau, trocken, schnell. Danach meinte Isabella: »Glaub bloß nicht, dass es vorbei ist mit uns, Mace. So funktioniert das nicht.«

Während der ganzen Zeit, während der gesamten letzten zehn Jahre hatte er kein Wort mehr von ihr gehört. Wofür er dankbar gewesen war. Doch jetzt?

6

Auf der anderen Seite der Company Gardens erhielt Sheemina February nicht lange danach aus den Büroräumen von Complete Security sowohl Isabellas Mail an Mace Bishop als auch seine Antwort an sie – als Nachricht gebündelt von ihrem Kontaktmann bei dem Internet-Provider.

Sie klickte auf den Anhang und öffnete das Foto eines glücklich wirkenden Mace mit Isabella, die sich neben einem Kanal aneinanderschmiegten. Niedlich: eine alte Flamme, die plötzlich wieder aufloderte. Musste in Berlin gewesen sein, vermutete sie. Und das war die Spree, wenn man das Patrouillenboot, die Mauer und die dunklen Gebäude dahinter betrachtete. Ein schönes Paar. Könnte während der Flitterwochen gewesen sein, zu einer Zeit, als sich die Touristen noch die Glamourseite des Kalten Krieges ansehen wollten. Jene Sorte Foto, die Mace Bishop seiner hinreißenden Frau Oumou bestimmt lieber vorenthielt, wie Sheemina February vermutete.

Sie sicherte das Bild in einem Ordner namens »Membesh« – so wie das Guerillalager, wo sie gewesen war.

7

Francisco rief Paulo persönlich an. Gab Paulo das Gefühl: Wow, es muss um was Großes gehen. Schließlich war es nicht üblich, dass sich Francisco höchstselbst meldete.

»Folgendermaßen, Paulo«, verkündete Francisco. »Wir brauchen jemanden, dem wir trauen können.«

Paulo hörte sich an, was er zu sagen hatte, und dachte: Unglaublich, ein Ort, von dem ich noch nie gehört habe, taucht innerhalb weniger Tage gleich zweimal auf: Kapstadt in Afrika. Dachte: Ria, Zuckerstange, du wirst es nicht glauben. Rief sie sofort an, sobald er aufgelegt hatte.

Vittoria saß im Café Cova und fragte sich gerade, ob es in Kapstadt wohl genug weißes Pulver geben würde, als ihr Handy den Star-Wars-Klingelton von sich gab, den sie für Paulo ausgesucht hatte. Sie nahm das Telefon, das neben einem kühler werdenden Espresso lag, und hob ab.

»Baby«, sagte er zu Begrüßung, »jetzt zieh dir das rein: Ich muss geschäftlich nach Kapstadt. Genau dorthin, wo du dann auch bist.«

Das brachte Vittoria dazu, einen ihrer Finger abzulecken, ihn in ein Tütchen mit Schnee zu stecken, das offen in ihrer Tasche stand, die Köstlichkeit zu genießen und sich bereits viel besser zu fühlen, ehe die Wirkung überhaupt einsetzte. Sie trank einen großen Schluck lauen Espresso. Sagte: »Erzähl mir alles ganz genau.« Dann leerte sie den Rest des Espressos in einem zweiten Schluck, während Paulo ihr Franciscos Plan darlegte.

»Wird sie auch dort sein?«, wollte Vittoria wissen, als er ihr alles erklärt hatte.

»Isabella? Wahrscheinlich. Und sicher auch Franciscos Killer Ludo.«

»Weiß Francisco darüber Bescheid, was ich gerade so mache?«

»Nein«, erwiderte Paulo. »Das ist garantiert ein Zufall.«

»Gibt uns eine tolle Gelegenheit«, meinte Vittoria. »Ich habe nachgedacht. Noch mal lasse ich das nicht über mich ergehen. Du musst dir das Geld krallen, ehe es dazu kommt.«

Eine Pause. Vittoria wartete. Paulo musste erst einmal begreifen, was sie sagte.

»Wovon redest du?«

»Vom Geld. Wie es im Vertrag geregelt ist. Vor meinem nächsten Eisprung.«

»Ria!«

»Ich rufe dich an, wenn wir dort sind«, meinte Vittoria. »Dann gebe ich dir die Adresse. Die wollen einige Tage nach unserer Ankunft wieder versuchen, ein Baby zu machen. Wenn mein Körper planmäßig funktioniert.«

Sie legte auf und ging auf die Toilette. In der Kabine zog sie eine kurze Linie auf ihre Puderdose und schnupfte sie mit Hilfe eines zerknitterten Tausend-Lire-Scheins. Je schneller der Euro kam, desto besser. Italien brauchte dringend frische Scheine. Der Hit reichte trotzdem aus. Gab ihr gleich ein viel besseres Gefühl.

8

Pylon, der hinter dem Steuer des großen Mercedes saß und den De Waal Drive entlangfuhr, sagte: »Ich habe deshalb kein schickes Auto, weil man damit ständig Probleme am Hals hat. Wartungskosten. Reparaturen.«

»Du meinst, deshalb hast du gar kein Auto«, erwiderte Mace.

»Genau – gar kein Auto. Wenn du es auch so halten willst, könnten wir uns einen weiteren Firmenwagen anschaffen, und du verkaufst den Spider. Das würde deine nächste Kreditrate sichern.«

»Den Spider verkaufen?«

»Warum nicht? Er ist ein altes Auto, Mace. Altmodisch. Ich verstehe das nicht mit diesen Autos. Autos sind Autos, sonst nichts.«

Mace starrte in die Bowl hinunter. Nachmittagsnebel rückte die Stadt in weite Ferne. »Als ich zum ersten Mal einen Spider gesehen habe«, sagte er, »wollte ich auf der Stelle auch so einen haben. Wie alt war ich da wohl? Etwa vierzehn oder so. Ein Nachbar hatte einen blaugrünlichen mit einem weißen Dach und einem weißen Seitenstreifen. Ich bin nur dagestanden, wo die Autos geparkt waren, und habe ihn angestarrt. Dann ist der Nachbar heruntergekommen und hat gefragt, ob ich mit ihm eine Runde drehen wolle. Wie hieß er gleich?« Mace schnippte mit den Fingern. »Sampson. Randal Sampson. Chelsea-Stiefel und knallenge Hose. Bei dem gingen ständig die Mädchen ein und aus, als hätte er eine Boutique. Ein typischer Randy irgendwie. Ich meinte: klar, gerne. Wir sind also eingestiegen und nach Llandudno, Hout Bay, über Chappies bis nach Noordhoek gefahren. In Noordhoek holte er einen Joint raus, und wir haben ihn gemeinsam geraucht. Mein erster Spider und mein erster Joint. Himmlisch. Der süße Duft, das wunderbare Motorengeräusch. Reicht das?«

»Heiliger Strohsack, rette mich«, sagte Pylon und fuhr am Krankenhaus vorbei auf die innere Spur, weil der Verkehr dichter wurde. »Das ist doch totaler Blödsinn. Sentimentaler Quatsch.«

Mace schnitt eine Grimasse. »Ich fahre einen Duetto. Du hortest dein Geld. Im Grunde das Gleiche.«

»Ich investiere. Investieren ist nicht dasselbe wie Horten. Was wir auf den Caymans machen, ist Horten, falls du das vergessen hast. Aber in unserem Land, wo Milch und Honig fließen, investiere ich. Deshalb kann ich dir auch aus der Scheiße helfen, in die du geraten bist. Und wir behalten dabei sogar noch blütenweiße Westen.«

»Einen Monat«, meinte Mace. »Das ist alles.«

Der Verkehrsfluss reduzierte sich auf Stoßstange an Stoßstange.

»Ein Monat sind fünftausend Mäuse, wenn ich dich richtig verstanden habe.« Pylon warf einen Blick auf seine Armbanduhr. »Wann geht dein Flug?«

»Um sieben. Reicht noch locker. Keine Hetze.« Mace hustete. »Die andere Möglichkeit wäre, es aus der Firma zu nehmen. Mehr auf Dunkley Square leihen.«

»Das brauchen wir nicht«, sagte Pylon.

»Könnten wir aber von der Steuer absetzen.«

»Keine gute Idee. Ich halte es für das Beste, wenn ich es dir leihe. Die Frage ist nur, was danach passiert.«

»Ich hab drei Monate«, meinte Mace. »Wir zahlen diese Rate, und dann verlängert die Bank. Im Januar oder Februar kommt Extrageld von Oumous Ausstellung rein. Dann können wir die braune Soße endlich hinter uns lassen.«

Pylon fuhr rechts in eine Lücke und beschleunigte auf die Taxispur. »Gib's zu«, sagte er. »Das Haus ist das Problem. Zu sehr *Larney*. Schon eure Türklinken – italienische Türklinken. Wer braucht italienische Klinken, um eine Tür aufzumachen? Und Travertinmarmor? Was soll das? Schicker französischer Herd. Und Gas. Was passt dir nicht an Strom? Die Leute in den Townships kochen mit Gas.«

»Das ist unsere Investition«, erklärte Mace. »Dave Cruikshanks Philosophie: Kaufe teuer ein. Fünf Jahre später hat es sich ausbezahlt.«

»Wenn man fünf Jahre durchhält.«

»Außerdem ist es für Christa. Das weißt du.«

»Stimmt. Lifte für Christa. Davon red ich, Mace. Irgendwo unten in der Ebene wäre besser für Christa.«

»Wie ich schon sagte: Es ist auch eine Frage der Investition. Der Berg ist da, wo es bald aufwärts geht. Meint jedenfalls Dave.«

»Meint Dave. Ja, klar. Ehemaliger Gebrauchtwagenhändler, jetzt Immobilienheini. Meint Dave.«

»Einen Monat«, sagte Mace. »Mehr will ich nicht. Das ist keine große Sache. So wie das Geschäft gerade läuft, wirst du das Geld am Ende des Jahres wiederhaben. Einschließlich Zinsen.«

»Acht Prozent – wie abgemacht.«

»Wucherer.«

»He, willst du es oder nicht?«

Mace lehnte sich gegen das Kopfteil seines Sitzes und wandte sich Pylon zu. »Danke. Ich bin dir wirklich dankbar. Jetzt kann ich entspannt wegfliegen.« Er atmete erleichtert auf.

»Nach New York? Niemand fliegt entspannt nach New York.« Pylon wechselte wieder auf die äußere linke Spur, um Richtung Flughafen abbiegen zu können. »Siehst du die Brücke da?«, fragte er und zeigte auf eine Fußgängerbrücke, die über die Autobahn führte. »Das ist die, bei der man aufpassen muss.«

»Dachte ich mir«, meinte Mace. »Die Frau ist übrigens gestorben. Hab's in den Nachrichten gehört.«

»Die haben einfach einen verdammten Betonklotz runterfallen lassen. Wenn man mit hundertzwanzig Sachen einen Betonklotz durch die Windschutzscheibe bekommt, hat man wahrscheinlich Glück, wenn man nicht sofort tot ist, sondern erst auf dem Weg ins Krankenhaus stirbt. Schon ein Ziegel wäre mies. Immer wenn ich da unten durchfahre, schaue ich mich nach Fußgängern um. Nach jemandem, der so aussieht, als wäre er auf der Suche nach irgendeinem sinnlosen Spaß. Denn meistens passiert's auf genau dieser Brücke. Ich verstehe echt nicht, warum man sie nicht einfach schließt und stattdessen eine Unterführung baut.«

»Dann wird man da ausgeraubt. Oder die Frauen vergewaltigt.«

»Das ist das Problem.«

An der Abzweigung zum Flughafen wurde Pylon langsamer und reihte sich in den Verkehr ein.

»Ich wollte dir schon länger erzählen«, sagte Mace, »dass ich eine Mail von Isabella bekommen habe.«

»Einfach so?« Pylon runzelte die Stirn.

»Einfach so.«

»Wann?«

»Vor etwa einer Woche.«

»Vor einer Woche, und du sagst nichts.«

»Es geht um etwas Geschäftliches. Um die Möglichkeit eines Geschäfts.«

»Deshalb hättest du es auch schon früher erwähnen sollen.«

»Nein, nicht wirklich. Ich wollte erst darüber nachdenken. Über das, was das nach sich ziehen könnte.«

»Und nachdem du jetzt darüber nachgedacht hast, triffst du dich mit ihr.«

»Ja. Zum Lunch.«

»Zu einem netten kleinen Gespräch.«

»Es geht um ein Geschäft, von dem sie annimmt, dass es vielleicht etwas für uns wäre.«

»Verstehe«, sagte Pylon und hupte einen Touristenbus an, der an der Aussteigestelle für internationale Abflüge stand. »Kann ich mir vorstellen.«

9

Mace nahm ein Taxi zum Restaurant. Sagte dem Taxifahrer, Cesca's, 164 West, Fünfundsiebzigste Straße.

Der Tisch war auf den Namen Isabella Medicis reserviert – ein Tisch am Fenster, so dass er sie beobachten konnte, als sie aus einem Taxi stieg: Die schwarzen kniehohen Stiefel zeigten sich zuerst, ihr Rock war leicht nach oben gewandert, und so sah man Knie und Oberschenkel in einer schwarzen Strumpfhose, während sie diesen ungelenken Moment zwischen dem Herausgleiten aus dem Auto und dem Stehen auf dem Bürgersteig hinter sich brachte. Sobald dieser Moment vorüber war, wirkte sie wieder elegant und anmutig wie immer. Kleidung und Make-up perfekt. Professionelle Choreographie.

Mace gefiel das. Er hatte gerade genügend Zeit, um all das in sich aufzunehmen, ehe es losging und sie auf die Tür zulief – langbeinig, selbstbewusst. Die Art und Weise, wie er sie im Dschungel und in der Wüste erlebt hatte.

Kurz darauf stand sie neben dem Tisch und ließ sich aus dem Mantel helfen. Zehn Jahre waren vergangen, seitdem sie sich das letzte Mal gesehen hatten. Die Sache mit Isabella war die: Man konnte die Augen nicht von ihr lassen, wie ihm nun erneut klar wurde. Vielleicht war ihre Schönheit mit den Jahren sogar noch atemberaubender geworden. Ein Lächeln huschte über ihre Lippen.

»Ist das nicht gemütlich hier? Vor allem für ein Wiedersehen von alten Freunden?«

Mace zuckte mit den Achseln. »Sehr hübsch.«

Sie nahm die Weinkarte in die Hand. »Wer ist dein Klient?«

»Eine Bankerin.«

Sie sah ihn mit einer hochgezogenen Augenbraue an. »Du fliegst den ganzen Weg hierher, um eine Bankerin in den Urlaub zu begleiten?«

»Gehört zum Service.«

»Wen interessiert denn, was mit einer Bankerin passiert?«

»Sie selbst. Ihren Mann und ihre Kinder wahrscheinlich auch.«

Isabella schüttelte den Kopf. »Die Welt ist wahnsinnig paranoid geworden. Lust auf Merlot? Oder auf einen Pinot Noir?«

»Merlot.«

Sie bestellte Pinot Noir und schenkte ihm ein strahlendes Lächeln, das ihn schon während ihrer gemeinsamen Waffenhandel-Dschungel-Tage auf die Palme gebracht hatte.

Mace ließ es diesmal kommentarlos durchgehen.

»Erinnerst du dich noch an die ersten Worte«, fragte sie,

»die ich zu dir gesagt habe?« Ein Glitzern leuchtete in ihren Augen auf.

»Ich hoffe, du willst Sex.«

Sie lächelte. »Gutes Gedächtnis.«

»Ist ja auch kaum etwas, was man so schnell wieder vergisst.«

Isabella nickte. »Das war damals eine hoffnungslose Situation. Wie du da einfach mitten hineinlaufen konntest, völlig gedankenlos. Ich habe dich beobachtet, als du den Jeep ausgeschaltet und dann den Pfad auf mich zugekommen bist, und ich habe mich die ganze Zeit über gefragt: Wann merkt er endlich, was hier abgeht?«

Mace zuckte die Acheln. »Du hättest mir ruhig einen Tipp geben können.«

»Wie bitte? ›Ich hoffe, du willst Sex‹ soll kein Tipp gewesen sein?«

»Ich dachte, du hättest zu lange Zeit allein im Busch verbracht.«

»Ja, klar. Ich war schon völlig ausgehungert.«

»Ich hab's damals sogar gesagt, hab einen Witz über das Glück im Busch gerissen. Daraufhin wurdest du ganz schmallippig, hast mir irgendwas zum Ernst der Lage erklärt und dass ich nicht abhauen …«

»Oder sonstwas tun sollst, was ich bedauern würde.«

»Ja, so in etwa.«

Mace dachte an die atemberaubende Frau von damals: kurze Haare, ungleichmäßig selbst geschnitten, der triefend feuchten Hitze wegen. Ein Gesicht wie aus einem italienischen Renaissancegemälde: braune Augen mit schweren Lidern, glatte Haut, römische Nase, kleiner schöner Mund, zarte Wangenknochen. Diese Frau hatte unter der Tür der Hütte gestanden. Mit ernster Miene.

»Dann hast du es endlich begriffen.«

»Stimmt.«

Der Kellner brachte den Wein und zeigte Isabella das Etikett.

Sie sah lächelnd zu ihm auf. »Ja, den nehmen wir.«

Der Kellner durchtrennte die Manschette, drehte einen altmodischen Korkenzieher in den Korken und zog diesen mit einer Grimasse heraus. Goss ein Achtel in Isabellas Glas. Sie ließ den Wein kreisen, nahm einen Schluck und nickte dem Mann dann zu, weiter einzugießen.

Als er wieder fort war, hob sie ihr Glas und toastete Mace zu. »Darauf, dass wir tatsächlich lebend herausgekommen sind!«

Sie stießen miteinander an und tranken. Mace nahm etwas mehr als einen kleinen Schluck zu sich.

»Schmeckt er?«

»Es ist kein Merlot«, erwiderte er.

»Und du bist inzwischen zum Wein-Connaisseur geworden oder was?«

»Ach, nicht wirklich.«

»Besser als der hier geht es kaum.«

Mace zuckte mit den Schultern. »Da vertraue ich dir mal.« Nahm einen weiteren großen Schluck. »Wo war das?«, fragte er. »Wo waren wir damals? In Uganda?«

»In Zaire, Mace. Bei Kinshasa. Am Rand des Regenwalds. Soweit ich mich erinnere, stand da eine Hütte an einem Pfad durch Felder voller Bananenpalmen. Etwas davon entfernt gab es ein kleines Dorf kurz vor dem Wald, das aber so nahe war, dass man hier und da Stimmen hören konnte. Ich weiß nicht mehr, wann wir diese Vereinbarung getroffen haben oder wie ich an die Waffen für dich gekommen bin. Jedenfalls ging es um tschechische Sturmgewehre.«

»Die ersten Waffen, die ich über dich bekommen habe.«

»So wie das begann, nahm ich damals nicht an, dass wir

eine gemeinsame Zukunft haben würden. So wie du direkt in die Arme dieser Kinderbanditen gelaufen bist.«

»Bevor ich vom Hotel abgefahren bin – diese Absteige, in der wir da waren –, hab ich noch zu Pylon gesagt, es wäre nur eine Formsache, die Waffen abzuholen, und einer von uns müsse die Stellung halten. Ich hab ihm erklärt, er solle dableiben, falls du anrufst. Er fragte mich noch, wie das gehen soll, da doch die Leitungen tot seien, und ich hab gescherzt: Vielleicht bringt ja ein Bote eine Nachricht auf einem gegabelten Stock.«

»Schade eigentlich. Dass Pylon damals nicht mitgekommen ist.«

»Hat nicht geschadet.«

»Fast aber schon. Erinnerst du dich an den kleinen Jungen, den Witzbold, der dich abgetastet und versucht hat, deinen Gürtel aufzumachen, während er gleichzeitig diese Aksu festgehalten hat?«

Mace lachte. »Ich hab mir kurz überlegt, ob ich versuchen soll, sie ihm zu entreißen. Aber sein Finger war fest am Abzug. Ein Ruck, und sofort hätten sich fünfzehn Schuss gelöst oder vielleicht sogar alle dreißig. Wer dabei draufgegangen wäre, war nicht abzuschätzen.«

»Du zum Beispiel.«

»Vermutlich.«

»Was mich am stärksten verblüfft hat, war, wie unheimlich diese Kinder wirkten. Wie von einem anderen Stern. Sie hatten keine Ahnung, was Leben und Sterben bedeutet. Sie waren einfach nur da und haben ihr Ding durchgezogen. Haben mit Waffen geschossen, die sie kaum hochheben konnten. Töten oder getötet werden. Der Anführer war wahnsinnig cool. Er hat mir mit todernstem Gesicht Anweisungen gegeben.«

»Dass wir uns nackt ausziehen sollen.«

Mace machte Isabellas Akzent nach: »Sie wollen ficken. Ich muss dir gleich sagen, dass ich meine Tage hab. Menstruation ist ein schlechtes Zeichen für sie. Wenn die ihre Pimmel blutig bekommen, dann droht ihnen Übles von ihren Geistern. Sie wollen bestimmt lieber, dass dir so etwas passiert … Gütiger Himmel! Du hast wie eine Anthropologin geklungen. Ich konnte deine Sprüche kaum fassen.«

»Du hast gemacht, was sie gesagt haben.«

»Alles nur um des Bumsens willen.«

»Hübscher Striptease. Hat mir gefallen. Bis du splitterfasernackt dagestanden hast und der Anführerjunge meinte, du würdest wie eine Schnecke aussehen und seiner sei größer als deiner. Ich konnte nur schwer an mich halten.«

»Herzlichen Dank.«

»Die Sache war die: Es stimmte. Er war größer. Als er diesen Rieseneumel rausgeholt hat! Das musst du auch zugeben: Der sah an dem kleinen Kerl fast wie ein abgeschnittenes Bein aus.«

»Der reine Höllenwahn«, sagte Mace, und Isabella prustete los.

Der Anführer hatte die Hände in die Hüften gestemmt, seine Lenden nach vorne gedrückt. Er wollte, dass sie genau hinsahen. Dann machte er seine Hose wieder zu und befahl Isabella, ihren BH auszuziehen. Sie ließ ihn auf den Boden zu ihren Füßen fallen. Der Anführer hob ihn mit dem Lauf seines Gewehrs hoch und presste ihn unter seine Nase, während er die Augen auf ihre Brüste gerichtet hielt. Mit der Waffe berührte er die Schnalle ihres Stoffgürtels. Isabella machte den Gürtel auf. Der Junge beobachtete sie angespannt. Sie hatte den Blick ebenfalls auf ihn gerichtet. Betont langsam zog sie ihr Spiel durch. Machte den Knopf auf, öffnete den Reißverschluss, ließ die Shorts bis zu ihren Füßen heruntergleiten, stieg aus der Hose. Sie hatte den Anführer ganz und gar in ihren Bann gezogen. Die anderen Kids standen herum und starrten sie mit offenem Mund an.

Der Anführer zog mit dem Gewehrlauf am Gummizug ihres Höschens. Zerrte es hinunter.

Isabella stieg auch aus der Unterhose, drehte sie um und hielt sie dem Jungen vor die Nase, um ihm zu zeigen, dass Blut daran war. Das ließ sie allesamt zurückweichen.

Mace trank einen weiteren Schluck Wein. »Als du deinen Slip ausgezogen und ihm das Blut gezeigt hast, wusste ich nicht, wie er reagieren würde. Er starrte nur völlig absorbiert darauf. Die anderen machten einen Schritt nach hinten. Das Letzte, was ich erwartet habe, war, dass du ihm den Slip ins Gesicht schleudern würdest.«

»Echt? Hast du das nicht erwartet?«

»Nein, gar nicht. Er war ganz hypnotisiert. Und ich auch.«

»Hat den Zauber ziemlich schnell gebrochen. Das hat sie nicht schlecht in die Flucht geschlagen. Sind die gerannt! Brüllend, als wären ihnen die bösen Geister bereits auf den Fersen! Ich kann noch immer nicht glauben, dass es so einfach war.«

»Ich auch nicht«, erwiderte Mace. »Ich habe fast darauf gewartet, dass sie vom Wald aus das Feuer auf uns eröffnen würden. Selbst als wir von dort weggefahren sind, habe ich das noch erwartet.«

»Wir hatten Glück.« Isabella sah ihn an. »Was ich mich allerdings frage: Hättest du es getan?«

Mace zuckte mit den Achseln. »Nur um am Leben zu bleiben.«

»Danke.«

»War mir ein Vergnügen. Weißt du noch, was du gesagt hast, als ich dich in Kinshasa am Konsulat aus dem Auto gelassen hab?«

Isabella schüttelte den Kopf. »Was denn?«

»Glaub bloß nicht, dass du jederzeit auf das Angebot zurückkommen kannst.«

»Bist du aber trotzdem.«

Mace nickte grinsend.

Während des Lunchs leerten sie die Flasche Pinot Noir und beinahe noch eine zweite. Kein Wort von dem Geschäft, das sie ihm vorschlagen wollte. So war es immer bei Isabella gewesen. Wenn sie etwas zu besprechen hatte, war es stets das Letzte, worüber sie redete. Wie damals, als sie gemeinsam am Morgen des 16. Februar 1986 aus N'Djamena abgeflogen waren und Isabella von einem Kurzurlaub auf den Seychellen plauderte, um so den gelungenen Deal zu feiern, und mit keinem Wort die französischen Jets erwähnte, die gerade in N'Djamena ankamen, um die Offensive der Rebellen zu stoppen. Rebellen, die Mace am Tag zuvor mit modernsten Waffen ausgerüstet hatte. Erst am Abend im Hotel, als das Fernsehen einen kurzen Bericht brachte, verstand Mace, dass Isabella davon gewusst und nichts gesagt hatte. Nicht in der Luft. Zu keiner Zeit. Sie hatte einfach gelächelt, als er meinte, sie hätte ihm das ruhig sagen können.

Ihr diesmaliger Vorschlag blieb ebenso geheimnisvoll. Bis sie meinte, als die Rechnung beglichen war und sie in ihre Mäntel schlüpften: »Ich möchte, dass du meine neue Wohnung siehst.«

Mace neigte zustimmend den Kopf.

Im Taxi nahm sie seine Hand. Nahm sie einfach in die ihre, legte sie in ihren Schoß und starrte dann aus dem Fenster.

Mace fragte sich, was diese Geste bedeutete. Fragte sich auch, was mit ihrem Mann Paulo war, dem kleinen Ekel, der so gar nicht zu ihrer Gesamterscheinung passte. »Bist du noch immer verheiratet?«

»Klar.« Antwortete, ohne ihn anzusehen. »Wie du und die umwerfende Oumou.«

Er ließ ihr die Stichelei durchgehen. Bei der Entscheidung »Oumou oder Isabella« hatte er nie wirklich gezögert.

Das Taxi hielt in einer geschäftigen Straße irgendwo an der Upper West Side. Das Draußen sprach von Stars, das Drinnen von Geld – nicht Unmengen von Geld, aber doch echtem Wohlstand. Überall, wo es Platz dafür gab, hingen Kunstwerke, stapelten sich CDs, standen Kunstbücher. Eines auch über afrikanische Kunst. Einige Romane auf dem Tischchen neben dem Telefon, halb verdeckt von einem Stadtplan. Der Name der Stadt erregte seine Aufmerksamkeit: Luanda. Seltsam, dass sie einen solchen Stadtplan aufgeschlagen hat, dachte er. Andererseits vielleicht auch wieder nicht seltsam, wenn man diese Art von Geschäften abwickelte.

»Gefällt es dir?«, fragte sie.

Zu viele Teppiche, wie Mace fand. Zu viele afrikanische Kunstgegenstände, Speere, Masken, Gefäße, Holzfiguren. Kleine Tische voller Messingornamente und Souvenirs. Überall Kerzen, als ob sie das Zimmer abends in eine Grotte verwandeln würde. Krimskrams, der nach Isabella aussah. Nichts hier, was auf ihren Mann hindeutete.

»Nostalgisch«, meinte er.

»Mach du die auf«, sagte sie und reichte ihm eine Flasche Maipo-Valley-Cabernet. »Ich muss mal.«

Mace setzte sich auf das Dreiersofa, während er die Weinflasche entkorkte. Er schenkte ein und probierte.

»Und? Sagt er dir zu?«

»Er ist gut«, erwiderte er. »Aber was verstehe ich schon davon?«

»Nicht so schwer wie ein Meerlust.«

Mace zuckte mit den Schultern. »Wein ist Wein.«

Sie stießen an. Isabella setzte sich neben ihn ans andere Ende der Couch und legte die Beine hoch. Streckte sich, bis ihre Füße seinen Schenkel berührten. Sie strich mit dem Fuß darüber –

entweder um ihn zu liebkosen oder um sich an der Sohle zu kratzen. Das mit ihren Zehen war schon immer ihr Ding gewesen. Sie liebte es, sie massiert zu bekommen. Er erinnerte sich daran, wie er mit ihr während eines Schusswechsels in einer zerstörten Kirche ausgeharrt hatte. Immer wieder hallten Schüsse in dem Gemäuer wider. FRELIMO- und RENAMO-Milizen draußen im Busch, sich gegenseitig niederknallend. Er und Isabella angespannt abwartend, dass sie fliehen konnten. Dabei massierte er ihre Zehen und mehr. Zwei Tage lang, bis das Schießen aufhörte. Ein Wahnsinn, den sie zusammen durchstanden.

Mace trank noch einen Wein und machte es sich in den Kissen bequem. Er ignorierte das Drängen ihrer Zehen. Der Cabernet schmeckte nach Sonne und begann sich gemächlich in seinem Hinterkopf auszubreiten. Sie sagten nichts, sahen sich nicht an, sondern nippten nur am Wein, der Stille anheimgegeben: eine von Isabellas Strategien, um zum Wesentlichen zu kommen.

»Wie geht es deiner Tochter?«, fragte sie.

Mace lachte. »Was meinst du?«

»Wie alt ist sie inzwischen? Zehn?«

»Neun, fast zehn.« Mace fragte sich, ob er ihr davon erzählen sollte. Entschied sich dagegen.

»Ganz der Familienmann.«

»Mm.« Er setzte sich auf, als er den Sarkasmus in ihrer Stimme hörte.

»Entspann dich. Ich hab das mit uns schon vor langer Zeit hinter mir gelassen.« Sie lachte – ihr kaltes Lachen, das sich nicht in ihren Augen widerspiegelte. Ihre Blicke trafen sich. »Jetzt gefällt mir die Vorstellung von Mace, dem ehemaligen Waffenhändler als Ehemann. Vater. Muskelpaket für die Reichen und die Berühmten. Gütiger Himmel!«

»Personenschutzberater.«

»Bitte was?« Sie trat nach seinem Schenkel. »Ein angeheuerter Schläger, Macey-Boy. Ein verdammter angeheuerter Schläger – das bist du.«

Mace zuckte mit den Achseln. »Brauchst du etwa auch Schutz?«

»Ich brauche einen Händler«, erwiderte sie. »Das brauche ich. Jemanden, der sich auskennt.« Sie bedeutete ihm, dass sie noch Wein wollte, und Mace reichte ihr die Flasche. Ehe sie ihr Glas füllte, sagte sie: »Das echte Leben, Mace. Nicht dieses So-tun-als-ob.« Sie schenkte sich ein und streckte ihm dann wieder die Flasche entgegen.

Er schüttete den Rest des Weines in sein Glas, während er darüber nachdachte, dass eine Flasche Wein im Grunde nur vier Gläser beinhaltete.

»Ich muss eine Schiffsladung kaufen.«

Als Mace nicht antwortete, fügte sie hinzu: »In deinem Teil der Welt.«

»Luanda ist nicht mein Teil der Welt.«

Sie zeigte mit ihrem Glas auf ihn. »Schon immer ein scharfer Beobachter gewesen.«

»Weiter.«

»Ich hab einen Käufer, ich hab das Geld in deiner Währung. Was ich noch brauche, ist die Ware.«

»Die was ist?«

»Das Übliche. Handwaffen, Gewehre, RPGs, Granaten, Minen, Radios, Stiefel, Kampfanzüge, Erste-Hilfe-Koffer.«

»Klingt wie eine Ausrüstung für US-AID.«

»Sehr witzig. Also – ja oder nein?« Sie stieß ihm wieder mit dem Fuß gegen den Schenkel. »Ich brauch einen starken Kerl. Ja? Nein?«

Mace überlegte. Es wäre gut, die nervende Bank erst einmal vom Hals zu haben. Er zuckte mit den Achseln. Vielleicht ja, vielleicht nein. Sie schwang die Beine von der Couch. »Es gibt jemanden, den du kennenlernen solltest.«

»Jetzt?«

»Jetzt wäre eine gute Zeit.«

Der Lift hielt im siebten Stock. Auf der anderen Seite eines Marmorfoyers befanden sich zwei Glastüren: Die Worte »Global Enterprises« spannten sich über einer Welt in Form einer Ellipse, in der alle Kontinente nebeneinanderlagen. Isabella gab einen Code in ein Sicherheitssystem ein und stieß dann die Tür auf. Sie führte Mace durch die Rezeption, wo er einen Mann reden hörte, der gerade sagte: »Rechne dir mal aus, wie viele Jungfrauen da im Himmel warten. Diese Jungfrauen müssen nämlich erst mal von hier nach dort gekommen sein. Und dann überleg mal, warum sie noch Jungfrauen sind. Müssen ziemlich erbärmlich aussehende Frauen sein, die sowieso niemand flachlegen wollte.«

Sie betraten ein Zimmer. Francisco blickte in ein Teleskop und redete dabei in sein Handy. Er sagte zu Isabella: »Du bist spät dran. Ich wollte dich gerade anrufen.«

Isabella ging nicht weiter auf ihn ein. Meinte: »Francisco, darf ich dir meinen früheren Lover Mace Bishop vorstellen?«

Francisco sagte in sein Handy: »Ich rufe zurück.« Legte auf. Meinte zu Mace: »Sind Sie schon auf Ground Zero gewesen?« Nahm ihn am Arm. »Kommen Sie hierher. Da können Sie Ground Zero genau betrachten.«

Mace blickte mit einem Auge durch das Teleskop. Viel gab es auf Ground Zero nicht mehr zu sehen. Nichts bewegte sich. Während er hinuntersah, erklärte Francisco seine Theorie: dass man etwas nicht bemerken würde, bis es auf einmal weg war. Mace tat so, als könne er diesen Gedanken voll und ganz nachvollziehen.

Nachdem sie sich um Franciscos Schreibtisch platziert hatten, meinte Francisco: »Habt ihr von dem Selbstmordattentäter heute Morgen gehört? Hat ein paar Juden in einem Bus mit in den Tod gerissen. Meint ihr, dass diese Typen wirklich annehmen, sie vögeln dann im Jenseits mit achtundsiebzig Jungfrauen?«

»Klar«, erwiderte Isabella.

»Ich will wissen, was Mace denkt«, sagte Francisco.

Mace meinte, wahrscheinlich.

»Sie glauben, das ist die Motivation, die dahintersteckt?«

»Wahrscheinlich.«

Er warf Mace einen Blick zu, um herauszufinden, ob sich dieser über ihn lustig machte oder nicht. Dann wandte er sich dem Geschäftlichen zu. Sagte: »Mace, glauben Sie, dass Sie das für uns machen könnten?«

»Wahrscheinlich«, erwiderte Mace. Francisco lachte und beugte sich dann vor, um ihm zu bedeuten, dass die Zeit der Scherze vorbei war.

»Worum es geht, Mace«, erklärte er, »ist eine diffizile Angelegenheit. Isabella will ein paar Waffen kaufen. Und da kommen Sie ins Spiel. Logistisch betrachtet ist der am nächsten gelegene Umschlagplatz ein Kaff namens Luranda.«

»Luanda«, sagte Isabella.

Francisco zog die Augenbrauen hoch. »Mace kommt aus Afrika. Er weiß, wo es liegt.« Er wandte sich wieder Mace zu. »Was wir brauchen, sind die Waren und jemand, der dorthin fährt und alles für uns koordiniert. Um die Sache für Sie einfacher zu machen: Das ist ein Deal, bei dem kein Geld die Seiten wechselt. Die Jungs in Luanda drucken so viele Dollars, dass sie damit ihren Hintern abwischen können. Also haben wir ihnen gesagt: keine Scheine, nur Steine. Da unten gibt es einen Burschen namens John Webster, der sich mit Steinen auskennt. Die Russen nennen ihn Diamanten-John. Wichtiger Handelsmann. Hat früher für Debretts gearbeitet.«

»De Beers«, sagte Isabella.

»Wie auch immer«, fuhr Francisco fort. »Jedenfalls trifft die

Zahlung ein, und ehe die Ware übergeben wird, kontrolliert Diamanten-John, dass wir kein Päckchen mit beschissenen Kristallen untergejubelt kriegen.«

Er lehnte sich auf seinem Stuhl zurück. Hinter ihm hing ein Bild: eine idyllische italienische Landschaft mit einem Pärchen, das einen Weg entlangkam und jeden Augenblick in Franciscos Haare zu treten drohte.

»Glauben Sie, das lässt sich machen?«

»Wahrscheinlich«, erwiderte Mace.

Draußen auf dem Bürgersteig sagte Isabella: »Du hast zwischen einem Monat und sechs Wochen Zeit. Kontaktiere mich so schnell wie möglich.«

Sie stiegen in getrennte Taxis. Im Auto dachte Mace, die Sache mit Isabella sei die: Sie hatte während ihrer ganzen gemeinsamen Geschichte schon immer etwas Verrücktes an sich gehabt. Diesen Drive. Das hatte sie immer ausgezeichnet – ein Funken, ein Feuer. Auf seinem Handy waren inzwischen zwei SMS eingegangen.

Die erste stammte von Christa: »vermissdich«. Brachte ihn zum Lächeln. Er stellte sich vor, wie sie schlief. Vermutlich in ihrem Ehebett – trotz Oumous strikten Regeln. Die zweite kam von Oumou: »Wie läuft's?«

Er antwortete: »Gut. Auf dem Weg zu ein paar Millionen Kröten. In Liebe.«

An Christa: »Hi, Liebes. Denk an dich. Alles Liebe von Papa und Cupcake.«

Mace lehnte sich zurück und blickte auf die hell erleuchteten Straßen und den dichten Verkehr. Er dachte daran, dass Isabella noch immer diesen Funken in ihm auslöste, und fragte sich, wie es Pylon wohl gefallen würde, ein paar Déjà-vu-Situationen zu erleben.

10

Pylon gefiel die Vorstellung überhaupt nicht, als Mace sie ihm keine achtundvierzig Stunden später persönlich unterbreitete.

»Nein«, erklärte er und schüttelte den Kopf. »Nein, so was machen wir nicht mehr. Damit haben wir abgeschlossen. Du hast mir gesagt, dass du es Oumou versprochen hast. Kein Waffenhandel.«

»Hab ich.«

»Und was soll das jetzt?«

»Ich brauch die Kohle.«

»Mein Gott! Soll ich dir noch etwas leihen?«

»Nein, nein. Das hat mir sehr geholfen. Wie ich schon sagte: Das hat uns gerettet. Die Sache ist die: Ich brauch richtig Kohle. Oder wir verlieren das Haus. Entweder dieser Deal – oder Cayman.«

Cayman wollten sie so lange unter dem Deckel halten, bis Complete Security wirklich gut lief. Dann planten sie, das Geschäft zu verkaufen und die versteckten Geldstapel nach und nach unauffällig zu waschen und in ihr Leben fließen zu lassen, damit es keinem auffiel. Jedenfalls nicht dem Fiskus. Still und leise reich und zufrieden. So lautete ihr Plan.

»Nein.« Pylon sprang aus dem Sessel auf und stürmte zur Tür. Wirbelte herum, ehe er die Tür erreichte. »Zweimal nein. Nein zu Cayman, nein zum Waffendeal. Wir reden hier von Isabella. Nicht nur von Waffen, sondern von *Isabella*. Miss CIA. Das mag früher ganz witzig gewesen sein. Hat sogar Spaß gemacht. Ein guter Kontakt. Aber soweit ich mich erinnere, haben wir diese Tür längst hinter uns zugeschlagen. Um des Friedens willen und wegen des Familienlebens hier.« Er kehrte zu Maces Schreibtisch zurück, stützte sich mit beiden Händen auf der Tischplatte ab und lehnte sich vor. »Wir können wirklich böse Jungs sein. Das weiß ich. Im Vergleich zu denen sind wir allerdings Engel. Wo wir noch lange zögern, bringen die schon Leute um.« Er machte eine Pause, um seinen Worten eine größere Wirkung zu verleihen. »Wenn Oumou das herausfindet, steckst du außerdem so tief in der Scheiße, dass der Hausverlust im Vergleich dazu lustig wäre.«

Mace sagte: »Es geht nicht um Isabella.«

Pylon schwieg.

»Sie hat mich völlig unerwartet wieder kontaktiert. Ich hab's dir ja erzählt.«

»Ich glaub dir.« Klang allerdings eher so, als würde er das nicht tun.

»Sie hat mir die Sache erläutert, und ich sagte, ich muss es besprechen.«

»Was im Klartext heißt: Ich mache mit, jetzt brauch ich nur noch Pylon zu überzeugen.«

»Was im Klartext heißt, dass ich es machen *muss*.«

»Obwohl du damit vielleicht deine Ehe riskierst?«

»Ich muss.«

»Zwingt dich jemand?«

»Ja.«

Pylon schnaubte höhnisch. »Klar, ich weiß, die Bank. Irgendein Anzugträger.«

»Eine Kostümträgerin mit einem amerikanischen Uniabschluss, um genau zu sein.«

Pylon sagte: »Ach, echt. Es wird immer schlimmer. Hör zu.« Er setzte sich wieder. »Hör mir genau zu, Mace. Okay? Wir sind da jetzt seit … was? … seit zehn oder elf Jahren raus aus der Sache. Alles läuft jetzt völlig anders ab als damals. Das sind jetzt alles große Fische. Da gibt's keinen Platz mehr für den kleinen Mann wie uns. Vor allem nicht für den kleinen Mann, der so was mal zwischendurch macht, um sein Taschengeld aufzubessern.«

»Das ist kein Taschengeld. Das wäre das Ende meiner Kreditrückzahlungen. Eine finanzielle Erlösung. Und für dich ein finanzieller Zugewinn. Mehr Investitionen. Ein Ferienhaus an der Küste. Was auch immer.«

Pylon bedeckte sein Gesicht mit beiden Händen und zog sie dann langsam nach unten, bis Mace seine Augen wieder sehen konnte. »Ja, klar. Sehr hübsch. Muss ich zugeben. Das Problem allerdings ist folgendes: Wie erklär ich es Treasure?«

»Was?«

»Diese neuen Investitionen. Das Ferienhaus.«

»Mann, Pylon. Du erfindest eine Geschichte. Irgendeine. Investitionen wachsen nun mal schließlich. Du bekommst Dividenden. Keine Ahnung. Eine Firma, bei der du Aktien hast, hat dir einen Bonus ausgezahlt. Was auch immer. Wahrscheinlich überzeugt sie jede Geschichte. Welchen Unterschied macht es denn, welche Geschichte du ihr letztlich erzählst?«

»Für Treasure macht es einen Unterschied. Treasure kennt sich mit Geld aus. Sie wird die Unterlagen sehen wollen. Was willst du Oumou erzählen?«

Mace kippte mit seinem Stuhl nach hinten. »Keine Ahnung. Der Deal ist noch nicht durch. Wir haben das Geld noch nicht. Ich habe nicht vor, mir jetzt schon den Kopf darüber zu zerbrechen.«

»Siehst du – das ist der Unterschied zwischen uns. Du denkst nicht weiter als bis hierher.« Pylon hielt seine Hand an seine Nase. »Hauptsache, man zeigt erst mal, dass man Eier hat, oder, Mace? Noch eine Sache: Wir reden hier nicht von Geld. Wir reden von Steinen. Steine sind so weit von Barem entfernt wie überhaupt nur was.«

»Die Diamanten sind nicht das Problem«, entgegnete Mace. »Sind sie in diesem Land noch nie gewesen und werden sie auch nie sein.«

»Ach, wollen wir dann einfach mal kurz bei De Beer reinschneien, eine Tüte auf den Tisch knallen und fragen, wie viel sie wert sind?«

»Die haben Leute an der Hand, die sich um diese Dinge kümmern.«

»Na klar. Und du kennst selbstverständlich jemanden, der jemanden kennt.«

»Ich kenne niemanden.«

»Ach, ja, hab ich vergessen. Das ist ja erst ein Problem, wenn es ein Problem wird. So wie es auch kein Problem ist, dass wir keine Ahnung haben, wo wir die Waffen herkriegen sollen.«

»Das wird kein Problem sein«, meinte Mace und kippte mit dem Stuhl wieder nach vorne. »Ich glaube, wir kennen jemanden, der uns da weiterhelfen könnte.«

»Und wen?«

»Mo Siq.«

»Mo Siq?«

»Mo Siq.«

Pylon starrte ihn an. »Hast du deinen Verstand jetzt ganz verloren?«

»Ruf ihn an. Finde raus, was er dazu meint. Lad ihn zum Mittagessen ein. Ins La Colombe, ins Uitsig – wohin auch immer.«

»Ich dachte, du willst mit den alten Kampfgefährten nichts mehr zu tun haben. Weil dich ihre… Wie hast du das gleich genannt?« Pylon schnippte mit den Fingern. »Weil dich ihre Gier-Mentalität anwidert.«

»Tut sie auch.«

»Und was ist das jetzt?«

»Ein Geschäft. Geld. Warum wir überhaupt Waffenhändler geworden sind. Weißt du noch?«

»Ach, es war nicht, um den gerechten Kampf zu unterstützen? Hatte ich ganz vergessen.«

»Den Kampf um Kohle.« Mace zeigte auf Pylons Handy. »Rufst du ihn an oder nicht?«

Pylon rief in Mo Siqs Büro an und drang bis zu dessen Assistentin vor. Die Assistentin wollte ihn allerdings nicht durchstellen. Der Herr Direktor sitze in einem Meeting. Ließ ihn zwei, drei Minuten warten und kehrte dann wieder ans Telefon zurück, um ihm zu erklären, da sei überraschenderweise ein Termin geplatzt, und der Herr Direktor habe nun doch in zwei Tagen etwas Zeit. La Colombe oder Uitsig, fragte Pylon. Die Assistentin bat um eine weitere Minute, kam nach zweien zurück und sagte, das Uitsig wäre dem Herrn Direktor lieber.

Pylon legte auf. »Ich werde dieses Essen wahrscheinlich nicht mal genießen können«, meinte er.

11

Als Vorspeise entschied sich Mace für Muscheln in Vinaigrette. Pylon nahm Spargel mit einem Sesam-Dressing. Mo Siq einen Korb aus drei Langusten auf Couscous. Pylon wählte den Wein aus: den 2000er Semillon Reserve des Weinguts.

Von ihrem Tisch aus blickten sie über die Rebstöcke zu den Bergen hinüber. Die Nachmittagssonne ließ die Rankgerüste in der flirrenden Hitze schimmern.

»Eine gute Wahl – das Uitsig«, sagte Mo und ließ den Wein in seinem Mund kreisen. Er stellte das Glas wieder auf den Tisch und begann eine der Garnelen zu pulen. »Wie geht's deiner Kleinen, Mace?«

Mace schluckte eine Muschel hinunter. Meeresgeschmack breitete sich in seinem Mund aus. »Ganz okay. Sie schwimmt jetzt, was das Wichtigste ist. Ein gutes Training. Man merkt bereits, dass sie besser wird.«

»Wie alt ist sie jetzt? Zehn, elf?«

»Neun.«

»Ach ja?« Mos Blick wanderte von Mace zu Pylon. Seine Miene wirkte ausdruckslos. »Nicht erfreulich, was da passiert ist.«

Mace spülte das Meer mit einem Schluck Wein hinunter. »Sie hat mein Haus gekauft. Das, in dem es passiert ist. Weißt du das eigentlich?«

»Sheemina? Nein, das hab ich nicht gewusst. Stimmt das wirklich?«

»Es war zehn Monate auf dem Markt, als sie ein Angebot machte, das nicht an das heranreichte, was ich haben wollte. Aber ich musste verkaufen.«

»Knallhart, die Frau.«

»Sie hat in bar bezahlt.« Mace tunkte etwas Ciabatta in die Vinaigrette. »Ich hab rausgefunden, dass sie bereits eine Wohnung in Clifton auf der Millionärsmeile hat. Außerdem Anteile an einem Weingut und irgendwelche Industrieimmobilien. Die Art von Portfolio, die jeden Broker zum Sabbern bringt.«

»Du hast ihr das Haus trotzdem verkauft.«

»Ich wollte eigentlich nicht. Die Frau hat etwas Verstörendes an sich. Ich würde sogar so weit gehen, sie böse zu nennen.«

»Ich auch.« Mo tat sich etwas Couscous auf die Gabel.

»Sie hat uns etwas mehr Geld geboten. Die Art, wie sie das gemacht hat, kam so rüber, als würde sie uns einen Gefallen tun.«

Mo wischte sich mit der Stoffserviette einige Krümel Couscous aus dem Mundwinkel. »Und das hat den Deal schließlich besiegelt?«

»Entgegen meinem Bauchgefühl.«

»Die Frage, die sich da stellt«, meinte Mo, »ist die: Warum hat sie das getan? Bei Sheemina gibt es immer noch einen weiteren Grund. Immer etwas, was hinter dem Offensichtlichen steckt – also in diesem Fall eine gute Immobilie zu einem guten Preis zu erwerben. Irgendetwas anderes.«

»Ich hab mich das auch gefragt«, erwiderte Mace. »Und ich frage mich das immer noch. Ziemlich unheimlich das Ganze.«

Als Hauptgericht wählte Mace gegrilltes Thunfischsteak, Pylon Straußenmedaillons, Mo Hummer. Pylon bestellte dazu Steenberg Catharina.

Sagte zu Mo: »Oder möchtest du lieber einen Weißwein?«

Mo meinte: »Rot ist gut.«

Während sie aßen, gab Mo den Alleinunterhalter. Er erzählte eine Geschichte über eine Marlinjagd an der Küste der Seychellen mit einem Vorstandsvorsitzenden der Deutschen Aerospace. Wie der Kraut nach zwei Stunden und zwanzig Seemeilen plötzlich meinte: Lassen wir das, uninteressant, springen wir lieber in den Lear-Jet und essen in Alexandria zu Mittag, ich kenne da ein Restaurant. Zehn Stunden später, um halb zehn Uhr Ortszeit, führte man sie an einen Tisch, wo bereits eine eisgekühlte Flasche Champagner auf sie wartete. Mo lachte. Trug wesentlich dazu bei, dass er begriff, wie ernst es diese Leute von Deutsche Aerospace meinten. Mace und Pylon lachten mit ihm. Einige Gäste an den anderen Tischen sahen ebenfalls lächelnd zu ihnen herüber.

Deutsche Touristen, dachte Mace. Vielleicht haben sie den Bezug verstanden.

Die drei Männer ließen den Nachtisch aus und orderten stattdessen doppelte Espressi und Cognac.

»Wenn Sie möchten, servieren wir Ihnen die auf der *Stoep*«, schlug die Kellnerin vor. »Dort gibt es bequeme Sessel.«

Pylon zog drei Zigarren heraus. »Können wir da auch rauchen?«

»Selbstverständlich.« Die Frau lächelte. »Überhaupt kein Problem.«

Die einzigen anderen Gäste auf der *Stoep* waren zwei chinesische Geschäftsleute und eine fünfköpfige Familie, die laut über Wein und Essen saß. Mace war das nur recht. Nichts, was sie sagen würden, konnte so mitgehört werden. Er und Mo machten es sich in zwei Loungesesseln bequem, während Pylon einen Ohrensessel heranzog.

Mo hielt die Zigarre unter seine Nase. Roch die ganze Länge entlang. Eine Montecristo No. 1. »Schlägt das, was mir die Krauts angeboten haben, um Längen«, meinte er anerkennend.

Ebenso der KWV-Cognac, wie er fand.

Mace und Pylon warteten darauf, dass er beginnen würde. Mo war keineswegs in Eile. Er erzählte von einem kleinen Deal mit einer Firma namens Industriepark Spreewerk Lübben, die zwölf Millionen Umsatz aus übriggebliebenen Waffen machte, die ein Lenkungsausschuss des süafrikanischen Kabinetts für die Zerstörung freigegeben hatte.

»Und was machen diese Krauts? Verkaufen die Waffen in die Staaten«, erklärte er. »Die Jungs dort können nicht genug von unserem Überschuss bekommen, um zu üben und zu jagen. Vor allem Kaliber 5.56 und 7.62. Wir haben etwa eine Milliarde Patronen, die eigentlich zerstört oder zerlegt werden sollten. Was für eine totale Verschwendung, wenn man bedenkt, dass es Leute gibt, die gerne gutes Geld für so was zahlen.« Er zog an seiner Montecristo. Blies eine Rauchwolke in die Luft.

Pylon meinte: »Da fragt man sich doch, was die Buren geplant haben, als sie solche Unmengen von Munition herstellen ließen. Wie die Vorbereitung auf einen Riesenkrieg.«

»Totalidioten«, stellte Mo fest. »Andererseits haben wir dadurch das, was man inoffiziell als *die* Chance bezeichnen kann. Nichts, wovon der Minister etwas wissen will, aber auch nichts, was er unterbindet, wenn er es erfahren hat. Was er getan haben muss. Gewinn ist schließlich Gewinn.« Er schnippte etwas Asche von der Zigarre und ließ seinen Blick von Pylon zu Mace wandern. »Willkommen zu dieser Chance. Wir kommen gerne mit Ihnen ins Geschäft.«

»Mal wieder«, meinte Mace.

Mo lachte. »Könnte man fast sagen, was? Wenn man's aus einem bestimmten Blickwinkel betrachtet, könnte man sagen, der Grund ist noch immer derselbe: die Verbesserung der Situation des Volkes. Fairer Handel. Waffen und Munition für Häuser.« Er holte die Liste heraus, die Pylon ihm zuvor persönlich vorbeigebracht hatte. »Ich kann das alles besorgen«, erklärte er und klopfte mit dem feuchten Ende der Zigarre auf das Papier. »Jederzeit, mit dem größten Vergnügen, wie man so hübsch sagt.«

Mace trank den Rest seines Espressos aus. »In etwa vier bis fünf Wochen?«

Mo nickte. »Wie sieht der Deal genau aus?«

»Ein erster Vorschuss in Rand. Der Rest nach Lieferung. Da hast du die Wahl: Diamanten oder Dollars.«

Mo grinste. »Interessant.«

»Allerdings reden wir hier nicht von einer Lieferung von dir an uns«, gab Pylon zu bedenken.

»Nicht? Wovon dann?«

»Von uns an die.«

Mo zog die Augenbrauen hoch.

»Wir brauchen etwas Spielraum«, sagte Mace.

»Nicht mehr als ein paar Tage«, fügte Pylon hinzu. »Von Kapstadt nach Luanda dauert es wie lange? Zwei oder zweieinhalb Tage mit dem Schiff. Das ist in etwa der Spielraum, den Mace meint.«

Mace hatte den Eindruck, dass Mo nicht glücklich damit war. Seine Augen wirkten plötzlich härter, und seine Lippen wurden schmaler, als wäre der Espresso zu bitter. Er spülte den Geschmack mit Cognac hinunter.

»Wer macht den Empfänger?«

»Wir beide. So sehr sich Pylon auch vor dem Fliegen fürchtet.«

Pylon schnitt eine Grimasse und zuckte dann mit den Schultern.

»Ihr versteht, was ich hier tun muss?« Mo ließ seinen Blick zwischen den Männern hin und her wandern. »Ihr versteht, dass ich dieses Zeug aus einem Depot auswählen und dann auf einen Laster – oder bei der Menge, von der wir sprechen, vermutlich sogar auf zwei – laden lassen muss. Danach werden diese LKWs achthundert Kilometer nach Kapstadt zurücklegen, was mindestens zwölf Stunden auf der Autobahn bedeutet, wo alles Mögliche passieren kann – ein verdammter Unfall oder Bullen mit Straßensperren, die hoffen, irgendein armes Schwein mit etwas Hasch zu erwischen, oder ein Insider-Überfall. Ihr versteht, dass das eine verdammt lange Zeit der Unsicherheit bedeutet.«

»Aber du bist die Regierung«, meinte Pylon.

»Quasi«, erwiderte Mo. »Offiziell existieren diese Waffen gar nicht. Die Papiere, die ihre Existenz bestätigen, wandern sofort in den Schredder, sobald die Laster wieder zurück sind. Es geht hier um eine einmalige Chance. Jeder, der mir gegenüber allerdings diese Chance erwähnt, wird nur meine verständnislosen treuen Augen zu sehen bekommen. Weshalb ich ganz und gar nicht glücklich bin, von euch zu erfahren, dass ich selbst bei glatter Übergabe fünf weitere Tage an den Docks auf ein Schiff warten soll, das vermutlich verschrottet werden müsste, anstatt dreitausend Seemeilen an einer verdammt rauen Küste entlangzufahren.« Er stellte sein Glas mit Cognac ab und beäugte zuerst Pylon und dann Mace. »Selbst wenn ich weiß, dass ihr die Empfänger seid.«

»Vergiss die Vorauszahlung nicht«, meinte Mace.

»Darum geht es nicht«, entgegnete Mo. »Ich hab die Erfahrung gemacht, dass die Zeit zwischen der Auslieferung und dem Eintreffen der Zahlung die ausschlaggebende ist. Am besten, beides geht gleichzeitig über die Bühne. Wenn man diese beiden Zeitpunkte auseinanderzieht, dann besteht immer die Gefahr, dass etwas schiefläuft. Bei einer Risikobewertung würde man sogar von höchster Gefährdung sprechen.«

»Geben wir zu«, erwiderte Mace. »Für uns beide ist diese höchste Gefährdung allerdings noch stärker als für dich. Vergiss das nicht.«

Die Männer schwiegen. Mo konzentrierte sich auf eine Gruppe von Leuten, die einige frühe Trauben drei oder vier Reihen von ihnen entfernt auf dem Weinberg begutachteten. Pylon sinnierte über dem Ende seiner Zigarre, während Mace seinen Cognac schwenkte und innerlich darauf wettete, dass Mo keinen Rückzieher mehr machen würde. Der Deal klang auch für ihn zu verführerisch. Er bemerkte, dass die Chinesen gegangen waren und an ihrer Stelle nun ein Mann und eine Frau saßen, die Händchen hielten.

Mo fragte: »Wer ist der Auftraggeber?«

Mace überlegte. Sollte er die Geldgeber erwähnen oder nicht? Dachte: ach zum Teufel. »New Yorker. Keine wirklich großen Fische.«

Mo sah ihn aus zusammengekniffenen Augen an. »Habt ihr früher schon mal mit ihnen zusammengearbeitet?«

»Die ganze Kampfzeit hindurch.«

»Kenne ich sie?«

Mace bemerkte Pylons neugierigen Blick, was er nun antworten würde. »Ja, tust du. Ihr habt euch in Daressalam kennengelernt. Wahrscheinlich gegen Ende sechsundachtzig. Eine Frau namens Isabella Medicis.«

Mo schüttelte den Kopf. »Sagt mir momentan nichts.«

»Ist früher vielleicht mal bei der CIA gewesen«, warf Pylon ein.

»Jetzt aber nicht mehr«, sagte Mace hastig, als er Mos besorgte Miene sah.

»Einmal CIA, immer CIA«, entgegnete Mo. »Warum soll das eigentlich so laufen?«

»Um es möglichst einfach zu halten«, erklärte Mace. »Und um den Einsatz zu verteilen. Kein Geld, keine Papiere. Nichts, was die Steuerbehörden verärgern und verbittern könnte.«

Mo ließ sich Zeit. Viel Zeit. Sogar so viel Zeit, dass die glückliche Familie gemeinsam die *Stoep* verlassen konnte. Als es still war, sagte er leise: »Okay. Ich mache das wegen euch. Aus keinem anderen Grund. Bei jedem anderen würde ich sagen, dass das verdammt eng wird.«

»Wird es auch«, erwiderte Pylon. »Aber das trifft auf uns alle zu.«

»Was mich nicht sonderlich beruhigt.«

Die Kellnerin tauchte mit einer Flasche Cognac auf. »Darf ich nachschenken, Sir?«, erkundigte sie sich bei Pylon. Mace und Mo nickten.

»Scheint so.«

Sie lächelte und goss ihnen eine großzügige Menge ein. »Noch einen Espresso?«

»Nein. Nur die Rechnung, bitte«, erwiderte Pylon.

Als sie sich abwandte, um das verliebte Pärchen zu bedienen, toasteten sich die drei Männer zu.

Mo sagte: »Auf die Chance!«

Pylon sagte: »Auf alte Zeiten!«

Mace sagte: »Ich stoß auf beides an.«

Mace rief Isabella noch vom Weingut aus an. Mo war in seinem M5 davongefahren, Pylon folgte ihm im Mercedes. Er wollte den Nachmittag mit seiner Familie verbringen. Im Sommer war es meist hektisch, man nahm sich frei, wenn es ging. Mace plante, dasselbe zu tun. Er wollte etwas Zeit mit Christa im Swimmingpool verbringen und sich im Wasser treiben lassen, während sich Oumou in Ruhe darum kümmern konnte, welche ihrer Stücke für die diesjährige Keramikausstellung in Frage kamen und welche nicht.

Isabella hob nach dem vierten Mal ab. »Ich hab mich schon gefragt, wann ich von dir höre.«

»Heute ist dein Glückstag«, erwiderte Mace. Er lehnte am Spider, der im Schatten einer großen Eiche geparkt war, und stellte sich Isabella inmitten ihrer Masken und Holzfiguren vor. Nach Weihnachten würde er erneut dort sein, dann konnten sie zur Feier ihres erfolgreichen Deals wieder zusammen essen gehen.

»Und?«

»Es klappt«, sagte Mace. »Von vorne bis hinten.«

Isabella lachte. »Immer noch ganz der alte Mace. Immer noch in der Lage, etwas Derartiges jederzeit auf die Beine zu stellen.«

Mace grinste über das Kompliment, während er das händchenhaltende Paar beobachtete, das auf seinen Wagen zusteuerte. Die Frau winkte ihm verhalten zu, und er nickte. »Die Bezahlung hat einen Moment lang eine gewisse Beunruhigung hervorgerufen.«

»Aber du konntest beruhigen.«

»Natürlich.« Mace hörte, dass in New York ein Wasserkessel kurz vor dem Kochen stand und eine Tasse gegen eine Untertasse klirrte. Isabella und Oumou – die einzigen beiden Frauen auf der Welt, die ihren Tee niemals aus Bechern tranken. »Er hat sich an dich erinnert. Und an die Verbindung.«

»Das bezweifle ich. In beiden Fällen. Aber danke für das Kompliment.« Der Wasserkessel begann zu pfeifen und wurde vom Herd genommen. »Ich kümmere mich um das Logistische, Mace. Kein Grund für dich, dir darüber auch noch den Kopf zu zerbrechen.«

»Das müsste ich«, erwiderte Mace. »Mir darüber den Kopf zerbrechen, meine ich.« Er öffnete die Wagentür und machte es sich hinter dem Lenkrad bequem. »Ich melde mich bald wieder.«

»Kann es kaum erwarten«, sagte sie, und Mace hörte noch das Lachen in ihrer Stimme, ehe sie auflegte. Das Lachen, das ihn so aufbrachte. Und erregte.

12

Francisco sah Ludo an. Dieser erwiderte dessen Augenrollen und sah dann – als Angestellter – als Erster weg.

»Paulo gehört zur Familie«, sagte Francisco und zog an seinem rechten Ohrläppchen, ohne den Blick abzuwenden. »Aber er ist auch ein Arschloch. Weiß ich doch. Schon seit Jahren.«

Ludo behielt seine Meinung für sich. Zündete sich eine Zigarette an.

»Isabella behandelt ihn wie ein Stück Dreck. Dann gibt sie ihm plötzlich diese Chance, sich zu beweisen. Glaubst du, ich hab da irgendwas übersehen?«

Ludo sog den Rauch ein.

Francisco stand auf und ging um den Tisch herum zu dem Teleskop.

»Worin er gut ist, sind Clubs. Klar. Er kann die Clubs bedienen. Zehn Mille die Nacht soll er angeblich schaffen. Das ist tatsächlich weit mehr als die volle Punktzahl. Das funktioniert also. Hält den Idioten aber nicht davon ab, ein Arsch zu sein.«

Francisco presste sein Auge gegen das Teleskop. Beobachtete, wie ein Laster aus Ground Zero herausfuhr.

»Wird das Ganze ein Flop oder was?«, fragte Ludo und blies eine Rauchwolke in die Luft.

»Glaub ich nicht.« Francisco bewegte das Teleskop, um dem Laster zu folgen. »Scheint so, als wäre Isabellas früherer Lover mit von der Partie. Ein Mann namens Mace Bishop. Die Art von Name, die einen stutzen lässt. Aber egal – er hat jedenfalls auf seiner Seite wahre Wunder vollbracht. Die Frage ist jetzt nur, ob er auch an der Front Wunder vollbringen kann. Isabella scheint ziemlich davon überzeugt zu sein.«

»Wenn Isabella das meint«, sagte Ludo, »dann wird es auch so sein.«

Francisco grinste. Er trat hinter Ludo, legte ihm die Hände auf die Schultern und drückte. Ludo war so hart wie Holz.

»Hast du ihre Nummer?«

Ludos Schultern hoben und senkten sich, als er mit ihnen zuckte.

»Keine Sorge. Ich versteh schon. Wenn sie nicht meine Schwester wäre, hätte ich auch ihre Nummer.« Er kehrte zu seinem Stuhl zurück. »Glaubst du, Paulo wird es tatsächlich schaffen, eine solche Menge zu verkaufen?«

»Klar. Im *Rough Guide* steht, dass es dort Unmengen von Clubs gibt. Außerdem sind gerade Ferien. Kein Grund also, warum nicht.«

»Du behältst ihn im Auge. Falls er eine Möglichkeit findet, für sich etwas abzuzweigen, wird er sie nutzen. Ich schick dir wieder ein Geschenk.«

»Verstanden«, erwiderte Ludo und drückte die Kippe in Franciscos sauberem Aschenbecher aus.

Francisco rief die Empfangsdame an, um den schmutzigen Aschenbecher entfernen zu lassen. Während die Frau beschäftigt war, nahm er eine Dokumentenmappe von seinem Schreibtisch und schob sie Ludo hin. Dieser war wieder mal verblüfft, dass Francisco ihm erlaubte, in seinem Büro zu rauchen, wo er doch Zigarettenkippen derart verabscheute.

»Das sind die Papiere«, sagte Francisco. »Du fährst zum Hafen und gehst dort zum Zoll. Finde einen Vusi Irgendwas. Gib ihm zehn Mille der örtlichen Währung. Tausend pro Kilo, so wollen die das da. Dann gibt er dir die Ware. Alles, was du brauchst, sind diese Papiere.« Er klopfte mit dem Finger auf die Mappe.

Ludo nahm sie und stand auf.

»Guten Flug«, sagte Francisco.

»Okay«, erwiderte Ludo. Dachte: New York nach London, fünf Stunden. Umsteigen in London, zwei Stunden Wartezeit. Flug nach Kapstadt, elf Stunden. Sechzehn Stunden reine Flugzeit in der Economy, ohne Chance auf eine Zigarette. Toller Flug.

»Ludovico«, sagte er zu der Frau, die an die Tür kam. Schwarz, um die fünfzig, in einem blauen Hausmantel. Stahlgraue Haare. Starrte ihn über eine randlose Brille hinweg an. »Wir haben dieses Haus gemietet.« Keine Frage – eine Ansage. Paulo stieg aus dem Grand Cherokee, streckte sich und seufzte laut. Die Frau starrte sie beide an. Sie wirkte verwirrt.

»Sprechen Sie Englisch?«, fragte Ludo.

Sie nickte.

»Gut. Wie gesagt, ich heiße Ludovico. L-u-d-o-v-i-c-o.« Er fischte den Ausdruck einer Mail aus seiner Jackentasche. »Es heißt hier, dass wir dieses Haus gemietet haben.« Er betrachtete die Aussicht: unten der Strand, Surfer, die auf den Wellen ritten, Hunderte von Meilen nur Meer, der Himmel endlos.

Die Schwarze trat einen Schritt zur Seite, um ihn hereinzulassen. Er und Paulo drängten sich an ihr vorbei. Das Haus glänzte. Die Frau musste es die ganze Nacht über geputzt haben.

»Makellos«, sagte Ludo. »Hier kann man ja vom Boden essen.«

»Wir haben Teller für Sie«, erklärte die Frau.

Paulo stieß einen Pfiff aus. »Nicht schlecht.«

Riesige Panoramafenster direkt auf den Bilderbuchanblick. Swimmingpool hinter der Terrasse. Vielleicht sogar besser als Kalifornien. Inneneinrichtung: weiche weiße Teppichböden. Ledergarnitur. Offenes Wohn- und Esszimmer. Tisch mit zehn Stühlen. Er betrat die Küche durch eine Tür. Drinnen stand ein riesiger schwarzer Kerl, ganz in Weiß gekleidet. Sogar die Schuhe waren weiß. Er strahlte ihn an.

Der Kerl sagte: »Ich bin Sibusiso. Alles so weit gut gelaufen?«

»Ausgezeichnet«, erwiderte Paulo und streckte ihm eine Hand entgegen. Sie begrüßten sich. »Und wie buchstabieren Sie Ihren Namen?«

Sibusiso buchstabierte: »S-i-b-u-s-i-s-o.«

»Ist das italienisch?«

»Zulu«, antwortete der Kerl. »Ich bin der Koch.«

Paulo rief: »He, Ludo, haben wir etwa auch einen Koch bestellt?«

»Anscheinend«, meinte Ludo. Er hatte in der Zwischenzeit mit der Frau gesprochen und herausgefunden, dass sie Mrs. September hieß und die Haushälterin war. Sie hatte ihm erklärt, dass sie und der Koch nach hinten hinaus wohnten. Hatte während des Gesprächs kein einziges Mal gelächelt.

»Gut, Mrs. September«, sagte er. »Hier ist der Plan. Erstes Frühstück um sieben, ein zweites um elf. Sie putzen zwischen elf und zwölf. Wir essen um drei zu Mittag. Alles, was Sie sonst noch sauberhalten müssen, machen Sie dann, wenn Sie können – meistens, wenn wir weg sind. Um fünf gehen Sie. Dasselbe gilt für Mr. Koch. Wenn wir wollen, dass Sie das Abendessen machen, dann geben wir Ihnen vorher Bescheid.« Er schenkte ihr ein Lächeln, das sie nicht erwiderte. »Wie klingt das?«

»Angemessen«, erwiderte sie.

Ludo fragte sich, warum sie noch nichts von den Päckchen

gesagt hatte, die inzwischen eingetroffen sein mussten. Er vermied es zu fragen, denn sie sollte nicht erfahren, dass er bereits davon wusste. Er wollte, dass es wie eine Überraschung aussah. Vielleicht besser, noch etwas Zeit zu geben, dachte er. Diese Mrs. September war zu wie eine Auster. Eine Art von Zurückhaltung, die er schätzte. Zwanzig Minuten später kam sie mit zwei eingewickelten Weinflaschen wieder, von denen sie jeweils eine den Männern reichte. Außerdem eine Schachtel für Ludo.

Wie Francisco das mal wieder organisiert hatte. Unglaublich. Er hatte die Grußkarten per Fedex geschickt und eine örtliche Weinhandlung beauftragt, den Rest zu erledigen. Die Botschaft an Paulo war klarer, als wenn er sie schriftlich festgehalten hätte: Ich hab überall alles im Griff – vergiss das nie.

»Prächtig«, meinte Paulo. Dachte: Mann, der Kerl kann echt nicht lockerlassen.

Ludo gefiel der Swimmingpool. Ihm gefiel, wie er sich im Wasser treiben lassen und auf den Ozean blicken konnte. Er mochte auch Sibusiso und Mrs. September – vor allem, dass Sibusiso ihm sofort Kaffee brachte, Illy-Espresso aus einem Wunderwerk von Saeco, nachdem er sich hingesetzt hatte. Alles in allem ein besserer Deal, als er erhofft hatte, und er hatte bereits einiges von dieser Reise erwartet.

La bella casa. Er warf vom Pool aus einen Blick darauf. Hübsches Haus. Sein Zimmer lag im ersten Stock und hatte den besten Ausblick. Hinter der Terrasse ein Fernsehzimmer mit einem derart riesigen Flachbildschirm, wie er ihn sogar in New York noch nie gesehen hatte. Mit einem DVD-Spieler. Am besten war das ausgezeichnete Soundsystem für seine blauen CDs. Einziges Manko: keine sommerliche Ballettsaison. Was für eine Stadt war das, verdammt noch mal? Er schwamm an den Beckenrand und zündete sich eine Zigarette an. Rauchte sie, während er sich auf den Fliesen abstützte, den Körper im Wasser. Wie er sich so entspannte, sah er Paulo herauskommen – bereit zum Ausgehen. Mit Rundumsonnenbrille.

»Kommst du?«, wollte er wissen.

»Entspann dich«, sagte Ludo und stieg aus dem Pool. Zehn Minuten später erschien er wieder auf der Terrasse, ein Jackett über dem Arm. Paulo sah so aus, als ob er sich beschweren wollte, sagte aber nichts.

Sie nahmen den Quattro. Paulo fuhr. Der Linksverkehr schien ihn nicht zu stören. Beide rauchten. Als sie an einer roten Ampel hielten, stieg blauer Rauch aus den Autofenstern auf.

»Weißt du, wohin wir müssen?«, fragte Ludo.

»Ja, alles kein Problem«, sagte Paulo, »bis wir zu den kleineren Straßen kommen. Dafür hast du dann den Plan.«

Ludo erwiderte nichts. Die einzigen anderen Worte, die gewechselt wurden, ehe sie den Zoll erreichten, waren Ludos Anweisungen, eine Straße hinunterzufahren, die über mehrere Parkplätze, unter einer Hochstraße hindurch und durch ein Tor auf einen eingezäunten Hof führte. Dort stellte Paulo den Wagen ab.

»Hier?«

»Riecht jedenfalls so«, meinte Ludo. »Docks riechen doch immer nach Fisch und Benzin. Überall in der Welt riechen sie so.«

Es stellte sich heraus, dass ihr Mann beim Zoll, ein gewisser Vusi Themba, ein eigenes Büro im dritten Stock hatte, und zwar auf der guten Seite des Gebäudes mit Blick auf die Docks. Auf der anderen Seite lag der dritte Stock auf der gleichen Höhe wie die Autobahn.

Vusi Themba wirkte locker und offen. Große freundliche Miene, kaffeebraun, Nase, die aussah, als wäre sie ihm ins Gesicht gedrückt worden. Goldene Rolex schwer an seinem linken Handgelenk. Er begrüßte sie und reichte ihnen die Hand. Bat sie herein, schloss die Tür, ließ sie sich setzen, schenkte ihnen Filterkaffee ein, fragte, wie ihnen die Stadt gefalle.

Paulo erklärte, es sei ein toller Ort.

Ludo wollte wissen, ob er etwas dagegen hätte, wenn er rauchte.

Vusi holte ein Päckchen heraus und ließ es die Runde machen. Zündete ihre Zigaretten mit einem Zippo an. Dann wollte er wissen, ob sie planten, eine *Shebeen* zu besuchen und eine Nacht in einem Bed & Breakfast in der Township zu verbringen. Das wäre eine einmalige Erfahrung, Mann. Sollte man nicht verpassen. Wenn sie es so richtig krachen lassen wollten, dann war eine *Shebeen* genau das Richtige. Okay, die Clubs in der Stadt waren auch nicht schlecht. Aber solche Clubs fand man überall auf der Welt. Wenn man nach etwas anderem suchte, dann ging man in eine *Shebeen*.

Warum erzählt er das, fragte sich Paulo. Er suchte bewusst Clubs, wie man sie überall auf der Welt fand. Aber vielleicht wollte dieser Bursche ja auch etwas anderes damit sagen. Ihnen einen Geschäftsplan darlegen. Einen neuen Markt eröffnen. Vielleicht war er weniger Zoll als vielmehr Handel und Industrie. Dachte Paulo.

Ludo dachte: Angenehm. Wirklich angenehm. Und auch Ludo dachte: Was will er uns damit sagen? Dass zehn Mille nicht reichen? Beschloss, ihm den Umschlag mit zwölf Mille zu geben. Das Extra für den Ratschlag.

Vusi grinste die beiden an, drückte seine Zigarette aus und rollte mit dem Stuhl zu einem Wandtresor. Gab einen Code ein, wobei er nicht einmal versuchte, die Zahlen zu verbergen. Ludo merkte sie sich aus alter Gewohnheit. Vusi fasste hinein und holte eine Schachtel heraus, die in braunes Papier eingeschlagen und von einer Schnur umwickelt war. Die Knoten waren mit rotem Wachs versiegelt. Eine zerdrückte Pappschachtel.

Grundgütiger, dachte Ludo. War das nicht das offensichtlichste Päckchen, das er jemals gesehen hatte? Es gab keinen Zweifel, was sich darin befand.

»Hier ist Ihr Kaffee«, sagte Vusi und legte es schwungvoll auf den Schreibtisch. Zehn Kilo waren für einen kräftigen Kerl wie ihn kein Problem.

»Besten Dank«, erwiderte Paulo. Dem Zustand der Schachtel nach zu urteilen, hatten sie Glück gehabt, dass sie nicht aufgebrochen war.

Ludo öffnete seine lederne Umhängetasche, blätterte die Papiere durch, die er zuvor gesichtet hatte, und zog dann einen Umschlag heraus, um ihn Vusi zu reichen.

»Danke«, sagte Vusi und suchte auf seinem Schreibtisch nach einem Brieföffner. Fand einen silbernen mit einer nackten Frau als Griff. Echt geschmackvoll.

»Hübscher Brieföffner«, meinte Paulo.

»Carrol Boyes«, sagte Vusi. »Eine Künstlerin hier aus Kapstadt. Vorzeitiges Weihnachtsgeschenk von einem Importeur. Jüdischer Bursche, hat sich vor allem auf Modeaccessoires spezialisiert.«

Er zählte die Geldscheine, während sie ihm dabei zusahen. Schob den Umschlag in den Tresor, den er daraufhin wieder schloss.

»Also, Gentlemen«, sagte er. »Ich wünsche Ihnen einen guten Aufenthalt.« Dann durchlief er mit ihnen einen Jiveshake und begleitete sie nach draußen.

13

Paulo kam in der ersten Nacht erst einmal ohne Stoff. Genau zur Geisterstunde.

Am Vormittag hatte er herausgefunden, wo sich die jeweiligen Clubs befanden. Er entdeckte Club Catastrophe in einer Seitenstraße – jene Art von innerstädtischer Umgebung, die er so gut kannte. Mittags war hier kaum jemand zu sehen. Auf der anderen Seite der Straße, den Metalltüren des Clubs gegenüber, gab es eine Autowerkstatt. Dort wurden einige Wagen draußen auf dem Bürgersteig repariert. Kleine Aufträge. Zwei Türen weiter war ein Trödelhändler. Über dem Club befanden sich entweder Lagerräume oder billige Büros, wie er vermutete. Die anderen Türen in der Straße waren allesamt mit Gittern verschlossen.

»Wenn man hier abtanzt, tut man das zwischen echten Ravern, jungen Leuten«, las Paulo in seinem Clubführer. »Hier ist jede Nacht mehr Geld im Umlauf als tagsüber in den Büroblöcken.« Klang nicht übel.

»Genau mein Markt«, sagte er laut.

Um Mitternacht war der Verkehr chaotisch. Überall Kids. Die Protzigen vom Strand. Mehr Bauchnabeldiamanten, als Paulo auf dem Einsatz des Juweliers gesehen hatte, bei dem Vittoria den ihren gekauft hatte. Durchschnittsalter auf der Straße war vermutlich mittlere Teens. Kein schlechter Handelsplatz für eine gemächliche Nacht, aber nicht das Richtige für die Sorte Umsatz, die er diesmal brauchte.

Paulo parkte einen Block entfernt, stellte den Audi auf einer Verkehrsinsel ab. Er bahnte sich einen Weg durch die Kids. Er entdeckte zwei hippe Schwarze, die eindeutig Dealer waren, sowie einen weiteren Schwarzen – groß, über und über behängt mit Goldketten, trug Sonnenbrille, ärmelloses T-Shirt, goldbesetzten Gürtel, schwarze Jeans, Stiefel. Er bewegte sich lässig, während sich eine Nutte an ihn schmiegte. Zwei Bodyguards, die kaum auffielen, folgten den beiden. Der Schwarze trat mit niemandem von sich aus in Kontakt, und dennoch teilte sich die Menge vor ihm wie das Rote Meer vor Moses. Paulo registrierte alles interessiert.

Ohne den Goldmann und seine Gefolgschaft aus den Augen zu lassen, entdeckte er zwei weitere Orte, wo gedealt wurde. Nichts Großes. Vor allem Hasch und Ecstasy für die Verzweifelten.

An den Türstehern vorbeizukommen, war leicht. Das obligatorische Drüberstreifen mit dem Metalldetektor, wobei er nicht einmal berührt wurde. Paulo lächelte zufrieden. Selbst wenn er ein Kilo Kokain hier hereinbringen würde, fiele das niemandem auf. Dachte: Mann, eine echte Kinderstadt. Gute Szene. Gothic-Bilder an der Wand. Ziemlich auf Katzen fixiert. Böse Katzenfratzen mit glühenden Augen, wohin man auch blickte. Wenn man hier durchdrehte, würden sie einem wahrscheinlich entgegenfauchen und die Augen auskratzen. Paulo schüttelte den Kopf. Scheißkatzen. Man musste auf E sein, wenn man so auf solche widerlichen Tiere abfuhr. Er schob den Gedanken beiseite und bewegte sich wippend zur Musik, die so eingestellt war, dass sie für seinen Geschmack laut genug dröhnte, um alle anderen Geräusche auszublenden. Vermochte auch die Gedanken auszublenden, wenn man das wollte. Er begann richtig zu tanzen.

Bis fünf Uhr morgens hatte er schließlich fünf Clubs abgeklappert und beschlossen, den sechsten ein anderes Mal aufzusuchen. Er hüpfte vergnügt die Straße entlang. Von dem Schwarzen oder vielmehr von einem seiner Handlanger hatte er zwei E gekauft. Eine Tablette direkt im Catastrophe und die andere im vierten Club, dem Jean Pool. Zu diesem Zeitpunkt waren er und der Schwarze bereits aufeinander fixiert. Bemerkten einander sofort, wenn sie in einem neuen Club auftauchten.

Entweder war der Typ cool oder ein Cop. Paulos Einschätzung nach war er ein echter Dude. Er vermutete sogar, dass er ein potentieller Käufer für eine große Menge Stoff auf einmal sein könnte. Easy. Er hatte dreißig Tage Zeit. Minus Weihnachten, Silvester und die Sonntage. Insgesamt also etwa vierundzwanzig. So wie er sich das ausgerechnet hatte, bedeutete das vierhundert Einzelne pro Nacht. Das hieß echte Arbeit. Das hieß Versklavung. Was er also tun musste, war zu versuchen, einen Riesenhaufen in einem Schwung loszuwerden. Den Dude auf seine Seite zu bringen.

Er stand neben seinem Auto, das noch immer auf der Verkehrsinsel geparkt war. Die Stadt lag nun still da. Frühes Morgenlicht. Die Riesenberge ragten hinter ihm auf. Die Clubbesucher waren verschwunden, die Arbeiter noch nicht aufgewacht. Er zog zwei Linien auf die Kühlerhaube. Rollte einen braunen Zwanziger zusammen und sniffte.

»Eins-A«, sagte er, massierte sich die Nase und leckte sich dann die zurückgebliebenen Körnchen von den Fingerspitzen. Das musste man Big F lassen. Er brachte wirklich immer Spitzenstoff ran.

Paulo fuhr los. Sein Plan: einige Bierchen auf der Terrasse, dann eines von Sibusisos englischen Frühstücken und sich für den Tag hinlegen.

Drei Morgen später rief Paulo gegen drei Uhr zehn Vittoria an. Er befand sich vor dem Catastrophe. Im Höhenflug. Ihre Stimme meldete sich verschlafen.

»Babe«, sagte er. »Babe, ich liebe dich.«

»Mann, Paulo«, entgegnete sie. »Es ist zwei Uhr morgens.« Vittoria wollte nicht wach werden.

»Du musst hierherkommen, Babe«, erklärte er. »Die Art von fantastisch musst du sehen.«

Der Schlaf schwer in ihrem Kopf. Wo zum Teufel war Paulo? Was zum Teufel machte er gerade? Dann fiel es ihr ein. Kapstadt. Er war in Kapstadt. Sie warf erneut einen Blick auf den Radiowecker. Scheiße – zwei Uhr morgens.

Die Stimme drang in ihr Ohr. »Du musst das sehen, Babe. Du musst diesen Riesenberg sehen. Und wie die Kids alle auf der Straße tanzen. Dank des Schnees, den sie Onkel Paulo abkaufen. Tanzt, Kids, tanzt.«

»Paulo«, sagte sie mit schriller Stimme, um sein Geplapper zu durchdringen. »Paulo, hör mir zu. Es ist zwei Uhr morgens. Ich muss schlafen. Meine Titten tun weh, ich hab Kopfschmerzen. Ich fühl mich beschissen, kurz vor meinen Tagen. Hast du schon mal von so was gehört?«

»Ach, Baby«, meinte er. »Armes Baby.«

»Ich leg jetzt auf«, erwiderte sie. »Ruf mich an, wenn du ins Bett gehst. Okay?«

»Baby«, gurrte er. »Babe, ich liebe dich.«

»Ciao, Paulo«, sagte sie.

»Babe, ich hab gerade den Mond abgeschossen«, erklärte er.

Sie legte auf. In vier Tagen sollte sie auch dort sein. Die beiden Ärsche loswerden und ihr Leben zurückbekommen.

Warum Paulo auf einem Höhenflug war und warum er gerade den Mond abgeschossen hatte? Weil er mitten ins Schwarze getroffen hatte.

Er war in der zweiten Nacht zum Angriff übergegangen und hatte Lockangebote und Verführer zu jeweils einem halben Gramm verteilt – umsonst. Sobald die Kunden ihre Nasen in seine Richtung gesteckt hatten, waren sie ihm auch schon in die Falle gegangen. Sie wollten mehr. Morgen, Leute, versprach Paulo und versuchte, cool zu bleiben. In der nächsten

Nacht kam er zurück, diesmal voll auf Geschäft ausgerichtet. Er verkaufte dreihundertfünfzig Einzelne. Und machte einen größeren Deal. Weshalb er auf die Idee kam, Vittoria um drei Uhr morgens anzurufen.

»Echt der Wahnsinn, Mann, unglaublich«, verkündete er Ludo gegenüber, als er wieder im Palast war.

Ludo behauptete, er sei beeindruckt. Das war nach dem zweiten Frühstück. Paulo war viel zu aufgeregt, um schlafen zu können. Er und Ludo machten es sich unter dem Sonnenschirm bequem.

»Ruf den Mann an. Sag's ihm«, schlug Paulo vor. »Sag Francisco, dass ich ein Kilo vertickt hab, auf einen Schlag.«

»Echt?«, fragte Ludo.

»Und wie echt«, meinte Paulo.

Folgendes war passiert: Er hatte den Xhosa mit den Glitzerketten wiedergetroffen. Im Chill-out-Room des Club Catastrophe. Paulo tanzte und sah den anderen zu, ohne wirklich zu sehen. Er war ziemlich benebelt. Der Schwarze kam herein, minus die Nutte. Minus die Bodyguards. Sie nickten sich zu. Der Typ legte eine Hand auf seine Schulter – weder grob noch sanft. Nur entschlossen. Er drückte fest zu.

Paulo sagte: »Wenn du so weitermachst, Mann, ramm ich dir eine lange Carrol Boyes in den Bauch.«

Ihm hatte der Brieföffner gefallen, den er in dem Büro des Zollbeamten gesehen hatte, weshalb er sich ebenfalls einen gekauft und diesen geschärft hatte. Der Griff war eine nackte Tussi mit Riesentitten und einer Muschi. Passte perfekt in seine Hand. Er trug ihn in einem Futteral an seinem Handgelenk.

Der Xhosa lachte.

»Ein Ami«, sagte er. »He, Boss«, fuhr er fort, »du hast mir gerade hundert Mäuse eingebracht.«

Er setzte sich neben Paulo.

»Ich hab denen gesagt, dass nur ein Ami so rüberkommt, wie du das machst.«

Er streckte ihm die Hand zum Gruß entgegen.

»Wenn du was über mich wissen willst, frag einfach nach Oupa K«, meinte er und blitzte ihn mit seinen Goldzähnen an. »Was ein Ami nicht weiß: Oupa steht für Großvater und K für Kaffer. Ein Weißer, der dieses Wort benutzt, kriegt eine lange Radspeiche in die Lunge gerammt. So ein kleines Loch blutet gar nicht, aber die ganze Luft kommt auf einmal raus. Wusch.«

Er grinste Paulo an, der zurückgrinste, die angebotene Hand ergriff und »Paulo« sagte.

»Also – und wer ist diese Carrol, Paulo?«

Paulo holte sie aus seinem Ärmel.

»Stilvoll«, meinte Oupa K.

Paulo schob sie wieder in ihr Futteral und holte stattdessen eins seiner Süßstoffpäckchen heraus.

»Darüber müssen wir beide *indaba*, Boss«, meinte Oupa K. »Wie ein Ami vermutlich erraten kann, heißt *indaba* par-läi. Labern.«

Zwei Männer betraten den Chill-out-Room. Ohne aufzublicken, befahl Oupa K. ihnen, wieder zu verschwinden. Sie taten es, ohne zu murren.

»Boss«, sagte er, lehnte sich zurück und schloss die Augen. »Ich will dich hier nicht haben.«

Paulo erwiderte: »Probier das Zeug, und dann können wir *indaba*, wie du's nennst.«

Oupa K öffnete gemächlich die Augen, die sagten: Du redest Scheiße. Trotzdem befeuchtete er eine Fingerspitze, tauchte sie in das Pulver und leckte sie ab. Feine, feine Körnchen. Paulo bildete auf der Armlehne mit seiner Amex eine Linie mit dem Rest. Oupa K sog sie sich mit einem raschen Schniefen in die Nase.

Sie lehnten sich beide zurück und sahen den Tänzern auf dem Bildschirm zu, ohne zu sehen.

Paulo sagte: »Wovon sie auf den Wirtschaftsschulen immer *indaba*, sind Partnerschaften. Echte Win-Win-Situationen.«

Oupa K schwieg.

»Die Art Partnerschaft, die ich hier suche«, fuhr Paulo fort, »sollte die Reichweite der Marke vergrößern.«

Oupa K brach in Gelächter aus, in das auch Paulo einstimmte.

Paulo skizzierte einen Deal. Oupa K würde ein Kilo zum Schleuderpreis bekommen, um das Zeug in den *Shebeens* zu verkaufen. Nur in den *Shebeens*. Außerdem würde er, Paulo, ihm fünf Prozent Vergütung für alle örtlichen Verkäufe zahlen. Für das Recht, hier zu dealen.

»Zehn Prozent«, sagte Oupa K.

»Fünf«, entgegnete Paulo, der davon ausging, die fünf Prozent locker wieder hereinzuholen, wenn er etwas an der tatsächlichen Menge herumdokterte. Zehn Prozent machte die Marke weniger heiß. Auf einem umkämpften Markt war so etwas keine gute Idee.

»Fünf«, wiederholte er.

Oupa K erklärte: »Du könntest bei der Vergütung bescheißen.«

»Könnte ich«, sagte Paulo.

Sie sahen der Kamera dabei zu, als sie über die Köpfe wanderte, die Leute im Stroboskop zuckten.

»Letztlich«, meinte Paulo, »geht es immer um gegenseitiges Vertrauen.«

Oupa K warf ihm einen raschen Blick zu. »Für einen Weißen hast du seltsame Geschäftsvorstellungen.«

Wie um diesen Eindruck noch zu unterstreichen, ließ sich Paulo beim Preis um fünfzigtausend Rand herunterhandeln, was er insgeheim einen Nachlass nannte. Er war sich unsicher, wie er das wieder hereinholen sollte, und wusste, dass Ludo wütend sein würde. Oupa K dachte, der Ami müsse irgendetwas für sich behalten, wenn er so guten Stoff für so wenig vertickte.

Sie vereinbarten, den Austausch auf dem Mouille Point stattfinden zu lassen, einem Parkplatz neben dem Leuchtturm – jener Ort, den Paulo für große Deals auserkoren hatte. Gute Sicht. Genügend Leute in der Gegend, die dort mit ihren Kindern und Hunden spazieren gingen. Anonym. Der Xhosa würde vermutlich seine Bodyguards schicken und nicht selbst auftauchen. Das ließ sein Aussehen nicht zu. Für Paulo und Ludo war es hingegen eine Umgebung, mit der sie klarkamen.

Oupa K stand auf. Sie tauschten den Jiveshake aus.

»Behalt die Luft in den Lungen«, sagte Oupa K und verließ den Chill-out-Room.

»Ruf den Mann an«, sagte Paulo. »Erzähl's ihm.«

Ludo drückte seine Zigarette aus, nahm sein Handy, suchte das Telefonbuch auf dem Display, wählte Franciscos Nummer aus, drückte die grüne Taste und blies eine graue Rauchwolke in die Luft.

Francisco begann sofort mit der üblichen Leier: Dass sich der Playboy besser ins Zeug legen solle, denn Isabella plane bereits einen Riesen-Riesen-Deal für Mitte Januar. Bar auf die Kralle, kein Bockmist. Also: Der Playboy solle den ganzen Schnee am besten schon morgen in Rand verwandeln. Wenn das nicht passiere, sei die Kacke echt am Dampfen. Megawichtige Kontakte stünden hier auf dem Spiel.

»Schon klar«, sagte Ludo. »Willst du auch eine gute Nachricht hören?«

Aber Francisco hatte bereits aufgelegt.

Sie benutzten den Quattro als potentiellen Fluchtwagen. Ludo stellte ihn eine Stunde zu früh auf der begrünten Seite des Parkplatzes in einer Parkbucht ab, die auf den Ozean hinausblickte. Dann wanderte er die Promenade entlang, um sich auf eine Bank zu setzen, nicht weit vom Auto entfernt. Ein Mann in seinem Alter, der ein wenig die Zeit verbummelte, würde hier keine Taube erschrecken. Ludo wollte auf Nummer sicher gehen. Schnitzer konnten passieren, man durfte nichts Unnötiges riskieren.

Paulo parkte den Cherokee in einer Seitenstraße und wartete, bis es zehn Minuten vor der vereinbarten Zeit war. Der Stoff befand sich in einem Päckchen, das noch eine Stunde zuvor weißes Mehl enthalten hatte, und das Päckchen wiederum steckte in einer Tüte von 7Eleven. In einer weiteren Tüte eine kleine Flasche Cola. So sah es aus, als würde er gerade vom Einkaufen wiederkommen. Er machte sich auf den Weg zwischen den Häuserblöcken die Straße hinunter, über den Rasen bis auf die Strandpromenade, auf die er weit genug vom Leuchtturm entfernt stieß, um nicht aufzufallen – falls jemand Ausschau halten sollte. Was er bezweifelte. Oupa Ks Stil, vermutete er, wäre eher, einzutreffen, den Deal über die Bühne zu bringen und dann wieder getrennter Wege zu gehen. *Greif nicht vor, sondern stell dich auf alles ein.* Während er am Meer entlangschlenderte, malte er sich aus, dass sie den Stoff einsacken, aber nicht dafür bezahlen würden. Was nutzten dann Ludo und seine Neun-Millimeter?

Ludo entdeckte Paulo, als dieser den Rasen überquerte. Er machte sich keine großen Gedanken über den Austausch. Er hatte genügend derartige Situationen erlebt, um zu wissen, dass meistens das passierte, was passieren sollte – abgesehen höchstens von ein paar erhitzten Wortgefechten oder einigen Aggressionsausbrüchen. Paulos Sorgen erschienen ihm maßlos übertrieben.

Paulo blieb wie vereinbart auf der Promenade vor dem Quattro stehen. Lehnte sich ans Geländer, stellte die Tüten ab, zündete sich eine Zigarette an. Nach einigen Zügen beugte er sich zur Cola hinunter, hob sie hoch, schraubte den Deckel ab und nahm einen großen Schluck. Jeder, der ihn beobachtete, würde einen Mann sehen, der mit seinen Einkäufen auf dem Nachhauseweg war und gerade eine kurze Pause einlegte, um die Aussicht zu genießen.

Ludo schlenderte zu einer Bank in der Nähe, setzte sich, zündete sich ebenfalls eine Kippe an. Pünktlich auf die Minute. Wie vereinbart. Seine Gegenwart störte nicht einmal die Tauben. Einige Möwen kreisten über ihm und stießen ihre schrillen Schreie aus.

So vergingen fünfzehn Minuten. Dann weitere zehn.

Nach einer halben Stunde dachte Ludo: Nein, da passiert nichts mehr. Oder war es doch eine Polizeiaktion? Paulo konnte man leicht identifizieren, aber für die Bullen würde es trotzdem schwierig sein, die Verknüpfung herzustellen. Worst-Case-Szenario: der Verlust eines großes Teils der Einnahmen. Sollte es dazu kommen, wäre Paulo am Ende. Tot. Ludo musterte die Autos und die Leute, konnte aber nichts entdecken, was auf eine bevorstehende Verhaftung hindeutete. Für eine solche Situation hatten sie vereinbart, unauffällig zu verschwinden und sich hinter dem Wohnblock zu treffen. Gleich würde er diesem Plan folgen.

Paulo entfernte sich etwas vom Stoff. Blieb allerdings noch so nahe, dass er ihn jederzeit nehmen konnte, falls er plötzlich abhauen musste. Wie Ludo dachte auch er: Bullen. Wie Ludo konnte auch er keine entdecken. Sollten sich die vorbeikommenden Walker als Drogenfahnder entpuppen, würde er nichts von den 7Eleven-Tüten wissen. Er war verärgert. Er hatte Oupa K nicht als Schwätzer eingeschätzt. Er hatte ihn für echt gehalten. Fuck, was würde Big F sagen, wenn sie die Ware verloren? Er würde seinen Arsch auf einem Silbertablett verlangen. Paulo nahm die Tüten und begann sich dem Plan gemäß zu entfernen.

Ludo beobachtete ihn. Dachte, er würde ihm einige Minuten Vorsprung geben und dann im Quattro davonfahren, als plötzlich ein Transporter dahergeknattert kam. Getönte Scheiben. Graffiti an den Seiten, oben, unten, hinten. Requiemsmusik in voller Lautstärke.

Die Schiebetür schwang auf, Oupa K stieg aus. Schob die Sonnenbrille auf die Stirn, blinzelte Paulo an, brüllte ihm zu, das Zeug herzubringen. Irgendein Quasselstrippensopran sang über die Stereoanlage ein Ave Maria. Kein Mensch im Umkreis von fünfzig Metern sah woandershin. Auch Ludo nicht, der ziemlich beeindruckt war.

Paulo trat auf Oupa K zu. »Welche verdammte Zeit nennst du das?«

»Afrikanische Zeit«, sagte Oupa K.

»Mann«, erwiderte Paulo. »Ich habe fünf gesagt. Und nicht Viertel vor sechs.«

»Boss«, entgegnete Oupa K und streckte die Hand nach der Plastiktüte aus. »Du weißt, was ich gesagt habe.«

Paulo hielt die Tüte außer Reichweite. »Wo ist das Geld?«

Oupa K lächelte. »Im Auto. Steig ein, und hör dir die Musik an.«

»Nein«, antwortete Paulo. »Bring's mir raus.«

»Boss ... Ami-Boss – wo ist plötzlich dein Vertrauen hin?«

Paulo zuckte mit den Schultern.

Sie tauschten Tüten aus. Paulo wog das Geld ab.

»Das ist auch alles?«

Oupa K grinste ihn an. »Hab Vertrauen, Bruder.«

Ein weiterer Kerl im Transporter kontrollierte die 7Eleven-Tüte. Nicht der geringste Versuch, irgendetwas zu vertuschen. Oupa K testete den Inhalt, nickte.

Paulo dachte: Jemand schaut uns garantiert zu und ruft gleich die Bullen.

Ludo dachte Ähnliches. Andererseits ließ eine solche Dreistigkeit die Zuschauer vermutlich fassungslos erstarren. Niemand würde so recht glauben, was er da mit eigenen Augen sah. Er hörte Paulo sagen: »Ich weiß nicht.« Daraufhin der Schwarze: »Vertrauen, Boss, du hast gesagt, wir müssen Vertrauen haben.«

Der Schwarze stieg in den Wagen. Der Wagen fuhr davon. Paulo tat das Gleiche mit dem Quattro. Ludo war froh, die Nummernschilder ausgetauscht zu haben.

Als er aufstand, um zu gehen, fragte eine weiße ältere Frau, die mit ihren Enkelkindern zu ihm trat: »Was war das denn?«

»Keine Ahnung«, erwiderte Ludo. »Drogen, nehm ich an.« Schlenderte davon. Hörte noch, wie die Oma sagte: »Verfluchte *Munts*.«

14

Mailand zu verlassen fiel ihr leicht. Im Grunde konnte es nicht schnell genug gehen. Vittoria hatte bereits am frühen Nachmittag gepackt. Sie saß angespannt auf dem Bett und lauschte Bon Jovi auf ihrem Discman. Es war noch genügend Stoff für zwei Kicks da – einer jetzt und der andere, sobald die Taxis eintrafen.

Sie zog eine Linie auf der Frisierkommode und legte sich danach hin, Bon Jovi auf voller Lautstärke.

Zwanzig Minuten später landete Vittoria wieder in der Realität. Paulo hat besser was in Reserve, dachte sie – nach der ganzen Prahlerei, die er abgezogen hat. Es beunruhigte sie, ohne Stoff zu sein. Ihrer Rechnung nach würde sie alles in allem sechzehn, vielleicht sogar siebzehn Stunden von Tür zu

Tür brauchen. Zwei Stunden Check-In in Mailand. Fünfundvierzig Minuten Flug. Zwei Stunden Aufenthalt in Rom, um auf den Anschlussflug zu warten. Weitere zehn Stunden Flug. Dann endlich Paulo. Die beiden Arschlöcher abknallen, ihren Urlaub genießen.

Als sie hörte, dass die Taxis eingetroffen waren, sog sie die letzte Linie hoch. Auch das letzte Krümelchen – wie ein Staubsauger. Musste bei der Vorstellung grinsen. Dann verließ sie die Suite, ohne auch nur einen einzigen Blick zurückzuwerfen.

Auf zum Kill, war der Gedanke, der ihr durch den Kopf ging, während sie die Treppe in die Eingangshalle hinablief. Sie schleppte ihren Koffer selbst. Nur einen einzigen Koffer. Unten hingegen war so viel Gepäck gestapelt, als sollte ein Fashion-Shooting stattfinden. Durch die verspiegelten Wände sah es noch voller aus. Koffer ad infinitum. Vittoria musste lachen.

»Gibt es in Kapstadt keine Waschmaschinen?«, fragte sie auf der letzten Treppenstufe. Sie musterte die ganzen Gepäckstücke.

Dieter fuhr sie an: »Halt die Klappe, Schlampe.«

Die Taxifahrer hievten die Koffer in ihre Autos und grinsten angesichts dieser Liebe und Glückseligkeit.

»Manieren, Manieren!«, sang Vittoria. Dieter gab nervös letzte Anweisungen, während Camillo von oben herunterbellte: »Hast du die Flugtickets? Wo sind unsere Pässe? Ich kann den Puder nicht finden. Warum nimmst du den weißen Anzug nicht mit? Dort drüben ist schließlich Sommer. Ich mag dich in dem weißen Anzug.«

Solche Fragen und Quengeleien, obwohl sie bereits seit zwei Tagen packten und die Hälfte der Koffer schon zugeschlossen und in den Taxis verstaut waren.

Vittoria sagte leise, aber laut genug, dass Dieter sie hören konnte: »Idiotische Schwuchteln.«

Den Faustschlag, der sie am Wangenknochen traf, hatte sie nicht erwartet. Dieter drehte eine Pirouette – halb wie ein Balletttänzer, halb wie ein Kickboxer. Der Schlag tat weh und brachte sie ins Taumeln. Selbst die Taxifahrer protestierten. Vittoria torkelte gegen die Spiegelwände. Sie presste eine Hand auf ihre Wange, während sie sich nach einer Waffe umsah. Als sie die Regenschirme entdeckte, stürzte sie sich auf sie. Sie hätte Dieter im Fechtstil einen Regenschirm in die Rippen gebohrt, wenn in diesem Moment nicht Camillo die Treppe hinuntergekommen wäre und auf Deutsch geschrien hätte: »Was tut ihr da? Lasst das! Sofort!«

Vittoria hielt inne und beschimpfte Dieter stattdessen auf Italienisch als schwanzlutschenden Latex-Nazi.

Dieter brüllte, dass es an der Zeit sei, diese nutzlose Schlampe endlich nach New York zurückzuschicken. Dass die Fotze so fruchtbar wie Staub sei. Letzteres erklärte er zur Information der Taxifahrer ebenfalls auf Italienisch.

»Steigt ins Taxi«, befahl Camillo.

Sie fuhren schweigend nach Linate. Dieter schmollte. Er saß vorne und starrte in den Regen, der gegen die Windschutzscheibe prasselte. Vittoria war froh, Mailand zu verlassen. Sie wünschte sich nur, sie könnte auf die Straße spucken. Ihre Wange pochte.

Camillo fragte: »Freust du dich nicht, dass wir in die Sonne fahren?«

Vittoria dachte: Du gibst hoffentlich dein Bestes, Paulo. Laut erwiderte sie: »Oh doch. Und wie.«

Camillo hatte arrangiert, dass sie am Cape Town International von Sicherheitsleuten empfangen würden. Zwei gepflegte Typen in Schwarz stellten sich als Mace und Pylon von *Complete Security* vor. Freundliche, attraktive Männer, die Vittoria interessiert musterten, wie sie zu ihrer Zufriedenheit feststellte. Auf der Fahrt in die Stadt saßen Mace und Pylon vorne, um den Minibus zu kutschieren, den sie in letzter Minute organisiert hatten. »Wie gefällt dir das?«, wollte Camillo wissen.

»Wundervoll«, erwiderte Vittoria gedankenverloren. Sie blickte zu dem leuchtenden Berg und einem Himmel voller Sonne hinüber – ein Anblick, wie sie ihn seit Monaten nicht genossen hatte. »Wenn es die Slums nicht gäbe.«

»Die Schwarzen sind ein Problem«, sagte Dieter. »Zu viele Kinder.« Als Vittoria nicht antwortete, fügte er hinzu: »Noch dazu haben sie AIDS.«

»Unser Kind wird das nicht haben«, meinte Camillo. »Er wird alles bekommen. Vielleicht können wir gleich morgen anfangen, ein Baby zu machen. Was denkst du?«

Vittoria dachte: Den Teufel können wir.

»Ja, was denkst du?«, bohrte Dieter nach und drehte sich grinsend zu ihr um.

»Du kannst mich mal«, sagte Vittoria und beobachtete, wie ein Schwarzer auf einer Verkehrsinsel stand und sich bereitmachte, über die stark befahrene Straße zu rennen. Dieter starrte sie finster an. Der schwarze Mann begann zu laufen. Sie schloss die Augen und hörte das Quietschen von Reifen und ausgedehntes Hupen. Drehte sich um und sah, dass der Mann tatsächlich sicher über die Straße gekommen war und dem Verkehr zuwinkte.

Das Haus befand sich weit oben auf dem Berg über der Stadt. Die Sicherheitsleute trugen das Gepäck in die Villa, einen Koffer nach dem anderen.

Camillo hielt ihnen ein Trinkgeld hin. Der Typ, der Mace hieß, erklärte, das gehöre zum Service.

»Und wenn Sie ausgehen möchten, rufen Sie uns einfach an«, sagte der andere mit dem komischen Namen. »Jederzeit.« Er erklärte, dass es leider sicherer sei, bei einer Bedrohung das installierte Alarmsystem der jeweiligen Armed-Response-Sicherheitsfirma im Haus auszulösen als einen Handyanruf zu tätigen oder sogar den Panikschalter zu drücken. »Zwei Minuten, und Sie haben mehrere bewaffnete Männer im Haus«, sagte er.

Sie gingen, nicht jedoch ehe sie Vittoria noch einmal von oben bis unten begafft hatten.

Vittoria nahm den kürzesten Weg zum Swimmingpool, setzte sich an den Rand, streckte die Füße im Wasser. Kurz darauf hing sie an ihrem Handy und telefonierte mit Paulo. Sie lechzte nach Freiheit und Stoff.

Erzählte: »Dieser Scheißkerl Camillo will schon morgen anfangen, aber das ist zu früh. Ich hab's dir gesagt: nie-nie wieder.«

»Was passiert denn schlimmstenfalls?«, erwiderte Paulo. »Noch einmal bumsen – mehr nicht.«

»Nein«, widersprach Vittoria. »Du kommst her und richtest das. Und zwar jetzt.« Sie war mit den Nerven fertig und brauchte dringend einen Hit.

Paulo seufzte. »So einfach ist das nicht, Süße.«

»Verdammt, Paulo.«

»Die Knarre gehört Ludo. Ich muss sie hier erst mal rausschmuggeln. Ohne Waffe werden die Homos mich garantiert nicht ernst nehmen.«

»Dann schmuggle sie raus, Mann. Aber komm endlich hierher!«

»Okay, okay. Warte, ja? Okay.«

»Ich warte.« Sie nannte ihm die Adresse und legte auf. Es fühlte sich an, als ob sie Glas im Auge hätte.

Vittoria stand auf und marschierte zum Haus zurück. Dieter stand auf der Terrasse und musterte sie eingehend von Kopf bis Fuß.

»Schöner Ausblick«, sagte er.

»Großartig«, erwiderte sie.

»Genieß ihn, Liebes. Du hast nur vier Tage dazu.«

Vittoria blieb stehen. »Was soll das heißen?«

Dieter wedelte mit einer Floppydisk vor ihrer Nase herum. »Ciao, ciao, Vittoria. Wenn wir fertig sind, fährst du brav heim zu Mama.«

Camillo trat aus dem Haus. Umgezogen, frisch geduscht. Wie aus einer Werbung für First-Class-Flüge.

»Was ist hier los?«, wollte sie von ihm wissen.

»Hm?«, erwiderte er.

»Dieser Scheiß mit den vier Tagen.«

»Es ist besser für uns alle. Denkst du nicht?«, meinte Camillo. »Wir mögen dich nicht, und du magst uns nicht. Basta.«

Vittoria dachte: So weit, so gut. »In vier Tagen kommt erst mein Eisprung.«

Dieter sagte: »Mist.«

Camillo dachte nach. Meinte: »Okay, dann müssen wir etwas länger warten. Warum auch nicht.«

»Und wenn ich schwanger werde?«

»Falls du schwanger wirst«, sagte Camillo. »Dann machen wir einen DNS-Test. Sollte es tatsächlich mein Baby sein, werde ich mich an den Vertrag halten.«

Dieter öffnete eine Flasche Champagner. Camillo meinte zu Vittoria: »Ist das nicht romantisch?« Nahm einen Schluck Moët, während er sie ansah.

Vittoria dachte: zum Teufel mit diesen Ärschen. Sie verstand, was seine Miene bedeutete, warum er sich die Lippen befeuchtete, während er ihr ein Glas Champagner eingoss, es ihr reichte und ihr zuprostete: »Auf deinen Erfolg.«

»Ich leg mich hin«, erwiderte Vittoria und ließ die zwei Schwuchteln in ihren Korbstühlen allein, damit sie den Ausblick genießen konnten.

Eine Stunde später klingelte es an der Gegensprechanlage. Sie stand auf, um zu antworten. Paulo sagte: »Ich bin's.« Sie ließ ihn herein.

15

Sie saßen auf einer karierten Wolldecke zwischen den zahlreichen Besuchern des Sonntagskonzerts in Kirstenbosch Gardens: Mace, Oumou, Treasure, Pylon. Die Mädchen Christa und Pumla lasen in ihren Büchern. Was ist bloß los mit diesen Kids, dachte Mace, dass sie ständig so viel lesen müssen. Er streckte sich. Sein Kopf lag auf Oumous Oberschenkeln, mit den nackten Füßen stupste er seine Tochter an, triezte sie. Christa schlug nach seinen Knöcheln, ohne von ihrem Buch aufzusehen, ohne wütend zu werden. Sie schien eher ein lästiges Insekt zu verscheuchen.

»Mace«, sagte Oumou. »Lass das.« Erklärte ihm auch auf Französisch, dass er endlich aufhören solle, das Mädchen zu ärgern.

Die Menge um sie herum war größer geworden. Kein Fleckchen Rasen mehr unter all den Decken und Baumwolltüchern. Die Leute aßen ihr Picknick und gurgelten den Wein hinunter, als ob sich das in der Stadt des Weins so gehörte. Oumou und Treasure tranken Sekt aus langstieligen Gläsern, Mace und Pylon Bier.

»Und – was meinst du dazu, Oumou?«, fragte Treasure. »Dass die beiden ein Wochenende verreisen wollen.«

»Das ist rein geschäftlich«, protestierte Pylon mit schriller Stimme.

»Behauptest du. Ihr müsstet doch nicht gleich ein Flugzeug chartern, wenn es etwas Geschäftliches wäre. Mace fliegt sogar selbst.«

»Die Reichen und Mächtigen beschützen«, sagte Pylon. »Damit verdienen wir unser Geld.«

»Ihr beiden zusammen? Ein ganzes Wochenende lang?«

»Mich stört das nicht«, meinte Oumou. Sie blickte auf Mace herab und lächelte.

»Da ist auch noch ein Festival«, erklärte Treasure. »Die beiden werden es sich gutgehen lassen.«

»In Luanda?«, sagte Mace. »Glaube ich kaum. Ich könnte mir angenehmere Orte für so etwas vorstellen.«

»Ein Festival?«, fragte Oumou.

Mace blieb keine Zeit, ihr zu erklären, worum es ging. In diesem Moment betraten nämlich die *Blues Broers* in dunklen Anzügen und Sonnenbrillen die Bühne: Bassgitarrist Big Rob mit einem Schlapphut und der Doc mit seinem Pork-Pie-Hut. Big Rob begann sogleich eine Mundharmonika-Unterhaltung mit Albert Frosts Leadgitarre, während Agent Orange auf dem Keyboard einen Riff spielte, der Maces Blick über die sonnenbestrahlten Vororte zu den Wasserkühltürmen und der zersiedelten Landschaft mit den glänzenden Fenstern in den Büroblöcken dahinter wandern ließ.

Er wusste natürlich, dass ein solcher Deal einige Risiken barg. Aber Risiken ließen sich nicht vermeiden. Wenn jedoch alles klappte – und es gab keinen Grund, warum es das nicht tun sollte –, würden sie bald alles in trockenen Tüchern haben. Er könnte seinen Kredit vielleicht nicht komplett zurückzahlen, aber würde sich auf dem besten Weg dorthin befinden. Die Welt sähe entschieden weniger beängstigend aus. Mace drückte sich enger an Oumou. Die Vorstellung gefiel ihm ausgezeichnet.

Als Oumou seine Bewegung spürte, strich sie ihm mit der Hand über das kurze Haar und begann mit den Fingerspitzen seine Schädeldecke zu massieren. Mace schloss die Augen und konzentrierte sich auf den Song. Agent Orange sang von einem Mann in einem Zug, der ans Ende seiner Reise kam und in einen düsteren Bahnhof in einer fernen Stadt einfuhr. Er fühlte sich dort als Fremder, wo alle anderen zu Hause waren. Mace wurde bewusst, wie lange er sich schon nicht mehr so gefühlt hatte. Heutzutage war er Familienvater und Ehemann.

Am Ende des Songs beugte sich Oumou zu ihm herab und fragte: »Was ist das für ein Festival?«

»Ich hab keine Ahnung«, erwiderte Mace. »Nicht die geringste.«

Über den Applaus hinweg meinte Treasure: »Von all den Zeiten, die sie hätten auswählen können, wählen sie die, wenn es ein Festival gibt.«

»War nicht unsere Entscheidung«, sagte Pylon. »Das ist der Zeitpunkt, wo unser Klient sein Meeting hat. Was kann man machen?«

»Eifersüchtig, Treasure?«, fragte Mace. »Auf zwei Jungs, die Spaß haben könnten?«

Oumou lächelte über seine Spöttelei.

Treasure sagte: »Er könnte zu Hause sein und mir im Garten helfen.«

Mace war sich nicht sicher, ob sie das tatsächlich ernst meinte. Pylons Miene nach zu urteilen wusste er es ebenso wenig.

Die Band spielte mehrere Songs hintereinander, was das Publikum dazu brachte, aufzuspringen und zur Musik zu tanzen, als würden sie an irgendeinem sommerlichen Ritus teilnehmen. Mace hob seine Tochter hoch, und Christa schlang ihre Arme um seinen Hals und den von Oumou. Sie balancierten ihre Tochter mit baumelnden Beinen zwischen ihnen, während ihr Körper rhythmisch zuckte.

Als die Band zu Ende gespielt hatte, machte sich Mace auf die Suche nach einer Cola für die Mädchen. Er ließ Oumou und Treasure ausgestreckt auf der Wolldecke zurück, Pylon daneben mit geschlossenen Augen. Wahrscheinlich träumt er von Geld, dachte Mace. Er wanderte den Rasenhügel hinunter zu dem Café, hinter dem die Gärten inzwischen im Schatten lagen. Der Berg war ebenfalls dunkel. Überall genossen die Leute die abendliche Dämmerung und die warme Luft.

Auf einer Brücke, die über einen Bach führte, berührte ihn jemand von hinten am Arm. Er drehte sich um und sah in die kalten Augen Sheemina Februarys, die ihn anfunkelte.

»Gefällt Ihnen das Konzert?«, fragte sie.

Mace nickte. »Was wollen Sie?« Seine Stimme klang gepresst, während er das weiße Top bemerkte, das einen klaren Blick auf die Rundung ihrer Brüste freigab. Die linke Hand hatte sie in die Jackentasche gesteckt.

»Ich wollte Ihnen nur sagen, wie sehr ich Ihr altes Haus genieße. Ihr früheres Zuhause«, korrigierte sie sich. »Es strahlt so etwas Friedliches aus – trotz allem, was dort passiert ist.«

»Dann können Sie sich ja glücklich schätzen«, erwiderte Mace und wandte sich zum Gehen, ehe er innehielt. »Eines noch … Eines versteh ich nicht.«

Sie zog fragend und leicht amüsiert die Augenbrauen hoch. »Und das wäre?«

»Welchen Kick gibt Ihnen das eigentlich?«

»Kick?« Sie lachte. »Es geht nicht um einen Kick. Es geht um richtig und falsch. Um Gerechtigkeit. Deshalb bin ich Anwältin geworden.«

»Ich würde es eher Stalking nennen«, entgegnete Mace. »Pervers. Und ich hab gehört, dass das eine Ihrer Spezialitäten ist.«

Sie erstarrte. Durchbohrte ihn mit ihren eisigen Augen. »Sie sollten sich fragen, wer hier pervers ist. Und wer der Schuldige.« Gleich darauf erschien wieder ein kaltes Lächeln auf ihrem Gesicht. »Unser Familienmann, der gute Mace Bishop. Der liebende Vater. Der liebende Ehemann. Machen Sie sich doch nichts vor.«

Sie hob die rechte Hand, winkte ihm zu und ließ ihn dann stehen. Er sah ihr hinterher, die Augen auf ihren Hintern in den engen Jeans gerichtet, soweit dieser unter der Jacke zu sehen war.

Fick dich, dachte er. Fick dich dafür, dass du mir meinen Tag ruiniert hast.

16

Am Montagmorgen saßen Mace und Pylon auf dem Dunkley Square bei einem frühen Cappuccino. Entspannten sich im Schatten eines Sonnenschirms. Die Hitze bereits drückend. Über dem Berggipfel deutete ein Wolkenfetzen auf eine Brise über False Bay hin, aber in der Stadt stand die Luft und roch nach Benzin und Abgasen.

Mace fragte: »Die Mädels haben's also tatsächlich geschluckt?«

Pylon faltete seine Zeitung zusammen und legte sie beiseite. »Treasure wollte mehr Informationen. Zum Beispiel, wer dieser Typ ist, der gleich zwei Bodyguards bräuchte. Ich habe ihr erklärt, das sei vertraulich. Könne ihr den Namen nicht nennen. Auch den seiner Firma nicht. Sie sieht mich an, als wär ich bescheuert. Also beteuere ich, dass wirklich alles in Ordnung ist. Er würde gutes Geld für bloßes Rumstehen zahlen. Sie meint, der Kerl müsse paranoid sein, wenn er uns gleich beide will. Ich sage: Stimmt, Neurotiker, sieht einem nie direkt in die Augen, wirft immer wieder einen panischen Blick über die Schulter. Jetzt müsse er nach Angola. Daraufhin will sie sofort wissen, ob es da gefährlich ist. Was kann ich sagen? Sie hat mich mal wieder in die Enge getrieben. Ich muss also irgendwas antworten. Klar, sage ich, es ist gefährlich, ich will dir nichts vormachen, aber nicht gefährlicher als hier, wenn man die Augen offenhält. Ich will nicht, dass du fährst, erklärt sie daraufhin. Ich muss, Babe, sage ich. Es ist geschäftlich. Drei Tage lang redet sie kein Wort mit mir. Selbst gestern, als wir zum Konzert aufgebrochen sind, hatte sie noch kein Wort mit mir gewechselt.«

Die Cappuccinos wurden gebracht. Pylon zahlte.

»Oumou hat dir keine Probleme gemacht?«

»Nein, nicht die geringsten. Sie hat nur gemeint, ich soll aufpassen. Das war alles.«

»Vielleicht bist du ja ein besserer Lügner als ich.«

Mace grinste. »Das Erste, was diese Sache für mich ins Reine bringen wird, ist mein Kredit. Dann habe ich endlich die Bank vom Hals.«

Pylon löffelte seinen Milchschaum. »Klar. Sie werden deine Diamanten lieben.«

»Kontoübertrag«, entgegnete Mace. »Ich hab schon alles genau geplant.«

Pylon sah ihn zweifelnd an. »Durch einen Dealer oder was?«

»Durch deinen Analysten. Genau so was macht der doch, oder?«

»Einen Moment. Du gehst zu meinem Analysten?«

»Klar. Schließlich bist du so begeistert von ihm.« Mace fischte das Handy aus seiner Chinohose. Es vibrierte. Gab ein pulsierendes Lichtsignal von sich und quakte wie ein Frosch. Auf dem Display stand der Name Gonsalves.

»Das ist merkwürdig«, sagte er und hob ab. »Lange nichts von Ihnen gehört, Captain.«

»Da haben Sie recht«, erwiderte Gonsalves. »Ich habe hier etwas, das Ihnen nicht gefallen wird. Zwei Leichen. Sind vielleicht schon das ganze Wochenende über tot. Der zuständige Immobilienheini, ein Mann namens Dave Cruikshank, meint, er würde Sie kennen und Sie hätten für die Sicherheit der beiden gesorgt. Vielleicht würden Sie gerne mit eigenen Augen sehen, wie wirkungsvoll Ihre Sicherheitsüberwachung diesmal war.«

»Wir kommen«, erklärte Mace und legte auf. Er sah Pylon an.

»Was ist los?«

»Verdammter Mist. Die italienischen Homos sind tot.«

Dave Cruikshank stand vor dem Tor außerhalb der polizeilichen Absperrung.

»Nicht gerade die Art von Werbung, die euer Geschäft ankurbelt, mein Junge«, sagte er, als Mace und Pylon den diensthabenden Polizeibeamten ihre Firmenausweise zeigten. »Einer der Typen sitzt da drin – und zwar ohne seinen Pimmel.«

»Hast du sie gefunden, Dave?«, wollte Mace wissen.

»Ich bin kurz vorbeigekommen, um zu sehen, ob alles in Ordnung ist, so wie ihr das wahrscheinlich auch irgendwann mal getan hättet. Ich konnte einfach rein. Das vordere Tor war nicht verriegelt. Die Haustür war zwar verschlossen, aber als ich außen herumgegangen bin, stand die Schiebetür neben dem Pool sperrangelweit offen.«

Mace warf einen Blick auf das Haus. Captain Gonsalves beobachtete sie, während seine Kiefer malmten.

»Jeder hätte hier hereingekonnt, wenn du weißt, was ich meine. Jeder jederzeit von der Straße.« Daves hämisch verzogene Lippen befeuchteten sich.

»Danke, dass du uns als Erste angerufen hast.« Mace folgte Pylon den Kiesweg hinunter.

»Das war eine Sache für die Bullen«, rief Dave ihm hinterher. »Deine Aufgabe ist es, so etwas zu verhindern, mein Sohn.«

Mace zeigte ihm den Stinkefinger. »He!«, fügte Dave hinzu. »Grüß deine bessere Hälfte von mir.«

Als sie näher kamen, hielt Gonsalves eine Visitenkarte mit den goldenen Lettern *Complete Security* in die Höhe. Darunter stand ihr Motto: ›Ihre Sicherheit ist unsere Aufgabe‹. Dann folgten die Namen von Mace Bishop und Pylon Buso in Schwarz sowie ihre Festnetz- und Mobilfunknummern. »Die habe ich auf dem Couchtisch gefunden, wo Sie sie vermutlich zurückgelassen haben«, sagte er. »Schauen Sie nie nach, wie es Ihren Kunden so ergeht?« Er schob eine Kugel Kautabak von einer Backentasche in die andere.

»Dafür gibt es die privaten Armed-Response-Firmen, die ihre Leute vorbeischicken«, meinte Pylon. »Sehen wir aus wie eine Privatarmee?«

Gonsalves zuckte mit den Achseln. »Geht mich ja nichts an. Sind trotzdem Ihre Kunden gewesen. Möchten Sie mir sagen, was Sie wissen?«

Sie folgten ihm ins Haus, während Pylon zusammenfasste: Sie hatten sie vom Flughafen abgeholt, hierhergebracht, ihre Koffer ausgeladen und ihnen erklärt, dass sie sie jederzeit anrufen könnten, falls sie sich Sorgen machten – egal, ob tagsüber oder nachts.

»Das war abgemacht?«, fragte Gonsalves. »Jederzeit, wenn sie wollten?«

»Genau«, erwiderte Pylon. »Die Leute heuern uns für draußen an. Wenn sie in ihren Häusern sind, fühlen sie sich sicher. Da gibt es die Panikschalter an den Wänden, manchmal sogar an ihren Handgelenken.«

»Man fragt sich, warum sie überhaupt hierherkommen.«

»Weil es sicher ist«, meinte Pylon.

Sie blieben vor einer Leiche stehen, die an einen Esszimmerstuhl gefesselt war, der Mund zugeklebt. In der Mitte der Stirn war eine Schusswunde zu sehen.

»Ist das Ihr Kunde?«, fragte Gonsalves.

»Ja, der Deutsche«, antwortete Mace. »Dieter Dreske. Hat alles im Namen seines Partners Camillo Medardo organisiert und gebucht. Wir haben die beiden für zwei alte Tunten gehalten. Der Italiener ist irgendein großer Name in der Mailänder Modewelt.«

Sie gingen weiter ins Schlafzimmer.

»Mein Gott!«, sagte Pylon und stellte sich sofort hinter den Toten, damit er den blutigen Leistenbereich nicht sehen musste.

»Das habe ich mir auch gedacht«, erklärte Gonsalves. Er zeigte auf den Leichnam. »Würden Sie sagen, das ist der Spaghetti?«

»Das ist er«, antwortete Mace. »Hier scheint es ziemlich hart hergegangen zu sein.«

»War das eine Feststellung oder eine Frage?«, wollte Gonsalves wissen.

»Beides.« Mace sah sich im Zimmer um. Bemerkte ein Ausbeinmesser mit schmaler Klinge auf einem Nachttischchen, ein Scheckheft und weißen Staub auf der Glasplatte der Frisierkommode. »Kokain?«

»Sehr wahrscheinlich«, sagte Pylon. Zu Gonsalves meinte er: »Ist die Frau auch tot?«

»Welche Frau?«

»Wir haben drei Leute vom Flughafen abgeholt«, erklärte Pylon. »Unser Vertrag lief nur auf die zwei Schwulen, wir hielten die Frau für eine Nichte oder Ähnliches. In letzter Minute dazugestoßen. Wir mussten sogar einen Minibus mieten. So was passiert öfter, als man denkt. Wir kommen mit einem Wagen, bräuchten dann aber zwei, weil sich die Gruppe plötzlich verdoppelt hat.«

»Da ist keine Frau«, sagte Gonsalves.

Mace und Pylon sahen sich an.

»Nicht mal die Spur einer Frau«, fuhr Gonsalves fort. »Die Koffer hier sind voller Männersachen.«

Mace stellte sich mögliche Szenarien vor: Sie hat es selbst gemacht. Sie wusste davon. Sie wurde gekidnappt. Wie immer es sich abgespielt haben mochte – die Schussverletzungen waren jedenfalls professionell und stammten also vermutlich nicht von der Nichte. Das schloss Option zwei allerdings nicht aus, wobei ihn sein Bauchgefühl eher Richtung Entführung tendieren ließ.

Gonsalves fragte: »Wie wäre es, wenn wir ein Phantombild erstellen lassen?«

Mace meinte, ja klar.

Pylon sagte: »Lange Beine, verdammt knackiger Hintern. Sehr J-Lo.«

Gonsalves starrte ihn an und kaute heftig, bis Pylon wegsah. Die drei Männer gingen auf die Terrasse hinaus. Ein leeres Glas, zwei Kristallflöten mit Champagner noch auf dem Tisch, die Flasche Moët nicht mehr halb voll.

»Scheint jedenfalls fröhlich angefangen zu haben«, meinte Mace.

Gonsalves spuckte die Tabakkugel in seine Hand und warf sie in ein Beet mit Rosen. »Irgendeine Vorstellung, wie viel heutzutage ein Penis kostet?«

»Etwa hundert Dollar«, erwiderte Pylon. »Aber wenn es um Genitalverstümmelung gegangen wäre, hätten sie vermutlich beide mitgenommen. Es muss etwas anderes gewesen sein.«

»Was denken Sie, Mr. Bishop?«

Mace schüttelte den Kopf. »Sie sind der Kriminaler.«

»Ein großartiger Job, kann ich Ihnen sagen.« Gonsalves holte eine Zigarette heraus und begann das Papier von ihr abzumachen.

17

Eine Woche später war die Polizei noch keinen Schritt weitergekommen – außer dass der Fall international eine wahre Sensation darstellte. Die Beamten waren in mehreren Talkshows aufgetreten, in den Tageszeitungen wurden Phantombilder abgedruckt. Ohne Ergebnis. »Vielleicht hätten Sie weniger auf ihren Hintern als auf ihr Gesicht schauen sollen«, sagte Gonsalves zu Mace, als er ihn anrief, um ihm den neuesten Stand der Entwicklungen mitzuteilen. »Dann wäre das Bild vermutlich genauer geworden.« Mace erwiderte nichts darauf. Das Phantombild war eben so gut, wie Phantombilder waren.

Was die Polizei inzwischen kannte, war der Name der Frau: Vittoria Corombona. Eine US-Amerikanerin, wohnhaft in New York. Unter ihrer Adresse meldete sich niemand. Die Einwanderungsbehörde bestätigte ihr Eintreffen auf dem Flughafen Cape Town International. Keine weitere Grenzüberschreitung. Gonsalves hatte zudem eine seltsame Geschichte von der Polizia oder den Carabinieri erfahren oder wie auch immer sie in Italien genannt wurden: Medardo hatte die Gans dafür bezahlt – Mace musste über die Bezeichnung »Gans« lächeln, die er seit seiner Schulzeit nicht mehr gehört hatte –, ein Kind für ihn auszutragen. Dieses kleine, interessante Detail stammte von der Mailänder Haushälterin der beiden Männer.

»Unglaublich«, sagte Gonsalves, »dass eine alte Schwuchtel auf traditionelle Weise ein Kind haben will. Aber so ist das nun mal: Sobald man Geld hat, kann man alles kaufen. Es ist also eher unwahrscheinlich, dass sie ihn erschossen hat, oder? Diese Art von Verträgen sind sicher nur bei erfolgreichem Abschluss gültig.«

Das stimmte wohl, nahm Mace an.

Zwischendurch musste er Mo Siq besänftigen, der allmählich ungehalten wurde, ob der Deal nun über die Bühne ging oder nicht.

»Ich brauche ja etwas Anlaufzeit«, erklärte er Mace, der das Gespräch laut stellte, damit Pylon auch mithören konnte.

»Das Ganze ist immer noch für in drei, vier Wochen geplant.«

»Genau das meine ich«, erwiderte Mo. »Drei Wochen? Oder

vier? Wann genau? An welchem Tag? Verstehst du? Es muss ein Tag festgelegt werden. Die Ware muss sortiert und eingeladen werden, dann gibt es die Transportstunden auf der Straße und die Verfrachtung aufs Schiff. Wir spielen hier nicht Kaufmannsladen, Jungs. Das ist die echte Welt. Es geht um echte Zeit. Feste Termine. Genauigkeit. Wie ein in sich geschlossener Kreislauf, alles greift ineinander. Was ich von euch wissen muss, ist, wann und wo. Und zwar möglichst schnell. Am besten gestern. Aber spätestens heute Abend.«

»Wir kümmern uns um die Logistik«, erklärte Pylon.

»Dann kümmert euch schneller.« Er überlegte. »Und wie steht's mit der Bezahlung? Gibt es da schon Klarheit?«

»So wie wir das ausgemacht haben.«

»Das ist doch Bockmist, Mace. Wo ist das Geld, mein Freund? Wir reden hier nicht von Vertrauen und warmen Gefühlen. Wir reden von Geld. Kapiert?«

»In dieser Hinsicht hat sich nichts geändert«, entgegnete Mace. »Der Deal steht immer noch genauso, wie er das auch vorher getan hat.«

»Mann«, fauchte Mo. »Ihr!« Legte auf.

Mace und Pylon zuckten einen Moment lang mit den Schultern.

»Er hat recht«, sagte Pylon. »Ein paar konkrete Termine wären nicht schlecht.«

Doch als Mace Isabella anrief, wollte diese sich nicht festlegen. »Wie heißt es so schön? Mach dich locker, Macey. Entspann dich. Die Dinge entwickeln sich schon.«

»Wann? Verdammt, Bella, ich muss den Frachtraum buchen, und ich hab einen Mann hier, der ziemlich unruhig wird.«

»Bis bald in New York«, erwiderte sie und warf ihm ein transatlantisches Kusshändchen zu.

Pylon war nicht beeindruckt. »Die Frau spielt Katz und

Maus mit dir«, sagte er. »Nach all den Jahren hat sie dich offenbar noch immer voll im Griff.«

»Lass das«, meinte Mace.

»Schläfst du wieder mit ihr?«

»Kurze Antwort: nein.«

Pylon schnaubte ungeduldig. »Ich glaub dir, *Bru*. Wenn ich diese Geschichte irgendjemand anderem erzählt hätte, würde der das wahrscheinlich nicht tun.«

An dem Tag nach Weihnachten, als Mace nach New York fliegen sollte, um wieder eine Schönheitssafari zu arrangieren, verkündete Pylon, er hätte nun endlich das Diamantenproblem gelöst.

»Einfach so?«, fragte Mace. »Ich wusste gar nicht, dass du da dran warst.«

»War ich auch nicht. Jedenfalls nicht wirklich. Und gelöst ist eigentlich übertrieben.«

»Drück dich klarer aus«, sagte Mace.

»Vor einer halben Stunde«, erklärte Pylon, »bekomm ich einen Anruf von meinem Cousin. Wichtiger Geschäftsmann, hat früher für De Beers gearbeitet. Sein Sohn ist überfallen worden. Musste an der Ampel an der Claremont seinen Audi TT irgendwelchen Gangstern übergeben.«

»*Eina!*«

Folgendes sei passiert, erzählte Pylon: Die Räuber hätten dem Jungen eine Knarre ins Gesicht gehalten und ihn gewaltsam aus dem Wagen gerissen. Der Junge sei unverletzt geblieben, wenn er auch ziemlich durch den Wind sei. Lange Rede, kurzer Sinn: Der Cousin rief einen Freund an, der wiederum seinerseits einen Freund anrief. Der nannte die Adresse von einer Autowerkstatt in einem Township, wo der Audi TT umgespritzt und neu zusammengesetzt werden sollte. Großer Fehler, tut uns echt leid, nichts für ungut, blablabla … Der

Cousin wollte, dass Pylon den Jungen begleitete, um den Wagen wieder abzuholen. Der Junge hatte noch nie einen Fuß in ein Township gesetzt und eine Heidenangst davor.

»Ich hab gesagt: kein Problem. Wenn man einem Mann wie Stones einen Gefallen tut, ist das eine Ehre.«

Mace lachte. »Stones?«

»Jedenfalls früher bekannt als Stones. Heutzutage bevorzugt er die Initialen AC. AC Mkize.«

»Den Cousin hast du aber bisher hübsch unter Verschluss gehalten.«

»Tja, ich hab eben so meine Verbindungen«, erwiderte Pylon. »Ein ganzes Netzwerk, von dem du nicht die geringste Ahnung hast.«

Sie nahmen den großen Mercedes und steckten jeweils eine Neun-Millimeter ein. Pylon fuhr. Beim ersten Stopp sollten sie den Jungen in Bishop's Court aufgabeln. Unterwegs dorthin fragte Mace: »Also, wer ist dieser AC genau?«

»Wie ich schon sagte: ein Geschäftsmann.«

»Ex-De-Beers hast du auch gesagt.«

»Genau.«

»Ein Schwarzer bei De Beers! Wie kam ein Schwarzer zu De Beers?«

Pylon schnalzte mit der Zunge, was bedeutete, dass er die Für und Wider abwog, wie viel er Mace erzählen sollte. Schließlich sagte er: »Er hat als Kleinunternehmer begonnen. Bevor er bei De Beers angefangen hat, war er der Laufbursche für einen Chinesen.«

»Interessant«, meinte Mace.

»Bei dem hatte er als Fahfee-Laufbursche angefangen«, erzählte Pylon, »indem er einige Straßen in den Arbeitervierteln von Jo'burg versorgt hat. Er war noch ein Kind – die ganzen Frauen haben ihn geliebt. Haben ihm Süßigkeiten und Cola zusammen mit ihren Wetten gegeben.«

»Ich habe schon von Fahfee gehört«, sagte Mace.

»Es funktioniert so«, erklärte Pylon. »Man wettet auf seine Träume. Wenn man von einem Affen geträumt hat, wettet man zwei. Ein Pferd ist zweiundzwanzig wert. Das geht hoch bis fünfunddreißig. Fahfee – das ist mehr Jo'burg und Durban als Kapstadt, weil es dort so viele Chinesen gibt. Wahrscheinlich fängt's mit all den Schlitzaugen, die hierherziehen, bald auch in Kapstadt an. Damals war es noch illegal, weil es als Glücksspiel galt. So wie Roulette. ACs Aufgabe war es jedenfalls, die Straßen entlangzulaufen und das Wettgeld und die Zahlen einzusammeln, auf die die Leute setzten. Fahfee ist Vertrauenssache. Die weißen Frauen vertrauen dem schwarzen Laufburschen, dass er ihr Geld dem Chinesen bringt, ebenso wie sie dem Chinesen vertrauen, eine Zahl zu ziehen und für diese auch tatsächlich das Geld auszuzahlen. Dann vertrauen wiederum alle dem Laufburschen, dass er den Gewinnern das Geld bringen wird. Es gibt dabei also viele Möglichkeiten, leicht an Kohle zu kommen. Allerdings war der Chinese nicht dumm. Er hatte viele Laufburschen so wie AC, von denen keiner viel Geld mit sich herumtrug, sondern immer höchstens zweihundert. Also im Grunde nicht genug, um damit abzuhauen. Natürlich konnte man es versuchen, aber drei Tage später war man tot. Kein kluger Schachzug. Bei Fahfee geht es um Unmengen von kleinen Wetten. Keiner wettet viel, keiner gewinnt viel, aber letztlich fließt viel Geld in die Kasse. AC ist die ganze Zeit über sauber geblieben. Der Chinese mochte ihn. Er beförderte ihn und hat ihm ein größeres Spiel mit höheren Einsätzen anvertraut. Mit echten Spielern, echtem Geld. Eines Tages zeigte er ihm ein paar Steine. Er begann AC von den verschiedenen Steinen zu erzählen – welche wertvoll sind, wie man einen Diamanten richtig beurteilt, was den einen besser als den anderen macht. All so Zeug. AC lernte und lernte. Schon als junger Kerl konnte er einen einzigen Blick auf einen

Stein werfen, ihn in seiner Hand abwiegen, durchs Vergrößerungsglas des Chinesen anschauen und dir das Gleiche sagen, was du auch von einem Juwelier hören würdest. Der Chinese war verdammt helle. Während unsere Brüder Haushaltsteile und Eisenstangen zusammensammelten, um den Kampf aller Kämpfe zu führen, schickte er AC nach Berkeley, um dort zu studieren. Geologie. AC kam mit einem Abschluss zurück, und der Chinese meinte: keine kleinen Mäuse mehr. Jetzt suchst du dir einen Job bei De Beers. Wenn die einen Schwarzen mit diesen Qualifikationen und diesem Know-how kennenlernen, bist du sofort auf der Überholspur: massenhaft Kohle, Aktienoptionen, BMW, niedriger Immobilienzinssatz, Urlaub auf Firmenkosten. Versuch es. Und AC versuchte es. Und deshalb fahren wir jetzt nach Bishop's Court.«

»Und der Chinese?«

»Ist inzwischen tot«, erwiderte Pylon. »Er hat weiter mit Klunkern gehandelt, und AC hat ihn machen lassen. Dann wurde der Handel mit illegalen Steinen irgendwann empfindlich eingeschränkt. Damit das Ganze nicht zu sehr aus dem Ruder läuft.«

Pylon bog an der Ampel rechts vom Edinburgh Drive auf Upper Bishop's Court ab. Der Berg schimmerte grün im Morgenlicht, als sie die dritte Straße rechts in die Forest bis zur Dunkeld hinauffuhren. Mace fragte sich, was die Leute in diesen Villen wohl so taten. Schliefen sie jede Nacht in einem anderen Zimmer? Dem Aussehen nach hatten diese Häuser mindestens sechs bis sieben Schlafzimmer, wahrscheinlich jeweils mit einem eigenen Bad – und das alles noch bevor man anfing, die Wohn- und Esszimmer zu zählen. Die Villen standen in Gärten, die allein schon Vollzeitjobs bedeuteten. Tennisplätze, Swimmingpools, drei Garagen. Viel Geld. Sehr viel Geld.

Sie bogen in die Dunkeld ein und fuhren langsam unter

großen Bäumen dahin, bis sie zu einem gewaltigen schmiedeeisernen Tor zwischen zwei Säulen kamen. Mace stieß einen leisen Pfiff aus, als sich das Tor öffnete und sie auf eine Einfahrt mit Kopfsteinpflaster kamen, die in einem weiten Bogen auf eine Villa mit einem Säulengang zuführte. AC sei auf dem besten Weg, eine Legende zu werden, erklärte Pylon. Ganz oben mit den Ramaphosas, Motsepes und Sexwales, an vorderster Front bei den Black-Empowerment-Abkommen. Könne sich vor Kohle kaum retten.

Geht es denen nicht allen so, dachte Mace. Den alten Soldaten.

Pylon meinte, er habe gehört, AC sei sogar Freimaurer geworden, um die alte weiße Bruderschaft zu unterlaufen. AC und sein Sohn standen bereits auf der obersten Stufe des Säulenvorbaus. Der Junge war etwa achtzehn, gerade alt genug, um den Führerschein zu haben. In Hip-Hop-Gear. Sein Vater in einem Anzug.

Pylon stellte Mace vor. AC reichte ihm die Hand im westlichen Stil. Den Jungen stellte niemand vor.

»Es sollte eigentlich keine Probleme geben«, erklärte AC. »Der Mann hat sich bei mir entschuldigt. Wenn er aber doch noch Schwierigkeiten macht, lässt du's mich wissen.« AC ging bereits ins Haus zurück, ehe Pylon Zeit hatte, den Wagen zu starten.

Auf dem Weg sprach der Junge kein Wort. Auch Mace und Pylon schwiegen. Pylon fuhr ohne Eile die N2 entlang. Der Verkehr kam bis zu den Wasserkühltürmen nur schleppend voran, doch nach dem Flughafen wurde er wieder flüssiger. Mace saß etwas krumm auf dem Beifahrersitz und starrte auf die Slums hinaus, die sich an den Dünen bis zu den Betonmauern um die Autobahn drängten. Hier und da waren die Lattenzäune eingeschlagen, so dass die Hirten ihre Ziegen und Kühe hindurchtreiben und auf dem Gras neben der Straße weiden lassen konnten. Der Junge hatte einen Discman im Ohr. Leise erklang Rap.

Pylon fuhr bei Khayelitsha ab. Er hatte beschlossen, dem Jungen vorher noch eine kleine Tour zu geben: Häuser aus Porenbeton, Straßen voller Schlaglöcher, Stromkabel quer über der Fahrbahn, nur von Sandsäcken gehalten. Schmutz und tote Hunde. Hinunter zum Markt, wo die Einkaufswagen voller Kutteln und Stände voller Ziegenköpfe waren. Jetzt hörte der Junge keinen Rap mehr.

Pylon schaltete die Klimaanlage ab und öffnete alle Fenster, um den schweren Geruch von gebratenen Zwiebeln und Fleisch ins Auto zu lassen. Die Durchgangsstraßen waren eng, eher Gassen als Straßen. Die Leute mussten sich an die Verkaufsbuden drücken, damit der Mercedes im Schritttempo vorbeikriechen konnte.

Pylon hielt neben einer Frau, die Hühnerteile auf einem Kohlerost grillte. Er bestellte einen kleinen gemischten KFC-Eimer aus Flügeln und Füßen. Der Junge sagte: Nein danke, aber Pylon hielt den Eimer so lange über den Sitz nach hinten, bis er schließlich einen Flügel nahm. Pylon erklärte auf Xhosa, dass er die Frau beleidigen würde, wenn er nichts nähme, aber der Junge schien ihn nicht zu verstehen. Zur Frau sagte Pylon: Diese Jungs aus der Stadt essen nur bei Woolworths. Die Frau lachte fröhlich. Pylon biss in einen Fuß und riss mit den Zähnen an dem zähen Teil. Als der Junge fragte, was er mit dem Knochen machen solle, meinte Pylon, er solle ihn aus dem Fenster werfen.

Das Haus, zu dem sie wollten, hatte zwei Stockwerke und stand in einer Straße voller Zwanzig-mal-zwanzig-Würfel, die von der Regierung dorthin gesetzt worden waren. Metallfensterrahmen und unverputzte Wände. Eine Rasenfläche mit einer Kinderschaukel, ein laufender Sprinkler. Kein kleiner Gangster, meinte Pylon. Drogen, Autos, Schutzgeld, Raubkopien von Videos und CDs, vielleicht sogar ein wenig Waffenhandel. Zudem ein großer Taxiunternehmer. Mace sah zwei Männer, die im Garten des Hauses gegenüber standen. Drei weiter die Straße hinunter und noch mal zwei ein wenig abseits – damit beschäftigt, mit einem Fußball herumzuspielen und dabei so lässig wie möglich zu wirken.

Pylon blieb hinter einem Transporter mit getönten Scheiben stehen, an dessen Hintertür das Wort Sanctus geschrieben stand. Er schaltete den Motor ab. In der Stille nahm Mace eine Musik wahr, die nach Kirche klang. Nach Chören. Dann wurde die Musik leiser, und ein großer Kerl mit Waschbrettbauch und in Shorts – im Grunde einem Latz aus Schakalfell – erschien unter der Haustür.

Pylon ließ das Fenster herunter »*Heita!*«

»Boss«, erwiderte der Mann, ohne sich von der Tür wegzubewegen.

Pylon begann ihn auf Xhosa zu beschimpfen, dass er ja wohl einen echten Griff ins Klo getan habe, indem er den *Boykie* eines derart wichtigen Bruders ausgeraubt habe.

Der Mann grinste. Sagte nur cool: Wenn's eine Bestellung gibt, guckt man nicht zu sehr auf den Lieferanten.

Pylon lachte. Wandte sich an den Jungen: »Hast du das verstanden?«

Der Junge schüttelte den Kopf.

»Schade.« Pylon öffnete die Autotür. »Okay, bringen wir's hinter uns.« Er und Mace stiegen aus, der Junge blieb auf der Rückbank sitzen. Pylon beugte sich in den Wagen. »Raus mit dir, *Boetie.* Showtime.« Der Junge wirkte verängstigt, gehorchte aber.

»Wo steht das Auto?«, fragte Pylon.

Der Mann zeigte auf eine Garage auf der gegenüberliegenden Straßenseite und fragte: »Wer ist der *Mlungu*, Boss? Bulle oder was?«

»Mein Partner«, erwiderte Pylon.

Mace hörte das mit dem *Mlungu.* Hielt aber den Mund. Die

jungen Männer mit dem Fußball kamen näher, ebenso wie die drei die Straße hinunter und die zwei anderen. Sie hingen nun am Gartentor herum.

»He, Boss«, sagte der Mann jetzt auf Englisch und wandte sich an Mace. »Ihr Jungs habt echte Scheiße gebaut, was?« Grinsend zeigte er eine Reihe voller Goldzähnen.

Mace fragte: »Wieso?«

»Weil ihr dem Mädchen erlaubt habt, die Homosexuellen umzubringen.«

Mace wandte sich an Pylon. »Was meint er?«

Pylon zuckte verständnislos mit den Achseln. »Wen meinst du, Oupa?«

Der Mann wechselte wieder zu Xhosa und erklärte Pylon, sie wären Idioten, *Moegoes* wie die Bullen. Denn die Frau, die diese Italiener umgebracht hätte, würde oben in der Stadt wohnen und dort jede Nacht in den Clubs abtanzen. Er hatte sie dort mit eigenen Augen gesehen. Sie und ihren Freund. Yankees. Er lachte. Verdammt, was für Bodyguards seien sie eigentlich? Völlig nutzlos. Genau wie die Bullen.

»In welchen Clubs?«, fragte Pylon.

Der Mann fuchtelte mit den Armen. Erklärte, er könne ihn mal. Das sei seine Aufgabe, das herauszufinden. Ein Schwall von Schimpfwörtern über den Zustand der Welt ganz allgemein folgte.

Pylon ließ ihn ausreden. »Wo sind die Autoschlüssel, Oupa?«

Oupa K warf die Schlüssel auf die Straße.

Mace sagte zu dem Jungen: »Heb sie auf. Hol das Auto aus der Garage, und bleib dann immer schön hinter uns. Verstanden?«

Der Junge schaute auf die Gruppe von Männern, die inzwischen näher gerückt waren.

Mace sagte: »Los, *China*, mach schon.«

Der Junge ging um den Mercedes herum auf die Straße und hob die Schlüssel auf. Einen Moment lang blieb er zögernd stehen. Die Ballspieler joggten auf der Stelle, während sie den Ball hin und her kickten. Plötzlich rief einer ihm zu, nahm Anlauf und schoss den Fußball so, dass er mit voller Wucht im Magen des Jungen landete. Er schwankte, und die Männer lachten, als der Ball auf Mace zurollte. Dieser hielt ihn mit dem Fuß fest.

Pylon sagte: »Mach's nicht.«

»Komm schon!«, rief der Kerl, der den Ball zuvor geschossen hatte. »Los, Mann!«

Mace tat es. Der Ball flog über die Köpfe der Männer hinweg.

»David Beckham«, scherzten sie. Einer lief los, um ihn zurückzuholen.

Pylon stieg in den Wagen und ließ den Motor an. Mace wartete, während der Junge das Garagentor öffnete und den TT rückwärts auf die Straße fuhr. Er würgte erst den Motor ab und trat dann zu stark aufs Gas, so dass der Motor laut aufheulte. Die jungen Männer standen alle neben dem Transporter. Keiner von ihnen verzog die Miene. Pylon hupte einmal, und Mace stieg ein. Sagte: »Fahren wir.«

Auf der Autobahn bog der Junge ohne ein Danke ab und verschwand. Pylon ließ ihn davonbrausen. Er schnalzte nur mit der Zunge. »Verdammt verzogener Bengel.«

Mace fragte: »Wer war der Kerl da eben?«

»Oupa K«, antwortete Pylon. »Hat als Parkwächter angefangen. Er glaubt, die Frau gesehen zu haben. Sie heißt Vittoria, oder?«

»Na klar hat er sie gesehen.«

»Ich glaube ihm«, sagte Pylon. »Oupa K ist in der Clubszene der Dealer schlechthin. E aus Amsterdam, Kokain aus Kolumbien. Der hat einfach alles.«

»Attraktiver Mann.«

»Verbitterter Mann. Er hat geglaubt, dass ihn die Mächtigen

belohnen würden, wenn er aus dem großen Kampf zurückkommt. Haben sie auch. Mit einem Job als Chauffeur. Nicht gerade das, was Oupa K sich so vorgestellt hat.«

Pylon nahm die Abfahrt Richtung Flughafen. »Während du in New York bist, schau ich mich mal in den Nachtclubs um.«

»Wie aufregend«, meinte Mace.

18

Zwei Nächte später traf Pylon kurz nach Mitternacht im Club Catastrophe ein. Das Haus tobte, die Straße tanzte. An der Ecke drang aus Oupa Ks Transporter leise ein Requiem. Pylon nahm an, dass der Mann im Wagen zusah, wie er vorüberging, und den Grund kannte, warum er hier war. Wahrscheinlich grinste er vor sich hin. Einen Moment lang überlegte Pylon, ob er an die getönten Scheiben klopfen sollte, entschied sich dann aber dagegen. Wieso auch? Sollte sich der Kerl doch bei seiner seltsamen Musik in Ruhe entspannen.

Am Clubeingang brüllte Pylon dem Türsteher zu: »Ist Ducky Donald da?«

Der Türsteher schaute über seinen Kopf hinweg zu den Kids hinüber, die wild auf der Straße tanzten. »Wer will das wissen?«

Pylon erklärte es ihm.

Der Mann redete in ein Mikro, das an seinem Hemdkragen befestigt war, während er Pylon scharf im Auge behielt. Dieser trat zur Seite, als zwei weiße Jungs herausgetorkelt kamen – beide Wigger mit Hip-Hop-Hosen, die ihnen beinahe von den Oberschenkeln rutschten, und offenen Schnürsenkeln an ihren Nikes. Ob weiße oder schwarze Kids – cooler Straßenchic wirkte irgendwie immer lächerlich.

Der Türsteher berührte Pylon an der Schulter und zeigte

mit seinem Daumen ins Innere des Clubs. »An der Bar!«, rief er. »Warten Sie dort.«

Pylon nickte und marschierte in das donnernd dröhnende Innere des düsteren Clubs. Seitdem er das letzte Mal hier gewesen war, schien sich nichts verändert zu haben. Inzwischen mussten fast drei Jahre vergangen sein. Damals '99 war das gewesen. Noch immer derselbe Gothic-Stil an den Wänden und die Bilder von genagelten Katzen.

An der Bar rief ihm Matthew zu, dass er nach oben gehen solle. Dort fand er Ducky Donald auf der nicht mehr ganz so weißen Ledercouch. Ducky sah sich gerade einen Film mit Ben Kingsley an, der sich mit nacktem Oberkörper im Spiegel selbst beschimpfte.

»Nimm dir ein Bier von da und setz dich«, sagte Ducky und zeigte auf eine Theke, die an der hinteren Wand entlanglief. Er trug eine grüne Jogginghose, ein rotes T-Shirt und war barfuß. Nirgendwo ein Anzeichen, dass es eine Frau gab. In dem Raum stapelten sich alte Zeitungen, Magazine und Videos. Eine Styroporschachtel von *Hot Wok Takeaway* balancierte auf einem Turm aus CDs. Aschenbecher voller Kippen standen auf der Theke und dem Couchtisch, die Luft war verraucht, zum Schneiden dick. Keines der Fenster stand in dieser heißen Nacht offen.

Pylon holte ein Becks aus dem Barkühlschrank und machte den Deckel mit einem Flaschenöffner auf. Eines musste man Ducky lassen: Die Schalldämmung war so gut, dass nur ein schwaches Wummern von unten heraufdrang.

»Prost«, sagte Ducky und klopfte auf das weiße Leder neben sich. »Pflanz dich, und guck dir das an. Heißt *Sexy Beast*. Ich hab's als Raubkopie bekommen. Der beste Film, den Kingsley jemals gemacht hat.«

Pylon räumte einige Zeitungen zusammen, warf sie auf den Couchtisch und setzte sich.

»Das musst du sehen.« Ducky Donald spulte zurück bis zu einer Szene, in der Kingsley alias Don Logan seinen Kollegen Ray Winstone alias Gal zur Schnecke machte.

Die beiden brüllten sich an. Logan: »Schau dich nur an, Teint wie verdammtes Leder! Deine Haut ist wie Leder … Ledermann – man könnte einen Scheißkoffer draus machen. Eine Tasche! Du siehst wie ein Krokodil aus, wie ein fettes Krokodil, du fettes Arschloch, du siehst wie dieser verdammte Idi Amin aus. Weißt du, wen ich meine?«

Ducky schlug sich auf die Schenkel. »Ist doch Wahnsinn, oder? Unglaublich! Findest du nicht?« Spulte noch mal zurück, um die Szene erneut laufen zu lassen.

Pylon nippte an seinem Bier. Dachte: Ducky Donald ist mit seinem Sonnenbankteint auch nur ein oder zwei Schattierungen von Idi Amin entfernt.

Als die Szene zum zweiten Mal vorbei war, hielt Ducky den Film an. Das Bild eines glatzköpfigen Psychopathen in einem engen weißen Hemd und mit einem dämonischen Gesichtsausdruck füllte den Bildschirm. Ducky warf die Fernbedienung in eine Schale aus gewebtem Gras und grinste Pylon an. »Also – was willst du, *Boykie*?«

»Ich suche nach diesem Mädchen«, erwiderte Pylon und reichte Ducky zwei Zeitungsausschnitte – einen mit dem Phantombild der Polizei und einen mit einem Passfoto. »Ich hab gehört, dass sie in den Clubs abhängt.«

»Hunderte von Tussen, die so aussehen«, meinte Ducky und gab Pylon die Artikel zurück. Er nahm eine Zigarette aus einer Schachtel und zündete sie mit einem Bic an. »Ich zeig dir was.« Blies Rauch aus dem Mundwinkel in die Luft, während er eine der vier Fernbedienungen nahm, die in der Schale lagen. Er richtete sie auf eine schwarze Box, die auf dem Boden in der Nähe des Bildschirms stand. Ben Kingsley verschwand. Stattdessen zeigte sich die Tanzfläche des Clubs, wo sich eine ausgelassene Menge mit erhobenen Armen zum Rhythmus der Musik bewegte. »Ich kann hier stundenlang sitzen und die Raver im Auge behalten.«

Ducky zoomte an ein Paar heran, dem Ecstasy deutlich ins Gesicht geschrieben war. »Sieh dir die mal an. Total breit!«

Er wechselte die Kamera. Die Türsteher stritten sich gerade mit einem Kerl, der mit einem Messer herumfuchtelte. Einer der Männer nahm ihm das Messer so ruhig ab, als hätte der es ihm freiwillig überlassen. Ducky Donald lachte. »Auch mit Ton.« Er drehte die Lautstärke hoch, und sie hörten, wie der Junge kreischte, dass sie Rassisten seien, die keine Schwarzen reinlassen wollten. Ducky Donald blies seufzend Rauch in die Luft. »So was kriegen wir die ganze Zeit zu hören. Grauenvoll!«

Der Türsteher lachte verächtlich. »Ach? Gehörst du zur MK? Dem verdammten Speer der Regenbogennation? Verpiss dich, Arschloch.«

Ducky Donald wechselte zu der Kamera im Chill-out-Room, wo sich gerade niemand aufhielt. »Da drinnen passiert immer am meisten«, erklärte er. »Die Dinge, die ich da schon gesehen habe. Du würdest nicht glauben, was die Leute in aller Öffentlichkeit machen.«

»Habt ihr auch Kameras auf den Klos?«, wollte Pylon wissen.

Der Bildschirm füllte sich erneut mit Tänzern, durch die Fernseherlautsprecher drang verstärkt Musik. Ducky regelte die Lautstärke herunter und zoomte immer wieder auf verschiedene Gesichter. »Das überlegen wir uns noch«, meinte er.

Pylon dachte: Ja klar, als ob das nicht der erste Ort wäre, wo ihr Kameras installiert habt. Er sah dem Spiel der Kamera zu, die sich auf einer Schiene oberhalb der Tanzfläche befinden musste.

»Verdammt gute Technik«, sagte Ducky und ließ den Zoom langsam über die Menge wandern.

Pylon bemerkte ein nach oben gerichtetes Gesicht. Sagte: »Stopp. Zurück.« Ducky Donald weitete den Winkel des Objektivs. »Da. Die da. Mit den schwarzen Haaren.« Die Kamera rückte nahe heran: geschlossene Augen, Schweißperlen auf der Stirn, Mund leicht geöffnet, so dass man den Rand der Zähne sah. Könnte sein. Ein großer Zufall, aber etwas an der Form ihres Gesichts ließ Pylon aufmerken. Er beugte sich nach vorne. »Was meinst du?«

Ducky Donald sog an seiner Zigarette. »Du willst behaupten, das ist sie?«

»Glaube schon.«

Ducky schaute mit halb zusammengekniffenen Augen auf den Bildschirm. »Niemals.«

»Doch«, entgegnete Pylon. »Letztes Mal war sie allerdings noch blond.« Er nahm einen großen Schluck Bier und sah der jungen Frau beim Tanzen zu. Sie wirkte so, als hätte sie nicht die geringsten Sorgen auf der Welt. Sie schien auch ganz allein zu tanzen. Attraktive Kleine.

»Und warum interessierst du dich für sie?«

»Die Polizei ist hinter ihr her.«

»Hab ich mir fast gedacht. Aber warum du?«

»Eine lange Geschichte«, erwiderte Pylon. Er trank die Flasche Bier leer und stellte sie neben die Couch auf den Boden. »Danke für die Hilfe.«

Ducky Donald zuckte mit den Schultern. »Solange du mir keine Probleme im Club machst.«

»Nicht mal im Traum.«

Zwei Stunden später beobachtete Pylon, wie die Frau mit einem Mann den Club verließ, der gut zehn Jahre älter als sie sein musste. Die beiden schlenderten Hand in Hand durch die dunklen Straßen zu einem Audi Quattro, der einen Block entfernt geparkt war. Pylon folgte ihnen durch die Stadt, hoch zum Nek und am Küstenstreifen entlang fast bis nach Llandudno. Um diese Uhrzeit war in den Vororten kein anderer Wagen unterwegs. Bei einer Gabelung verlor er sie, bemerkte dann aber die Scheinwerfer des Audis, als er in eine Straße unterhalb einbog. Pylon schaffte es gerade noch rechtzeitig hinunter, um zu sehen, wie sich ein Tor automatisch schloss. Im Haus gingen die Lichter an. Pylon kehrte zu seinem Wagen zurück. Schickte Mace eine SMS nach New York.

19

»Vertrau mir. Ich bin eine gute Händlerin.« Isabella strich mit einem Finger über Mace Bishops Wange. Öffnete die Tür zu ihrem Apartment, ging als Erste hinein.

»Du bist nicht das Problem.«

»Wer dann?«

»Mo ist das Problem.«

»Dann schmier ihm Honig ums Maul.«

Mace nahm im Wohnzimmer seinen Mantel ab und legte ihn über die Rückenlehne eines Sessels. »Ich will nur zwei Dinge wissen: wann? Und: Ist die Anzahlung sicher?«

»Du glaubst mir nicht?« Isabella warf sich auf die Couch und schlüpfte aus ihren Schuhen. »Es wird alles klappen, Macey. Ich habe meinem geliebten Göttergatten die Sache in die Hand gegeben.«

Das, dachte Mace, ist das eigentliche Problem. Der geliebte Göttergatte hatte nicht gerade den besten Ruf, soweit Mace das wusste.

»Ich lass dich nicht im Regen stehen. Da hängt außerdem viel dran, Mace. Ein kleines Vermögen.« Sie klopfte einladend neben sich auf die Couch.

Er setzte sich in einen Sessel. »Ganz genau. Also – wann?«

Sie ignorierte ihn und klopfte stattdessen weiterhin einladend auf das Leder. »Komm, leiste mir ein wenig Gesellschaft.«

»Keine gute Idee«, meinte Mace.

»Früher hättest du das nicht gesagt.«

»Das war früher. Die Zeiten ändern sich.«

»Stimmt, ich hätte es fast vergessen. Der liebende Vater und Ehemann.«

Mace nickte. »Also – wann genau?«

»Das letzte Mal im *Meurice*«, sagte sie, stand auf und kniete sich neben ihn, »lief nicht gut. Nicht die Art Erinnerung, die ich für uns möchte. Was meinst du?« Fasste nach seiner Hand.

»Du hast behauptet, dass du es inzwischen hinter dir gelassen hast.«

Sie knabberte spielerisch an seinen Fingern. »Das war gelogen.«

»Bella«, sagte er, »hör auf.«

»Warum? Warum bist du dann hier, Mace? Sag's mir. Ich hab dich nicht eingeladen, du bist selbst mit hochgekommen. Ist das etwa Macey-Boy, der Schmuggler, der normalerweise alles wagt und jetzt plötzlich kalte Füße bekommt?« Sie setzte sich rittlings auf seinen Schoß wie eine Stripteasetänzerin. Ihr Rock rutschte nach oben, und sie nahm sein Gesicht in seine Hände.

Mace sagte: »Nein.«

Isabella grinste ihn an. Presste ihre Hand auf seinen Schoß. »Nein? Mein Eindruck ist eher Ja.« Ihre Lippen näherten sich den seinen und drängten gegen seine Zähne.

Mace dachte: nein. Spürte seine Hand auf ihrem Schenkel. Ihre Hand legte sich auf die seine und führte sie weiter nach oben. Diese direkte Berührung brachte ihn zu einem heiseren Keuchen.

Danach musste er sofort weg. Sofort. Isabella lag unter einer Wolldecke auf der Couch und amüsierte sich über seine Eile: sein hastiges Suchen nach den Schuhen unter den Möbeln, das falsche Schließen seiner Hemdknöpfe.

»Du kannst über Nacht bleiben«, sagte sie. »Wir könnten es noch mal machen. Im Bett.«

»Nein, könnten wir nicht.« Mace schlüpfte in seinen Mantel.

»Schlechtes Gewissen wegen Oumou? Niedlich. Gar nicht typisch für dich: Mace, der ein Gewissen hat.«

»Was wir immer noch nicht abgemacht haben«, sagte er, »ist der Termin.«

»Wie früher: ganz der Pitbull-Terrier.« Sie seufzte. »Lässt nie locker …« Sie sah ihm zu, wie er einen kleinen Terminkalender aufschlug. »Gütiger Himmel, Mace, das war doch nur ein kleiner Fick. Etwas, was wir oft gemacht haben, bevor du Oumou kennengelernt hast. Es ist schließlich nicht so, als wär ich eine neue Eroberung.«

»Wann genau im Januar?«

»Sag du's mir.«

»Samstag, der achtzehnte?«

»Klingt gut, wenn es für dich auch gut ist.« Isabella neigte kokett den Kopf zur Seite. »Es hat dir gefallen. Das hab ich gemerkt.«

Sie hatte recht. Wieder in seinem Hotel musste Mace zugeben, dass der Sex mit Isabella nach Waffen roch. Hatte er immer getan. Ein Hauch von Leinöl, wenn sich ihr Körper erhitzte. Man konnte es schmecken, wenn man ihre Haut leckte. Diese Erregung, die von ihm Besitz ergriff.

Er starrte sich im Badezimmerspiegel an: die Falten seitlich an seinen Augen, die seinen Blick verhärteten. Die Linie seiner Lippen, gepresst. Die Röte seiner Nasenflügel. »Warum hast du das getan?«, fragte er laut. »Du schwaches Arschloch.«

Oumou würde es sofort wissen. Es irgendwie spüren. Es eben einfach wissen. Er fühlte sich saumäßig. Ihm war kotzübel.

»Du glaubst wohl, du kommst damit durch?« Er suchte in seinen Augen nach einer Reue, die ihm Angst machte. Bisher hatte er Oumou nie betrogen, hatte sie immer respektiert. Bis jetzt. Er spuckte ins Waschbecken. Spülte seinen Mund und spuckte erneut aus. Der Geschmack von Galle lag noch immer auf seiner Zunge.

Er ging ins Zimmer hinüber und schenkte sich aus der Minibar einen Whisky ein. Der vertrieb zumindest den bitteren Geschmack und das lauernde Gefühl tiefer Beunruhigung. Er jagte einen zweiten hinterher, den er kaum spürte. Danach zog er sich aus und stieg unter die Dusche. Während das Wasser rauschte, konnte er sein Handy piepen hören. Fünf Minuten lang prasselte Wasser auf seinen Schädel, und er dachte: Wie wird das alles enden?

Eine SMS von Christa: »Was machst du?«

Mit einem Handtuch um die Hüften geschlungen, setzte er sich aufs Bett, um zu antworten: »Warum bist du wach?«

Er wusste, dass sie nachts immer wieder aufwachte. Zuerst hatte sie nach ihren Eltern gerufen, die sofort zu ihr geeilt waren. Sie hatten sich neben sie gelegt und sie festgehalten, während sie angstvoll geschluchzt hatte. Doch im Verlauf des vergangenen Jahres hatte sie diese Phase hinter sich gelassen und sich mit ihrem Schicksal zu einem gewissen Grad arrangiert. Es angenommen. Wenn sie aufwachte, las sie. In einem Haushalt ohne Bücher begeisterte sich Christa für das Lesen. Manchmal fand er sie morgens eingeschlafen mit angeschalteter Nachttischlampe neben ihrem Bett. Das Buch war auf den Boden gefallen, Cat2 und Cupcake am Fuß des Bettes ineinander verwickelt. Er konnte das mit dem Lesen nicht verstehen. Für ihn besaßen Geschichten keinerlei Faszination. Es sei denn, sie passierten im echten Leben.

Christa schrieb zurück: »Lese Harry Potter. Was hast du heute gemacht?«

Einen Riesenbockmist gebaut, dachte er. Schrieb zurück: »Leute getroffen. Im Central Park gewesen. Sehr sehr kalt. Abendessen in kleinem Bistro.«

Nachdem er ihr die SMS geschickt hatte, öffnete er ein drittes Fläschchen aus der Minibar und trank den Whisky mit Sodawasser. Während er an dem Getränk nippte, hoffte er, eine weitere Nachricht von seiner Tochter zu erhalten. Ihm war noch immer übel. Das Zimmertelefon klingelte. Isabella.

»Ich wollte mich nur verabschieden«, sagte sie. »Wir sehen uns dann in Kapstadt.« Ihre Stimme klang leicht und so, als ob sie lachen würde.

Garantiert nicht, dachte Mace, der es für eine absolut miese Idee hielt, Isabella und Oumou in der gleichen Stadt zu haben. »Bis zum achtzehnten«, erwiderte er. Zwischen ihnen breitete sich Schweigen aus. Sein Handy piepte zweimal.

»Na so ein begehrter Junge«, meinte Isabella. »Nicht verzagen, Mace. Du bist immer noch gut im Bett.« Sie legte auf, ehe er antworten konnte.

Er sah nach, welche SMS er bekommen hatte.

Die erste war von Pylon: »Hab sie in Llandudno gefunden«.

Die zweite von Christa: »Armer Daddy ganz allein. Warum hast du nicht Cupcake mitgenommen«.

20

Als Mace aus New York zurückkam, war Vittoria Corombona das Erste, worum er sich kümmerte. Er entdeckte sie an einem vollen Strand in Llandudno in der mittäglichen Sonne.

»Ja, das ist sie«, sagte er zu Pylon.

»Freut mich, dass ich mich nicht geirrt habe.« Pylon gab

Mace ein Foto von Isabellas Ehemann zurück. »Macht das Ganze ein klein wenig kompliziert.«

»Kann man wohl sagen. Gonsalves ist ihr auf den Fersen, und wir sollen mit ihrem Freund ein illegales Geschäft abwickeln.«

Sie beobachteten das Paar, das im flachen Wasser Hand in Hand nebeneinanderher lief.

»Die Frage ist jetzt, wie schnell Gonsalves sie hier findet.«

Mace zog seine Schuhe aus. Rollte seine Hosenbeine hoch. »Vielleicht sollte man das etwas hinauszögern.«

»Soll heißen?«

»Keine Ahnung. Vielleicht ein kleiner Zuschuss zu seiner Pension.«

Pylon fuhr sich mit einer Hand über das Gesicht. »Magst du ein Eis?«

Sie kauften Minzschokolade am Stiel von einem Eisverkäufer, der auf seiner Kühltruhe saß und die Tanga-Girls beobachtete.

»Das Problem mit Minzschokolade ist«, meinte Pylon, »dass es wie Mundwasser schmeckt.«

»Nur für dich. Für mich ist das mein Lieblingseis.« Mace biss ein Stückchen ab und ließ Schokolade und Minze in seinem Mund zergehen. »Der Trick besteht darin, dass man die Schokoladenkruste erwischt, ehe sie runterfällt.«

Sie schlenderten den Strand hinab bis zum Wasser und fühlten sich unter all den Sonnenanbetern viel zu dick angezogen.

»Glaubst du wirklich, Gonsalves könnte in Versuchung geraten?«

»Möglich wär's. Soweit ich mich erinnere, ist seine Pensionierung für ihn ein einziges Horrorszenario.«

Am anderen Ende des Strandes erreichten Vittoria und Paulo die Felsbrocken, die der Bucht ihre Form verliehen. Sie drehten um und kamen langsam zurückgeschlendert.

»Sie wird uns wiedererkennen«, sagte Pylon, der das Paar beobachtete. »Was nicht gut wäre.«

Mace knabberte an den Resten seines Schokoladenüberzugs, löste ein angemessen großes Stück und nahm es in den Mund. Zerbiss es. Sagte: »Wir würden ja nicht viel von ihm verlangen. Nur einen Aufschub.«

»Und aus welchem Grund?«

»Aus keinem Grund. Warum muss es einen Grund geben? Das Geld ist der Grund, weshalb er an anderen Gründen nicht interessiert sein soll.«

Pylon warf das Einwickelpapier und den Holzstiel in einen Mülleimer. »Wenn du meinst.«

Mit heruntergeklapptem Dach fuhren sie im Spider in die Stadt zurück. Auf der Promenade von Camps Bay gerieten sie in einen Stau. Der Verkehr bewegte sich auf einmal langsamer vorwärts, als die Bikini-Mamas ihre Kinderwagen unter den Palmen dahinschoben.

Mace sagte: »Was ich an dieser Jahreszeit hasse, sind die Staus. An jedem Strand um die Halbinsel gibt's ein Verkehrschaos.« Er drückte auf die Hupe, um die Aufmerksamkeit des Fahrers im Wagen vor ihnen auf die Straße und fort von den schönen Körpern zu lenken, die Volleyball spielten.

Pylon fragte: »An wie viel hast du gedacht?«

»Wir könnten mit wenig anfangen. Sagen wir zehn Riesen. Und dann bis fünfzehn hochgehen. Mehr als das wäre übertrieben.«

Pylon stieß einen leisen Pfiff aus. »Nur damit er uns einige Tage Aufschub gewährt?«

»Beinahe drei Wochen.«

»Das sind fast tausend pro Tag.«

»Klingt doch verführerisch, oder?«

»Kann mal wohl sagen.«

Sie vereinbarten mit Gonsalves ein Treffen im Long Street Café. An einem stickig heißen Nachmittag am Tag nach Neujahr war es beinahe leer. Alle waren zum Strand hinausgefahren. Mace und Pylon machten es sich auf zwei Sofas in einer Ecke bequem. Bestellten Kahlúa Dom Pedros und zwei große Mineralwasser. Als die Getränke kamen, traf auch Gonsalves ein. Er trug sein Jackett über dem Arm, sein Hemd war unter den Achseln dunkel vor Schweiß. Eine Wolke aus Tabak und Körperausdünstungen schlug ihnen entgegen.

»Ich nehm zwei davon«, sagte er zum Kellner und zeigte auf die Dom Pedros. »Mit Whisky und ohne den ganzen Schnickschnack. Oh, und hey – haben Sie auch einen Aschenbecher für mich?«

»Tut mir leid, Sir, Rauchen ist nur draußen gestattet«, erwiderte der Kellner.

»Wer sagt denn, dass ich rauche?« Gonsalves warf sich in einen Sessel und fischte in der Tasche seines Jacketts nach einer Zigarette. »Ich vertrag die Hitze nicht.«

»Sir …«, stammelte der Kellner.

»Ist schon in Ordnung«, sagte Pylon. »Er hat nicht vor, hier zu rauchen. Bringen Sie uns einfach die Getränke, okay?«

Der Kellner zog sich mit einem misstrauischen Blick zurück.

Gonsalves fragte: »Und – was wollen Sie?«

Mace räusperte sich. »Wir wollten eigentlich vor allem wissen, wie die Dinge so vorankommen.«

»Kurz und knapp? Beschissen.« Gonsalves pulte das Papier von der Zigarette. »Der Commissioner will jeden zweiten Tag wissen, wo diese *Poppie* steckt. Sein Wort: *Poppie*. Haben Sie schon mal dieses Wort bei jemandem gehört, der kein weißer Afrikaner ist? Dann sollten Sie meinen Commissioner kennenlernen. Ein Schwarzer. Ist so lange wie ich bei unserem Verein, und jetzt ist er Commissioner. Ich hingegen bin ein

Weißer auf dem Weg in die ewigen Jagdgründe. Aber wie sagen die Franzosen so schön? *C'est la vie.* Auch egal. Jedenfalls will der Commissioner wissen, wie es diese *Poppie* schafft, in unserer schönen Stadt einfach unterzutauchen. Das ist nicht gut für den Tourismus, Captain, das ist nicht die Art von Ereignis, mit der man unsere Stadt, unser Tor zur Welt, unsere Heimat in Verbindung bringen sollte. Wir haben es hier mit einer Marke zu tun, Captain, erklärt er mir, einer Marke, die nicht beschmutzt werden darf, damit all die freundlichen Deutschen, Engländer, Amerikaner und Japaner ihre hübschen Euros, Pfund, Dollars und Yens nicht nach Malaysia tragen. Finden Sie diese *Poppie*, Captain. Finden Sie die Mörder. Schaffen Sie mir die Italiener vom Hals. Sie wissen, was ich meine. Das ist eine rosarote Stadt, Captain, wir dürfen nicht zulassen, dass Schwule hier abgemurkst werden. Denken Sie an die Marke, Captain, hören Sie sich um, mischen Sie sich unters Volk.« Gonsalves rollte den Tabak der Zigarette zwischen seinen Handflächen zu einer Kugel. »Dieser Commissioner, Khumalo, meint damit Kontakt zu Informanten. Irgendwo muss es einen Informanten, einen Denunzianten geben, meint er. Finden Sie ihn, Captain, und helfen Sie ihm, seine Information an den Mann zu bringen.«

Der Kellner brachte seine zwei Dom Pedros und einen Aschenbecher.

Gonsalves schob die Tabakkugel in den Mund, betrachtete die zahlreichen Krümel auf seiner Hose und dem Boden und sagte: »Etwas spät dafür.« Zeigte auf den Aschenbecher. Er griff nach einem Dom Pedro und trank ihn zur Hälfte leer, ohne auch nur einmal Luft zu holen.

Mace fragte sich, wie er es schaffte, dabei den Tabak nicht zu verschlucken.

»Noch was.« Gonsalves fuhr sich mit dem Handrücken über den Mund. »Schon mal vom Reizdarmsyndrom gehört?«

Mace und Pylon schüttelten den Kopf.

»Na ja, das verdanke ich auch dem Commissioner. Es ist ansteckend. Ich wache morgens gegen zwei oder drei mit Schmerzen auf, als hätte mir jemand die Faust in den Magen gerammt. Vorsichtshalber bleibe ich liegen und atme ganz flach, weil sich diese Faust auch in meine Lunge bohrt. Dann setzen die Schmerzen an der Seite ein – stechend und heftig. Schlimmer als Stechen. Langsam wandern sie meinen Dickdarm entlang nach unten, und ich denke: Okay, jetzt verschwinden sie wieder. Mir wird es bald besser gehen. Nur dass es manchmal noch weitere sechs Stunden dauert, bis es so weit ist. Khumalos Darmschmerzen, so nenne ich das.« Er trank den ersten Dom Pedro aus und saugte laut an den Eiswürfeln. »Jetzt tut's Ihnen wahrscheinlich leid, dass Sie gefragt haben.«

Mace meinte: »Das klingt nicht gut.«

Gonsalves sah ihn an. »Schlimmer als das, *China.* Ich kann nur für Sie hoffen, dass Ihnen mal so was erspart bleibt.« Er leckte das Vanilleeis von dem Strohhalm. »Also – was wollten Sie mir sagen?«

»Wir wollten eigentlich nur wissen, ob wir Ihnen irgendwie behilflich sein können«, erwiderte Pylon.

»Und wie?«

Mace beugte sich vor. »Indem wir Ihnen zum Beispiel ein paar Informationen liefern.«

»Soll das heißen, Sie wissen, wo sie ist?«

»In gewisser Weise. Es gibt da nur ein Zeitproblem.«

»Über welchen Zeitraum reden wir?«

»Sagen wir, bis Mitte Januar.«

Gonsalves rührte mit dem Strohhalm in seinem zweiten Drink. »Haben Sie einen guten Grund für einen solchen Aufschub?«

»Haben wir.«

»Der offenbar vertraulich ist.«

»Ganz genau.«

Captain Gonsalves begann den zweiten Dom Pedro zu trinken. »Und wenn ich sie vorher erwische? Einfach so, ohne Ihre Hilfe?«

Mace sagte: »Vielleicht könnten wir dann darüber sprechen. Bei gegebenem Anlass.«

»Möglich wär's.« Gonsalves trank auch dieses Glas leer, fuhr mit dem Finger an der Innenseite des Randes entlang und leckte diesen dann ab. »Wir im Dienste der Gerechtigkeit haben jederzeit ein offenes Ohr, solange es der Gerechtigkeit dient.«

»Das wird es.«

»Ausgezeichnet.« Gonsalves wischte sich die Finger an einer Serviette ab. »Woran hatten Sie denn so gedacht?«

Pylon schob einen Lederkoffer über den Boden, bis dieser gegen das Bein des Polizisten stieß. Gonsalves sah zuerst Pylon und dann Mace für einen langen Augenblick an. »Ich werd euren Hals aber nicht aus der Schlinge ziehen, falls was schiefläuft«, erklärte er. »Keinen eurer Hälse.«

»Kein Problem«, meinte Pylon.

Gonsalves kaute eine Weile auf dem Restchen Tabak herum, das noch in seinem Mund übrig geblieben war, und starrte die beiden an. »Damit wir uns nicht falsch verstehen. Ich kann Sie so tief in den Abgrund reißen, dass Sie Parkplatzwächter für einen klasse Job halten.«

»Wir liefern. Am Dienstag, den einundzwanzigsten Januar. Pfadfinderehrenwort.«

Gonsalves ignorierte den Scherz. »Falls wir noch mal miteinander sprechen müssen, tun wir das auch.«

»Selbstverständlich.«

Captain Gonsalves stand auf. Er spuckte den Tabak in den Aschenbecher und klopfte sich danach die Hose ab. »Frohes Neues Jahr.«

»Ebenfalls«, erwiderte Mace.

Pylon nickte. »Vergessen Sie den Koffer nicht.«

»Hatte ich nicht vor.« Gonsalves lächelte die beiden Männer an und beugte sich dann nach unten, um nach dem Griff des Koffers zu fassen. »Echt.« Er klopfte auf das Leder. »Wie aufmerksam.«

21

Fünf Tage nach Neujahr vereinbarten Mace und Pylon ein Treffen mit Mo Siq, um die logistischen Details zu besprechen.

»Wie wäre es mit meiner Wohnung?«, meinte Mo. »Kommt doch einfach hierher, und beneidet mich um meinen fantastischen Ausblick.«

Zur Waterfront zu gelangen, war ein Albtraum. Mace und Pylon verspäteten sich um zwanzig Minuten. Mo winkte ab, als sie sich entschuldigten. Er war herzlich und zuvorkommend, bis sie ihm die Situation erklärten. Danach wirkte er in seinen Shorts und dem auffälligen Madiba-Hemd nicht mehr so entspannt. Begann, nervös auf dem Balkon seiner Wohnung hin und her zu laufen. Mace und Pylon blieben stehen, ein Bier in der Hand, und warteten darauf, dass der Mann die Informationen verdaute. Typisch Mo, dachte Mace, protzige Adresse. Reiche Schnösel als einzige Nachbarn. Vom dritten Stock aus jedoch einen tollen Blick über die Victoria & Albert Waterfront bis zum Hafen und zurück zum Berg. Kein Grund, neidisch zu sein, wenn er seinen eigenen Ausblick bedachte. Jedenfalls sobald er sich die Bank vom Hals geschafft hatte.

Sie hatten Mo die Lage folgendermaßen geschildert: Ladung sollte am Mittwochnachmittag am Duncan Dock, Liegeplatz D, an Bord gehen. Das Schiff würde in derselben Nacht auslaufen und die Zahlung am nächsten Tag erfolgen.

Mo blieb stehen, um einen Schluck Single Malt zu sich zu nehmen, den er mit Soda verlängert hatte. »Also noch mal: Ich fertige die Ware am frühen Mittwochmorgen ab, sie wird am Mittwochnachmittag aufgeladen, und euer Schiff läuft mit meiner Ware aus. Nur vierundzwanzig Stunden später bekomme ich einen Teil meines Geldes zu sehen.«

»Wie wir das vereinbart haben«, meinte Pylon.

Mo starrte ihn finster an. »Ich dachte, ihr macht Witze. Ich dachte, heutzutage würdet ihr vielleicht professionellere Geschäftsleute sein. Eine Stufe höher.«

»Es ist alles ganz einfach«, sagte Mace. »Du hast unser Wort.«

»Um euer Wort geht's nicht. Mir geht's um das hier …« Er hielt die rechte Hand hoch und rieb Daumen und Zeigefinger aneinander. »Um Knete, Mace Bishop. Knete.«

»Die Vereinbarung steht«, meinte Pylon.

»Klar tut sie das. Und ich muss mich mit dem Wort von zwei Sicherheitsleuten zufriedengeben.«

Mace fragte: »Was? Was hast du gesagt?«

»Von Schlägern. Türstehern. Ich habe das Wort von bloßen Wachhunden.«

»Du kannst mich mal, Mo.« Mace merkte, wie ihm heiß wurde. Er machte einen Schritt vorwärts.

Mo grinste höhnisch. »Der Junge wird rot. Macey der Hammer. Gut, um Finger zu zertrümmern – das Einzige, was er auf die Reihe gekriegt hat. Du bist immer noch nicht weiter, Mace. Und ein Niemand.« Mo tat so, als würde er Hühnern Körner hinwerfen. Wandte sich angewidert ab.

Mace drängte an Pylon vorbei und streckte die Hand aus, um nach Mos auffälligem Hemd zu fassen. »Komm mir nicht auf die Tour!«

Mo wich Mace aus, indem er Pylon als Schild benutzte.

»Du kleines Arschloch …« Aber Mace kam nicht weit. Pylon rief: »Okay, okay, beruhigt euch wieder!«

Mo grinste. »Ich hab wohl einen Nerv getroffen, was? Bisschen empfindlich, was?«

»Fick dich«, sagte Mace.

»Jungs«, fuhr Pylon erneut dazwischen. »Jungs, beruhigt euch. Das lohnt sich doch nicht.«

Mace schüttelte Pylons Hand ab. »So war der Deal, Mo. Genau so war der Deal im November. Und so ist er auch jetzt noch.«

»Nur dass ihr mir im November noch erklärt habt, ihr würdet bei Lieferung zahlen.«

»Eine Anzahlung.«

»Bei Lieferung. Jetzt erklärt ihr mir, es geht erst einen Tag später. Riecht mir nach Falle. Ich hab das deutliche Gefühl, ihr wollt mich reinlegen. Ich werde hier über den Tisch gezogen.«

»Ganz und gar nicht«, sagte Pylon.

»Dann macht es mir doch glaubhaft.«

Pylon stellte seine Bierflasche auf den Tisch neben die Reste von Mos Frühstück. »Was können wir noch sagen?« Er wandte sich Mo zu und hielt beide Hände hoch. »So läuft es nun mal, *Bru.* Wir alle nehmen ein gewisses Risiko auf uns. Vor allem Mace und ich. Unsere Leben stehen sogar auf dem Spiel. Deines nicht.«

»Meine Karriere«, gab Mo gereizt zurück.

»Na klar. Aber du würdest das nicht machen, wenn es sich für dich nicht lohnen würde, oder?«

Mo knurrte abfällig. »Kannst mich mal«, murmelte er und hielt Pylon den Mittelfinger unter die Nase. »Hört genau zu. Wenn ich rausfinde, dass da noch was anderes abgeht, werdet ihr das bitter bereuen. Bitter. Dann sorg ich dafür, dass euer Leben, so wie ihr es kennt, zu Ende ist.«

Pylon starrte ihn an, ohne den Blick abzuwenden.

Mace sagte: »Oh, jetzt hab ich aber Bammel.«

»Werdet schon sehen«, meinte Mo.

Während sie mit dem Lift nach unten fuhren, dachte Mace: Da macht und tut man, und welchen Dank bekommt man dafür? Nur Vorwürfe. Sagte: »Es ist ja schließlich nicht so, als würde er viel riskieren. Warum muss er gleich durchdrehen?«

»Der kann eben nicht anders«, meinte Pylon. »So ist Mo nun mal. Früher im Exil war er unglaublich paranoid. Er ist zum Beispiel nie nach London gefahren, weil er befürchtet hat, dass ihn jemand mit einem vergifteten Regenschirm abmurksen könnte.«

Die Lifttür öffnete sich auf einen Platz, der einmal ein Yachthafen werden sollte, bisher aber nur eine Baustelle war. »Verdammt paranoid«, sagte Mace, wobei er Mos Akzent nachmachte. »Warum verpisst er sich dann nicht wieder nach Lagos?«

22

Isabella schlief erst einmal ihren Jetlag aus, ehe sie Paulo anrief. Stand am Fenster ihres Hotelzimmers und blickte auf die Bäume der Innenstadt hinunter. Soweit sie das auf der Taxifahrt vom Flughafen in die Stadt hatte beurteilen können, war die Stadt für eine afrikanische Stadt recht hübsch, abgesehen von dem Chaos der Elendsviertel auf beiden Seiten der Autobahn: Wellblechhütten, Iglus aus schwarzen Plastikplanen, Ziegen, Kühe. Wenn man den Blick von diesem Durcheinander abwandte, war es kein schlechter Ort, um seine letzten Lebenstage zu verbringen – so wie Paulo das tat. Sie wählte die Handynummer ihres Mannes. Mitten am Nachmittag meldete er sich mit schlaftrunkener Stimme.

»Liebling! Hab ich dich etwa geweckt?«

Paulo klang irritiert und verärgert. »Warum rufst du an?«

Isabella genoss das Ganze aus vollen Zügen. »Ach, Schatz,

ich hab mir nur Sorgen gemacht. Ich bin hier, um dich wieder aufzumuntern.«

»Hier?«

»Ja, ich bin in der gleichen Stadt wie du. Du solltest so schnell wie möglich an Mamas Brust kommen. Lass die Tussi für einige Stunden allein, okay?«

Sie musste über Paulos Schweigen lächeln. Nach einer Weile meinte er: »Hat dir Ludo von ihr erzählt?«

»Schatz, Ludo erzählt mir alles. Ich hab zu ihm gesagt: Entspann dich, mein Guter, kein Problem. Wenn sie ihn zu besserer Arbeit motiviert, ist das für alle doch nur ein Gewinn.«

Tatsächlich hatte sie Ludo erklärt, dass er sich um Vittoria und Paulo kümmern solle, wenn erst einmal alles über die Bühne gegangen war. Was dieser zufrieden zur Kenntnis genommen hatte.

»Also: Überraschung, Liebling! Hier bin ich. Etwas früher als erwartet, aber eine Frau sollte schließlich ihren Mann unterstützen. Komm zu mir, damit wir reden können.«

»Wohin?«

»Pinker Kasten namens Mount Nelson Hotel. Sagen wir in einer Stunde?«

»Mann, Isabella.«

»Gar nichts Mann«, erwiderte sie. »Ich warte.«

Als Nächsten wählte sie Mace Bishop aus ihrer Kontaktliste aus.

»Ich hab mich schon gefragt, wann ich von dir hören würde.«

Isabella lachte. »Welch ein liebenswürdiger Willkommensgruß in deiner wunderbaren Stadt. Du klingst etwas gestresst, Macey-Boy.«

»Nur etwas«, sagte Mace. »Vor allem wegen einer Zahlung, die bald fällig ist.«

»Entspann dich.« Sie wandte sich vom Fenster ab. Schlüpfte

in ihre Schuhe. »In etwa einer Stunde erhältst du die nötigen Informationen aus erster Hand.«

»Wirklich? Von deinem Mann?«

»Genau – vom Göttergatten höchstpersönlich. Alle Details. Und wie wäre es nachher mit einem gemeinsamen Abendessen?«

»Könnte arrangiert werden«, erwiderte Mace. »Wo bist du? Im Nellie?«

»Falls du damit das Mount Nelson meinst.«

»Ich hol dich ab. Um acht?«

»Oh – und Mace?«, sagte sie, ehe er auflegen konnte. »Sei gnädig mit meiner besseren Hälfte. Paulo ist Paulo. Er kann nichts dagegen machen.«

Vittoria stützte sich auf einem Ellenbogen ab und sah Paulo hinterher, als dieser unter die Dusche ging. »War das Isabella?«

Paulos Bejahung wurde fast vom Rauschen des Wassers verschluckt.

»Ist sie also schon hier? Wo?«

»Im Hotel Mount Nelson.«

»Meinst du, wir sollten sie gleich umlegen?«

Paulo kam ins Schlafzimmer zurück. »Zu kompliziert. Wir müssen erst das Kokain loswerden. Ihr die Kohle geben und uns danach um den Rest kümmern. Denn eines wollen wir garantiert nicht: Francisco auf den Fersen haben.«

Vittoria steckte einen feuchten Finger in den Vorrat neben ihrem Bett. »Und was ist, wenn sie wieder abfliegt, Paulo?«

»Lass mich das erst mal rausfinden, okay? Hören, wie ihr Terminplan aussieht.«

Vittoria saugte an ihrem Finger. »Das Beste wäre, sie sofort umzubringen, Paulo. Der Statistik nach wird ein Tourist hier innerhalb der ersten achtundvierzig Stunden umgebracht, falls er umgebracht wird.«

Paulo schüttelte den Kopf. »Du nimmst zu viel von dem Zeug.« Er verschwand noch immer kopfschüttelnd in der dampfenden Dusche.

»Du wirst doch nicht schwach werden, Baby?«

Paulo antwortete nicht.

Vittoria legte sich auf den Rücken und fragte sich, ob Paulo den nötigen Mumm für so etwas hatte. Oder würde er versuchen, einen Rückzieher zu machen, wie er das bei den Schwuchteln getan hatte?

Als ihr Handy klingelte, nahm sie ab. »Ja?«

Isabellas Stimme: »Wo ist Paulo?«

»Unter der Dusche.«

»Ich will mit ihm reden.«

Vittoria dachte: fick dich. Sagte in gespielt gepflegtem Englisch »Natürlich, Ma'am« und brachte Paulo das Handy. »Fang, Paulo.« Sie warf es über die Duschglaswand.

Isabella am anderen Ende hörte ihn fluchen, das Rauschen des Wassers, das herumtanzende Handy. Dann hörten die Geräusche auf.

»Schatz«, sagte sie. »Bring das Geld mit.«

Paulo betrat Isabellas Zimmer, und sie begann sofort mit den Dingen, die ihn am meisten nervös machten: Sie zählte das Geld nach, das er ihr gebracht hatte, und wollte wissen, warum er so weit von dem angepeilten Ziel entfernt lag.

Ärgerte ihn mit ihrer zickigen Stimme. »Schatz, ich bin es, deine Frau. Um die geht es hier. Nicht um dich oder Ludo oder Francisco, sondern um mich.« Sie redete so herablassend mit ihm, als wäre er ein zehnjähriger Junge. Paulo musste am Rand ihres Bettes sitzen, während sie die Lehrerin spielte. »Francisco wäre sehr enttäuscht von dir. Keiner verliert gerne Geld. Falls Francisco Geld verliert, wird er es allerdings kaum merken. Die Leute, die es merken, sind Leute wie ich. Oder meine Agenten. Leute, die ihren Arsch hinhalten. Das sind diejenigen, denen das empfindlich weh tun wird, Paulo. Empfindlich. Ich rede hier von echten Schmerzen, langanhaltenden und quälenden Schmerzen. Und warum? Weil mein kleiner Schatz nicht seinen Finger rausgezogen hat. Aus der Muschi seiner Freundin. Anstatt zu verkaufen, was das Zeug hält.«

Paulo rutschte unruhig hin und her.

»Du bist nichts mehr wert, Paulo. Du bist am Ende. Wurmfutter.«

Sie trat ans Fenster, so dass er nichts außer einem schwarzen Schatten sehen konnte. Dachte: Vittoria hat recht. Die guten Zeiten der Schlampe sind ein für alle Mal vorbei. Zeit für einen Unfall. Zeit, sich weiterzuentwickeln. Nach dem Job.

»Hör mir genau zu, Liebling. Ich erkläre dir jetzt ein oder zwei Dinge, was deine Aufgabe betrifft. Hörst du mir zu?«

Paulo nickte. Gerade blieb ihm nichts anderes übrig.

»Schön laut und deutlich.«

»Ja.« Er räusperte sich. »Ich höre dich.«

Isabella lächelte. »Was du tust, Schatz, ist nicht nur, Chemikalien in Geld zu verwandeln. Was du tust, ist einen Kreislauf zum Laufen zu bringen. Bares wird zu Eisenwaren. Eisenwaren werden zu Diamanten. Diamanten werden zu Dollars. Wie ich schon sagte, leben viele Leute von diesem Kreislauf. Die meisten bei weitem nicht so komfortabel wie du. Was ich damit sagen will: Wenn du diesen Kreislauf nicht zum Laufen bringst, bist du derjenige, der als Erster unter die Räder kommt.«

Sie wandte sich vom Fenster ab, nahm ihr Handy von der Kommode, wählte eine Nummer und lauschte. »Ich rufe jetzt einen Typen namens Mace Bishop an. Ich werde ihm sagen, dass du der Mann mit dem Geld und allen relevanten Informationen bist. Du nennst ihm daraufhin deine Festnetznummer und deine Adresse. Und unter dieser Adresse holt er dann die Kohle ab.«

Es stellte sich heraus, dass Mace Bishop nichts gegen dieses Arrangement einzuwenden hatte. Isabella reichte Paulo das Telefon weiter.

»Hi«, sagte Paulo.

»Ich höre«, lautete die Antwort.

Paulo gab ihm die Adresse und die Festnetznummer in Llandudno.

Mace sagte: »Ich hole die Anzahlung am Samstagvormittag ab. Gegen elf? Lass mich nicht warten.«

»Fick dich«, entgegnete Paulo.

»Diese Einstellung finde ich nicht sehr ratsam«, erwiderte Mace. »Immer schön freundlich bleiben – so sollte deine Devise lauten.«

Paulo legte auf.

»Solche Sachen würde ich nicht unbedingt zu ihm sagen«, meinte Isabella. »Der Kerl ist eine Hyäne.«

»Wie alle anderen auch«, erklärte Paulo und gab Isabella das Handy zurück. »Und wenn ich die Anzahlung nicht mache?«

Isabella klopfte mit dem Telefon auf ihre Handfläche. »Ich glaube kaum, dass du so etwas tun wirst. Noch vier ganze Nächte, von denen eine ein Freitag ist.«

Paulo dachte: Scheiße, sie lässt mich auflaufen. Sagte: »Das schaffe ich.«

»Natürlich schaffst du das. Ein Dealer wie du – für den sollte das doch kein Problem sein.« Sie schenkte ihm ihr strahlendstes Lächeln: blitzende Zähne, schmale Lippen. Das einer Schlange – so hatte Paulo dieses Lächeln schon immer erlebt.

»Und falls nicht?«

Sie schnitt eine Grimasse. »Sollten wir gar nicht in Betracht ziehen.« Streckte ihm die Hand entgegen. »Wie wäre es jetzt mit einem Nachmittagstee?«

Paulo tat zuerst Erdbeermarmelade und dann Clotted Cream auf sein Scone. Das einzige Problem mit dieser englischen Tradition war die Frage, wie man das Ganze in den Mund stecken konnte, ohne die Nase in die dicke Sahne zu tunken. Die anderen schienen das nicht so problematisch zu finden. Eine ganze Lounge voller Gäste stürzte sich gerade auf Scones mit Erdbeermarmelade und Clotted Cream.

»Wie findest du das?«, fragte Isabella. »Ist doch mal was anderes, oder?«

Paulo tupfte sich mit der Serviette die Sahne von der Oberlippe. Er schluckte. »Wäre hilfreich, von deinem Freund zehn Tage Zeit zu bekommen. Fünf erscheinen mir ziemlich eng.«

»Da kann ich leider nichts machen, Liebling. Ist nicht meine Entscheidung. Der Deal geht am Samstag über die Bühne. Aber warum sollte das ein Problem sein?«

Paulo dachte: warum das ein Problem sein soll? Weil es ein Problem ist, vierhundert Mille aus Stoff zu bekommen, der maximal dreihundert wert ist. Und das in nur vier Tagen. Damit pushte er seine Kapazitäten in mehr als einer Hinsicht ans Limit. »Kein Problem«, murmelte er.

Isabella beugte sich vor und streckte ihm eine Serviette entgegen. Paulo wich zurück. »An deiner Nasenspitze ist ein bisschen Marmelade«, sagte sie und wischte diese ab. »So, besser.« Lehnte sich wieder zurück. »Ist dieser Laden nicht großartig?«, fragte sie und zeigte auf die Hotellounge, ehe sie den letzten Rest ihres Scones in den Mund schob. »Dem musste man wahrscheinlich nicht mal mehr irgendeinen kolonialen Anstrich geben.«

»Vielleicht sollte ich besser dir das Geld bringen.« Paulo sah Isabella dabei zu, als sie Kaffee nachgoss – Kaffee, der so beschissen wie Instantkaffee schmeckte. »Würde doch Sinn machen. Er ist schließlich dein Freund. Dein Kontakt. Vielleicht solltest du selbst den Deal über die Bühne bringen.«

»Normalerweise wäre das auch so gelaufen. Nur diesmal möchte ich dich dabeihaben. Beweise Francisco, dass du zu etwas zu gebrauchen bist. Ich will, dass du dich in diesem Fall um alles kümmerst, Paulo.« Sie strich sich einige Krümel vom Schoß.

»Und was ist mit Ludovico?«

»Paulo, Schatz. Ich habe es dir doch gerade erklärt. Ich will, dass *du* Francisco zeigst, was *du* draufhast. Aber keine Sorge: Ludo wird nicht weit sein.« Sie streckte ihre Finger aus, um über seine Hand zu streichen. »Es ist nur eine einfache Übergabe. Machst du dir um dein Mädchen Sorgen? Mace wird beim Anblick einer Tussi zugegebenermaßen schnell schwach.« Isabella legte kurz ihre Hand ganz auf die seine und erhob sich dann.

Paulo blickte zu ihr auf und sah, dass sie auf ihn herablächelte. »Armer Liebling.«

Danach fühlte sich Paulo miserabel. Er ging zu seinem Wagen zurück und dachte: scheiße, scheiße, scheiße. Warum hatte er es ihr so leicht gemacht, ihn vorzuführen? Diese verdammte Schlampe. Sollte sie doch zur Hölle fahren.

Er zündete sich eine Zigarette an. Seine Hände zitterten. Wut, Demütigung und die Würdelosigkeit, die es bedeutete, ihr gehorchen zu müssen, ließen ihn in Schweiß ausbrechen, je länger er nachdachte. Er musste sich beruhigen und die ganze Sache in Ruhe durchdenken. Setzte sich ins Auto und starrte die palmengesäumte Zufahrt hinunter bis zu dem Pförtner mit dem Tropenhelm, der am anderen Ende einen Geländewagen zwischen den Eingangssäulen hindurchlotste. Das Tor sah aus wie der Zugang zu einem antiken griechischen Tempel: mächtige Säulen und Sockel. Der Geländewagen, ein Grand Cherokee, heulte auf. Ludo saß hinterm Steuer.

Was ging da vor sich? Paulo wollte es gerade herausfinden und hatte bereits die Tür seines Autos geöffnet, als er sich endlich wieder berappelte. Sollten sie doch alle zur Hölle fahren, und zwar alle. Es war an der Zeit, auf Safari zu gehen! Sich die Big Five einer Großwildsafari anzusehen und in einer afrikanischen Lodge zu entspannen, während Francisco sehen konnte, wo er blieb. Er fischte in seiner Chinohose nach seinem Handy und wählte Oupa Ks Nummer.

»Oupa K, hier ist Paulo.«

»Was ist, Boss?«

»Paulo. Du erinnerst dich …«

»Was willst du, Paulo?«

»Was ist los, Mann? Was machst du gerade?«

»Abhängen.«

Paulo lachte. Der Xhosa gab so betont den Macker, dass er vermutlich dringend wieder Nachschub brauchte. »Hast du einen Moment?«

»Du hattest schon diesen Moment. Also – was willst du, Yankee?«

»Vielleicht können wir uns noch mal unterhalten?«

»Das tun wir gerade.«

»Klar.«

»Also rede.«

»Was unser Arrangement betrifft … Ich dachte da an eine Hälfte Schnee und die andere Crack.«

»Ach, wirklich, Boss? Und hast du dir auch eine Rate überlegt?«

»Klar. Ich dachte an drei-, vierhundert Mille.«

»Bockmist, Yankee.«

»Ich kümmer mich um die Chemie. Und du scheffelst damit doppelt so viel Kohle wie sonst. Vielleicht sogar mehr. Das ist ein Riesengewinngeschäft für dich. Meiner Meinung nach kannst du einen Profit von bis zu zweihunderttausend machen. Vielleicht sogar mehr. Verstehst du mich, Kumpel? Ich sag es noch einmal: die Hälfte Schnee, die andere Crack – vierhundert Mille. Klingt das gut oder was?«

Erst jetzt merkte Paulo, dass er nur noch in den Äther sprach. »Wichser!«, brüllte er und drückte wutentbrannt auf die Wahlwiederholung. Nach zehnmal Klingeln schaltete sich die Voicemail an und lud ihn dazu ein, eine Nachricht zu hinterlassen. »Verdammte Scheiße, ihr Arschlöcher!«, schrie er und schlug mit beiden Händen auf das Lenkrad ein, wodurch er beinahe das Handy zertrümmerte. Zündete sich eine weitere Zigarette an. Nachdem er die Hälfte geraucht hatte, drückte er sie aus. Wählte noch einmal.

Oupa K meldete sich. Sagte: »Einverstanden.«

»Du hast einfach aufgelegt, Mann, und niemand legt einfach auf, wenn ich mit ihm rede!«

»Ich hab gesagt, einverstanden.«

Paulo nahm es erst jetzt wahr.

»Freitagvormittag, Yankee. Wieder am Leuchtturm. Sagen wir, zehn Uhr.«

Paulo lenkte den Quattro aus der Parklücke, während er sich noch eine Zigarette aus der Packung schüttelte. Am Tor salutierte der Tropenhelm, ehe sich Paulo in den Verkehr einfädelte, ohne auch nur einen Moment lang nach rechts über die Schulter zu blicken. Im Rückspiegel sah er, wie ein heranbrausendes Auto aufblendete.

Während Paulo den Nek hoch und aus der Stadt hinausfuhr – der Atlantik ausgebreitet vor ihm –, hinunter an den Koksstreifen von Camps Bay mit all seinen schicken Coffeebars an der Straße, entwickelte er einen Plan: Er wollte sich um die Crackproduktion kümmern und Vittoria dazu bringen, die Safari-Sache zu organisieren. Das einzige Problem, das dann noch blieb, war die Frage, wie sie Isabella loswerden konnten. Ludo hinter sich zu lassen, sollte keine Schwierigkeit darstellen. Er würde mindestens zehn bis zwölf Stunden nicht merken, dass sie fort waren. Währenddessen würden Vittoria und er die Kohle verfeuern. Auf einer Fünf-Sterne-Safari.

Paulo war bester Laune, als er in die Einfahrt in Llandudno einbog. Er rannte ins Haus und rief: »Ria, Baby, ich weiß jetzt, wie wir's machen!« Die Klingel der Gegensprechanlage läutete, und er drückte auf den Knopf. Der Bildschirm zeigte ihm einen Mann mit einem offenen weißen Hemd, der an einer Zigarette kaute.

Paulo fragte: »Wie kann ich Ihnen helfen?« Auf der Terrasse konnte er Vittoria sehen. Oben ohne in der prallen Sonne.

Das Mann sagte: »Ja, äh…« Starrte hoch zur Kamera und schob die Zigarette mit der Zunge in seinem Mund hin und her. Die Zigarette war nicht angezündet.

»Was wollen Sie?«, erkundigte sich Paulo.

»Mr. Ludovico?«, fragte der Mann.

»Der ist nicht da«, erwiderte Paulo.

»Mr. Paulo Cave-dag… Cavedag-na?«

Paulo dachte: Mist – ein Bulle. Dachte: bleib cool.

»Ja. Und wer sind Sie?«

»Captain Gonsalves. Könnte ich einen Moment hereinkommen?«

»Gibt es ein Problem, Captain?«

»Nein. Kein Problem.«

Großes Problem, dachte Paulo.

»Haben Sie eine Polizeimarke? Irgendeine Art von Ausweis?«

Der Polizist grinste in die Kamera. »Das ist genau das, was ich den Leuten immer sage, Mr. Cave-dag-na. Öffnen Sie nie die Tür, bis Sie einen Ausweis gesehen haben. So wie die Amerikaner in Kinofilmen. Fragen Sie immer nach einem Ausweis.« Der Captain hielt eine Karte vor die Kamera. Paulo konnte kein einziges Wort darauf entziffern. »Sie sind doch Amerikaner, Mr. Cave-dag-na?«

»Warten Sie bitte einen Moment«, entgegnete Paulo und schaltete die Gegensprechanlage ab. Rief: »Vittoria, Vittoria!« Dachte: kein Zweifel, ein Bulle. Er kennt meinen Namen, er kennt den von Ludovico. Er ist bestimmt auf der Suche nach Vittoria.

»Was ist los?«, fragte Vittoria und setzte sich auf. »Lass mich in Ruhe, okay?«

»Bullen«, sagte Paulo, was Vittoria blitzschnell ins Innere des Hauses und in den oberen Stock rennen ließ.

Paulo drückte auf den Sprechknopf. »Kommen Sie herein, Captain.«

Er ging dem Mann auf der Zufahrt entgegen.

»Captain, ich bin Paulo Cavedagno.« Schüttelte ihm die Hand und führte ihn dann auf die Eingangstür zu. Von dort aus geleitete er ihn ins Wohnzimmer.

»Hübscher Ort zum Urlaubmachen«, meinte Gonsalves und schaute sich um.

»Bisher ist es ein wunderbarer Urlaub gewesen«, antwortete Paulo.

»Der bald zu Ende geht?«

»Ja. Nächste Woche sind wir wieder in den Staaten. Aber Sie leben in einem tollen Land, Captain. Wir werden es garantiert noch einmal besuchen.«

Der Captain holte ein Notizbuch heraus und schlug die letzte Seite auf. »Wohnt eine gewisse Vittoria Corombona bei Ihnen und Mr. Ludovico?«

Paulo schüttelte den Kopf. »Hat sie mal. Sie kam über Weihnachten. Und flog vor einer Woche wieder nach Hause zurück.«

»Ist sie eine Freundin von Ihnen?«

»Eine Verwandte. Warum? Suchen Sie sie?«

»Ich glaube, sie könnte uns weiterhelfen«, erklärte Gonsalves. »Bei einer Ermittlung.«

23

Als Mace am Dienstagnachmittag, den 14. Januar, den Anruf von Isabella entgegennahm, wusste er nicht, ob er sich freuen sollte oder nicht. Die Aufregung und die Angst, die er in New York erlebt hatte … Jetzt hatte das Ganze einen anderen Beigeschmack: Isabella in derselben Stadt wie Oumou zu wissen, konnte er schwer ertragen. Die Frau war ein wandelndes Pulverfass. Trotzdem hatte er sich mit ihr zum Abendessen verabredet. Besser sie bei Laune halten, als ihr das Gefühl zu geben, verschmäht zu werden. Etwa eine Stunde später hatte Paulo die Details der Geldübergabe bestätigt. Seine Stimme klang weinerlich. Sein Versuch, sich besonders taff zu geben, amüsierte Mace.

Nachdem er aufgelegt hatte, stand Pylon unter der Tür zu seinem Büro und grinste darüber, wie die Unterhaltung beendet worden war.

»So ein Arschloch«, sagte Mace.

»Soll's geben.« Pylon hörte nicht auf zu grinsen. »Hat dich ziemlich auf die Palme gebracht, was?«

»Vielleicht solltest du Mo anrufen, um ihm mitzuteilen, dass alles nach Plan läuft.«

»Vielleicht solltest du das tun.«

»Sei netter zu mir, okay?«

Pylon seufzte. »Manchmal muss man sich seinen Dämonen stellen.« Gleichzeitig klappte er sein Handy auf.

Mo Siq antwortete nach dem ersten Klingeln. »Ja oder Nein?«

»Ja«, sagte Pylon.

»Meine LKWs fahren um Mitternacht ab. Was ist mit dem Geld?«

»Sag ihm, Samstagvormittag um halb zwölf«, warf Mace ein. »Bei ihm.«

Pylon gab die Nachricht weiter.

»Und der Rest?«

»Am Montag.«

Mo stimmte knurrend zu und legte auf.

Pylon starrte auf sein Handy, sagte: »Auch Ihnen noch einen schönen Tag, Mr. Siq.« Klappte das Telefon zu. »Es ist wirklich eine Freude, mit diesem Mann ins Geschäft zu kommen.«

Mace lachte und schlug vor, eine Pause zu machen. Sie konnten doch eine Coke Float in dem Café in den Company Gardens trinken. Wäre das nicht eine gute Idee, um an einem langen und heißen Tag wie diesem ein wenig zu feiern? Vor allem da sie Samstag an einen Ort fliegen würden, wo es ein Monatsgehalt in harter US-Währung kosten würde, eine Coke Float zu bestellen. Wahrscheinlich würden sie auch gar keine bekommen.

Pylon sagte: »Erinnere mich bloß nicht daran.«

»Entspann dich«, meinte Mace. »Es ist nur ein kurzer Flug.«

»Ich fliege grundsätzlich nicht, wie du weißt.« Pylon steckte das Handy in die Hosentasche. »So lautete immer unsere Abmachung: Du fliegst, und ich bleibe unten auf dem Boden.«

»Diesmal ist es eben etwas anderes.«

»Ach, ehrlich?«

Sie schlossen das Büro ab und schlenderten die Barnet hoch, die Dunkley hinunter, überquerten die Hatfield und bogen schließlich in die Avenue hinter Commercial Gardens High ein. Die Schule war wegen Ferien geschlossen. Rechts gingen sie in die Paddock unter den Eichen. Hier gab es zwar etwas Schatten, was aber keine große Erleichterung bedeutete. Beide Männer begannen unter den Achseln zu schwitzen. Am Fischteich traten sie wieder aus dem Schatten in das grelle Sonnenlicht, dessen Strahlen sie trotz ihrer Sonnenbrillen blendeten. Das Laubdach der Government Avenue ließ etwas die Schwere in ihren Gliedern verschwinden. Mace blickte die Straße hinauf zu dem fernen Säuleneingang des Mount Nelson und fragte sich, was Isabella wohl gerade mit diesem Idioten von Ehemann tat. Dachte auch daran, dass er, Isabella und Oumou seit zwölf Jahren nicht mehr in derselben Stadt gewesen waren – nicht mehr seit ihren letzten Tagen in Malitia. Der Gedanke brachte ihn noch stärker ins Schwitzen. Und veranlasste ihn zu einem nervösen Husten.

Pylon klopfte ihm auf den Rücken. »Alles in Ordnung?«

»Ja«, sagte Mace. »Nichts, was ein Schluck Cola nicht runterspülen könnte.«

Sie wählten in der Nähe der Vogelkäfige einen Tisch, wo der Schatten am kühlsten wirkte. Die Kanarienvögel zwitscherten laut und schienen sich von dem heißen Nachmittag nicht stören zu lassen. Die einzigen anderen Gäste auf der Terrasse: ein Pärchen, das Hamburger aß, und eine Gruppe Rucksacktouristen in der prallen Sonne, die wohl Krebs für ein bloßes Gerücht hielten. Als Mace noch einmal aufblickte, entdeckte er zudem eine Frau, deren Haare unter einem Tuch verborgen waren. Sie hatte sich an einen Tisch am anderen Ende der Terrasse gesetzt und beugte sich gerade über einige Papiere, einen Textmarker in der rechten Hand. Irgendetwas an ihr kam ihm bekannt vor, aber es interessierte ihn nicht genügend, was das sein konnte, um es Pylon gegenüber zu erwähnen.

Die Cola-Eiscreme-Mischung schmeckte ausgezeichnet. Mace redete nicht viel, während Pylon mal wieder so richtig in Schwung kam, als er von Treasure und ihrer Idee erzählte, ein AIDS-Waisenkind zu adoptieren. Sie bräuchten doch kein eigenes gemeinsames, wenn sich diese Kinder bereits in den Hütten und Baracken stapelten, lediglich von ihren Großeltern versorgt. Sie konnte leicht reden, sie hatte ja bereits Pumla. Aber was war mit ihm? Er hatte kein leibliches Kind. Kein eigen Fleisch und Blut. Stattdessen machte sie sich Gedanken über ihre soziale Verantwortung und kritisierte die neue schwarze Mittelschicht in ihren teuren Häusern und SUVs, die keinerlei Mitmenschlichkeit zeigte. Nichts von dem, was Erzbischof Tutu »Ubuntu« nannte. Was hatte sie denn anderes erwartet?

Mace hörte ihm nur mit halbem Ohr zu, während er die Frau am anderen Ende der Terrasse beobachtete. Sie blickte auf und lächelte ihm zu. Sheemina February.

Gleichzeitig klingelte sein Handy. Auf dem Display stand eine ihm unbekannte Telefonnummer.

»Ich steh gerade in einem Telefonzellenkiosk in Llandudno«, erklärte Captain Gonsalves ohne Umschweife. »Dem letzten Kiosk, bevor man an den Strand kommt. Hatte soeben eine interessante Unterhaltung mit Mr. Cave-dag-no. Den Namen schon mal gehört?«

Mace sagte, nein, den Namen kenne er nicht. Fragte, wo Mr. Cave-dag-no denn wohnen würde?

Gonsalves nannte ihm die Adresse.

»Vielleicht könnten wir das wie beim letzten Mal regeln?«, schlug Mace vor.

»Hängt davon ab.«

»Tut es immer«, erwiderte Mace. Er hörte, wie der Polizist langsam vor sich hin kaute. »Hatten Sie an etwas Spezielles gedacht?«

»Ich habe immer noch den Commissioner am Hals. Das müssen Sie verstehen. Der Mann will diese *Poppie*, weil die Italiener sonst ihre eigenen Leute schicken, um uns so richtig vorzuführen.«

»Schon klar«, sagte Mace.

»Wir hatten uns auf kommenden Dienstag geeinigt. Aber das geht jetzt nicht mehr. Das dauert zu lange.«

»Und wie sieht es mit Samstag aus?«

»Samstag wäre einfacher.«

»Das würde uns auch passen.«

Am anderen Ende der Leitung wurde es still. Mace konnte das ausgelassene Rufen von Kindern hören. Der Lärm übertönte einen Moment lang Gonsalves' Stimme. »Normalerweise würde ich so etwas nicht machen, Mr. Bishop«, erklärte er. »Normalerweise würde ich dort sofort mit einem Haftbefehl zurückkehren und gründlich aufräumen.«

»Natürlich«, erwiderte Mace. »Ich bin Ihnen auch wirklich dankbar. Und froh, dass Sie mich angerufen haben. Hören Sie: Wie wäre es, wenn Sie dort am Samstagmittag um halb zwölf klingeln? Ginge das für Sie?«

»Ja, damit kann ich leben.«

»Wir möchten Ihnen die Warterei auch noch etwas versüßen. Zum Beispiel mit drei Mille.«

»Das hab ich nicht gehört«, antwortete Gonsalves.

»Wir kümmern uns dann am nächsten Dienstag darum«, sagte Mace. »Adios.«

»Drei Riesen«, rief Pylon empört. »Wir sind doch keine Bank.«

Mace zuckte mit den Achseln. »Bei der Provision, die wir kassieren, werden wir das gar nicht merken.«

»Wenn es das dann war.«

»Er ist Polizist, Mensch! Ein Ehrenmann.« Die beiden lachten. Mace sah zu dem Tisch am anderen Ende der Terrasse hinüber. Sheemina February war verschwunden.

»Sheemina February hat gerade hinter dir gesessen«, sagte er.

Pylon drehte sich um. »Wo?«

»Jetzt ist sie weg. Wir scheinen ihr ziemlich oft zu begegnen.«

»Zufall«, meinte Pylon. »Anwälte kommen gerne hierher. Das Huguenot-Kanzleihochhaus liegt ganz in der Nähe, auch der High Court. Da ist das nichts Ungewöhnliches.«

»Trotzdem«, entgegnete Mace.

Um siebzehn Uhr war Mace zu Hause, um seine Tochter zum Schwimmen abzuholen. Er rief nach Oumou, die sich unten in ihrem Atelier befand, und erklärte, dass sie nun losfahren würden. »*Oui*«, erwiderte sie. »Viel Spaß im Wasser.«

Christa, bereits in einem schwarzen Speedo unter einem von Maces T-Shirts und die Ohren glitzernd vor Steckern, die er ihr gekauft hatte, klappte ihr Buch zu. Sagte: »Gehen wir, Papa, gehen wir. Wir sind schon spät dran.«

Mace hob sie von der Couch und trug sie in die Garage hinüber, wo der Spider leise vor sich hin tuckerte. Sie hatte noch immer das Gewicht eines Kindes, obwohl er bereits die Kraft ihrer Armmuskeln um seinen Nacken spüren konnte. Sie drückte ihn an sich.

Er tat so, als würde er keine Luft bekommen. »Willst du mich erwürgen?«

»Wir müssen schnell los«, sagte sie und setzte Cupcake das Maskottchen aufs Armaturenbrett.

»Warum so eilig? Gibt es da Jungs, die du beeindrucken willst?«

Sie kicherte. »Papa!«

Mace ließ sie in den Spider sinken und verstaute dann ihren Rollstuhl hinter den Sitzen. Ehe er den Motor anließ, schob Christa eine Britney-Spears-CD in den CD-Spieler. Warnte: »Sag jetzt bloß nicht ›Igitt!‹« Mace tat es trotzdem, und sie gab ihm einen Klaps auf die Schulter.

Er fuhr so schnell wie möglich nach Molteno. Die Stadt breitete sich unter ihnen aus, während Christa Britneys Song mitsang. Sie und Mace waren durch die große Geschwindigkeit beschwingt und heiter. Am Ampelübergang der Annandale kaufte Mace einem Transvestiten mit einer blonden Perücke und einem orangefarbenen Minirock ein Witzblatt ab. Der Mann kreischte: »Hallo, wie geht's? Wie geht's? So eine Süße aber auch!« Machte einen auf tuntig, während Mace das nötige

Kleingeld zusammensuchte. Er gab Christa die Fotokopie und meinte: »Lies uns einen Witz vor.«

Sie las zwei vor, von denen keiner lustig war, und zerknüllte dann angewidert das Papier.

»Reine Zeitverschwendung«, sagte Mace.

»Ich kenne bessere«, erwiderte sie und fuhr mit dem Singen fort.

Im Sportstudio schob Mace Christa im Rollstuhl zum Schwimmbecken, wobei sie von allen Seiten enthusiastisch begrüßt wurden. Seine Tochter galt als kleine Heldin. Und das war sie ja auch. Sie konnte zwar nicht mehr laufen, aber ihre Beine bewegten sich, wenn sie schwamm. Insgeheim hoffte er, dass jeder Besuch im Pool sie der Chance näher brachte, eines Tages doch wieder gehen zu können. Also hievte er sie aus dem Rollstuhl und ließ sie ins Wasser hinab, wo sie begann, mit ihren schleppenden Kraulbewegungen auf die andere Seite des Beckens zuzusteuern. Ihre Beine zog sie meist hinter sich her. Was er vor allem an ihr bewunderte, war ihre wilde Entschlossenheit. Wie ihre Mutter gab auch Christa niemals auf.

Mace schwamm neben seiner Tochter her, bis sie müde wurde. Dann stoppten sie im Wasser, und er hielt sie an den Armen fest, während sie versuchte, ihre Beine dazu zu bringen, sich zu bewegen. So machten sie das seit einem Jahr. Zuerst hatte sie nicht genug Kraft gehabt, ihren Körper im Wasser auszustrecken, und ihre Beine waren immer wieder nutzlos zu Boden gesunken. Jetzt jedoch trieb sie problemlos dahin, die Beine ausgestreckt, sanft nach oben und unten schaukelnd, während ihr kleiner Po vor Anstrengung zusammengepresst war. Das Wissen um ihre Charakterstärke schnürte Mace fast die Kehle zu.

Als sie endgültig erschöpft war, schwamm er mit ihr im Huckepack an den Beckenrand und kraulte dann einige Längen in der Geschwindigkeit hin und her, die er mit Tyrone und Allan geschafft hatte. Nach Tyrones Unfalltod vor achtzehn Monaten waren die Schwimmtreffen allmählich im Sand verlaufen. Mace hatte Allan eine ganze Weile nicht mehr gesehen. Er hätte auch aus Kapstadt weggezogen sein können, ohne dass Mace etwas davon erfahren hätte.

Zehn Bahnen später tauchte er neben seiner Tochter auf. »Noch eine Bahn?«

Sie schüttelte den Kopf.

»Dann einen Smoothie?«

Sie nickte. Mace bemerkte, dass sich ihre Stimmung verändert hatte. »Stimmt etwas nicht?« Wieder schüttelte sie den Kopf, doch ganz offensichtlich stand sie kurz vorm Weinen. Also ließen sie den Smoothie sein und gingen stattdessen sofort zum Wagen.

Keiner der beiden bemerkte, dass Cupcake nicht mehr auf dem Armaturenbrett war, wo sie ihn zurückgelassen hatten, bis sie fast zu Hause angelangt waren.

»Wo ist Cupcake, Papa?« Christa zeigte auf das Armaturenbrett. »Jemand hat ihn mitgenommen.« Diesmal liefen die Tränen ungehindert.

Mace streckte die Hand aus, um Christa zu trösten. Dachte: Habe ich den Wagen abgesperrt oder nicht? Doch, das hatte er getan. Aber der Teddybär war verschwunden.

»Cupcake ist weg. Jemand hat ihn aus dem Auto gestohlen«, erzählte Christa weinend, als Mace sie in die Küche trug und vorsichtig auf einen Hocker neben die Kochinsel in der Mitte setzte, wo Oumou gerade, mit einem Glas Chardonnay in der Hand, einen Salat zubereitete.

»*Ma puce*«, sagte sie und nahm ihre Tochter in die Arme, während sie Mace ansah. »Das ist ja schrecklich. Vielleicht ist er rausgefallen.«

»Nein«, erwiderte Mace. »Ich muss das Auto offen gelassen haben.«

»Gab es denn keine Parkplatzwächter, die aufgepasst hätten?«

»Die waren schon alle nach Hause gegangen.«

»Oh, *ma puce*«, sagte Oumou und wischte die Tränen ihrer Tochter fort. »Das ist so traurig – noch dazu an einem Tag, an dem *Maman* etwas zu feiern hat.«

»Was denn?«, wollte Christa wissen.

»Was gibt es zu feiern?«, fragte auch Mace und nahm sich etwas von den Tintenfischstreifen und schwarzen Muscheln, die auf dem Gasherd vor sich hin köchelten. Er scheuchte Cat2 fort, die mit der Tatze nach seinem Bein schlug.

»Ihr könnt mir gratulieren.«

»Gratulieren, *Maman*?« Cupcakes Verlust war für den Moment vergessen.

»Weil jemand meine ganze Ausstellung aufgekauft hat.«

»Wow!«, sagte Christa.

»He!«, meinte Mace. »Das ist ja fantastisch.«

»Und zwar heute«, erzählte Oumou. »Heute Nachmittag hat eine Touristin offenbar noch ziemlich spät alles gekauft, was bis dahin nicht weg war. Die Galerie hat mich angerufen, um mir mitzuteilen, dass sogar in bar bezahlt wurde.«

»Ein Totalausverkauf!«

»Das Tollste daran ist, dass die Ausstellung erst seit einer Woche läuft.« Sie fasste nach den Händen der beiden. »Es ist wunderbar! Das wird reichen, damit uns die Frau von der Bank eine Zeitlang in Ruhe lässt.«

Mace umarmte sie. Sagte: »Wir sollten das unbedingt feiern, aber leider kann ich heute nicht. So etwas Dummes.«

»Gehst du noch einmal aus?«

»Ach, Papa!«

»Ein Abendessen mit Kunden«, sagte er. »Ich muss mich

um sie kümmern.« Er sah, dass das Lächeln aus Oumous Gesicht verschwand. Doch sie sagte nichts.

Mace und Isabella aßen im Hotel zu Abend.

»Ich bin müde«, hatte sie erklärt. »Ich will nicht die ganze Nacht ausgehen. Wir können doch ein anderes Mal in die Stadt, oder?«

»Klar, im Hotel ist es auch gut«, meinte Mace, wobei er sich fragte, ob es überhaupt ein anderes Mal geben würde. Es war sicher keine gute Idee, zwei Abende mit Isabella zu verbringen.

Zuerst tranken sie etwas an der Bar mit einem Kerl namens Ludovico, der Mace nicht im Gedächtnis geblieben war, als er dem Deal in New York zugestimmt hatte. Ludovico war wortkarg und wirkte abgelenkt, wie Mace fand, und in seinem bunten Hemd und der weißen Hose irgendwie auch ein wenig verklemmt.

»Der Aufpasser meines Bruders«, erinnerte ihn Isabella während des Abendessens. »Er soll alles Geschäftliche im Auge behalten.«

»Wie das Geld?«

»Das mit dem Geld wird kein Problem sein.«

Mace schob eine Gabel gegrillten Fisch in den Mund. Ehe er schluckte, sagte er: »Wann erfahre ich die Details? An wen wir zum Beispiel verkaufen.«

Isabella legte Gabel und Messer ordentlich nebeneinander auf den Teller. Eine graue Fischhaut war das Einzige, was von ihrem Essen übrig geblieben war.

»Kein schlechter Fisch«, sagte sie. »Brauchte aber die Sauce.« Sie nippte an ihrem Wein und tupfte sich dann die Lippen ab. »Wie nennt man den? Ist das eine Dorschart?«

»Kabeljau«, erwiderte Mace.

»Ohne Sauce wäre er etwas langweilig gewesen.« Sie lehnte

sich zurück, damit der Kellner den Teller abräumen konnte. Als der Mann wieder fort war, meinte sie: »Es läuft folgendermaßen, Mace: Ein Mann namens John Webster wird dich kontaktieren. Wahrscheinlich in eurem Hotel. Ein alter Hase im Geschäft. Waffen, Diamanten, früher auch mal Elfenbein, wie ich gehört habe. Kunst. Masken und geschnitzte Figuren. Einige meiner besten Stücke in New York kommen von ihm. Er hat einen Mann an der Hand, Politiker, Chief, Warlord – ich weiß nicht genau, wer es ist und wer hier seine Stellung verbessern will. Diese Ladung wird das seiner Meinung nach jedenfalls bewirken. Sollte also keine Schwierigkeiten geben.«

»Und die Diamanten kommen über Webster?«

»Ja, auf ihn vertrauen wir.«

»Wie du sagst: Dann sollte es keine Schwierigkeiten geben.«

Sie leerten die Flasche Wein und bestellten anschließend zwei Espressi.

Isabella erklärte: »Macey-Boy, während ich hier bin, würde ich wirklich zu gerne sehen, wie du so lebst. Und vielleicht deine Tochter kennenlernen.«

Mace lief es bei diesem Vorschlag eiskalt den Rücken hinunter. Er schüttelte den Kopf. »Keine gute Idee. Oumou darf nicht einmal ahnen, dass du hier bist.«

Isabella lächelte. »Ich hab ihre gesamte Ausstellung aufgekauft. Ich würde mal behaupten, dafür schuldest du mir etwas.«

Mace starrte auf die schwarze Oberfläche seines Kaffees, die mit einem goldenen Schaum meliert war. Dachte: Verdammt, hört sie denn nie auf. »Ich hätte es mir eigentlich denken können.«

»Hat sie sich denn gefreut, dass alles verkauft wurde?« Isabella konnte sich ein selbstzufriedenes Lächeln nicht verkneifen.

Mace blickte zu ihr hinüber. »Warum hast du das getan?«

»Mir haben die Sachen gefallen. Sie macht schöne Dinge. Verdammt, Mace, warum auch nicht? Viel war sowieso nicht mehr übrig. Einige Schalen, Teller, Vasen.«

»Im Wert von etwa fünfzigtausend.«

»In Dollar sind das Peanuts.«

»Darum geht es nicht.«

»Nein? Aber sie ist doch glücklich, oder? Außer sich vor Freude.«

»Weil sie glaubt, dass irgendeine Fremde in die Galerie gekommen sei und alles haben wollte.«

»Das stimmt ja auch in etwa. Ohne diesen Flyer an der Hotelrezeption wäre mir die Ausstellung ganz entgangen. Dann hätte sie nicht alles verkauft, und mir würden nicht einige ihrer Stücke gehören. Was ist so schlimm daran? Darf ich denn ihre Arbeiten nicht kaufen?«

»Es hat etwas Bevormundendes. Als würdest du dich lustig machen.«

Isabella lachte. »Komm schon. Entspann dich.« Sie entfernte die Folie von der belgischen Praline, die mit dem Espresso gebracht worden war. Legte sie auf ihre Zunge und saugte laut genug daran, dass Mace es hören konnte. »Nicht schlecht.« Nippte an ihrem Kaffee, während die Schokolade in ihrem Mund zerging. »Also – was meinst du, Mace?«, fragte sie und beugte sich vor, um ihm über die Wange zu streicheln.

24

Mace und Pylon verbrachten den ganzen Mittwoch damit, wie die Wahnsinnigen zwischen zwei Kundengruppen hin und her zu jagen. Das eine Paar wollte bald ihre Post-OP-Safari beginnen. Beide waren chirurgisch bearbeitet worden, noch leicht angeschwollen und etwas blau um die Nase. Doch keinen der beiden schienen diese Kriegswunden sonderlich zu kümmern.

»Zum Teufel«, erklärte der Mann, »das schert mich nicht.« Seine Frau fügte hinzu: »Die anderen auf der Safari werden wir sowieso nie wiedersehen.« Maces Erfahrung nach war diese Einstellung ziemlich typisch, was ihn jedes Mal amüsierte, wenn man bedachte, dass das eigene Aussehen das Hauptmotiv dieser Schönheits-OP-Kundschaft war. Während er sie in ihrem großen Mercedes zum Flughafen brachte, fuhr Pylon ein schwules Pärchen zu einer Suchtklinik im Weinanbaugebiet.

Auf dem Rückweg, während er über die Autobahn bretterte, erhielt Mace einen Anruf von Isabella.

»Und? Wann holst du mich ab, um mir deine schöne Stadt zu zeigen?«

»Gar nicht«, erwiderte Mace. »Ich bin fix und fertig, Bella. Außerdem übernehmen wir heute Nachmittag die Lieferung.«

»Ich komme mit.«

»Ich möchte dich nicht enttäuschen, aber die Antwort lautet wieder Nein.«

»So ein kleiner Macho, unser Macey. Also Abendessen?«

»Okay«, gab er nach, während er überlegte, dass er am späten Nachmittag immer noch absagen konnte. Vielleicht würde er ihr stattdessen ein Mittagessen am Freitag anbieten.

Sie vereinbarten einen Zeitpunkt und legten auf. Isabella in seiner Stadt bedeutete wirklich ständige Betreuung.

Mace und Pylon trafen sich am Quai, um zuzusehen, wie zwanzig Holzkisten von Mo Siqs LKWs entladen wurden, deklariert als Maschinenbauteile. Nachdem alle notwendigen Papiere unterzeichnet und abgestempelt worden waren, entspannte sich der Kapitän des Schiffes sichtlich und teilte sich gerne ein Bier mit den beiden auf der Brücke. Ein Windzug kühlte den Nachmittag etwas ab. Der Berg lag nun unter einer Wolkendecke verborgen, und das Wasser im Hafen raute auf. Ein trübes, unheilvolles Grün. Am Duncan-Dock beluden Werftkräne ein Schiffstrio mit einer endlosen Reihe von Containern. Dahinter schimmerte die Skyline der Stadt im windigen Dunst. Der Anblick verlieh Mace neue Kräfte, erinnerte ihn an alte Zeiten.

Als er die Gangway hinunterlief, meinte er: »Vielleicht sollten wir das öfter tun.«

Pylon blieb stehen. »Hab ich dich da gerade richtig verstanden?«

»Nur so ein Gedanke. Hier und da bei Mo mittrampen, sozusagen.«

»Vergiss es. Diese Art von Gefahr brauchen wir nicht mehr.«

»Viel Kohle.«

»Soweit ich noch weiß, lief auch so bisher alles recht zufriedenstellend.«

Sie erreichten ihre Autos. Mos LKWs waren bereits verschwunden. Einige Matrosen hatten es sich windgeschützt hinter einem Container bequem gemacht, wo sie Karten spielten. Ein langhaariger Hund neben ihnen.

»Das war's«, sagte Mace. »Wir können jetzt genauso zur Abwechslung mal frühzeitig Schluss machen und nach Hause fahren.«

Pylon öffnete seine ferngesteuerte Autoverriegelung mit einem Piepsen. »Richte Isabella meine besten Grüße aus.«

»Ich treff sie aber nicht.«

»Nein?«

»Nein. Es wird ein Abend mit der Familie.«

Pylon sah ihn eindringlich an. »Freut mich. Hab mich nur gefragt.«

Mace lachte. »Du glaubst doch nicht etwa… Ach, komm schon. Nein!«

»Ich muss zugeben, dass ich daran gedacht habe.«

»Soll das heißen, du hättest mit ihr …?«

»Aus Nostalgie. Ich hätte mir vielleicht eine Nacht gegönnt. So was ist sehr verführerisch.«

»Vergiss es.« Mace öffnete die Tür des Alfa. Er starrte über das Autodach hinweg auf einen weißen Toyota, der den Kai entlanggeschossen kam. »In dem Ganzen steckt viel Geld, aber deshalb riskiere ich doch nicht meine Beziehung zu Oumou.« Der Toyoto hielt an. Heraus sprang ein schicker Mann, der breit lächelte. Er kam mit ausgestreckter Hand auf sie zu.

»Ihr seid sicher Mo Siqs Jungs«, sagte er. »Ich heiße Vusi Themba. Zollbehörde.«

»Verstehe«, erwiderte Mace und schüttelte die dargebotene Hand. Pylon kam ebenfalls näher und durchlief den Bruderhandschlag.

»Wollte nur sichergehen, dass alles zu Ihrer Zufriedenheit verlaufen ist.« Der Mann sah grinsend von einem zum anderen und zeigte ihnen seine blitzenden Zähne zwischen den vollen Lippen. Mace fand, seine Nase sah so aus, als ob sie ihm irgendwann ins Gesicht gedrückt worden wäre. Ein rundes freundliches Gesicht.

»Es gab keine Probleme«, erklärte Pylon.

Vusi meinte: »Ich bin gerade an den LKWs vorbeigefahren, die schon wieder auf dem Rückweg waren. Das Abladen hat ja nur eine Dreiviertelstunde gedauert.« Er warf einen Blick auf die schwere Rolex an seinem Handgelenk. »Genau: fünfundvierzig oder fünfzig Minuten.«

Weder Mace noch Pylon erwiderten etwas.

Vusi holte ein Päckchen mit Marlboros heraus, klopfte gegen den Schachtelboden und bot den beiden eine Zigarette an. Sie schüttelten den Kopf. »Ich muss auch endlich aufhören«, meinte er, nahm sich eine und entzündete sie mit einem Zippo. Er blies den Rauch aus einem Mundwinkel, aber der

Wind wehte ihn Mace und Pylon trotzdem ins Gesicht. Vusi zeigte auf das Schiff. »Argentinisch?«

Mace nickte. »Ja.«

»Fährt die Küste hinauf?«

»Ich hab mich nicht nach dem Terminplan erkundigt. Der Kapitän ist gerade an Deck, falls Sie's genau wissen wollen.«

Vusi drehte dem Wind, der stärker, unangenehm und beißend wurde, den Rücken zu. »Sie legen noch heute Abend ab, soweit ich informiert bin.«

»Wenn Sie das sagen.«

»Meinte jedenfalls der Hafenkapitän.« Vusi klopfte die Asche von seiner Zigarette. »Nachdem ich die nötigen Papiere unterzeichnet habe.« Er schob sich die Zigarette zwischen die Lippen, holte ein Bündel Papiere aus seiner Jackentasche und fuhr mit der Marlboro im Mundwinkel fort. »Die sollte ich besser jetzt nicht loslassen, oder?« Die Dokumente flatterten in seiner Hand.

»Was wollen Sie von uns?«, fragte Pylon, der zu Xhosa gewechselt war und die Antwort nur allzu gut kannte.

Der Zollbeamte blieb beim Englischen. »Reden. Mo meinte, ich soll mit Ihnen reden.«

Pylon sah seinen Partner an und wies mit dem Kopf auf den großen Mercedes. Mace nickte und sagte zu Vusi: »Wir wären Ihnen dankbar, wenn Sie im Auto nicht rauchen würden.«

Vusi grinste, ließ den Rest der Zigarette fallen und trat sie aus.

Mace öffnete für ihn die Tür des Beifahrersitzes und glitt dann hinter ihm auf die Rückbank. Pylon setzte sich hinter das Lenkrad.

»Schöner Wagen«, stellte Vusi fest. »Leder, was? Echt angenehm glatt.« Klopfte auf die Sitze und drehte sich zur Seite, so dass er sich Pylon zuwandte und gleichzeitig Mace hinter der Kopflehne sehen konnte. »Hört zu, Jungs«, fuhr er fort. »Das ist etwas peinlich für mich. Ich hatte gedacht, dass ihr mich erwartet. Vielleicht sogar bei mir vorbeischauen würdet. In meinem Büro. Wir hätten einen Kaffee trinken können. Dann wäre das alles lockerer gewesen. Bequemer.« Er breitete die Arme aus. »Mo hätte euch sagen sollen, wie das hier gewöhnlich abläuft.«

»Vielleicht sollten Sie das jetzt übernehmen«, erwiderte Pylon.

Vusi nickte eifrig. »Stimmt. In Ordnung. Es ist doch folgendermaßen: Wenn es mich nicht gäbe, wärt ihr gar nicht hier. Versteht ihr, was ich meine?« Sein Blick wanderte von dem einen zum anderen.

»Klar«, sagte Pylon. »Und weiter?«

»Damit will ich ausdrücken: Ich bin das Verbindungsglied, das die Kette erst ermöglicht. Ohne mich hättet ihr nur zwei lose Enden der Kette in der Hand.« Er lachte. Nervös brach sein Lachen ab, als die beiden nicht im Geringsten reagierten. »Mo hätte euch das unbedingt sagen müssen.« Er seufzte. »Manchmal schludert er bei solchen Kleinigkeiten ein wenig.«

»Scheint so«, entgegnete Pylon. »Also – wie hoch ist die Bestechung?«

Vusi schnitt eine gequälte Grimasse. »Provision, nicht Bestechung«, sagte er. »Entspricht der eines jeden professionellen Vermittlers.«

»Und?«

»Wie wäre es mit zwanzig Riesen?«

»Wie es damit wäre?«

»Grob geschätzt. Weil's für Mo ist, berechne ich nur das Minimum.«

»Vielleicht sollten Sie besser gleich mit ihm sprechen.«

»Stimmt«, meinte Vusi. »Stimmt. Das würde ich normalerweise auch. Nur hat er diesmal gesagt, ich soll mit euch reden.«

»Höchstens fünfzehntausend«, erklärte Mace. »Samstagmittag in Mos Wohnung. Sie wissen, wo das ist?«

Vusi nickte. »Jetzt wäre besser.«

»Jetzt haben wir nicht so viel dabei. Fragen Sie Mo. Diese Sache basiert auf Vertrauen.« Mace beugte sich vor und berührte Vusi an der Schulter. »Wir sind Ihnen für Ihre Hilfe sehr dankbar, Mr. …«

»Vusi. Vusi Themba.«

»Mr. Vusi Themba. Aber so funktioniert das nun mal. Bis Samstag also.« Er öffnete seine Hand, und der Zollbeamte verrenkte umständlich den Arm, um sie zu schütteln.

Pylon und Mace begleiteten ihn zu seinem Auto und sahen ihm hinterher, wie er davonfuhr.

»Warum sind grundsätzlich wir die Idioten, die den Hilfskräften auf einmal extra was zahlen müssen?«, wollte Pylon wissen.

Mace eilte auf den Spider zu. »Das wird sich alles noch klären.«

Unterwegs an den Docks entlang rief er Isabella auf ihrem Handy an.

»Willst du etwa absagen?«, fragte sie, als sie seine Stimme hörte. »Du hast dich also für die feige Variante entschieden.«

Mace lächelte. Isabella war schon immer einen Schritt voraus gewesen. Er behauptete, er müsse mit einem Klienten eine kleine Tour machen.

»Kindermädchen«, spottete sie. »Wann besorgst du dir endlich einen richtigen Job?«

»Der bezahlt fürs Bier.«

Isabella lachte. »Du bist ein schlechter Lügner, Mace. Mach schon, lauf nach Hause zu Mami.« Sie legte auf.

Er überlegte sich, ob er zurückrufen sollte, entschied sich aber dagegen. Besser war es, zum *Hot Wok* zu fahren und etwas Chinesisches zum Essen mitzubringen. Würde ihm bei Oumou und Christa vielleicht einen dicken Pluspunkt einbringen.

25

Mace wurde durch Christas Schreie geweckt. Er fand sie im Bett sitzend, die Augen geschlossen, der Mund geöffnet, die geballten Fäuste auf die Ohren gepresst. Er und Oumou setzten sich neben sie. Oumou hielt sie fest, und Mace schlang seine Arme um die beiden, während Christa heftig zu schluchzen begann.

»Ruhig, *ma puce*, ruhig«, sagte Oumou. Sanft schaukelten alle drei vor und zurück. Das Echo ihrer Schreie hallte in Maces Innerem wider. Die Vorstellung von dem schießenden Abdul Abdul, Christas Schrei und der Waffe nahm sie erneut gefangen. Er schloss die Augen, spürte das Zittern seiner Tochter und verdrängte die Erinnerung. Eine ganze Weile lang war sie nun nicht mehr schreiend aufgewacht. Es waren sogar bereits viele Monate seit dem letzten Mal vergangen, so dass er eigentlich gehofft hatte, der Albtraum wäre vorüber. Aber manche Dinge hörten nie auf.

Lange Zeit hielten sie einander fest, bis Mace sagte: »Ich hol dir ein Glas Milch.« Ging in die Küche, um die Milch warmzumachen und einen Löffel Honig hineinzurühren. Dann brachte er ihr die Milch gemeinsam mit einer Beruhigungstablette.

Christa sagte: »Es war dieser Mann. Ich konnte ihn riechen.«

»Wie riechen?«

»Er roch nach Zimt.« Sie trank die Milch leer und reichte Mace das Glas.

»Es ist alles gut«, erklärte er. »Deine Fantasie hat dich getäuscht.«

Oumou schüttelte das Kissen und die Decke auf. »Komm, *ma puce.* Leg dich wieder hin.« Sie drückte sie sanft auf die Matratze. Christas Gesicht wurde bei der Berührung ihrer Mutter sichtbar entspannter.

»Ich kann den Zimt immer noch riechen«, erklärte sie.

»Hier ist aber kein Zimt«, erwiderte Mace.

»Geht nicht weg!« Christa streckte die Hände nach den beiden aus.

»Du musst jetzt schlafen«, sagte Oumou.

»Bitte.«

»Okay.« Oumou und Mace legten sich jeweils auf eine Seite ihrer Tochter, so dass sie sich zwischen ihnen befand.

Sie kommt darüber hinweg, dachte Mace. So was braucht einfach Zeit. Und was waren schon drei Jahre? Nicht viel. Was er allerdings nicht verstand, war die Frage nach dem Auslöser für diesen Rückfall. Gestern hatte sie noch gelacht. Hatte vor dem Abendessen mit ihm im Schwimmbad ausgelassen herumgetollt. Sich dann heißhungrig auf das chinesische Essen gestürzt und während ihres gemeinsamen Rommépiels fröhlich gekichert. Ein glückliches junges Mädchen. Nur dass sie eben gelähmt war. Dass man auf sie geschossen hatte. Wegen ihm. Dieser Gedanke bohrte sich erneut in sein Bewusstsein – wie ein Splitter unter dem Fingernagel.

Es war bereits nach acht, als Mace aufstand und Cat2 beiseiteschob, die es sich hinter seinen angewinkelten Knien bequem gemacht hatte. Er hatte schlecht geschlafen. War immer wieder aufgewacht und sich jeder Bewegung Christas hinter ihm bewusst gewesen. In der Küche tat er einige Löffel Kaffeepulver in die Bialetti und stellte sie auf den Herd. Starrte auf die Stadt hinaus, die bereits im grellen Licht rumorend dalag. Er hörte, wie Oumou den Gang entlangkam und unter der Küchentür stehenblieb.

»Alles in Ordnung?«

»Natürlich.« Oumou schlang von hinten die Arme um ihn.

»Wann wird das aufhören?«, fragte Mace.

Oumou rieb ihr Kinn zwischen seinen Schulterblättern. »Vielleicht noch lange nicht. Vielleicht niemals. Für mich ist es auch noch nicht vorbei. Ich kann noch immer den Mann mit dem Messer vor mir sehen. Wie sagt Pylon? Die Dinge entwickeln sich eben so, wie sie sich entwickeln.«

Mace drehte sich zu ihr um. »Das glaube ich nicht. Wir gestalten unser Leben auch selbst.«

»Ich habe nichts gestaltet, als die Männer uns das angetan haben.«

»Aber schau dich jetzt an.«

»Und schau Christa an. Eines Tages wird sie wieder laufen können.«

»Ich weiß nicht.«

»Ich schon.«

Mace fasste hinter sich, um ihre Hände zu lösen. »Ich geh jetzt schwimmen«, erklärte er. »Um mich etwas zu entspannen.«

»Wenn du wartest, bis Christa aufwacht, könntest du sie mitnehmen – *no*?« Oumou nahm die Kanne vom Herd und goss zwei Becher mit Kaffee voll. »Das wird ihr guttun.« Sie reichte Mace den seinen, wobei sie ihn aufmerksam ansah.

Er erwiderte ihren Blick und lächelte. »Mach ich.«

Oumou nahm seine Hand. »Dann können wir ja erst mal ins Bett zurück.«

Mace stand mit geschlossenen Augen unter der Dusche. Dachte: Das ist gefährlich, das hier ist nicht New York. Wieder dieses ungute Gefühl in der Magengegend. Er ließ das Wasser mit voller Wucht auf sein Gesicht prasseln – Wasserrationierung hin oder her. Die Stadt konnte von ihm aus verdorren, er brauchte jetzt einfach Wasser. Er drehte sich um, damit der Strahl seinen Rücken traf, wobei er den Brausekopf so einstellte, dass das Wasser hart und prickelnd herauskam. Die Kaskade trommelte auf ihn ein. Er drehte das Heißwasser ab, bis ihm das kalte Wasser eine Gänsehaut über den Körper jagte. Dann drehte er ganz ab und trat aus der Duschkabine.

»Noch viel länger, und das Hotel hätte auf dem Trockenen gesessen«, sagte Isabella. Sie lehnte unter der Badezimmertür, kämmte ihre feuchten Haare und beobachtete ihn. »Du und Wasser. Ziemliche Mutterleibfixierung.«

Mace trocknete sich ab. »Wir haben alle so unsere Marotten.«

»Die einen mehr als die anderen.« Sie trat zur Seite, um ihn ins Schlafzimmer zu lassen. »Trotzdem – Mittagessen, gefolgt von Vögeln in einer fremden Stadt, das sollte man zu schätzen wissen.«

Mace hielt beim Anziehen seines T-Shirts inne, als er ihren Tonfall hörte. Seine Arme befanden sich bereits in den Ärmeln. »Worauf willst du hinaus?«

Isabella sah ihn an. »Zwei Dinge, Mace. Zwei kleine Bitten. Eine Fahrt an deinem Haus vorbei. Und die Gelegenheit, kurz deine Tochter kennenzulernen. Es ist wirklich nicht viel, worum ich dich bitte.«

»Nein.« Er zog sein T-Shirt ganz an. »Ich hab's dir schon gesagt. Das kommt nicht in Frage.«

»Du verstehst das nicht«, erwiderte sie. »Dein Mädchen, deine Tochter – sie ist für mich bisher nur ein Name. Ich möchte sie sehen.«

»Und dann?«

»Dann ist sie real für mich. Wir haben eine Verbindung zueinander, Mace. Wir vier: du, ich, Oumou und Christa.«

Mace schnaubte. »Ja, klar.«

»Ich könnte doch auch eine Kundin sein.«

»Nein, auf keinen Fall.« Mace schnallte seinen Gürtel zu und setzte sich neben Isabella, um seine Schuhe anzuziehen. »Lass es gut sein, Bella. Ich will das nicht.«

Isabella erhob sich und trat ans Fenster. Wandte ihm den Rücken zu. Ihre Schultern wirkten angespannt, die Arme hatte sie vor der Brust verschränkt.

»Du brauchst echt Hilfe, Mace. Am besten gleich eine Vollzeittherapie. Dann hättest du vielleicht wieder ein paar Gefühle.«

Mace betrachtete ihre Silhouette. Großer Fehler. Es war schon ein Fehler in New York gewesen – ein Rückfall, ein Moment der Schwäche. Ein Fehler, den er zutiefst bedauert hatte. Das hier war jedoch kein Fehler mehr. Sondern idiotisch. Absoluter Wahnsinn.

»Komm schon. Sei vernünftig«, sagte er.

Sie drehte sich zu ihm um. »Tu mir einen Gefallen, Mace Bishop. Verpiss dich.«

Mace tat ihr den Gefallen. Er knallte die Tür hinter sich zu und dachte: kannst mich auch, Isabella.

26

Am Samstagmorgen lag Vittoria da und lauschte Paulos Atem. Regelmäßig. Als hätte der Kerl nicht die geringsten Sorgen in der Welt. Das Erstaunliche an Paulo war, dass er es tatsächlich geschafft hatte, das Ding durchzuziehen. Sich nicht mehr mit dieser Scheiße abzugeben. Sich zu konzentrieren. Sein Leben selbst in die Hand zu nehmen. Es begann damit, dass er den Cop losgeworden war und ihn durch sein höfliches Geplauder vom Grundstück geredet hatte. Woher konnte er das auf einmal? Der kleine Paulo, der sich bisher alles hatte gefallen lassen, hatte sich plötzlich in einen Taktiker verwandelt, in einen echten Dealer, der zupackte und nichts mehr dem Zufall überließ. Und in einen echten Lover. Den Lover schlechthin. Dieser Paulo ... Zweimal jede Nacht in den vergangenen drei Nächten. Der Hengst befand sich offenbar auf einem Adrenalin-High. Musste nicht mal Kokain schnupfen.

Er hatte einen gewaltigen Coup mit diesem Schwarzen eingefädelt. Hatte Oupa K den Stoff siebzig zu dreißig mit Babypuder gestreckt verkauft. Außerdem Rattengift ins Crack gemischt. Ein selbst erfundenes und selbst gemischtes Rezept. Paulo war völlig begeistert gewesen, weil es angeblich sogar noch besser wirkte als eine Pfeife reinen Stoffs. Er war allein losgezogen und mit vierhunderttausend für seine fünfminütige Transaktion wiedergekommen. Was allerdings Paulo, dem Superdealer, noch immer nicht genug gewesen war. Er hatte außerdem einen Handel mit Kleindealern eingefädelt, der ihm zusätzlich fast sechzigtausend einbrachte. Der Typ war ein echtes Ass. Sie fragte sich: Wo hatte sich dieser Paulo bisher nur versteckt?

Sie fragte ihn: Was ist nun mit Isabella? Er war zurückgekehrt, von Isabella zur Schnecke gemacht. Vielleicht, Babe, hab ich es zu weit getrieben. Also, jedenfalls reicht's mir jetzt. Hier der Plan: Sobald die Diamanten eingetroffen sind, gehen wir auf Safari. Zeigen Isabella den Stinkefinger. Und Francisco ebenfalls.

Der Kerl meinte es ernst, er meinte es mit diesen Giraffen, Löwen, Krokodilen und Nilpferden tatsächlich ernst. Nicht nur das: Anstatt bloß zu reden, warf er ihr auch ein Bündel Lodge-Prospekte in den Schoß, sagte: Buch die, die dir am besten gefällt. Für wie lange? Er zuckte mit den Achseln. Zwei, drei, vier Tage?

Vittoria tauchte einen angefeuchteten Finger in die Kokstüre auf ihrem Nachttisch und rieb sich damit über das Zahnfleisch. Auf dem Radiowecker stand 9:41.

Der Stoff gab ihr sofort einen Kick. Sie steckte die Zunge in Paulos Ohr, um ihn sanft zu wecken. Er war bereits steif, zu einem Quickie bereit, ehe er noch die Augen geöffnet hatte. Ach zum Teufel, dachte sie, sieht ohnehin nach so einem Tag aus. Setzte sich rittlings auf ihn. Er fasste nach oben, zwickte ihr in die Brustspitzen, ein dummes Lächeln auf den Lippen.

»Alles okay?«, fragte er.

Sie lehnte sich vor, um ihre Titten über seine Brust kreisen zu lassen.

Er fragte, wie viel Uhr es sei.

Beinahe Viertel vor zehn, sagte sie.

»Bist du so weit?«, wollte er wissen.

»Allmählich.«

Er ließ einen Finger in sie gleiten, und das erledigte den Rest.

Um Viertel vor elf ging es ins Erdgeschoss hinunter. Paulo war wieder einmal bester Dinge. Rief Ludo auf der Terrasse zu: »Was geht ab, Mann?« Ludo sprach gerade in sein Telefon und hielt eine Hand hoch, um Paulo zum Schweigen zu bringen.

»Alles gut«, sagte er und legte auf. Zu Paulo: »Hast du das Geld?«

»Ja, oben. Wer war das? Isabella?«

»Francisco.«

Paulo machte zwei weitere Schritte, als die Gegensprechanlage klingelte.

»Das müssen die Männer sein, die es abholen«, meinte Ludo und machte es sich im Wohnzimmer vor dem Fernseher bequem. »Das ist jetzt deine Sache, Kumpel.«

27

Schlag elf Uhr hielt Pylon mit dem großen Mercedes vor dem Tor des Hauses in Llandudno. Er und Mace hingen beide an ihren Handys.

Mace zu Isabella: »Die Blumen waren keine gute Idee.«

»Welche Blumen? Glaubst du, dass ich dir nach diesem Donnerstag noch Blumen schicke?«

Mo zu Pylon: »Der Kerl soll mich anrufen und mir sagen, wie viel in der Tasche ist. Und dann kommt ihr hierher – und zwar *pronto.*«

»Das haben wir auch vor«, erwiderte Pylon. Dann: »Warte mal kurz.« Er drückte auf die Klingel und erklärte demjenigen, der ihm durch die Gegensprechanlage antwortete, dass sie etwas abholen wollten.

Mo sagte: »Noch was: Vusi hat mich angerufen.«

Isabella zu Mace: »Ich kenne ja nicht mal deine Adresse, um dir Blumen zu schicken. Da verehrt dich offenbar jemand. Oder Oumou.« Sie lachte. »Wer hat sie denn bekommen: du oder sie?«

»Sie«, erwiderte Mace.

»Und sie meint jetzt, sie wären von dir?«

Das Tor öffnete sich. Pylon fuhr hindurch und hielt vor der Haustür an. Mace bemerkte eine Bewegung am Fenster. Dachte: Nein, dieser rückgratlose Idiot würde das nicht wagen. Fragte sich, ob er trotzdem seine Ruger aus dem Handschuhfach mitnehmen sollte. Er und Pylon stiegen aus und lehnten sich gegen das Auto, um ihre Telefonate zu beenden, während sie das Gebäude und das Grundstück musterten.

Zu Isabella sagte er: »Ja, meint sie. Weil die gesamte Ausstellung leergekauft wurde, glaubt sie, dass ich ihr die Blumen geschenkt hätte.«

»Wie süß.«

Mo zu Pylon: »Ich mag diesen Vusi nicht. Er ist ein Schleimer. Ich will nicht, dass er hierherkommt.«

»Ich muss jetzt auflegen«, erklärte Pylon und brach die Verbindung ab.

Isabella zu Mace: »Also kein böses Blut mehr?«

»Wir werden's überleben«, erwiderte er.

»Melde dich wieder«, bat sie ihn. »Und, Mace: *Bon voyage.*«

Mace schob das Handy in die Hosentasche. Dann gingen er und Pylon zur Haustür und klingelten.

Paulo hatte sie durch das Tor gelassen. Ein großer schwarzer Mercedes. Zwei Männer stiegen aus: smarte Typen in Jeans und T-Shirts. Mit Sonnenbrillen. Beide an ihren Handys. Lehnten sich an den Wagen, um in Ruhe zu Ende zu telefonieren und sich dabei umzusehen. Schwierig einzuschätzen, wer von den beiden das Sagen hatte. Vermutlich der Weiße. Nahm er an. Paulo wartete, dass sie an der Haustür läuten würden. Die Tasche mit dem Geld stand auf dem Tisch. Ludo schaltete auf einen Sportkanal um. Es klingelte erneut. Paulo öffnete die Tür.

»Du bist Paulo?«

»Ja, so heiß ich.«

»Das ist Pylon. Ich bin Mace.«

»Das Geld steht auf dem Tisch«, entgegnete Paulo und gab ihnen zu verstehen, ihm ins Esszimmer zu folgen.

»Hübsches Haus«, meinte Pylon und nickte Ludo zu. Wollte wissen, wie es beim Cricket stand.

»Siebenundfünfzig-zwei«, erwiderte Ludo. »Pakistan ist ständig am Bowlen.«

Mace öffnete die Tasche, nahm aufs Geratewohl einige Bündel mit Scheinen heraus. »Sind das alles Tausender?«, wollte er wissen.

Paulo nickte.

»Kann ich einen feuchten Schwamm haben?«

»Wenn's sein muss.«

»Muss es.«

Paulo holte einen aus der Küche. Als er wieder ins Esszimmer zurückkam, saß Mace am Tisch. Von einem der Geldbündel hatte er das Gummiband entfernt. Zum Zählen bereit. Der Typ namens Pylon plauderte währenddessen mit Ludo. Meinte, er habe gar nicht gewusst, dass sich auch Amerikaner für Cricket interessieren würden.

»Ich konnte nicht mal einen Stump von einem Sechser-Run unterscheiden, ehe ich hierhergekommen bin«, erklärte Ludo lachend.

»Es stimmt also: Reisen bildet.«

»Scheint so«, antwortete Ludo.

Mace zählte von den Scheinen fünfzehntausend ab, schob diese in einen Umschlag und wickelte um das restliche Bündel ein Gummiband. Dann wanderte alles wieder in die Tasche.

Pylon holte sein Handy heraus und rief Mo Siq an. Zu Paulo sagte er: »Wenn der Mann abhebt, sagst du ihm, wie viel in der Tasche ist.«

Paulo nahm das Handy und kehrte damit in die Küche zurück. Er wollte nicht, dass sie die genaue Summe erfuhren. Kopfschüttelnd kam er wieder. »Wer ist der Kerl?« Reichte Pylon das Telefon.

»Keiner, den du persönlich kennenlernen willst«, meinte Mace.

»Dann weiterhin viel Spaß beim Cricket«, sagte Pylon zu Ludo, ehe er ging. Mace verließ mit der Geldtasche als Erster das Haus, dicht gefolgt von Paulo.

An der Tür drehte sich Mace um. »Du bist also Isabellas Mann?«

»Was geht's dich an?«

»Eigentlich nichts«, erwiderte Mace und verpasste Paulo

zwei kräftige Faustschläge: einen genau auf den Mund und den anderen auf einen der Wangenknochen. Die Haut platzte auf, und Blut spritzte heraus. Paulo taumelte rückwärts, hielt sich mit beiden Händen das Gesicht fest. Mace tänzelte auf ihn zu und versetzte ihm blitzschnell noch zwei kurze Stiche mit jeweils fünf ausgestreckten Fingern in die Rippen.

»Uff.« Die Luft wich aus Paulo, und er krümmte sich zusammen.

Ludo rannte zur Tür, als er die Geräusche hörte. »He, he, Jungs! Was ist hier los?«

»Nichts«, erwiderte Mace. »Nichts, was Eiswürfel und ein Erste-Hilfe-Kasten nicht wieder richten könnten.«

»Okay, dann lasst das jetzt«, sagte Ludo und trat vor Paulo.

»Natürlich, gern«, entgegnete Mace. »Die besten Grüße an deine Frau, Paulo.«

Paulo tupfte sich die Lippen ab und verschmierte damit das Blut in seinem ganzen Gesicht.

»Die meinen's aber verdammt ernst«, sagte Ludo und holte sein Handy aus der Hose, als der Mercedes davonfuhr. Wählte eine Nummer, sagte: »Der Deal ist über die Bühne.«

»War das Isabella?«, fragte Paulo.

»Francisco«, entgegnete Ludo, der an diesem Tag auffallend elegant gekleidet war: weißes Hemd, Hosen in einem hellen Avocadogrün, Slipper aus Veloursleder. Er verschwand im ersten Stock und kam kurz darauf mit einem Koffer wieder.

»Reist du ab?«

»Ja. Und ich rate dir, tu dasselbe. Das Interesse der Cops an deiner Damenbekanntschaft sollte auch dich von hier vertreiben. Jetzt heißt es: entweder du oder sie.«

Paulo wartete auf eine weitere Erklärung, bekam aber keine. »Wohin fährst du?«

»Besser, wenn du's nicht weißt. Such dir ein kleines Bed & Breakfast. Und bleib in Kontakt.«

»Ich will Isabella treffen«, erwiderte Paulo. »Richte ihr das aus.«

»Sag's ihr selber.« Ludo ging auf den Jeep zu. »Schließlich ist sie deine Frau.«

28

Im Mount Nelson buchte Isabella ihr Zimmer in eine Luxussuite mit zwei getrennten Schlafzimmern um – das zweite für Ludo. Es war ihre Idee gewesen. Während sie auf den erfolgreichen Abschluss der Transaktion warteten. »Wir können es uns genauso gut gemütlich machen«, hatte sie erklärt. »Sicherheitsmäßig ist das eh besser.«

Die Situation ließ Ludo das Blut in den Kopf schießen, auch wenn er sich bei der Vorstellung, seiner Traumfrau so nahe zu sein, nach außen hin cool gab. Die Tatsache, dass sie ihn nur als Bodyguard im Zimmer nebenan schlafen ließ, beeinträchtigte seine Fantasien kein bisschen.

Was ihn allerdings empfindlich verstörte, war das Verschwinden seiner Waffe. Da war er also in diesem wunderschönen Zimmer über den Baumkronen von Kapstadt, mit einem glitzernden Swimmingpool unter dem Fenster, hatte vier ganze Tage mit Isabella vor sich – und fand seine Pistole nicht! Er nahm einige Hemden aus seinem Koffer, legte die Unterwäsche in eine Schublade, hängte die Jacketts in den Schrank und konnte seine Pistole immer noch nicht entdecken. Sie war definitiv da gewesen, als er gepackt hatte. Garantiert. Er durchsuchte die Taschen seiner Jacken und seiner Hosen und breitete dann alle Klamotten auf dem Bett aus. Keine Waffe.

Er zündete sich eine Zigarette an. Dieses Arschloch. Dieses Gigolo-Arschloch.

Isabellas Stimme kam aus dem anderen Zimmer. »Rauchst du etwa, Ludo?«

»Ja. Sorry!« Er saugte rasch zweimal hintereinander an der Zigarette, ehe er sie ausdrückte und zu Isabella hinüberschlenderte. »Paulo hat meine Waffe«, sagte er zu ihrem barfüßigen Spiegelbild. Sie zog sich gerade um, hatte ihre Jeans geöffnet und trug ein cremefarbenes Mieder sowie einen Perlen-Choker um den Hals.

Fragend blickte sie sein Spiegelbild an. »Und ist das ein Problem?« Sie trat ins Zimmer, während sie sich zwei Diamantenohrclips ansteckte. Der Reißverschluss ihrer Jeans war noch immer geöffnet. »Dadurch fühlt er sich männlicher.«

»Er meinte, dass du ihn anrufen sollst.«

»Klar meint er das.« Sie schloss den Reißverschluss. »Er weiß doch, wo er mich finden kann. Wenn er mit mir reden will, soll er sich melden.« Sie schloss die Gürtelschnalle, schüttelte den Kopf und bedachte Ludo mit einem amüsierten Lächeln. »Ist das zu fassen? Paulo versucht also, etwas auf die Beine zu stellen. Dieser Idiot, den ich für einen totalen Loser gehalten habe.« Sie trat an einen anderen Spiegel und schminkte sich die Lippen. Lächelte, verteilte den Lippenstift gleichmäßig, ging in ihr Zimmer zurück.

»Er hat meine Waffe.«

»Was glaubst du, was er damit vorhat? Jemanden erschießen?«

Isabella zog Sandalen an und hängte sich eine kleine Handtasche um. Ludo beobachtete sie im Spiegel. Eine verdammt coole schöne Frau.

»Komm, wir trinken einen Kaffee.« Als sie die Suite verließen, fragte sie: »Glaubst du, es ist diese Tussi, die ihn plötzlich Eier haben lässt?«

Ludo klopfte sich die Taschen ab, um sicherzustellen, dass er seine Camels dabeihatte. Er brauchte dringend eine Zigarette, sobald sie draußen im Freien waren. »Kann schon sein.« Er drückte auf den Liftknopf. Die zwei Stockwerke bis ins Erdgeschoss hinunter sprachen sie nicht weiter.

Als sie etwa die Hälfte ihres Kaffees getrunken hatten, klingelte Isabellas Handy. Ludo beobachtete, wie sie die Hand danach ausstreckte. Das Telefon vibrierte auf der gläsernen Tischoberfläche. Sie klappte es auf. »Na, wer sagt's denn? Der kleine Mann kommt brav, wenn man ihn ruft.« Begrüßte ihren Ehemann mit einem fröhlichen: »Wie geht's, Schatz?« Lächelte fortwährend Ludo an, der es sich in dem Rattansessel ihr gegenüber bequem gemacht hatte.

Nicht zum ersten Mal dachte er: Sie treibt ein seltsames Spiel mit diesem Arschloch. Hörte geduldig zu, während der Idiot am anderen Ende offenbar ununterbrochen plapperte.

»Mehr als nur reden, nehme ich an«, sagte Isabella schließlich und musterte die Fingernägel ihrer rechten Hand. »Mugg & Bean, was soll das sein? Ein Coffeeshop? Du glaubst wirklich, das ist der geeignete Ort, so etwas zu besprechen, Schatz?«

Ludo gab ihr mit einem Zeichen zu verstehen, dass es im Hotel besser wäre. Aber sie schüttelte den Kopf.

»Wie wäre es dann mit ein Uhr? Wenn du es hinter dich bringen willst, während wir unter Leuten sind, dann ist es um die Zeit am besten.« Sie beugte sich vor, um etwas Schaum von ihrem Cappuccino zu löffeln, hielt aber mit dem Teelöffel inne, ehe sie ihren Mund erreicht hatte. »Allein? Mann und Frau, die gemeinsam zum Mittagessen gehen. Niedlich.«

Ludo schüttelte demonstrativ den Kopf und zeigte auf sich selbst, um ihr zu signalisieren, dass sie keinesfalls alleine hingehen würde. Sag ihm, formte er mit dem Mund, ich werde mitkommen.

Isabella steckte den Teelöffel in den Mund und leckte den Schaum ab. Dann legte sie den Löffel auf den Tisch. Ludo formte eine Pistole aus seiner rechten Hand und hielt sie hoch, damit Isabella sie sehen konnte. Sie nickte. Sag ihm, ich will sie zurückhaben, flüsterte er lautlos.

»Noch was, Schatz. Bring doch die Pistole mit. Das ist sogar ausgesprochen wichtig, wie Francisco sagen würde. Und wichtig ist in dem Fall besonders wichtig.« Sie brach das Gespräch ab, bevor Paulo antworten konnte, und klappte das Handy zu.

»In einem Mugg & Bean«, sagte sie. »Wie soll man jemanden ernst nehmen, der in einem Mugg & Bean über Geschäfte reden will?«

29

Mace und Pylon bestellten in der Abflughalle an einer kleinen Bar zwei Filterkaffees. Pylon wollte wissen, warum sie den Kaffee nicht in einer Porzellantasse samt Untertasse oder in einem Porzellanbecher servieren konnten. Warum musste es immer dieser verdammte Styropor-Mist sein? Die Kassiererin nannte ihm ohne die Andeutung eines Lächelns den Preis.

»Wie nennt man so etwas überhaupt?«, fragte er. »Das ist kein Becher, das ist ein Behälter, auch wenn er einen Deckel hat. Wo soll ich das trinken außer hier an der Bar? Was soll das alles, Schwester?«

Die Kassiererin kratzte an einem Fleck auf ihrer Schürze. Etwas weißer Staub kam ab.

Pylon drehte sich zu Mace. »Auf einem Flughafen für gerade mal zwei Flugzeuge wie in Malitia, der nur aus einem Flugfeld und einem Hangar besteht, servieren sie Kaffee in richtigen Tassen. Haben sie jedenfalls damals getan.« Er holte ein paar Münzen aus seiner Hosentasche.

»*Wenn* sie denn Kaffee servierten«, entgegnete Mace und

nahm die beiden Styroporbehälter, um sie zu einer Theke zu tragen, wo bereits eine ganze Palette von ihnen stand und darauf wartete, endlich abgeräumt zu werden.

Er hob den Deckel und nippte an der Flüssigkeit. Das Einzige, was man darüber sagen konnte, war, dass sie zumindest heiß war.

»Jetzt schau dir diesen Scheiß an«, sagte Pylon. »Können die hier nicht mal aufräumen, sobald die Kunden weg sind? Wenn man nicht aufpasst, hat man sofort kalten Kaffee am Ärmel.«

Eine Bedienung trat zu ihnen, wischte die leeren Styroporbecher mit einer Handbewegung in eine schwarze Mülltüte und fuhr dann mit einem feuchten Tuch hastig über die Thekenoberfläche.

»Jetzt ist es zu spät«, sagte Pylon. »Man hätte das längst vorher tun sollen.« Die Frau entschuldigte sich. »So etwas ist wichtig«, fuhr er fort. »Sonst fühlt sich doch der ganze Ort schmutzig und heruntergekommen an. Alles klebt, weil die Leute den Zucker verstreuen oder etwas verschütten. Widerlich.« Er fuhr mit der Hand über jene Stelle der Thekenoberfläche, wo die Frau nicht gewischt hatte. Hielt seine Hand hoch. »Schauen Sie sich das an. Da klebt Zucker dran. Verstehen Sie jetzt, was ich meine?«

Mace sagte: »Pylon.«

Pylon: »Nein, das ist wichtig. Die Leute müssen hierherkommen, wenn sie etwas trinken wollen, und genau deshalb sollte man sie auch korrekt behandeln. Offensichtlich ist hier dringend Konkurrenz nötig. Das würde ihnen einen Tritt in den Hintern verpassen. Oder zumindest das Management aufrütteln. Die Leute müssen ausgebildet werden und lernen, wie man die Kunden zufriedenstellt.« Er nahm den Deckel von seinem Kaffee, riss ein Päckchen mit Zucker auf und schüttete es in die Flüssigkeit. Ehe er umrührte, erklärte er: »Ich hab schon wieder Druck. Entschuldige bitte.« Ohne zu warten, stürzte er in Richtung Toiletten davon.

Mace trank einen Schluck Kaffee und sah, dass sie noch zwanzig Minuten hatten, ehe sie an Bord mussten. Er warf einen Blick auf die Hottentots-Holland-Berge, die in der Hitze und dem zunehmenden Wind verschwommen in der Ferne lagen. Dachte: nur sechsunddreißig Stunden. Dann würde er wieder zu Hause sein und genügend Knete haben, um dieser Banktussi erst einmal den Mund zu stopfen. Diese verdammte Frau. Was für ein Moment der Genugtuung würde das sein.

Sein Handy klingelte. Die Nummer des Anrufers war unterdrückt. Gewöhnlich nahm er solche Anrufe eigentlich nicht entgegen. Diesmal schon. Er erkannte die Stimme sofort: Sheemina February.

»Wie haben Ihnen die Blumen gefallen?«

»Hübsch«, erwiderte Mace.

»Vielleicht etwas verwirrend«, sagte sie und schnalzte mit der Zunge. »So, wie Sie Isabella zurückgelassen haben, nahmen Sie vielleicht an, dass die Blumen von ihr sein könnten. All diese Frauen in Ihrem Leben, Mr. Bishop.«

Mace blieb gelassen. »Hören Sie inzwischen auch Hotels ab?«

»Das muss ich nicht. Es wäre aber keine schlechte Idee, bei diesem CIA-Zusammenhang.«

»Ex.«

»Ex? Das glaube ich kaum, Mr. Bishop. Soweit ich weiß, hatten Sie vor kurzem einen Rückfall – der alten Zeiten wegen. Vielleicht ist die schöne Isabella also auch keine *Ex*-CIA-Agentin, sondern hatte ebenfalls einen Rückfall.«

»Was wollen Sie damit sagen?«, fragte Mace.

»Ich rufe aus reiner Höflichkeit an. Um Ihnen eine angenehme Reise zu wünschen und Sie außerdem zu warnen: Lassen Sie das mit Isabella, bevor es sich herumspricht. Ich meine, bis zu Oumou.«

Mace trank einen Schluck Kaffee. »Dann würde ich Ihre Höflichkeit gern erwidern.«

»Wie nett von Ihnen.«

»Verpissen Sie sich, und hören Sie auf, mich zu nerven. Oder meine Frau.«

Sheemina February lachte. »Es ist nicht meine Absicht, Sie zu nerven.«

Mace meinte, umso besser. Sheemina February wünschte ihnen einen angenehmen Flug, was Mace daran erinnerte, was sie zuerst gesagt hatte. Da hatte sie ihm auch bereits eine angenehme Reise gewünscht.

»Was soll das mit der Reise, die ich angeblich antrete?«, fragte er und spürte, dass sie am anderen Ende der Leitung vermutlich den Kopf schüttelte.

»Also bitte, Mr. Bishop. Es ist nicht nötig, mir etwas vorzumachen. Wirklich nicht.«

Damit legte sie auf. Auch Mace drückte die rote Taste, um das Gespräch zu beenden.

»Wie lange geht das noch so weiter?«, fragte Pylon, als er wieder neben ihm stand. »Jetzt war ich schon dreimal auf der Toilette, seitdem wir hier sind. Dieser verdammte Durchfall.«

»Gerade hat mich Sheemina February angerufen«, erklärte Mace. »Sie weiß von unserer Reise.«

»Was?«, fragte Pylon und rührte mit einem Plastiklöffel in seinem Kaffee, während er Mace stirnrunzelnd betrachtete. »Was hat sie gesagt?« Er legte den Löffel auf die Theke und trank einen Schluck. »Hat sie gesagt, dass sie Bescheid weiß?«

Mace nickte.

»Verdammter Mist.« Pylon nahm noch einen Schluck und tupfte seinen Mund mit einer Papierserviette ab. »Von Mo hat sie's bestimmt nicht.«

»Kann ich mir auch nicht vorstellen. Aber ich frage mich, woher sie es dann weiß.«

»Vielleicht«, erwiderte Pylon, »geht's gar nicht um das Woher, sondern um das Wie.«

30

Paulo stand an der Verandatür, die auf die Terrasse hinausführte. Am anderen Ende der Pool mit der überfließenden Wasserkante, Vittoria oben ohne in einem Tanga auf dem Holzdeck, Walkman in den Ohren, neben sich einen Sektkübel mit einer Flasche Champagner. Er steckte das Handy in die Tasche seiner Shorts, tastete nach der Schwellung auf seiner Wange und zuckte schmerzhaft zusammen. Es tat zwar nicht so verdammt weh wie seine Rippen, aber bei einer Berührung brannte es trotzdem höllisch. Auch der Riss an seinem Mund tat noch immer weh. Trotzdem: nichts im Vergleich zu dem, was Isabella erleiden würde. Er nahm ein Glas von der Bartheke und setzte sich neben Vittoria. Füllte ihre beiden Gläser mit Champagner.

Vittoria stöpselte sich aus. »Und, triffst du die Schlampe?«

»Ein Uhr.« Ehe er mit ihr anstoßen konnte, klingelte sein Telefon.

»Mein Name ist Dave Cruikshank«, sagte eine Stimme am anderen Ende der Leitung. »Von City Bowl Properties. Ich wollte mich nur erkundigen, ob alles zu Ihrer vollsten Zufriedenheit ist.«

»Ja, großartig«, erwiderte Paulo. »Tolles Haus.«

»Nun, das freut mich zu hören. Falls es doch irgendwelche Probleme geben sollte, ganz gleich, welche, haben Sie unsere Nummer. Rufen Sie uns an – tagsüber, aber auch nachts.«

»Vielen Dank«, sagte Paulo. »Und wer sind Sie noch mal genau?«

»Dave Cruikshank, Geschäftsführer von City Bowl Properties.«

Erstaunlich. Paulo klappte das Handy zu und nahm einen Schluck Champagner. »Das war der Geschäftsführer persönlich von dieser Vermietungsfirma. Netter Touch – muss man schon sagen. Auf die beste Fickbude der Stadt, Mr. Geschäftsführer! Was meinst du, Babe? Ist das hier nicht das gottverdammte Paradies?« Das hier war ihr neues Domizil in der City Bowl, mit dem Berg im Rücken und einem Blick von der Terrasse über die Stadt bis zur Bucht.

Vittoria trank die Hälfte ihres Champagners auf einmal aus. »Paulo, der Organisator.«

»Nicht übel, oder?«

»Jetzt brauchen wir nur noch etwas Stoff, um es zum Schneien zu bringen.«

Paulo kramte in seiner Hosentasche und warf dann eine wiederverschließbare kleine Plastiktüte mit weißem Puder auf ihren Bauch. »Zum Beispiel so was?«

»He!« Vittoria setzte sich auf. »Das ist mein Baby, wie ich es haben will.«

»Numero uno?«

»Ganz genau.« Sie zog sofort eine Linie auf dem Holzdeck. »Willst du auch?«

Paulo nippte an seinem Champagner. Schüttelte den Kopf. »Am Montag nehmen wir die Diamanten für Francisco entgegen, und am Dienstag fahren wir auf Safari. Und zwar mit seinen Klunkern im Gepäck.«

»Ganz wie du meinst, Baby.« Vittoria schnupfte das Koks.

»Löwen unter jedem Baum.«

»Und was ist mit Giraffen?«

»Die auch«, erwiderte er und fasste nach der Broschüre über die Safari, die Vittoria für sie ausgesucht hatte. »Hier heißt es: Löwen unter jedem Baum. Die Big Five. Abends fahren wir dann mit Scheinwerfern los, um ihnen so nahe wie möglich zu kommen.«

Vittoria rieb sich die Nase. »Unglaublich, wo man innerhalb weniger Stunden überall sein kann. Man verlässt ein Leben und betritt ein anderes.« Sie rollte sich auf den Bauch, um ihren Rücken zu bräunen. Stöpselte sich wieder Massive Attack in die Ohren.

»Soll ich dir den Rücken eincremen?« Paulo kniete sich neben sie und glitt mit der Hand über die Kurve ihres Hinterns. Die Schmerzen in seinen Rippen durchbohrten ihn so heftig, dass er ein Stöhnen nicht unterdrücken konnte. Er setzte sich abrupt auf das Holzdeck.

»Armes Baby«, sagte Vittoria und wandte den Kopf in seine Richtung.

Paulo ließ sich auf den Rücken nieder. Die Schmerzen jagten ihm Schweißperlen über den ganzen Körper. Es machte einfach keinen Sinn, warum dieser Kerl gleich handgreiflich geworden war. Es sei denn, Isabella hatte es als Warnung vorgeschlagen. Verdammt unklug von ihr unter diesen Umständen. Dafür würde sie später noch bitterer bezahlen müssen. Er lag mit geschlossenen Augen regungslos da und wartete darauf, dass die Schmerzen abebbten. Vittorias Finger strichen über seinen Arm.

31

Ludo starrte zum Berg hinauf. Eine Wolke begann sich über dem Gipfel auszubreiten. In den vergangenen fünf Wochen hatte er immer wieder die Erfahrung gemacht, dass diese Wolke Wind bedeutete und zwar einen scharfen, heulenden Südostwind, der an den Nerven zehrte. Vor ihm gab es kein Entkommen. Selbst im Haus quälte einen das Heulen des

Windes. Nach fünf Tagen hätte man am liebsten gebrüllt: Es reicht, verdammt noch mal, hör endlich auf damit! Es würde ihm bestimmt nicht schwerfallen, diesen Ort bald hinter sich zu lassen.

Er hatte über den kleinen Kretin Paulo nachgedacht und über das unangenehme Gefühl, ohne seine Neun-Millimeter sein zu müssen. Vor allem jetzt, nachdem Isabella darauf bestanden hatte, Paulo allein zu treffen.

»Das ist eine Sache zwischen Eheleuten«, hatte sie zwei Stunden zuvor erklärt. »Ich weiß, wie ich mit ihm zurechtkomme.«

Sie waren im Lift nach oben gefahren. Ludo hatte gedacht: Die ganze Paulo-Geschichte fühlt sich falsch an. Irgendwas anderes geht da ab. In der Suite meinte Isabella, sie würde ein Taxi zu dem Café nehmen, zuhören, was Paulo zu sagen hatte, und ihm dann ein Angebot machen.

»Der Typ ist ein Trottel«, hatte sie gesagt. »Ich verspreche ihm einfach irgendetwas, das er mir bestimmt abnehmen wird.«

Ludo hatte sich eine Weile Cricket im Fernsehen angesehen, bis er unruhig geworden war. Zwei Stunden, und sie war immer noch nicht zurück. Er versuchte nicht die Nerven zu verlieren, sondern lieber etwas durch die Gegend zu fahren. Also fuhr er den Berg hoch, vorbei an der Seilbahnstation, bis zum Aussichtspunkt unterhalb von Devil's Peak. Dort hockte eine Gruppe cooler Schwarzer, mit Joints und zahlreichen Litern Bier bewaffnet, während aus ihrem Ghettoblaster Technomusik dröhnte. Hässliche Typen, nicht einer von ihnen noch mit Vorderzähnen. Wie diese Lücken ihr Aussehen verbessern sollten, war Ludo schleierhaft. Er hielt in einem gewissen Abstand zu ihnen an. Schade, dass so schöne Orte immer durch Müll ruiniert werden mussten. Die Touristen kamen hierher, um den Berg, die Stadt und die Bucht zu bewundern, und was sie zu sehen bekamen, war menschlicher Abfall.

Er zündete sich eine Zigarette an. In der Ferne begann gerade eine Linienmaschine ihren Anflug auf den Flughafen. In diesem Moment klingelte Francisco durch, der wissen wollte, was los war. Ludo zog die übliche Beschwichtigungsnummer ab und wählte dann Isabellas Nummer, sobald sie aufgelegt hatten. Erreichte nur ihre Mailbox.

Der schwarze Mob begann inzwischen näher zu rücken, baute sich à la The Wild Bunch auf, zahnlos grinsend. Ludo startete den Motor des Cherokee und jagte mit einem Aufspritzen von Kies davon. Er konnte sie lachen hören. Wenn er seine Waffe bei sich gehabt hätte, wäre das Ganze vielleicht anders verlaufen.

Im Hotel noch immer keine Isabella. Ihr Handy war weiterhin auf Mailbox geschaltet. Das Gleiche bei Paulo. Er nahm sich ein Bier aus der Minibar, machte es auf und begann unruhig durchs Zimmer zu tigern, während er aus der Flasche trank. Die Frage war, was er jetzt tun sollte. Vermutlich war es das Beste, zunächst im Mugg & Bean anzufangen. Die Vorstellung, sie könnten nicht mehr dort sein, wollte er sich vorerst gar nicht weiter ausmalen. Es war allerdings ziemlich unwahrscheinlich, dass sich Isabella mit dem Kerl freiwillig irgendwohin abgesetzt hatte.

Ludo trank sein Bier in einem Zug aus und ließ die leere Flasche auf der Bartheke stehen. Gewohnheitsmäßig tastete er seinen Gürtel nach der Neun-Millimeter ab. Allein die Tatsache, dass Paulo sie hatte und nicht er, war verdammt besorgniserregend.

32

Paulo betrat das Mugg & Bean und suchte sich einen Tisch in der Nähe der Eingangstür. Er winkte Vittoria zu, die zwei Parkplätze entfernt draußen auf der Straße in ihrem Mercedes wartete. Sie hatten geplant, dass sie vorfahren würde, sobald er und Isabella aufstanden, damit sie dann gemeinsam davonbrausen konnten. Isabella würde sich im schlimmsten Fall wohl durch den Lauf von Ludos Neun-Millimeter in ihrem Rücken zu dem kleinen Abenteuer überreden lassen.

Zehn Minuten später betrat sie von der Seite des Shoppingcenters das Café. Paulo beobachtete, wie sie mit langen, selbstbewussten Schritten hereinkam. Sie wich keinen Millimeter von ihrer gewählten Route ab. Die anderen Leute gingen ihr instinktiv aus dem Weg, als ob ihnen ihr sechster Sinn dazu geraten hätte. So war sie: arrogant. Benahm sich, als besäße kein Mensch sonst auf der Welt auch nur die Bedeutung einer Schmeißfliege. Sie entdeckte ihn, als sie an dem Schild vorüberging, das die Gäste dazu aufforderte, zu warten, um zu einem Tisch geführt zu werden. Ungeduldig winkte sie die Bedienung herbei, um ihr zu bedeuten, dass etwas Service nicht schaden könnte. Paulo lächelte. Warum auch nicht? Diesmal war sie diejenige, die nicht die leiseste Ahnung hatte, welches Spiel hier lief.

»Schatz«, begrüßte sie ihn, als sie neben ihm stehenblieb. »Ist das nicht niedlich? Ehepaar im Urlaub in exotischen Gefilden.«

Er zog den Kopf zurück, als sie versuchte, ihm ein Luftküsschen auf die Wange zu geben. »Könnte man so sagen.«

»Werde ich aber nicht sagen.«

»Entspann dich, Isabella«, erwiderte er. »Wir haben ein paar Dinge zu klären.«

»He«, sagte sie und setzte sich ihm gegenüber. »Bist du gegen eine Wand gelaufen?«

Paulo berührte die Schwellungen in seinem Gesicht.

»Tut's weh?«

»Du hast echt nette Freunde.«

»Mace Bishop hat das gemacht? Weshalb?«

»Ich dachte, das kannst du mir erklären.«

»Woher soll ich das wissen?«

»Ich habe eigentlich angenommen, dass du ihn darum gebeten hast.«

»Schatz, du hast sie wohl nicht mehr alle. Also wirklich!«

»Kann sein«, erwiderte Paulo und bestellte zwei Americanos bei der Bedienung, die geduldig neben ihrem Tisch wartete.

»Passt genau!«, sagte Isabella, als die Frau sie um Bestätigung bittend ansah. »Er kann meine Gedanken lesen.« Ihre Augen richteten sich auf Paulos Gesicht, der jedoch an ihr vorbei in Vittorias Richtung blickte. Sie beobachtete die Szene noch immer aus dem Mercedes heraus. »Es war unklug von dir, einfach Ludos Waffe mitzunehmen, Schatz. Dann erzähl doch mal, wie du das wieder geradebiegen willst.«

Paulo erwiderte: »Sei nicht so herablassend. Okay? Das wäre schon mal ein Anfang.«

Isabella streckte die Hand aus, um über die seine zu streichen. Er packte sie und drückte fest zu. »Hör auf damit.« Ließ sie los.

»Schatz! Das ist aber ein harter Griff, den du da an den Tag legst. Packst du so auch ihre Titten an?«

Paulo spürte, wie sich der übliche Druck in seiner Brust auszubreiten begann. Jetzt bloß nicht die Nerven verlieren und ihr in die Falle gehen. Sie wollte, dass er ausrastete und zwar hier in aller Öffentlichkeit. Doch stattdessen grinste er diesmal nur und sah ihr dabei direkt in die Augen. »Ja, so in etwa.« Genoss den scharfen Blick, mit dem sie ihn daraufhin musterte.

Ihre Filterkaffees trafen ein. Die Bedienung erklärte ihnen, dass sie jederzeit nachschenken würde, falls sie das wollten. Nachdem sie sich zurückgezogen hatte, fragte Isabella: »Also – wie sieht dein Eröffnungsschachzug aus?« Sie riss ein Zuckerpäckchen auf und schüttete die Hälfte des Inhalts in ihre Tasse. »Ich nehme an, deshalb sitzen wir doch hier, oder?«

»So in etwa«, sagte Paulo.

»Lass hören.« Isabella rührte zweimal rasch in ihrem Kaffee um. »Ich möchte eine Vorstellung davon bekommen, in welchen Größen wir uns hier bewegen.«

»Sechzig Prozent des Waffendeals.«

Isabella lehnte sich zurück. »Kein schlechter Einstieg, Schatz. Viel zu viel natürlich. Eine solche Zahl würde bei Francisco einen sofortigen Schlaganfall verursachen. Wenn du meinen Rat hören willst: Zehn Prozent wären angemessen. Die Provision eines normalen Vermittlers. Dafür bekommst du auch eine Scheidung.«

»Ich bin kein normaler Vermittler.«

»Wie wäre es dann mit fünfzehn Prozent?«

»Wie wäre es mit sechzig?« Paulo nippte an seinem Kaffee, auf einmal von der Falte auf ihrer Stirn fasziniert, die er zuvor nie bemerkt hatte. »Sechzig für all die Arbeit, die ich erledigen musste, damit das Ganze überhaupt stattfinden konnte. Sechzig ist mein Eröffnungsangebot. Sechzig ist auch das Schlusswort.«

»Schatz, das ist unverhältnismäßig.«

»Klar. Aber du bezahlst mich auch gleichzeitig dafür, dass ich den Mund halte und nicht erzähle, was ich die Jahre über für euch getan habe. Ich will nur einen Teil des Profits. Sonst nichts.«

»Francisco wird sich ärgern. Er hätte dann nichts an der ganzen Aktion verdient.«

Paulo zuckte mit den Achseln. »Das stört mich wenig.« Er beobachtete, wie Isabella an ihrem Kaffee nippte. Wie sie sich den Mund mit einer Papierserviette abtupfte und dabei viel von ihrem Lipgloss entfernte.

»Vergiss nicht, was du alles verlierst. Zum Beispiel die Stellung, die dir Francisco verschaffen könnte.«

»Das wird nie passieren – das wissen wir beide. Auf diese Weise wird er mich los, du wirst mich los, ich werde euch los – und alle sind glücklich. Für Francisco ist das, was ich verlange, doch nur Peanuts.«

»Und damit sind wir quitt? Auch bei einer Scheidung und so?«

»Ja, das sind wir. Vielleicht habe ich sogar zu wenig berechnet.« Paulo trank seinen Kaffee aus. »Ein neues Leben, Isabella. Für uns alle. He, du solltest mir eigentlich dankbar sein.« Er rief die Bedienung, um zu bezahlen. »Trink aus, Schatz, wir müssen die Sache noch heute über die Bühne bringen.«

»Soll heißen?«

»Wir fahren an einen Ort, von wo aus du Francisco sagen kannst, wie der Hase läuft.«

»Nein«, entgegnete Isabella. »Wir regeln das hier. Ich garantiere dir jetzt auf der Stelle fünfzehn Prozent und die Scheidung.«

Paulo beglich die Rechnung und erklärte der Bedienung, dass sie das Wechselgeld behalten könne. Dann stand er auf und umrundete den Tisch, als wolle er seiner Begleiterin beim Aufstehen behilflich sein. In Wirklichkeit flüsterte er Isabella ins Ohr: »Manchmal bist du strohdumm. Es geht hier nicht um fünfzehn oder zwanzig oder auch fünfundzwanzig Prozent. Es geht um sechzig. Hör mir also noch mal genau zu: um sechzig.« Er richtete sich auf und grinste. »Wenn du keine weiteren Probleme haben willst, kommst du jetzt mit und besprichst dich. Bei einer deiner Telefonkonferenzen mit Francisco.«

»Warte.« Er spürte, wie Isabella nach seinem Arm fasste. »Das war es also? Du gehst einfach?«

»Ja.« Paulo entfernte sich einen Schritt vom Tisch.

»Ich bin aber noch nicht fertig.«

»Egal. Ich bin es.«

Er ließ sie zurück, ohne sie eines weiteren Blickes zu würdigen. Trat auf die Straße hinaus, wo ihm der Mercedes langsam entgegenglitt. Paulo öffnete die Tür des Beifahrersitzes. Er fragte sich, ob Isabella wohl anbeißen würde, als er Vittoria sagen hörte: »Sie kommt.« Trotzdem sah er sich nicht um, auch wenn es ihm verdammt schwerfiel. Er stieg vielmehr ein und schlug die Tür zu. »Alles okay?«, fragte Vittoria.

»Klar«, erwiderte er. »Alles läuft so wie geplant.«

Die hintere Autotür wurde geöffnet, und Isabella schaute ins Wageninnere. »Darf ich mich zu euch gesellen?«

»Wir haben bereits auf Sie gewartet«, erwiderte Vittoria, löste die Handbremse und ließ das Auto weiterrollen.

Den ganzen Weg zurück zu ihrem neuen Ferienhaus redete Isabella darüber, wie sehr diese Angelegenheit Francisco verärgern werde. Wie sie ihm Paulos falsches Spiel wegerklären müsse. Ganz gleich, zu welcher Vereinbarung sie letztlich kämen, würde ein Kollateralschaden entstehen. Zweifelsohne. Unbestreitbar. Francisco sei ein Geschäftsmann, den bloß Idioten gegen sich aufbrächten. Paulo brauche nur Ludo zu fragen, was zum Beispiel mit jenem Mann in Santiago passiert sei, dem jüngsten Opfer in einer langen Reihe von früheren Geschäftspartnern ihres Bruders. Das Beste in diesem Fall sei es also, auf Franciscos Großzügigkeit zu bauen und nichts weiter zu fordern.

Vittoria fragte: »Kannst du deiner Frau sagen, endlich die Klappe zu halten?«

Paulo sagte: »Isabella, halt endlich die Klappe.«

Isabella meinte: »Ihr beiden seid echt niedlich. Fast schon so niedlich wie Mickey und Mallory aus *Natural Born Killers.*«

Zu Hause angekommen, fuhr Vittoria in die Garage und

drückte auf die Fernbedienung, schloss das Tor. Paulo stieg als Erster aus, um Isabella die Tür aufzuhalten, während Vittoria auf der anderen Seite des Wagens nach hinten ging und den Kofferraum öffnete.

»Du bist wirklich ein Schätzchen«, sagte Isabella. Als sie herauskletterte, wurde sie von einem Strahl aus der Dose mit Pfefferspray getroffen, die Vittoria Paulo inzwischen gereicht hatte. Isabella krümmte sich zusammen, und Paulo verpasste ihr erneut eine Ladung in die Augen. Stöhnend versuchte sie über die Rückbank zu entkommen, aber Vittoria wartete bereits mit einem Äthertuch in der Hand und drückte ihr dieses so lange ins Gesicht, bis sie sich nicht mehr rührte. Jetzt war es leicht, sie in den Kofferraum zu hieven, ihr die Hand- und Fußgelenke mit Panzerband zu fesseln und dieses auch gleich noch zweimal um ihren Kiefer zu wickeln, damit sie nicht schreien konnte.

Sie tauschten die Plätze, Paulo setzte sich hinters Steuer. Er fuhr aus der Stadt, an einem Golfplatz vorbei bis zu einigen Apartmentblocks am Strand, die über die Bucht zum Berg hinüberblickten. Vittoria rappte zu P. Diddy, und Paulo dachte, dass manche Dinge manchmal erstaunlich glatt liefen. Jetzt mussten sie nur noch Isabella umlegen. Keine große Sache, wie er bereits erlebt hatte. War nicht mal sonderlich berauschend im Vergleich zum Ziehen einer Kokslinie.

Bei der Ampel bog er links in die West Coast Road ein, um auf eine Gegend voller Sanddünen zuzusteuern, die er irgendwann einmal entdeckt hatte, als die Idee, Isabella um die Ecke zu bringen, zuerst zur Debatte gestanden hatte.

Vittoria blickte die lange Straße hinunter. Fragte: »Wohin fahren wir?«

»Noch zehn Kilometer«, erwiderte Paulo, »bis zu einem Ort, den ich neulich gefunden habe. Falls irgendjemand dort über sie stolpern sollte, dann wäre das ein echter Zufall.«

Vittoria holte die Neun-Millimeter aus dem Handschuhfach. »Machst du's? Oder ich?«

»Wir könnten uns ja abwechseln.«

»Das wäre Verschwendung.« Sie holte eine Münze aus ihrer Hosentasche. »Kopf oder Zahl?«

Paulo sagte, Zahl.

Vittoria warf die Münze in die Luft, fing sie auf und knallte sie auf ihren linken Handrücken. »Kopf.« Sie sah ihn an. »Wie wäre es mit zwei von dreien?«

Paulo meinte: »Einverstanden. Dann diesmal Kopf.«

Er gewann. Danach gelang es wieder Vittoria – ebenfalls mit einem Einsatz auf Kopf. »Ist das nicht seltsam?«, fragte sie. »Bisher hatten wir kein einziges Mal Zahl.« Sie warf die Münze zum Spaß noch einmal in die Luft. Jetzt war es Zahl.

»Wir sind da«, erklärte Paulo und bog auf eine ungeteerte Straße ab, die zu einem Gatter führte. »Das Gatter ist nicht abgesperrt«, sagte er. »Nur mit einer Kette gesichert.«

Vittoria stieg aus, um es zu öffnen. Langsam rollten sie auf dem Fahrweg in die Dünen hinein, bis der Sand zu weich wurde. Paulo schaltete den Motor ab, und sie saßen einen Moment lang in der völligen Stille des weißen Sandes da. Nicht einmal Vogelgezwitscher. Nur Insekten. Ohne die Klimaanlage war die Hitze deutlich spürbar. Die Sonne stach vom Himmel herab. Diese hohen Dünen und das flirrende Licht – sie hätten sich im Grunde auch in einer Wüste befinden können. Und doch waren sie nur einige hundert Meter von der Küstenstraße entfernt, wo alle zwei bis drei Minuten ein Auto vorbeifuhr.

Isabellas Augen waren weit aufgerissen, als sie den Kofferraum öffneten. Sie versuchte sich zu wehren und gab einen heiser krächzenden Laut von sich.

Sie hievten sie aus dem Wagen und zerrten sie zu einem Gestrüpp aus Dünengras. Vittoria entsicherte die Neun-Millimeter und erledigte Isabella mit einem einzigen Schuss zwischen die Augen.

33

Nach dem Start bestellte Mace bei dem Steward, der mit dem Getränkewagen kam, ein Windhoek. Für Pylon, der am Gang saß, gab es ein stilles Mineralwasser. Er war hastig aufgestanden und zur Toilette geeilt, sobald das Zeichen für die Sicherheitsgurte nicht mehr geleuchtet hatte. Mace fand, dass er blasser als sonst wirkte, wenn so etwas bei seiner Hautfarbe überhaupt möglich war.

»Trink etwas Stärkeres«, schlug Mace vor. »Das wird dich entspannen.«

Pylon erklärte, er würde lieber bei Wasser bleiben, und drückte einige Tabletten aus der Packung in seine Hand, um den Durchfall und die Übelkeit zu stoppen, die ihn noch immer im Griff hatten.

»Wie du meinst«, erwiderte Mace und lehnte sich zurück, um die Wüste, die Schlieren weißer Flussbetten und die Schatten in den Bergschluchten unter ihnen zu betrachten. Hier und da konnte man das Glitzern eines Wellblechdachs erkennen, ein Wohnhaus inmitten der braunen Leere. Rauch stieg von einem Feuer unter freiem Himmel in die Luft.

Er dachte an Sheemina February. Was wollte sie mit ihren Aktionen erreichen? Auf einmal war sie wieder in seinem Leben aufgetaucht. Innerhalb von sechs Wochen hatte sie ihn bei einem Konzert und in einem Café getroffen, und danach hatte sie mit diesen seltsamen Dingen begonnen: mit den Blumen und dem Telefonanruf. Gut – das Konzert konnte noch Zufall gewesen sein, auch das Zusammentreffen im Café war irgendwie erklärlich. Die Blumen und der Anruf hingegen waren bereits deutlich weniger subtil, deuteten allerdings nur durch die beiden vorhergehenden Treffen auf einen Zusammenhang hin. Merkwürdig, dass das Ganze anfing, als sich der Deal mit Isabella herauskristallisierte … Konnte es doch mit Mo zu tun haben? Aber welchen Vorteil brächte ihm das? Oder handelte es sich um eine undichte Stelle in seiner Firma? Das wäre zugegebenermaßen eine ziemlich beunruhigende Vorstellung. Wahrscheinlicher war es, dass ihn Sheemina February im Auge behielt, um irgendwann einmal davon zu profitieren. Wollte sie ihn grundsätzlich im Griff haben? Oder sich vielleicht an ihm rächen? Ihn erpressen? Die ersten beiden Möglichkeiten kamen ihm durchaus plausibel vor, die letztere erschien ihm jedoch eher ein zufälliges Nebenprodukt ihres Hauptziels zu sein. Daher stammten vielleicht auch ihre vielen Immobilien. Andererseits konnte er sich nicht vorstellen, dass sie ihn um einen Anteil aus dieser Transaktion angehen würde. Vermutlich wollte sie eher eine reine Weste und moralisch die Oberhand behalten, um dann im großen Stil zuzuschlagen, falls sie es für nötig hielt. Das wiederum war allerdings hauptsächlich Mos Problem. Maces Problem lag woanders.

Bereits Christas Entführung hatte etwas mit Sheemina February zu tun. Sie hatte damals bereits irgendwo im Hintergrund agiert. Ducky Donald nach handelte es sich zwar nur um einen Kollateralschaden, aber Mace glaubte nicht daran, auch wenn er keine andere Erklärung hatte. Und dann hatte sie noch ihr früheres Haus gekauft. Wie eigenartig. Er hatte Oumou damals nichts davon erzählt, obwohl sie sich vermutlich kaum Gedanken darüber gemacht hätte. Sie war zu jenem Zeitpunkt nur noch daran interessiert gewesen, das Haus endlich zu verkaufen. Danach hatte sich Sheemina February nicht mehr bei ihm gemeldet, bis … Ja, bis er und Pylon mit Mo in Kontakt traten. Da war sie wieder aus dem Nichts aufgetaucht. Das musste bedeuten, dass Mo das Verbindungsglied war.

Noch ein Kollateralschaden? So sah es jedenfalls aus. Aber warum hatte sie dann seine Affäre mit Isabella erwähnt und sich dabei so moralisch gegeben? Oder machte es dieser Frau einfach nur Spaß, andere zu quälen?

Mace bestellte zum Mittagessen ein weiteres Bier. Er stupste Pylon sanft mit dem Ellenbogen an. Der saß stocksteif da, klammerte sich mit beiden Händen an die Armlehnen und hatte die Augen hinter seiner Sonnenbrille fest geschlossen.

Er stöhnte. »Was?«

Mace fragte: »Hast du damals noch weitere Nachforschungen angestellt, nachdem du das über Sheemina February und Mo herausgefunden hast?«

Pylon setzte seine Sonnenbrille ab und massierte seinen Nasenrücken. »Ein paar. Was willst du wissen?«

»Zum Beispiel welche Ausbildung sie hatte. Anwälte müssen schließlich studiert haben.«

»Bei manchen ist das kaum zu glauben«, meinte Pylon. »Kann mich allerdings nicht erinnern, mich damit beschäftigt zu haben.«

»Ich glaube, sie hat hier irgendwo ihre Finger mit im Spiel. Irgendwo.«

Pylon stöhnte. »Grundgütiger.«

Mace war sich nicht sicher, ob sich das auf das Gesagte bezog oder auf die Luftturbulenzen, die sie in diesem Moment durchflogen.

»Du machst Witze, oder?«

»Nein, diesmal nicht.«

»Ich muss kotzen.« Pylon würgte und riss keine Sekunde lang zu früh eine Tüte heraus.

Keine idealen Reisebedingungen, dachte Mace. Er versuchte nicht mehr an Sheemina February zu denken. Welchen Sinn machte es auch, sich gerade jetzt mit ihr zu beschäftigen?

Eine Stunde vor Luanda geriet das Flugzeug in ernsthafte Turbulenzen. An einem sommerlichen Nachmittag über der Savanne, an dem sich die Quellwolken nur so am Himmel türmten, war das auch nicht weiter verwunderlich.

»Scheiße«, sagte Pylon. »Ich kann nicht mehr. Ich hasse es.« Sein Körper bestand nur noch aus extrem angespannten Nerven. Sein Magen war schmerzhaft verkrampft, und er hatte schweißnasse Hände. »Mein Gott, warum tu ich mir das nur an?«

Ping – das Sicherheitsgurtlicht wurde eingeschaltet.

Mace klappte seine Zeitschrift zu. »Manchmal gibt es in der Luft große Löcher«, sagte er. »Ich hab mal von einem Jumbo gehört, der in ein solches Loch gefallen sein soll. Er stürzte zwar nicht ganz ab, aber einige der Passagiere wurden trotzdem stark verletzt.«

Ping. Das Flugzeug sackte ruckartig nach unten und schwankte heftig. Die Mayonnaise, die es zum Mittagessen gegeben hatte, kam Mace wieder hoch.

Ping. Pylon stöhnte, schloss die Augen und hielt sich an den Armlehnen fest.

Eine Stewardess lief taumelnd durch den Gang. »Schnallen Sie sich bitte an, Sir.«

»Nach einem solchen Erlebnis«, meinte Mace, »steigt wahrscheinlich nicht mehr jeder freiwillig in ein Flugzeug. Bei dem Jumbo ist es irgendwo über Mali passiert. Während eines langen Fluges zwischen Kapstadt und London. Er war bereits seit fünf oder sechs Stunden unterwegs, und es geschah mitten in der Nacht. Viele der Passagiere schliefen oder sahen sich einen Film an, waren also nicht angeschnallt. Plötzlich stürzt das Flugzeug in dieses Loch. Angeblich flog alles, was nicht niet- und nagelfest war, durch die Maschine: Menschen, Servierwagen. Flaschen knallten gegen die Decke. Die Gegenstände gingen kaputt, die Leute brachen sich Glieder und Rippen oder wurden sonstwie verletzt. Die Maschine stürzte nur etwa zwei Kilometer ab, doch im Inneren des Flugzeugs herrschte danach das totale Chaos. Jetzt ging es nur noch darum, so schnell wie möglich zu landen, damit die Verletzten versorgt werden konnten. Aber sie befanden sich ja über der Sahara! Es gab keinerlei Kommunikation außer der mit anderen Flugzeugen, kein Radargerät, das sie im Visier gehabt hätte, was bedeutete, dass sie auch den nächsten Flughafen nicht anvisieren konnten, da sie sonst möglicherweise mit einem anderen Flieger zusammengestoßen wären. Außerdem erreichten sie mitten in der Nacht sowieso niemanden. Der nächste Flughafen, mit dem sie in Kontakt treten konnten, war der von Marseilles, und der lag drei Stunden entfernt. Dort sind sie schließlich auch gelandet – mit wimmernden, weinenden, zu Tode verängstigten Passagieren. Diejenigen, die nicht ins Krankenhaus gebracht wurden, mussten dann noch den Flug bis nach London zurücklegen. Die Leute, denen diese Geschichte zugestoßen ist, meinten, sie hätten eine wahnsinnige Angst ausgestanden, dass es auch auf diesem Flug passieren könnte. Angeblich haben sie am ganzen Leib gezittert, als sie schließlich in Heathrow landeten. Aber inzwischen fliegen sie eigentlich wieder ganz gerne.«

»Wunderbar«, sagte Pylon. »Eine wunderbare Geschichte, die mir echt gut getan hat.«

»Es geht vor allem darum, dass das Flugzeug letztlich nicht abgestürzt ist«, erwiderte Mace. »Daran sollte man immer denken.«

»Manchmal stürzen sie aber doch ab«, entgegnete Pylon. Er bezog sich auf einen gemeinsamen Flug mit Mace nach Malitia an Bord einer Dakota. Ein Motor des Flugzeugs hatte urplötzlich ausgesetzt, und nur ein Propeller war übrig geblieben, um alle heil nach unten zu bringen. Der Pilot legte in einem Feld eine Bruchlandung hin, bei der alle wichtigen Teile des Flugzeugs kaputtgingen. Die Passagiere waren mit Schnitten und starken Prellungen ausgestiegen.

»Klar«, sagte Mace, der wusste, worauf Pylon anspielte. »Aber die mit Propeller sind die besseren Flugzeuge. Leichter auf den Boden zu bekommen als Jets, wenn es Probleme gibt.«

Pylon sog hörbar die Luft ein, als das Flugzeug erneut heftig wackelte. »Der letzte Ort auf dieser Welt, an dem ich mich in diesem Moment aufhalten will, ist in einem verdammten Flieger – ganz gleich in welchem. In einem verdammten Learjet oder einem Scheiß-Turboprop wie diesem hier.« Er stöhnte erneut laut auf.

Ping. Das Flugzeug sackte weiter ab, und Pylon riss den Spuckbeutel an sich, um auch noch die letzten Reste in seinem Magen loszuwerden.

»Wo ist bloß dein Sinn für Abenteuer geblieben?«, fragte Mace und blickte auf das leere Land unter ihnen. Vermint, zerschossen, unbesiedelt. Dreißig Jahre Krieg hatten wahrlich niemandem weitergeholfen.

Luanda war eine einzige Party.

In der Abenddämmerung sangen und tanzten die Leute auf den Straßen, Männer trugen Hochzeitskleider, Frauen enge Minis. Jeder ließ sich im Karneval treiben. Mace und Pylon checkten im Hotel ein und wollten von dem Hotelangestellten wissen, was das alles sollte.

»Ein Straßenfest«, erklärte dieser. »Passiert jedes Jahr. Den Leuten gefällt es.«

Mace beließ es dabei und erkundigte sich, ob eine Nachricht für sie hinterlegt worden sei. Der Mann schüttelte den Kopf.

»Falls jemand für uns anruft, richten Sie bitte aus, dass wir in einer Stunde zurück sind.«

»*No, Senhor, no!* Das ist gefährlich. Ohne Wachmann können Sie das Hotel nicht verlassen.«

»Wir schaffen das schon«, erwiderte Pylon.

Draußen auf der Straße lachten die Leute sie an und wollten sie in den Umzug hineinziehen.

Pylon fragte: »Was zum Teufel geht hier ab?«

Ein Mann kam an ihnen vorbei, dem der abgetrennte Kopf einer Katze um den Hals baumelte, und der Körper des getigerten Tieres hing ihm über den Schultern. Blut war auf sein T-Shirt gespritzt. Pylon versuchte ihn anzuhalten, wurde aber von einer Gruppe mitgerissen, die ein Junge mit einem roten Kätzchen an einem Holzkreuz anführte. Das Kätzchen lebte noch und miaute kläglich. Männer folgten in blauen Roben und blau geschminkten Gesichtern. Sie sangen mit ernsten, tiefen Stimmen: Bin La-den, Bin La-den. Hinter ihnen kam ein Grüppchen von Männern in Frauenklamotten daher, das ein gekreuzigtes Huhn hochhielt.

Pylon riss den Mann mit dem abgetrennten Katzenkopf beiseite und wollte in einem radebrechenden Portugiesisch wissen, warum er die Katze getötet hatte.

»Porque o gato é gatuno.« Der Mann starrte ihn finster an, während er mit den Ohren des Katzenkopfs spielte. Schließlich bespuckte er Pylons brandneue, geschnürte Cats.

Pylon sprang auf ihn zu, aber der Kerl machte sich hastig aus dem Staub.

»Was hat er gesagt?«, fragte Mace.

»Ach, Scheiße! Ist es denn zu fassen?«

»Klar ist das zu fassen«, erwiderte Mace. »Das ist schließlich Afrika. Also – was geht hier ab?«

»Woher soll ich das wissen?«, meinte Pylon und wischte sich mit einem Stück Papier, das er vom Boden aufhob, den Speichel von den Schuhen.

»Hast du ihn denn nicht verstanden?«

»Er sagte irgendwie, die Katze wär ein Dieb gewesen.«

»Und deshalb hat er ihr den Kopf abgehackt?«

»Anscheinend.«

»Nette Leute hier«, meinte Mace und fragte sich, was die an Katzen so abstoßend fanden.

Pylon warf das Stück Papier weg und richtete sich wieder auf, als eine Bande von Kindern aus dem Umzug ausbrach und nach ihnen fasste. Sie riefen: »Camel, Benson, Peters!« Ihre Lippen waren mit rosarotem Lippenstift verschmiert, und sie hatten sich ausgepolsterte BHs über ihre dürren Brustkörbe geschnallt.

Pylon brüllte über den Lärm hinweg: »Und Treasure vermutet hier ein ausgelassenes, fröhliches Fest!«

»Verdrücken wir uns.« Mace zeigte die Straße hinauf. »Gehen wir ins Hotel zurück.«

Sie befreiten sich aus dem Kreis der Kids und kämpften sich einen Weg zurück durch die Menge. Wieder versuchten Leute sie mitzuziehen. Eine Frau mit angezündeten Zigaretten in Ohren und Nase bot Mace einen Bissen von der Schlange an, die sie gerade verspeiste. Ihr Begleiter in BH und Minirock riss kurz den Rock hoch, um etwas zu entblößen, das ganz und gar nicht weiblich war. Pylon gaffte. Überlegte sich einen Moment lang, ob er dem Idioten einen Schlag verpassen sollte. Doch Mace zog ihn weiter. Endlich schafften sie es, sich wie ein Bulldozer einen Weg freizubahnen.

Im Speisesaal des Hotels standen wackelige Tische, deren Resopalplatten Brandspuren von ausgedrückten Zigaretten aufwiesen. Die Metallbeine waren rostig, die Stühle aus Plastik. Es gab keine anderen Gäste. Fliegen umkreisten die Deckenventilatoren, die man schon vor langer Zeit ausgeschaltet hatte. Ein Schwarzweißbild von Agostinho Neto aus jener Zeit, als er Präsident des Landes gewesen war, hing noch an einer Wand. Das einzige Bild im ganzen Raum. Es gab nicht einmal eines des gerade amtierenden Präsidenten, wobei sich weder Mace noch Pylon an dessen Namen oder Gesicht erinnern konnten.

Ein Kellner kam durch eine Schwingtür aus der Küche, wo die Angestellten beisammensaßen, strahlend auf sie zu. Über dem Arm hatte er ein Geschirrtuch gefaltet. »Möchten Sie etwas bestellen?«, wollte er wissen.

Mace erwiderte sein Lächeln. »Gerne. Was gibt es denn?«

Der Kellner erklärte, es gebe entweder Steak und Pommes oder Fisch und Pommes. Mace meinte, Fisch klinge ausgezeichnet.

»Gestern war Fisch«, erwiderte der Kellner. »Heute ist Steak.«

»Okay, dann zwei Steaks«, sagte Mace. »Und zwei Bier.«

Pylon durchbrach als Erster das Schweigen, das eine Weile herrschte, nachdem der Kellner verschwunden war. »Bisher habe ich die Wodaabe immer als seltsam eingestuft – mit ihren hübschen Jungs, die geschminkt durch die Gegend hüpfen. Doch zumindest das machen sie schon lange. Eine Tradition. Und sie bringen dabei auch keine Tiere um. Aber was zum Teufel ist das hier?«

»Eine örtliche Version des Karnevals von Rio?«

»Ziemlich extrem, oder?«

Der Kellner brachte das Bier. Er öffnete die Flaschen am Tisch.

Pylon erkundigte sich, ob er auch am Karneval teilnehmen würde.

»Natürlich, *Senhor.*« Der Mann grinste ihn breit an. »Wenn ich hier im Hotel fertig bin, gehe ich tanzen.« Lachend führte er eine schnelle Bewegung mit den Hüften aus. »Wollen Sie auch?«

»Nicht mehr heute, José«, erwiderte Mace, der das Namensschild am Kragen des Mannes entziffert hatte.

José verbeugte sich leicht. »Ich bringe Ihnen gleich Ihr Steak.«

Pylon und Mace stießen mit den Flaschen an und tranken. Eine Weile redeten sie über den Albtraum von Karneval, bis José ihnen eine Viertelstunde später zwei riesige Teller mit den Steaks und Pommes frites auftischte.

»Sehr englisch«, erklärte er. »Man kann das Blut schmecken. Guten Appetit.«

Es stimmte: Die Steaks waren zart, und der Saft lief ihnen aus den Mundwinkeln, als sie das Fleisch aßen.

Mit vollem Mund meinte Pylon: »Unser Mr. Webster lässt sich ziemlich Zeit. Findest du nicht? Er hätte sich inzwischen längst bei uns melden sollen.«

Mace zuckte mit den Schultern und schnitt sich ein rosafarbenes Stück ab. »Vielleicht ist er ja auch im Karneval unterwegs.«

»Wie wär's, wenn du Isabella anrufst? Soll sie sich darum kümmern.«

»Sie hat seine Telefonnummer nicht.«

»Blödsinn, Mace. Irgendwie muss sie mit ihm in Kontakt getreten sein.«

Mace kaute. Dachte: Für eine zerstörte Stadt ist dieses Steak wirklich fantastisch. Es zerschmolz auf der Zunge. Da konnten selbst die Leute bei Spur Steak Ranches noch etwas dazulernen.

»Ruf sie an.«

Mace tat es, erreichte aber nur Isabellas Mailbox.

Pylon schüttelte den Kopf. »Tolle Handhabung. Da sind zwei Jungs in ihrem Auftrag unterwegs, und sie schaltet die Mailbox an. Genau das schätze ich an Isabella: immer fürsorglich.« Er spießte das letzte Stück Pommes auf. »Einschließlich der Blumen.«

»Du solltest nicht lauschen, wenn sich andere unterhalten.«

»Ich höre immer zu.«

»Sie hat sie außerdem gar nicht geschickt.«

»Das behauptet sie.«
»Sie kennt meine Adresse gar nicht.«
»Das behauptest du.«

Sie tranken noch zwei weitere Bier in der Hotellobby, wo nicht viel passierte. Nur eine Gruppe von Leuten, die nach US-AID aussahen, unterhielt sich in einer Ecke darüber, wie man das Vertrauen der Leute gewinnen könne. »Wenn sie uns nicht vertrauen«, meinte ein großer Schwarzer, »werden sie auch nicht mit uns zusammenarbeiten. Keine Zusammenarbeit bedeutet: kein Geld. So einfach ist das. Man holt uns nach Washington zurück…« Die anderen in der Gruppe nickten missmutig. »Man holt uns nach Washington zurück, und diese armen Leute hier verhungern. Morgen geben wir ihnen als Erstes mal Süßes. Schmieren ihnen Honig ums Maul, was?« Die Gruppe lachte. Mace und Pylon tauschten auf ihrem Weg nach oben einen ironischen Blick miteinander aus.

In seinem Zimmer hielt Mace einen Moment lang inne. Er glaubte, seinen Koffer auf dem Bett und nicht auf der Ablage zurückgelassen zu haben. Vielleicht hatte ihn das Zimmermädchen umdeponiert? Allerdings war das hier eigentlich nicht die Art von Hotels, in dem jedes Mal ein Zimmermädchen Klarschiff machte, kaum hatte der Gast den Raum verlassen. Mace sah in seinem Koffer nach. Nichts fehlte, aber man hatte ihn eindeutig durchsucht. Er war zwar ordentlich genug wieder gepackt worden, aber dabei hatte derjenige nicht auf die ursprüngliche Reihenfolge geachtet.

Er rief Pylon an. Dieser hob ab und meinte: »Ja, jemand hat auch meine Tasche durchwühlt.«

34

Am Samstagabend besoff Ludo sich. Er begann mit der Minibar. Kippte sich vier Chivas mit Soda hinter die Kiemen, ehe er Cognac pur hinuntergurgelte. Als die Sonne hinter Signal Hill verschwand, fing er zu schluchzen an. Er konnte sich nicht daran erinnern, wann er das letzte Mal geweint hatte. Jetzt stand er am Fenster und blickte über die Baumkronen hinweg auf die Stadt. Das Sonnenlicht spiegelte sich in den Fenstern der Hochhäuser. Er weinte. Sein Gesicht verzerrte sich. Er schluchzte. Es war ein tiefes, verzweifeltes Schluchzen. Er stöhnte. Es war ein Stöhnen, das ihm direkt aus dem Herzen sprach. Seine Brust schmerzte, als hätte er gerade einen Roundhouse-Kick verpasst bekommen.

»Scheiße«, ächzte er. »Scheiße, Scheiße, Scheiße.« Mit dem Handrücken verschmierte er die Tränen auf seinem Gesicht. Der Cognac in der anderen Hand zitterte.

Er wollte nicht an Isabella denken. Und konnte doch an nichts anderes denken. Immer wieder stellte er sich vor, wo sie jetzt lag. In irgendeinem Graben. In einem Müllcontainer. Zwischen Schrottautos auf einem Industriegelände. Diese Bilder quälten ihn maßlos. Und wenn sie nicht tot war? Sondern langsam verblutete? Allein. Wenn sie allein starb? Die Vorstellung war so schrecklich, dass sie ihn zum Handeln zwang. Er musste irgendetwas tun. Irgendwas.

Also rief er Paulo an, der zu seiner Überraschung auch abhob.

»Was hast du mit ihr gemacht, Arschloch?«, brüllte er in den Hörer.

»Ich hab mich von ihr im Mugg & Bean verabschiedet«, erwiderte Paulo ruhig. »Schon vor Stunden.«

»Sag's mir!«, schrie Ludo, aber die Verbindung wurde abgebrochen.

»Ihr Schweine!«, heulte er auf, setzte sich und ließ nun seinen Tränen freien Lauf. Er wusste, was Paulo getan hatte.

Langsam ließ das Zittern nach. Ludo lehnte sich zurück, holte tief Luft und zündete sich eine Zigarette an. Der Aschenbecher quoll bereits über. Es musste gerächt werden. Er musste Francisco sagen, dass der Abschaum Isabella getötet hatte. Das war das Mindeste, das er tun konnte. Die Nachricht würde Francisco in seinen Grundfesten erschüttern. Er würde vermutlich den Boten umlegen wollen, der ihm diese Nachricht überbracht hatte. Als wäre das Leid um Isabella das einzige Leid auf der Welt. Mein Gott, seufzte Ludo, dessen Qualen unerträglich waren. Sein Schuldgefühl ebenfalls: Wenn er sie nur begleitet hätte, wäre das alles nicht passiert. Selbst ohne Waffe nicht.

Dieser Gedanke verlieh ihm neues Leben und ließ ihn noch hasserfüllter an Paulo denken. Ludo kippte den nächsten Cognac hinunter, dem ein Bier folgte. Diese Kretins. Der einzige Ort, an dem er mit der Suche beginnen konnte, war das Haus in Llandudno. Von dort aus wollte er sich dann Schritt um Schritt vorarbeiten. Wenn sie tatsächlich dort sein sollten, würde er sie mit bloßen Händen zermalmen. Er würde genau das tun, was auch Francisco tun würde.

Ludo duschte und zog sich todschick an. In Isabellas Zimmer betrachtete er ihre Kleidung, die zusammengefaltet im Schrank lag. Ein Kleid mit Trägern hing an einem Bügel. Es wäre etwas Besonderes gewesen, ein Dinnerkleid, wenn sie gemeinsam zu Abend gegessen hätten. Wie ein Paar.

In Llandudno ließ er den Cherokee am Strandparkplatz stehen und ging über einen Pfad zum Haus hinauf. Das Grundstück betrat er durch das Gartentor, lief über den Rasen zum Swimmingpool und stellte zu seiner Überraschung fest, dass die Terrassentür unverschlossen war. Also trat er ein und rief Paulos Namen, bekam aber keine Antwort. Oben im ersten

Stock sah er sich in Paulos Zimmer um: ein gottverdammtes Chaos aus Zeitungen, Magazinen, Broschüren, Landkarten, Flyern und sogar entwerteten Fahrscheinen. Die Kleider der beiden waren verschwunden. Zwischen all den Sachen fand er jedoch eine Mappe mit Bed-&-Breakfast-Angeboten und Ferienhäusern. Eines der Häuser war umrandet: Molteno Road. Ludo dachte: Gedankenloser Idiot. Das kam davon, wenn man glaubte, alles im Griff zu haben.

Er verließ Llandudno und fuhr zu einem Café an einem protzig wirkenden Strandstreifen. Drinnen setzte er sich an einen Tisch und bestellte einen doppelten Jack Daniel's, während er auf der Karte nach der Straße suchte. Was er brauchte, war eine Waffe. Ohne Waffe war die Welt viel zu gefährlich. Er nippte an seinem Whiskey. Wenn er schon Francisco nicht fragen konnte, ihm eine neue zu schicken, erschien ihm der geeignetste Mann Paulos Kontakt Oupa K zu sein.

Während Ludo alle Möglichkeiten durchging, die ihm blieben, dachte er nicht an Isabella. Aber der Gedanke an die Waffe ließ ihn dann doch wieder seine furchtbaren Qualen spüren. Hätte er noch die Pistole gehabt, wäre das Ganze anders verlaufen. So war sie höchstwahrscheinlich tot. Er kippte den Rest des Jack Daniel's hinunter, um seine Trauer für den Moment zu ersäufen.

Erneut wählte er Isabellas Nummer. Erneut schaltete sich die Mailbox ein. Das Gleiche diesmal auch bei Paulos Handy.

Ludo verließ das Café. Er musste noch zwei oder drei Stunden totschlagen, bis er sich auf die Suche nach Oupa K machen konnte. Diese wollte er in einer Bar mit Trinkern, Billardspielern, Dart-Typen, Männern und Frauen verbringen, in der es ganz einfach Drinks, Zigaretten und Gesellschaft gab. Manchmal hatte er diese Mischung im Perseverance gefunden, häufiger noch im Stag's Head. Er fuhr also zum Stag's Head. Dieses Viertel der Stadt war um diese Zeit an einem Samstagabend fast wie leergefegt. Was zu Ludos Stimmung passte. Ein geeigneter Ort zum Trauern.

In der Bar bestellte er sich ein frisch gezapftes Bier und einen kleinen Jack Daniel's und setzte sich auf eine Bank hinter die Billardspieler. Er stellte Bier und Whiskey auf Korkuntersetzer und legte eine Packung Camel, ein Zippo und sein Handy daneben. Die Billardspieler achteten nicht auf ihn. Ludo nippte an seinem Bier: Isabella. Der Gedanke wurde zu einem dumpfen Schmerz in seiner Brust. Er zündete sich eine Zigarette an, sog den Rauch in seine Lungen und hielt ihn dort, bis er bis zehn gezählt hatte. Dann ließ er ihn durch die Nase entweichen. Was zum Teufel! Er kippte die Hälfte des Whiskeys hinunter, gefolgt von Bier. Lehnte sich zurück und schloss die Augen. Die Kugeln klickten aneinander, und die Spieler murmelten anerkennend. Eines der Probleme, vermutete Ludo, bestand darin, dass er sich nicht erinnern konnte, wann es ihm jemals so dreckig gegangen war. In seinem ganzen Leben. In wesentlich schlimmeren Situationen hatte er sich besser gefühlt. Diesmal war es so, als könnte er es nicht mehr schaffen. Als würde er sich denken: Was bringt das noch? Fahr nach Hause, Mann, fahr nach Hause. Nimm den nächsten Flieger zurück nach Hause. Er holte sich noch ein Bier und einen Whiskey.

Kurz nach halb zwölf verließ er das Stag's Head. Er hatte eine ganze Flasche Jack Daniel's unter dem Arm und machte sich auf den Weg zum Club Catastrophe, wo Paulo so oft abgehangen hatte. Auf dem Weg dorthin verwandelte sich die Stadt von dunkel und leer in eine voller Staus, vergnügungssüchtiger Erwachsener und Teeniecliquen. Der Lärmpegel stieg. Einen Block vom Club entfernt parkte er den Wagen. Ein Golf versuchte, sich vor ihm in die Parklücke zu drängen. Doch Ludo fuhr einfach weiter, so dass der Golf mit quietschenden Reifen und laut hupend das Weite suchen musste.

Ehe Ludo ausstieg, öffnete er die Flasche Whiskey und nahm einen Schluck. Dann noch einen zweiten. Danach machte er sich auf die Suche nach Oupa K.

Der Türsteher vor dem Club fragte ihn sogleich, wen er denn suche – womit er wohl sagen wollte: Das ist nicht deine Szene, alter Mann.

Ludo starrte ihn an. »Schwarzen namens Oupa K.«

Der Türsteher sah an ihm vorbei. »Echt? Das hier ist Afrika. Hier sind die meisten schwarz.«

»Ich bin mir sicher, Sie wissen, wen ich meine«, erwiderte Ludo, ohne auf die Stichelei einzugehen. »Ich glaube, er ist hier oft zu Gast.«

Der Mann schaute ihn an und schien zu beschließen, es dabei zu belassen. »Möglicherweise. Gehen Sie einfach rein, dann können Sie ja rausfinden, ob Sie recht haben.«

»Okay.« Ludo trat einen Schritt vor, und der Türsteher ließ ihn ein. Er roch nach dem gleichen Aftershave, das auch Paulo gerne trug: ein starker widerlicher Schweißgeruch, vermischt mit Teer.

Ludo drängte sich durch die Tänzer. Überall gab es Frauen in knappen Kleidchen und Männer mit entblößten Oberkörpern, die wie Zombies auf der Tanzfläche wackelten. Das nannten sie einen Club? Schien Ludo eher die Hölle zu sein. Bilder von gekreuzigten Katzen prangten an den Wänden – Szenen aus Junkie-Albträumen.

Ein großer dünner Mann trat auf ihn zu. Brüllte über die Technomusik hinweg: »Ich-ich hei-heiße Matthew. Ich hab gehört, dass Sie wen su-suchen?«

»Ja«, brüllte Ludo zurück. »Da haben Sie ganz richtig gehört.«

»Haben Sie vor, bei-bei jemandem zu landen?«

Der Kerl hatte Charakter. Ludo musste grinsen. »Es geht um was anderes.«

»Man so-sollte sich hier keine Schei-Schei-Scheiße erlauben.«

»Klar, Mann.«

Dieser Matthew-Typ bedeutete ihm zu folgen. Sie bahnten sich einen Weg durch die Menge und den Nebel, der aus Düsen gepumpt wurde, als handelte es sich um ein Schaumbad. Alle tanzten auf Ecstasy. Und da behauptete dieser Matthew allen Ernstes, man dürfe sich hier nichts erlauben. Er hatte offensichtlich die Augen fest zugemacht. Und bekam wahrscheinlich Prozente.

Sie kamen zu einer Tür. Ludo hörte, wie der Dünne ihm zubrüllte: »Chi-Chill-out-Room!« Ludo trat ein. In dem Zimmer befand sich ein Schwarzer, der das Gesicht eines hellhäutigeren Jungen förmlich aussaugte. Der Junge hatte die Augen weit aufgerissen.

»Bist du Oupa K?«, fragte Ludo und gab den Stiefeln des Schwarzen einen Tritt. Handgearbeitete Cowboyboots, direkt aus den USA importiert.

Der Mann löste sich von dem Jungen. »Wer zum Teufel bist du?«

»Ist nicht wichtig, Kumpel.« Ludo holte seine Schachtel Camel heraus und zog eine der Zigaretten mit den Lippen heraus. »Ich bin auf der Suche nach einer Pistole. Was hast du im Angebot?«

»He, he, he!« Der Schwarze lachte und stieß den Stricher von sich, sagte zu ihm: »Geh tanzen, Baby.« Meinte zu Ludo: »Ihr Amis denkt doch immer, ihr seid die Herren der Welt.«

Ludo zündete seine Zigarette an und stieß den Rauch aus, ohne ihn vorher zu inhalieren. »Zweihundertfünfzig Dollar in bar. Auf die Kralle.«

Oupa K streckte die Beine. »Ist dir nicht der Riesenkerl am Eingang aufgefallen, Boss? Glaubst du, der lässt mich hier mit einem Waffensortiment rein?«

Ludo zuckte ungerührt die Achseln. »Zweihundertfünfzig Dollar.«

Oupa K sagte nichts, sondern starrte ihn nur an. Plötzlich wurde er wütend. »Für wen hältst du mich eigentlich? Und wer bist du, Ami, dass du hier einfach reinspazierst und glaubst, ich schmeiß mich sofort in den Staub und wimmere: Ja, Boss, alles, was du willst, Boss? Dein Problem, Mann, dein weißes Problem ist diese verdammte Arroganz. Der weiße Mann spricht, der schwarze Mann kuscht. Du kannst mich mal, Ami. Verpiss dich, Mann. Wenn du die Welt schon so toll im Griff hast, dann frag doch einen deiner Scheißkumpane. Und lass mich mit diesem Mist zufrieden.«

Ludo rauchte seine Zigarette zu Ende, während die beiden Männer aneinander vorbeistarrten.

»Wollte dich nicht beleidigen, Kumpel.« Ludo trat die Kippe mit der Spitze seines Schuhs aus. Verdammte Neger, litten immer unter Minderwertigkeitskomplexen. Aber Oupa K war bestimmt nicht der Einzige, der sich in diesem Metier tummelte. Er würde garantiert einen anderen Nigger finden, der geschäftstüchtiger sein würde. »Wie gesagt: Wenn du mir helfen könntest, wäre ich dir echt dankbar.«

Oupa K sprang auf. »Du kannst mich mal, *Mlungu*!« Er packte Ludo am Kragen seiner offenstehenden Bomberjacke und zerrte ihn Richtung Tür. »Du willst also eine Knarre? Was willst du? Eine Neun-Millimeter? Eine Achtunddreißiger? Eine Magnum? He? He? Sag's mir, Ami, lass den Niggerjungen dem weißen Herrn zu Diensten sein!«

»Neun-Millimeter wäre gut«, meinte Ludo.

Oupa K funkelte ihn böse an. »Eine Neun-Millimeter wäre gut. Hurra, Ami. Gut gemacht. Komm. Komm.«

Er bahnte sich bereits einen Weg durch die Tänzer, und Ludo folgte ihm zum Ausgang, vorbei an dem grinsenden Türsteher, der ihnen hinterherrief: »Nur immer der Nase nach,

Opas!« Draußen ging es durch eine weitere Menschenmenge einen Block die Straße hinunter und dann nach rechts. Vier Autos entfernt stand Oupa Ks Transporter und schwankte hin und her. Nicht nur wegen eines Requiems, das im Inneren abgespielt wurde, sondern auch aufgrund einer menschlichen Kontaktaufnahme. Oupa K schlug gegen die Seitentür. Die Tür glitt auf, und ein Mann mit einem gewaltigen Ständer schaute heraus.

»Verdammter Mist«, murmelte Oupa K und trat einen Schritt zurück, damit Ludo ebenfalls ins Wageninnere sehen konnte. »Darfst ihn gern bewundern, Ami. Bewundere den Riesenschwanz des Niggers.«

Der Typ mit dem Steifen verschwand außer Sicht ins Wageninnere. Oupa K rief ihm hinterher: »Wo ist deine Pistole, *Bru?* Gib mir deine Pistole.« Wandte sich an Ludo. »Wenn du so dringend eine Knarre willst, nimmst du dann jede?«

Ludo nickte. »Solange sie funktioniert.«

»Die funktioniert, Ami. Die funktioniert.« Oupa K fasste ins Wageninnere nach einer Pistole, die ihm aus der Dunkelheit herausgereicht wurde. Er richtete sie auf eine Straßenlaterne, schoss und verfehlte. Der Schuss hinterließ eine Schramme in der Mauer dahinter. »Schaffst du's besser, Scheißami?«

Ludo nahm die Pistole, hob den Arm und schoss auf die Straßenlaterne, die daraufhin ausging.

»Zweihundertfünfzig Dollar«, sagte Oupa K und gab sich unbeeindruckt.

Ludo musterte die Waffe. Eine tschechische CZ 75. Aus Brünn. Es schien kein Fleckchen auf dieser Erde zu geben, wo diese Pistolen nicht auftauchten. Gottseidank. Selbst in dunklen Zeiten konnte man manchmal Glück haben. Das erste Positive an einem durchweg schrecklichen Tag. Ludo sah im Magazin nach: acht Kugeln. Drückte das Magazin mit dem Handballen wieder an seinen Platz zurück.

»Hast du noch mehr Munition?«

Oupa K klopfte auf das Dach des Transporters. »Du bekommst das, was du in der Hand hältst.« Allmählich wurde er unruhig, da die Transaktion so lange dauerte. »Willst du sie? Oder willst du sie nicht?«

Ludo schob die Pistole in seine Jackentasche und holte eine Rolle mit Dollarscheinen heraus. Oupa K beäugte neugierig das Geld, das übrig blieb.

»Ihr Amis habt echt eine seltsame Einstellung«, sagte er und faltete die Scheine zusammen, bevor er sie einsteckte.

»Danke«, sagte Ludo. Er drehte sich um und ging schnellen Schrittes davon.

»He, Boss!«, rief Oupa K. »Geh's locker an. Bete hier und da zu Jesus.«

An der Straßenecke tauchte Ludo in die Menge ein, die rechte Hand in der Jackentasche, wo sie den Griff der Brünner Automatik umfasste. Sein Daumen spielte am Sicherungshebel. Entsichert, gesichert. Entsichert, gesichert. Das Leben fühlte sich mit Waffe wesentlich besser an. Es würde mit einem großen Schluck Whiskey noch besser werden. Die Zeit, die seit dem letzten Schluck vergangen war, kam ihm schon viel zu lang vor. Dennoch schlenderte er gemächlich durch die Leute, überließ sich den Drängeleien und Stößen von allen Seiten und umging geschmeidig die Ansammlungen von Teenies. Er wollte keine Probleme provozieren. Schließlich waren alle hier, um sich zu amüsieren. Nach einer Weile hatte er die Club-Gegend hinter sich gelassen und befand sich wieder in der stillen Straße, in der er geparkt hatte. Dort überfiel man ihn. Ein Messer bohrte sich in seine rechte Schulter und wurde dann wieder herausgezogen. Der nächste Stich war auf seine Eingeweide gerichtet.

Ludo verspürte keine Schmerzen. Er schwankte rückwärts, als der Angreifer gegen ihn prallte und ihn an einen Wagen drängte. Blitzschnell riss Ludo die freie Hand hoch, um seinen Bauch zu schützen, während ihm bewusst wurde, dass er genau das gesucht hatte: Action. Dass etwas passierte. Er ging es locker an, wie Oupa K es ihm gerade geraten hatte, und sackte erst einmal auf die Knie. Allerdings betete er nicht zu Jesus, sondern entsicherte seine Waffe. Der Räuber folgte ihm, um ihm das Messer in den Nacken zu rammen. Er holte gerade aus, als Ludo schoss – durch die Jackentasche. Das Wunderbare an einer CZ 75 war die Tatsache, dass man den Hahn nicht vorher zu spannen brauchte. Das andere Wunderbare an ihr war ihre Zuverlässigkeit. Man konnte zum Beispiel in Ruhe im Rinnstein neben dem Reifen eines BMW liegen und der Ballettaufführung eines sterbenden Angreifers zusehen. Eine hübsche Vorführung: Pas ciseaux, Pas allé, Pas chasse, le Grand Écarté. Erst in dem Moment, in dem der Mistkerl zu Boden ging, wurde sich Ludo der Schmerzen bewusst.

Er tastete mit der linken Hand nach seiner Schulter. Blut troff von seinen Fingern. Er richtete sich auf und schaute sich nach dem Cherokee um, ohne den Mann, der ihn überfallen hatte, eines weiteren Blickes zu würdigen. Selbst in Klamotten hatte er den Kerl wiedererkannt: Oupa Ks junger Hengst. Das Problem mit diesen Negern war ihre Gier und Habsucht. Hatten keinen Ehrenkodex.

Im Auto trank er zwei große Schlucke aus der Flasche Jack Daniel's. Dann zog er Jacke und Hemd aus und tastete die Stichwunde ab. Soweit er das beurteilen konnte, hatte das Messer zwar einen Muskel verletzt, und es schmerzte höllisch, aber vermutlich war nur ein Verband nötig. Dafür benutzte er ein Taschentuch, mit dem er das Blut aufsaugte. Vorsichtig und heftig grimassierend zog er sich wieder Hemd und Jacke an, wobei er versuchte, das Taschentuch auf der Wunde liegen zu lassen.

Die Whiskeyflasche war bald leer. Ludo überlegte, ob er ins

Stag's Head zurückkehren sollte. Würde ihm die Barfrau noch eine weitere verkaufen? Er konnte es auf jeden Fall versuchen. Eine Viertelstunde später betrat er die Bar. Der rechte Ärmel seiner Jacke war blutüberströmt. Die Barfrau sah ihn kommen und hob Daumen und Zeigefinger, um einen einfachen Whiskey anzudeuten. Als Ludo nickte, goss sie ihm einen Bushmills Single Malt ein.

»Ein Absacker«, nannte sie es und schob ihm den himmlischen Nektar zu.

»Danke«, sagte er. Sie musterte seinen Arm. »Bin überfallen worden«, erklärte er. »Ein Pflaster wäre nicht schlecht. Und eine weitere Flasche Jack.«

Sie nickte mit ausdrucksloser Miene. Holte die Flasche unter der Theke heraus und schnitt einen extralangen Streifen Heftplaster von einer Rolle ab, die sie in einer Schublade aufbewahrte. »Für den Fall, dass mal was kaputtgeht«, sagte sie. »Brauchen Sie auch etwas Salbe?«

Ludo zeigte auf den Jack Daniel's. »Das wird reichen.« Sie nickte erneut.

Er ließ sich mit dem Bushmills Zeit und dachte dabei an Paulo. An dessen Stelle würde er erst einmal nirgendwohin gehen, sondern in dem Haus bleiben, das er gemietet hatte. Ludo trank den Malt aus und leckte sich genießerisch über die Lippen.

»Noch einen?«, fragte die Barfrau, ohne zu lächeln.

»Nein, danke«, erwiderte Ludo.

Sie brachte ihm die Rechnung. Der Preis für die Flasche war nicht darauf vermerkt, den berechnete sie extra. Er zählte ihr die Summe mit der linken Hand in ihre rechte.

»Wenn Sie ein Zimmer für die Nacht suchen, hätten wir was im ersten Stock.«

»Danke, ich komm zurecht«, sagte er.

Sie lächelte ihn an, als er ihr zum Abschied zunickte. In ihren Wangen zeigten sich Grübchen. »Passen Sie auf sich auf«, riet sie. »Oder vielmehr: Passen Sie besser auf sich auf.«

Ludo gefiel das. Für einen Augenblick machte es sogar das Brennen in seiner Schulter erträglicher. Eine nette Frau, dachte er. Zu einem anderen Zeitpunkt und an einem anderen Ort wäre er die Sache vielleicht anders angegangen.

Doch heute fuhr er zu der Straße, die in der Broschüre umkringelt gewesen war. Er parkte in einer gewissen Entfernung von dem Haus und machte es sich im Auto so gut es ging bequem. Einige harte, schmerzhafte Stunden musste er noch ausharren, bevor es an der Zeit war, Paulo zu überraschen. Er trank. Er rauchte. Er lauschte einigen auf leise gestellten Blues-CDs. Manchmal verlor er vor Schmerzen, Whiskey, Erschöpfung oder auch Trauer um Isabella einen Moment lang das Bewusstsein.

Schließlich wurde es Morgen in Kapstadt. Ludo sah, wie die Sonne aufging und sich ihr Licht über der Stadt und dem Berg ausbreitete – ein zartes Orange, das sich in einen blauen Himmel verwandelte. Er stieg aus, balancierte den Whiskey in seinem Kopf gegen die Schmerzen in seinem Körper aus und klopfte an die Tür. Als Paulo öffnete, hielt ihm Ludo die Automatik ins Gesicht.

»Überraschung!«

Paulo wich zurück. Sagte: »Scheiße!«

»Genau«, erwiderte Ludo und spürte, wie er dem Kerl in die Arme sackte.

35

Ludo kehrte ins Leben zurück, als sein Handy klingelte und ihn aus dem schwarzen Loch herausholte, in das er gestürzt war. Das Handy befand sich in seiner Hand.

Francisco. »Hi, Ludo. Was ist los, Ludo? Ihr beide solltet mich doch auf dem Laufenden halten, du und Isabella.«

»Tanzen«, erwiderte Ludo. »In den Dünen tanzen.«

»Was ist los? Verlierst du da drüben den Verstand, oder was?«

»Boogie-Woogie«, entgegnete Ludo. »Boom, boom, boom, boom.« John Lee Hooker spielte die Gitarre.

»Du stehst offenbar neben dir. Du musst zu dir kommen, Ludo.«

Ludo nahm Isabella in die Arme. Eine Harfe dröhnte laut in seinen Ohren. James Cotton: *Fire down under the Hill.* Er schleppte Isabella durch das unwegsame Gelände. Ihr Kopf war nach hinten gesackt und in dieser Position erstarrt. Jetzt ruhte er auf seiner Schulter. Das Klavier drang an den Klängen der Mundharmonika vorbei. Es erzählte eine Geschichte. Die Gitarre tat es ihm nach. Die Harfe hingegen sprach jene Worte aus, die Ludo nicht über die Lippen brachte.

Francisco rief am anderen Ende der Leitung: »Komm zu dir, Ludo. Sag mir, was los ist. Wie sieht es aus mit dem Deal? Und sag Isabella, dass sie endlich mal an ihr Handy gehen könnte.«

Ludo tanzte den Boogie. Er schwankte. Isabella fiel zu Boden. Beide stürzten gemeinsam auf das Dünengras.

»Ihr beide müsst zurückkommen«, sagte Francisco. »Das ist echt eine miese Verbindung. Ludo? He, Ludo!«

Ludo ließ das Handy fallen und nahm Isabella wieder in seine Arme.

Flirrendes Sonnenlicht auf weißem Sand. Die Sterbenden und die Toten. Die Harfe schluchzte.

36

Am Sonntagmorgen hielt Pylon vor dem Hotel ein Taxi an. Der Fahrer stellte sich als Joao vor. Er sprach kein Wort Englisch und war vermutlich höchstens sechzehn. Fuhr einen Mercedes Benz aus den Siebzigern, der früher einmal grün gewesen sein mochte, inzwischen aber vom Rost zerfressen war. In den Türen und der Kühlerhaube konnte man bereits das Skelett des Wagens erkennen. Die Reifen waren abgefahren, der Auspuff hatte Löcher. Das Innere bestand aus Plastiksitzen, die mit Draht an den Sprungfedern befestigt waren. Das Armaturenbrett fehlte größtenteils. Mace stieg hinten ein und Pylon vorne. Er sagte: zum Hafen. Die Fahrt dauerte zehn Minuten. Sie führte aus der Stadt in eine Gegend voll rostigen Metalls: LKWs, Motoren, Eisenbahnschienen, Schiffe – als kämen die Fischereiflotten der halben Welt hierher zum Sterben. Joao bog in eine Gasse ein und folgte einem Schienenstrang bis zu den Lagerhäusern unten am Hafen. Dort kurvte er an der äußeren Mole entlang, vorbei an einem alten Tanker, bis sie ein ihnen bekanntes Schiff erblickten.

»Wenigstens eine Sache, die nach Plan läuft«, sagte Pylon.

»Entspann dich«, meinte Mace. »Webster wird schon noch auftauchen.«

Pylon schnaubte skeptisch. »Schon ist gut. Er hätte gestern auftauchen sollen.«

Sie stiegen aus. Pylon bat den Fahrer zu warten und entdeckte den Kapitän, der auf der Brücke eine Wurst aß.

»Können Sie für uns abladen?«, fragte Mace.

Der Mann leckte sich die Finger und erklärte, dass er das bereits getan habe. Die Kisten befänden sich im Containerdepot und würden von einem gewissen Buffalo bewacht.

»Was?«, rief Pylon. »Sind Sie wahnsinnig?«

Der Kapitän erwiderte, nein, keineswegs, er würde seine Ladungen immer bei Buffalo lassen. Bisher habe es da noch nie Probleme gegeben.

»Und wo finden wir diesen Buffalo?«, wollte Mace wissen.

Der Kapitän trank einen Schluck Bier und wies die Mole entlang auf ein mit Drahtzaun eingefasstes Gelände.

Sie fanden Buffalo unter der Türöffnung eines Containers, wo er gerade in einem Topf über einem kleinen Feuer rührte. Leise sang Bob Marley im Hintergrund aus einem Ghettoblaster. Mace bemerkte, dass der Container wie ein möbliertes Zimmer hergerichtet war: vorne zwei zusammengesackte Sessel, ein Schränkchen aus Stahl und dahinter ein Bett. Zur Zierde hatte der Rasta verschiedene Mobiles aus Knochen, Muscheln, altem Porzellan und Besteck angefertigt. Die Sammlungen klirrten leise im Wind. An der Tür lehnte ein RPG-Granatwerfer, und in Reichweite des Mannes befanden sich eine Kalaschnikow sowie zwei Extramagazine. Rasta Buffalo blickte nicht auf, selbst als ihre Schatten über ihn fielen.

Pylon zeigte auf das Schiff im Hafen und sagte in seinem notdürftigen Portugiesisch: »Der Kapitän meint, Sie haben unsere Kisten?«

Der Mann reckte den Kopf zu ihnen hoch. Seine Dreadlocks fielen ihm ins Gesicht: leere Augen, ein Zucken um die Mundwinkel. Er wies mit dem Kopf in Richtung eines Containers, der etwa fünfzig Meter von ihnen entfernt stand. »Zweihundert US.«

Pylon schüttelte den Kopf. »Zu viel.«

Der Rasta begann wieder in seinem Eintopf zu rühren. Er holte einen Löffel mit dickflüssiger Suppe und einem Stück weißem Fleisch heraus, probierte die Suppe und ließ das Fleisch zurück in den Topf fallen. »Zweihundert US.«

»Was will er?«, fragte Mace.

Pylon erklärte es ihm, und Mace stieß einen leisen Pfiff aus. »Versuch es mit der Hälfte.«

Pylon ging vor dem Rasta in die Hocke, um sein Angebot zu machen, was keine sichtbare Reaktion hervorrief, außer dass der Mann seine Forderung ungerührt wiederholte: »Zweihundert, nicht weniger…« Dann bot er Pylon einen Löffel mit Eintopf an.

»Lehn nicht ab«, meinte Mace und ging ebenfalls in die Hocke.

Pylon probierte den Eintopf und gab den Löffel dem Rasta zurück. Dieser tauchte ihn erneut in den Topf und reichte ihn dann Mace. Mace nahm ihn. Er konnte den beißenden Geruch des Fischs und der Muscheln riechen, ehe er die Flüssigkeit schlürfte. Der Rasta beobachtete ihn, ohne zu lächeln. Der Eintopf schmeckte salzig, und der Fisch in seinem Mund fühlte sich seltsam gummiartig an.

Der Rasta hielt einen Schlüssel in die Höhe. »Zweihundert.«

Pylon holte einen Hundert-Dollar-Schein heraus. Erklärte, dass sie die Ware zuerst inspizieren würden, und wenn sie die Kisten abholten, bekäme er den Rest. Vielleicht noch heute, vielleicht erst morgen.

Der Rasta dachte nach. Er starrte Pylon an, ehe er schließlich nickte und ihm den Schlüssel zuwarf.

»Ist er auch mit der Hälfte zufrieden?«, wollte Mace wissen.

»So bekommen wir zumindest schon mal den Schlüssel«, erklärte Pylon, stand auf und wandte sich in Richtung des Containers. »Den Rest will er dann haben, wenn wir die Sachen abholen.«

»Nicht verhandelbar«, sagte der Rasta auf Englisch und rührte bereits wieder in seinem Eintopf. Er beachtete Mace und Pylon nicht mehr, die bei seinen englischen Worten abrupt anhielten und sich zu ihm umdrehten.

Pylon schnalzte mit der Zunge. Murmelte: »Verdammter Kiffer.«

Die Kisten waren an der hinteren Wand eines leeren Containers gestapelt. Sie hoben die Deckel mit Hilfe einer Brechstange an, die ihnen der Rasta geliehen hatte. Darunter befanden sich die Waffen, sorgfältig in Decken gehüllt. Es waren so viele Decken, dass sich ein Wohlfahrtsverband bestimmt über sie gefreut hätte. Pylon holte eine Neun-Millimeter heraus und sagte: »Schau dir das an. Wann hast du das letzte Mal so eine gesehen?«

»Hübsch«, meinte Mace und nahm sie ihm ab. Es war eine Z-88, eine Polizeiwaffe, die hergestellt worden war, um das internationale Waffenembargo zu umgehen. Für ihn stellte sie sogar eine Verbesserung gegenüber dem Original dar, der Beretta 92. Während er sie in der Hand abwog, klingelte sein Handy. Als er sich meldete, sagte eine Stimme am anderen Ende der Leitung: »Hier John Webster.«

»Ach?«, meinte Mace. »Wir haben uns allmählich gefragt, wo Sie stecken.«

Webster ging nicht darauf ein. »Ist die Lieferung zum Abholen bereit?«

Mace erwiderte: »Ich schaue sie mir gerade an.«

»Wo ist sie?«

»An einem sicheren Ort.«

Webster schwieg. Schließlich meinte er: »Jemand wird Sie heute Nachmittag abholen. Um halb drei oder drei in Ihrem Hotel.« Damit legte er auf.

Mace sagte: »Hm.« Und sagte: »Vielleicht sollten wir Vorsichtsmaßnahmen treffen.« Er legte die Z-88 wieder in die Kiste zurück und holte stattdessen eine Neun-Millimeter Taurus heraus. Pylon hatte auch eine Taurus in der Hand und lud sie mit einem Magazin aus der Munitionskiste.

Auf dem Weg zum Taxi winkte Mace dem Rasta zu. »Okay. Und danke für den Fisch!«

37

Sie waren den ganzen Vormittag über durch die Gegend gefahren. Paulo war unglaublich aufgedreht und hielt zweimal an, um etwas Koks zu schnupfen. Redete wie ein Wasserfall über eine Wohnung in Miami oder ein Haus irgendwo auf Hawaii mit Meerblick. Oder besser noch irgendein Refugium in der Karibik, wo die Pelikane über einem kreisten und das Wasser so klar war, dass man ohne Tauchermaske schnorcheln konnte. Sie würden nur ein kleines aufblasbares Boot brauchen, um zu den Riffs zum Fischen hinauszufahren, und vielleicht zwei kleine Mopeds, um zum nächsten Ort zu gelangen.

»Das Beste ist immer«, sagte Paulo, »keine allzu hohen Ansprüche zu haben. Ich meine, nicht die ganz große Nummer zu wollen. Nicht protzen. Man sollte einfach bloß ein gutes Leben führen mit einem angenehmen Lifestyle. Dann reicht das Geld, und niemand steht unter Druck, irgendeinen Job machen zu müssen. Denn eines will ich auf keinen Fall mehr: arbeiten. Sondern jeden Morgen aufwachen und denken: So soll es sein, keine Probleme weit und breit. Mein Geld in der Bank vermehrt sich langsam, aber stetig, und heute muss ich nichts machen außer schwimmen, vielleicht im Zodiac zum Riff rübertuckern und nach ein paar Hummern tauchen. Zum Mittagessen setze ich mich wie immer an die Bar im Oyster Pond, esse Fisch oder Meeresfrüchte, trinke ein paar Bier und plaudere mit den Touristen. Am späten Nachmittag überlege ich mir dann, wo ich zu Abend essen könnte. Wieder im Orient oder lieber im Rouge oder doch in Captain Oliver's Restaurant?«

Sie waren durch die Glitzer-Glamour-Viertel gefahren: Sea Point, Clifton, Camps Bay, zurück über den Nek. Paulo schlug vor, an einem Tag wie diesem nicht nach Hause zu fahren, sondern lieber über De Waal hinunter zur Halbinsel zu kurven –

durch Newlands Forest und Cecelia Forest, dann über Constantia und die Weinberge, über den Berg bis ins Sun Valley. Vittoria meinte: »Ich muss auch mal was essen, Paulo. Es ist schon eins. Ich muss was essen.« Paulo bog also in die Longbeach Mall ab. Sagte: »Ein Wimpy sollte reichen.« Fand einen Parkplatz direkt vor dem Eingang und bekam vom Parkwächter ein Stück Papier, auf dem stand, dass Amos sich freue, auf seinen Wagen aufpassen zu dürfen, und dass er ihnen noch einen schönen Tag wünsche.

Paulo nahm das Papier entgegen, las es und erklärte: »Was ich am meisten an dieser Stadt vermissen werde, seid ihr Typen.«

Das Wimpy war voller Kinder und Großeltern und sehr laut. Eine Oma verließ gerade mit zwei Gören einen Tisch am Fenster, so dass sich Paulo und Vittoria dort niederlassen konnten. Draußen sahen sie den Parkplatz und den Berg, der dahinter aufragte. Eine Kellnerin nahm ihre Bestellung für zwei Ganztagsfrühstücke und Kaffee entgegen.

Vittoria starrte auf die dicken Leute, die draußen Einkaufswagen voller Lebensmittel zu ihren Autos karrten. Es hätte auch ein Einkaufszentrum zu Hause sein können. Dort waren alle genauso schlecht gekleidet. »Ich bin mir nicht sicher, ob ich das will«, sagte sie. »Auf so einer paradiesischen Insel leben.«

»Babe, wir probieren es einfach aus. Es wird dir gefallen. Vertrau mir.«

Der Kaffee wurde gebracht. Paulo hatte den seinen ausgetrunken, ehe Vittoria an ihrem auch nur genippt hatte. Gleich machte er ihr wieder sein Karibikidyll schmackhaft.

»So wie ich das Ganze betrachte«, erklärte Vittoria, »ist das hier erst der Anfang.«

Paulo schüttelte heftig den Kopf. »Darum geht es ja gerade. Werd nicht gierig. Gier bringt einen um, sonst nichts.«

Die Kellnerin stellte zwei große Teller mit Speck, Würstchen, Spiegeleiern, Pommes, gebratenen Tomaten und jeweils zwei Scheiben Toast auf den Tisch. Schenkte ihnen Kaffee nach. »Darf es sonst noch etwas sein?«

Paulo erwiderte: »Nein danke, das ist erst mal gut so.«

Sie aßen schweigend. Vittoria genoss jeden Bissen, während Paulo nur ein Ei und einen Toast hinunterbrachte.

»Wenn du ihn nicht willst, nehme ich den Speck«, sagte Vittoria und stahl sich die Speckstreifen von seinem Teller. »Also – wie sieht der morgige Tag aus?«

Paulo sagte: »Mist, gut, dass du fragst …« Er holte Isabellas Handy aus der Tasche. »Ich beruhige lieber mal ihren Lover. Er hat schon verdammt viele Nachrichten für sie hinterlassen.«

Tippte eine SMS: »Warte ab, Babe, ich melde mich bald«. Paulo las vor, was er geschrieben hatte.

»Und das wird ihn beruhigen?«

»Für mich klingt das nach Isabella.«

»Sie würde ihn einfach anrufen.«

»Na ja, diesmal eben nicht.« Er versendete die Nachricht.

Vittoria legte Messer und Gabel auf ihrem Teller zusammen. »Ein Frühstück zum Mittagessen ist genauso gut wie ein Frühstück zum Frühstück.« Sie wischte sich den Mund mit einer Serviette ab. »Du hast immer noch nicht gesagt, was morgen geplant ist.«

»Ganz einfach. Wir treffen uns. Sie übergeben mir die Diamanten und ich ihnen ihren Anteil. Und dann *adios amigos*.«

»Meinst du?«

»Klar. Was soll da schieflaufen?«

»Keine Isabella. Kein Ludo.«

»Heute Abend schickt sie diesem Mace eine Nachricht, dass sie bereits am Flughafen ist, weil sie auf einmal dringend nach Hause müsste. Paulo würde sich an ihrer Stelle um alles kümmern. Morgen würde sie sich dann wieder bei ihm melden.«

»Und das wird er schlucken?«

»Warum nicht? Es könnte doch jederzeit etwas dazwischengekommen sein.«

38

Halb drei kam und ging. Drei kam und ging. Mace und Pylon saßen auf der Terrasse des Hotels unter einem Sonnenschirm und beobachteten zwei Frauen in Tanga-Bikinis, die sich auf zwei Luftmatratzen im Pool treiben ließen. Ihre wohlgeformten Körper wirkten in der Hitze noch ablenkender als sonst. Mace hatte versucht, Isabella anzurufen, nachdem er ihre SMS erhalten hatte, aber wieder ihre Mailbox erreicht. Sogar bei Francisco in New York war nur die Mailbox eingeschaltet gewesen.

Pylon sagte: »Da stimmt was nicht.«

Mace meinte: »Warte noch ein wenig ab.«

»Warum redet sie nicht mit dir?«

Mace hielt beide Hände hoch. »Eine SMS ist kein Problem.«

Gegen halb vier brachte ihnen der Kellner José einen Notizzettel des Hotels mit einer Adresse. Er meinte, dass der Mann am Telefon erklärt habe, sie sollten ein Taxi dorthin nehmen.

»Was hab ich gesagt?«, unkte Pylon. »Mr. Webster entscheidet, wo's langgeht.«

»Kein Problem«, erwiderte Mace und klopfte auf die Beule der Neun-Millimeter an seiner Hüfte. »Wir entscheiden auch, wo's langgeht.«

Sie entdeckten Joao beim Kartenspiel mit den anderen Fahrern vor dem Hotel. Pylon winkte ihn zu sich und zeigte ihm die Adresse. Joao lächelte und erklärte: große Häuser, Swimmingpools, reiche Leute, Regierungsmitglieder.

Das Haus war im italienischen Stil erbaut. Zwei Stockwerke. Säulen. Balkone. Fensterläden, Marmoreingang. Stuck an den Decken. Dunkle Parkettböden. Ein schwarzer Mercedes Benz in der Einfahrt.

»*Politico*«, erklärte Joao.

Mace kletterte von dem Plastiksitz ins Freie. Er bemerkte zwei Mädchen im Teenageralter, die auf einem Sandplatz Tennis spielten. Ein Sonnenschirm und Liegestühle standen neben einem Swimmingpool, auf einem Tischchen sah man zwei leere Gläser.

Er sagte: »Wenn man's nicht wüsste, würde man nicht annehmen, dass das hier Luanda ist. Könnte genauso gut ein reiches Viertel von Santiago, Singapur oder Kapstadt sein. Man würde auch nicht glauben, dass hier Krieg herrscht. Nicht bei so vielen Bäumen.«

Pylon bezahlte Joao und erklärte ihm, dass sie das Hotel anrufen würden, wenn er sie wieder abholen könne. Joao protestierte. Er habe selbst ein Handy, sie könnten ihn auch direkt anrufen. Zog ein blaues Nokia heraus, um seine Behauptung zu untermauern. Pylon notierte sich die Nummer. Dann marschierten er und Mace über den knirschenden Kies zu der sperrangelweit offenstehenden Haustür und klingelten. Sie hörten es an zwei verschiedenen Stellen im Haus läuten, doch niemand reagierte. Das einzige Geräusch, das zu vernehmen war, kam von einem Fernseher, auf dem gerade ein Fußballspiel lief.

»Das Spiel ist so laut, das hören die nie«, meinte Pylon und klingelte noch einmal.

Mace konnte am anderen Ende der Eingangshalle zwei Glastüren sehen, die zu einem akkurat gemähten Rasen führten. Einige Pfauen spazierten dort herum und zogen ihre prächtigen Schwänze hinter sich her. Pylon drückte erneut auf die Klingel. Wieder warteten sie, während er die Sekunden zählte: dreißig Sekunden, eine Minute, eineinhalb Minuten. »Verdammt, was soll das?«

Über ihnen ertönte eine Stimme. »Willkommen in meinem Heim, Gentlemen. Tut mir leid, dass Sie warten mussten. *Tão*, treten Sie ein, und gehen Sie bitte gleich die Treppe hoch.«

Oben auf der Treppe wartete ein Mann mit einem Mondgesicht und einem dicken Nacken auf sie, dessen Haut über den Hemdkragen quoll. Er war klein und plump und trug ein hellblaues Hemd, an dessen weißem Kragen eine Krawatte befestigt war. Er strahlte ihnen entgegen. Seine hellen Zähne blitzten. »*Bom*, ich bin Dr. Kiambu. *Tão*, bitte. Kommen Sie mit.«

Oben im ersten Stock schüttelte er ihnen die Hand. »Fußball, Gentlemen? Mögen Sie?« Ein portugiesischer Akzent färbte sein Englisch.

Mace und Pylon nickten. »Leider ist das Spiel fast Vollzeit. Aber kommen Sie mit. Manchester United gegen die Spurs. Ich würde das die mittlere Periode von Gascoigne nennen, gegen Ende der Spielsaison 1989/90. Sie mögen Fußball?«

Er führte sie in einen langen düsteren Raum, in dem die Fensterläden geschlossen waren. An einer Wand stand ein Bücherregal, an den anderen Wänden hingen Bilder in üppigen Goldrahmen, die portugiesische Segelschiffe und Bauern bei der Feldarbeit zeigten. Auf dem Parkettboden lagen Perserteppiche. Was jetzt noch fehlt, dachte Mace, ist eine Ritterrüstung. An einem Ende des Zimmers stand ein Schreibtisch, am anderen waren Ledersessel vor einem Fernseher aufgebaut. Das einzige Licht im Raum kam von dem Bildschirm, vor dem die Silhouette eines Mannes zu erkennen war. Auf dem Bildschirm gab es gerade einen Moment der Spannung: Eckstoß für Manchester. Der Ball flog hoch, wurde abgeschmettert und ins Mittelfeld geschossen.

»Beschissen«, brummte der Mann in dem Sessel und wandte sich halb der Gruppe hinter ihm zu.

»*Tão*, bitte«, sagte Dr. Kiambu. »Darf ich vorstellen? John Webster.«

John Webster schwang sich seitlich wie eine Springspinne aus dem Sessel. Er war ein dünnlippiger Mann in Jeans und einem grünen Hemd mit offenem Kragen, das er im Mandela-Stil heraushängen ließ. Mace warf einen einzigen Blick auf ihn und fand ihn gleich unsympathisch. Er mochte keine Sommersprossengesichter mit roten Haaren, die gewellt eng am Kopf anlagen.

Sie reichten sich die Hand. Webster drückte fester zu, als nötig war. Mace hielt dagegen und sah ein gehässiges Blitzen in den Augen des Mannes.

»Alles in Ordnung?«, fragte Webster, die dünnen Lippen zu einem höhnischen Lächeln verzogen. Kein Austausch von Höflichkeiten.

»Kein Grund, warum es das nicht sein sollte«, erwiderte Mace und riss sich los.

Webster grinste noch immer. »Gut. Dann zeigen Sie uns mal, was Sie uns Verdammtes gebracht haben.«

»Uns?«, fragte Pylon. »Sie sind doch nur der Mann für die Diamanten – oder etwa nicht?«

»Gentlemen«, mischte sich Dr. Kiambu ein. »*Tão*, bitte. Mein Freund John kontrolliert für Sie die Diamanten und für mich die Waffen. Gibt es ein Problem?« Er legte eine seiner dicken Hände auf Websters Arm und blickte fragend von Mace zu Pylon.

»So haben wir das nicht erwartet«, meinte Mace.

Dr. Kiambu strahlte ihn an. »Kommen Sie bitte, Mr. Bishop. In Angola sind manche Fähigkeiten nur beschränkt lieferbar, wie wir das nennen. Wir müssen unsere Vereinbarungen geschickt kombinieren. Mr. Webster ist Profi. Er kann diese Dinge kompromisslos einschätzen. Verstehen Sie? Sonst hätte Ihre Ms. Medicis ihn nicht gewählt, um zu beraten.« Er nahm die Fernbedienung und schaltete den Fernseher aus. »*Tão*, wir kommen zum Geschäftlichen. Ich wäre froh, wenn Mr. Buso mit mir fährt. Mr. Bishop, vielleicht begleiten Sie John, ja? Danach können wir Sie wieder in Ihrem Hotel platzieren. Kein Problem.«

Mace warf Pylon einen raschen Blick zu und bemerkte bei ihm dieselbe Unruhe, die auch ihn erfasst hatte. Er runzelte die Stirn, sagte aber nichts, als Kiambu sie die Treppe hinunterführte.

In der Einfahrt stand inzwischen ein weiterer Mercedes neben dem schwarzen. Die beiden Chauffeure waren große Männer, die Waffen an ihren Gürteln trugen.

»Wohin?«, fragte Webster.

»Zum Hafen.« Mace glitt auf die Rückbank. Roch das neue Leder.

»Wohin auch sonst, verdammte Scheiße.« Webster schlug die Tür hinter Mace zu und setzte sich nach vorne. »Lassen Sie mich raten.« Er warf Mace einen schrägen Blick zu. »Sie lagern die Sachen in einem Container des Rasta.« Webster lachte. »Erstaunlich.« Er gab dem Fahrer Anweisungen auf Portugiesisch. »Ich hab gehört, Sie waren früher mal wichtige Händler. Stimmt das?«

Mace antwortete nicht.

»Ich hätte gedacht, dass Sie dann andere Vereinbarungen treffen würden. Und nicht genügend Waffen für einen verdammten Putsch in den Händen einer Matschbirne lassen, so dass jeder Neger mit der AK seiner Mama vorbeischauen und sie sich abholen kann.« Er grinste dünnlippig. »Verstehen Sie, was ich meine?«

Mace starrte ihn an, und Webster drehte sich weg. Brummte: »Verdammtes Arschloch.«

Mace beugte sich vor und flüsterte ihm ins Ohr: »Ich würde es nicht zu weit treiben, klar?«

»Ich treibe es verdammt noch mal so weit, wie ich will«, erwiderte Webster.

Mace lehnte sich zurück und lächelte dem Fahrer zu, der ihn im Rückspiegel beobachtete. Webster machte mit seinem Handy einen kurzen Anruf auf Portugiesisch.

Die beiden Wagen blieben vor den Toren des Hafengeländes stehen. Der Rasta saß im Schatten und blickte ihnen entgegen. Die Fahrer brüllten ihm zu, er solle öffnen. Er schlenderte gemächlich herbei. Seine Haltung spiegelte keinen Anflug von Unterwürfigkeit wider, als er die Ketten aufschloss. Das argentinische Schiff war inzwischen wieder abgefahren, wie Mace bemerkte. Nur noch der alte Tanker lag am Dock. Seinem Zustand nach zu urteilen lag er schon lange dort. Gerade als sich Mace abwandte, sah er aus dem Augenwinkel zwei Männer auf dem oberen Deck auftauchen. Sie winkten ihm zu, und er hob eine Hand in Erwiderung. Neben dem Job des Rasta musste es der zweitschlimmste sein, einen rostigen Riesen in einem heruntergekommenen Hafen wie diesem zu sichern. Die beiden taten ihm fast leid. Er marschierte durch das offenstehende Tor und gesellte sich zu Dr. Kiambu. Pylon sperrte den Container auf.

Kiambu trat ins Innere des Containers, wobei er sich mit einem Taschentuch den Schweiß vom Gesicht wischte. »*Tão*, bitte sagen Sie: Das ist alles, was wir bestellt haben?«

Die Schüsse begannen, ehe Mace oder Pylon antworten konnten. Laut prasselnd knallten Kugeln gegen den Stahlcontainer. Mace wirbelte herum und fasste nach der Tür, um sie zuzuziehen. Webster schlitterte gerade noch rechtzeitig herein. Mace sah einen der Fahrer davonrennen, der andere suchte Schutz hinter einem Mercedes. Der Rasta war nirgendwo zu entdecken. Die Salve brach ab. Es folgten noch ein oder zwei einzelne Schüsse. Dann herrschte wieder Stille.

»Wie viele?«, fragte Pylon.

»Mindestens zwei.« Mace stieß die Tür vorsichtig einen Spalt auf, um besser hinaussehen zu können. Der Fahrer befand sich noch immer dort, wo er in Deckung gegangen war. Hielt eine Pistole.

Webster rief ihm etwas zu, und der Mann hob den Kopf. Möglicherweise antwortete er ihm auch, doch die Worte gingen in einem erneuten Kugelhagel unter. Webster fluchte: »Wo ist dieser Scheißrasta? Der muss uns eine verdammte Falle gestellt haben.«

In der erneuten Stille hörte Mace jemanden pfeifen. »Muss er das sein?«, fragte er und schob die Tür erneut einen Spalt weit auf, um etwas Licht hereinzulassen.

Webster fuhr ihn an. »Worum geht's Ihrer Meinung nach hier, Arschloch? Um Diamanten und Waffen und Arschlöcher, die hier reinspazieren, als würde es sich um ein harmloses Picknick handeln!«

»Der Rasta ist weg«, erklärte Pylon. »Und der Fahrer ebenfalls.«

Webster schnaubte verächtlich. »Verdammt wahrscheinlich, na sicher.«

»Schauen Sie doch selbst nach.« Pylon trat einen Schritt von der Tür zurück. »Sehen Sie, wie er davonrennt.«

Webster warf einen Blick hinaus. »Arschloch.«

»Bitte«, sagte Kiambu. »Es kann sein, dass ich das Ziel bin. Früher haben sie versucht, mich zu entführen. Für Lösegeld.«

Mace fragte: »Und was macht Sie so wertvoll?«

»Er ist ein verdammter Kabinettsminister.« Webster zog eine Zigarette aus einem Päckchen. »Mein Gott, wo lebt ihr Jungs bloß?«

»Ich bin der Verkehrsminister«, erklärte Kiambu. »In unserer Politik gibt es viel Misstrauen. Jeder sichert sich hier ab.«

Pylon schüttelte den Kopf. »Unwahrscheinlich, dass Sie gemeint sind. Woher sollten die wissen, dass Sie heute hier aufkreuzen?«

Kiambu lächelte. »In Luanda gibt es keine Geheimnisse. So heißt es. Überall Spitzel, die finden alles heraus. Möglicherweise hat jemand davon gehört…« Er zeigte auf die Kisten. »… und sich gedacht, er kann Reibach machen.« Er verlor auch jetzt nicht sein Lächeln. Dunkle Schweißflecken zeigten sich auf seinem Hemd an jenen Stellen, wo sich der Stoff über seinen Brüsten spannte oder seine Achseln berührte. Wieder tupfte er sich das Gesicht mit dem Taschentuch ab. »Was glauben Sie, John? Sollen wir Hilfe rufen? Tamoda vielleicht.«

»Der Bastard würde bestimmt sofort gerne kommen, um zu helfen.«

»Dann Xitu.«

»Ha, Xitu! Der wäre doch begeistert.«

Kiambu seufzte. »Wahrscheinlich.«

»Sehen Sie's ein, Doktor. Sie haben hier nichts zu melden.« Webster stand an der halb offenen Tür und blies Rauch aus seinem Mundwinkel. Die Zigarette hielt er in der hohlen Hand.

»Also, was glauben Sie?«

»Ich glaube, das ist Mist. Das glaube ich. Ganz egal, worum es geht. Wir stecken in der Scheiße.«

»Bis es dunkel wird«, meinte Mace. »Wenn sie vorher nichts versuchen, können wir zumindest dann entwischen.«

»Ja, klar – und das Zeug hierlassen. Kommt nicht in Frage, Kumpel. Kommt überhaupt nicht in Frage.«

Pylon drehte sich zu Mace. »Schau dir das an. Die stehen einfach da oben an Deck.« Er winkte, und eine der Gestalten hob ihre Waffe und schoss. Die Kugeln knallten gegen die Containerwand und pfiffen. Sie warteten, bis es wieder still war. »Echte Pattsituation.« Pylon zeigte auf die Kisten. »In der Ladung muss es doch irgendwo ein Gewehr geben, das wir benutzen können, um sie abzuschießen.«

Maces Handy klingelte. Er hob ab. »Hier spricht New York«, meldete sich eine Stimme. »Spreche ich mit Mace Bishop?« Der Mann fügte hinzu, ehe Mace antworten konnte: »Hier Francisco Medicis. Ich rufe an, um herauszufinden, was eigentlich los ist.«

»Jetzt passt es gerade nicht so gut«, erwiderte Mace.

Francisco redete weiter. »Überall, wo ich anrufe, erreiche ich nur die Mailbox – vor allem bei Isabella. Als ich das letzte Mal mit Mr. Ludovico gesprochen habe, war er völlig durcheinander. Seitdem geht auch nur noch seine Mailbox ran. Ich muss wissen, was los ist, Mr. Bishop. Zum Beispiel, wo Sie sich geografisch gerade befinden.«

Mace sagte: »In Luanda. Ihr Mann John Webster steht direkt neben mir.«

»Ach?«, meinte Francisco. »Der Deal läuft also.«

»Allerdings nicht so, wie wir das erwartet hatten«, erwiderte Mace.

»Schon wieder«, meinte Francisco, »gibt es Empfangsstörungen.«

Mace fuhr fort: »Wir haben die Waffen. Wir haben auch den Verkäufer. Aber wir haben noch keine Diamanten gesehen. Und man schießt auf uns.«

»Wiederholen Sie das, Mr. Bishop. Ich kann Sie kaum verstehen.«

Mace brüllte: »Wir stecken mitten in einem Raubüberfall!« Die Verbindung brach ab, und Mace legte auf. »Verdammt!« Zu Webster: »Das war der Mann, der alles organisiert hat.«

Webster drehte sich zu ihm um und trat die Zigarettenkippe auf dem Holzboden des Containers aus. »Was kümmert mich das?« Er zog eine Achtunddreißiger unter seinem locker herabhängenden Hemd hervor und richtete sie auf Mace und Pylon. »Los, nach hinten! Zusammen mit dem guten Doktor!«

»John!«, rief Kiambu. »Was soll das?«

»Es ist, wie er gerade gesagt hat«, erwiderte Webster und stieß den Kabinettsminister gegen die Kisten, so dass dieser auf dem Hintern landete. »Das Einzige, was unser Freund heute Nachmittag richtig eingeschätzt hat. Das hier ist ein Raubüberfall. Kommen Sie, Gentlemen.« Er richtete die Waffe auf Mace und Pylon. »Tun Sie mir den Gefallen. Setzen Sie sich neben unseren kleinen Politiker.« Er suchte in seiner Jeans nach seinem Handy und wählte eine Nummer, ohne seine Gefangenen aus den Augen zu lassen. »Entschuldigen Sie mich einen Moment lang.«

Mace stieß Pylon mit dem Ellbogen an, aber Webster bemerkte die Bewegung und grinste. »Schön brav. Versucht bloß nichts Dummes. Sonst seid ihr schneller mausetot, als euch lieb ist.« Er hielt sich das Handy ans Ohr und sagte etwas auf Portugiesisch. Nachdem er aufgelegt hatte, meinte er: »Irgendwelche letzten Anrufe, ehe es für immer vorbei ist?«

»John … Wer war das?«

»Ein paar Freunde, Doktor. Leute, mit denen Sie bald etwas Zeit verbringen werden.« Er wandte sich an Mace und Pylon. »Und ihr? Wie heißt du? Pylon? Was ist das mit euch Typen? Mace und Pylon? Klingt nach einem beschissenen Komikerduo. Pylon. So ein Scheißname! Sind das nicht diese riesigen Werbedinger? Hat so eines vielleicht vor eurem Kuhdorf gestanden, und war es das Erste, was deine Mutter gesehen hat, als du aus ihr rausgekrochen bist? Echt süß, ihr Negerlein – all diese seltsamen Namen für eure Babys.«

Pylon starrte ihn an.

»Und dann noch Mace. Macey-Boy. Wie bescheuert klingt das denn? Also, wer wartet da draußen auf euch, Jungs? Irgendwo gibt es doch sicher ein paar Tussen. Zwei Kerle wie ihr. Echte Machos. Waffenhändler. Weltgewandt und alles. Was ist los, Pylon? Keine Freundin, Frau, Mutter, von der du dich verabschieden willst?«

Pylon streckte seine Hand nach dem Handy aus.

»Wer wird es sein, Kumpel? Deine Frau? Hockt sie vielleicht gerade in ihrer Hütte mit den ganzen *Piccanins* und wartet darauf, dass der brave Mann ein totes Tier nach Hause schleppt, wie es sich für einen guten Zulu gehört?«

»Xhosa«, sagte Pylon.

»Ist da ein Unterschied?«

Pylon antwortete nicht.

In der Ferne hörte Mace einen LKW, dessen Motor in einem niedrigen Gang ächzte. Er sah, dass Webster auf Pylon konzentriert war, hörte den LKW in den zweiten Gang wechseln und wie jemand Websters Namen rief. Webster brüllte indessen Pylon an: »Zulu! Xhosa! Zulu! Xhosa!« Er kam Pylon immer näher, bis er ihm die Pistole ins Gesicht drückte und kreischte: »Widerlicher *Golliwog*!«

Mace hörte das Klicken der Fehlzündung, das selbst in dem ganzen Tumult laut wie ein tatsächlicher Schuss widerhallte. Er riss die Taurus aus seinem Gürtel, legte die Sicherung um und schoss Webster in den Bauch. Dann sah er, wie Pylon dem Kerl die Pistole aus der Hand wand. Vernahm die Schreie von Männern, das Trampeln von Schritten, den LKW, der noch näher gekommen war. Webster krümmte sich. Mace packte ihn am Nacken und ging langsam mit ihm zur Tür, die Waffe gegen den Kopf des Diamantenmanns gedrückt.

»Du sagst jetzt deinen verdammten Chinas«, erklärte er Webster, »dass sie abhauen sollen.«

Webster spuckte Blut und gab einige stöhnende Laute von sich, die in Maces Ohren nicht mehr menschlich klangen. Er schüttelte den Kerl, der durch die Schmerzen in seinem offenen Bauch zusammenklappte. Mace riss ihn hoch. Er spürte das klebrige Blut unter seinen Füßen. Webster war schwer wie ein nasser Mehlsack.

Pylon drängte an ihnen vorbei, um die Containertür aufzustoßen. Draußen standen zwei Männer mit AKs, die sie auf den Container gerichtet hielten.

»Dein Auftritt«, knurrte Mace und bohrte die Waffe in Websters Ohr. »Rede mit ihnen.« Gleichzeitig spürte er das Vibrieren des Handys in seiner Tasche. Es vibrierte sieben Mal, ehe der Anruf auf die Mailbox umgeleitet wurde.

39

Captain Gonsalves hörte das Umschalten und fluchte. Er hinterließ eine Nachricht: »Rufen Sie mich an, Bishop. Aber schnell.« Er legte auf und ging weiter, während er das Papier der Zigarette abzog, die er sich geschnorrt hatte. Hier war es inzwischen fast genauso geschäftig wie in einem Einkaufszentrum. An einem verdammten Sonntagnachmittag wurden doch tatsächlich alle von ihrem *Braai* und ihren Familien weggerissen. Seine Frau hatte allerdings nicht einmal von ihrer Häkelarbeit aufgeblickt, als er angerufen worden war. Ein »bis später« war ihre einzige Reaktion. Er seufzte und lief die Düne hinauf, um von dort oben einen besseren Überblick zu gewinnen. Der Anstieg ließ ihn schwer atmen. Der Sand war heiß und locker und rann in seine Schuhe. Auf halbem Weg machte Gonsalves eine Pause. Er setzte sich schwerfällig hin und betrachtete die Szene, die sich ihm bot.

Über die Dünen konnte er bis zur Straße sehen, die um diese Nachmittagszeit recht befahren war, da viele von ihren Wochenendhäusern an der West Coast in die Stadt zurückkehrten. Auch das Gatter war gut sichtbar, wo zwei Beamte in einem Wagen saßen und niemand Unbefugtes auf das Gelände ließen. Unten verrichtete die Spurensicherung ihre Arbeit. Sie durchsuchte das Dünengras und den Sand. Gonsalves nahm nicht an, dass sie viel finden würden. Wenn überhaupt etwas.

Er rollte den Tabak zwischen seinen Handflächen hin und her und schob sich dann die Kugel in den Mund.

Die Sanitäter hoben gerade die Leichen auf zwei Bahren. Seltsam, wie die Toten gestürzt waren: einer auf den anderen. Es gab zudem merkwürdige Schleifspuren im Sand, als hätte der Mann, nachdem er niedergeschossen worden war, noch einmal genug Kraft verspürt, um aufzustehen und zu versuchen, die Frau hochzuheben, ehe er endgültig zusammenbrach. Sein Ende folgte wohl kurz darauf. Er hatte das Handy fallen lassen, bevor er zu Boden stürzte. Warum brachte man jemanden hier heraus und ließ ihm dann sein Handy? Und seinen Geldbeutel. Zugegebenermaßen ohne Bargeld und Kreditkarten. Der einzige Hinweis war ein Foto der toten Frau in seinem Portemonnaie. Keine andere Möglichkeit der Identifizierung. Bei der Frau gab es gar nichts. Sie hatte wahrscheinlich alles in einer Handtasche mit sich geführt. Eine Handtasche konnte man leicht entsorgen. Aber das erklärte noch immer nicht das Handy. Als ob jemand damit bedeuten wollte: Ihr könnt mich mal. Als ob er damit zeigen wollte, dass er sowieso nicht lange in der Nähe bleiben würde. Der einzige Hinweis war die Tatsache, dass alle Telefonnummern auf dem Handy amerikanische waren. Vor allem aus New York.

Gonsalves saugte an seiner Tabakkugel.

Amis. Touristen. Mein Gott. Er löste die Schnürsenkel seiner Schuhe und leerte den Sand aus. Dann band er sie wieder zu und machte ordentliche Schleifen.

Die Morde erinnerten ihn an die beiden Homosexuellen, von denen dem einen auch mitten in die Stirn geschossen worden war. Genau wie dieser Frau: ein Schuss zwischen die Augen. Der große Unterschied bestand allerdings darin, dass man diese beiden hierhergebracht hatte, um sie umzubringen, wobei nach der Einschätzung des Docs etwa fünfzehn Stunden zwischen den zwei Morden lagen. Der Mann war in die

Brust getroffen worden, weshalb er auch noch einmal kurzfristig zu sich gekommen war. Was vielleicht bedeutete, dass sie es mit zwei Killern zu tun hatten? Denn warum sollte ein Mörder nicht genauso wie vorher schießen, wenn sich diese Methode bewährt hatte? Und ein Schütze, der das Herz treffen wollte, sollte das eigentlich auch schaffen und nicht stattdessen einen Irrläufer in die Lunge jagen.

Trotzdem: Es hatte etwas Anmaßendes und Freches, nicht einmal zu versuchen, die Leichen zu verstecken. Sie hatten wohl angenommen, dass niemand sie in dem dichten Dünengras finden würde – nicht einmal in einem Monat voller Sonntage. Vermutlich gar nicht so abwegig, diese Annahme. Wenn die Quadfahrer nicht die Dünen hinauf- und dabei beinahe über die Leichen gerast wären, hätte es vielleicht tatsächlich zwei Wochen gedauert, bis man sie gefunden hätte. Statt vier oder fünf Stunden.

Am Fuß der Düne luden die Sanitäter die Toten in den Krankenwagen und schlossen die Türen. Der Pathologe winkte Gonsalves zu. Der stand langsam auf. Sein rechtes Knie knackte. Er spannte seine Beinmuskeln an und massierte das Kniegelenk. Besonders hatte ihn überrascht, Mace Bishops Nummer auf dem Handy eingespeichert zu finden. Ziemlich unwahrscheinlich, dass der tote Mann einer von dessen Kunden war. Die Frau schon eher. Sie wirkte exklusiv. Aber nicht der Mann, dessen Klamotten ihm viel zu simpel erschienen. Gonsalves spuckte den Tabak aus und begann die Düne hinunterzustapfen. Bei jedem Schritt lief ihm Sand in die Schuhe.

40

Die Männer mit den AKs brüllten etwas auf Portugiesisch. Pylon brüllte zurück, dass sie den Mund halten sollten, oder Mr. Webster würde eine weitere Kugel verpasst bekommen. Die Männer waren hochangespannt und tänzelten hin und her.

Hinter ihnen konnte Mace den LKW sehen, der auf der anderen Seite der Mercedesse geparkt war. Der Motor lief, und der Fahrer beobachtete, was sich vor dem Container abspielte. Mace schüttelte Webster. »Sprich mit deinen Freunden. Lass sie dich hören.«

Webster stöhnte. Sein Kopf fiel nach vorne. Mace dachte: Scheiße, der Kerl ist hinüber, und hielt ihn noch fester, damit er nicht zu Boden ging. Offensichtlich war er nicht mehr fähig, mit seinen Kumpanen zu sprechen.

Mace rief Pylon zu: »Er ist tot, Mann!«

Pylon fuchtelte mit der Neun-Millimeter in einer Hand in Richtung der beiden Männer und hielt Websters fehlgezündete Achtunddreißiger in der anderen, während er erklärte, dass sie bei drei sterben würden, wenn sie nicht sofort ihre Ärsche in den LKW zwängen und abbrausen würden. Er merkte, dass Mace Websters Leiche beiseiteschleuderte und sich auch Dr. Kiambu hinter ihm befand. Der Politiker tauchte plötzlich mit einem R34-Sturmgewehr auf, als würde er so etwas ständig mit sich herumtragen.

Pylon rief ihm zu, hinter ihm zu bleiben.

Mace fragte: »Was ist los?«

Die Angreifer mit den AKs zögerten, als sie den kleinen Mann in Jackett und Krawatte erblickten. Dieses Zögern wurde ihnen zum Verhängnis, denn Kiambu jagte ihnen ein halbes Magazin in die Körper, die bei dem Aufprall der Kugeln wie verrückt zuckten und sich um die eigene Achse drehten, ehe sie mit dem Gesicht zuerst zu Boden gingen.

Mace spürte die herausspringenden Patronenhülsen an sich abprallen. In seinem Kopf hallten die lauten Schüsse des Sturmgewehrs wider. Er dachte: Bei einigen Leuten weiß man wirklich nicht, woran man ist. Sie sehen eher aus, als ob sie es zunächst einmal mit Reden versuchen würden. Doch wenn es hart auf hart kam, handelten sie. Gnadenlos. Ziemlich beeindruckend, das musste man Dr. Kiambu lassen.

Dieser reichte Pylon das Gewehr. »Eine gefährliche Waffe, wie ich finde. Vielleicht ist sie in Ihren Händen besser aufgehoben.« Er zeigte auf den LKW. »Der Transporter wäre nützlich.«

Auch der Fahrer hatte zugeschaut. In seiner Panik, rückwärts davonzufahren, als er Pylon auf sich zulaufen sah, würgte er den Motor ab.

Pylon näherte sich mit einem Grinsen und meinte in seinem schlechten Portugiesisch: »Lass den Scheiß.« Der Mann schüttelte den Kopf, kletterte aus der Fahrerkabine und stand da, während er sich in die Hose machte. »Ach Gott.« Pylon rollte die Augen und sah einen Moment lang Richtung Himmel. »Muss das denn sein.« Der Mann wirkte jetzt so, als würde er jeden Moment in Tränen ausbrechen. Pylon stieß ihm mit dem Gewehr in die Rippen und drängte ihn zurück. »Geh. *Deixar.* Verpiss dich!« Zeigte auf die Straße, die zwischen den Lagerhäusern verlief. Der Mann blickte ihn an. »Ciao! Verzieh dich«, fuhr Pylon fort. »Geh schon!« Der Mann rannte los. Als er etwa hundert Meter von ihm entfernt war, holte er eine Pistole aus der Hose und schoss zweimal, wobei er zu hoch zielte. Pylon sah ihm nach und dachte: Warum, *Bru?* Warum tust du das? Er überlegte einen Moment lang, dem Bruder jetzt hinterherzuschießen, beschloss dann aber: Nein, wofür soll das noch gut sein?

»In der Politik«, erklärte Kiambu, »gibt es immer Feinde. Einige von ihnen wollen dich töten. Ich persönlich denke, im

Fall von Diktatoren ist das keine schlechte Idee. Das Umbringen. So etwas sollte in Simbabwe passieren, ja? Vor vielen Jahren hätte man Mugabe schon töten sollen.«

Er baute eine Reihe verschiedener Single Malts auf der Bartheke auf: Glenmorangie, Speyburn, Ben Nevis und Laphroaig.

Laphroaig war der einzige, den Mace kannte.

»Sie stimmen mir zu, was Mugabe betrifft, ja? Ein guter Anführer – zu Beginn. Aber er kommt an Geld, er kommt an Macht, er kommt an eine neue junge Frau. Was hält einen Mann noch auf, der all diese Dinge hat?« Dr. Kiambu hielt eine AK47-Patrone zwischen Daumen und Zeigefinger hoch. »Das hier. Das ist der Freund des gewöhnlichen Bürgers. Sie stimmen zu, ja? Wenn ein Mann ein Monster wird, dann – peng! Aus! Der Heilige tötet den Drachen.« Er stellte die Patrone neben ein Foto mit einer Frau und zwei Mädchen im Teenageralter. »Wer war dieser Heilige mit dem Drachen noch mal?«

»Der heilige Georg«, sagte Pylon.

»Das darf ich nicht vergessen.« Kiambu stellte vier Gläser vor Mace und vier weitere vor Pylon auf. »Es ist wichtig, dass Sie alle probieren, um dann zu entscheiden, welchen Sie trinken. Ich persönlich bevorzuge Ben Nevis.« Er goss Mace und Pylon jeweils einen Finger breit ein, während er sich selbst das Dreifache zugedachte. »Für mich ist es Vanille und Orange. *Por favor*, bitte, probieren Sie.«

Sie probierten. Mace dachte: Wenn das nach Vanille und Orange schmeckt, dann ist das gut versteckt. Trotzdem, ein ausgezeichneter, geschmeidiger Scotch. Damit konnte man es sich an einem Winterabend sicher sehr gemütlich machen. Nicht ganz das Richtige bei dreißig Grad im Schatten und hoher Luftfeuchtigkeit. Ein Bier wäre besser gewesen, aber der Doktor war in Feierlaune.

Kiambu nahm nun den Glenmorangie in die Hand. »Das ist meine zweite Wahl. Meine Kollegen im Kabinett trinken nichts anderes. Aber einige von ihnen sind Buschaffen, also keine echte Empfehlung. Versuchen Sie. Auch hier schmecken Sie das Vanillearoma.« Er schenkte ihnen ein. »*Bom.*«

Pylon erklärte: »Das ist es, Doktor. Das ist der richtige.«

Kiambu lächelte. »Sie würden also Freunde im Kabinett finden.«

Mace vermochte keinen Unterschied herauszuschmecken. Warum sollte er sich die Mühe machen? Das Zeug war so oder so wirklich gut.

»Was ich schwer verstehen kann«, meinte Kiambu und machte den Speyburn auf, »ist, dass es Leute gibt, die mich töten wollen. Warum, weiß ich nicht. Ich meine, warum ich diese Schwierigkeit habe, es zu verstehen. Mein ganzes Leben lang haben Leute auf mich geschossen, um mich zu töten. Das ist so im Krieg. Doch dann ist der Krieg vorbei, und die Leute hören immer noch nicht auf, mich töten zu wollen.« Er goss ihnen wieder jeweils einen Finger breit ein. »Der ist süßer. Sie werden es bemerken. Wie Honig. Auch sehr, sehr gut, aber nicht ganz mein Geschmack.«

Mace gefiel die Süße. Er fand, dass ihm dieser Whisky am meisten entsprach, und trank nur aus Höflichkeit auch noch den Laphroaig.

»Bitte, Gentlemen. Lassen Sie mich raten, welchen Sie bevorzugen. Mr. Buso ist zweifelsohne ein Glenmorangie-Mann. Ja?« Pylon nickte. »Und Mr. Bishop, würde ich sagen, ist ein Speyburn.«

Mace grinste. »Woher wissen Sie das?«

»Das war leicht. Bei den ersten beiden gab es ein leichtes Zusammenziehen Ihrer Lippen. Ebenso beim Laphroiag. Bei Speyburn nichts. Habe ich recht?«

»Haargenau.«

»Dann …« Kiambu goss ihnen drei Finger breit ihrer Favoriten ein.

Mace fragte: »Vielleicht etwas Eis?«

»Ah, Mr. Bishop …« Er schüttelte den Kopf. »Sie sind kein Malt-Trinker. Eis hält den Geschmack davon ab, sich zu entfalten.«

Mace zuckte mit den Achseln.

»Aber Sie sind mein Gast, das will ich gerne berücksichtigen.« Er holte einen Eiswürfelbehälter aus dem Eisfach der Bar. »Bitte, bedienen Sie sich.«

Während Mace das tat, holte Kiambu drei in Zellophan verpackte Montecristos heraus.

»Ich denke, was ich nach diesem Nachmittag schwer verstehen kann, ist mein Freund John Webster. Zehn Jahre lang haben wir Geschäfte gemacht, ich darf sagen, er war wirklich ein Freund. Wir sind beide Fußballfans. Er hat in meinem Haus geschlafen. Er hat mich in sein prächtiges Haus in Schottland eingeladen. Gemeinsam haben wir die Destillerien besucht. Wir hatten wunderbare Zeiten, er und ich.«

Mace wickelte die Zigarre aus und ließ sie unter seiner Nase hin und her wandern.

»Noch heute Nachmittag beim Lunch hat er mich gefragt, ob ich diesen Sommer wiederkommen würde, um in seinem Fluss Forellen zu fischen. Ich sagte: Ja, warum nicht. Ich habe mich gefreut. Die Vorstellung hat mich glücklich gemacht. Aber er wollte mich töten. Er konnte hier sitzen und mich anschauen und wissen, dass ich am Abend tot sein würde. Pah! Was für ein Mensch ist das, frage ich.«

Dr. Kiambu betrachtete seine Zigarre, schnitt ihr Ende ab und gab den Anschneider an Pylon weiter.

»Ich finde es unvorstellbar.« Er schüttelte den Kopf. »Was wollte er gewinnen? Die Waffen. Die Diamanten. Mein Kopfgeld. Was ist das wert? Ein Tropfen. Über die Jahre wäre es viel mehr geworden. Ich war für ihn ein guter Kontakt. Hier in diesem Land, aber auch außerhalb. John Webster kannte nicht jeden.«

Kiambu entzündete ein schweres Goldfeuerzeug und sog so lange an der Zigarre, bis sie brannte. Er blies den Rauch in die Luft. Wartete, bis Mace und Pylon es ihm nachgetan hatten. »Sollen wir sitzen?«

Die tiefen Sessel waren aus Leder und hätten auch in das Foyer eines Fünf-Sterne-Hotels gepasst.

»Manchmal denke ich, dass wir so wenig wissen, was vor sich geht. Wir marschieren in die Pläne eines anderen, und Dinge passieren, die keinen Sinn ergeben. Für die anderen ist das alles natürlich und logisch – dieses Spiel, das sie treiben. Auf uns kann es seltsam wirken, es kann gefährlich sein. Es kann tödlich sein.« Er nippte an seinem Whisky. »Ich persönlich habe das von meinem Freund John Webster nicht für möglich gehalten.«

Er sog an seiner Zigarre und paffte den Rauch zu dem Kronleuchter an der Decke.

»Und Sie beide, Gentlemen. Fremde bis heute Nachmittag. Man kann sagen, auch jetzt noch Fremde, denn was weiß ich darüber, wie Sie Ihr Leben verbringen. Aber Sie haben mir dennoch das Leben gerettet.«

Stille breitete sich aus. Mace rauchte und ließ den Whisky in seinem Mund kreisen. Er fragte sich, ob er Isabella kontaktieren sollte. Fragte sich, was sie wohl über John Webster wusste.

Dr. Kiambu unterbrach seinen Gedankengang. »*Bom*. Bitte, Gentlemen. Vielleicht sollen wir für heute Schluss machen.« Er warf einen Blick auf seine Armbanduhr. »*Sim*, ja. Es ist bereits nach zehn. Wenn Sie nichts dagegen haben, fahre ich Sie jetzt zu Ihrem Hotel.«

Mace trank den Rest des Whiskys in einem Schluck leer. Spürte das Gewicht der Diamanten an seiner Hüfte.

In seinem Hotelzimmer schüttete Mace die Steine aus dem Beutel auf sein Bett und teilte sie in zwei Haufen.

Sagte: »Das ist dein Anteil. Für den Fall.«

»Welchen Fall?«

»Für den Fall, dass Kiambu seine Schläger vorbeischickt, um sie sich wiederzuholen.«

»Das wird er nicht.«

»Bist du dir sicher?«

Pylon erwiderte: »Ich glaube, du bist etwas paranoid.« Er schüttete seinen Anteil in den Beutel zurück.

»Paranoia ist keine schlechte Angewohnheit in diesem Land, würde ich behaupten«, entgegnete Mace. »Noch einen Absacker?«

Pylon überlegte einen Moment lang und schüttelte dann den Kopf. »Nein, danke. Genug der Aufregung.«

Allein geblieben öffnete Mace ein Bier aus der Minibar und setzte sich an den Rand des Bettes. Auf einmal fühlte er sich wahnsinnig erschöpft. Es war eine Erschöpfung, die nicht von Müdigkeit herrührte, sondern von seiner Wut auf John Webster. Warum hatte er den Deal nicht ohne doppeltes Spiel über die Bühne gehen lassen können? Warum zum Teufel hatte er ein so gieriges Arschloch sein müssen? Es gab immer jemanden, der versuchte, mehr abzusahnen, als ihm zustand. Der nie zufrieden mit seinem Anteil war, sondern alles für sich haben wollte. Und wenn das geschah, dann wurde es ekelhaft. Um ein Haar wäre dies hier Pylons Ende gewesen. Wegen ein paar Steinen. Mace ließ die Diamanten unter seiner Handfläche kreisen. Bisher hatte er sich nie vorgestellt, dass Pylon eines Tages tot sein könnte. Oder auch er selbst. Eine Aussicht, die bei jeder ihrer früheren Transaktionen eine echte Möglichkeit dargestellt hatte. Zu manchen Zeiten waren ihnen beiden schon Kugeln um die Ohren geflogen. Aber damals hatte er keinen Gedanken daran verschwendet. Keine Minute lang. Und er war damals garantiert nicht rührselig geworden. Er nahm eine Handvoll Steine und ließ sie von einer Faust in die andere rieseln. Natürlich ganz hübsch, auch wenn man in einem Berg Kies einen Goldschürfer gebraucht hätte, um sie ausfindig zu machen. Blutdiamanten. Drei Tote an einem Nachmittag und wie viele wohl davor?

Er seufzte. Sagte laut: »Du wirst alt, Mace. Das sind die Gedanken eines alten Mannes.« Er nahm sich sein Handy vor und sah nach, wer ihn zu erreichen versucht hatte.

Ein verpasster Anruf von Francisco. Bei den internationalen Gebühren lohnte es sich nicht, ihn von hier aus zurückzurufen.

Ein verpasster Anruf von Mo Siq. Dito. Außerdem würde es Mo sicher nicht gefallen, wenn man ihn um diese Uhrzeit weckte. Es musste dort gegen eins sein.

Ein verpasster Anruf von Captain Gonsalves. Damit konnte er sich beschäftigen, wenn er wieder zu Hause war. Wahrscheinlich wollte ihm der Captain nur mitteilen, dass man die Frau inzwischen verhaftet hatte.

Nichts von Isabella, was ihn überraschte und enttäuschte. Gewöhnlich hatte sie immer zurückgerufen. Vor allem wenn man die Dringlichkeit seiner Anrufe bedachte.

Oumou hatte ihm eine SMS geschickt: »Lass mich wissen, dass es dir gut geht.« Er antwortete sofort: »Alles in Ordnung. Bis morgen Nachmittag.«

Eine weitere Nachricht, von Isabella: »Nach zwei Stunden Warterei jetzt auf dem Rückflug nach New York. Musste dringend weg. Paulo wird dich kontaktieren. Sprechen bald. Liebe dich, Babe.«

Liebe dich, Babe!

In der ganzen Zeit ihrer Bekanntschaft hatte sie so etwas nie gesagt und schon gar nicht geschrieben. Sie musste allmählich auch alt und weicher werden. Er lächelte. Selbst die härtesten Fälle erwischte offensichtlich irgendwann die Sentimentalität. Er tippte: »Webster hat doppelt gespielt. Zum letzten Mal. Hoffe, die Diamanten sind das, was sie sein sollen.« Sobald sie ihr Handy anschaltete und diese Nachricht las, würde sie ihn anrufen. Mit etwas Glück würde er sich dann nicht gerade in der Luft befinden.

Mace trank das Bier leer und streckte sich auf dem Bett aus. Er schloss die Augen und schlief in seinen Klamotten und bei angeschaltetem Licht ein.

Sein Handy weckte ihn um halb acht. Er richtete sich benommen auf, und einen unsicheren Moment lang wusste er nicht, wo er sich befand. Licht und Hitze durchfluteten das Zimmer. Mace tastete nach dem Telefon, das auf dem Nachttischchen neben ihm vibrierte. Die Bewegung ließ ihm den Schweißgestank seiner Kleidung in die Nase steigen, und er schnitt eine Grimasse. Sah den Berg von Diamanten, die er in einen Aschenbecher geschüttet hatte, und die leere Bierflasche. Gonsalves' Name stand auf dem Display.

»Captain«, meldete er sich mit heiserer Stimme. Sein Mund war trocken, und er hatte einen sauren Geschmack auf der Zunge. Er schwang die Beine vom Bett und setzte sich aufrecht hin. Wieder konnte er den Schweißausstoß seines Körpers riechen.

»Ich habe bereits eine Nachricht hinterlassen«, erklärte Gonsalves. »Ich nehme an, eines Tages wären Sie sicher dazu gekommen, sie abzuhören.«

»Es ist halb acht. Sie haben mich geweckt.«

»Halb neun.« Gonsalves hielt inne. »Am Montagmorgen. Jeder ist bei der Arbeit, mit oder ohne Kater. Haben Sie einen Kater, Mr. Bishop?«

Mace wischte sich mit der Hand über das Gesicht. Seine

Haut war stachelig und schweißverklebt. »Ich bin in Luanda«, sagte er. »Aber lassen Sie sich davon nicht stören.«

»Werde ich nicht. Luanda, was? Vor dem Krieg ein schöner Ort. Ich hatte dort Familie. Hab sogar mal Weihnachten mit ihnen verbracht, 1969 oder '70 muss das gewesen sein. Lange bevor der ganze Mist angefangen hat. Soweit ich gehört habe, ist es jetzt völlig ruiniert.«

»Völlig.«

»Was kann man sagen?«

Mace sagte nichts.

Gonsalves fuhr fort: »Ich rufe an, weil wir in den Dünen am Atlantik zwei Leichen gefunden haben. Beide nicht identifizierbar. Einen Mann und eine Frau. Der Mann ist etwa zwei Meter groß, fünfundachtzig Kilo schwer, hat dünnes rötlich blondes Haar, das allmählich grau wird. Wahrscheinlich Mitte fünfzig.«

Mace dachte: Warum erzählst du mir das? Begann zu sagen: »Was hat das ...« Aber Gonsalves ließ ihn nicht ausreden.

»Geben Sie mir eine Minute, okay? Hören Sie einfach zu. Die Frau ist etwa ein Meter achtzig, wiegt so um die sechzig, fünfundsechzig Kilo, dunkle Haare, im Stil eines Bob geschnitten, wie man das wohl nennt. Ich vermute, etwa zehn Jahre jünger. Die Kleidung des Mannes ist nichts Besonderes, die der Frau deutlich teurer. Exklusive Klamotten. Der Mann wurde in die Brust geschossen, die Frau in den Kopf zwischen die Augen. Die Frau starb etwa fünfzehn Stunden vor dem Mann.«

Mace fragte: »In den Kopf?«

Gonsalves sagte: »Ah, da ist einer doch nicht ganz *babalaas*. Ich habe mich das Gleiche gefragt, Mr. Bishop, nämlich wo mir diese Art der Hinrichtung neulich schon begegnet ist.«

»Haben Sie die Tussi?«

»Nein. Sie ist verschwunden. Ohne eine Spur zu hinterlassen. Was wir in Llandudno vorgefunden haben, war rein gar nichts. Alle ausgeflogen.« Er machte eine Pause, und Mace hörte, wie Papier zerrissen wurde. »Ich rufe Sie spezifisch deshalb an, weil in der Nähe der beiden in den Dünen ein Handy lag. Die einzige örtliche Nummer, die darauf gespeichert war, ist die Ihre gewesen. Die ich gerade anrufe. Könnte es sich um Klienten von Ihnen handeln? Was ich tun werde, ist, Sie mit diesem Handy jetzt noch mal anzurufen, um zu sehen, ob Sie die Nummer wiedererkennen.«

Er legte auf. Mace wartete. Er hielt es für unwahrscheinlich, dass es sich um Kunden handelte, auch wenn die Beschreibung ungefähr auf zwei Paare zutraf, die sie betreuten. Allerdings waren die Männer in beiden Fällen schick und teuer gekleidet.

Sein Handy klingelte erneut. Auf dem Display war die Nummer als unterdrückt angezeigt. Er hob ab und erklärte Gonsalves, dass das nichts gebracht hätte.

»Wie wäre es, wenn Sie bei mir vorbeischauen, um das zu bestätigen?«, fragte der Captain.

»Das hat mir gerade noch gefehlt.« Mace stand auf, um sich zu strecken.

»Wann sind Sie zurück?«

»Morgen«, schwindelte er.

»Rufen Sie mich an«, sagte Gonsalves.

»Werd ich machen«, erwiderte Mace und legte auf. Er ging sofort ins Badezimmer und stellte sich eine lange Zeit unter die Dusche. So lange das Wasser reichte. Danach kontrollierte er, ob seine Klienten noch dort waren, wo sie sein sollten. Keiner fehlte.

Beim Frühstück schlug er Pylon vor, dass sie Gonsalves den Aufenthaltsort der Frau nennen konnten, sobald sie die Sache mit Paulo über die Bühne gebracht hatten.

»Zehn zu eins, dass sie bei ihm ist.«

Pylon nickte.

»Wir müssen ihm nur nach Hause folgen, wenn er wieder geht. Dann rufen wir Gonsalves an, und die Polizei kümmert sich um alles Weitere. Paulo wird auf Verdacht wahrscheinlich auch gleich mit verhaftet.«

»Und dabei würde er ein Päckchen Diamanten rausrücken, das für deine Isabella bestimmt ist.«

»Da muss es doch Möglichkeiten geben, so etwas zu vermeiden.«

»Gonsalves?«

»Ein weiterer Beitrag zu seiner Pension zum Beispiel.«

Pylon strich Margarine auf seinen Toast, der so dünn und trocken war, dass er unter seinem Messer in mehrere Stücke zerbrach. Er sah verärgert auf. »Wie machen die das bloß? Warum bringen sie keinen Toast zustande, der auch wie Toast ist? Du weißt schon – warmes Brot, auf beiden Seiten leicht gebräunt.«

Mace ging nicht darauf ein. »Wo findet der Austausch eigentlich statt? Bei Mo? Oder an einem neutralen Ort?« Dachte: Besser nicht bei Mo, falls Sheemina February diesen Kontakt überwachte.

»Willst du etwa ein Zimmer mieten?« Pylon biss knirschend in seinen Toast. »Unser Büro ist doch bestens dafür geeignet.«

Mace schickte Paulo eine SMS mit der Adresse und der Uhrzeit. Schickte eine Kopie davon auch an Mo Siq. »Jetzt brauchen wir nur noch deinen Cousin AC.«

Pylon klopfte sich die Krümel von den Fingern und holte sein Handy heraus. »Toast ist so leicht. Der Toaster, den wir jetzt haben, hat in sechs Monaten noch keinen einzigen Toast verbrannt, so dass ich ihn abkratzen musste. Ich hasse das, wenn Toast verbrennt. Wenn das passiert, schmeckt man das durch die ganze Scheibe hindurch. Werfe ich immer weg. Treasure nicht. Nein, das ist Verschwendung. Es gibt Kinder, die für eine Scheibe verbrannten Toast sterben würden. Deshalb muss man das abkratzen und essen. Dann könnte man doch genauso gut Pappkarton essen.« Er tippte eine SMS und drückte auf »Senden«. »Jetzt mit dem neuen Toaster verbrennt der Toast nie mehr. Springt einfach ganz von selbst heraus.« Er schmierte sich Margarine auf eine weitere Scheibe. Biss hinein und verschluckte sich.

»Komm«, sagte Mace und schlug seinem Partner auf den Rücken. »Gehen wir, damit wir den Flieger nicht noch verpassen.«

41

Im letzten Licht der Nachmittagssonne und bei voll aufgedrehter Klimaanlage saßen sie um einen Tisch in dem Zimmer, das Mace und Pylon vollmundig ihren Konferenzraum nannten. Die Diamanten lagen in der Mitte und brachen das Sonnenlicht auf dem dunklen Holz. Mo Siq, AC Mkize, Mace und Pylon warteten auf Paulo.

AC zeigte sich von den Diamanten beeindruckt.

»Erzählt mir das noch mal. Ihr seid also mit denen in eurer Tasche direkt durch den Zoll marschiert? Einfach so?«

Mace grinste. »Unglaublich, oder? Sie haben nicht mal unser Gepäck kontrolliert.«

AC lachte. Im Vergleich zum letzten Mal, als Mace ihn gesehen hatte, wirkte er deutlich entspannter. Diesmal ohne Anzug. Trank Bier aus der Flasche. Er und Mo ergingen sich in Erinnerungen an irgendeinen Deal, den sie bei einer Dinnerparty in Luanda ausgehandelt hatten, um den Krieg zu finanzieren.

Mo erzählte: »Stones und ich tragen also Frack und Fliege, in diesem riesigen Kolonialhaus, das irgendeinem Lissaboner

Herrenhaus ähneln sollte. Der Verteidigungsminister war dort eingezogen, nachdem sich die Besitzer nach Portugal verzogen hatten. Es waren vielleicht fünfzig Leute eingeladen. Sie saßen alle an Tischen auf der hinteren Terrasse. An unserem Tisch war irgendein kubanischer Oberst hemmungslos begeistert von der Frau des Verteidigungsministers. Hätte ziemlich peinlich sein können«, fuhr Mo fort, »wenn der Verteidigungsminister nicht so wahnsinnig entspannt geblieben wäre und seine Frau den Oberst nicht genauso anzüglich begrabbelt hätte wie er sie.«

»Bis die beiden plötzlich verschwunden waren«, sagte AC. »Gerade noch hatten sie am Tisch gesessen, und in der nächsten Minute waren sie weg. Ich schaue Mo an, und er nickt in Richtung des Verteidigungsministers, der sich gerade von seinem Stuhl erhebt. Er wirkte eigentlich nicht sonderlich gehetzt, sondern plauderte noch gelassen mit seinem Sitznachbarn und lächelte, als ob alles in bester Ordnung wäre.«

»Wir sehen ihm nach, wie er davongeht«, nahm Mo den Faden wieder auf. »Aber wir haben nicht gesehen, wohin der Oberst und die Frau des Ministers verschwunden waren. Niemand wusste genau, was da passierte. Stones saß sowieso auf der anderen Seite des Tischs, so dass ich nicht allzu deutlich werden konnte.«

»Wahrscheinlich war er noch keine fünf Minuten weg«, sagte AC, »als er wieder zurückkam und sich auf seinen Platz setzte. In bester Laune.«

»Und fünf Minuten später kehrt auch der Oberst zurück – wirkte allerdings nicht ganz so fröhlich, wie er das getan hatte, als er verschwunden war.«

»Dann fiel mir auf«, erzählte AC, »dass die Frau des Ministers nun an einem anderen Tisch saß und sich mit einem weiteren kubanischen Offizier unterhielt. Sie hatte ein anderes Kleid und anderen Schmuck an, und vielleicht hatte sie sogar ihre Haare anders frisiert. Der Oberst starrte die ganze Zeit zu ihr hinüber, er konnte die Augen gar nicht von ihr lassen, aber sie richtete jetzt ihre volle Aufmerksamkeit auf seinen Kollegen. Irgendwann ist dem Oberst an unserem Tisch die Sache so peinlich geworden, dass er sich verabschiedet hat. Am nächsten Morgen«, sagte AC, »haben wir dann erfahren, dass die Kubaner Truppen, Panzer und Kampfflugzeuge schicken würden, um die Buren-Armee von einer Invasion abzuhalten. Was wir allerdings nie herausgefunden haben, war, welche Rolle die Frau des Verteidigungsministers bei diesem Bündnis gespielt hat.«

Nachdem das Gelächter verebbt war, meinte AC: »Das ist wirklich ein guter Haufen.« Er sortierte die Steine und suchte diejenigen heraus, die er unter seinem Augenglas noch besonders begutachten wollte. Mace erklärte, wie das Ganze aufgeteilt werden sollte, und AC begann, die Diamanten in drei Grüppchen zu teilen. Er fragte Mace, ob er irgendetwas über ihre Herkunft wisse.

»Nichts«, sagte Mace. »Ein Kerl namens John Webster hatte damit zu tun. Aber das ist alles, was wir wissen.«

»Oh ja«, meinte AC. »Ein großer Fisch. Ein wichtiger illegaler Händler.«

»War er jedenfalls«, warf Pylon ein.

»War?« ACs Blick wanderte von Pylon zu Mace und wieder zu Pylon zurück – langsam und mit halbgeschlossenen Lidern. »Interessant. Wollt ihr mehr verraten?«

»Nicht wirklich«, sagte Pylon.

AC lachte. »Ich bin nur neugierig.«

»Situationen ändern sich manchmal«, meinte Pylon.

Es klingelte an der Tür. Mace erklärte: »Das ist unser Mann.«

Er führte Paulo herein. Dieser blieb abrupt stehen, als er die drei Männer sah, die ihm neugierig entgegenblickten. »Gehen

Sie nur rein«, meinte Mace. »Sie sind unter Freunden.« Dann stellte er Mo Siq vor und erklärte, welche Rolle AC Mkize spielte.

»Es liegt bereits alles fertig da«, fuhr Mace fort und zeigte auf die Häufchen. »Der große Teil ist das, was Sie Mo schulden. Der kleine das, was Sie Pylon und mir schulden, und der dritte gehört Francisco. Nach AC ist der durchaus so einige Dollar wert. Und der kleine Stein ist seine Kommission. Aus unserem Haufen.«

»Und ich muss Ihnen also einfach vertrauen?«

Mace zuckte mit den Achseln. »Isabella tut es.« Er schlenderte zum Barschrank hinüber. »Was möchten Sie trinken, Paulo?«

»Nichts«, erwiderte Paulo. »Danke.«

»Sie sollten aber etwas trinken«, meinte Pylon. »Wenn man bedenkt, was wir alles angestellt haben, um das hier für Sie zu bekommen. Da könnten Sie zumindest kurz mit uns darauf anstoßen.«

Paulo zögerte. Er trat vor, um die Diamanten einzusammeln. Pylon hielt ihn zurück.

»Lassen Sie sie liegen. Erst wird angestoßen.«

Paulo schüttelte ihn ab. »Was soll das?«

»So machen wir Geschäfte.«

»So auch?«, fragte Paulo und zeigte auf die Wunde auf seiner Wange und auf die aufgeschlagene Lippe – Verletzungen, die drei Tage alt und noch immer rot und hässlich verkrustet waren.

»Unschöne Sache«, meinte Mace. »Aber nein – so nicht. Whisky hat nicht die gleiche Wirkung. Und Bier auch nicht.« Er schenkte Paulo etwas Whisky ein, ohne darauf zu warten, ob dieser noch erklären würde, was er trinken wollte. »Hier. Wird Ihnen bestimmt schmecken.«

Paulo nahm das Glas in Empfang und sah die bernsteinfarbene Flüssigkeit misstrauisch an.

»Das sind sehr gute Diamanten«, sagte AC. »Ihr solltet zufrieden sein.«

»Ich bin zufrieden«, meinte Mo.

»Wir auch«, erklärte Pylon.

Mace sagte: »Dann sprechen Sie mal einen Toast auf uns aus, Paulo.«

Paulo zögerte und hielt den Blick auf die Diamanten gerichtet. Keinem der Männer, die um den Tisch standen, schaute er in die Augen. Sie warteten. Paulo lief rot an. Ihm fiel nichts Witziges ein, nichts mit einer doppelten Bedeutung. Schließlich sagte er: »Okay – darauf, dass der Deal über die Bühne gegangen ist.«

Mace stieß mit seiner Flasche gegen die von Pylon. »Darauf trink ich gerne.«

Paulo lächelte selbstzufrieden und streckte sein Glas aus, so dass die anderen mit ihm anstoßen konnten. Er kippte den Single Malt in einem Zug. »Ich bin dann mal weg, Leute«, sagte er und schaufelte sich seine Diamanten in die Hand. Diesmal hielt ihn keiner davon ab.

»Seien Sie vorsichtig«, warnte AC. »Das ist sehr viel Geld, was Sie da mit sich herumtragen.«

»Keine Sorge«, erwiderte Paulo und verließ den Raum. Pylon und Mace begleiteten ihn zur Tür. Draußen wartete ein Taxi.

»Bestellen Sie Francisco meine besten Grüße«, erklärte Mace.

Paulo nickte vom Rücksitz aus, ein feixendes Grinsen auf dem Gesicht.

»Man möchte ihm wirklich seine Visage einschlagen«, meinte Pylon, nachdem das Taxi Dunkley Square verlassen und auf die Barnet Street eingebogen war.

»Wenn du dich nicht beeilst, kriegst du wahrscheinlich keine Gelegenheit mehr dazu«, sagte Mace, obwohl Pylon bereits den weißen Toyota aufsperrte, der am Bordstein geparkt war. Als er losfuhr, hatte das Taxi gerade das Ende der Barnet erreicht und bog nach links in die Vrede Street ein.

Mace ging wieder zu Mo und AC hinein, um mit ihnen noch etwas zu trinken.

»Und Pylon?«, fragte Mo.

»Muss ein paar Einzelheiten klären«, erwiderte Mace. »Er folgt unserem Geschäftspartner, um herauszufinden, wo er hinwill.«

Mo fragte: »Probleme?«

Mace winkte ab. »Nichts Großes.«

Sie hatten noch nicht ganz ausgetrunken. AC war gerade dabei zu erzählen, wie De Beers' Leute in das Territorium eindrangen, das er »das IDB-Umfeld« nannte, als Pylon anrief. Paulo bezahle gerade vor dem Table Bay Hotel das Taxi. »Muss ziemlich flüssig sein«, fügte Pylon hinzu, ehe er wieder auflegte.

AC fuhr mit einer Geschichte über einen Diamantentaucher im Küstensperrgebiet fort, der Flugtauben dazu verwendete, seine illegalen Steine abzutransportieren. Die Vögel mussten einen Rundflug von beinahe dreihundert Kilometern zurücklegen, wobei sie auf halbem Weg an einer Farm stoppten, wo man ihnen die Fracht abnahm. Hätte nicht zufällig ein Junge mit einem Luftgewehr eine der Tauben abgeschossen, ehe sie die Zone verlassen konnte, wäre dieses Täuschungsmanöver wohl noch Jahre so weitergegangen.

»Ehrlicher kleiner Bursche, wenn er so etwas meldet«, meinte Mo.

»Dem Taucher zufolge hat er nicht alles eingereicht«, erklärte AC. »Das Päckchen hatte angeblich aus sechs Steinen bestanden, aber der Vogel hatte nur vier davon bei sich, als ihn sich die Polizisten ansahen.«

Maces Handy klingelte erneut. Pylon erklärte: »Ich hab ihn verloren. Er ist hier gar nicht als Gast gemeldet. Ist es nie gewesen. Zumindest nicht unter seinem richtigen Namen, und niemand hat ihn nach meiner Beschreibung erkannt.«

Mace dachte: Nicht schlecht. Paulo brauchte nur durch die Lobby des Hotels zu spazieren und auf der anderen Seite bei der Waterfront wieder herauskommen, wo wahrscheinlich weitere Taxis warteten.

»Clever«, sagte er. »Jetzt müssen wir überlegen, was wir tun.« Mo und AC verkündete er: »Unser Vogel ist entwischt.« Er rief einen Kontaktmann am Flughafen an. Aber Paulo und seine Tussi waren für keinen der internationalen Flüge gemeldet. Was nicht hieß, dass sie nicht unter falschen Namen abhauten. Mace dachte nach. Wenn man den Trick mit dem Hotel in Betracht zog, hatten die beiden allerdings vermutlich andere Pläne, als das Land zu verlassen.

Paulo marschierte durch die Lobby des Hotels und kam auf der anderen Seite an der Waterfront wieder heraus. Dort nahm er den ersten Eingang in das Einkaufszentrum und hielt sich in Richtung des Mugg & Bean, wo er Isabella getroffen hatte. Dachte: Wenn Isabella mich jetzt sehen könnte. Spielte mit den Diamanten in seiner Hosentasche, während er auf die Rolltreppe trat und nach unten ins Parkhaus fuhr. Neben der Ausfahrt wartete Vittoria in ihrem gemieteten Mercedes auf ihn. Er sah, wie sie ihn durch den Rückspiegel beobachtete, als er näher kam, und führte einen kleinen Freudentanz auf, um sie zu amüsieren. Unauffällig zog er Ludos Pistole heraus, die unter seinem Hemd verborgen in seinem Gürtel steckte, wischte den Griff am Hemd ab und warf sie dann in einen Mülleimer. Ein Geschenk für den nächsten Putzmann. Was würde der wohl damit machen? Sie der Polizei übergeben? Sie verkaufen? Oder behalten? Paulo nahm an, dass eine der beiden letzten Optionen am wahrscheinlichsten war. Er öffnete die Beifahrertür.

»Sind sie dir ins Hotel gefolgt?«, fragte Vittoria, sobald er neben ihr saß.

»Keine Ahnung«, sagte er. »Aber falls sie es getan haben, werden sie sich jetzt verdammt ärgern.« Er zeigte ihr eine Handvoll Diamanten. »Fahren wir los, Kleine. Ab sofort sind wir auf Safari.«

Sie fuhren zum Flughafen und nahmen einen späten Inlandflug aus der Stadt. In der Luft beugte sich Vittoria zu Paulo hinüber und küsste ihn auf den Mund. »Du hast echt Stil, Babe.«

»Klar hab ich den.«

Sie bestellten zwei winzige Flaschen Sekt bei der Stewardess, und Paulo sagte: »Ich musste heute für die Diamanten einen Toast aussprechen. Wir können ebenfalls darauf anstoßen.«

»Und worauf?«, wollte Vittoria wissen.

»Darauf, dass der Deal über die Bühne gegangen ist.«

42

Mace wachte mit Oumous Hand auf seinem Bauch auf und drehte sich zu ihr. Er streckte die Arme nach ihr aus und spürte, wie sie sich widerstandslos zu ihm ziehen ließ und sich an ihn presste. Schenkel an Schenkel. Ihre Lippen drückten sich auf die seinen, und seine Hand wanderte ihren Rücken hinunter bis zur Rundung ihrer Pobacken. Seine Finger griffen in ihr Fleisch. Er drückte sie leidenschaftlich an sich – diese Frau, die ihn manchmal mit so traurigen Augen betrachtete, aber auf sein »Was? Was ist?« mit einem Lächeln antwortete. Als ob sie alles über ihn wüsste. Alles, was er tat. Alles, was er dachte. Und ihn dennoch nicht verurteilte. Ihr Bein schwang sich über das seine, und er schlug die Augen auf, nur um festzustellen, dass sie ihn ansah.

Danach schliefen sie noch einmal ein. Mace wachte im Licht der Sonne auf. Oumou schüttelte ihn sanft.

»*Mon chéri*«, flüsterte sie ihm ins Ohr. »Da ist jemand am Telefon für dich.«

Mace warf einen Blick auf die Uhr neben dem Bett. 6:40. Wer rief um diese Zeit an?

»Er meint, er sei Polizist. Captain Irgendwas«, fuhr Oumou fort. »Ich habe dreimal nachgefragt, ihn aber nicht verstanden.«

»Gonsalves«, sagte Mace und zog sie zu sich herunter, bis sie über ihn fiel. »Du bist einfach die Beste«, murmelte er in ihr Haar. Sie richtete sich wieder auf und sah ihn genauso an, wie sie das zuvor getan hatte. Meinte: »*Oui*, das behauptest du immer.« Sie lachte, als sie es sagte und hielt ihm dann das Handy hin.

Gonsalves begrüßte ihn mit den Worten: »Mr. Bishop, Sie sollten mich anrufen.«

»Es war bereits weit nach der Schlafenszeit«, erwiderte Mace.

Gonsalves ging nicht darauf ein. »Wie wäre es dann mit heute Morgen – am besten gleich als Erstes?«, fragte er. »Übrigens gibt es noch etwas, was Sie vielleicht wissen möchten: Es wurde dieselbe Waffe wie bei den beiden Schwulen verwendet. Und der Name des Mannes ist Riccardo Ludovico. Schon mal gehört?«

»Ja«, meinte Mace. »Ich hab ihn ein- oder zweimal getroffen.«

»Gut. Im Leichenschauhaus. Sagen wir um acht.«

»Halb neun«, schlug Mace vor, aber die Verbindung war bereits abgebrochen.

Er duschte, und eine halbe Stunde später rief er Dave Cruikshank an, auf gut Glück.

»Viertel nach sieben«, sagte Dave, »ist keine Zeit, um jemanden anzurufen, selbst wenn ich nichts mehr von dir gehört habe, seitdem deine berühmten Klienten unfreiwillig das Zeitliche segneten. Aber ich werde das jetzt mal ignorieren, da ich ein großmütiger Mann bin und meinen Mitmenschen stets wohlwollend gesinnt, ohne die Absicht, ihren Morgen zu stören und sie auch nur einmal danach zu fragen, wie es ihnen geht. Wie geht es dir, mein Sohn? Wie geht es der hinreißenden Oumou? Und die entzückende Christa hat man, wie mir aus verlässlicher Quelle zugetragen wurde, beim Schwimmen gesehen, wo sie ihrem alten Vater auf die Sprünge hilft. Geht es dem Mädchen besser?«

Mace meinte, ja, das täte es, und wiederholte seine Frage: Hatte er in den letzten Tagen einigen Amerikanern eine seiner Ferienwohnungen oder ein Haus vermietet?

»Könnte durchaus sein, mein Sohn. Aber ich brauche mehr Hinweise.«

»Ich suche einen Mann namens Paulo Cavedagno«, erklärte Mace. »Er könnte in einem Hotel übernachten, aber auch in einer Ferienwohnung oder einem Bed & Breakfast – ich habe keine Ahnung. Vielleicht ist er längst aus der Stadt.«

»Kann mich nicht daran erinnern, diesen Namen schon mal gehört zu haben, mein Sohn«, antwortete Dave. »An einen solchen Namen würde ich mich bestimmt erinnern.«

Salt River war nicht gerade Maces Lieblingsviertel. Eigentlich zu keiner Zeit, aber besonders nicht bei beißendem Wind. Wide Durham Street mit ihren Outlet-Läden war ebenfalls eher das Gegenteil von einer guten Adresse. Auch die Palisadenabsperrung aus Beton samt Stacheldraht vor der Leichenhalle sagte ihm nicht sonderlich zu. Das Leichenschauhaus selbst ebenso wenig, ein braunes barackenartiges Ziegelgebäude mit einem unpassenden Giebel. Unauffällig, wenn man daran vorbeifuhr, aber viel zu offensichtlich den Toten gewidmet, wenn man das nicht tat. Er hielt am Eingangstor neben einem Mann vom Sicherheitspersonal.

»Vor zwölf Uhr gibt es hier keinen Publikumsverkehr«, erklärte er.

»Ich gehöre zu ihm«, erwiderte Mace und zeigte auf die Gestalt von Captain Gonsalves, die unter der Eingangstür kauerte, den Rücken dem Wind zugedreht.

Der Wachmann knurrte etwas Unverständliches und drückte dann auf ein paar Knöpfe, um das elektronische Tor zu öffnen.

Mace parkte im Innenhof. Als er den Motor des Spider ausschaltete, klingelte sein Handy. Dave Cruikshank.

»Mein Sohn, du hast Glück, und wie immer zeigt sich, dass ich dort bin, wo etwas los ist. Wie sich herausgestellt hat, war es mein junger Kollege hier, der Mr. Paulo Cavedagno ein Ferienhaus vermietet hat. Ich habe ihn anscheinend sogar persönlich am Samstagnachmittag angerufen. Trotzdem kam mir der Name nicht bekannt vor, als du ihn genannt hast. Aber das heißt bei all den Namen, die heutzutage meine Agentur durchlaufen, nichts mehr. Wie dem auch sei: Mein Kollege ist jedenfalls ziemlich gesprächig und verwickelte Mr. Cavedagno in eine kleine Unterhaltung. Dabei erfuhr er, dass er nach seinem Aufenthalt in unserem schönen Kapstadt einige Tage in einer Safari-Lodge verbringen wollte, ehe er wieder nach Hause fliegt. Er hatte das Haus nur von Freitag bis Montag gemietet, was wir eigentlich nicht so gerne machen. Aber da es eine Last-Minute-Aktion und das Haus frei war, drückten wir ein Auge zu. Geld ist Geld, wie du weißt, mein Sohn.«

Mace sah, dass Gonsalves bereits ungeduldig auf ihn wartete. Fragte: »War er allein?«

»Mein junger Kollege nahm an, es mit einem Junggesellen zu tun zu haben, wenn man diesen altmodischen Begriff noch verwenden darf. Ausgesprochen sympathisch, wurde mir versichert. Fuhr einen Mercedes und ist selbst vorbeigekommen, um die Schlüssel abzuholen. Er hat mit American Express bezahlt, was nicht unsere bevorzugte Karte ist, aber wenn man mit unseren amerikanischen Vettern zu tun hat, nimmt man, was sie einem geben.«

»Das war wirklich hilfreich«, erwiderte Mace. »Erinnert sich dein Kollege vielleicht auch noch an den Namen der Lodge?«

Er hörte, wie Dave die Frage wiederholte, und er hörte auch die Antwort aus dem Hintergrund: Hippo Pools.

»Hast du das?«, fragte Dave.

»Ja, hab ich«, erwiderte Mace.

»Schön, dass wir uns noch mal gesprochen haben. Ich muss jetzt weiter, mein Sohn. Die Natur ruft, wie es so schön heißt. Beste Grüße an deine hinreißende Herzensdame.«

Mace dachte: Nun, da steht Hippo Pools wohl eine aufregende Zeit bevor. Er beschloss, Gonsalves erst einmal nichts zu erzählen, ehe er nicht sichergestellt hatte, dass seine Informationen stimmten.

Der Captain trug ein Jackett mit Lederflicken an den Ellbogen. »Das hier ist nicht gerade mein Lieblingsort«, sagte er, als Mace auf ihn zukam.

»Ich bin hier noch nie gewesen«, erklärte dieser.

»Normalerweise bringe ich Leute hierher, die jemanden identifizieren müssen, den sie geliebt haben und der bei ihrem letzten Treffen noch quicklebendig war.« Er machte keine Anstalten, ins Innere des Gebäudes zu gehen. »Dieser Ludovico – wie haben Sie ihn kennengelernt?«

»Er war in einem Haus in Llandudno, wo ich geschäftlich zu tun hatte.«

»Geschäftlich?«

»Für einen Klienten.«

Gonsalves überlegte eine Weile und zeigte dann auf das Leichenschauhaus. »Er ist Amerikaner, dieser Ludovico.«

»Klang auch so.«

»Warum ist er also tot?«

»Ich habe keine Ahnung. Mit ihm persönlich hatte ich geschäftlich nichts zu tun. Mein Klient war ein gewisser Paulo Cavedagno.«

»Ein Schwätzer«, meinte Gonsalves. »Ich habe ihn an dem Tag kennengelernt, als ich dort klingelte, um nach der Frau zu suchen. Was haben Sie genau für ihn gemacht?«

»He!«, protestierte Mace. »Was sollen plötzlich all die Fragen?«

Gonsalves zuckte mit den Achseln. »Also, sagen Sie schon: Was? Wann? Wie?«

»Der Mann hat sich für eine Schönheitssafari interessiert, und ich bin zu ihm gefahren, um ihm die Details zu erläutern.«

»Und dieser Ludovico war auch da?«

»Ja, er hat sich im Fernsehen Cricket angeschaut. Pylon hat sogar mit ihm über das Spiel geredet.«

Gonsalves nickte. »Sie wissen, wie die Toten da drinnen riechen?«

Ehe Mace antworten konnte, sagte er: »Nach Desinfektionsmittel. Jeyes Fluid. Ammoniak. Dettol. Kloreiniger. Alles, was Sie heute noch essen, wird nach Leichenhalle schmecken.« Er stieß die Tür aus Glas und Aluminium auf und führte Mace in das Innere des Gebäudes. Sie gingen einen Gang entlang und durch Schwingtüren, bis sie in einen Raum mit zwei Bahren gelangten. Auf beiden Bahren lag jeweils eine Leiche, Seite an Seite. Ein Angestellter deckte das Gesicht der Leiche auf, die Mace am nächsten war. Er blickte auf den Mann, der noch vor kurzem ferngesehen hatte und dann herausgekommen war, nachdem er diesem Paulo ein paar Schläge verpasst hatte.

»Das ist er«, sagte er. Große Furcht breitete sich in seinem Inneren aus. Er war sich auf einmal todsicher, dass die andere Leiche Isabella sein würde.

»Möchten Sie sich auch die Frau anschauen?«, fragte der Angestellte und schlug das Laken zurück, ohne eine Antwort abzuwarten.

Mace zwang sich dazu, einen Blick auf die Tote zu werfen. Er sah die Wunde zwischen ihren Augen und die blasse Haut und wusste, dass sie es war, ehe er das Gesicht tatsächlich erkannte.

»Mein Gott.«

Er trat näher. Streckte die Hand aus, um ihre Wange zu berühren. Immer wieder sagte er ihren Namen: »Bella, Bella.« Hörte, wie Gonsalves fragte: »Sie kennen diese Frau?« Die Stimme drang aus weiter Ferne an sein Ohr, während er sich an der Bahre festhielt und sich über ihren Körper beugte. Laut und keuchend hallte sein Atem in seinen Ohren. Er sah sie an: ihre geschlossenen Augen, ihre römisch geschwungene Nase, ihre ernsten Lippen, die wütende Rose auf ihrer Stirn, wo die Kugel eingeschlagen war. Er stand da und sah sie an. Es mochten fünf Minuten oder auch dreißig vergehen. Er dachte an nichts. Nur ihr Name wiederholte sich endlos in seinem Bewusstsein, und dahinter stand die Erkenntnis: Sie ist tot. Sie ist tot.

In einem kleinen Büroraum reichte man ihm gezuckerten Tee. Er und Gonsalves saßen allein an einem Tisch. Der Captain wartete, bis Mace den Tee getrunken hatte, ehe er erklärte: »Zunächst brauche ich nur ihren Namen und wo sie gewohnt hat – okay? Auch eine Telefonnummer, falls Sie die haben sollten.« Er schob Mace einen Block und einen Bleistift über den Tisch hinweg zu. »Das wäre fürs Erste sehr hilfreich. Ihre Aussage können wir dann später aufnehmen.«

Mace nickte. Er nahm den Bleistift. Seine Hand zitterte, als er den Namen hinschrieb: Isabella Medicis. Dann holte er sein Handy heraus und notierte auch die Nummern, die er für sie und Francisco hatte. »Die letzte ist die ihres Bruders«, sagte er. »In New York.«

Gonsalves lehnte sich vor, um den Block wieder an sich zu nehmen. »Irgendeine Ahnung, wo sie hier übernachtet haben könnte?«

Mace sagte, im Mount Nelson.

Gonsalves erhob sich. »Ich muss jetzt weiter. Falls Sie noch mehr Zeit mit ihr verbringen möchten, fragen Sie einfach einen der Angestellten.«

Mace schüttelte den Kopf.

»Wie wäre es dann, wenn Sie so gegen elf oder halb zwölf bei mir im Büro vorbeischauen würden?«

»Ja«, erwiderte Mace. Das Wort kratzte in seinem Hals.

Er hörte, wie Gonsalves innehielt, sich dann aber doch abwandte und hinausging. Leise schloss er die Tür hinter sich. Eine Weile saß Mace da und strich mit der Fingerkuppe über ein Muster aus Dellen und Kratzern in der Tischoberfläche. Immer und immer wieder. Keine Gedanken. Nur das unaufhörliche Kreisen seines Fingers von einer Schramme zur nächsten – bis er sich langsam sammelte und das Bild von zwei Leuten vor sich sah, die Hand in Hand am Strand von Llandudno dahinliefen. Paulo und diese Vittoria.

Er holte sein Handy heraus. Die Telefonauskunft gab ihm die Nummer von Hippo Pools. Die Empfangsdame bei Hippo Pools bestätigte, dass Mr. und Mrs. Cavedagno im Laufe des Vormittags für einen kurzen Aufenthalt erwartet wurden. Könne sie ihm vielleicht behilflich sein? Aber Mace hatte wieder aufgelegt und wählte die Nummer des Reisebüros, das er gewöhnlich benutzte. Er beauftragte die Frau am anderen Ende der Leitung, ihm einen Flug für den Mittag zu jenem

Flughafen zu buchen, der Hippo Pools am nächsten lag. Es würde ein dreistündiger Flug und etwa eine Stunde Autofahrt vom Flughafen zur Lodge werden. Was dann folgen sollte, wusste er noch nicht.

Mace verließ das kleine Büro. Er fand den Angestellten, der gerade einen Tee im Korridor trank, und bat ihn um fünf Minuten mit der Frau, die einmal seine Geliebte gewesen war. Die ihn um der alten Zeiten willen erneut in Versuchung geführt hatte.

»Kein Problem«, sagte der Angestellte und brachte ihn in den Raum zurück, in dem Mace bereits gewesen war. Die beiden Bahren standen noch immer an derselben Stelle.

»Ich möchte mit ihr allein sein«, sagte Mace. »Können Sie ihn währenddessen vielleicht hinausrollen?« Er wartete, bis die andere Bahre fortgeschafft worden war, ehe er das Laken zurückschlug, um ihren Kopf und ihre Schultern zu entblößen. Ihr marmornes Weiß.

»Angenehmer Typ, den du dir da als Ehemann ausgesucht hast«, sagte er und spürte ihre Haare zwischen seinen Fingern. Sie waren nicht mehr weich, wie sie es noch vor wenigen Tagen gewesen waren, sondern hart, sandig und strähnig. »Jetzt bleibt die Frage: Welchen Tod hättest du gerne für ihn?« Er streichelte mit den Fingern über ihr Gesicht, über die Wölbung ihres Kinns und den Hals hinunter bis zur Kuhle ihres Schlüsselbeins. Doch die Haut war nicht mehr die ihre. Sie war zu totem Fleisch geworden. »Ich persönlich würde Erhängen vorschlagen. Alle beide. Seite an Seite von einem Eukalyptusbaum. Oder vielleicht sollte ich sie auf einem Ameisenhügel pfählen – für die Hyänen.« Er beugte sich vor und nahm einen Moment lang einen Hauch von Chanel wahr. Als er noch näher herankam, war der Duft wieder verschwunden. Er richtete sich wieder auf. »Mein Gott, Bella. Und das nach allem, was passiert ist. Dieser Abschaum.«

Paulos und Vittorias Flugzeug landete am Vormittag auf einem kleinen Flughafen, der inzwischen nur noch für Touristenflüge benutzt wurde. Früher war er während der Grenzkriege eine Luftwaffenbasis gewesen, wie der Pilot erklärte. Er gab sogar zu, dass man ihn hier stationiert hatte. Soldat der Number Two Mirage Squadron. Das waren Zeiten, Leute. Genießen Sie Ihren Aufenthalt.

Sie traten in die flirrende Hitze hinaus. Weiße Kumuluswolken bauten sich am Horizont auf.

»Das echte Afrika«, sagte Paulo, als der Landrover, der sie abholte, eine ungeteerte Straße durch Mopane-Böschungen und Langfäden-Wälder zur Lodge entlangfuhr. Die Luft war trocken und surrte. Beim Anblick grasender Schwarzfersenantilopen ließ Vittoria den Fahrer anhalten. Er erklärte: »Lady, schon heute Abend wollen Sie keine dieser Antilopen mehr sehen. Die sind einfach überall.«

»Aber jetzt ist nicht heute Abend«, entgegnete Vittoria und machte ein Foto mit ihrer Digitalkamera, die sie mit Isabellas Kreditkarte gekauft hatte.

Die Unterkunft in der Lodge begeisterte die beiden: ein allein stehendes Chalet aus Holz mit einem strohgedeckten Dach unter einem Baum, bei dem es sich, wie der Gepäckträger ihnen erklärte, um einen Jackalberry-Baum handelte. Direkt daneben ein großes Wasserloch. Das Innere des Häuschens war im Bushveld-Schick eingerichtet: freigelegte Balken über einem großen Bett mit weißem Leinen. Grasmatten auf dem gefliesten Fußboden. Vom Schlafzimmerfenster aus konnte Vittoria einige schweineartige Tiere sehen, die auf Knien durch das Gras am Ufer des Wassers schnüffelten. Dort gab es auch am anderen Ende des Tümpels etwas, das einem Baumstamm ähnelte, aber – wie der Gepäckträger meinte – in Wirklichkeit ein Krokodil war.

»Nachts«, erzählte der Mann, »kommen manchmal Löwen

in unser Camp. Es ist also ratsam, nach dem Abendessen nicht mehr allein spazieren zu gehen.«

»Aufregend«, meinte Paulo.

Sie vereinbarten eine nächtliche Fahrt, um das Großwild zu sehen, und machten es sich dann auf der Terrasse mit zwei Bieren aus der Minibar bequem.

»Wirklich hübsch hier«, sagte Vittoria. »Vielleicht reichen vier Tage gar nicht aus.«

Sechs Stunden später landete Mace auf dem gleichen Flughafen. Er reiste nur mit leichtem Gepäck. Aus dem Fach über seinem Kopf holte er eine Plastiktüte mit einem dicken Seil und einer Taschenlampe. In den Taschen seiner Safarijacke hatte er ein Aufnahmegerät und ein Päckchen Zigaretten verstaut. Am Ausgang reichte ihm die Stewardess seine Neun-Millimeter samt Magazin sowie ein Leatherman-Taschenmesser. Beides war für ihn im Safe des Flugzeugs verwahrt worden. Die Frau erklärte ihm, wo man Autos mieten könne.

Den Flug hatte Mace mit dem Studieren einer Landkarte und dem Lageplan von Hippo Pools verbracht, den er sich zuvor von der Website der Lodge heruntergeladen hatte. Es gab eine kleine Gäste-Lodge und fünf Chalets um ein Wasserloch, die alle voneinander abgeschirmt waren. Was ihm sehr gut passte. Die Gäste-Lodge hatte zehn Zimmer, einen Speisesaal und eine Bar, die auf einen Fluss und die Nilpferdtümpel hinausblickte, nach denen das Reservat benannt war. Weitab an den Seiten lagen die Unterkünfte der Angestellten, vermutlich durch ein dichtes Buschwerk vor den Blicken der Gäste verborgen. All das befand sich in dreißigtausend Hektar hügeliger Savanne. Das reine Paradies für Paulo und seine Tussi. Mace sah Isabellas totes Gesicht vor sich und dachte: Es wird die Hölle werden, Kumpel.

Die Karte vermerkte zwei Zugänge zu Hippo Pools, nämlich einen privaten Feldweg vom Flughafen durch den Busch, den die Shuttle-Jeeps nahmen, damit die Lodge-Gäste nicht merkten, dass sie sich nur fünfzehn Kilometer von einer kleinen Stadt und einem Granitsteinbruch entfernt befanden, und eine zehn Kilometer lange Teerstraße, die von der Nord-Süd-Verkehrsader abführte. Mace wollte Letztere benutzen und sich dann irgendwie durch den Haupteingang mogeln.

In der Stadt kaufte er bei Kwikspar einen Steak-and-Kidney-Pie von Big Jack, zwei getoastete Käsesandwiches und einen Liter Cola. An der Kreuzung zu Hippo Pools fuhr er seitlich an den Straßenrand und aß erst einmal den Pie, während er seine Nachrichten auf dem Handy durchging. Es war eine kleine Flut von wütenden Anrufern, zu denen viermal Gonsalves gehörte, der bis eine halbe Stunde zuvor immer wieder wissen wollte, wo Mace stecke, was für ein Spiel er eigentlich treibe und dass er sich sofort mit ihm in Verbindung setzen solle. Fünf Mailboxnachrichten von Pylon, der ihn ebenfalls anflehte, ihn so rasch wie möglich anzurufen. Drei unverständliche von Francisco. Und zwei von Oumou, die noch am gelassensten klang. Dazu kamen fünf SMS: vier von Pylon und eine von Oumou. Mace vermutete, dass Pylon inzwischen mit Gonsalves in Kontakt getreten war oder vielleicht auch dieser mit ihm und wusste, was passiert war. Aber weiter würde niemand etwas erfahren. Mace hatte nicht vor, auf eine der Nachrichten zu antworten, sonst würde man ihn innerhalb einer halben Stunde durch den nächstgelegenen Handymast lokalisieren. Nur Oumou schickte er eine SMS. Er teilte ihr mit, wo er sich befand und dass er bald in ein Funkloch kommen und sich erst morgen Früh wieder bei ihr melden würde. Außerdem bat er sie, niemandem zu erzählen, dass sie überhaupt von ihm gehört habe – nicht einmal Pylon. Bestimmt hatten Pylon und Gonsalves inzwischen auch sie gefragt. Schließlich schaltete er sein Handy aus und machte sich auf den Weg zum Haupttor der Hippo Pool Safari Lodge.

Der Wachmann am Tor war Mitte dreißig, ein gepflegter Mann mit gebügelter Khakihose und breitkrempigem Hut. Mace hielt am Schlagbaum an und stieg aus. Der Wachmann schlenderte zu ihm herüber, und Mace begann seine wohldurchdachte Nummer durchzuziehen. Er bot ihm eine Zigarette an und erklärte, sie beide seien doch im selben Gewerbe tätig. Zur Untermauerung holte er seinen Securitypass heraus. Er sagte, dass er den Auftrag erhalten habe, sich die Sicherheitsausstattung der Lodge anzusehen, nachdem in ein oder zwei anderen Parks Überfälle stattgefunden hätten und die exklusiven Gäste mit Waffen bedroht und ausgeraubt worden seien. Im Gegenzug erfuhr er von dem Wachmann – »Ich bin Zwide« –, dass er jeden Tag von sechs bis achtzehn Uhr da war und das sieben Tage hintereinander. Danach folgten sieben freie Tage. Tag fünf seines augenblicklichen Zyklus ende in einer Stunde. Mace meinte, er müsse nun leider weiter, ehe es zu spät wurde. Sicher würden sie sich aber am nächsten Morgen wiedersehen, wenn er die Lodge wieder verließ. Er drückte dem Mann noch das Päckchen Zigaretten in die Hand, der daraufhin, wie erwartet, den Schlagbaum öffnete und sich nicht die Mühe machte, die Rezeption anzurufen und Maces Geschichte nachzuprüfen.

Mace parkte zwischen den Autos der Gäste. Vom Parkplatz aus hatte er einen direkten Blick über einen Steingarten mit Aloe vera auf die Eingangstür der Lodge. Er kontrollierte, ob er eine Handyverbindung hatte, und wartete dann auf den Einbruch der Dunkelheit.

Kurz vor Sonnenuntergang versammelten sich die Gäste am Eingang, um zu einer nächtlichen Tour aufzubrechen. Unter ihnen befanden sich auch Paulo und Vittoria. Mace beobachtete, wie die beiden in den ersten Jeep einstiegen und sich auf die höchsten Sitze im hinteren Teil des Wagens setzten. Die Frau schmiegte sich an den Mann, als wären sie in Flitterwochen. Nachdem die Fahrzeuge abgefahren waren, machte sich Mace auf den Weg, um ihr Chalet ausfindig zu machen.

Nummer eins war belegt. Nummer zwei wirkte so ordentlich, dass dort wohl Deutsche wohnten, während ihm Nummer drei gleich als Treffer erschien, ohne dass er erst in den Pässen nachschauen musste, die auf dem Tisch lagen: die geöffneten Koffer, das zerwühlte Bett, die Handtücher auf dem Boden, die leeren Flaschen auf der Terrasse, die Spuren von weißem Pulver auf der Glasplatte der Frisierkommode – alles war genau so, wie er sich Paulo und Vittoria vorgestellt hatte. Er sah sich flüchtig im Zimmer um, obwohl Paulo die Diamanten bestimmt in einem Tresor verstaut hatte. Wie rasch er diesen Tresor dann gegebenenfalls öffnen würde, hing ganz von ihm ab, aber Mace vermutete, dass er sich schon ziemlich bald recht kooperativ zeigen würde.

Er kehrte zu seinem Wagen zurück, um ein durchweichtes Sandwich zu essen und zu warten.

43

In der Dunkelheit sah er die Land Rover zurückkehren. Er beobachtete Paulo und Vittoria dabei, wie sie mit dem Ranger sprachen. Sie schmeichelten ihm, und er genoss ihre Bewunderung in vollen Zügen. Dann schüttelten ihm die beiden die Hand und schlenderten zum Speisesaal. Die Augen des Rangers waren auf Vittorias Hintern gerichtet.

Mace eilte hastig den Pfad zu ihrem Chalet entlang. Dort herrschte wieder Ordnung. Die Handtücher waren ersetzt, das Bett gemacht, die leeren Flaschen weggeräumt worden. Fünf-Sterne-Lodge-Service.

Er setzte sich auf das Bett, holte das Seil aus der Tüte und maß mit Hand und Kinn zweimal vier Meter ab, schnitt sie mit dem Leatherman entzwei und knüpfte in jedes Stück eine Henkerschlinge.

Sie waren das Erste, was Paulo sah, als er und Vittoria leicht betrunken hereinstolperten, während sie sich über das Löwenrudel unterhielten, das sie auf ihrem Weg vom Speisesaal zum Chalet gesehen hatten. Sie tasteten kichernd nach dem Lichtschalter.

Die Henkerschlingen baumelten nebeneinander am Hauptbalken über dem Bett.

»Was zum Teufel ist das?«, fragte Paulo.

Hinter ihm spannte Mace den Hahn der Neun-Millimeter und schloss die Tür. Das Paar drehte sich zu ihm um.

»Wer verdammt noch mal sind Sie?«, fragte Vittoria.

»Fragen Sie Ihren Freund«, erwiderte Mace. »In der Zwischenzeit sollten wir gleich zum Geschäftlichen kommen. Je schneller wir das tun, desto schneller ist es vorbei. Also stecken Sie Ihren Kopf in eine der Schlingen. Sie können sich Ihre Schlinge aussuchen. Und Hände hinter den Rücken.«

Sie bewegte sich nicht. »Paulo?«

Paulo grinste Mace höhnisch an. »Ihr früherer Bettgefährte. Isabellas alter Gigolo.«

Mace schlug mit der Pistole in Paulos Gesicht und riss so wieder die Wunde auf, die beinahe verheilt war. Paulo taumelte rückwärts und presste die Hand auf seinen Mund.

»Arschloch!«, brüllte Vittoria, woraufhin Mace auch ihr eine verpasste. Sie brach auf dem Bett zusammen.

»Seid kooperativ«, sagte er. »Das macht es für uns alle leichter.«

»Was wollen Sie?«, entgegnete Paulo, der durch die blutenden Lippen nicht mehr klar sprechen konnte.

»Ich habe es schon erklärt«, erwiderte Mace. »Sie soll ihren

Kopf in eine der Schlingen stecken. Ich wiederhole mich sehr ungern.«

»Wir haben die Diamanten nicht bei uns.«

Mace schlug ihn erneut. Paulo stürzte, und Vittoria kroch schluchzend zu ihm: »Baby, Baby.« Mace klopfte ihr mit dem Griff der Pistole auf den Kopf.

»In die Schlinge.«

Sie spuckte ihm Blut entgegen und sprang auf, um zur Tür zu flüchten.

»Keine gute Idee«, sagte Mace, erwischte sie an den Haaren und knallte sie mit voller Wucht gegen die Wand. Er hörte, wie ihre Nase brach.

»Hört auf mich, Leute, okay? Bevor ihr ernsthaft verletzt werdet.« Er stieß Vittoria in Richtung Bett. »Tu mir den Gefallen.«

Sie tat es und stand mit wackeligen Beinen unter der Schlinge, die jedoch zu weit oben hing.

»Stell dich auf die Kissen«, sagte Mace. »Und du …«, er gab Paulo einen Tritt, »… hilf deiner Freundin.«

Auf zwei Kissen gelang es Vittoria, die Schlinge zu erreichen und ihren Kopf hindurchzustecken. Mace erklärte Paulo, wie er sie zuziehen solle, und befahl ihm dann, Vittorias Hände mit dem Seil hinter ihrem Rücken zu fesseln.

»Jetzt du«, befahl er. »Runter.« Paulo musste sich auf den Boden knien, während ihm Mace ebenfalls die Hände zusammenband. Paulo wiederholte immer wieder, dass sie die Diamanten nicht hätten. »Kein Problem«, erwiderte Mace. »Momentan brauchen wir sie auch noch nicht.« Als er fertig war, half er Paulo aufs Bett, legte die Schlinge um seinen Hals und zog den Knoten fest. Paulo stellte sich auf die Zehenspitzen, um nicht zu ersticken.

Mace setzte sich auf einen Stuhl hinter ihn, und im Zimmer wurde es still.

»Bitte«, ächzte Paulo. »Genug.«

»Das hoffe ich«, sagte Mace.

In diesem Moment begann Vittoria zu schreien, was Mace aufspringen und die Kissen unter ihren Füßen wegreißen ließ. Vittoria begann zu baumeln, und ihr Schrei verwandelte sich in ein heiseres Krächzen. Mace unternahm nichts. Paulo wimmerte: »Bitte, bitte, sie wird sterben«, bis Mace die Kissen wieder unter ihre Füße schob.

»Schreien war keine gute Idee«, sagte er. Die Frau keuchte und hustete, wodurch sie beinahe erneut ihr Gleichgewicht verlor. Mace hielt sie fest. »Was ich möchte, ist, dass ihr jetzt über eure Situation nachdenkt. Ich möchte, dass ihr über die Diamanten nachdenkt, die ihr gestohlen habt, aber mehr noch über die zwei Menschen, die ihr am Wochenende umgebracht habt. Und du …« Er bohrte den Lauf seiner Waffe in Vittorias Rücken, »… solltest auch über die zwei Männer nachdenken, die du neulich ermordet hast. Das war nicht nett. Vor allem nicht, jemandem den Schwanz abzuschneiden.«

Während er redete, durchsuchte er die Koffer und fischte einen BH heraus, um Vittoria diesen in den Mund zu stopfen. Sie schnaubte und sog immer wieder das Blut aus ihrer gebrochenen Nase hoch.

»Und wenn ihr darüber nachgedacht habt, erzählt ihr mir alles und macht euer Geständnis, damit ich es mit diesem Gerät aufnehmen kann.« Er hielt den Rekorder hoch. »Doch zuerst einmal braucht ihr Zeit, um über die Toten und eure Lage nachzudenken.« Er öffnete die Minibar, holte ein Bier heraus und machte es auf. »Nehmt euch so viel Zeit, wie ihr wollt. Es besteht keine Eile.«

Paulo brauchte eine halbe Stunde, ehe er stöhnte: »Bitte, bitte, helfen Sie mir.«

»Würde ich gerne«, erwiderte Mace. »Würde ich wirklich gerne. Aber was ich vor mir sehe, ist Isabella mit einem Loch zwischen ihren Augen. Isabella auf einer Bahre im Leichenschauhaus. So möchte ich mich an Isabella nicht erinnern müssen.«

»Die Diamanten …«

»Vergiss die Diamanten erst mal, Paulo. Trauere um deine Frau. Die Frau, die dich geheiratet hat, um dir viele Möglichkeiten zu eröffnen.« Mace machte eine Pause. Er hörte Paulo schniefen. »Gut, Paulo. Gut. Du solltest etwas fühlen. Lass deine Trauer raus, Paulo.« Er hielt wieder inne, als er sah, dass Paulos Schultern zitterten. »Ich will dir erzählen, wie ich mich fühle. Wie Isabellas alter Gigolo mit seiner Trauer umgeht. Augenblicklich kann Isabellas alter Gigolo noch nicht akzeptieren, dass sie tot ist. Er muss sich ständig daran erinnern, ihre Leiche im Leichenschauhaus gesehen zu haben. Dass diese Leiche früher einmal Isabella war. Die Frau, die eine Freundin war und – ja, du hast recht –, auch einmal seine Geliebte. Isabellas alter Gigolo hat Probleme, mit diesen Gefühlen zurechtzukommen. Verstehst du das, Paulo?«

»Die Diamanten …«

Mace wartete. Er beobachtete, wie Vittoria in Richtung ihres Lovers zuckte und etwas zu sagen versuchte, was aber durch den Knebel in ihrem Mund nicht zu verstehen war.

»… im Safe.«

Er stand auf und ging zu dem Safe am anderen Ende des Zimmers. Von dort aus sah er Paulo erwartungsvoll an. Das Gesicht des Mannes war rot angelaufen und tränenüberströmt.

Zwischen lauten Schluchzern nannte ihm Paulo die Zahlenkombination, die Mace in die Tastatur eingab. Die Diamanten im Inneren des Tresors befanden sich in einem kleinen Beutel.

»Das ist schon mal ein Anfang«, meinte Mace und schüttete einige der Steine in seine Hand. »Ein erstes Anzeichen von Reue. Vielleicht sogar von Trauer.«

Er machte noch ein Bier auf und setzte sich wieder hin, um es zu trinken. Das Problem, dachte er, würde sein, dass Paulo bei diesem Tempo in einer Stunde fertig und bereit sein würde, während ihm die Tussi kein bisschen entgegenkam. Man musste sie fast bewundern, wie sie das trotz gebrochener Nase so knallhart durchzog.

Nachdem er sein Bier leergetrunken hatte, wartete er. Eine halbe Stunde verging, ehe Paulo wieder zusammenbrach und schluchzend erklärte, er könne nicht länger, es reiche, er würde jetzt reden.

»Okay«, sagte Mace und trat vor ihn hin, um ihm das Aufnahmegerät unter die Nase zu halten. »Das Mikrofon ist sehr empfindlich, du musst also einfach nur deutlich sprechen. Das reicht. Nenn zuerst einmal deinen Namen, und dann erzählst du, was dazu geführt hat, dass ihr Isabella und Ludovico umgebracht habt.«

»Und dann gehen Sie?«

Mace zuckte mit den Achseln. »Vielleicht. Hängt ganz davon ab, was du von dir gibst.«

»Vor Gericht«, entgegnete Paulo wimmernd, »werd ich sagen, dass ich gefoltert wurde.«

»Ich weiß.« Mace regulierte die Lautstärke an dem Aufnahmegerät. »Es geht hier nicht um Beweise. Und nicht um ein Gericht. Das hier ist persönlich. Es geht darum, wie Isabella gestorben ist. Es geht darum, die Wahrheit zu sagen. Das machen wir hier, Paulo. So lauten die Spielregeln.«

»Sie hat sie erschossen«, erklärte Paulo. »Sie hat auch die Schwulen erschossen.«

»Immer schön der Reihe nach«, bremste ihn Mace. »Fang mit deinem Namen an.«

Paulos Geständnis lief darauf hinaus, dass Vittoria sowohl Isabella als auch Ludovico erschossen hatte. Als er schließlich fertig war, sagte Mace zu Vittoria: »Willst du jetzt reden?«

Aber sie gab nur einen erstickten Laut von sich, so dass Mace zu seinem Stuhl zurückkehrte. »Ich kann warten.«

»Sie … Sie haben versprochen, dass Sie gehen würden«, flehte Paulo. »Bitte gehen Sie jetzt.«

»Noch nicht. Nicht ohne ihre Geschichte.«

Paulo wimmerte: »Ria, bitte! Ria.« Vittoria antwortete nicht.

»Wie schon gesagt«, meinte Mace. »Ich kann warten.«

Während der nächsten Stunden saß er da und beobachtete die beiden, bis sich schließlich das erste Morgenrot am Horizont zeigte. Viertel vor fünf. Noch eine Stunde, ehe der freundliche Wachmann wieder seinen Dienst am Tor antrat. Mace zog den speicheltriefenden BH aus Vittorias Mund und hielt ihr das Aufnahmegerät hin, um sie so zu fragen, ob sie jetzt reden wolle. Aber die Frau war bereits ohnmächtig. Mace schaltete den Apparat aus und ließ seinen Blick zwischen den beiden hin und her wandern. Paulo schniefte. Mace schüttelte den Kopf, weil ihn das Paar zum einen zutiefst anwiderte, aber auch weil er sich zum anderen wunderte, dass er inzwischen seine Pläne geändert hatte. Er nahm den Beutel mit Diamanten und wog ihn nachdenklich in der Hand hin und her. Die Steine schlugen leise gegeneinander. Dann schob er ihn in die Tasche.

Mace hielt vor dem Tor an und schaltete in den Leerlauf. Zwide kam lächelnd auf ihn zu.

»Sie sind heute Morgen der Erste, der das Paradies verlässt.«

»Manche von uns müssen arbeiten.« Mace grinste ihn an. »Eines Tages möchte ich zurückkommen und absolut nichts mit Reichen zu tun haben.«

Zwide lachte. »Und ich möchte New York sehen. Ein Amerikaner meinte, er würde mir ein Flugticket für den Jumbo Jet schicken, aber vielleicht ist es in der Post verlorengegangen.« Wieder lachte er und hob den Schlagbaum hoch, damit Mace die Schranke passieren konnte.

»Ich hoffe, dass Sie es eines Tages nach New York schaffen«, rief Mace und hob grüßend die Hand. Er sah Zwide im Rückspiegel, wie er ihm zum Abschied hinterherwinkte, als wären sie alte Freunde.

PAYBACK

»… in dieser Stadt erheben sich zornig die Toten …«

– *anonymer Imam*

1

Um achtzehn Uhr zeigte das Barometer tausend Millibar an. Innerhalb weniger Stunden war es stark gefallen. Mo Siq klopfte im Lauf des Tages immer wieder gegen das Instrument und beobachtete, wie es weiter fiel, während der Sturm näher kam. Er beobachtete auch das Aufziehen des Sturms. Von den ersten hochaufgetürmten graublauen Wolken am Morgen bis zu dem dicht verhangenen grauen Himmel am späten Nachmittag. Von der Stille, als er mittags auf seinen Balkon hinaustrat, um einen Anruf zu tätigen, bis zu den heftigen Windböen, die sich nun gegen seine Fenster warfen. Neue, beschichtete Fenster, die dennoch zu wackeln begannen. Während des Nachmittags stand Mo immer wieder an diesen Fenstern, blickte auf Signal Hill hinaus und sah, wie die Windstöße verschiedene Muster in das hohe Gras drückten. Er schaute auf den kleinen Yachthafen hinunter, der keine Baustelle mehr war, sondern wo inzwischen zwei Yachten vor Anker lagen.

Einmal, als Mo so dastand und eine Zigarette rauchte, beobachtete er einen Mann mit einer Beanie-Mütze auf dem Kopf und einer dicken Jacke. Wie er auf das Schiff eilte, das am weitesten entfernt lag, und dort die Taue, Knoten und Belegnägel kontrollierte, mit denen die Luken gesichert waren, ehe er wieder ins Gebäude zurückhastete. Mo grinste. Der Mann hielt sich für einen alten Seebären. Er gab Cocktailpartys auf seiner Yacht für Leute mit zu viel Kohle. Mo hatte auch einmal eine solche Party besucht und dabei einen lukrativen Deal mit einem Israeli abgeschlossen, dem er fünfhunderttausend Patronen Kaliber 7,62 für israelische Karabiner verkaufte. Auf jener

Party hatte der alte Seebär Mo eine Fahrt auf dem Ozean angeboten. Mo hatte das Ganze auf ein andermal verschoben. Er hatte nie gesehen, dass der Alte tatsächlich in See gestochen wäre. Mo stellte den Pfeil des Barometers auf die tausend Millibar.

Er trug einen lockeren Trainingsanzug und war unrasiert. Das Bett ungemacht. Im Laufe des Tages hatte er fünf Tassen Kaffee getrunken. Nun standen fünf schmutzige Becher in der Wohnung herum: einer auf dem Nachttisch neben der Taschenbuchausgabe von *Cogan's Trade*, das Lesezeichen auf Seite hundertfünfundsechzig, wo Cogan das Savage 30-06 durch das Rückfenster seines Wagens rammt und fünf Treffer landet; zwei weitere Becher auf dem Esstisch, an dem Mo den Großteil des Tages saß und einen Bericht erstellte; ein vierter auf der Arbeitsplatte in der Küche neben einem Teller mit den Überresten eines Käsesandwichs; sowie der fünfte auf dem Couchtisch neben dem Ledersessel im Wohnzimmer.

Mo hatte an diesem Tag sechzehn Zigaretten geraucht: eine ausgedrückt im Aschenbecher auf dem Nachttisch, zwölf, während er den Bericht verfasst hatte, wobei er zwischendurch dreimal zum Ausleeren in der Küche gewesen war, und drei Kippen in einer kleinen Seifenschale auf dem Couchtisch neben dem Sessel. Dort lag auch die Videohülle des Films *Die üblichen Verdächtigen.* Kurz nachdem Mo Siq das Barometer auf tausend Millibar gestellt hatte, machte er es sich im Sessel bequem, um diesen Film anzuschauen, der zu seinen absoluten Lieblingsfilmen gehörte. Danach bestellte er sich bei St Elmo's an der Waterfront eine Pizza mit Sardellen, Oliven und Kapern.

Der Bericht, an dem Mo den ganzen Tag über geschrieben hatte, befasste sich mit den Möglichkeiten des Verteidigungsministeriums, wie das einengende Memorandum Nummer vier von 1997 zu umgehen war, demzufolge überschüssige Munition bis zum Kaliber 12,7 Millimeter zerstört werden musste. Mo Siq glaubte nicht nur, eine Umgehung dieses Memorandums würde dem Staat deutliche Mehreinnahmen bringen, sondern auch dass er persönlich in der Lage wäre, Aufträge zu erteilen, die diese Chance zu nutzen wussten. Zum Abschluss des Reports, der auf seinem Laptop unter der Überschrift »Neue Regelungen« gespeichert war, fasste er in einem letzten Abschnitt noch einmal das Wesentliche der Fragestellung zusammen: Für einen überschüssigen staatlichen oder halbstaatlichen Munitionsbestand könne keine Exporterlaubnis erteilt werden, wenn dieser vorher vom Ministerium zur Zerstörung bestimmt worden war. Dieser Hinweis sollte dem Minister nahelegen, in Zukunft solche Bestände gar nicht mehr als Überschuss zu deklarieren. Mo vermutete, dass durch die Unterschrift beziehungsweise durch das Nicht-Unterschreiben des Ministers auf der Stelle neun Millionen Patronen zur Verfügung stehen würden.

Er hatte sich den Tag, einen Freitag, freigenommen, um ungestört arbeiten zu können. Zu Hause zog er den Stecker des Festnetzanschlusses aus der Dose und schaltete sein Arbeitshandy auf stumm, ließ aber sein privates angeschaltet. Auf diesem Apparat erledigte er zwölf Anrufe: Er rief seine Schwester an, drei Frauen in verschiedenen Gegenden des Landes, eine Reiseagentur in Indien und einen Weinhändler in Irland, drei Jagdorganisationen in den USA, einen Lufthansa-Frachtmanager, einen früheren jemenitischen Minister und schließlich den Pizzaservice. Mit seinem Arbeitshandy tätigte er einen einzigen Anruf, um seine Angestellten zu bitten, für ihn eine finanzielle Frage zu klären. Diesen Anruf machte er auf dem Balkon.

Die Pizza wurde dem Beleg zufolge um zwanzig Uhr vierzig geliefert, und Mo stellte die Schachtel auf die Küchentheke, um direkt daraus zu essen. Er öffnete ein Amstel und trank das Bier aus der Flasche. Während er aß, starrte er auf die Lichter der Waterfront, die durch den Regen, der gegen die Scheiben prasselte, leicht verschwommen waren. Er dachte über die *Üblichen Verdächtigen* und das Wesen von Wahrheit nach, wobei sein Blick zum Laptop wanderte. Noch einmal las er den Bericht durch und staunte wieder einmal darüber, wie ein einziges kleines Wort eine Situation völlig anders aussehen lassen konnte. Mo stellte den Thermostat der Bodenheizung um zwei Grad höher. Als es an seiner Tür klingelte, hatte er weder das Bier zu Ende getrunken noch die Pizza aufgegessen, von der drei Stücke noch in der Schachtel lagen. Er seufzte. Sollte er antworten oder sich totstellen? Nach einem Moment drückte er auf die Gegensprechanlage.

»Mo, ich muss mit dir reden.« Der Sturm tobte so laut, dass er kaum verstand, was gesagt wurde.

»Wer ist das?«

»Mo, lass mich rein.«

»Wer ist da?«

Keine Antwort. Dann: »Mo, es ist dringend.«

Erst jetzt erkannte er die Stimme. »Mann, verdammt, was soll das, Sheemina?«, fragte er ungehalten und drückte auf den Türöffner.

Er sicherte seinen Bericht, fuhr den Laptop herunter und klappte ihn zu. Dann wartete er, bis es oben an der Tür klingelte. Er fragte sich, was Sheemina wohl von ihm wollte.

In dem Moment, als er die Tür öffnete, wurde sie gegen ihn gestoßen. Mit schmerzverzerrtem Gesicht sah Mo, dass ein Mann in die Wohnung stürmte und ihm einen weiteren Schlag auf die Nase verpasste, wodurch der Nasenknorpel gebrochen wurde. Mo sackte auf Hände und Knie. Blut floss ihm aus der Nase und den Rachen hinunter. In dieser Position wurde ihm zweimal ein Schuh in die Nieren gerammt. Er brach auf einem Kelim zusammen, den ihm seine indische Reiseagentur geschenkt hatte. Lange blieb er so nicht liegen. Der Mann zerrte ihn an seiner Trainingsjacke hoch und schleifte ihn ins Wohnzimmer hinüber, wo er ihn in den Sessel warf. Jetzt entdeckte Mo die Neun-Millimeter mit Schalldämpfer in der Hand des Mannes. Ein großer Mann – blond, Surfertyp.

Mo tastete vorsichtig seine Nase ab, die schmerzend pochte. Es gelang ihm zu fragen: »WosSheemina?«

»Egal«, erwiderte der Eindringling. »Hier spielt die Musik.«

Mo entgegnete: »WaswollnSe?« Die einzelnen Worte zogen sich zu einem einzigen zusammen. Ihm fiel das Reden schwer. »WersinSe?« Das Blut, das aus seiner Nase strömte, machte es unmöglich, deutlicher zu sprechen.

»Fragen, Fragen, nichts als Fragen«, sagte der Surfer. »Schön langsam, *China*. Entspann dich, okay? Leg erst mal den Kopf zurück, damit die Blutung aufhört.«

Mo gehorchte, obwohl er sich fragte, warum er das tat. Er schluckte Blut, merkte aber auch, dass der Blutfluss allmählich nachließ. Der Eindringling sah sich währenddessen im Zimmer um, musterte eingehend die Fotos, die Dekoration und die Videosammlung.

Nach einer Weile erklärte er: »Ich bin Mikey Rheeder. Das sag ich nur, weil ich höflich bin. Aus keinem anderen Grund.« Mikey Rheeder entdeckte die Pizzaschachtel auf der Küchentheke mit den drei übrig gebliebenen Stücken. »St Elmo's«, las er und nahm eine Olive, an der gummiartige Mozzarellafäden hingen. Hielt sie in seiner linken Hand, die unbeweglich wie eine Klaue war. »Ich persönlich bevorzuge ja Moma Roma. Besserer Teig. Bei St Elmo's sollten sie lieber zwei Pizzen aus dem Teig für eine machen, da finde ich die Kruste immer viel zu dick. Vor allem wenn sie nicht mehr warm ist.« Er drehte sich zu Mo um. »Was dagegen, wenn ich mich bediene?« Hob ein Dreieck hoch, ohne auf die Antwort zu warten. »Willst du auch noch 'n Stück?«

Mo antwortete: »Nah.«

Mikey sagte: »Verstehe.« Er legte die Pistole auf die Theke und benutzte beide Hände, um das Stück Pizza zum Mund zu führen. Kaute und schluckte. »Ich hab mal einen Film gesehen mit zwei Typen in schwarzen Anzügen. Die haben über die besten Hamburger geredet, die sie jemals gegessen haben. Haben die Feinheiten diskutiert. Bevor sie allen möglichen Scheiß gemacht haben, haben die über Hamburger geredet. Ist das nicht abgefahren?«

»WaswollnSe?«, fragte Mo und senkte den Kopf, um zu testen, ob die Blutung aufgehört hatte. Sie hatte aufgehört.

Mikey nahm noch ein Stück Pizza aus der Schachtel und biss hinein. Kauend sah er zu Mo hinüber. Dann legte er den Rest der Pizza in die Schachtel zurück und wischte sich die Hände an einem Geschirrtuch ab. »Folgendes, Mo. Sheemina lässt ausrichten, dass das hier nicht um dich und sie geht. Ich weiß nicht, was das heißen soll, sie hat's mir nicht erklärt. Aber was auch immer da gewesen ist – darum geht's jedenfalls nicht. Ich soll dir ausrichten, dass es um etwas geht, was sie Zweckentfremdung nennt. Mehr kann ich auch nicht sagen.«

Mo sagte: »Zweenfremun. Schei-Scheiße.«

»Irgend so was«, erwiderte Mikey, hob die Neun-Millimeter und jagte damit eine Kugel in Mo Siqs Herz. Dessen T-Shirt war bereits voller Blut aus der Nase, so dass die weitere Wunde nicht weiter auffiel. Die größte Verletzung zeigte sich hinten, wo die Kugel wieder aus seinem Körper austrat.

In der Stille wirkte das Rütteln des Windes an den Fensterscheiben wie das Klopfen eines Kindes. Die Sturmböen heulten am Haus entlang.

Mikey fand die Patronenhülse, schraubte den Schalldämpfer ab und steckte ihn in die linke Tasche seiner Lederjacke. Die Pistole verstaute er in der rechten. Er sah sich in der Wohnung um und zögerte einen Moment lang, als er den Laptop sah. Die Regel lautete: alles so zurücklassen, wie man es vorgefunden hat. Blödsinn, dachte er. Warum denn nicht? Schlimmstenfalls konnte er ihn immer noch verkaufen. Und je nachdem, in welcher Branche Mo Siq gearbeitet hatte, war Sheemina February vielleicht sogar bereit, weitere zwei Riesen als Extrabonus springen zu lassen.

2

Der Keller war vorbereitet. Eine Holztreppe führte hinunter, wo man durch eine Tür in einen Raum gelangte, der sechs mal vier Meter groß war – genauso groß wie das Wohnzimmer ein Stockwerk darüber. Erleuchtet wurde er von einem surrenden Neonlicht über der Tür.

Die Wände bestanden aus handgeschlagenem Tafelbergsandstein, inzwischen von dem Schmutz und der Feuchtigkeit der letzten zwei Jahrhunderte befreit und weiß gestrichen. Der Boden aus einer nassen Schicht aus Dung und Schlamm war festgetreten und mit Steinplatten belegt. Die verschalte Decke wurde von grob gehauenen Holzbalken getragen.

Das einzige Möbelstück ein Metallbett und eine neue, feste Schaumstoffmatratze. Kein Kissen, keine Wolldecke.

Am anderen Ende des Kellers gab es zehn Zentimeter über dem Boden einen dicken Eisenstift mit einer Öse. Daran hing eine Eisenkette mit einem Schloss, die in einer Fußschelle endete. Die Kette war lang genug, damit derjenige, der daran festgemacht war, bequem auf dem Bett liegen konnte, allerdings nicht lang genug, dass der Gefangene auch bis zur Tür kam. Und der Gefangene musste sich strecken, um die Schüssel mit Essen zu erreichen, die vom Geiselnehmer auf dem Boden abgestellt werden würde.

Wenn die Tür geschlossen war, konnte man so laut schreien,

wie man wollte. Wer hier gefangen war, würde von niemandem gehört werden – nicht einmal von den Leuten im Haus über dem Keller. Da gab es allerdings niemanden. Denn das Haus stand inzwischen leer, und City Bowl Properties hatte draußen auf der Straße ein Schild mit dem Hinweis »Zum Verkauf« aufgestellt.

3

Mace Bishop war nicht begeistert, als er Ducky Donald Hartnells Stimme am anderen Ende der Leitung seines Handys hörte, auch wenn ihn der Anruf nicht überraschte. Er blickte aus dem Fenster auf einen feucht tropfenden Dunkley Square hinaus. Über Devil's Peak hing eine dichte Wolkendecke. Keine Regenpause weit und breit. Mace dachte: Warum habe ich fast erwartet, dass er sich melden würde?

Er hatte in der Zeitung gelesen, dass die Toten für Ducky Donald zu einem echten Problem geworden waren. Aber diesmal schien er die Situation mit einer für ihn ungewöhnlichen Sensibilität anzugehen.

»Ich brauche Schutz«, erklärte Ducky Donald. »Man will mich umbringen.«

In deinem Leben, hätte Mace am liebsten geantwortet, hat es bestimmt immer jemanden gegeben, der dich umbringen wollte. Stattdessen sagte er: »In der Branche sind wir nicht tätig, Ducky.«

»Was soll das heißen, *Boykie*? Nur weil ich kein steinreicher New Yorker bin, der eine Gesichts-OP will, interessierst du dich nicht für mich? Ich bitte dich hier um keinen Gefallen. Ich habe vor, dich anzuheuern. Deinen Service als Profi. Ich wende mich an die Besten der Stadt.«

»Schmeichelhaft.«

»Soll es nicht sein. Ich bekomme unzählige Anrufe von Leuten, die mir die Eingeweide rausreißen wollen. Ist alles auf Band festgehalten. Willst du's hören?«

»Wende dich an die Bullen.«

»Ach, komm schon. Lass das. Natürlich hab ich die Polizei informiert. Das war das Erste, was ich getan hab, aber die wird mich garantiert nicht beschützen. Sie wird mich nicht rund um die Uhr bewachen. Und das brauche ich, Mace: Schutz. Wenn ich unterwegs bin, muss jemand da sein, dem meine Interessen am Herzen liegen, weil ich ihn dafür bezahle. Jemand wie du.«

Mace seufzte. Wahrscheinlich lauter, als er das hätte tun sollen.

»Vielleicht klingt das in deinen Ohren öde«, fuhr Ducky Donald fort, »aber für mich ist das Ganze verdammt beängstigend. Ich sag's noch mal: Ich bezahle gut dafür.«

»Vergiss es.«

»Es geht um mein Leben. Ich werf mich vor dir auf die Knie, Mace – was willst du noch? Ich biete dir an, das ganz ohne Hintergedanken zu machen.«

»Soll heißen?«

»Dass wir sonst auch wieder von vorne anfangen könnten: bei Cayman und Techipa.«

Mace stöhnte. »Oh nein.«

»Das geht nicht weg.«

»Was hast du schon in der Hand?«

»Interessante Hinweise für die Steuerbehörden. Und eine Zeitungsreportage über den Krieg mit dem hübschen Titel: Zwei Männer und ihr Akt der Gnade.«

»Das ist doch Scheiße.«

»Fraglos. Aber ich hab auch eine Scheißangst, *China*, und ich brauch dich. Also treib's nicht zu weit.«

Mace lachte. »Wenn du solchen Bockmist verzapfst, wirst

du mich garantiert nicht bekommen. Das löst keines deiner Probleme.«

Ducky Donald schwieg einen Moment lang. Dann: »Mace, *Chommie*, bitte. Übernimm es. Ein letztes Mal. Fünfzig Riesen im Voraus.«

»Bar.«

»Wenn's nötig ist.«

»Ist es«, erwiderte Mace.

Sie vereinbarten also, sich in einer halben Stunde in Hartnells Lager zu treffen, und Ducky Donald nannte ihm eine Adresse in Paardeneiland.

Eine Windböe aus nordwestlicher Richtung trieb den Regen gegen die Fensterscheibe und ließ die Welt draußen noch mehr verschwimmen. Im Büro war es angenehm warm. Ruhig und gemütlich. Das Letzte, was Mace wollte, das Letzte, was er brauchte, war es, in einem eisigen Lagerhaus herumzustehen, während ihm Ducky Donald Hartnell erklärte, warum Unbekannte die Eingeweide aus einem Loch in seinem Bauch reißen wollten.

Mace teilte Pylon die gute Nachricht mit. Pylon lag auf der Couch in seinem Büro und las ein Reisemagazin. Fragte: »Macht sich der Typ wieder mal in die Hose?«

»Falls Ducky Donald jemals so klingt, dann klingt er diesmal eindeutig so.«

»Gut.« Pylon hielt die Zeitschrift hoch. »Schau dir das an: der Gardasee in Italien. Herrlich, was? Ich glaube, vielleicht fahre ich mit Treasure dorthin. Um diesem furchtbaren Wetter einige Wochen lang zu entkommen.«

»Du meinst eine Flugreise?«

Pylon wirkte verletzt. »Ich schaff das schon.« Er warf das Magazin auf seinen Schreibtisch. »Reden wir hier über einen richtigen Auftrag mit richtiger Bezahlung?«

»Ja.«

»Unser Satz oder seiner?«

»He, ich hab ihm gesagt, dass ich mir anhören würde, was er zu sagen hat. Vielleicht wird es letztlich nicht einmal ein echter Auftrag.«

Mace kannte die Geschichte, zumindest den Teil, der an die Öffentlichkeit gedrungen war. Gegen Ende des vergangenen Sommers schloss der Club Catastrophe – ein Ereignis, das sowohl in den Zeitungen als auch im Radio besprochen wurde. Ducky Donald wusste einfach, wie er das Interesse auf sich lenken musste. Es wurde behauptet, das sei das Ende einer Ära, die auch ihren Anteil an Tragödien erlebt habe. Das Ende einer Reise. Irgendwo stand sogar, jetzt müsse sich Ducky Donald Hartnell neuen Abenteuern stellen. Bei all dem wurde sein Sohn Matthew mit keiner Silbe erwähnt, obwohl sich Mace dunkel zu erinnern glaubte, dass dieser nun größere Aufgaben anstrebte – in I-I-Ibiza oder dergleichen.

Mace war auf die Abschlussparty eingeladen gewesen, aber nicht hingegangen. Er wollte nicht an Christas Entführung erinnert werden. Den Klatschreportern zufolge wurde es ein Fest, das mit der Eröffnungsfeier locker mithalten konnte – vielmehr der zweiten Eröffnungsfeier nach den Explosionen. Es standen mehr oder weniger die gleichen Leute auf der Gästeliste. Ducky Donald mochte vielleicht neue Abenteuer suchen, aber die Richtung, die er dabei einschlug, hielt die gleichen Strippenzieher wie zuvor bereit.

Jemand, der noch nicht die Eröffnungsfeier, wohl aber die Abschlussparty besucht hatte, war der Immobilienhändler Dave Cruikshank gewesen. Kurz vor der Party wurden er und Ducky Donald in einem Artikel über den momentanen Immobilienmarkt zitiert. Dave sprach über die nötige »Wiederbelebung des Stadtzentrums«, wenn ein Bauunternehmer leerstehende Büros in Luxusapartments verwandelte, während Ducky Donald den Wunsch äußerte, »etwas zum urbanen Flair der Stadt beizutragen«. Das waren seine Worte – wobei Mace vermutete, dass er sie irgendwo aufgeschnappt haben musste. Es lief jedenfalls darauf hinaus, dass Ducky und Dave inzwischen Partner geworden waren, die gemeinsam das genannte Bauvorhaben in die Tat umsetzen wollten.

Einen Monat nach Schließung des Clubs wurde dieser abgerissen, und wenige Wochen später sah man Ducky Donald und seinen neuen Kumpel Dave im *Saturday Argus*, wie sie gerade so taten, als würden sie das Fundament zu einem Wohnungskomplex legen. Daneben war die Zeichnung des Architekten abgebildet, auf der man den siebenstöckigen Bau mit luxuriösen Loft-Wohnungen bewundern konnte.

Zwei Tage später waren die beiden wieder in der Presse. Die Grundsteinlegung hatte einen Haufen Menschenknochen zutage befördert. Archäologen wurden gerufen. Ducky Donalds Wunsch, zum urbanen Flair Kapstadts beizutragen, war in den Gräbern eines alten Friedhofs erst einmal ausgeträumt. Schlimmer noch: Es handelte sich nicht um die Skelette kolonialer Kapsiedler, sondern um die von den Sklaven jener Zeit.

Was für ein Fund, riefen die Archäologen und hielten Schädel mit spitz zugefeilten Zähnen in die Kamera. Diese schwenkte über ein Durcheinander von Knochen, die aus Sand und Erde herausragten. Als ob die Toten eine Wiederauferstehung versuchen würden.

Kurz darauf stritten sich Priester, Imame, Honoratioren verschiedener Gruppierungen und Politiker um die Überreste ihrer Vorfahren. Die Baustelle war auf einmal zu geheiligtem Boden geworden und sollte zu einer Gedenkstätte werden. Zu einem Teil des nationalen Erbes. So etwas musste bewahrt werden. Diese Menschen, die ihr Leben unter der Knute der Sklaverei gefristet hatten, verdienten es, zumindest im Tod geehrt zu werden und in Frieden ruhen zu dürfen. Sie, die

Erbauer dieser Stadt, durften nun nicht schon wieder missbraucht werden. Die Gemüter erhitzten sich. Die Situation eskalierte. Bis zu Ducky Donalds Anruf hatte Mace allerdings angenommen, dass inzwischen eine Art Waffenstillstand eingetreten war.

Sie fanden das Lagerhaus in einer Seitenstraße zwischen einer Reihe von Gebäuden, die man wegen des Regens und Sturms fest verschlossen hatte. Die einzigen Autos weit und breit waren Ducky Donalds BMW und Daves Volvo.

»Nicht viel los hier«, meinte Pylon. »Wo sind die Wachposten? So wie alle davon gesprochen haben, hatte ich eigentlich erwartet, dass man die Knochen vierundzwanzig Stunden am Tag nicht aus den Augen lassen würde.«

Mace parkte den Mercedes in der Nähe des Eingangs, und sie hasteten zur Tür. Dave hielt sie ihnen auf. Zwischen seinen Lippen hing eine Zigarette.

»Hallo, mein Sohn«, sagte er. »Hättest wohl nie gedacht, ich könnte auch mal einer deiner Klienten werden, was? Ich wollte das garantiert auch nicht. Aber trotzdem: Willkommen im Beinhaus von Hartnell und Cruikshank, den Hütern der Toten.«

Das Lagerhaus war ein altes Gebäude mit einem Holzboden, freiliegenden Deckenbalken und einem hölzernen Laufsteg, der etwa drei Meter über dem Boden an zwei Seiten des Raumes verlief. Ducky Donald stand auf den Stufen, die zu der Laufbühne hinaufführten, und musterte gerade einen riesigen Stapel aus etwa siebenhundert Kisten. Als Mace und Pylon hereinkamen, streckte er grüßend seine Hand aus und kam dann auf sie zu.

»Ich hab ja schon viele Dinge gelagert«, sagte er. »Sachen, mit denen man was anfangen konnte. Zum Beispiel schießen, fahren, manchmal auch essen. Alles Waren mit einem materiellen Wert. Knochen sind eigentlich nicht mein Stil. Trotzdem hab ich dieses Lagerhaus gemietet, um sie hier unterzubringen. Ich zahle die Miete.«

»Wir, mein Sohn«, warf Dave Cruikshank ein. »Aus dem Budget für das Bauvorhaben.«

»Ich verliere jeden Tag viel Geld«, fuhr Ducky fort, ohne auf ihn zu achten. »Jeder Tag, an dem nichts passiert, könnte ich genauso gut Hunderttausende die Toilette runterspülen. Versteht ihr, was ich meine? Ich erkläre denen, dass wir Termine haben, Bauunternehmer unter Vertrag. Verträge mit Strafklauseln. Ganz zu schweigen von dem Kredit, mit dem wir alles finanzieren. Aber diese Tunten in ihren Kleidchen, diese Christen und Muslime, sagen immer wieder: Tut uns leid, *Boykies*, das hier ist im Grunde ein Ort, an dem ein Massaker stattgefunden hat. So ein Blödsinn! Wir haben hier nur einen verdammten Friedhof. Aber nein – für sie ist es ein Ort des Verbrechens. Ein Ort der Trauer. An diesem Ort forderte die Brutalität der weißen Unterdrückung ihren unmenschlichen Tribut. Ihre Worte. Ich zitiere. Diesen Mist klatschen sie uns täglich ins Gesicht. Wenn man aber die Archäologen fragt, ob das denn auch stimmt, meinen die: Oh nein, diese Leute sind an Altersschwäche, an Krankheiten oder an den Dingen gestorben, an denen normale Leute eben sterben. Okay. Ich versteh die Gefühle. Früher in jungen Tagen hätte ich das auch mal so gesehen. Vieles von dem, was die behaupten, ist richtig. Das will ich gar nicht bezweifeln. Aber mein Gott, wir reden hier von acht Jahren. Acht Jahre Demokratie! Wir müssen diese Dinge endlich auf sich beruhen lassen. Also überlege ich, wie ich die Situation entschärfen kann, auch wenn es natürlich stimmt, dass diesen Menschen jahrhundertelang beschissen mitgespielt wurde.«

»Wir, mein Sohn. Wir.«

Ducky Donald wirbelte wütend zu ihm herum. »Was? Was ist los?«

»Wir«, wiederholte Dave. »Unsere Partnerschaft.«

»Mein Gott!«, sagte Ducky Donald. »Ich erzähl's doch nur den beiden, sie wissen, was ich meine. Okay?« Er starrte Dave zornig an. »Jetzt hab ich den Faden verloren. Verdammt, was hab ich gerade gesagt?«

»Wie wir die Situation entschärfen können«, sagte Dave.

»Ach ja.« Ducky Donald öffnete eine Kiste und holte einen Knochen heraus. Es war ein langer Oberschenkelknochen. »Wir haben uns also getroffen und die Pfaffen gefragt, was wir tun können, um ihnen entgegenzukommen. Wir haben sogar noch mehr getan. Wir haben ihnen Vorschläge gemacht. Wir haben vorgeschlagen, den Archäologen drei Monate Zeit zu geben, um alles genau zu untersuchen. Wozu wir zugegebenermaßen gesetzlich auch verpflichtet sind. Aber zudem wollten wir uns finanziell beteiligen und ihnen tatsächlich etwas aus unserem teuren Kredit zugutekommen lassen – etwas, was ein Bankmanager nie tun würde! Einfach so sagen: Lasst mich einen Beitrag zur Aussöhnung des Landes leisten. Oh Gott – nein! Die Banken wollen immer gnadenlos ihre Zinsen. Zum Teufel mit irgendwelchen Gefühlen. Sollen das doch die armen Schlucker unter sich ausmachen! Wie auch immer, all das biete ich also an. Bieten *wir* an. Und mehr. Viel mehr. Weil es jetzt ein Problem mit diesen Knochen gibt. Hunderte und Hunderte von gottverdammten Knochen, die irgendwo gelagert werden müssen. Die Archäologen schlagen das Kastell vor. Dort ist viel Platz. Die Armee ist weg und der Ort für normale Leute zugänglich gemacht. Warum auch nicht? Hätte zumindest eine gewisse poetische Gerechtigkeit. Das Kastell beschützt jetzt die Überreste der Menschen, die es einmal unterdrückt hat. Aber nein! Das sei der ursprüngliche Ort des Verbrechens, von dort ging der ganze Scheiß aus. Die Knochen dorthin zu schicken, wäre das Gleiche, wie wenn man sie gleich in den Kerker werfen würde. Donker Gat, hier sind wir schon wieder! Okay, okay, wir verstehen das. Wir finden zwar, dass es eine beschissene Logik ist, aber wir merken, wie sie leiden. Also greifen wir tief in die Tasche und mieten ein Lagerhaus, das allen Anforderungen gerecht wird. Jetzt sind alle glücklich. Jetzt können wir uns endlich wieder der Zukunft zuwenden.«

Ducky Donald schlug mit dem Oberschenkelknochen gegen die Kiste.

»Die Bulldozer rücken an. Das Loch wird größer und tiefer, weil wir weit hinuntermüssen, um ein unterirdisches Parkhaus zu bauen. Kein Problem, da unten ist nur Erde. Also legen Dave und ich die Füße hoch. Wir mussten zwar Blut lassen, aber hey – wir erholen uns schon wieder. Dann, auf einmal aus heiterem Himmel, gibt es Knall auf Fall eine Verfügung: Die Knochen sollen Teil des Gebäudes sein, im Erdgeschoss muss ein Museum eingerichtet werden. Totaler Baustopp, bis alles geregelt ist. Ich denke nach. Ich überlege, wie wir auch das regeln könnten. Vielleicht lässt sich ein Museum ja irgendwie integrieren. Doch dann wird mir klar, dass das Quatsch ist. Wer will schon in einem Apartment wohnen, wenn im Erdgeschoss ein riesiger Haufen Toter liegt? Jedes Mal, wenn man hundemüde von der Arbeit kommt, stolpert man über eine Gedenkstätte, die einem erklärt, wie beschissen erst das Leben derjenigen war, die unter deiner Luxuswohnung begraben liegen? Das wird nicht funktionieren. So etwas können sie auch nicht von uns verlangen. Sie wissen das. Wir wissen das. Also gehen wir vor Gericht, und die Verfügung wird aufgehoben. Nur hat das noch nicht das Problem gelöst, was mit den Knochen geschehen soll. Die Männer in Röcken labern immer noch von den Überresten ihrer Vorfahren. Sie nennen das, was wir tun, respektlos. Eine Verunglimpfung menschlicher Grundrechte. Es erscheinen Zeitungsartikel. Man ruft uns im Büro an, zu Hause. Man will sich wieder mit uns treffen. Glatte Belästigung! Ich habe Dave prophezeit, dass als Nächstes Morddrohungen kommen würden. Und prompt rollen auch die rein. Nicht nur eine, sondern unzählige. Das Einzige, was sie bisher noch nicht getan haben, ist, mir eine Katze an die Tür zu nageln.«

Ducky Donald ließ den Knochen wieder in die Kiste fallen. Es war zwar nicht die Kiste, aus der er ihn herausgeholt hatte, doch das schien ihn nicht weiter zu stören.

»Aber eines Tages wird auch das passieren.« Sein Blick wanderte von Pylon zu Mace. »Ich will, dass ihr mich beschützt. Jedes Mal, wenn ich aus der Tür trete. Das Gleiche gilt für Dave.«

»Das wird teuer«, meinte Mace.

»Wir zahlen.« Er trat wütend gegen die Kiste. »Dieser ganze Mist! Und wofür? Für einen Haufen Knochen.«

4

Am selben Nachmittag öffnete Mace einem schwarzen Paar die Tür. Mitte dreißig, adrett und gepflegt. Er in Lederjacke, Rollkragenpulli, schwarzer Hose, Budapester. Sie in einem offenen Dufflecoat, weißer Bluse, Schottenrock, halblangen Stiefeln. Beide drängten sich unter einen Golf-Regenschirm von J&B. Der Mann hatte einen dünnen Schnurrbart, die Frau einen Teint wie getrockneter Ton, exakt umrandete Augen, Lippenstift. Sie sahen Mace an, wobei die Frau einen raschen Blick in den Gang hinter ihm warf. Der Mann fragte: »Mr. Bishop?«

Mace sagte Ja. Dachte: Schnüffler.

Der Mann stellte weder sich noch seine Begleiterin vor. Fragte nur: »Können wir mit Ihnen sprechen? Und mit Mr. Buso, falls er da ist?«

»Worüber?«, erwiderte Mace. Er ließ sie ungerührt draußen im Regen stehen. »Woher kommen Sie?«

Wieder weigerten sie sich, auf seine Fragen zu antworten. Die Frau, deren Hände in den Taschen ihres Mantels vergraben waren, meinte mit englischem Akzent: »Könnten wir das vielleicht besprechen, wo es wärmer ist?«

Gerade aus dem Exil zurück, schoss es Mace durch den Kopf, als er endlich zur Seite trat und die beiden durchließ. Der Mann klappte den Regenschirm zu und ließ ihn draußen vor der Tür stehen.

»Da wird er aber gestohlen«, warnte Mace.

»Glaube ich kaum.« Mr. Budapester zeigte auf einen BMW, der vor dem Haus parkte und hinter dessen Steuer die schwarze Silhouette eines Mannes auszumachen war.

Na großartig, dachte Mace, also keine potentiellen Kunden. Er schloss die Haustür und führte die beiden den Gang hinunter zum Konferenzraum. Auf dem Weg dorthin rief er Pylon zu, dass sie Besucher hätten. Die zwei traten ins Zimmer und stellten sich an ein Ende des Tisches, wobei sie jeweils ihre Hände auf die Stuhllehnen legten. Als wären sie Geistliche einer Synode.

Mace fragte: »Worum geht es?«

»Wollen wir nicht auf Ihren Kollegen warten?«, schlug die Frau vor. »Hätten Sie etwas dagegen, wenn wir uns setzen? Es wird zwar sicher nicht lange dauern, trotzdem gibt es keinen Grund, es sich nicht bequem zu machen.«

Mace wies auf die Stühle. »Dafür sind sie da.« Er ließ sich ihnen gegenüber nieder.

Pylon kam herein. Sagte: »Grundgütiger! Die NIA.«

Der Mann zeigte die Andeutung eines Lächelns, wobei seine Lippen unter dem dünnen Schnurrbart kaum zuckten. Die Frau verzog keine Miene. Sie hätte auch vom Amtsgericht sein und eine Vorladung überbringen können.

»Du kennst sie?«, fragte Mace Pylon.

»Nein«, erwiderte er. »Aber es ist doch offensichtlich, oder? Die Haltung. Die Kleidung. Gepflegt adrett. Unauffällig. Hi Leute, ich bin Pylon Buso.« Streckte ihnen die Hand entgegen.

Der Mann schüttelte sie. Gab ihm den Bruderhandschlag. Die Frau ließ ihre Hände gefaltet vor sich auf dem Tisch liegen.

Pylon zuckte mit den Achseln und setzte sich neben Mace. »Die NIA bedarf also unseres Personenschutzes?«

»Sehr witzig, Mr. Buso«, erwiderte die Frau. »Wir sind aus einem anderen Grund hier.«

»Vielleicht sollten Sie sich erst einmal vorstellen«, schlug Mace vor. »Uns Ihre Ausweise zeigen zum Beispiel.«

»Das wird nicht nötig sein«, meinte sie. »Mr. Buso hat uns ja gleich erkannt.«

»Ziemlich geheimnisvoll, muss schon sagen«, entgegnete Mace. »Ziemlich geheimdienstig.«

»Wenn Sie es so betrachten wollen«, erwiderte die Frau. »Wir könnten Ihnen auch unsere Namen nennen und unsere Ausweise zeigen. Aber Sie werden nicht wissen, ob sie überhaupt echt sind. Da können wir uns diese Farce genauso gut gleich sparen.«

»Sehr aufmerksam von Ihnen«, meinte Mace. »Eine Farce wäre es allerdings nicht geworden.«

Die beiden Agenten tauschten einen Blick miteinander aus. Der Mann kam nun auf das Wesentliche. »Wir sind nicht in offizieller Funktion hier. Es handelt sich um keine Ermittlung im üblichen Sinn. Wir sind auch keine Polizisten. Was wir tun, ist, Ihnen einen kleinen Vorsprung zu geben.«

»Aha«, meinte Mace.

»Wir glauben, dass Sie einen Mann namens Mo Siq kennen. Sie waren Kampfgefährten.«

»Ist das eine Frage oder eine Feststellung?«, wollte Mace wissen.

Der Mann ignorierte ihn. »Haben Sie ihn seitdem wiedergesehen?«

»Ermitteln Sie gegen ihn?«, erkundigte sich Pylon.

»Wie mein Kollege bereits erklärte, wurden wir bisher mit keiner Ermittlung betraut«, antwortete die Frau. »Sie können es glauben oder nicht: Wir sind heute hier, um Ihnen zu helfen.«

Mace und Pylon schoben gleichzeitig ihre Stühle zurück, wollten aufstehen.

Hastig fügte sie hinzu: »Lassen Sie mich ehrlich sein, meine Herren. Wir wissen, dass Sie mit Mo Siq im November letzten Jahres im Uitsig zu Mittag gegessen haben. Wir wissen auch, dass Sie ihn im frühen Januar dieses Jahres in seiner Wohnung besucht haben. Wir wissen ebenfalls, dass er im selben Monat in Ihr Büro kam. Wir haben die Daten Ihrer Festnetz- und Handytelefonate, allerdings nicht Aufzeichnungen der eigentlichen Gespräche. Wir wissen, wann und wie lange Sie jemals miteinander telefoniert haben. Und wir wissen, dass Sie seitdem nicht mehr mit Mr. Siq in Kontakt gewesen sind.« Sie sah zuerst Mace und dann Pylon an.

Mace dachte: Sie sind Mo auf der Spur. Wegen des Waffentransports. Haben wahrscheinlich Informationen über den Wochenendausflug nach Luanda.

»Verstehen Sie, dass all das unter den Umständen interessant sein könnte?«

»Unter welchen Umständen?«, fragte Pylon.

Wieder sah sie zuerst den einen und dann den anderen an. Auch der Mann ließ sie nicht aus den Augen. »Unter den Umständen, dass er tot ist. Ermordet.«

Pylon sagte: »Mein Gott.«

Mace sagte: »Um Gottes willen.«

Pylon fragte: »Wie?«

»Leider müssen wir diese Einzelheiten den Zeitungen

überlassen«, erwiderte die Frau. »Mr. Buso, Mr. Bishop – Sie verstehen hoffentlich, dass wir Ihre Beziehung zu Mr. Siq als eine rein geschäftliche betrachten. Es geht uns nicht um die Art dieses Geschäfts, sondern nur darum, dass diese Information nicht weitergegeben werden darf. Das dürfte auch in Ihrem Interesse sein. Dementsprechend haben wir uns erlaubt, die Daten Ihrer Telefonate abzuändern. Leider ist das Gleiche nicht für Mr. Siqs Terminkalender möglich. Die Polizei wird diesen Hinweisen nachgehen. Man wird Sie anrufen. Man wird wissen wollen, warum Sie mit Mr. Siq zu Mittag aßen, warum Sie ihn besucht haben, warum er hierhergekommen ist. Man wird Sie vielleicht sogar fragen, warum Sie danach keinen Kontakt mehr zu ihm hatten. Dürfen wir Ihnen den Vorschlag machen, dass Sie sich auf diese Gespräche gut vorbereiten? Nach meiner Erfahrung ist in solchen Fällen die einfachste Geschichte oft die beste. Sie waren schließlich einmal Kampfgefährten. Alte Freunde.« Sie stand auf. Zum ersten Mal zeigte sich ein Lächeln auf ihrem Gesicht. »Es tut mir leid, dass ich Ihnen diese schlechten Nachrichten überbringen musste.«

Danach gossen sie sich zwei doppelte Whisky ein und stießen auf Mos Leben an.

Pylon sagte: »Das könnten Hunderte von Leuten gewesen sein.«

»Die Frage ist nur, wie viel die Polizei herausfinden wird.«

»Nicht viel«, erwiderte Pylon, »falls Miss Teiggesicht und ihr Handlanger ihren Job gut machen. Was ich gerne gewusst hätte, ist das Wie. Und das Wo. Mo war nicht der Typ, der Dinge einfach so mit sich geschehen ließ.«

»Offensichtlich diesmal schon.«

»Ja, ein echtes Problem. Das sollte uns allen etwas zeigen.«

»Und was?«, fragte Mace.

»Keine Ahnung. Dass wir alle vor unserem eigenen Leben beschützt werden müssen.«

5

An dem Tag, an dem bekannt wurde, dass Mo Siq das Opfer eines Mordanschlags geworden war, schoss man auf Ducky Donald Hartnell, und zwar als er um zehn Uhr vierundzwanzig das Haus verließ. Die zwei 5,56-Millimeter-Patronen stammten wahrscheinlich aus einem Revolver, wie die Polizei vermutete, da keine Patronenhülsen gefunden wurden. Aber das würde man auch nicht, dachte Mace, falls die Waffe doch eine Pistole war und aus einem Auto geschossen wurde.

Der erste Schuss traf den Seitenspiegel von Duckys Wagen, der zweite seine Hand, mit der er sich ans Lenkrad geklammert hatte. Kein guter Schütze, wenn man die kurze Entfernung von weniger als vier Metern bedachte – noch dazu aus einem stehenden Wagen. Aus dieser Entfernung hätte jeder, der mit einer Schusswaffe halbwegs umgehen konnte, zweimal in den Kopf getroffen. Meinte jedenfalls Mace. Ducky Donald hätte sofort das Zeitliche segnen müssen. Was Mace auf die Frage brachte: Lief das einfach nur schief, oder wollte da jemand dem Bauunternehmer Angst einjagen?

Er hielt Murks für das Wahrscheinlichste. Wenn man jemanden einschüchtern wollte, jagte man stattdessen zwei Kugeln nahe nebeneinander in ein Auto. Falls sich der so Eingeschüchterte die Mühe machte, nachzudenken, würde er verstehen, dass der Schütze durchaus in der Lage war, genau zu treffen und bewusst danebengezielt hatte. Das nächste Mal – falls ein nächstes Mal nötig war – würde das Ganze anders ablaufen.

»Lucky Ducky«, sagte Mace bei der ersten Gelegenheit, die sich bot.

»Sehr witzig«, erwiderte Ducky, der mit einem Kissen im Rücken in einem Krankenhausbett in der Privatabteilung lag. Vor der Tür stationiert ein Muskelprotz von Complete Security. »Ich beauftrage euch, und zwei Tage später schießt man auf mich. Ich hab's euch ja gesagt: Man will mich umbringen. Aber ihr habt mir nicht geglaubt. Ihr habt mich so angeschaut, als würde ich mal wieder wahnsinnig übertreiben. Und was denkst du jetzt? Dass ich vielleicht doch recht hatte? Ha!«

Mace nickte. »Sieht ganz danach aus.«

»Da hast du verdammt recht. Es sieht verdammt danach aus. Donald Hartnell sollte jetzt eigentlich im Leichenschauhaus liegen. Das ist echt krass. Radikal krass. Da erhöht jemand gewaltig den Druck. Und jemand, der so handelt, erklärt mir im Grunde den Krieg. Weißt du, was ich meine? Man hat mir damit allerdings auch eine ganze Reihe von Möglichkeiten eröffnet. Ich werde die Kriegserklärung annehmen. Wir bauen hier eine Demokratie auf. Hier läuft man nicht durch die Gegend und schießt auf Leute.«

Mace hielt ihm die Zeitung entgegen. »Hast du schon das von Mo Siq gelesen?«

»Was?«

»Ins Herz geschossen. In seiner Wohnung. Eine dieser schicken vorne an der Waterfront. Es gibt also auch hier durchaus Leute, die durch die Gegend rennen und Leute erschießen.«

Ducky winkte mit seiner unverletzten Hand ab. »Mo Siq, morbid und dick.«

»Er hat dir mal geholfen.«

»Ja, ein Mal. Weil er mir noch was schuldete. Was ich sagen wollte, Mace: Du musst mich beschützen. Das ist alles, worum ich dich bitte. Ich zieh in den Kampf, aber du musst sicherstellen, dass ich dabei nicht in Gefahr bin. Dass ich nicht so ende wie Mo.«

»Leichter gesagt als getan.«

Ducky Donald bemerkte den kritischen Unterton.

»Ich hab mich damals danebenbenommen. Das stimmt. So etwas wird nicht wieder passieren.«

»Besser nicht«, erwiderte Mace, »oder du bist Geschichte.« Damit verließ er das Krankenzimmer und ließ Ducky Donald mit einem verlegenen Grinsen auf der Visage zurück.

Folgendes war passiert: Sie warteten auf Ducky, ein Schütze und ein Fahrer. Hatten ihm sogar etwas zugerufen. Und Ducky Donald – cooler Hund, gerissener Kerl, Dealer in allen möglichen legalen und illegalen Bereichen, Clubbesitzer, Vater eines stadtbekannten Drogenhändlers –, dieser Mann von Welt also fiel auf den ältesten aller Tricks herein: Wenn man einen Typen dazu bringen will, sich dämlich zu verhalten, steuert man ihn am besten über seinen Schwanz.

Um neun Uhr sechsundvierzig ruft Ducky Donald Hartnells neueste schwarze Tussi-Eroberung ihn auf dem Handy an: Komm und rette mich, Ducky, die Bullen haben mich wegen einer Party hopsgenommen. Bin schon unterwegs, sagt Ducky und steckt gleich sein Scheckheft ein, um die Strafe zu bezahlen. Keine Sekunde lang hält er inne, um zu überlegen: He, ich kenne die Kleine erst seit zwei Wochen. Lohnt sich der Ärger überhaupt? Noch weniger denkt er: Einen Moment mal, Ruhestörung ist keine große Sache, meistens bleibt es bei einer Verwarnung. Was hat sie also getan, dass es zu einem Schuldeingeständnis samt Geldstrafe kommen kann? Rufen wir doch erst mal die Polizei an. Schon zu diesem Zeitpunkt hätte er Verdacht schöpfen sollen: Stellt mir da vielleicht jemand eine Falle? Wäre doch möglich, vor allem wenn man bedenkt, dass mir ein Teil der Gesellschaft bereits klargemacht hat, dass sie mir am liebsten die Eingeweide rausreißen würden. Eine Drohung, die ich ernst genommen und wegen der ich extra Leute angeheuert habe, um das zu verhindern. Aber nein – Ducky geht nicht vorsichtig vor. Nein, unser Ritter ohne Furcht und Tadel springt in seinen BMW, drückt auf die Fernbedienung, um das Garagentor zu öffnen, rast rückwärts die Einfahrt hinunter und drückt erneut auf die Fernbedienung, um das Tor zu öffnen, das auf die Straße hinausführt. Verlässt langsam sein Grundstück. Am Bordstein parkt in falscher Richtung, also in Richtung des herankommenden Verkehrs, ein weißes Auto. Unbekannte Marke. Die zwei Leute, die darin sitzen, schauen ihn direkt an. Einer dieser Leute hält eine Waffe in der Hand. Peng. Peng.

Maces Vereinbarung mit Ducky Donald war einfach genug gewesen: Er sollte das Haus nicht verlassen, außer er oder Pylon hielten dabei seine Hand. Theoretisch galt das Gleiche für Dave Cruikshank, obwohl Dave nicht die Zielscheibe war. Niemand hatte ihm geschrieben oder ihn angerufen, um ihn wissen zu lassen, dass man auch ihm die Eingeweide herausreißen wollte. Zumindest bisher noch nicht. Aber Dave war auch nicht so bekannt. Er hielt sich im Hintergrund. Als Pylon ihm die Herrlichkeiten des Gardasees zeigte, begann er davon zu sprechen, ebenfalls in Urlaub fahren zu wollen. Was Maces Ansicht nach eine gute Idee war. Die drei besprachen im Büro von Complete Security gerade die Alternativen, die ihm sonst blieben.

»Fahr einfach«, sagte Mace zu Dave. »Warum nicht? Du willst doch nicht dasselbe wie dein Partner erleben? Oder Schlimmeres. Ich hab ihn besucht, er wirkt nicht gerade glücklich.«

»Du hast recht, mein Sohn«, erwiderte Dave. »Ich sollte einfach eine Agentur beauftragen, eine Reise zu buchen, meine Frau soll die Koffer packen, und weg sind wir.« Er stieß mit dem Finger an die Broschüre über den Gardasee. »Wäre gut, mal wieder rauszukommen. Diesen ganzen Unsinn hier hinter sich lassen.«

»Nicht wahr?«, sagte Pylon. »Soll sich doch Ducky Donald allein mit dem Mist rumschlagen.«

Dave sah ihn an. »Ich haue nicht einfach ab.«

»Hab ich auch nicht gemeint«, entgegnete Pylon. »Diese Angelegenheit ist eine echte Hartnell-Situation. Wir haben da schon Erfahrungen gesammelt.«

»Also schön, ich fahre«, erklärte Dave und erhob sich mühsam von Pylons Couch. »Was denkt ihr? Zwei oder drei Wochen sollten ausreichen, oder?«

»Ich würde sagen, drei«, antwortete Mace. »Lass es dir mal richtig gut gehen.«

»Werde ich, mein Sohn.« Unter der Tür hielt er inne. »Ach, Mace, noch etwas. Euer altes Haus, das viktorianische, steht wieder zum Verkauf. Sie hat mich angerufen, diese Frau, die es gekauft hatte, und gemeint, sie wäre ausgezogen und ob ich es verkaufen könnte. Sie steht allerdings nicht unter Druck, sondern will lieber den verlangten Preis bekommen.«

»Sheemina February?«

»Ja, genau die. Offenbar eine moderne Frau. Das ging aber schnell, sage ich zu ihr, um höflich zu sein. Schließlich war sie … na? … nur etwa drei Jahre drin. Viel zu vorstädtisch, meint sie. Nicht ihre Art von Szene. Sie möchte lieber in einer Gegend leben, in der mehr los ist.« Er winkte mit der Broschüre. »Also, macht's gut. Grüß deine Herzensdamen von mir, Mace.« Rief über die Schulter hinweg: »Ich finde schon selbst hinaus!«

Sie hörten, wie er die Treppe hinunterpolterte, und dann, wie die Haustür ins Schloss fiel. Im Büro breitete sich Stille aus.

Pylon sagte: »Da vergehen Monate, in denen man einen Namen nicht einmal hört. Und plötzlich steht er wieder im Raum. Komisch, wie das manchmal läuft.«

»Nicht wahr?«, erwiderte Mace. »Jetzt nachdem ihr Ex das Zeitliche gesegnet hat.«

»Zufall.«

»Gibt es nicht. Nur ein anderes Wort für das braune Zeug, das bald am Dampfen ist.«

»Du glaubst, sie steckt dahinter?«

»Das hab ich nicht behauptet. Ich will nur auf eine gewisse Möglichkeit hinweisen. Als Bulle würde ich dieser Spur jedenfalls nachgehen. Okay, Mo steckte mit diesen ganzen Waffengeschäften sowieso tief in der Scheiße. Aber er war auch ein schlauer Fuchs. Ich garantiere dir, dass er niemanden in seine Wohnung gelassen hätte, den er nicht kannte.« Mace nahm die Zeitung zur Hand und wanderte mit dem Finger über die Reportage auf Seite drei. In der Mitte der Spalte gab es ein gutes Foto von Mo, wie er auf einer Party zur Feier der neuen Verfassung ausgelassen tanzte. »Was steht hier? ›Der Polizei zufolge gibt es keine Anzeichen für ein gewaltsames Eindringen.‹«

»Könnte auch ein Kollege gewesen sein. Könnte sein, dass ein Deal schieflief und die Gegenseite wütend war. Es muss nicht Sheemina February gewesen sein. Sie wird es außerdem wohl kaum selbst getan haben.«

»Sie hat es schon einmal versucht«, entgegnete Mace. »Jedenfalls hat das Mo behauptet. Und sie hat es sogar vor uns zugegeben.«

»Damals waren sie noch verheiratet. Aber inzwischen waren sie längst geschieden. Vielleicht seit über zehn Jahren. Warum sollte sie so lange warten?«

»Es gibt zwei Dinge, die meiner Meinung nach auch gegen sie sprechen«, meinte Mace. »Zum einen ist sie nicht der Typ, der selbst Hand anlegt, obwohl Rache ja besonders süß schmecken soll, wenn sie kalt ist.«

»Kalt serviert«, sagte Pylon.

»Wie, kalt serviert?«

»Rache serviert man am besten kalt. So heißt die Redewendung.«

»Servieren, schmecken … Geht doch jedes Mal ums Essen.«

»Servieren ist aber nicht schmecken«, widersprach Pylon. »Darum geht es.«

»Kapier ich nicht.« Mace stand auf und streckte sich. »Wem ich allerdings echt dankbar bin, sind unsere Freunde von der NIA. Die könnten einen Reinigungsservice aufmachen, bei all dem Schmutz, den die offenbar wegräumen.« Er zog die Autoschlüssel aus seiner hinteren Jeanstasche.

»Du verdrückst dich?«

»Ja. Nachdem der Arsch im Krankenhaus ist, müssen wir nicht hier rumhängen.«

»Stimmt.« Pylon suchte unter den Reiseprospekten nach seinen Autoschlüsseln. »Wollen wir noch irgendwo kurz was trinken gehen?«

Mace schüttelte den Kopf. »Nein, jetzt sind ein paar schöne Stunden mit Oumou angesagt.«

»Du willst wohl Pluspunkte bei ihr rausschinden«, sagte Pylon.

»So wie ich das sehe, kann ein Mann nie genug von denen haben.«

Nach Isabellas Tod befürchtete Mace eine Weile, dass alles, wofür er jemals gearbeitet hatte und alles, was er hochhielt, in Gefahr stand, auf einmal wegzubrechen. Diejenigen, die er liebte, hatte er mutwillig beinahe verloren. Diesen Pfad wollte er nicht noch einmal einschlagen.

Der Mord an Isabella hatte Schlagzeilen gemacht: »Touristen erschossen in den Dünen gefunden.« Er wusste, dass Oumou irgendwann davon erfahren würde. Aber er sagte nichts. Eines Nachts, als sie gerade zu Bett gehen wollten, erklärte Oumou: »Ich kann nicht mehr neben dir schlafen. Bitte geh. Schlaf in einem anderen Zimmer.«

Mace fragte: »Was? Wieso?«

»Ich habe das von Isabella erfahren«, erwiderte sie. »Sie war hier.«

Mace sah sie an – wie sie in einem seiner T-Shirts dastand, die Arme um den Oberkörper schlang und der Saum des T-Shirts ihre Schenkel hochkroch. Sah ihre wilde Schönheit. »Isabella wurde ermordet«, sagte er.

»Du hättest es mir erzählen müssen. Ein solches Bild sollte ich nicht per E-Mail bekommen.« Sie holte das ausgedruckte Foto von Isabella und Mace, auf dem beide lange Mäntel trugen und sich aneinanderschmiegten, aus ihrer Nachttischschublade. »In der Mail hieß es, ich soll froh sein, dass diese Frau tot ist.«

»In welcher Mail?«, fragte Mace und fasste nach dem Ausdruck. »Wer hat dir das geschickt?«

»Unwichtig«, entgegnete Oumou. »Du hättest es mir sagen müssen.«

»Was sagen? Was verdammt noch mal hätte ich dir sagen sollen? Dass sie hier war? Dass sie ermordet wurde?«

»Beides.«

»Verflucht, Oumou. Sie ist tot. Man hat ihr zwischen die Augen geschossen.«

»Du hast es gewusst. Als du aus Luanda zurückgekommen bist, hast du es gewusst. Deshalb bist du in jener Nacht auch verschwunden.«

»Ja, okay. Ja, ich bin aus Luanda zurückgekommen und habe erfahren, dass sie umgebracht wurde. Ich wusste, wer sie getötet hat, und da musste ich handeln.«

»Aber du konntest mir nichts davon erzählen. Mir, deiner Frau, konntest du nichts davon erzählen.«

»Verstehst du denn nicht?«, fragte Mace und begann im Zimmer auf und ab zu laufen. »Verstehst du denn nicht? Sie wurde ermordet.«

»Und davor«, sagte Oumou, »war sie hier. In Kapstadt. Du

hast sie zweimal getroffen, nicht wahr? Als du behauptet hast, du müsstest dich um Kunden kümmern, hast du in Wahrheit sie getroffen. Du hast Geheimnisse. Du verbirgst diese Dinge vor mir. In deinem Inneren. Du kennst mein ganzes Leben, aber du selbst versteckst dein Leben vor mir. Oumou darf vielleicht einiges wissen – anderes darf Oumou nicht wissen. Du hast mit ihr geschlafen, *non*?«

»Nein. Das stimmt nicht. In dieser Hinsicht irrst du dich.« Mace hatte panische Angst, sich der Wahrheit auch nur andeutungsweise zu nähern.

Sie starrte ihn an. Ein langer Blick des Zorns. »Ich kann dir nicht glauben. Wenn du nach New York geflogen bist, hast du sie besucht. Du hast dich über mich lustig gemacht. Du hältst mich für billig. Für ein Spielzeug wie dein Auto?«

»Nein. So ist es nicht. So ist es ganz und gar nicht.« Er zerknüllte den Ausdruck in seiner Hand und schleuderte ihn durchs Zimmer. »Wie kann ich dich überzeugen?«

»Warum lügst du?«, fragte sie. »Sag mir die Wahrheit. Ich will keine Geschichten mehr hören.«

»Du willst also die Wahrheit?«, gab Mace zurück. »Okay, hier ist die Wahrheit. Du willst sie hören?«

»Natürlich will ich sie hören«, erwiderte Oumou. »Sag es mir. Lass mich hören, ob noch mehr Lügen kommen.« Sie setzte sich in einen Sessel, nachdem sie seine Klamotten auf den Boden geworfen hatte.

Mace überlegte rasend schnell, wie viel er ihr erzählen sollte. Befürchtete, dass sie ihn verlassen würde, wenn er zu viel gestand. Dass sie Christa nehmen und weggehen würde. Er sagte: »Ich wusste, dass Isabella hier war. Stimmt, das wusste ich. Sie hatte mich angerufen, ehe sie aus New York abflog, und ich hab sie auch getroffen, als sie hier war. Stimmt – das hab ich getan. Wir haben zusammen zu Abend gegessen. Mehr nicht. Nur sie und ich, der alten Zeiten wegen. Sie war geschäftlich hier, mit ihrem Mann und einem Kollegen, ich hab mich nicht erkundigt, was diese Geschäfte waren. Sie wollte dich und Christa kennenlernen, aber ich hab abgelehnt. Ich hielt das für keine gute Idee.«

Oumou sagte: »*Oui*, ich höre.«

»Dann war ich das Wochenende über in Luanda. Mit Pylon. Als wir zurückgekommen sind, erfahre ich, dass man sie umgebracht hat. Sie und ihren Kollegen. Ludo irgendwas. Aber ihr Mann ist weg. Verschwunden. Ich red also mit ihrem Bruder in New York, und der meint, es muss Isabellas Mann gewesen sein, der sie getötet hat. Der Bruder ist verzweifelt. Schluchzt ins Telefon. Finde ihn für mich, bittet er mich, fleht mich an.«

»Warum?«, fragte Oumou. »Das verstehe ich nicht.«

»Warum was?«

»Warum hast du mir nichts gesagt? Warum musste ich davon erst durch diese Mail erfahren?«

»Das kann ich dir nicht beantworten. Es tut mir leid. Okay, stimmt, ich hätte es dir sagen sollen. Es tut mir leid. Ich hab Mist gebaut. Ich hab damals nicht klar überlegt.«

»Weil du mit ihr im Bett gewesen bist.«

»Das glaubst du?«

»Ich will es nicht glauben«, sagte Oumou leise, stand vom Sessel auf und ging zum Bett hinüber. Sie stand da und sah ihn an. »In meinem Herzen bin ich mir nicht sicher. Ich sehe das Bild, auf dem ihr beide lacht, du und sie.«

»Das war, bevor ich dich kennengelernt habe«, erklärte Mace. »In Berlin. Vor dem Fall der Mauer. Damals war ich noch kein einziges Mal in Malitia gewesen. Ich hab dir das alles schon früher erzählt. Was mir momentan Sorgen macht, ist die Frage, wer diese Mail geschickt hat.«

Oumou hielt eine Hand hoch. »Sprich nicht weiter.« Sie berührte die Schwellung ihrer Brust. »Hier«, fuhr sie fort, »hier drinnen kannst du mich verletzen. Auch jetzt ist mein Herz wund. Ich höre, was du sagst, aber ich kenne diesen Mann, diesen Mace Bishop. Ich weiß, dass er Schlechtes getan hat. Ich weiß auch, dass er Gutes getan hat. Vor langer Zeit habe ich gedacht: Dieser Mann kann mein Herz haben. Ich kann es ihm überlassen. Wenn ich das damals nicht gedacht hätte, würde es heute keine Christa geben.«

Mace kam um das Bett herum auf sie zu. Wieder hielt sie die Hand hoch.

»Heute Nacht«, erklärte sie, »heute Nacht muss ich allein sein.«

Er blieb stehen. »Okay. Okay, das respektiere ich. Aber dann ist es vorbei. Morgen schlagen wir eine neue Seite auf. Okay?«

Allerdings befand sich auch Isabella auf dieser neuen Seite. Einen Monat später erfuhr Oumou, dass es Isabella gewesen war, die ihre gesamte Ausstellung aufgekauft hatte. Eine weitere anonyme Mail hatte ihr auch dieses Detail mitgeteilt.

»Ich will ihr Geld nicht!«, schrie sie Mace an, als die beiden eines späten Abends in ihrem Atelier waren.

»Ihr haben deine Arbeiten gefallen«, erklärte er. »Sie hat sie gekauft. Ich weiß nicht, was so schlimm daran sein soll.«

»Woher wusste sie davon? Woher wusste sie von meiner Ausstellung? Weil du ihr davon erzählt hast! Vielleicht hast du sie sogar dorthin gebracht.«

»Hab ich nicht«, entgegnete er. »Ich hatte nichts damit zu tun.«

»Hat sie dir erzählt, dass sie meine Sachen gekauft hat?«

»Möglicherweise. Vielleicht. Vielleicht auch nicht. Ich kann mich nicht mehr erinnern.«

»Wieder ein Geheimnis, das du vor Oumou hast. Jetzt zahlt also Isabellas Geld für unser Haus. Wir müssen uns jetzt bei Isabella bedanken, weil die Bank glücklich ist und uns in Ruhe lässt.«

»Sie hat deine Arbeiten gekauft«, sagte Mace. »Sie hat uns kein Almosen geschenkt.«

»Das Geld von Isabella ist Blutgeld.«

»Es ist Geld, das du durch deine Keramik verdient hast«, gab Mace zurück. »Punktum. Ohne dieses Geld hätten wir das Haus verkaufen müssen. Wir würden auf der Straße stehen. Dieses Geld hat das verhindert.« Er sah, wie sie ins Wanken kam. Sie war sich nicht mehr so sicher, ob ihr Argument auch stichhaltig war.

»Ich hatte nichts mit Isabella«, fuhr er fort. »Ihr haben deine Arbeiten gefallen, sie hat sie entdeckt und gekauft. Das ist alles. Das ist kein Blutgeld oder so was. Es geht im Grunde nur um deine Arbeit. Deine Gefäße haben es uns ermöglicht, in diesem Haus zu bleiben.«

Er hatte sie zumindest dazu bewegt, dass sie nicht weiter streiten würde. Ging zu dem Hocker, auf dem sie saß, und stellte sich hinter sie, legte die Hände auf ihre Schultern und massierte sie. Sie lehnte sich zurück, bis sich ihr Kopf an ihn schmiegte, und er spürte die Anspannung aus ihren Muskeln weichen. Er hatte sich während des vergangenen Monats sehr um sie bemüht. Er hatte ihr erzählt, was alles vor ihrer gemeinsamen Zeit in seinem Leben passiert war. Jedes kleine Detail. Jedenfalls beinahe jedes. Sie waren gemeinsam in der Bank gewesen, hatten den Erlös aus ihrer Ausstellung eingezahlt und die Ratenzahlung wieder auf Kurs gebracht. Er ertappte sie dennoch immer wieder dabei, wie sie ihn stirnrunzelnd ansah. Dann trat er zu ihr und tat etwas Unerwartetes: Er gab ihr einen Kuss, umarmte sie oder lockte sie vielleicht Richtung Schlafzimmer. Worüber er nie ein Wort verlor, waren die Diamanten. Oder dass er sich gegen den Rat seines Finanzberaters entschieden und sie behalten hatte. Für Mace bedeuteten sie eine Art Notgroschen und waren leichter zu verstecken als ein Anlagenkonto – ganz gleich, wo man dieses auf der Welt eröffnete.

Was ihn jedoch beunruhigte, waren die Mails: Wie war der Absender an das alte Foto gekommen? Und woher hatte er gewusst, dass Isabella Oumous gesamte Ausstellung aufgekauft hatte? In dieser Hinsicht kam Mace einfach nicht weiter.

Am Nachmittag sammelte Mace noch einige Pluspunkte, indem er Oumou und Christa in die Siebzehn-Uhr-Vorstellung von *Herr der Ringe* im V & A führte. Es war Christas Wahl gewesen, die ihm auch zusagte. Genügend Action, um wachzubleiben. Danach schlug Oumou vor, ins Fish Market zu gehen und dort Calamares zu essen. Calamares waren Christas Lieblingsspeise, und das Restaurant konnte mit einem Rollstuhl befahren werden. Das Fish Market – noch eine gute Wahl, dachte Mace und sprach seinen Gedanken auch laut aus. Nach all den Kämpfen auf der Leinwand hatte er zudem Durst auf ein großes Windhoek.

Sie fanden problemlos einen Platz. So früh am Abend war in dem Restaurant noch nicht viel los. Sie bestellten eine Cola für Christa, ein Glas Weißwein für Oumou und ein Bier vom Fass für Mace. Dann begann der Kellner mit dem üblichen Gerede über den frischen Fisch des Tages, der gegrillt und mit Drillingskartoffeln serviert wurde. Oder man konnte ihn gebraten bekommen – mit oder ohne Butter, mit oder ohne Knoblauch, mit einer Ofenkartoffel oder mit Fritten. Fritten im französischen und nicht im englischen Stil. Sie bestellten Calamares, Zwiebelringe und Ofenkartoffeln mit einem Dressing aus saurer Sahne.

Als die Getränke kamen, fragte Mace: »Worauf wollen wir anstoßen?«

Christa antwortete: »Auf Frodo.«

Oumou lachte. »Auf Frodo, *ma puce!* Mit den behaarten Füßen.«

»Ich mag ihn«, sagte sie, »weil er den Ring loswerden wollte. Das war cool.«

»Ja«, meinte Mace. »Das Ding war böse.«

»Aber hübsch, *oui*?« Oumou spielte mit den Bernsteinperlen ihrer Halskette.

»Es hat nur wieder mal gezeigt, wie man sich wegen etwas Hübschem die Köpfe einschlagen kann.« Mace trank einen großen Schluck Bier. Der Schaum hinterließ einen Schnurrbart auf seiner Oberlippe, was Christa zum Lachen brachte. Er wischte ihn mit dem Handrücken weg.

»Männer«, sagte Oumou. »Männer schlagen sich die Köpfe ein, *non*?«

»Stimmt«, erwiderte Mace. »Aber irgendwo ist immer eine Frau im Spiel.«

»Cate Blanchett mag ich am liebsten«, meinte Christa.

»Siehst du«, sagte Mace. »Das meine ich.«

»Ohne den Ring, Papa«, gab Christa zu bedenken, »wäre es zu keinen Kämpfen gekommen. Sie hat die Männer nicht zum Kämpfen gebracht.«

Mace streckte die rechte Hand aus und strich mit den Fingern über ihre Wange. »Du hast recht, C. Ich geb auf.« Er betrachtete seine Tochter, wie sie mit leblos herabhängenden Beinen dasaß. Dann warf er einen heimlichen Blick zu seiner Frau hinüber und bemerkte den Anflug von Schmerz in ihrem Gesicht. Trotzdem – das Schwimmen ließ Christas Beine ein wenig beweglicher werden. Er sah es deutlich. Und auch ein wenig stärker. Noch reichte es nicht, um auf ihnen stehen zu können, doch es war genug, um einen Widerstand zu spüren, wenn er sie hochhob und sie die Füße auf den Boden drückte.

»Vielleicht schaffen wir es, ein paar Dinge zu korrigieren«, hatte der Chirurg erklärt. »Aber ich kann nicht versprechen, dass Ihre Tochter eines Tages wieder laufen wird.«

Die Calamares wurden gebracht. Mace erklärte den beiden,

er wolle sich während der Schulferien etwas Zeit nehmen, damit sie zusammen irgendwohin fahren könnten. Zum Beispiel in einen Nationalpark.

»In den Krüger-Nationalpark?«, fragte Christa, die Augen auf ihren Vater gerichtet. Mace antwortete mit vollem Mund. Ja, der Krüger sei eine Möglichkeit.

»Ich sehe mal nach«, meinte Oumou, »wo wir uns noch anmelden können.«

Mace hoffte, während er Mutter und Tochter beim Pläneschmieden beobachtete, dass er mit dem Verkauf von einem oder zwei kleinen Diamanten die Kosten für diesen Urlaub decken konnte. Ausgesprochen angenehm.

»Aber haben wir auch das Geld für eine solche Reise?«, wollte Oumou wissen, als sie nebeneinander auf dem Sofa im Wohnzimmer saßen, während im Kamin ein Feuer knisterte. Mace nippte an einem Johnnie Walker Black Label, von dem er sich wünschte, es wäre ein Blue Label. Dr. Kiambus Whisky-Verkostung hatte ihn auf den feineren Geschmack gebracht.

»Wir können es uns leisten«, erwiderte er entschlossen. »Im Sommer haben wir so viele Kunden, dass Pylon und ich kaum zum Schlafen kommen werden. Außerdem ist der Krüger auch nicht Italien, wo Pylon hinwill. Italien haut richtig ins Geld. Die Flugtickets für die drei kosten allein schon das, was unsere gesamte Reise kosten wird.«

Oumou streckte die Hand nach seinem Whisky aus und nahm einen Schluck.

Mace fragte: »Darf ich dir auch einen einschenken?«

»*Non.*« Oumou schüttelte den Kopf und zog eine Grimasse, als sie den Whisky schmeckte.

Er nahm ihr das Glas wieder ab. »Sonst etwas?«

Sie schmiegte sich an ihn. »Ich könnte mir schon etwas vorstellen.«

Mace konnte das auch. Manchmal, wenn man spontan handelte, konnte man in jeder Hinsicht als Gewinner hervorgehen. Morgen, auf dem Weg zurück von Ducky Donalds Krankenhausbett, würde er bei seinem Finanzberater vorbeischauen und ihn bitten, sich um alles zu kümmern. Jetzt fuhr er mit einer Hand unter Oumous Jersey. Seine Finger berührten die Narben auf ihrem Bauch und glitten dann hoch zu ihren Brüsten.

»He«, sagte er. »Kein BH!«

6

Zehn Tage nach dem Mord an Mo Siq ging die Stadt in Deckung, klatschnass und zitternd vor Kälte unter einem Tief. Ein Tag, der wie eine Kopie des letzten Tages von Mo Siqs Leben wirkte.

An diesem Morgen schloss Sheemina February die Tür jenes Hauses auf, das sie zum Verkauf anbot. Sie sagte zu Mikey Rheeder: »Mikey, ich erzähle dir jetzt mal etwas über dieses Haus.«

»Wahrscheinlich, dass Sie hier gewohnt haben«, erwiderte Mikey Rheeder. »Weiß ich, haben Sie mir schon erzählt.«

»Mikey …« Sie trat in den Flur, wobei die Absätze ihrer Stiefel auf die Dielenbretter schlugen – ein Geräusch, das im ganzen Haus widerhallte. »Halt den Mund, und sperr lieber die Ohren auf. Horch.«

Er trat ins Haus und schloss die Tür hinter sich. Sie standen im Flur. Sheemina February starrte den Gang zur Küche hinunter. Mikey blickte stattdessen die Treppe in den ersten Stock hinauf.

»Wozu?«, fragte er. »Da ist nichts.«

»Psst«, zischte Sheemina February. »Hörst du, wie dieses Haus ächzt und knarzt?«

»Das machen Häuser so. Was soll damit sein?«

»Als ob jemand im Haus wäre und hier herumlaufen würde.«

Mikey Rheeder lauschte noch einmal und meinte dann: »He, das ist wirklich seltsam. Echt komisch. Wer ist da oben? Ein Geist?«

»Niemand. Es ist nur das Haus.«

Er drängte sich an ihr vorbei ins Wohnzimmer, wo er die Abdrücke der Möbel betrachtete, die früher einmal dort auf dem Teppichboden gestanden hatten. »Hier würd ich freiwillig nie wohnen.«

»Hast du etwa Angst, Mikey? Angst vor seltsamen Geräuschen?«

»Es gibt Geister«, erwiderte er. »Ich war mal auf einer geführten Tour in Kapstadt, da besucht man diese ganzen Häuser, in denen es spukt. Einige Räume im Kastell, oder das Geisterhaus oben an der Kurve in Rondebosch, das mit den Türmchen, und noch andere Orte, wo dieser Tourtyp meinte, jemand wär da umgebracht worden. Echt wahr: Ich hatte dieses seltsame Gefühl, als würde mir jemand ganz leicht über den Arm streicheln, so dass sich alle Härchen aufstellen. Wirklich gruselig.«

»Ich habe hier drei Jahre gelebt und nie ein Gespenst gesehen.« Sheemina February öffnete die Tür unterhalb der Treppe und schaltete dort ein Licht an.

»Sie sind aber trotzdem wieder ausgezogen.«

»Ich ziehe immer wieder um, Mikey. In unterschiedliche Viertel der Stadt, je nach Stimmung.«

»Was ist da unten?« Er kam wieder in den Flur und warf einen Blick die Stufen hinunter, an deren Ende er eine Holztür sah.

»Der Keller. Von dem wollte ich dir erzählen. Komm mit, ich zeige ihn dir.«

Sie ging als Erste hinab, den Kopf eingezogen, um durch die niedrige Tür zu gelangen. Vorsichtig nahm sie eine Stufe nach der anderen, wobei sie sich mit einer behandschuhten Hand an der Wand abstützte. Sie sperrte die Tür aus grobem, unbehandeltem Holz auf und schaltete ein Neonlicht an, das zu surren und zu flackern begann, während es das Innere des Kellers erleuchtete. Die Kälte war fast greifbar, als ob man einen Kühlschrank betreten würde.

Mikey schob die Hände in die Jackentaschen. »Das ist heftig. Und es riecht.«

»Ich habe erfahren«, sagte Sheemina February, »dass das hier der erste Keller des ersten Hauses war, das man hier baute. Wahrscheinlich ein Farmhaus, das nur aus einem Zimmer bestand.«

»Soll ich jetzt beeindruckt sein?«, fragte Mikey.

Sie zuckte mit den Achseln. »Manche Leute sind es. Das atmet schließlich Geschichte. Ich habe auch herausgefunden, dass das erste Haus im Jahr 1781 niedergebrannt ist. Angezündet von einer aufgebrachten Meute. Im Haus befand sich der Besitzer, ein englischer Arzt. Die Leute brannten das Haus nieder, weil sie ihn für einen Kinderschänder hielten. Seinen Leichnam hat man nie gefunden.«

»Die Geschichte erzählen Sie mal lieber dem Typen, der die Geistertour macht.«

Sheemina February setzte sich auf das Bett und die neue Schaumstoffmatratze. Sie strich ihren Rock glatt und hob dann die Kette hoch, die an einem Ende in einem Eisenstift in der Wand befestigt war. »Ich erzähle es aber dir, Mikey.«

»Was ist das?«, wollte dieser wissen. »He, was soll der Scheiß?«

»Lass mich ausreden. Ich erzähle dir das, weil unter diesen Steinplatten, auf denen wir stehen, bloße Erde liegt. Kein Betonfundament, nichts außer Erdreich.«

»Und?« Mikey neigte den Kopf zur Seite.

»Du hast noch ein unerledigtes Geschäft, und ich habe auch noch ein unerledigtes Geschäft, beide mit demselben Mann.«

Mikey runzelte die Stirn. »Wer soll das sein?«

Sheemina February seufzte. »Mace Bishop?«

»Ah«, sagte Mikey. »Das stimmt. Ja ...« Er nahm die Hände aus den Taschen. Seine linke Hand verbog sich ungelenk und verwandelte seine rechte in eine Pistole. Er machte »Peng, peng!« und grinste.

»Was ich damit sagen will«, fuhr Sheemina February fort und lächelte, als sie merkte, dass Mikey langsam zu begreifen schien, »ist Folgendes: Bevor ich verkaufe, wäre es vielleicht besser, hier noch ein Betonfundament gießen zu lassen.« Sie hielt die Hausschlüssel hoch, und er nahm sie. »Das Haus steht bereits zum Verkauf. Aber momentan ist nicht viel los. Außerdem fährt der Immobilienhändler erst einmal eine Weile in Urlaub. Ins Ausland. Zehn Tage lang wird hier niemand vorbeischauen, vielleicht auch zwei Wochen lang nicht. Die Nachbarn sehen also nur ein paar Bauarbeiter, die Beton mischen, und werden annehmen, dass ich noch einige Reparaturen machen lasse, um das Haus besser verkaufen zu können. Nichts Ungewöhnliches.«

»Okay«, sagte Mikey und spielte mit dem Schlüsselbund. »Verstehe. Ich könnte also diese Kette benutzen.«

»Genau«, erwiderte Sheemina February. »Damit wären alle Probleme gelöst.« Sie stand auf und ging zur Kellertür. »Lass uns wieder ins Warme kommen.« Sie hielt inne. »Erledige das morgen. Nichts Dramatisches, Mikey. Du verstehst, was ich meine. Alles sollte unauffällig über die Bühne gehen.«

Mikey schaltete das Licht aus, verriegelte die Tür und folgte ihr die Stufen hinauf ins Erdgeschoss. Die Augen hatte er auf ihre teuren Stiefel gerichtet, die unter dem langen Mantel fast verschwanden. »Die gleiche Vereinbarung wie beim letzten Mal?«

»In Ordnung.« Sie wartete auf der *Stoep* auf ihn. Draußen im Freien war es wärmer als im Inneren des Hauses, was auch stets einer der Nachteile dieses Hauses gewesen war: Im Winter fror man dort wie in einem Eisschrank.

Mikey trat ins Freie. »Glauben Sie, der englische Doktor ist noch da unten?«

»Denkst du nicht?«

Er lachte. »Dann wird's dort bald ziemlich eng werden.«

Als Sheemina February mit dem Auto davonfuhr, dachte sie: Im Grunde ist es egal, wie Mikey Rheeder das anstellt. Oder auch wie Mace Bishop reagieren würde. Das Ergebnis würde für sie immer befriedigend sein. Dennoch kaufte sie in einem Blumenladen in Kloof eine dunkelviolette langstielige Rose in einer Schachtel. Diese ließ sie Mace Bishop ins Büro liefern.

Mikey Rheeder stand vor der Einfahrt und blickte zum Haus hinauf. Dachte: Hier werd ich Spaß haben. Er konnte den Kerl eine Weile im Keller einsperren und einige seiner Finger zertrümmern, um ihm zu zeigen, wie sich das anfühlte. Mace Bishop würde sich da unten die Lunge aus dem Hals schreien, ohne dass ihn jemand hörte.

Dann kam ihm noch ein Gedanke. Er hatte über Umwege erfahren, dass Mace Bishop einen Diamantendeal über die Bühne gebracht hatte. Vielleicht konnte er ja auch Sheemina February für diesen Aspekt interessieren. Die Steine wären einigen seiner Bekannten bestimmt gutes Geld wert.

Er sagte laut: »He, ist da jemand nicht ein schlaues Bürschchen?«

7

An diesem wilden Vormittag sollten entweder Pylon oder Mace Ducky Donald Hartnell abholen, um mit ihm zu seiner Baustelle zu fahren.

Für Mace, die Zeitung vor sich auf dem Schreibtisch ausgebreitet, einen Becher Kaffee in der Hand, die Füße röstend vor der Heizung ausgestreckt, war die Vorstellung, Ducky Donald zu seinem Termin zu chauffieren, von Anfang an nicht sonderlich verlockend gewesen und wurde es mit jeder Minute weniger. Er lauschte dem Prasseln des Regens auf dem Metalldach und meinte nach einer Weile: »Wir werfen eine Münze. Drei Versuche.«

Für Pylon auf der Couch, eine Zeitung über dem Schoß, ein Becher Kaffee in Reichweite, war die Vorstellung, Ducky Donald zur Baustelle zu bringen, von Anfang an eine Schnapsidee gewesen. Er lauschte dem Trommeln des Regens und erwiderte: »Glaubst du, dass die Polizei irgendwas unternimmt?«

»In welcher Hinsicht?«, fragte Mace und durchsuchte ein Glas mit Wechselgeld, das er für die Parkwächter als Trinkgeld sammelte, nach einer Fünf-Rand-Münze.

»In puncto Mo.«

»Nehm ich schon an. Warum sollte sie's nicht tun?«

»Seit fünf Tagen steht nichts mehr in der Zeitung. Bei uns ist die Polizei auch noch nicht aufgetaucht. So stellen die Nachforschungen an?«

»Es muss eine lange Liste von Leuten geben, die sie befragen«, meinte Mace und leerte das Glas auf seiner Zeitung aus, um die Münzen vor sich auszubreiten. »Unsere Namen stehen bestimmt nicht ganz oben.« Er fand eine geeignete Münze. »Kopf oder Zahl?«

»Ich mach nicht mit«, sagte Pylon. »Überhaupt bist du diesmal dran.«

»Vergiss es. Nicht bei dem Wetter. Komm schon, fair ist fair.«

»Außerdem sollte man eigentlich denken, dass sich die Zeitungen darauf stürzen würden. Meistens schreiben sie doch in solchen Fällen, die Polizei steckte gerade in einem besonders heiklen Stadium der Ermittlungen. Nur dass sie es diesmal nicht tun. So was schreiben, meine ich.«

»Wahrscheinlich weil es kein heikles Stadium der Ermittlungen gibt. Kopf oder Zahl?«

»Wie wär's, wenn du zur Abwechslung einmal anbieten würdest, es einfach zu übernehmen?«

»Du meinst, so wie du?«

»Hab ich durchaus schon gemacht.«

»Ah ja, *China*, bloß heute nicht.«

Pylon fragte: »Mann, wer hatte denn überhaupt diese Schnapsidee?«

»Soweit ich mich erinnere«, erwiderte Mace, »warst du das. Vor vielen Jahren. Kopf oder Zahl?«

»Zahl.«

Mace warf: Zahl. Pylon nannte erneut Zahl. Mace warf noch einmal: Zahl.

»Willst du sehen, ob ich auch ein drittes Mal gewinne?«, fragte Pylon.

Mace warf erneut, fing die Münze in seiner Hand auf und schlug sie sich dann auf den Handrücken, wo er sie bedeckt hielt. Pylon nannte Kopf. Mace zog die Hand fort: Kopf.

»Wenn du wirfst und ich wette, würde ich gewinnen«, meinte Mace.

»Bestimmt«, erwiderte Pylon. »Aber das tu ich nicht.« Er blätterte in seiner Zeitung. »Dir fehlt bloß die richtige Einstellung, *Bru*. In Wahrheit hast du damit ein viel aufregenderes Leben als ich.«

»Nicht wahr?«, entgegnete Mace.

Er stieg in den Spider, der vor dem Büro geparkt war, um damit zu Ducky zu fahren und von dort aus Duckys BMW ins Stadtzentrum zu nehmen. Mace wollte keine Einschüsse in seinem Auto oder Blutspritzer auf den Polstern, falls noch einmal auf Ducky geschossen werden sollte. Außerdem musste er zugeben, dass der BMW in einer brenzligen Situation deutlich schneller war als sein Spider.

Am Ende der Barnet bemerkte er einen grauen Camry, der ihm folgte. Er bog ebenso wie Mace in die Vrede ab, dann in die St. John's und die Plein hinunter bis zur Ampel. Im Auto war nur die Silhouette des Fahrers zu erkennen. Es ließ sich nicht sagen, ob es sich um eine Frau oder einen Mann handelte. Nicht dass er sich zu diesem Zeitpunkt groß Gedanken darüber gemacht hätte.

Die Ampel schaltete auf Grün, und der Camry folgte ihm links in die Spin, die Adderley, die Wale, dann die Buitengracht hinauf und zur Strand hinunter. Eine weitere rote Ampel, wo der Camry zwei Wagen hinter dem von Mace wartete. Mace begann sich nun allmählich doch für ihn zu interessieren, auch wenn die Situation noch nicht kritisch wirkte.

Bei Grün fuhr er die Strand entlang bis zur Ampel an der Chiappini und bog plötzlich rechts ein – einen Hügel hinunter, der nur einen oder zwei Blocks von Ducky Donalds Haus entfernt war. Der Camry folgte. Das konnte kein Zufall mehr sein. Mace bremste abrupt mitten auf der Straße, sprang aus dem Auto und brüllte dem Wagen entgegen. Der Camry wich ihm aus, beschleunigte und fuhr mit quietschenden Reifen über die rote Ampel in die Somerset. Andere Autos begannen wütend zu hupen, bremsten schlitternd an der Kreuzung ab. Nicht ungefährlich. Mace notierte sich das Kennzeichen des Camry und rief Pylon an, damit dieser bei seinem Kontaktmann im Straßenverkehrsamt nachfragen konnte. Auf dem restlichen Weg zu Ducky überlegte Mace, welchen Vorteil sich der Fahrer davon versprochen hatte, ihn zu belästigen, auch wenn er etwas Ähnliches schon einmal erlebt hatte.

»Der Besuch auf einer Baustelle ist kein Geheimnis«, erklärte Ducky. »Architekt, Ingenieur, Bauherr, Projektmanager, Bauinspektor, zwei Sekretärinnen – es müssen insgesamt sieben Personen sein, die an diesem Besuch teilnehmen, und zwar ohne uns. Falls mich jemand im Visier hat, wissen die alle von unserem Treffen, logisch. Sie werden auch wissen, dass ich dich engagiert habe. Also kommen sie auf die glorreiche Idee, dich schon im Voraus zu verunsichern, bevor du auch nur in meiner Nähe bist.« Er grinste. »Scheint funktioniert zu haben, so wie es aussieht.«

Pylon konnte Mace auch nicht weiterhelfen. Das Kennzeichen gehörte zu einem fünfundzwanzig Jahre alten Datsun, der auf eine Frau in den Flats registriert war.

»Lohnt sich eigentlich nicht mehr, dem nachzugehen«, meinte Pylon.

»Einen Anruf wäre es trotzdem wert«, widersprach Mace.

Pylon seufzte. »Entspann dich, *Bru.* Die Spur führt nirgendwohin.«

Trotzdem rief er Mace drei Minuten später noch einmal an. Teilte ihm mit, dass der fragliche Datsun tatsächlich auf Ziegelsteinen aufgebockt im Hinterhof jener Frau stand, wie er das schon die letzten zehn Jahre getan hatte. Und nein – Kennzeichen hatte das Auto keine mehr. »Zufrieden?«

Mace erklärte, dass er eine echte Riesenhilfe gewesen sei.

Auf der Fahrt von Ducky Donalds Haus zur Baustelle registrierte Mace erleichtert, dass diesmal weit und breit kein Camry zu sehen war. Auch kein anderes Auto schien ihnen zu folgen.

Vor der Baustelle waren trotz des Regens zwanzig oder dreißig Leute versammelt. Sie wedelten mit Transparenten und sangen Lieder, die sie zuletzt während der Barrikaden in den achtziger Jahren gesungen hatten. Ein paar Priester und Imame heizten die Emotionen noch weiter an. Doch soweit Mace sehen konnte, war kein Politiker gekommen. Man hatte die Polizei gerufen. Sie hielt die Menge davon ab, das Gittertor zu stürmen. Falls jemand unter den Leuten eine Pistole zücken würde, käme Ducky Donald ihm gefährlich nahe, wenn er an den Demonstranten vorbeiging.

Mace hielt den Wagen etwa einen Block von der Baustelle entfernt an, ehe sie von jemandem bemerkt wurden.

»Das funktioniert nicht, Ducky.«

Sie überlegten, während sie durch die Windschutzscheibe auf die Demonstration starrten. Man musste kein Psychologe sein, um zu erkennen, dass die Leute wütend waren. Nicht einmal die nassfeuchte Kälte hielt sie ab.

»Vielleicht wäre es eine bessere Idee, sich im Büro eines der Teilnehmer zu treffen.«

Ducky Donald trommelte ungeduldig mit den Fingern seiner unverletzten Hand auf die Armlehne. »Kommt überhaupt nicht in Frage. Die müssen kapieren, dass ich keine Scheißangst vor ihnen habe.«

Für Mace sah es allerdings ganz so aus, als ob er sehr wohl eine Scheißangst hatte. Er fuhr sich immer wieder mit der Zunge über die trockenen Lippen, und seine Stimme klang heiser und belegt.

»Das Letzte, was die wagen, ist ein Angriff hier in aller Öffentlichkeit vor der Baustelle. Vor den Augen der Polizei. Deren Stil ist es doch, so etwas aus dem Auto heraus zu erledigen. Oder eine Rohrbombe durchs Schlafzimmerfenster zu werfen. Draußen auf der Straße wollen sie positiv auf sich aufmerksam machen. Damit die Reporter etwas zu schreiben haben. Meinst du nicht auch?«

Mace zuckte mit den Achseln. »Ich würde vorschlagen, dass wir wieder fahren.«

»Nein, Mace.« Ducky öffnete die Tür. »Du wirst alt. Das ist Blödsinn. Ich bin bisher geduldig und verständnisvoll gewesen. Ich kümmere mich sogar um ihre Toten, verdammt noch mal. Mein Gewissen ist rein. Ich habe nur nicht vor, die Knochen in meinem neuen Gebäude zu lagern. Das kommt nicht in Frage. Absolut nicht. Ist das so wenig zu verstehen? Was meinst du? Sag's mir. Sie müssen bloß einen neuen Ort finden, wo sie die Toten begraben können, und ich würde sogar für das Ausheben des Lochs zahlen. Das hab ich ihnen auch gesagt. Nur nicht in meinem Gebäude.« Er stieg aus dem Auto und beugte sich noch einmal zu Mace hinunter. »Schalt den Motor ab. Gehen wir. Ich brauche dich neben mir, um die Kugel eventuell abzufangen.« Er zeigte sein Hyänengrinsen.

Das war das Problem, das Mace bereits vorausgeahnt hatte: Wieder sollte er in der Schusslinie stehen, obwohl der Anschlag eigentlich Ducky Donald gelten würde.

Sie hatten etwa die Hälfte des Blocks hinter sich gebracht, als den Demonstranten klar wurde, dass der Mann in dem langen schwarzen Regenmantel, der humpelnd auf sie zukam, kein anderer als der verhasste Bauunternehmer war. Voller Schwung und Elan begannen sie lauter zu werden. Auch ein paar Steine flogen, aber denen vermochten Mace und Ducky problemlos auszuweichen. Die Polizisten wurden aktiv, und selbst die Wortführer riefen zur Ruhe auf, was die Leute jedoch nicht von ihren Sprechchören abhielt.

Am Eingang der Baustelle hatten sich diejenigen versammelt, die Ducky Donald treffen sollte. Kein glücklich wirkendes Grüppchen. Sie drängten sich unter ihre großen Regenschirme und klammerten sich an ihre Pläne und Aktenordner.

Unter den Gegnern gab es einen Priester, den Mace schon im Fernsehen gesehen hatte, sowie einen Mann, den er nicht kannte, der aber begann, Ducky etwas zuzurufen, während die Polizei alle Hände voll zu tun hatte, die Menge zurückzuhalten.

Ducky Donald fragte: »Warum, Reverend? Für so etwas haben wir doch andere Kommunikationswege.«

»Schauen Sie sich an, wie wütend die Leute sind!«, erwiderte der Mann in einem kragenlosen, weit herabhängenden Hemd, das durch den Regen klatschnass war. »Sie haben eine Grabstätte entweiht.«

Ducky winkte ab. »Ja, ja, ja. Wir hatten das schon alles besprochen, Ahmed. Wir müssen jetzt endlich weiterkommen. Tun Sie mir einen Gefallen, okay? Finden Sie einen neuen Ort für Ihre Toten. Dann können wir wieder reden.« Er wandte sich von der Menge ab und begann den Leuten, mit denen er verabredet war, die Hand zu geben.

Mace behielt die Horde der aufgebrachten Demonstranten im Auge. Dennoch bemerkte er den halben Ziegelstein, der von hinten geflogen kam, zu spät, um Ducky beiseitezureißen. Der Stein erwischte den Bauunternehmer an der Schulter und ließ ihn in die Arme seines Architekten taumeln. Das löste einen Sturm der Empörung aus. Ducky Donald wirbelte herum, um dem Mob die Stirn zu bieten, während dieser nach vorne stürzte. Er hob seine verletzte Hand und brüllte: »Ihr Schweine! Was ist euer verdammtes Problem, ihr Schweine?« Mace ballte die Hand in der Jackentasche zur Faust und drängte ihn dann durch das Baustellentor.

»Lass mich los, verdammt! Mace, lass mich los!« Erst auf der Baustelle bekam Ducky Donald die Füße wieder auf den Boden. Er zog wütend seine Jacke zurecht. »Diese Schweine! Diese verdammten Schweine!«

»Okay«, sagte Mace und hielt ihn erneut zurück. »Lass das die Polizei regeln. Verstanden? Sie lösen jetzt die Demonstration auf.«

»Die wollen Krieg?«, entgegnete Ducky. »Die können ihren Krieg haben.«

Bereits zum zweiten Mal hörte ihn Mace auf diese Weise

drohen. Allerdings nahm er an, dass Ducky ein Mann war, der so etwas dreimal sagen würde, ehe er ernst damit machte.

Ducky beruhigte sich. Die anderen traten sichtlich nervös zu ihm.

Während sie ihr Treffen auf einer Plattform abhielten, die über der Baugrube errichtet war, stand Mace am Eingang und beobachtete die Bemühungen der Polizei. Es war kein hartes Durchgreifen, das da geschah, sondern ein sanftes Schieben und Drängen. Dieses brachte die Leute allmählich dazu, sich die Straße hinaufzubewegen. Auch die Wortführer widersetzten sich nicht länger. Singend ging die Menge friedlich auseinander. Schließlich blieb nur noch der Priester übrig – eine nasse Gestalt am oberen Ende der Straße, die sich eine aufgeweichte Zeitung über den Kopf hielt. Er telefonierte mit seinem Handy, konnte aber kaum mehr als ein Dutzend Worte gesagt haben, ehe er auflegte. Dann rührte er sich nicht von der Stelle oder veränderte auch nur seine Haltung, bis schließlich Ducky Donald wieder auftauchte. In diesem Moment verschwand er in der Somerset Road.

»Wer ist dieser Priestertyp?«, wollte Mace wissen, als er und Ducky im Wagen saßen. »Der kommt mir bekannt vor.«

»Ach der.« Ducky hob abwinkend die bandagierte Hand. »Ein Geistlicher namens Thomas Carney. Leidet unter einem Riesenkomplex. Vermutlich nicht nur unter einem. Macht auch irgendwas im Fernsehen.«

Mace bog in die Prestwich Street ein und fuhr langsam an der Baustelle vorüber. Dort war nichts mehr los. Selbst die Polizisten waren verschwunden.

»Mit diesem ganzen Regen – wie soll man da ein Haus bauen?« Ducky starrte auf die Einzäunung aus Wellblech, die um die Ausgrabungsarbeiten errichtet war. »Hast du das Wasser da unten gesehen?«

»Hm.«

»Der reinste Swimmingpool. Dringt von unten durch. Und kübelweise von oben.«

»Du wolltest Bauunternehmer werden, nicht ich.« Mace bog in die Chiappini in Richtung Somerset ein. An der Ecke stand der Reverend. »Sollen wir deinen Freund mitnehmen?«

»Ja, natürlich. Warum nicht? Setzen wir ihn am besten in der Karoo aus. Dann kann er wie ein echter Prophet durch die Wüste laufen.«

Mace blieb an der Ampel stehen. Der Priester eilte herbei und schlug mit seiner nassen Zeitung auf die Motorhaube des Wagens. Brüllte: »Sie sollen in der Hölle schmoren, Mr. Hartnell!«

Ducky ließ das Seitenfenster herunter. »Das ist aber nicht sehr christlich, Reverend.« Der Mann starrte ihn finster an. »Können wir Sie irgendwohin mitnehmen?«

»Verpissen Sie sich. Verpissen Sie sich!« Wieder drosch er auf den Wagen ein und stürmte dann mit langen Schritten in Richtung Stadtzentrum davon.

»Ein Irrer!«, stellte Ducky fest und ließ das Fenster wieder hoch. »Ein Priester, der solche Sachen sagt. Mein Gott.«

Die Ampel schaltete auf Grün, und Mace fuhr auf die Stelle zu, wo er sich dem grauen Camry gestellt hatte. Wieder musste er an der Kreuzung zur High Level Road halten.

»Was für ein Priester ist er eigentlich?«

»Anglikaner. Kirche von England – wie auch immer man die nennt. Während der Freiheitskämpfe hat er öfter das Innere von Gefängnissen gesehen als das Innere einer Kirche. Ein rechtschaffener Mann. Ging in Hungerstreik, als ihn die Buren eingesperrt haben.«

»Wirklich?«

»Der Hungerstreik hat ihm zehn Tage lang die Titelseiten der Zeitungen gesichert. Hab's recherchiert.«

»Immer auf der Suche nach einer Schwachstelle, was?«

Ducky grinste. »Warum auch nicht? Man kann ja nie wissen.«

Mace bog in die High Level ein und schaltete herunter, als es eine Anhöhe hinaufging.

»Er ist nur ein armer kleiner Reverend. Kaum traten die Toten ans Tageslicht, hat er sich natürlich darauf gestürzt. Etwas, um endlich seinen ganzen Frust rauslassen zu können. Und um wieder in die Presse zu kommen. Der heizt mir am meisten ein, ohne auch nur eine Minute Pause.«

Als Mace einen Blick in den Rückspiegel warf, sah er dort erneut den verschwommenen Kühlergrill des grauen Camry. Wieder saß nur der Fahrer im Wagen.

»Wir machen jetzt eine kleine Spritztour«, verkündete er und zog die Ruger aus dem Gürtel. »Dreh dich nicht um. Ganz ruhig bleiben.«

Ducky schlug trotzdem wütend auf das Armaturenbrett ein. »Verdammt, das gibt's doch nicht!«

»Muss nicht viel bedeuten. Vielleicht ist es gleich vorbei. Vielleicht wollen sie dir damit nur sagen, dass sie dich im Visier haben.«

»Die können mich mal. Jetzt ist Krieg, Mace. Hörst du? Krieg.«

Er blieb dennoch sitzen und starrte nach vorn – die gesamte High Level hinunter, gefolgt von der Fresnaye, dann der Queen's und der Victoria. Langsam fuhren sie die Küstenstraße entlang durch Clifton und Camps Bay. Der Camry blieb die ganze Zeit über hinter ihnen, ohne ihnen allerdings zu nahe zu rücken. Schließlich erreichten sie die Straße unter den Apostles, die gegen ihr Ende immer schmaler wurde. Mace ließ den Wagen langsam herankommen. Er glaubte nicht, eine Alternative zu haben.

Inzwischen tobte ein wilder, düsterer Sturm. Der Wind peitschte das Meer auf. Auf der Straße lagen Gischt und nasses Treibgut. Der Wind drückte gegen die Reifen. Mace ließ den Camry die Spur wechseln, damit er überholen konnte, trat dann aber aufs Gaspedal und schaltete hoch.

»Bist du wahnsinnig geworden?«, brüllte Ducky, als sie so in die erste Kurve gingen. Die Autos schlitterten Seite an Seite über die nasse Fahrbahn. Falls ihnen jetzt ein Wagen entgegenkam, würde sich der Camry ohne Ausweichmöglichkeiten auf dessen Spur befinden – neben ihm fiel steil die Küste ab. Mace drängte näher an ihn heran. Doch der Fahrer wirkte keineswegs verängstigt, sondern behielt seine Geschwindigkeit bei, bis die beiden Tür an Tür dahinrasten. Sie nahmen eine Linkskurve, eine Rechtskurve, und dann ging es wieder scharf nach links. Der Camry folgte jeder von Maces Bewegungen.

»Verdammter Irrer!«, brüllte Mace.

Ducky rief: »Mist, Mann! Der hat eine Waffe!«

Mace sah aus dem Augenwinkel das Grinsen des Fahrers, die Pistole und die erhobene kaputte Hand. Es war ein Gesicht, das er gleich erkannte. Er blickte wieder nach vorne, wo die Straße jetzt breiter und weniger kurvig verlief.

Der BMW hatte genügend Power, um den Camry innerhalb weniger hundert Meter problemlos hinter sich zu lassen. Doch Mace trat ruckartig auf die Bremse. Das ABS schaltete sich ein, so dass der Wagen trotz der nassen Fahrbahn nicht ins Schleudern kam. Dadurch gewann Mace ein paar Sekunden Vorsprung. Auch der Camry bremste ab, kam jedoch heftig ins Schlingern. Mace zog die Handbremse und wendete mit einem scharfen Linksdrift. Er schaltete in den ersten Gang und beobachtete dann, wie der Tacho nach oben schoss.

An dieses Gesicht erinnerte er sich nur allzu gut. Und an die Hand. Mikey Rheeder.

Im Rückspiegel sah er, wie der Camry quer über der Fahrbahn schlitternd zum Stehen kam. Sah das Mündungsfeuer, als Mikey zweimal schoss. Doch er und Ducky Donald lachten so heftig, dass sie kaum den Widerhall hörten. Dann wendete der Camry umständlich und kam wieder hinter ihnen her.

»Mann«, sagte Ducky und drehte sich in seinem Sitz um. »Weiß dieser Typ denn nicht, wann es genug ist?«

»Offenbar nicht.«

Mace raste zu Camps Bay hinunter, die Geneva zum Nek hinauf und dann in die Stadt zurück, wo er den Camry irgendwann abhängte.

»Und jetzt?«, fragte Ducky, als sie auf den Dunkley Square einbogen.

»Und jetzt«, sagte Mace, »organisieren wir ein Treffen mit deinem Priester, dem Imam und wer sonst noch Schaum vor dem Mund hat. Und zwar hier. Auf der Stelle.«

»Ich hab denen nichts mehr zu sagen.«

Mace parkte den BMW auf dem Platz. »Unsinn. Die könnten zum Beispiel damit anfangen, ihre Schläger abzuziehen. Vielleicht kannst du ihnen ja auch noch ein wenig entgegenkommen.«

»Ach, und wie?«

»Verflucht, Ducky. Woher soll ich das wissen? Eine Gedenktafel im Eingangsbereich. Irgendwas!«

Sie rannten durch den Regen zum Büro. Standen in der Eingangshalle und schüttelten sich wie nasse Hunde. Pylon kam die Treppe hinunter. In der Hand hielt er eine Schachtel mit einer Rose. Grinste Mace an.

»Für dich«, sagte er.

Eine dunkelviolette, langstielige Rosenknospe.

Mace nahm sie und öffnete den Briefumschlag, der an der Schachtel befestigt war. Kein Name, keine Nachricht auf der Karte des Floristen. »Irgendwelche Hinweise?«

Pylon schüttelte noch immer grinsend den Kopf. »Wurde von einem Boten aus dem Blumenladen vorbeigebracht. Irgendein junger Typ auf einem Moped. Der Arme – an so einem Tag, wo es aus Kübeln schüttet. Aber hey, ist ja schließlich für den unwiderstehlichen Mace Bishop!«

»Lange vor Valentine«, meinte Ducky.

»Außerdem sucht dich Gonsalves. Er will wissen, warum du ihn nie zurückrufst.«

8

Das Treffen war für siebzehn Uhr anberaumt. Mace und Pylon als die Gastgeber. Der Reverend und der Imam wirkten nicht sonderlich erfreut über die Einladung. Ein ruhiges Gespräch, erklärte man ihnen, nur um ein paar Dinge zu klären.

Am Telefon stellte sich Reverend Carney sofort auf die Hinterbeine. »Wir lassen uns nicht einschüchtern. Sie können uns nicht schrecken.«

»Glaub ich auch nicht«, erwiderte Mace. »Wenn man Ihre Vorgehensweise bedenkt.«

»Protest ist keine Einschüchterung.«

»Aber zu versuchen, uns umzubringen, schon.«

»Die Leute sind wütend. Sie werfen Steine, weil sie frustriert sind.«

»Ich rede nicht von Steinen, Reverend.«

Schweigen. Dann: »Ich weiß nicht, was Sie meinen.«

»Doch, das tun Sie. Und es war nicht sehr christlich von Ihnen.«

»Gott wird Sie schon noch kriegen!«, brüllte Ducky Donald im Hintergrund.

»Was sagt er? Was hat er gesagt?«, fragte der Reverend aufgebracht. »Wir lassen uns nicht beleidigen.«

»Bis um siebzehn Uhr also«, sagte Mace.

»Die werden nicht aufkreuzen«, meinte Ducky. »Darauf wette ich.«

Mace antwortete nicht.

Pylon sagte: »Doch, werden sie. Sie können es sich nicht leisten, es nicht zu tun.«

Sie brachten Ducky Donald nach Hause und hielten ihm auf dem Heimweg einen Vortrag darüber, wie wichtig ein Entgegenkommen seinerseits sei.

»Dafür habe ich ja euch«, erklärte er. »Damit ich das nicht selber tun muss. Was ihr wollt, ist offensichtlich ein PR-Job. Ihr scheint echte Experten auf dem Gebiet geworden zu sein.«

»Denk darüber nach«, meinte Pylon. »Könnte dir das Leben retten.«

Ducky Donald gefiel die Vorstellung gar nicht, nachdenken zu müssen. Aber Mace gefiel auch die Vorstellung des grauen Camry nicht, der ihm folgte. Und wenn jetzt zudem noch Gonsalves wütend war, brauchte Mace dringend etwas Raum zum Atmen. Die Mailboxnachricht des Captains lautete: »Rufen Sie mich so schnell wie möglich an, Mr. Bishop. Die Wellen schlagen hier stündlich höher, was diese Amerikaner betrifft.« Mace zweifelte nicht daran. Doch zuerst musste er sich um andere Dinge kümmern.

Der Blumenladen, der die Rose geliefert hatte, befand sich weit oben in der Kloof. Wenn man das Geschäft betrat, klingelte eine Glocke. Der junge Mann hinter der Ladentheke nagte an einem Bleistift. Sagte: »Hallo. Kann ich Ihnen behilflich sein?«

Mace hielt die Rosenknospe in der Schachtel hoch. »Das wurde von Ihnen geliefert, und ich hätte gerne gewusst, von wem die Blume stammt.«

»Oh«, erwiderte der junge Mann. »Und Sie sind Mr. …«

Mace nannte seinen Namen.

Der junge Mann leckte an seinem Daumen und blätterte ein paar Seiten in seinem Auftragsbuch zurück. »Eine Dame hat die Rose für Sie bestellt. Und zwar gestern.« Er knabberte lächelnd an seinem Bleistift weiter. »Eine ausgesprochen hübsche Dame.«

»Wenn Sie mir noch ein paar Hinweise geben könnten«, bat Mace. »Wie hat sie zum Beispiel geheißen?«

»Oh nein, Sir. Sie hat ihren Namen nicht genannt, und sie hat in bar bezahlt. Geheime Bewunderer bezahlen nie mit Kreditkarte.« Der Bleistift wanderte wieder zwischen seine Zähne.

»Hätten Sie vielleicht eine Beschreibung?«

»Hübsch, wie ich bereits sagte. Etwas kleiner als Sie, Sir. In einem eleganten Mantel mit Kapuze. Und schicken Stiefeln.«

»Welche Haarfarbe?«

»Ich würde auf dunkel tippen.«

»Sie haben die Haare also nicht gesehen?«

»Nein, sie behielt die Kapuze die ganze Zeit über auf, Sir. Wirklich cool. Schwarze Handschuhe. Ray-Ban. Sogar bei diesem Wetter. Ich weiß nicht. Irgendwie lässig.« Er klopfte mit dem Stift gegen seine Zähne. »Ist der Groschen gefallen, Sir?«

Im Auto fragte Pylon: »Was hast du rausgefunden?«

»Muss der Beschreibung nach ein weiblicher Mönch gewesen sein.«

»Was sage ich da immer?« Pylon fuhr die Kloof hinunter. »Nimm dich vor Klosterbrüdern in Acht.«

Wieder im Büro machte es sich Mace mit einem Becher Kaffee bequem. Er schaltete den Gasofen auf Stufe drei und rief Gonsalves an.

»Warum hören Sie Ihre Mailbox nicht öfter ab?«, wollte der Captain wissen.

Mace nippte an seinem Kaffee und sah zu, wie seine feuchten Socken zu dampfen begannen. »Viel zu tun. Sie wissen schon: Kunden, um die man sich kümmern muss.«

Gonsalves schnaubte. »Kommen Sie aufs Revier. Wir müssen reden.«

Mace erwiderte: »Sorry, Captain, das geht nicht. Ich kann vor Arbeit hier kaum raussehen.«

Gonsalves überlegte einen Moment. »Ein viel beschäftigter Mann, was?«

»Ja, so in der Richtung.«

»Hören Sie, Bishop, hier braut sich einiges zusammen. Man wird Sie morgen vorladen.«

»Ach?« Diese Neuigkeit ließ Maces Herz nun doch schneller schlagen. »Die können von mir aus auch den Präsidenten vorladen. Mein Wort steht gegen das ihre, dass ich überhaupt dort war.«

»Man kann Ihre Anwesenheit beweisen, Bishop. Ein Flug hin und zurück. Ein Mietwagen. Eine SMS vor Ort an Ihre Frau.«

»Na und? Ich war in der Gegend. Das heißt gar nichts. Ein reiner Zufall.«

»Ein unglaublicher Zufall, dass Sie gerade zu diesem Zeitpunkt zweitausend Kilometer von Ihrem Zuhause entfernt waren.«

»So etwas ist nichts Ungewöhnliches. Erstens: Es stimmt, dass ich dort irgendwo in der Gegend war. Aber das Gericht wird genaue Nachweise darüber fordern, wo ich mich gewissen Zeugen zufolge aufgehalten haben soll. Zweitens: Eine Vorladung ist keine Verhaftung, Captain. Ich muss dafür nicht beweisen, wo ich war.«

»Erinnern Sie sich an den Wachmann am Tor der Lodge? Ein Mann namens Zwide irgendwas Ramatlhodi. Er hat Sie identifiziert.«

»Nie im Leben.«

»Es liegt hier eine eidesstattliche Erklärung vor. Samt Uhrzeit, zu der Sie hineinfuhren, und die Uhrzeit, zu der Sie wieder herauskamen. Kennzeichen des Wagens. Farbe und Marke. In seiner Handschrift in den Büchern vermerkt. Es fehlt nur noch Ihr Name.«

»Und er will mich identifiziert haben? Wie das?«

»Mit Hilfe eines Fotos, das hier auch bei den Akten liegt. Sieht so aus, als ob Sie gerade aus Ihrem Büro kommen würden. Nicht sehr schmeichelhaft, aber gut genug.« Er lachte kurz auf. »Deren Anwälte sind scharfe Hunde. Leute, die Ihnen tiefe Wunden schlagen werden, wenn Sie nicht aufpassen. Beängstigend, oder?«

»Es kann nicht sein, dass er mich identifiziert hat. Ich hatte eine Sonnenbrille auf. Einen Hut. Und er ist ein Schwarzer, verdammt noch mal. Er hat mir nicht in die Augen geschaut.«

»Mag ja sein. Trotzdem steht es hier schwarz auf weiß.«

»Das ist doch alles voller Löcher.«

»Zugegebenermaßen. Aber ein gefundenes Fressen für die Zeitungen. Ermittelnder Beamter erhält anonymen Hinweis, dass sich Natural Born Killers in einer Lodge entspannen. Die Jungs in Blau stürmen dorthin und entdecken unsere NBKs von der Decke baumelnd, Sie wissen schon, stehen da mit Schlingen um den Hals. Die Frage, die sich nun stellt: Wer war das? Logische Schlussfolgerungen führen zu dem Mann in dem Mietwagen. Der Mietwagen, der bei Sonnenuntergang auf das Gelände fuhr und es bei Sonnenaufgang wieder verließ – eine halbe Stunde, ehe der ermittelnde Beamte den anonymen Anruf erhielt. Und wissen Sie noch was?«

»Überraschen Sie mich.«

»Zwide meint, der Mann in dem Mietwagen hätte ihm erklärt, dass sie im selben Gewerbe tätig seien: Personenschutz. Jetzt frage ich Sie: War das klug, so etwas zu verraten?«

»Und was soll das?«

»Wie soll was?«

»Wohin soll das alles führen? Man konnte ihnen die Morde nachweisen. Sie haben Ihren Fall abgeschlossen. Was wollen die beiden damit erreichen?«

»Eine mildere Strafe. Vielleicht auch Mitleid.«

»Sie haben vier Menschen umgebracht.«

»Angeblich.«

»Ach, verdammt noch mal!«

»Ganz genau. Es geht darum, Bishop, dass mir das alles nicht hilft. Bestimmt werden weitere Fragen aufkommen, die diese Anwälte für sich zu nutzen versuchen. Zum Beispiel, warum wir nicht herausgefunden haben, wer ihnen das angetan hat. So etwas wird man garantiert von mir wissen wollen. Damit stehe ich als unfähiger Beamter da. Oder schlimmer noch: als konspirierender.«

»Unschön«, sagte Mace.

»Sehr unschön.«

»Und?«

»Und was?«

»Und wie wäre es, wenn wir das unter uns regeln würden?«

»Verdammt, Bishop, für wen halten Sie mich?«

»Für einen guten Mann.«

Der Captain legte auf. Mace dachte: Bullen. Manchmal muss man es ihnen wirklich unter die Nase reiben, damit sie es kapieren.

Um siebzehn Uhr klingelte es an der Tür. Reverend Carney und der Imam Ahmed Jabaar standen auf der Schwelle und schüttelten ihre Regenschirme aus. Pylon machte ihnen auf. Carney legte sofort los: »Wir werden uns keine Reden anhören. Wir sind in gutem Glauben gekommen. Wir haben die Interessen des Volkes zu vertreten.« Mace hörte, wie ihn Pylon zu beruhigen versuchte: »Wir wollen nur die Lage sondieren. Um eine Lösung zu finden.«

Mace hatte Ducky Donald bereits von zu Hause abgeholt und in das Zimmer mit dem runden Tisch gesetzt. Auf einem Sideboard waren Tee und Scones aufgebaut. Er erklärte ihm:

keinen Krieg heute. Okay, die anderen hatten mit dem Mist angefangen, aber jetzt reichte es. Keine weiteren Anschläge, keine Autojagden, kein *Skop, skiet en donder*, auch keine krummen Geschichten von seiner Seite aus.

»Von meiner Seite? Was hab ich denn gemacht? Außer dass ich selbst bei schlimmsten Provokationen seelenruhig geblieben bin.«

»Dann bleib das auch weiterhin.«

Pylon führte Carney und Jabaar herein.

Ducky hielt seine bandagierte Rechte hoch. »Hi. Ich würde Ihnen ja gerne die Hand geben, wenn nicht jemand darauf geschossen hätte.«

Ehe Carney antworten konnte, klingelte es erneut an der Haustür.

»Erwarten Sie noch jemanden?«, fragte Mace die beiden Geistlichen.

»Unseren Rechtsvertreter«, erwiderte Jabaar.

Mace ging zur Tür und öffnete. Draußen stand Sheemina February.

»Mr. Bishop«, sagte sie. »Ist das nicht ein hübscher Zufall?« Stand da in einem Mantel, den sie sicher nicht in Kapstadt gekauft hatte, einen Aktenkoffer in der rechten Hand, Regentropfen in den Haaren, die blassblauen Augen auf Mace gerichtet. »Eine kleine Stadt.«

»Sie sind nicht eingeladen«, sagte er.

Sie lächelte. »Ich bin auf Wunsch meiner Klienten hier.« Sie blickte über seine Schulter den Gang hinunter. »Vielleicht sollten wir bald anfangen. Ich nehme an, meine Klienten sind bereits hier?«

»Na und?« Mace blockierte den Flur. In der Luft lag ihr schweres Parfum. Nichts Raffiniertes.

Sie sagte: »Lassen Sie mich durch.« Sie bedeutete ihm mit ihrer linken Hand, sie durchzulassen. »Bitte, seien Sie doch nicht kindisch.« Nichts Unterwürfiges, sondern nur etwas Ironisches.

Mace nickte, ohne den Blick von ihr abzuwenden. Er zog den Moment bewusst in die Länge. »Okay.« Er trat zur Seite. »Ach ja. Mein Beileid zum Tod Ihres Exmannes oder vielmehr zu dem Mord an ihm.«

Sie ging an ihm vorbei, blieb stehen und wandte sich ihm halb zu. »Nicht nötig. Es hätte keinem netteren Menschen zustoßen können.« Wieder dieses Lächeln. »Aber vielleicht sollte ich Ihnen mein Beileid zum Verlust Ihres Geschäftspartners ausdrücken?«

»Wohl kaum«, entgegnete Mace. »Nicht in seiner Liga gewesen.«

»Nicht? Ich denke sehr wohl, dass das Ihre Liga war. Wenn ich mich recht erinnere. An dieses kleine Abenteuer in Luanda und so.«

Ehe er antworten konnte, stand Pylon unter der Tür des Konferenzzimmers: »Was macht die hier?«

»Ach, der galante Mr. Buso«, erwiderte Sheemina February. »Welche Freude.«

Pylon trat vor sie hin. Sagte zu Mace: »Du hast sie reingelassen?«

»Ist in Ordnung.«

»Seien Sie doch bitte so zivilisiert wie Mr. Bishop«, forderte sie Pylon auf. »Ich bin die Rechtsvertreterin der beiden Herren.« Der Gang war schmal, sie standen eng nebeneinander. »Und seien Sie nicht nachtragend, Mr. Buso. Das führt nur zu Magenschmerzen. Zu Geschwüren. Zu einem Reizdarm. Wenn ich bitten darf. Meine Klienten und ich haben etwas mit Mr. Hartnell zu besprechen. Ich denke, deshalb sind wir hier.«

»Keinen Scheiß«, sagte Pylon. »Verstanden?«

Sie schenkte ihm ihr strahlendstes Lächeln. Die weißen Zähne, der pflaumenfarbene Lippenstift. »Sonst was?« Sie winkte mit den Fingern ihrer rechten Hand. »Sonst passiert was, Mr. Buso?«

Pylon trat einen Schritt zurück, um sie durchzulassen. »Treiben Sie es nicht zu weit.«

»Oh, ich kenne meinen Platz«, antwortete sie. »Die Frage ist nur, ob auch Sie den Ihren kennen.«

Er erwischte sie an der Schulter. Sie machte sich nicht die geringste Mühe, ihn abzuschütteln. Stattdessen wartete sie, bis er sie losließ.

»Sie sind vielleicht ein Muskelprotz, Mr. Buso, Sie sehen stark aus, aber da drinnen …« Sie schlug leicht mit der Linken gegen seine Brust. »… da drinnen sind Sie schwach.« Damit trat sie ins Zimmer. Pylon warf Mace einen Blick zu und zog einen Finger quer über seinen Hals.

»Wir wollen«, erklärte Sheemina February Ducky Donald eine halbe Stunde später, »dass die Toten wieder an ihre alte Ruhestätte zurückkehren.«

Er schüttelte den Kopf. »Kommt nicht in Frage. Kommt überhaupt nicht in Frage.« Er wandte sich an Mace. »Wir haben das besprochen, *Boykie.* Tausendmal. Ich habe Nein gesagt, und ich sage immer noch Nein.« Er hielt seine bandagierte Hand hoch. »Ich hab keine Angst.«

Sheemina February berührte den Handschuh an ihrer linken Hand, als wollte sie ihn ausziehen, und sagte dann: »Ich auch nicht.«

»Gratuliere«, entgegnete Ducky. »Aber das bedeutet gar nichts. Ich rede von den Anschlägen, die Sie arrangiert haben.«

»Wir wollen«, sagte Mace, »dass Sie …«, er zeigte auf Sheemina February und die beiden Geistlichen, »… diesen Killer zurückpfeifen.«

»Das hat nichts mit uns zu tun«, erklärte Reverend Carney.

»Genau«, meinte auch Imam Jabaar. »Wir missbilligen jede Art von Gewalt.«

Sheemina February lehnte sich zurück. »Es ist eine radikale Gruppe. Über die haben wir keine Kontrolle.«

»Aber Sie wissen, wer dahintersteckt.«

»Wir vermuten, dass wir wissen, wer dahintersteckt«, verbesserte ihn Carney. Jabaar nickte zustimmend.

»Ich kenne diese Leute«, erklärte Sheemina February. »Es sind Radikale. Sie hören nicht auf Reverend Carney oder Imam Jabaar. Sie haben genug vom Reden. Seit 1994 wurde ihnen alles Mögliche versprochen, aber nie ist etwas geschehen. Einmal nannte uns eine Frau ›Gottes Stiefkinder‹. Und die sind wir immer noch.«

»Oh!« Pylon warf die Hände in die Höhe. »Mir kommen gleich die Tränen.«

»Sie sind schwarz«, entgegnete sie. »Was wissen Sie schon über unser Leben?«

Ducky Donald genoss diesen Austausch. Er sah grinsend zu, während sich Pylon und Sheemina February Beleidigungen an den Kopf warfen. Carney und Jabaar unterstützten ihre Anwältin. »Kinder, Kinder. Ich gebe auf.«

Plötzlich herrschte Stille im Raum. Alle sahen Ducky Donald an.

»Sie können Ihre Krypta haben. Ein kleiner Raum im Keller. Aber nicht im Foyer. Eine symbolische Geste. Das biete ich Ihnen an. Was Sie mit den Toten machen, ist dann Ihre *Indaba.*«

Mace beobachtete Ducky, dessen kleine Augen unter den drahtig harten Brauen zwischen Sheemina February, Carney und Jabaar hin und her schossen. Die Geistlichen konnten kaum glauben, was sie da hörten. Sheemina Februarys Miene regungslos.

Pylon sagte: »Halleluja, Brüder.«

Mace war sich nicht so sicher. Er kannte Ducky Donald Hartnell nur allzu gut.

»Und wie sieht es mit einer Gedenktafel aus?«, fragte der Imam.

»Klar, kein Problem.« Ducky hielt die Hände etwa einen halben Meter voneinander entfernt in die Höhe. »Mit der Größe kann ich leben. In Messing. Geschmackvoll, okay? Und kein Gelaber über die kolonialen Unterdrücker, so was kommt mir da nicht hin. Und es ist allein Ihre Verantwortung. Sie sind die Nachfahren, also zahlen Sie auch die Tafel. Bringen Sie mir vier Schrauben, und ich hänge sie dann für Sie auf.«

»Sie muss ins Auge fallen«, gab Sheemina February zu bedenken.

»Wie wär's neben den Liften?«

Mace runzelte die Stirn. Er konnte kaum glauben, was er da hörte. Ducky Donald bei einer Hundertachtzig-Grad-Kehrtwende. Klang auf einmal wie der Heiland persönlich.

Reverend Carney sah zufrieden aus. »Gott ist groß«, stellte Imam Jabaar fest. Die beiden Geistlichen schüttelten einander die Hände, als ob sie gerade einen bedeutenden Sieg errungen hätten.

Sheemina February erklärte: »Wir brauchen das schriftlich.«

»Schreiben Sie's gleich nieder. Ich unterschreibe dann«, erwiderte Ducky. »Sie sind die Anwältin.«

»Ich setze es erst einmal auf«, entgegnete sie und sammelte ihre Unterlagen zusammen. »Als richtigen Vertrag.«

»Dann schicken Sie ihn an meine Anwälte«, schlug Ducky vor und nannte den Namen einer Kanzlei. »Die Kerle berechnen genug. Da können die sich ruhig mit Ihnen wegen der genauen Formulierungen herumschlagen.«

Als die Geistlichen und Sheemina February gegangen waren, sagte Pylon zu Ducky: »Was war das denn?«

»Ich hab plötzlich etwas verstanden, *Boykie*«, sagte er und goss sich einen Single Malt aus ihrem Barschrank ein. »Man kommt zu einem Punkt, an dem man sich denkt: Was zum Teufel soll das alles? Was heißt das schon? Ein Haufen Knochen in einem zugesperrten Raum. In zehn oder zwanzig Jahren wird sie sowieso jemand wegwerfen. Wer merkt da den Unterschied?« Sein Blick wanderte von Pylon zu Mace. »Eine Gedenktafel im Foyer. Die Leute werden anhalten, um sie zu lesen. Besucher der Wohnungsbesitzer werden sagen: Hey, wie cool ist das denn. Stellt es euch nur mal vor.«

»Bisher hast du aber immer anders geklungen«, erinnerte ihn Mace.

»Wie gesagt: Was heißt das schon? Nennen wir es meinen Beitrag zum historischen Erbe unserer Stadt.« Er nippte an seinem Whisky. »Klingt doch nicht schlecht, oder? Um die Feinheiten können sich die PR-Leute kümmern.«

9

Mace saß in jener Nacht noch lange im Wohnzimmer, nachdem Oumou und Christa bereits zu Bett gegangen waren. Zwei Wörter kreisten durch seinen Kopf: Sheemina February. Er warf Reisigbündel aus Küsten-Akazien ins Feuer und trank einen gelbbraunen Portwein. Dachte: Warum verfolgt mich diese Frau? Draußen tobte ein Sturm durch die Steinpinien. Der Berg heulte.

Während ihres Treffens war er sich jede Sekunde lang der Tatsache bewusst gewesen, dass er jener Frau gegenübersaß, die Christa hatte entführen lassen. Höchstwahrscheinlich hatte sie vor allem ihr Okay gegeben und war nicht selbst aktiv darin verwickelt gewesen. Abdul Abdul hatte im Grunde als ihr Handlanger agiert. Sheemina February – die Frau, die

Christa diese Schmerzen zufügte. Diese Albträume. Diese Flashbacks. Die Frau, die sie in den Rollstuhl gebracht hatte. Wenn er aufschaute, hatte Sheemina February ihn angesehen. Manchmal spöttisch lächelnd. Nie bereit, den Blick abzuwenden. Aufdringlich. Dreist. Ihn herausfordernd. Als ob sie etwas wüsste, was er nicht wusste.

Diese blassblauen Augen. Die fein ziselierte Nase. Der Lippenstift auf ihren Penelope-Cruz-Lippen. Das Parfum. Die dunklen Haare. Was wollte sie von ihm? Wie sollte er sich fühlen? Hasserfüllt? Wütend? Verängstigt?

Er spürte einen Teil dieses Hasses und der Wut. Und er musste zugeben, dass sie ihn verunsicherte. Wenn sie sich doch nicht ständig in seine Angelegenheiten mischen würde.

Nach dem Treffen hatte Pylon gefragt: »Wie konntest du sie reinlassen? Bist du wahnsinnig geworden? Nach allem, was passiert ist? Wie konntest du? Heilige Mutter Gottes! Sie hat deine Tochter entführt. Christa hätte tot sein können. Diese Frau ist böse. Durch und durch böse. Und du lässt sie so ohne Weiteres in unser Büro, als ob wir nicht das Recht hätten zu entscheiden, wer hier rein darf und wer nicht? Was hast du dir dabei gedacht?«

Ja, dachte Mace, was habe ich mir dabei gedacht?

Warum hatte er sich ihr nicht entschlossener entgegengestellt? Warum nicht?

Gab es da etwas in einer dunklen Ecke seines Gehirns, an das er sich nicht erinnern konnte?

Oder war es etwas anderes? Ihm fiel ein, dass sie bei dem Konzert zu ihm gesagt hatte, er sei schuldig. In welcher Hinsicht war er schuldig? Weil er versuchte, der Wahrheit über sie auf die Spur zu kommen? Oder weil er in seiner Vergangenheit Waffen verkauft hatte?

Er hatte sie wahrscheinlich aus Neugier hereingelassen. Um zu sehen, was passieren würde. Wie sich die Sache entwickeln würde. Früher einmal hatte es keine Zeit gegeben, um genau abzuwägen und zu überlegen. Da hatte man nur gehandelt. Früher hätte er die beiden Amis niemals am Leben gelassen, diesen Paulo und seine Tussi, damit sie dem Gesetz ausgeliefert werden konnten. Im Rechtssystem gab es mehr Möglichkeiten, dass etwas schieflief, als dass die beiden wirklich ihrer gerechten Strafe zugeführt werden würden. Früher hätte er sie umgebracht und damit allen Beteiligten weitere Unannehmlichkeiten erspart. Vielleicht hätte er früher sogar etwas gegen Sheemina February unternommen. Eine Schwäche, die sich da bei ihm offenbarte. Das Gefühl, dass es sowieso keinen großen Unterschied machte, wie er sich verhielt.

Er seufzte und trank einen weiteren großen Schluck Portwein.

Vielleicht hatte Pylon recht. Er hätte entschlossener sein und sie nicht hereinlassen sollen.

Nach dem Treffen war er mit Christa schwimmen gegangen. Hatte ihr zugeredet, diesmal noch zwei Extrabahnen zu schwimmen. Er nahm sie härter als gewöhnlich ran. Ihre Beine mussten kräftiger werden. Mace beobachtete seine Tochter und dachte: Das ist der Sieg. Und die Niederlage von Sheemina February.

Toller Sieg, Christa zwei Extrabahnen schwimmen zu lassen.

Er ließ das Feuer herunterbrennen und trank seinen Portwein aus. Dann ging er mit dem Gedanken zu Bett: Sheemina February stößt dich immer wieder in eine bestimmte Richtung. Doch was es in dieser Richtung gab, vermochte er einfach nicht zu erkennen.

10

Ducky Donald rief in sein Telefon: »Was ist das Problem? Was verstehst du nicht?«

Oupa K fragte: »Was?«

Also wiederholte Ducky Donald das Ganze, lauter als zuvor.

Oupa K fragte: »Jetzt?« Dann: »Boss, sag es noch mal.«

Zu diesem Zeitpunkt nahm Ducky Donald das Telefon von seinem Ohr und betrachtete den Apparat, als ob er sich fragen würde, ob er richtig funktionierte.

Er hörte, wie Oupa K sagte: »Alwyn, Scheiße, Mann, lass das.« Dann redete er wieder in den Hörer: »Etwas leiser. Es gibt keinen Grund, so zu schreien. Immer schön freundlich bleiben, okay?«

Ducky Donald starrte auf den Fernsehbildschirm: eine Autojagd mit Minis durch die Geschäftsarkaden in der Via Roma. Er hielt den Hörer wieder an sein Ohr und fragte: »Was macht dieser Alwyn eigentlich, dass es mir so schwerfällt, deine Aufmerksamkeit zu halten?«

»Er reißt die ganze Decke an sich«, erwiderte Oupa K. Jetzt erkannte Ducky die üblichen Geräusche einer Kissenschlacht.

»Ich biete jedenfalls fünf. Warum ist das ein Problem?«

Die Minis rasten über ein Hausdach und dann über eine Teststrecke.

»Es ist fast Mitternacht«, sagte Oupa K. »Das allein ist schon mal ein Problem.«

»Lass die Finger von den Jungs, Kumpel. Das allein ist schon mal dein Problem.«

Er hörte, wie Oupa K seufzte. »Ich höre, was du sagst. Aber auf einen solchen Bullshit hab ich keinen Bock.«

»Zehn.«

»Ich bin zu Hause in meinem Bett, Boss. Ich hab bereits geschlafen.«

Ducky Donald lachte freudlos. »Ja, klar. Du und Alwyn, ganz gemütlich zu Hause.«

Die Minis polterten über die Stufen einer Kirche. Im Hintergrund fand eine Hochzeit statt. Die Bullen in den Alfas sahen dumm aus der Wäsche.

»Außerdem stürmt es draußen. Und es ist kalt.«

»Dann wird dich das ja aufwärmen«, entgegnete Ducky und richtete die Fernbedienung auf den Bildschirm, um zum Hauptmenü zurückzuschalten. Er wählte die Szenenauswahl an. Begann die Autojagd von Neuem.

»Morgen«, sagte Oupa K. »Wenn ich ein paar Jungs damit beauftragen kann.«

Ducky Donald sah zu, wie die Beute in die Minis geladen wurde. »Morgen ist gut. Das sage ich doch schon die ganze Zeit über. Wenn du jetzt losfährst, ist es morgen, bis du ankommst.«

»Haha. Das ist nicht meine Sorte Job. Ich hab Leute, die das für mich erledigen.«

Auf dem Bildschirm herrschte in den Arkaden ein totales Chaos. Ducky legte die Fernbedienung beiseite und nahm ein Whiskyglas voll Cognac und Cola zur Hand. Seine Zähne stießen gegen das Glas. Er war einmal mit Matthew bei Oupa K zu Hause gewesen und hatte einen Blick in dessen Schlafzimmer geworfen: ein Bettkasten samt riesiger Matratze auf einem weißen struppigen Teppich, der beinahe von einer Wand zur anderen reichte. Der Teppich roch nach Hund, obwohl Oupa K seine Hunde im Hof angeleint hatte. Wahrscheinlich hatte sich der ganze Dreck, den Oupa K und seine Stricherjungs von der Straße hereinbrachten, mit den Teppichhaaren verfilzt.

Ducky spulte bis zum Ende der Szene vor, wo der Bus am Rand eines Abgrunds hing und das Gold auf den Boden glitt.

»Was machst du denn sonst noch heute Nacht, das dir zehn Riesen einbringt? Für eine Auslage von vielleicht gerade mal fünfhundert Mäusen. Und für zwei Stunden deiner kostbaren Zeit. Drei Stunden Maximum, wenn man die Fahrt mit einberechnet.«

»Ich lieg im Bett. Ganz gemütlich, wie du sehr richtig gesagt hast. Also morgen Abend.«

»Kapierst du denn nicht?« Ducky wurde lauter. »Verdammter Mist, das muss jetzt erledigt werden, jetzt. Komm schon, Oupa. Tu mir den Gefallen.« Er hielt inne, damit Oupa K etwas erwidern konnte. Doch der sagte nichts. »Es ist total einfach. Verstehst du? Kein Wachdienst, kein Alarm, nichts. Vor Morgengrauen bist du wieder im Bett.«

Diesmal füllte Ducky die Stille nicht, sondern zwang Oupa K zu einer Erwiderung.

»Um sieben hätte ich das planen können. Um zehn auch noch. Aber fast um Mitternacht mache ich keinen Plan mehr. Warum hast du nicht früher angerufen?«

»Weil ich es früher nicht wusste. Früher bin ich auf die Idee gar nicht gekommen. Das ist mir erst jetzt eingefallen.«

»Morgen, Boss. Das reicht. Noch massig Zeit.«

»Fünfzehn.«

»He, he, he! Fünf, zehn, fünfzehn … Innerhalb von fünf Minuten. Noch mal fünf Minuten, und wir sind bei dreißig.«

Der Mann hatte recht. Fünfzehntausend war das Ganze nicht wert. Aber Ducky wollte, dass es erledigt wurde und zwar noch in dieser Nacht. »Das war mein letztes Angebot. Nimm es oder lass es bleiben. Andere Mütter haben auch Söhne.«

Oupa K lachte. »Wovon redest du? Ich hab nicht darum gebeten, Boss. Du bist zu mir gekommen. Andere Mütter und ihre Söhne haben nichts damit zu tun. Vielleicht solltest du weniger Cognac trinken.«

»Zum Teufel, Oupa! Muss ich mich vor dir auf die Knie werfen? Würde dich das glücklicher machen als fünfzehn Riesen? Würde dich das glücklicher machen?«

»Das macht schon Alwyn.«

Ducky spulte zurück, um die ersten Einstellungen jener Szene anzusehen, wo es den Bergpass hinunterging.

»Ich will nicht wissen, was Alwyn macht. Ich will wissen, ob du mir aushilfst.«

Oupa K gab ein langes lustvolles Stöhnen von sich. »Ooo-ohh … Also gut. Okay. Sagen wir, ich mach's. Wie zahlst du, Boss?«

Ducky hielt den Film an. »Je schneller du's hinter dich bringst, desto schneller kannst du hierherkommen und dir das Geld abholen. Aber vergiss nicht, ein Video von dem Feuer zu machen – als Beweis für mich.«

Schweigen am anderen Ende der Leitung. Dann: »Hast du eine Adresse für mich, Boss?«

Ducky Donald schilderte ihm, wie er am besten hinkam. »Fahr sofort los, Oupa. Ich will's in den Morgennachrichten hören.«

Ehe er auflegte, hörte er, wie Oupa K sagte: »Wir sind schon auf dem Weg, Boss.«

11

Für Mace begann der Tag denkbar schlecht. Er musste Francisco um sieben Uhr morgens von einem Flug aus London abholen. Sieben Uhr war seiner Meinung nach mitten in einer dunklen und stürmischen Nacht. Um das Ganze noch schlimmer zu machen: Er rief am Flughafen an und erfuhr, dass der Flug keine Verspätung hatte. Also setzte er sich um sieben Uhr in Bewegung. Um diese Uhrzeit brauchte er eine Viertelstunde bis Cape Town International, da er in der Gegenrichtung des Hauptverkehrs fuhr. Er dachte sich das so: Bis Francisco ausgestiegen, die Passkontrolle hinter sich gebracht, sein Gepäck gefunden und sich in die Schlangen am Zoll eingereiht hatte, würde es Viertel vor acht sein. Acht, ehe er herauskam. Genügend Zeit also, um sich mit einer Zeitung, einem Cappuccino und vielleicht einem Blaubeermuffin in einem Café in der Flughafenhalle zu entspannen.

Falsch gedacht.

Auf der N2 stadtauswärts hatte ein LKW seine Ladung verloren. Eine halbe Stunde lang ging gar nichts mehr weiter. Die Kaffeepause konnte er sich schon mal abschminken.

Als er nach acht Uhr am Flughafen eintraf, hieß es plötzlich: Tut uns leid, Sir, der Flug hat wegen des schlechten Wetters dreißig Minuten Verspätung.

Okay, also doch wieder Plan A: ein Cappuccino, ein Blaubeermuffin und die Zeitung.

Nur gab es keine Blaubeermuffins mehr und auch keine Zeitungen. Tut uns leid, Sir, heute wollen alle eine Zeitung. Wegen der Verspätungen.

Er bestellte einen Cappuccino, der mehr wie ein Latte macchiato schmeckte, und fand eine zurückgelassene Cape Times, in der die Geschichte auf Seite drei herausgerissen war. Das bedeutete, dass auch der Artikel auf Seite vier über die Gerichtsverhandlung, die in wenigen Stunden im Obersten Gerichtshof beginnen sollte, größtenteils fehlte. Die Gerichtsverhandlung mit Franciscos Schwager, dem fiesen Paulo, und dem hinterhältigen Weibsstück an seiner Seite, Viper Vittoria. Die einführenden Absätze berichteten von dem Mord an den amerikanischen Touristen und der Verbindung zu den vorherigen Morden an den italienischen Modedesignern. Doch das war alles. Mace musste warten, bis jemand noch eine Zeitung zurückließ, um herauszufinden, dass auch er es namentlich in den letzten Absatz geschafft hatte:

»Eine überraschende Wendung in diesem spektakulären Fall ist die Vorladung des Personenschützers Mr. Mace Bishop, der von den Angeklagten der Folter bezichtigt wird. Nach Polizeiangaben wurde allerdings keine Anklage gegen Mr. Bishop erhoben. Es wird auch nicht gegen ihn ermittelt.«

Er starrte auf diese Worte. Dachte: Das ist also Gonsalves' Versuch, sich um die Sache zu kümmern. In diesem Moment rief Gonsalves an. »Netter Artikel«, sagte er. »Eine bedeutende Leistung, es in die Zeitung zu schaffen.« Mace hörte, wie er auf einer Tabakkugel herumkaute.

»Ich dachte, Sie würden sich darum kümmern.«

»Sie wissen doch, wie das ist: Wunder brauchen immer etwas länger.« Ein feuchter Schmatzer ließ den Captain das letzte Wort in die Länge ziehen. »Sind die Leute der Staatsanwaltschaft schon bei Ihnen gewesen?«

Mace erklärte ihm: »Nein, ich bin gar nicht zu Hause, ich geh auch nicht ins Büro. So wie sich der Tag entwickelt, werde ich's nicht mal rechtzeitig ins Gericht schaffen.«

»Nur weiter so mit dem Zur-Seite-Hechten und Abtauchen«, erwiderte Gonsalves. »Dem Gesetz immer einen Schritt voraus, das ist das Wichtigste.«

Mace dankte ihm trocken für diesen Rat und mischte sich dann unter die Chauffeure, Firmenfahrer und Reiseleiter, die allesamt Schilder für Mr. und Mrs. Soundso hochhielten. Francisco kam als Erster heraus.

Kein unnötiges Geplänkel, kein Reden um den heißen Brei. »Zunächst einmal, Mace«, verkündete Francisco, »will ich mir den Ort anschauen, wo es passiert ist. Das verfolgt mich. Ich will sehen, wo sie ihre letzten Atemzüge getan hat. Vielleicht ergibt das für Sie keinen Sinn. Aber ich werde den Gedanken daran einfach nicht mehr los.«

Mace warf einen Blick auf seine Armbanduhr. »Die Gerichtsverhandlung dürfte gerade beginnen.«

»Dafür haben wir auch nachher noch Zeit. Zuerst das andere.«

Sie fuhren zu den Sanddünen hinaus. Francisco schwieg die ganze Zeit über und starrte auf den bedeckten Himmel und das aufgepeitschte Meer. Auf den Berg und die Stadt auf der anderen Seite des düsteren, dunklen Wasserstreifens.

Als sie zu Big Bay hinunterfuhren, wollte Francisco wissen: »Ist das da drüben Robben Island?«

Mace sagte, ja.

»Hab schon davon gehört.«

Die nächsten zehn, fünfzehn Kilometer fuhren sie wieder schweigend dahin. Francisco saß angespannt in einem Burberry und in Budapestern da und verströmte einen leichten Minzduft. An der Kreuzung nach Atlantis sagte er: »Das ist ziemlich weit außerhalb. Wie kam dieses Arschloch auf die Idee hierherzukommen?«

»Das erzählt er alles auf dem Band«, erwiderte Mace.

»Lassen Sie mich sein Wimmern hören?«

»Wenn Sie wollen. Ich kann eine Kopie machen und sie Ihnen bringen. Allerdings ist einiges davon ziemlich heftig.«

Francisco erwiderte nichts. Er zuckte nur mit den Achseln.

Das düstere Licht ließ die Dünen noch weißer als sonst erstrahlen. Sie rollten in einer Nebelbank ins Unendliche aus. Mace wurde langsamer. Er vermutete, dass das Gatter direkt vor ihnen lag, fuhr aber trotzdem daran vorbei, so dass er umdrehen und auf dem kiesigen Seitenstreifen zurückfahren musste.

Das Gatter war mit einem Schloss versperrt. Der Weg durch die Dünen stand größtenteils unter Wasser. Einziger Lichtblick: Es hatte zu regnen aufgehört.

»Ist es das?«, fragte Francisco.

Mace wies auf den Weg und die Dünen hinunter. »Etwa zweihundert Meter von hier.«

Francisco holte eine Kamera aus seinem Trenchcoat, machte ein paar Aufnahmen des Gatters, des Weges und der dahinterliegenden Dünen.

»Sind Sie öfter hier gewesen?«, fragte er.

Mace nickte. Er testete die Zaundrähte und kletterte dann hinüber. »Im Sommer. Seitdem nicht mehr.«

Sie standen einander gegenüber, das Gatter zwischen ihnen.

»Sie und Isabella hatten eine Beziehung, nicht wahr?«

»Früher einmal. Wir haben uns seit vielen Jahren gekannt.«

»Dachte ich mir. Sie selbst hat ja nie darüber gesprochen. Über ihre Gefühle. Nur hier und da fiel der Name Mace Bishop.«

Mace streckte ihm eine Hand entgegen. »Ich nehme die Kamera, während Sie rüberklettern.«

Francisco reichte sie ihm. »Ich will Sie nicht ausfragen, Mace. Ich will Ihnen das nur sagen.« Er stellte einen Fuß auf den mittleren Draht und rüttelte daran. »Ich habe Isabella nie ganz verstanden. Wie sie diesen Kretin heiraten konnte. Und dass es mit Ihnen nie eindeutig romantisch wurde. Das ist mir alles unverständlich. Ich vermute, Bella hatte noch andere Geschichten. Eine Frau wie sie muss das gehabt haben. Aber an diesem Abschaum hält sie fest – bis er sie umbringt.« Er kletterte über das Gatter. Mace hielt ihn am Arm fest, doch er kam trotzdem ins Taumeln und stürzte auf der anderen Seite auf ein Knie und eine Hand. Die Ärmelstulpe seines Mantels wurde triefend nass, ebenso der untere Teil seines Hosenbeins. »Mist. Mann, muss das sein? Jetzt schauen Sie sich das an.« Er stand auf. »Das hat mir gerade noch gefehlt.« Er klopfte den Ärmel aus und starrte auf seine Schuhe. »Was ich wirklich nicht abkann, sind nasse Socken.« Er schüttelte den Kopf. »Okay, das ist jetzt eben meine Safari. Ich muss das machen. Also gehen wir.«

Mace reichte ihm die Kamera, und er nahm sie, wobei er auch Maces Hand erfasste.

»Was ich Sie fragen wollte, Mace: Hat sie Ihnen etwas bedeutet? Hier drinnen …«, er schlug sich auf die Brust, »… tief in Ihrem Herzen?«

Mace antwortete nicht. Er erwiderte Franciscos Blick, bis dieser seine Hand losließ und sagte: »Ja, hatte ich mir fast gedacht.«

Sie gingen schweigend den Pfad entlang und wateten durch Vlei-Schwämme, die Wasser in ihre Schuhe fließen ließen. Nach etwa hundert Metern zweigte der Weg links in die Dünen ab, wo ihnen das Laufen auf dem harten Sand leichter fiel. Das Dünengras wurde dichter, und sie erreichten die Kuhle, wo man Isabella erschossen hatte. Allerdings stand diese Kuhle inzwischen unter Wasser.

Francisco hielt neben Mace an. Er atmete hörbar. »Hier?«

»Im Sommer liegt das alles trocken«, erklärte Mace. »Auch wenn man das jetzt kaum glauben kann.«

»Und wo ist der genaue Ort? Unter Wasser?«

Mace nickte.

»Bei allen Heiligen«, sagte Francisco und holte eine kleine gerahmte Fotografie von Isabella aus seiner Manteltasche. »Ich wollte das hier hinlegen.« Er schleuderte das Bild in die Mitte des Tümpels, und sie sahen zu, wie es langsam sank. »War das in etwa die richtige Stelle?«

Mace nickte. Zehn Minuten lang standen sie nur da, bis Francisco fragte: »Beten Sie, Mace?«

Mace verneinte.

Francisco zupfte an einem Dünengras und warf die Ähre ins Wasser. »In dem Sinn, wie ich es meine, bete ich auch nicht. Obwohl ich Gottesdienste besuche. Und ich will, dass ein Priester da ist, wenn ich sterbe. Aber ich bete nicht. Isabella würde ihren Ohren nicht trauen, wenn sie jetzt hören könnte, dass ich Ihnen diese Frage stelle.«

Maces Handy begann zu klingeln.

»Ich nehme an, hier zu stehen, ist das Beste, was ich tun kann. Von all den Orten, an denen sie hätte sterben können, stirbt sie also hier. In einem verdammten Tümpel in einer

Sanddüne außerhalb einer Stadt in Wer-weiß-wo.« Er machte ein paar Fotos. »Da soll irgendwo Gottes Wirken zu erkennen sein. Sagen Sie's mir, Kumpel. Sagen Sie mir, wo da die Hand Gottes gewesen sein soll, verflucht noch mal.«

Mace fischte sein Handy aus der Tasche und warf einen Blick auf das Display: Ducky Donald. Er hob ab, sagte: »Ich rufe zurück« und legte wieder auf, ehe Ducky etwas erwidern konnte.

Francisco wandte sich ihm mit rotumrandeten Augen zu. »Nachdem die Mühlen Ihrer Justiz gemahlen haben, wird das keineswegs Paulos Ende bedeuten. Und auch nicht das seiner Schlampe.«

Mace wich seinem Blick nicht aus. »Wahrscheinlich wird die Justiz gar nicht mehr dazu kommen, ihre Mühlen zu mahlen.«

»Genau das ist eben die Frage.« Er nickte und reichte Mace seine Hand. Dieser ergriff sie. »Sie sollten besser Ihren Bekannten zurückrufen.«

Als sie durch den Sand zum Wagen liefen, rief Mace Ducky an.

»Verdammt, Mace«, brüllte dieser. »Du hast mich einfach abgewürgt. Ich hab hier mit 'ner Riesensache zu tun, und du legst einfach auf.«

Mace schnitt eine Grimasse Richtung Himmel. Im Wind hingen wieder ein paar Regentropfen. »Was gibt's, Ducky?«

»Großen Ärger. Wirst es nicht glauben.«

»Dann raus damit.«

Ducky gab sein Hyänenlachen von sich. »Dieses verfluchte Lagerhaus ist abgebrannt. Was sagst du dazu? In dem ganzen Regen. Knister-knister – weg! Staub zu Staub, Asche zu Asche.«

Mace wartete am Gatter, während Francisco darüberkletterte. »Das war nicht klug, Ducky.«

»So was kann passieren«, erwiderte dieser. »Ich muss da jetzt hin, Mace. Und zwar pronto. Muss meiner Enttäuschung und meinem Entsetzen über diese Katastrophe Ausdruck verleihen.«

Das Dach des Lagerhauses war völlig abgebrannt. Kein einziger verkohlter Balken hatte sich gehalten. Die Wände standen noch, aber alles andere war den Flammen zum Opfer gefallen: der Boden, der Laufsteg, die Treppe. Die Fensterrahmen aus Metall waren in der Hitze geschmolzen, die Glasscheiben zersprungen. Man musste nicht bei der Feuerwehr sein, um zu wissen, dass es sich um ein Inferno gehandelt hatte.

Als Mace eintraf, war das Drama bereits vorbei. Die Straße wurde noch immer von einem Wagen der Feuerwehr und einem Transporter der Polizei zu beiden Seiten hin abgesperrt, doch die Flammen hatte man gelöscht. In der rauchenden Ruine des Lagerhauses stand eine Gruppe von Leuten, unter ihnen Ducky Donald und Pylon. Nachdem die Holzplanken des Bodens weggebrannt waren, wirkte das Kellerfundament wie eine uralte Ruine aus Säulen und niedrigen Mauern, schwarzem Ruß und Erde. Wie in Pompeji, dachte Mace, als er hinuntersprang. Dachpappe und verkohlter Schutt lagen überall verteilt. Der Boden war noch warm.

Pylon kam auf ihn zu, ehe er sich zu den anderen gesellen konnte. »War er das wieder?«

»Nehm ich an.«

»So wie er sich benimmt, würde man das nicht vermuten. Als ich ihn abgeholt hab, fing er gleich mit seiner Rolle an: ›Eine echte Tragödie, gerade jetzt, wo alles geregelt ist.‹ Blablabla.«

»Und die Toten?«

»Sind fast alle zu Asche zerfallen. Hier und da gibt's noch

ein paar Knochen, soweit sich das sagen lässt. Was Holzasche und was menschliche Asche ist, lässt sich natürlich nicht unterscheiden.«

»Die Geistlichen werden begeistert sein.« Mace sah zu den Leuten hinüber. »Was meint der Feuerwehrhauptmann?«

»Er redet von einem möglichen Kurzschluss, scheint sich aber keineswegs sicher zu sein. Wegen der Heftigkeit des Feuers. Ein Kurzschluss hätte außerdem Alarm ausgelöst. Und der Alarm hätte die Leute vom Sicherheitsdienst auf den Plan gerufen. Was aber nicht passiert ist.«

»Sondern?«

»Der Rauchmelder nebenan hat die Feuerwehr hierhergebracht, ehe die ganze Straße in Flammen aufging. Zeitlich ist das anscheinend ungefähr so abgelaufen: Der Zentrale wird um etwa fünf Uhr fünfzig ein Feuer gemeldet, man kontrolliert, ob es auch wirklich stimmt, dann wird die Feuerwehr circa sechs Minuten später informiert. Sie rückt aus und braucht zehn Minuten bis hierher. Um sieben ist das Feuer gelöscht. Der meiste Schaden ist bereits entstanden, ehe jemand davon wusste.«

»Und Duckys Sicherheitssystem hat nichts registriert.«

»Ich würde mal vermuten, dass es abgeschaltet war.«

»Verdammter Pyromane.«

»Der Feuerwehrhauptmann wundert sich nur, dass der Boden zuerst verbrannt ist. Normalerweise wäre zuerst das Dach dran, sagt er.«

Mace sah, dass sich die Gruppe auflöste und Ducky Donald auf sie zuhumpelte.

»Die Spurensicherung wird ihn entlarven. Oder es vielmehr als Brandstiftung einstufen. Aber was beweist das schon? Ducky wird behaupten, das sei ein abgekartetes Spiel gewesen, wahrscheinlich von denselben Leuten, die versucht haben, ihn umzubringen. Ergibt ja auch irgendwie Sinn.«

»Außer dass sich das Alarmsystem nicht eingeschaltet hat.«

»Fehler in der Technik. Warum auch nicht? So was passiert ständig.«

Ducky Donald rief aus: »Mann, das hat mir gerade noch gefehlt!«

»Hat es das?«, fragte Mace. »Mir scheint das die Lösung all deiner Probleme zu sein.«

»Wie das?« Ducky klopfte sich den Ruß von den Händen.

»Nichts mehr übrig, um das man sich streiten könnte.«

Er sah Mace aus schmalen Augen an. »*Boykie*, du bist zu zynisch. Weißt du das?«

»Ohne Knochen keine Krypta.«

»Dazu war ich aber bereit. Du hast mich selbst gehört, wie ich ihr das erklärt habe.«

»Ihr was erklärt?«, fragte die Stimme von Sheemina February. Sie blickten auf. Sie stand an der Stelle, wo früher einmal der Eingang gewesen war. Die Köpfe der Männer auf gleicher Ebene mit ihren Stiefeln.

Unter anderen Umständen hätte Mace wahrscheinlich sehen können, was Mo Siq einmal dazu bewogen hatte, diese Frau zu heiraten. Es war verführerisch – schwarzer Mantel, schwarze Handschuhe, schwarze Haare. Das Aufblitzen ihrer blassblauen Augen und ihr angedeutetes Lächeln. Die weißen Zähne und der Lippenstift. Unter anderen Umständen.

»Gestern Abend«, sagte sie, »sind wir zu einer Vereinbarung gekommen, Mr. Hartnell. Sie meinten, ich solle einen Vertrag aufsetzen, und Sie würden ihn dann unterschreiben.« Sie streckte ihnen ihren Aktenkoffer entgegen. »Er ist da drin. Ich habe Ihnen geglaubt. Seltsam, dass das Feuer gerade jetzt ausgebrochen ist.«

»Das ändert gar nichts«, erwiderte Ducky. »Ich steh zu meinem Wort.«

Sie zwang sich zu einem Lachen. »Was nützt das noch? Sollen wir mit einer Schaufel voll Sand und Asche in Ihrem Gebäude die Wände verputzen?«

»Gute Idee. Machen wir die Vorfahren zu einem Teil des Hauses.«

»Netter Versuch, Mr. Hartnell. Aber wir wollen unsere Vorfahren nicht in einem Betonmischer wissen.«

Sie starrte die Männer an, einen nach dem anderen. Mace erwiderte ihren Blick so lange, bis sie erklärte: »Ich werde eine Pressekonferenz einberufen. Für morgen Vormittag, vermutlich in der Sklavenhütte. Seien Sie pünktlich.« Sie wandte sich ab, so dass Ducky Donald ihr hinterherrufen musste: »Warten Sie!«

»Vergiss es«, sagte Mace.

»Oh Mann«, stöhnte Ducky. »Die werden mich bestimmt kreuzigen.«

Pylon klopfte ihm auf die Schulter. »Denk nach, *Bru*. Dir wird bestimmt was einfallen.«

Mace fuhr einen kleinlauten Ducky Donald nach Hause, blieb aber nicht mehr zu einem Kaffee und etwas Härterem.

»Bringst du mich morgen in die Höhle des Löwen?«

»So wie schriftlich vereinbart.«

Ducky hielt das keineswegs für lustig, sondern schlug nur die Tür des Spider zu und stürmte davon.

Als Mace ins Büro zurückkam, wartete ein Mann von der Staatsanwaltschaft mit einer Vorladung auf ihn. Wenn ein Tag schlecht anfängt, dann zieht sich das garantiert auch durch, dachte Mace.

12

Christa rief Mace kurz nach sechzehn Uhr an. Um ihn daran zu erinnern, dass sie am Nachmittag schwimmen gehen wollten.

»Um fünf«, sagte er. »Ich hol dich wie immer ab. Einverstanden?«

»Wollte nur noch mal nachfragen.«

»Willst du es diesmal lieber sein lassen? Wegen des Wetters?«

Es hatte den ganzen Tag geregnet, und es war eiskalt. Leute riefen bei den Radiostationen an, um mitzuteilen, dass bereits die unteren Hänge der Hottentots-Holland-Berge verschneit waren. Wie dicht erst der Schnee weiter oben sein musste. Allerdings sah man nicht bis dort hinauf, da die Wolken zu tief hingen.

Christa kicherte. »Niemals.«

»Dann sehen wir uns um fünf.«

»Du kannst auch schon früher kommen.«

»Leider nicht möglich, C. Ich habe diesen Kunden, einen echt seltsamen Mann …« Er senkte die Stimme, um ihn zu beschreiben.

»Papa«, sagte sie, ohne wirklich zuzuhören. »Können wir in die Berge fahren? Um den Schnee zu sehen?«

»Hey, das ist eine gute Idee«, erwiderte er. »Warum nicht? Sprich mit deiner Mutter. Ist sie zu Hause?«

»Unten.«

»Bitte sie, etwas fürs Wochenende zu organisieren. In einem Bed & Breakfast auf einer Farm oder so. Die Farmer vermieten dort immer Zimmer, wenn es geschneit hat.«

»Papa«, sagte sie, wobei sie die Vokale in die Länge zog. »Und was ist mit unseren Ferien?«

»Darum kümmert sich auch deine Mutter«, erklärte Mace. »Sprich mit ihr.«

Um sechzehn Uhr zwölf rief Oumou bei Mace an.

»Wovon redet Christa?«

»Es hat in den Bergen geschneit. Und sie will den Schnee sehen.«

»Ah, *oui*. Deshalb hat sie davon gesprochen, auf einer Farm zu übernachten.«

»Schau doch mal, ob du irgendwo ein Zimmer buchen kannst. Ich würde es ja selbst machen, aber ich hab leider keine Zeit.«

»Später geht ihr schwimmen?«

»Um fünf. Ich hab mit Christa fünf Uhr vereinbart. Ich hol sie ab wie immer. Kommst du auch mit?«

»Vielleicht.«

»Würde sie bestimmt freuen. Und mich auch.«

Um siebzehn Uhr fünfzehn rief Oumou noch einmal bei Mace an. Seine Mailbox schaltete sich ein, und sie hinterließ eine Nachricht: »Warum verspätest du dich? Wir warten.« Rief erneut um siebzehn Uhr vierunddreißig und dann wieder um siebzehn Uhr zweiundfünfzig an.

»Er kommt immer zu spät, *Maman*«, meinte Christa. »Das weißt du doch.« Sie legte ihr Buch beiseite und schaltete den Fernseher an, um den Schnee in den Nachrichten zu sehen.

»Aber wenn ihr zum Schwimmen geht, ist er jedes Mal pünktlich.«

Sie rief Pylon an. »Ist mein Mann bei dir?«

»Ich bin zu Hause«, erklärte er. »Mace meinte, er würde schwimmen gehen.«

»Wir warten hier auf ihn. Seit fünf Uhr.«

»Hast du versucht, ihn zu erreichen?«

»*Oui*. Schon dreimal. Es geht immer nur seine Mailbox dran.«

»Ich ruf dich zurück«, sagte Pylon.

Um achtzehn Uhr eins rief Pylon bei Mace an und wurde zu seiner Mailbox umgeleitet. Er rief sofort Oumou zurück und erklärte, dass Mace auf dem Nachhauseweg im Mount Nelson vorbeischauen wollte, um dort irgendwelche Audioaufnahmen abzuliefern. Bei einem Amerikaner namens Francisco. Im Zusammenhang mit den Morden.

»Das ist der Bruder von Isabella, *non*? Er hat es mir erzählt.«

»Ja, genau der«, erwiderte Pylon. »Vielleicht trinken sie noch etwas zusammen.«

»Dann hätte er Christa angerufen.«

»Ich rede mit Francisco«, versprach Pylon.

Er rief im Hotel an und wurde zu Francisco in der Bar durchgestellt.

»Wo ist Ihr Freund, Amigo?«, fragte Francisco. »Er wollte um halb fünf hier sein. Ich bin seit halb fünf hier. Der Barkeeper mischt mir einen trockenen Martini, den er, wie sich herausstellt, in New York zu mixen gelernt hat. Aber man lässt mich sitzen. Kein Mace. Ich sage zum Barkeeper, er soll mir noch einen bringen, mein Freund wird schon kommen, der hält, was er verspricht. Pünktlichkeit ist die Höflichkeit der Könige, sagt schon der französische Louis. Nichts könnte wahrer sein, mein Freund. So was zeigt Respekt. Eine Eigenschaft, die ich bisher auch Mace Bishop zugesprochen habe. Bis vor eineinhalb Stunden. Das ist für mich jetzt jenseits von Gut und Böse. Zehn Minuten höchstens und auch nur, wenn es abends passiert. Stau und so. Oder man ist schon den ganzen Tag seinem Terminkalender hinterhergehetzt. Das kann ich verstehen. Aber dann ruft man an. Man sagt, gib mir noch zehn, fünfzehn Minuten. So hätte ich Mace eingeschätzt. Er kam mir vor wie jemand, der in solchen Sachen sehr penibel ist. Sie wissen, was ich meine?«

Pylon erklärte Francisco, dass Mace immer anrief, wenn er sich verspätete. Zuerst bei seiner Frau, dann bei ihm, bei Pylon.

»Dann ist das also tatsächlich ungewöhnlich für ihn?«, fragte Francisco. »Glauben Sie, er hatte einen Unfall oder etwas Ähnliches?«

»Ich versuche es herauszufinden.«

Pylon erreichte seinen Kontakt beim städtischen Sanitätsdienst. Die Jungs lachten. Kein Unfall mit einem roten Alfa Spider, solange sie zurückdenken konnten – geschweige denn in der vergangenen Stunde. Zwei Golfs, ein BMW, ein Taxi-Minibus, ein toter Fußgänger auf dem Highway. Sonst nichts Ernstes. Vor allem Blechschäden bei dieser Nässe.

Er legte auf und ging zu Treasure in die Küche hinüber. »Soll ich mir Sorgen um Mace machen? Was meinst du?«

Er erklärte es ihr. Sie fragte: »Hat er vielleicht eine andere Frau?«

Pylon überlegte. Er dachte an die violette Rose. An Mace und die Frauen. Aber es schien nicht zusammenzupassen. Mace sah sich zwar gerne mal um, würde aber nicht weitergehen. Was auch immer die Rose bedeutete, es musste eine heimliche Bewunderin sein, vielleicht eine Klientin. Mace war nicht auf der Suche. Darauf hätte er gewettet.

»Nein, glaub ich nicht«, antwortete er. »Irgendwas muss dazwischengekommen sein. Vielleicht hat es was mit dem Feuer zu tun. Oder mit Gonsalves wegen des Falls.«

»Dann hätte er dich informiert.«

»Stimmt.«

»Es sei denn, es ist eine Frau.«

»Das kann ich mir nicht vorstellen.«

Treasure rührte weiter in ihrem Risotto.

Pylon trommelte nervös mit den Fingern auf die Küchentheke. »Das Beste ist wohl, hierzubleiben und abzuwarten.«

Um achtzehn Uhr einundfünfzig rief Oumou erneut bei Mace an. Wieder wurde sie zu seiner Mailbox durchgestellt. Christa schaute inzwischen nicht mehr fern, sondern starrte auf ihr Buch, das aufgeschlagen in ihrem Schoß lag, ohne es zu lesen. Wartete. Oumou musste etwas tun. Sie konnte nicht herumsitzen, sondern ging in die Küche und begann, das Abendessen zu kochen. Einen Fischeintopf auf den Herd, ein Ciabatta in den Ofen – als würde Mace jeden Augenblick hereinspazieren. Hey, Mädels, tut mir leid, dass ich mich verspätet hab, aber dieser Klient, unglaublich … Er würde sich zu Christa hinunterbeugen und ihr einen Kuss geben, ehe er sie umarmte, wie er das nun jeden Abend tat. Der liebevolle Mace. Um achtzehn Uhr einundfünfzig nahm Oumou das Handy erneut zur Hand. Ging die Liste mit Namen durch, suchte »Mace« und drückte auf die grüne Taste. Hörte, wie es siebenmal klingelte, während sie ihn innerlich anflehte, abzuheben. Schließlich schaltete sich wieder die Mailbox an. Sie hinterließ keine Nachricht. Legte das Handy auf die Theke zurück und hob den Topfdeckel, um den Eintopf umzurühren. Drehte die Hitze herunter. Deckte den Topf wieder zu und legte den Kochlöffel neben den Herd. Sie starrte auf die Lichter der Stadt, die man durch die nassen Fensterscheiben verschwommen sehen konnte. Schluckte, um das Gefühl der Leere in ihrem Bauch zu vertreiben, und rief Pylon an.

»Etwas muss passiert sein«, sagte sie. »Bitte.«

Pylon tat sich einen Happen Risotto auf die Gabel. Sein Lieblingsrisotto mit Mandelplättchen und Croutons. Sein Plan, es sich vor dem Fernseher gemütlich zu machen, um das Bafana-Spiel anzuschauen, stand ernsthaft in Gefahr, über den Haufen geworfen zu werden.

»Es sind jetzt zwei Stunden«, erklärte Oumou. »Das ist nicht normal. Um fünf sollte er mit Christa schwimmen gehen. So hatte er es ausgemacht. Zum Schwimmen wäre Mace nie zu spät gekommen. Bitte, irgendetwas muss passiert sein. Er geht immer noch nicht ans Telefon.«

Pylon legte seine Gabel mit Risotto beiseite. Zwei Stunden im Leben von Mace Bishop waren nicht sehr lange, um verschwunden zu sein.

»Warum warten wir nicht noch eine Stunde ab?«, schlug er vor. »Du kennst Mace.«

»*Non*«, erwiderte sie. »Nicht diesmal. Diesmal steckt er in Schwierigkeiten. Das spüre ich.«

Pylon warf einen Blick über den Tisch hinweg zu Treasure und Pumla. Beide sahen ihn an. Treasure streckte die Hand nach dem Telefon aus. Er reichte es ihr. Dachte: Den Fußball kann ich knicken.

»Oumou«, sagte Treasure. »Was ist los?«

Er konnte Oumou reden hören. Treasure nickte, während sie lauschte. Er aß seine Gabel mit Risotto und zerkaute knirschend die Croutons.

Treasure sagte: »Okay, okay. Oumou, hör zu. Wir kommen. Gib uns eine halbe Stunde.« Sie legte auf. Erklärte Pylon: »Sie weint. Sie weiß, dass etwas nicht stimmt. Oumou weint nicht ohne Grund.«

Er kratzte mit der Gabel über seinen Teller. »Dann tippst du also nicht mehr auf eine andere Frau?«

»Nein.«

»Ist aber immer noch Mace, um den es hier geht. Das letzte Mal war er vierundzwanzig Stunden verschwunden. Hat niemandem gesagt, wo er war. Einfach weg.«

»Er hat Oumou Bescheid gegeben.«

»Oumou hat nichts gewusst.«

»Hat sie doch. Mace hatte es ihr gesagt. Ich weiß das. Außerdem würde Mace so etwas Christa nie antun.«

Pylon schob seinen Teller beiseite. »Er hat es einfach vergessen. Irgendwas ist dazwischengekommen. Könnte ein halbes Dutzend Gründe geben.«

»Fahren wir«, sagte Treasure.

Pylon setzte Treasure und Pumla bei Oumou und Christa ab. Die Frauen machten sich große Sorgen. Er selbst nahm Maces Verschwinden noch nicht wirklich ernst. Aber gut, er würde so tun, als ob: Maces Terminkalender durchblättern und nachsehen, ob er irgendwelche Notizen auf seinem Schreibtisch hinterlegt hatte. Ein paar Klienten anrufen. Ducky Donald. Gonsalves. Noch einmal Francisco. An einem Abend wie diesem von seinem Wagen zum Büro durch den Regen zu rennen, war das Letzte, was er wollte. Die Restaurants am Dunkley Square waren leer. Keine Autos auf dem Parkplatz. Jeder, der etwas Vernunft besaß, saß im Trockenen. Was ich nicht alles für dich tu, Mace Bishop, dachte er.

In Maces Terminkalender stand: »Francisco Mount Nelson 16:30« und »Christa 17:00«. Keine anderen Verabredungen für den Abend. Er blätterte zurück, entdeckte aber keine seltsamen Namen oder mysteriösen Telefonnummern. Andererseits war Mace niemand, der Unnötiges in den Kalender kritzelte. Er hielt einfach nur Termine fest. Auch im Papierkorb fanden sich keine Notizen.

Pylon erledigte seine Telefonate. Jedem der Angerufenen erklärte er, dass er Mace suche.

Ducky sagte: »Bin ich meines Bruders Hüter? Zum Teufel, *China*, wenn niemand weiß, wo Mace ist, dann wird er sich irgendwo die Lunge aus dem Leib vögeln. Geiler Bock. Er sollte also eigentlich vor drei Stunden zu Hause sein? Und das sollen Neuigkeiten sein? Das letzte Mal, als ich ihn gesehen hab, war er ein erwachsener Mann.«

Gonsalves sagte: »Wenn Sie ihn finden, richten Sie ihm aus, er soll sich entspannen. Er kann die Vorladung zerreißen. Der Captain hat gezaubert.«

Francisco sagte: »Ich esse gerade diesen Cabulyou-Fisch. Das Fleisch hat eine angenehme Konsistenz, schmeckt mir. Nicht so fischig, sondern so, wie ich es mag. Mit einer scharfen Sauce wirklich nicht schlecht. Der Kellner hat mir erklärt, sie haben den Fisch heute frisch reinbekommen. Das ist ihre Spezialität, nichts Gefrorenes. Ich sage ihm also, er soll ihn mir bringen. Wenn Mace seine Karten richtig gespielt hätte, könnte er diesen Fisch jetzt auch mit einem Glas Chardonnay genießen. Richten Sie ihm aus, dass er viel verpasst. Und sagen Sie ihm, die Gerechtigkeit ist ein Affenarsch.«

Pylon lehnte sich in Maces Sessel zurück und stellte sich noch mal den Ablauf des Nachmittags vor, damit Oumou den Eindruck bekommen würde, dass er alles brav erledigt hatte, was sie von ihm verlangte.

Um vier Uhr also erklärt Mace Christa, er werde sie um fünf abholen. Fünfzehn Minuten später sagt er auch Oumou, er sei um fünf zu Hause. Um halb fünf soll er die Audioaufnahmen im Mount Nelson abliefern. Gegen fünf vor halb fünf ruft Mace Pylon zu, dass er jetzt gehen würde. Er steigt in sein Auto, verlässt Dunkley Square, fährt die Dunkley Street hinunter und biegt links in die Hatfield ein, die er bis zur Ampel hochfährt. Biegt rechts in die Orange und fährt zweihundert Meter links zwischen den Säulen vor dem Nelson vor. Dafür braucht er höchstens drei Minuten, selbst wenn er an einer roten Ampel halten muss. Um halb fünf wartet Francisco auf ihn. Er kommt nie dort an. Mace Bishop ist innerhalb von fünf Minuten verschwunden.

Wenn man's so betrachtet, dachte Pylon, dann stimmt tatsächlich was nicht. Es war unwahrscheinlich, dass Mace urplötzlich eine Sache eingefallen war, die er noch erledigen wollte. Er hätte angerufen. Er hätte auch zuerst die Aufnahmen bei Francisco abgegeben, denn er befand sich gleich in der Nähe des Hotels. Kein Grund, es nicht zu tun. Also – was war passiert?

Pylon verließ das Büro und fuhr zum Mount Nelson. Zwei Sicherheitsleute, die in Trenchcoats und Tropenhelmen den

Eingang bewachten, kamen aus ihrem warmen Schilderhäuschen, als er sie zu sich winkte.

Selbst bei strömendem Regen fragten sie höflich: »Können wir Ihnen helfen, Sir?«

Pylon erkundigte sich, ob sie gegen halb fünf einen roten Alfa Spider bemerkt hätten, älteres Baujahr. Sie schüttelten die Köpfe, so dass Wasser von ihren Helmen spritzte. Der eine meinte, an ein solches Auto würde er sich erinnern. Er hatte es vorher einmal gesehen, vor wenigen Tagen. Gut möglich, erwiderte Pylon und machte eine Kehrtwende. Dachte: Das ist nichts, was ich Oumou erzählen will. Alles andere als ermutigend.

Er hatte Abende wie diesen schon manches Mal erlebt. Sie waren lang und düster, wenn man darauf wartete, dass jemand auftauchen würde. Er rief bei der Fahrzeuglokalisierungsfirma an, bei der sie ihre Autos registriert hatten, und bat sie, Maces Spider ausfindig zu machen.

Keine dreißig Sekunden später rief ein Angestellter der Firma zurück: »Ich würde sagen, er ist zu Hause. Oder zumindest in der Nähe. Jedenfalls innerhalb dieses Abschnitts im Raster.«

»Wunderbar«, sagte Pylon und legte auf. Wahrscheinlich würde er jeden Augenblick einen Anruf bekommen, der ihm mitteilte, dass Mace nach Hause gekommen war. Vielleicht konnte er sich das Fußballspiel ja doch noch anschauen.

13

Mace öffnete die Augen. Es war die einzige Bewegung, die er machte. Er fühlte sich beschissen. Sein Herz pochte heftig, sein Rachen war trocken, und sein linker Wadenmuskel schmerzte. Er lag da und versuchte sich an die Abläufe der

Ereignisse zu erinnern, während er lauschte, sich umsah und den Geruch wahrnahm.

Es roch feucht und nach Leimfarbe. Hier war offenbar erst vor kurzem gestrichen geworden, doch die Farbe vermochte den anderen Geruch nicht zu überdecken. Ein vertrauter Geruch, so wie ihm auch der Raum vertraut vorkam. Kein Zimmer, eher ein Keller. Er betrachtete die Steinmauern und die Holzbalken an der Decke. Ein Keller wie in seinem früheren, viktorianischen Haus. Genauso kalt. Genauso still. Er konnte keine Geräusche hören, keine dumpfen Schläge, keine Schritte, nichts außer dem Surren der Neonröhre. Im Keller ihres viktorianischen Hauses hatte man auch nichts gehört. Es mochte vielleicht eine Holzdecke sein, aber darüber befanden sich garantiert Ziegel und Mörtel.

Mace richtete sich auf seine Ellbogen auf. Sein Schädel hämmerte schmerzhaft. Blinzelnd wartete er, bis das Pochen nachließ. Dann bemerkte er die Fußfessel an seinem linken Knöchel. Die daran befestigte Kette verlief vom Bett bis zu einem Eisenstift in der Wand. Jetzt wusste er, wo er sich befand. Er stöhnte und ließ sich wieder auf die Matratze zurücksinken. Etwas Pelziges berührte seine Wange. Mace fasste danach und hielt einen Teddybär in der Hand: Cupcake. Es musste Cupcake sein, da er den gleichen Flecken wie Christas Bär auf dem Rücken hatte. Wo der Plüsch abgegangen war. Der Bär, der vor … was? … vor sechs Monaten aus dem Auto vor dem Sportstudio verschwunden war. Also kein zufälliger Diebstahl, sondern ein gezielter.

Das löste seine Erinnerung aus. Er sah sich selbst, wie er ohne sich umzusehen durch den Regen zu seinem Spider rannte, die Jacke zuhaltend, den Kopf eingezogen. Ohne auf seine Umgebung zu achten. Zwei Meter vor dem Auto öffnete er mit der Fernbedienung die Verriegelung. Ließ sich hinters Lenkrad fallen – während sich gleichzeitig ein Mann auf den

Beifahrersitz drängte. Der Mann aus dem Camry. Mit der Pistole. Dieser Mann hielt ihm jetzt dieselbe Pistole ins Gesicht und sagte: »Drück auf die Tube, Bruder, und mach keinen Scheiß.« Der Mann namens Mikey Rheeder.

Mace erwiderte: »Verpiss dich.«

Mikey Rheeder bohrte den Lauf tief in Maces linke Niere und erklärte, dass wenig von seiner linken und wahrscheinlich auch von seiner rechten Niere übrig bleiben würde, wenn er jetzt schoss. Auch für die restlichen Eingeweide sähe es dann schlecht aus.

Mace sagte: »Bleib cool. Okay?«

Mikey meinte: »Steck den Schlüssel rein, und fahr los. Ich kann genauso problemlos abdrücken wie du.«

Mace erinnerte sich daran, das getan zu haben, was der Idiot wollte. Er ließ das Auto an und fuhr langsam in die Dunkley bis zur Ecke von Hatfield. Dabei vermied er jeglichen Augenkontakt und gab ganz den Willigen. »Reg dich nicht auf. Sag mir einfach, was du willst. Ich mach keinen Scheiß.«

Mikey Rheeder lachte. »Da hast du verdammt recht.« In seiner Linken hielt er plötzlich eine Spritze, die er Mace in den Hals jagte. Von diesem Moment an wusste Mace nicht mehr, was als Nächstes passierte – nur dass der Wagen gegen den Bordstein knallte und der Motor ausging.

Mace berührte seinen Hals. Er zuckte zusammen, als seine Finger die Einstichstelle fanden.

Wieder setzte er sich auf und schwang die Beine vom Bett, wobei er das Dröhnen in seinem Schädel ignorierte. Seine Armbanduhr, sein Kreditkartenhalter, sein Gürtel und seine Schuhe waren verschwunden. Auch der Füller aus der Innentasche seiner Jacke. Mikey Rheeder war gründlich. Mace erhob sich. Seine linke Wade schmerzte, wenn er sein Gewicht darauf verlagerte. Aber das waren nur die Muskeln, als ob er sich eine Sehne gezerrt hätte. Mühsam humpelte er bis zum

Ende der Kette, die kaum lang genug war, um über das Bett hinauszukommen. Er setzte sich an den Rand der Matratze, als er einen Schlüssel im Schloss hörte. Mikey Rheeder trat ein.

»He, *Bru*, du bist wach.«

Mace fragte: »Was ist dein Problem?«

Mikey, zwischen dessen Fingern eine Flasche Carling Black Label baumelte, erwiderte: »Mein Problem?« Trank einen Schluck Bier. »Mein Problem. Kumpel, du hast mir in die Schulter geschossen, du hast meine Finger zertrümmert, und du fragst mich, was mein Problem ist?« Er blieb auf der Schwelle stehen, lehnte sich an den Türrahmen und zeigte mit der Bierflasche auf Mace. »Ich sag dir, was mein Problem ist. Was mein Problem *war*. Du warst mein Problem. Aber jetzt bist du nicht mehr mein Problem. Jetzt bist du dein Problem. Dein eigenes Scheißproblem.«

Mace fragte: »Wo sind wir hier?«

»Für jemanden, der an der Wand festgekettet ist, stellst du verdammt viele Fragen«, erwiderte Mikey.

»Ich kenne dieses Haus«, sagte Mace.

»Wow, bist ein toller Detektiv.«

»Es gehört Sheemina February. Deinem Boss, nicht wahr? Es steht leer. Zum Verkauf.«

Mikey grinste. »Wie schon gesagt: toll kombiniert.« Er trank noch einen Schluck. »Weißt du, was hier passieren wird? Eines Tages wird sie das Haus einem Käufer zeigen. Der Makler wird hier den Keller aufmachen und denken: Mann, hier müssen tote Ratten rumliegen. Und es stimmt, Kumpel. Im Keller werden sie eine tote Ratte finden. Man wird die Bullen rufen, und die Bullen werden sagen: Miss February, was ist hier los? Sie werden eine Kugel aus derselben Waffe in dir finden, mit der zwei Wochen zuvor schon wer anders erschossen wurde. Deshalb wollen sie bestimmt ausführlich mit ihr reden.«

»Den Plan würde ich noch mal überdenken, Mikey. Alles,

was mit Sheemina February zu tun hat, würde ich mir genau überlegen.«

»Hab ich«, erklärte Mikey. »Ich dachte, das Beste wird sein, wenn ich mich verdrücke. Ich hab läuten hören, dass du ein paar Diamanten hast. Und ich hab mir das so überlegt: Die will ich zuerst. Am besten schicke ich deiner Frau einen kleinen Videofilm. Und zwar machen wir den gleich jetzt, damit der Rubel möglichst bald rollt.«

»Stimmt«, meinte Mace. »Ich hatte einige Diamanten. Aber die hab ich inzwischen verkauft.«

»Klar«, erwiderte Mikey. »So was würde ich an deiner Stelle auch behaupten.« Er fasste in die Tasche seiner Cargohose und zog einen kleinen Camcorder heraus. »Ich will, dass du sagst: ›Organisiere die Diamanten.‹« Er hob die Kamera und richtete sich auf Mace. »Nichts anderes. Nur ›Organisiere die Diamanten‹. Okay, los.«

Mace sagte: »Ich werde in unserem alten Haus gefangen gehalten.«

»Sehr witzig.« Mikey schaltete die Kamera aus. »Genau das dachte ich mir: immer das Macho-Arschloch. Kein Problem, ich hab genug für das, was ich will. Wie es so schön heißt: Morgen ist auch noch ein Tag. Bis morgen, *China.*« Er wandte sich zum Gehen, hielt dann aber inne. »Oh ja, fast hätte ich's vergessen. Später zertrümmere ich dir ein paar Finger. Aber bis dahin muss ich mich bei dir entschuldigen. Hier gibt es leider keinen Zimmerservice und auch keine Toilette. Aber du hast ja deinen Teddy, und hey – tot bist du auch noch nicht.«

14

Ein grauer Morgen, kalt und nieselnd. Die Stadt eine gespenstische Erscheinung aus hohen Gebäuden und Nebelschwaden. Lion's Head und Devil's Peak waren wolkenverhangen. Das Antlitz des Berges verschleiert. In den Küchen der Häuser und Wohnungen hatte man zum Frühstück das Licht eingeschaltet. Der Duft von Toast und Porridge, die lebhaften Stimmen von Kindern und Frühstücksfernsehen. Leute, die ins Büro aufbrachen und sich zum Abschied küssten.

»Bitte«, sagte Oumou zu Pylon. »Du musst ihn finden.« Er hielt ihre Hände und blickte in die Verzweiflung ihrer braunen Augen. Jene Verzweiflung, von der Mace immer wieder gesprochen hatte – als ob ihre Augen zu viel gesehen hätten.

Einige Stunden nach Mitternacht war Pylon durch die Straßen der Nachbarschaft gefahren: durch Gardens, Vredehoek, sogar bis Higgovale. *Nada. Rien.* Nichts. Wirklich sehr seltsam. Das spürte er. Der Wagen befand sich in der Nähe, Mace musste also auch in der Nähe sein. Was zum Teufel trieb er? Was zum Teufel ging hier ab?

Die restliche Nacht über sahen sie zu fünft im Wohnzimmer fern. Während sie Kaffee tranken, rief Pylon jede halbe Stunde auf Maces Handy an. Die Mädchen schliefen. Pumla die meiste Zeit über, Christa immer wieder. Pylon glaubte, auch hier und da auf dem Sessel eingenickt zu sein, aber nicht für lange. Jedes Mal war er ruckartig zu sich gekommen. Oumou und Treasure starrten auf den Fernseher. Zweimal rief er die Ambulanzzentrale an, ohne Ergebnis. Das Gleiche in den Polizeirevieren der Stadt, von einem Ende der Halbinsel zum anderen. Zweimal meldete er sich bei der Fahrzeuglokalisierungsfirma. »Wenn er sich bewegt, lassen wir es Sie wissen«, erklärte der Mann am anderen Ende der Leitung.

Im grauen Licht des Morgens sagte Pylon zu Oumou:

»Wenn er sich bis acht oder halb neun nicht von der Stelle bewegt hat, dann setzt die Lokalisierungsfirma ihren mobilen Scanner ein, um das Auto zu finden. Das Ganze wird nur ein paar Stunden dauern.«

»*Oui*«, erwiderte sie. »Aber warum müssen wir warten? Das hätten sie schon früher machen können.«

»Nein, hätten sie nicht«, widersprach Pylon. »Sie haben nur einen solchen Apparat. Der war während dieser Nacht woanders unterwegs. Sie haben mir versprochen, dass er bis halb neun wieder in der Firma sein wird. Wenn Mace bis dahin noch nicht aufgetaucht ist.«

Oumou warf einen Blick auf die Küchenuhr: halb acht. »Wir verschwenden Zeit«, sagte sie. »Mace steckt in Schwierigkeiten.«

Pylon wandte sich von ihr ab und dann wieder zu. »Was kann ich machen, Oumou? Ich weiß nicht, was ich noch machen kann, bevor sie mit dem Scanner kommen.«

»Um halb neun ist es zu spät«, erwiderte sie.

»Dann ruf du sie an, und sag ihnen das.«

Das tat sie. Sie erklärten ihr, dass der andere Auftrag länger als gedacht gedauert hätte und dass sie den Scanner erst gegen zehn Uhr zurückerwarten würden.

»Zu spät«, erklärte sie. »Sie müssen früher kommen.«

»Lady«, sagte der Mann. »So lange dauert es, bis er hier bei uns ist. Der Fahrer ist bereits unterwegs. Schneller geht es nicht.«

Oumou sah Pylon an. In ihren Augen standen keine Tränen, aber die Angst in ihnen tat ihm weh. »Bitte«, sagte sie. »Du musst ihn finden.«

Als Pylon ins Büro kam, entdeckte er im Briefkasten eine CD. Ohne Umschlag, ohne Adresse, ohne Anweisungen. Auf dem Bildschirm seines Laptops öffnete sich ein kurzer Videofilm, auf dem man Mace vor einem weißen Hintergrund sah. Die Kamera war zu nahe auf Maces Gesicht gerichtet, als dass man irgendetwas anderes hätte erkennen können. Mace sagte etwas, doch es war kein Ton zu hören. Am Ende der Aufnahme sagte eine Stimme: »Wenn ihr ihn zurückwollt, können wir tauschen: Ich krieg die Diamanten, und ihr könnt ihn wiederhaben.«

Es war keine lange Aufnahme, gerade lang genug, um Maces Lippenbewegungen zu sehen, aber nicht, um erkennen zu können, was er sagte. Die Stimme des Mannes war Pylon unbekannt. Kapstädter weißer Akzent, obwohl man auch Schwarze hörte, die einen solchen Akzent hatten – je nachdem, wo sie zur Schule gegangen waren. Was das Ganze auf ein paar hunderttausend Männer eingrenzte.

Pylon hielt es für keine gute Idee, das Video Oumou zu zeigen. Zumindest nicht gleich. Wahrscheinlich war es das Beste, ihr nicht einmal davon zu erzählen. Vielleicht befanden sich Mace und sein Auto nicht am selben Ort. Das Auto konnte in irgendeiner Garage stehen. In dem Rasterblock, den die Lokalisierungsfirma genannt hatte, gab es allein vier Parkhäuser. Pylon rief die Firma an und schlug vor, dass sie mit den Parkhäusern beginnen sollten.

»Sobald der Scanner hier eintrifft«, sagte der Mann am anderen Ende.

Pylon erwiderte: »Ich will Sie wirklich nicht nerven. Ich kenne Ihr Problem, es ist nur ein Vorschlag.«

Er legte auf und sah sich noch einmal die CD auf seinem Laptop an. »Wenn ihr ihn zurückwollt, können wir tauschen: Ich krieg die Diamanten, und ihr könnt ihn wiederhaben.« Pylon spielte diesen Satz immer und immer wieder ab.

Das Interessante waren die Diamanten. Nur wenige wussten von der Geschichte. Er schrieb die Namen auf einen Notizblock: Mo Siq, Stones Mkize, Maces Finanzberater. So wie

Finanzberater nun mal waren, konnte der natürlich etwas darüber verlauten lassen. Stones würde das nicht tun. Mo war tot. Pylon umkreiste Mos Namen, während er sich fragte, ob es eine Verbindung zwischen seiner Ermordung und Maces Verschwinden gab. Dann fiel ihm ein, dass noch jemand von dem Deal wusste: Sheemina February. Er erinnerte sich an den Anruf, den Mace erhalten hatte, ehe sie nach Angola abgeflogen waren. Während sie in der Abflughalle gewartet hatten. Ihm wurde sehr mulmig zumute. Er hatte die Art von Ahnung, die ihn dazu veranlasste, auf den verregneten Dunkley Square und die Ansammlung von leeren Autos hinauszuschauen, um sicherzustellen, dass ihn niemand heimlich beobachtete. Er überlegte, ob er jemanden holen sollte, der das Büro nach Wanzen durchsuchte. Ein Gedanke, den er erst einmal beiseiteschob. Es war das Beste, zuerst das Spiel des Kameramanns mitzuspielen, damit dieser keinen Verdacht schöpfte.

Also rief Pylon die Telefonfirma an, um eine Liste der letzten Telefonate zu bekommen. Sein Kontaktmann wollte wissen, warum er nicht noch ein paar Tage warten wolle. Dann würde er ohnehin die Monatsendabrechnung erhalten. Ein besonderer Gefallen, erwiderte Pylon. Und: Ist echt dringend, Jungs. Im Laufe des Vormittags wäre super.

Er sprach mit Francisco. »Wollen Sie wissen, was ich denke, Kumpel?«, sagte Francisco. »Das ist dasselbe wie mit Isabella. Ich habe auch stundenlang versucht, sie zu erreichen. Am zweiten Tag wusste ich, dass sie tot ist. Ich schlafe nicht mehr und esse nicht mehr, bis ein Anruf von Mace meinen schlimmsten Verdacht bestätigt. Dann beginne ich zu schreien. Ich stoße Laute aus, von denen ich gar nicht wusste, dass sie menschlich sind. Das ist verstörend. Wenn man sein Handy nicht mehr beantwortet, heißt das, man kann es nicht mehr beantworten. Entweder ist man schon tot, oder man ist gerade dabei zu sterben.«

Herzlichen Dank, dachte Pylon und verabschiedete sich. Kaum hatte er aufgelegt, klingelte das Telefon. Captain Gonsalves.

»Ist er wieder aufgetaucht?«, fragte der Polizist.

»Nein. Noch immer keine Spur.«

»Der Fall wurde erst mal auf Eis gelegt, und er verschwindet trotzdem.«

»Das hat nichts mit dem Fall zu tun. Da geht es um etwas anderes.«

»Dann melden Sie ihn als vermisst.«

Pylon schnaubte verächtlich. »Die werden mir erklären, dass ich achtundvierzig Stunden warten muss.«

»Das ist Blödsinn«, erwiderte Gonsalves. »Wenn Ihnen irgendein Sesselfurzer das sagt, rufen Sie mich an.«

Pylon meldete Mace trotzdem nicht als vermisst, sondern malte sich ein weiteres Szenario aus: einen Raubüberfall. Jemand hatte eine Bestellung für einen roten Alfa Spider, Baujahr 1970, aufgegeben, und irgendwelche Jungs zogen die Sache im strömenden Regen durch. Parkten den Spider in irgendeiner Garage. Es waren schon seltsamere Dinge passiert. Oupa K war nicht derselben Ansicht.

»Boss, Boss, Boss«, sagte er zu Pylon auf Englisch. »Hör mir zu, Boss.« Wechselte zu Xhosa. »Niemand südlich von Lusaka will so ein Auto haben. Jedenfalls nicht, um damit herumzufahren. Wenn jemand dieses Auto will, dann um es in die Garage zu stellen.«

»Genau.«

»Es gibt etwa… sagen wir mal zwei rote Spider in der Stadt«, fuhr Oupa K nun wieder auf Englisch fort. »Höchstens drei. Wenn ich einen solchen Wagen will, dann würde ich erst mal die Besitzer herausfinden. Und mich für den entscheiden, der höchstwahrscheinlich am wenigsten Schwierigkeiten macht.«

Pylon fragte auf Xhosa, ob er es ihn wissen lassen könne, wenn er irgendetwas läuten hörte.

»Ist doch nur ein *Mlungu*«, erwiderte Oupa K. »Nicht so wichtig.«

Um Viertel vor zehn hörte Pylon von der Lokalisierungsfirma, dass der Scanner innerhalb der nächsten Stunde, höchstens eineinhalb Stunden, seine Arbeit aufnehmen würde. Um halb elf rief die Firma erneut an, um zu erklären, dass sie jetzt mit der Suche beginnen und sich als Erstes der Umgebung von Gardens widmen würden.

»Nein«, sagte Pylon. »Zuerst die Parkgaragen. Und wenn Sie das Auto finden, tun Sie nichts, außer mich zu informieren. Niemand fasst etwas an, bevor ich da bin.«

»Niemand wird etwas anfassen wollen«, entgegnete der Mitarbeiter.

Eine halbe Stunde später holte Pylon Ducky Donald zur Pressekonferenz ab. Ducky machte sich weit weniger Sorgen um Mace als darum, wie die Presse die ganze Geschichte angehen würde.

»Knochen, Asche – wo liegt der Unterschied?«, sagte er zu Pylon im Wagen. »Damals wurden die Toten noch nicht verbrannt, denn sonst hätte man die Knochen ja gar nicht gefunden. Du verstehst? Eigentlich schade, wenn man es sich genau überlegt. Asche ist nämlich besser. Weniger emotional. Asche kann alles sein: Holz, Pflanzen, Menschen. In einem Haufen Asche erkennt keiner irgendwas. Nicht wie bei einem Gerippe. Das schaut aus wie wir. Wir wissen, dass wir das sind. Diese Leute mit ihren spitzen Zähnen sehen sich die Schädel mit den spitzen Zähnen an und sagen: ah, mein Vorfahre. Asche kann man nicht auf dieselbe Weise ansehen. So ist das eben. Ich begreife Sheemina Februarys Problem nicht. Ich will die Asche doch nur zu einem Teil des Gebäudes werden lassen. Man kann das auch so betrachten: Auf diese Weise wird das

Haus zu einer echten Gedenkstätte. Zu einem lebendigen Monument. Oder was meinst du?«

Pylon antwortete nicht.

»Was ich in dem Artikel einen Beitrag zum urbanen Flair der Stadt nenne, könnte unter diesen Umständen eine zweite Bedeutung gewinnen.« Er drehte sich zu Pylon. »Wir reden hier in Wahrheit nicht über Knochen oder Asche, es geht vielmehr um Würde. Um Beachtung. Um Anerkennung.«

»Wenn du fertig gebaut hast, könntest du in die PR-Branche wechseln«, sagte Pylon.

Ducky strahlte. »Wär eine Möglichkeit.«

Die Pressekonferenz war gut besucht. Ein Dutzend Journalisten von Zeitungen, Radiostationen, sogar vom Fernsehen. Pylon blieb am Eingang des Foyers stehen, denn hier hatte Ducky Donalds Sicherheit nicht die höchste Priorität. Vorne saßen Sheemina February, der Reverend, der Imam und einige PR-Typen an einem langen Tisch. Duckys Anwälte umringten ihren Mandanten und versuchten, dessen Kampfeslust zu zügeln.

Pylon stand da und gab sich keine sonderliche Mühe, viel mitzubekommen. Trotzdem hörte er, wie sich Ducky verteidigte, während ihn der Imam und der Priester des Feuers wegen beschuldigten. Sheemina February blieb die ganze Zeit über wachsam und hart. Sie sprach davon, dass unter den Toten auch die Überreste ihrer Vorfahren sein könnten. Ihrer Sklavenvorfahren, die diese Stadt erbaut hatten. Pylons Handy klingelte: Oumou. Er ging hinaus, um den Anruf entgegenzunehmen.

Draußen erklärte er Oumou, dass die Lokalisierungsfirma bereits vor einer Stunde mit der Suche begonnen hatte und dass er jeden Moment einen Rückruf erwarte.

»Ich weiß«, sagte sie. »Ich habe dort angerufen. Vielleicht solltest du dabei sein.«

»Ich kann nicht«, erwiderte Pylon. »Und das wird sie auch nicht schneller machen. Eines ist jedenfalls klar: Der Wagen wurde in keinem Parkhaus abgestellt. Er muss sich auf irgendeinem Privatgelände befinden.«

»Das ist auch nicht besser«, meinte Oumou. »Dann hält ihn jemand gefangen.«

»Ich weiß nicht«, sagte Pylon. »Ich weiß nicht, was los ist.« Er hörte, wie sie tief Luft holte und dann auflegte. Er rief Treasure an.

»Sie ist in Ordnung«, erklärte ihm Treasure. »Wo bist du?«

Er sagte, dass er vor der Sklavenhütte stehe, und sie erwiderte: »Dieses Warten, dieses Nichtwissen – kannst du gar nichts tun?«

»Da versucht jemand durchzukommen«, erklärte er. »Ich muss auflegen.«

Der Anruf kam von der Lokalisierungsfirma. Sie hatten das Haus gefunden. Ein Isuzu mit langem Radstand war in der Einfahrt geparkt, aber nirgendwo gab es einen Hinweis auf den Spider. Muss in der Garage sein, meinte der Techniker. Pylon notierte sich die Adresse. Dachte: Kommt mir irgendwie bekannt vor. Dachte: Mein Gott, das ist Maces alte Adresse. Das viktorianische Haus. Das Haus, das Sheemina February gekauft hatte. Er beobachtete einen Moment lang die Anwältin, wie sie vor den Journalisten ihre Rede schwang, und verließ dann die Sklavenhütte. Offenbar hatte niemand vor, Ducky der Brandstiftung zu bezichtigen. Der Kerl hatte mehr Glück, als gut für ihn war. Oder für die anderen. Pylon schickte ihm eine SMS und schlug vor, er solle sich von seinen Anwälten nach Hause fahren lassen.

15

Mace fror. Er fühlte sich ausgetrocknet und musste dringend pinkeln. Was er auch in einer Ecke neben dem Fuß des Bettes tat. Es bildete sich eine Pfütze, die auf seine Füße zurann, woraufhin er zur Seite sprang. Scheiße, dachte er, das hier ist echte Scheiße. Die Chancen standen wirklich mies.

Mikey Rheeder konnte nicht so dumm gewesen sein und den Spider nicht entsorgt haben. Wenn er es tatsächlich getan hatte, welche Hoffnung gab es dann noch?

Um zu begreifen, dass Sheemina February ihren Handlanger auf diese Idee gebracht hatte, brauchte man kein Abitur. Die Zukunft bestand in Maces Augen nur noch aus Angst, Qualen und Tod. Wunderbar.

Er zog den Reißverschluss seiner Hose zu und setzte sich ans Kopfende des Bettes, wo er sich die Arme rieb, um warm zu werden. Plötzlich spürte er etwas unter seinem Hintern. Etwas drückte gegen seine linke Pobacke. Er stand auf und hob die Schaumstoffmatratze an. Darunter befand sich eine winzige Double-Action Guardian von North American Arms. Eine Handtaschen-Automatik Kaliber 32 aus rostfreiem Stahl. Jemand hatte sie unter den Lattenrost geklebt. Er entfernte das Klebeband und nahm die Pistole in die Hand, in der sie fast verschwand. Ihr Lauf war nur so lang wie sein Zeigefinger.

»Mann«, sagte er laut. »Was zum Teufel soll ich damit?« Wenn man das Federgewicht der Waffe bedachte, würden ihre Kugeln wohl kaum eine größere Wirkung als ein Bienenstich bei einem Nashorn auslösen. Er nahm das Magazin heraus, das mit allen sechs Patronen geladen war. Mit Hohlspitzgeschossen. Zumindest würden diese Mikey Rheeder dazu bringen, ihm zuzuhören. Er setzte sich wieder, um zu überlegen. Was beabsichtigte Sheemina February?

Sie musste es gewesen sein, die diese Waffe dort versteckt

hatte. Kein Zweifel. Die einzig offensichtliche Erklärung: Sie wollte, dass er Mikey Rheeder erschoss. Und danach verhungerte und verdurstete. Falls es Mikey Rheeder nicht auch gelang, einen Schuss abzufeuern. Oder die beiden töteten sich bei einem Schusswechsel gegenseitig. So in etwa musste Sheemina Februarys Überlegung aussehen. Sie hatte vor, sie beide auf einmal aus dem Weg zu räumen. Merkwürdig. Mace hatte allerdings nichts dagegen, etwas Überzeugendes in der Hand zu haben, wenn er mit Mikey Rheeder verhandelte.

Während er also dasaß und auf ihn wartete, fragte er sich, warum Mikey Rheeder eigentlich Sheemina February zu Fall bringen wollte. Sie war sein Boss – weshalb wollte er ihr etwas antun? Vielleicht ging es ihm ausschließlich um das Geld beziehungsweise die Diamanten. Eine Möglichkeit, die Maces Kopfschmerzen nicht gerade kleiner machten.

Er legte sich mit der Waffe in der Hand aufs Bett und wartete auf Mikeys Rückkehr. Schloss die Augen, um nicht mehr vom Neonlicht geblendet zu werden. Zwischendurch döste er immer wieder kurz ein.

Die Schritte von Turnschuhen auf der Treppe und das Kratzen des Schlüssels im Schloss ließen ihn augenblicklich hellwach werden. Die Tür wurde aufgestoßen. Mikey Rheeder stand auf der Schwelle – mit einem Küchenbrett und einem Holzhammer in der einen Hand und einem kleinen Revolver, einem Smith & Wesson L-Frame, in der anderen.

»Zeit zum Weichklopfen«, sagte er.

Mace erwiderte »Glaube ich weniger« und zog seine Guardian. »Jetzt hör mal zu.«

Mikey rief: »He, was soll das?« Er wich zurück.

Mace warnte: »Bleib stehen.« Er schoss ihm in den Oberkörper.

Mikey taumelte, ließ Küchenbrett und Holzhammer fallen, hielt sich den Bauch und hob die Smith & Wesson.

Offensichtlich war er fest entschlossen, sie auch zu benutzen – Hohlspitzgeschoss hin oder her.

16

Pylon parkte hinter dem mobilen Scanner, kontrollierte seine Pistole und lud durch, ehe er zu den Technikern in den Transporter kletterte. Die zwei Männer im Inneren des Wagens verschwanden beinahe hinter einer Wand aus Zigarettenrauch. Der Qualm brachte Pylon derart heftig zum Husten, dass er noch einmal aussteigen musste, bis sich seine Lungen beruhigt hatten.

»Das wird euch garantiert umbringen«, erklärte er den beiden.

»Das oder was anderes«, erwiderte der eine und zündete sich an einer Kippe eine neue Marlboro an. »Kommen Sie doch aus dem Regen. Hier ist es schön trocken.«

»Nein«, meinte Pylon. »Ich persönlich will lieber nicht so sterben.«

»Wie Sie meinen«, sagte der Techniker und betätigte einen Schalter an dem Instrument vor ihm, woraufhin ein kreischender Ton zu hören war.

»Wir haben einen Blick über die Mauer geworfen«, meinte der zweite Mann. »Auf der anderen Seite befindet sich eine Garage, wo der Wagen sein könnte. Bei einem so lauten Signal ist es sogar ziemlich wahrscheinlich.«

»Niemand zu sehen?«

»Wir haben jedenfalls niemanden bemerkt. Ein Pickup-Truck steht in der Einfahrt.«

»Jetzt sind Sie dran«, sagte der erste Techniker. »Sollte Spaß machen.«

Pylon wartete, bis die beiden weggefahren waren, ehe er

klingelte. Er fragte sich, was er sagen würde, falls tatsächlich jemand öffnete. Aber niemand meldete sich. Er klingelte dreimal und schwang sich dann über das Tor. Landete auf der anderen Seite und ging in die Hocke. Keine Bewegung an den Fenstern. Keine Rufe, dass man ihn von der Straße aus gesehen hatte. Bei diesem Nieselregen befand sich kein Mensch draußen.

Er spähte durch die Fenster des Isuzu. Vorne in der Fahrerkabine herrschte ein Chaos aus Süßigkeitenpapieren, KFC-Tüten und Styroporbechern. Hinten lagen ein Surfbrett und ein Neoprenanzug in einem Plastikeimer. Die Klappe der Ladefläche war heruntergelassen, doch die beiden Türen der Fahrerkabine hatte man gesichert. Am Armaturenbrett blinkte ein Alarmlicht.

Pylon kontrollierte, ob die Haustür offen war. Sie war wie erwartet verriegelt, aber man musste schließlich auch das Offensichtliche probieren. Mit der Hand formte Pylon einen Trichter, um an einer der Fensterscheiben zu lauschen. Irgendwo in den Tiefen des Hauses schien ein Radio oder etwas Ähnliches zu spielen.

Die Frage ist, dachte er, wo ich am besten einbreche.

Vor die Fenster des Wohnzimmers waren die Vorhänge gezogen. Das Gleiche galt für den vorderen Raum, wo Oumou einmal ihr Atelier eingerichtet hatte und die Männer damals eingebrochen waren. Keines der Fenster stand auch nur einen Spalt weit offen. Er lief um das Haus herum durch ein kleines Tor, das zu einem gepflasterten Hinterhof führte. In der Küche brannte Licht. Die Lamellen der Jalousie vor dem Fenster waren so eingestellt, dass Pylon in die leere Küche sehen konnte. Auf der Arbeitsplatte eine Schachtel mit Takeaway-Essen. Ein nicht angerührter Sechserpack Bier und ein paar Flaschen neben den Essensüberresten. Ein Kurzwellenradio.

Er warf eines der Hinterfenster ein, um ins Haus zu gelangen. Stand lauschend in der Küche. Das Radio spielte Rap. Er schaltete es aus. Das einzige Geräusch war jetzt das Ticken der Küchenuhr. Er wartete, bis der Sekundenzeiger eine volle Runde beendet hatte. Dann ging er in den Flur hinaus, der zur Eingangstür führte. Bei jedem Schritt knarzten die Dielenbretter. Blieb am Fuß der Treppe stehen. Sah nach oben. Fast konnte er das Haus über sich innehalten spüren.

Erst jetzt bemerkte er die Tür in den Keller. Der Riegel war zurückgeschoben. Sie war angelehnt, und auf der Treppe nach unten brannte Licht. Pylon lief hinunter. Er rief immer wieder »Mace, Mace!«, bis er den leblosen Körper unten auf der Schwelle liegen sah. Die Steinplatten waren über und über voller Blut.

Pylon unter der Kellertür sagte: »Heilige Mutter Gottes.«

»Kann nur zustimmen«, erwiderte Mace.

Pylon zeigte auf die Pistole, die neben Mace auf dem Bett lag. »Und das Spielzeug da?«

»Für mich unter der Matratze deponiert. Es funktioniert sogar.«

»Grundgütiger. Ich meine: Was? Wie?«

Mace erzählte ihm, wie er von Mikey entführt worden war, ebenso wie alles, was danach folgte. Bis zu dem Zeitpunkt, als er dachte, Mikey würde seinen Revolver benutzen, weshalb er, Mace, ihm zweimal in die Brust geschossen hatte. Und wie Mikey diesen seltsamen Gesichtsausdruck bekam, der an Übelkeit erinnerte, und wie er dann Blut und rosa Zeugs gespuckt hätte. Ohne allerdings das Gleichgewicht zu verlieren. Wie er unsicher wankend einen Schritt nach vorne getan und mit seiner Waffe gefuchtelt, auf die Hände gefallen und noch mehr rosa Zeugs ausgehustet hätte. Mace sagte, er habe schon geglaubt, noch einmal schießen zu müssen, doch dann gaben

Mikeys Arme nach, und er fiel flach aufs Gesicht, die Beine nach hinten gespreizt. Er hatte zuckend auf dem Boden gelegen. »Ihm beim Verbluten zuzusehen, war nicht gerade ein Höhepunkt in meinem Leben«, erklärte Mace.

»Heilige Mutter Gottes«, sagte Pylon erneut. »Kaum zu glauben, dass ein Mensch so viel Blut hat.«

»Die Schlüssel«, forderte ihn Mace auf. »Mach mich endlich los.«

Pylon trat einen Schritt zurück. »Ich soll seine Taschen durchsuchen? Mit all dem Blut? Abschaum wie der könnte HIV-positiv sein.«

»Wasch dir danach die Hände«, schlug Mace vor. »Wasser hat so was Reinigendes.«

Pylon: »Ach was?« Stieß mit der Schuhspitze gegen Mikeys Taschen, bis er die Ausbeulung durch die Schlüssel entdeckte. Vorsichtig zog er sie heraus. Seine Hände wurden trotzdem blutig. »Mist«, sagte er. »Das schreit förmlich nach Tod.« Er eilte die Treppe hinauf, um seine Hände und den Schlüsselbund zu waschen.

Mace rief ihm hinterher: »Du könntest mich zuerst mal losmachen!«

Pylon kam zurück. Er trocknete sich die Hände an seiner Jeans ab. »Jetzt hätte ich's beinahe vergessen«, sagte er und beugte sich über die Fußfessel. »Heute Morgen hatte ich eine CD im Bürobriefkasten. Nette Aufnahme von dir vor dieser Wand, würde ich vermuten. Ich konnte nicht erkennen, was du gesagt hast, weil eine andere Stimme drübergelegt war. Wahrscheinlich die von Mikey, der meinte, er würde dich gegen deine Diamanten eintauschen.«

»Ach, wirklich?«, fragte Mace.

Pylon fand den passenden Schlüssel und sperrte das Schloss auf. »Oumou hab ich nichts erzählt. Ich dachte, es wäre etwas voreilig.«

»Gut«, sagte Mace und rieb sich seine schmerzende Wade. »Wie geht's ihr?«

»Nicht gut. Hat sie schwer mitgenommen. An deiner Stelle würde ich sie anrufen. Und zwar *pronto*.« Er hielt Mace sein Handy entgegen.

Dieser nahm es. »Ich dachte, ich würde hier sterben. Daliegen und sterben, weil Mikey mich so, wie das Sheemina February wollte, niederschießt. Sie wollte, dass wir beide gleichzeitig das Zeitliche segnen. Was zum Teufel reitet die Frau? Was will sie?«

Pylon zuckte mit den Achseln. »Keine Ahnung. Wir könnten sie fragen. Nachdem du deinen ET-Anruf zu Hause gemacht hast.« Er ging die ersten Stufen nach oben, hielt dann aber inne. »Ach, noch was. Unser Gonz hat angerufen.«

»Und was wollte er?«

»Der Fall wurde erst mal auf Eis gelegt.«

»Für wie lange?«

»Keine Ahnung. Warum ist die Banane krumm?«

»Ein guter Mann – Gonz.«

Pylon kam wieder eine Stufe in den Keller hinunter. »Nur auf Eis gelegt, Mace. Verschoben. Solche Sachen kommen wieder.«

Sheemina February willigte ein, sie in dem Café in den Gardens zu treffen. Sie fragte nicht nach Mikey Rheeder und klang auch nicht andeutungsweise überrascht, als sie Mace hörte.

»Eiskalt, die Frau«, sagte Mace zu Pylon. »Kein Wunder, dass Mikey Rheeder vorhatte, sie dranzukriegen. Natürlich um einen Preis. Vermutlich hat er sich bereits im Besitz der Diamanten gesehen und gehofft, zusätzlich noch was von ihr zu bekommen. Idiot. Wahrscheinlich wusste sie von seinem Plan. Ihr war klar, was Mikey vorhatte, und sie dachte sich, das ist die Lösung.«

Sheemina February wartete bereits, als sie hereinkamen. Vor ihr stand eine unberührte Tasse Filterkaffee.

Mace und Pylon setzten sich und bestellten das Gleiche. Mace legte die kleine Pistole auf den Tisch. »Ist nicht so gelaufen, wie Sie das planten.«

Sie zuckte mit den Achseln, wobei sie kaum die Schultern bewegte. »Sie haben trotzdem meine Erwartungen erfüllt: der Mann, der als Erster schießt. Wen ich überschätzt habe, war Mikey.«

Pylon legte eine Serviette auf die Pistole und schob sie ihr zu.

»Die können sie behalten«, erklärte sie. »Ein Andenken.«

»Welches verdammte Spiel treiben Sie hier eigentlich?«

Sheemina February trank einen Schluck Kaffee. Der Abdruck ihres Lippenstifts blieb am Rand der Tasse zurück. »Ich werde es Ihnen sagen, Mr. Bishop, auch wenn ich enttäuscht bin, dass Sie und Mr. Buso nicht selbst darauf gekommen sind. Aber vielleicht war das für Leute wie Sie ja alles nur Routine. Vielleicht haben Sie sich einfach nicht die Mühe gemacht. Vor allem Sie, Mr. Bishop. Sie haben mich gar nicht erkannt. So wenig hat Ihnen das bedeutet. Unwichtig. Nicht der Mühe wert, noch einmal hinzuschauen.« Sie lächelte sie an. Mace sah kein Amüsement in ihren hellen Augen.

»Ihr Handlanger Mikey hat Mo umgebracht, nicht wahr? Sie haben ihn dazu veranlasst. Und dann wollten Sie, dass wir uns gegenseitig im Keller erschießen.«

»Mr. Bishop, Sie haben mir eine Frage gestellt, die ich gerade zu beantworten versuche.«

»Mein Gott«, sagte Pylon. »Was ist nur los mit Ihnen?«

Sheemina February schob die Tasse Kaffee von sich. »Kann ich jetzt reden?«

»Ja«, erwiderte Mace. »Reden Sie. Machen Sie uns das Vergnügen.«

»Oh, es wird Ihnen bestimmt Vergnügen machen«, entgegnete Sheemina February. »Jedenfalls wenn Sie genug Fantasie haben.«

Mace wollte erneut etwas erwidern, doch Pylon legte eine Hand auf seinen Arm.

»Danke, Mr. Buso«, sagte sie. Einen Moment lang hielt sie inne und blickte von einem zum anderen. »Es ist die Geschichte eines jungen Mädchens. Achtzehn Jahre alt, gerade frisch an der Uni eingeschrieben. Idealistisch. Eine Aktivistin. Zum ersten Mal hat sie ein Gefängnis von innen gesehen, als sie sechzehn war. An Tränengas gewöhnt. An das Werfen von Steinen. Sogar an das Geräusch von Geschützfeuer. Und an den Tod. Sie ist zu den Beerdigungen ihrer Freunde gegangen – Menschen genauso jung wie sie. Nun stellen Sie sich dieses junge Mädchen vor, wie es nach Norden fährt. Wie es von LKW-Fahrern mitgenommen wird und durch den Busch läuft, bis es endlich zu einem Lager kommt. Nach Membesh, in jenes Trainingslager, wo die Freiheitskämpfer ausgebildet werden. Sie will das Schießen lernen und dann zurück in den Krieg ziehen. Doch niemand glaubt ihr. Keiner glaubt, dass sie einen Monat lang unterwegs war. Mutterseelenallein. Dass sie in manchen Nächten in Straßengräben geschlafen hat und in anderen zu viel Angst hatte, um überhaupt zu schlafen. Ein junges Mädchen allein? Unmöglich. Der ganze Weg von Kapstadt nach Lusaka? Vergiss es. Man beschimpft sie als Spionin. Sie wird in einen Raum gesteckt, an einen Stuhl gebunden, die Hände flach auf den Tisch. Zwei junge Männer kommen herein. Sie stellen ihr Fragen, die gleichen Fragen, die ihr zuvor gestellt worden waren. Sie gibt die gleichen Antworten wie zuvor. Sie sagen, dass sie ihr nicht glauben. Sie müsse ihnen die Wahrheit sagen. Das ist die Wahrheit, erklärt sie. Sie schildern ihr, was passieren wird. Sie zeigen ihr den Holzhammer. Sie beginnt zu weinen. Schluchzend beteuert sie, dass sie die

Wahrheit gesagt hat. Sie werfen eine Münze. Sagen: zwei von drei gewinnt.«

Sie blickte Mace an. Ihre weißen Zähne pressten sich leicht auf ihre pflaumenfarben geschminkten Lippen.

»Sie haben damals gewonnen, Mr. Bishop. Sie haben auf Kopf gesetzt.«

Vor zwanzig Jahren, das waren paranoide Zeiten, dachte Mace. So was konnte da passieren. Er starrte sie an, ohne ein Wort zu erwidern.

»Soll ich Ihnen sagen, wie es danach mit dem jungen Mädchen weiterging?« Sie hielt die Hand hoch, die immer in einem Handschuh steckte. »Und ich meine damit nicht das hier, diese Entstellung.« Sie senkte die Hand. »Oder ist es zu beschämend für die Ohren von Helden, zu erfahren, was mit ihren Opfern passiert ist?« Sheemina February blickte von Mace zu Pylon. »Ja? Nein? Ich erzähle es Ihnen. Das junge Mädchen wurde von den Anführern vergewaltigt. Nicht einmal. Nicht zweimal. Jeden Tag, monatelang. Weil Sie ihr nicht geglaubt haben.«

Sheemina February stand auf. Sie schien noch etwas hinzufügen zu wollen, überlegte es sich dann aber anders. Auf ihren Lippen mochte sich die Andeutung eines Lächelns zeigen, aber Mace war sich nicht sicher. Sie schob den Stuhl an den Tisch heran und ging. An der Tür wandte sie sich zu ihnen um. »Ich wollte es eigentlich nicht erwähnen, Jungs. Aber vielleicht solltet ihr wissen, dass ich über die Diamanten Bescheid weiß.«

Sie sahen Sheemina February hinterher, wie sie in ihrem langen schwarzen Mantel und den schwarzen Handschuhen nach draußen ging. Dort blieb sie einen Moment lang stehen, um ihren Regenschirm aufzuspannen. Sie drehte sich nicht noch einmal um, sondern lief durch die Company Gardens unter den tropfenden Bäumen davon.

Als sie außer Sichtweite war, sagte Pylon: »Das ist nicht gut. Das mit den Diamanten.«

»Zweifelsohne.«

Sie starrten in den grauen Morgen hinaus. Nippten an ihren schwachen Filterkaffees. Pylon hatte seinen als Erster ausgetrunken. Wischte sich mit dem Handrücken über den Mund. »Glaubst du ihr?«

Mace steckte die kleine Pistole ein. Sagte: »Eigentlich nicht. Damals hat ihr auch niemand geglaubt. Warum sollten wir es jetzt tun?«

GLOSSAR

Ag – oh, ach (Afrikaans)

Ag sies – umgangssprachlicher Ausdruck des Ekels, der Enttäuschung, des Ärgers (Afrikaans)

Babalaas (oder **babbelas**) – verkatert, einen Kater haben (südafrikanischer Slang)

Black Empowerment – Förderprogramm der südafrikanischen Regierung für Gruppen, die zu Zeiten der Apartheid benachteiligt waren

Boetie – Kamerad, Bruder (südafrikanisch)

Bom – gut (portugiesisch)

Boykie – umgangssprachliche, herablassende oder auch freundschaftliche Bezeichnung für einen Mann

Braai – typische Art des Grillens in Südafrika und Namibia (Afrikaans für ›braten‹)

Bru – Bruder, Freund (Afrikaans)

China – umgangssprachliche Bezeichnung für Freund, Kumpel; britischer Cockney-Reimslang: »china« (Porzellan) = »plate« (Teller) > reimt sich auf »mate« (Kumpel)

Chommie – Freund (südafrikanischer Slang)

Deixar – lassen, aufgeben, ausscheiden (portugiesisch)

Donker Gat – Kerker in Kapstadts Kastell (dem Castle of Good Hope); wörtlich: dunkles Loch (niederländisch)

Eina! – aua! (südafrikanisches Englisch)

Golliwog – ursprünglich Figur aus einem englischen Kinderbuch von 1895 mit schwarz gefärbtem Gesicht und abstehenden schwarzen Haaren; später auch als rassistische Bezeichnung für Schwarze verwendet

Heita – hallo (südafrikanisch)

IDB – »Illegal Diamant Buying«; Terminus für den Diamantenhandel außerhalb des De-Beers-Kartells gegen Ende des 19. und Anfang des 20. Jahrhunderts

Indaba – Entscheidung; Diskussionsangelegenheit (Zulu); im südafrikanischen Englisch inzwischen völlig geläufig

Jou ma se poes – umgangssprachliche Beschimpfung (wörtlich: Vagina deiner Mutter) (Afrikaans)

Larney – umgangssprachliche Bezeichnung für einen reichen Weißen (südafrikanisch)

Ma puce – mein Liebling (wörtlich: mein Floh) (französisch)

Meneer – Herr (niederländisch)

MK (oder **Umkhonto We Sizwe** = Zulu für »Speer der Nation«) – früherer militärischer Arm des *African National Congress;* 1990 aufgelöst

Mlungu – weißer Südafrikaner oder Boss einer Firma (Township-Slang)

Moegoe – Idiot, Feigling, Schwächling (südafrikanischer Slang)

Munt – abfällige Bezeichnung für Schwarze (südafrikanischer Slang)

NIA – National Intelligence Agency of South Africa: südafrikanischer Geheimdienst

PAGAD – People Against Gangsterism and Drugs: militante, islamistisch geprägte Gruppe, die 1996 in Kapstadt gegründet wurde und bis 2002 immer wieder Bombenangriffe in ganz Kapstadt unternahm (u.a. gegen Bandenführer, aber auch moderate Muslime, von Schwulen frequentierte Nachtclubs, Synagogen, Ämter, Restaurants)

Piccanin – abfällig rassistische Bezeichnung für ein schwarzes Baby (südafrikanisch)

Poes – Schimpfwort bzw. abfällige Bezeichnung für die weiblichen Genitalien (Afrikaans)

Poppie – umgangssprachlicher Ausdruck für Puppe, junges Mädchen (englischer Slang)

Skollie – umgangssprachlich für Gangster; stehlen (vom griechischen *skolios*), vor allem in Kapstadt verwendet, wo es ursprünglich von griechischen Lebensmittelhändlern für jugendliche Ladendiebe benutzt wurde

Skop, skiet en donder – wörtlich: treten, schießen und donnern; umgangssprachliche Beschreibung eines Actionfilms (südafrikanischer Slang)

Shebeen – umgangssprachliche Bezeichnung für eine illegale Kneipe im südlichen Afrika

Sim – ja (portugiesisch)

Stoep – Veranda (Afrikaans)

Tão – so (portugiesisch)

Thornveld – Bezeichnung für die abgelegenen Regionen im Binnenland Südafrikas, mit dem australischen Begriff des Outback zu vergleichen

Ubuntu – Menschlichkeit (isiXhosa)

Vlei – sogenannte Salz-Ton-Pfanne oder Marschland, entstanden durch Versandung

Wigger – abfällige Bezeichnung für einen Weißen, der versucht, sich schwarz zu geben, z. B. als Rapper (englischer Slang)